Brandon Sanderson

布蘭登・山德森

Iri
依瑞
Rishir
芮希爾
Shin
Kak
Nish
辛・卡・尼西
Sela
Tales
瑟拉・泰爾
Alethela
雅烈席拉
Valhav
法哈佛
Aimia
艾米亞
Makabakam
馬卡巴坎
Natanatan
那塔那坦
Thalath
瑟拉席
Roshar 羅沙
Silver Kingdoms Epoch 銀色帝國時代

Brandon Sanderson

布蘭登・山德森

BEST 嚴選

奇幻基地出版

颶光典籍首部曲

王者之路・上冊

The Stormlight Archive: The Way of Kings

布蘭登．山德森 著
段宗忱 譯

Brandon Sanderson

BEST 嚴選

緣起

在繁花似錦的奇幻文學花園裡，你或許還在門外徘徊，不知該如何抉擇進入的途徑；也或許你已經置身其中，卻因種類繁多，或曾經讀過不合口味的作品，而卻步、遲疑。

BEST嚴選，正如其名，我們期許能透過奇幻基地對奇幻文學的瞭解，以及對讀者的理解，站在出版者與讀者的雙重角度，為您精選好作家與好作品。

他們是名家，您不可不讀：幻想文學裡的巨擘，領域裡的耀眼新星。

它們最暢銷，您怎可錯過：銷售量驚人的大作，排行榜上的常勝軍。

這些是經典，您務必一讀：百聞不如一見的作品，極具代表的佳作。

奇幻嚴選，嚴選奇幻。請相信我們的眼光，跟隨我們的腳步，文學的盛宴、幻想世界的冒險，就要展開。

excellent bestseller classic

獻給艾蜜莉——

太有耐心

太善良

太美好

筆墨難述，我只能盡力。

致謝

早在二〇〇三年，我便已完成《王者之路》的第一版，但這本書其實從九〇年代後期就開始陸陸續續撰寫，構思其中故事情節則是更早以前就開始。我寫過的書中，沒有哪一本像這本書一樣煎熬了如此之久。我花了超過十年的時間來建構這本小說，因此受到很多人在過程中給了我相當多的幫助，要一一詳述每個人不太可能——我的記性不夠好——但是有些關鍵人士是我務必要深深致謝的。

首先是我的妻子，艾蜜莉。這本書就是獻給她的。她爲了讓這本書誕生而奉獻許多，不只包括閱讀初稿跟提供意見，更是包括給了她的丈夫許多寫作時間。如果各位讀者有機會見到她，你們應該向她道謝（她喜歡巧克力）。

當然每次都不可或缺的是，我最棒的編輯跟經紀人，Moshe Feder跟Joshua Bilmes，他們在這本書上投注了相當大的心力。我要特別提出一點，當Moshe負責的書變成四十多萬字的怪物時，他的薪水並不會隨著增加，但是他毫無怨言地編輯整本書，因此今天能有各位手中握著的這本書面世，他的貢獻無可計數。他同時請了F. Paul Wilson幫他檢核書中描寫的醫學場景，非常感謝兩位。

我同時要特別感謝Harriet McDougal，她是我們當代最偉大的編輯之一，出於善心爲我們閱讀及修改書稿。「時光之輪（Wheel of Time）」系列的讀者們都知道，她就是發掘、編輯，最後還嫁給作者羅伯特．喬丹（Robert Jordan）的女士。近年來她除了「時光之輪」系列之外，已經不太進行編輯工作，因此我對於能得到她的意見跟協助，感到非常地榮幸及惶恐。同時要感謝與她合作的Alan Romanczuk，方能讓此次編輯作業順利進行。

Tor出版社的Paul Steven同樣給予極大的幫助。他是出版社中與我對應的連絡窗口，貢獻良多，Moshe跟我能得到他的幫助是天大的幸運。同樣要感謝藝術總監Irene Gallo，她非常熱心且以很有耐心的態度對待我這個老是想加些異想天開的插圖、愛指手畫腳的作者。非常謝謝Irene、Justin Golenbock、Greg Collins、Karl Gold、Nathan Weaver、Heather Saunders、Meryl Gross，還有整個Tor出版社團隊。直到這本書出版之前，我的行銷宣傳是Dot Lin（她現在正忙著冠夫姓），她除了在宣傳上給予相當大的助力之外，也從紐約給了我許多很好的建議與鼓勵。謝謝你們每一位。

講到插圖，各位也許已經注意到，這本書的插圖數量遠比一般長篇奇幻小說要多了許多，這是因爲Greg Call、Isaac Stwart、Ben McSweeney的傑出貢獻。他們非常努力，不斷地修改直到盡善盡美。Ben負責畫Shallan的素描本，圖片極爲精緻，完美混合我的想像與他的藝術詮釋。Isaac同時負責迷霧之子的內頁插圖，而他做出超乎職責所需的貢獻——參與本書的諸位都把熬夜與緊迫盯人的截稿日期視爲家常便飯——我對他的作品大力讚揚（各位應該很好奇，其實他負責的部分就是章節的圖形、地圖、彩色內頁、娜凡妮的筆記）。

我的寫作小組一如往常給予我極大的協助。除了原班人馬之外，這次還加入一輪跟二輪讀者。隨機順序如下：Karen Ahlstrom、Geoff和Rachel Boesinger、Eathan Skarstedt、Nathan Hartfield、Dan Wells、Kaylynn ZoBell、Alan和Jeanette Layton、Janci Olds、Kristina Kugler、Steve Diamond、Brian Delambre、Jason Denzel、Mi’chelle Trammel、Josh Walker、Chris King、Austin和Adam Hussey、Brian T. Hill，還有那個我每次都把他的名字拼錯的Ben某人。我相信我一定有漏掉一些人。你們都是很棒的人，如果有可能，我想要發給你們每個人一柄碎刃。

呼。這篇致謝文還眞長，但我還有幾個人需要特別提出來。就在我寫這篇文章的同時，也是我的命定之人Peter Ahlstrom與我共事的一週年。他是我的私人助理、編輯助理，以及我的另外一個大腦；他是我多年來的好友，也是最努力幫我推廣作品的人之一，能有他全職爲我工作，我實在是非常幸運——他在今天凌晨三點鐘起床爲我進行最後一次的審稿。當各位下次在書展中看到他時，請記得買塊起士給他。

還有絕不能漏掉的Tom Doherty——因爲他允許我寫這本書。這本書之所以能以全貌展現在各位面前，有賴於他對這個計畫的信任與支持，而更是因爲他的一通電話，我們才能請到Michael Whelan替本書繪製封面（美國版）。Tom給我的幫助多到令我汗顏，這本書（無論是長度、插圖的數量、需要的插圖）足以讓大多數出版人全速逃跑。Tor之所以能不斷推出優秀的作品，都是因爲有他。

最後，個人私心必須提到的還有Michael Whelan的封面大作。也許有些人不知道，我從青少年時開始讀起奇幻小說（也是我終於開始喜歡讀小說），就是因爲他的一件美麗封面作品而起。他能夠以繪畫捕捉到一本書的精髓，我知道只要是以他的作品做爲封面的小說，必定是好作品。我的夢想就是有一天我的書能夠以他的作品呈現，而那簡直是遙不可及的夢想。

如今夢想居然有成眞的一天——並且是出現在我費盡心血、歷經歲月才生出的這部作品上——我感到無比榮幸。

〔推薦序〕

一個王者的誕生——布蘭登・山德森與《王者之路》

譚光磊（本書中文版權代理人）

剛過去的二〇一一年，絕對是奇幻文學光輝燦爛的一年，因爲在這一年，有兩本奇幻小說空降美國紐約時報精裝小說榜冠軍。尤其可貴的是，兩者皆非向主流靠攏的跨界之作，而是扎實厚重、書寫與閱讀難度都很高的史詩奇幻。派崔克・羅斯弗斯以《風之名》爆紅之後推出續作《智者的恐懼》（*Wise Man's Fear*），喬治・馬汀的《與龍共舞》（*A Dance of Dragons*）則是「冰與火之歌」系列第五集。兩者的共通點除了頁數極多，就是都讓讀者苦等多年。但是新秀與前輩雙雙得到肯定，的確讓類型的死忠讀者欣慰又驚喜，羅斯弗斯證明奇幻江山代有人才出，馬汀則終獲遲來的正義，受到主流與類型的一致肯定。

相較於這兩位慢工出細活、拖稿當水喝的作者，本書作者布蘭登・山德森簡直就是新世代的奇幻模範生。從二〇〇五年出道作《諸神之城：伊嵐翠》以來，他每年至少有一本大部頭新作問世，除了以「迷霧之子」三部曲奠定名聲，同時續寫羅伯特・喬丹的「時光之輪」大系，居然還有「閒暇」寫惡搞童書「邪惡圖書館」系列。二〇一〇年發表的《王者之路》，則創下他「生涯最厚」的書寫紀錄。此書頁數破千，厚到差點沒法裝訂成一本，而且還只是「颶光典籍」第一卷，預計要十本寫完！（編注：據可靠消息來源B.S先生表示，他打算寫『兩個五部曲』啦，所以讀者別太擔心）。

短短五年時間，山德森從沒沒無名的新人，搖身變成當前歐美奇幻文壇最重要的名字。才三十六歲的他，已經出版九部長篇、四本童書，作品被翻譯成二十多種語言，屢次登上紐約時報排行榜。從喬丹、馬汀到羅斯弗斯，「拖稿」有如暢銷奇幻大系難以擺脫的魔咒，山德森為何能夠兼顧質量，一本接一本寫下去？

不妨把時間推回去年三月，適逢《智者的恐懼》在美國上市，美國亞馬遜網路書店安排了山德森與羅斯弗斯對談，兩人不愧是專門寫「磚頭書」的好手，講起話來也是滔滔不絕（該對話紀錄大概有十頁）。兩人談成名前後的感受、巡迴宣傳的趣事，也談創作大長篇時的酸甜苦辣。

其中最令人印象深刻的，就是兩人寫作模式的不同。羅斯弗斯說他必須在與世隔絕的狀態下方能安心寫作，而《風之名》的成功最大的好處，就是有錢租了一間寫作專用的辦公室，讓他可以關掉網路，躲進去趕稿。

接著山德森悠悠地說「他什麼地方都可以寫」。他之所以成為全職作家，就是不想過上班族的辦公室生活。他通常在家裡到處找地方窩，窩舒服了就那個據點待上幾個月，寫到膩了再換位置。比如說，坐在臥室的火爐前，翹起兩腳，戴上耳機，然後就可以拿著筆電寫上幾個小時。他甚至沒辦法在桌上寫稿！

看到這裡，想必你我都要感嘆，這傢伙眞是注定要吃這行飯的天才。而這基本上也成為我和奇幻同好間的某種定論：山德森是奇幻的救星，是新世界的神。直到前陣子我在網路上看到一段影片，想法才大為改觀。

這段影片是去年在美國漫畫大會上（New York Comic Con）的一場座談，與談人包括《巫師神探》作者吉姆・巴契、《戰龍無畏》作者娜歐蜜・諾維克、《魔法覺醒》作者黛博拉・哈克妮斯、《魔印人》作者彼得·布雷特等人，當然也有山德森，全是新世紀以來走紅的年輕作家。

大家聊起寫作所要面對的各種挑戰，如投稿被退，又如「寫作障礙」（writer’s block）、還有拖稿、沒靈感或無法專心，想要逃避的時候該如何自處。山德森自述，他唸創作碩士班的時候賣出第一本小說，隔年便開始全職寫作，等於這輩子沒上過一天班，聽起來好像一帆風順。不過當時他可是借住朋友家的地下室，收入幾乎是零，全憑一股對寫作的熱愛而堅持下去。每當他想要偷懶打混，就會想像有一個辦公室隔間的幽靈在背後追殺，一旦被追到就要被抓去打卡上班，加上他認爲寫作是他唯一的長處，眞的是「不寫會（餓）死」，自然更加緊努力。

山德森十四歲時讀了人生第一本奇幻小說（芭芭拉·漢柏莉的《龍魘》），從此立志成爲作家。在他首次出書之前，他已經寫了十三本小說，本本都是二十多萬字的大長篇，總字數超過三百萬，所以他哪裡是新手作者，根本是年紀輕輕就「叔叔有練過」！

他建議有志寫作的人把退稿視爲必經過程，無須大驚小怪。寫完一部作品，寄出稿件之後，不要把精力浪費在苦等回音，應該繼續寫下一本，如此既能轉移注意力，又能繼續精進文筆。他同時也說，你要眞的眞的眞的很喜歡寫作，勝過打電動和掛網路，才能抵抗種種誘惑。

談及所謂的「寫作障礙」，山德森認爲職業作家和新手最大的差別，在於全職作家的「寫作障礙」並非枯坐在電腦前一個字也寫不出來，而是即使狀況不好、毫無靈感，依然坐下來狠狠寫幾個小時。寫完覺得不好，刪掉重寫，還是不好？那就再刪、再寫，直到滿意爲止。

所以山德森的迅速崛起絕非僥倖，他在「一夕爆紅」之前早已經過十幾年的磨練，正如葛拉威爾在《異數》一書中提出的理論：「創意來自一萬小時的練習。」

那麼，這次他推出架構宏大的新作《王者之路》，又要講述什麼樣的故事呢？小說設定在一個暴風肆虐的奇幻世界，大陸的東部地形殘破，在「破碎平原」上展開的一場場戰役，需要仰賴工兵的造橋術，才能連接各個斷裂的裂谷和台地地形。遠古以前曾有黃金盛世的帝國存在，但因爲不明原因消失，古老的燦軍騎士（Knights Radiant）只留下他們神祕的盔甲和武器，據說穿上便會刀槍不入，所向無敵，這些法器自然成爲諸邦爭奪的焦點。故事中共有四個主角，從醫者淪爲士兵奴隸的卡拉丁，試圖重振古老榮光的貴族達利納，以及想拜著名學者爲師的少女紗藍，還有一位悲情的刺客殺手賽司。

本書從構思到出版，前後將近二十年，山德森已累積了數十萬字的世界設定和劇情大綱，更早在二〇〇三年便寫過一個版本，但覺得自己尚無法駕馭如此龐大的故事，所以後來決定全部毀棄，先集中火力完成「迷霧之子」三部曲，再重新來過。

史詩奇幻一旦寫長了，角色越來越多，故事線越來越龐雜，往往會出現劇情推動緩慢，甚至收不了尾的問題。喬丹在《光影歧路》中把每個視點人物的劇情線都推進一點點，導致主線幾乎毫無進展；馬汀則把視點人物拆成兩半，結果《群鴉盛宴》和《與龍共舞》合起來才算完整一本，兩者都招致讀者的不滿。

爲了克服這個問題，山德森想出解決之道，那就是「控制視點人物的數量」，否則到了故事中期就會失控。他計畫讓「颶光典籍」每一本都會有好幾個視點人物，但只會有一個中心角色，並藉由倒敘（flashback）的手法，交代這個角色的背景故事。還有一些配角，則透過「插曲」的短篇小說形式，穿插於全書之間。更重要的是，「颶光典籍」每一本的劇情都完整獨立，正如他早年的作品《伊嵐翠》和《破戰者》。這個策略是否奏效，就有待讀者看了《王者之路》再來定奪了。

當初山德森向出版社老闆湯姆．多赫提（Tom Doherty）透露「颶光典籍」的十部曲計畫，湯姆聽了差點沒昏過去，但最終還是同意出版，再怎麼說山德森都是他一手捧紅的奇幻新星，更是接續「時光之輪」的棟樑之材。

不過，多赫提再三告誡山德森，千萬不要把「計畫寫十部曲」這件事說出去。「你怎樣都是輸。」他說，「如果你真的十本寫完，那很多人會說，我等他寫完再來一次買齊，於是你前幾本的銷量就會不好，銷量不好你就沒法出後面的續集。如果你無法按照計畫寫完，不論多一本還是少一本，都會有讀者追著你問『喂，你當初不是說好要寫十本嗎？怎麼多了／少了咧？你騙人啊?!』」

山德森說：「嗯，你也知道我的毛病，就是有事情憋不住，非得跟人說嘛！」

從《伊嵐翠》到《迷霧之子》，再到《時光之輪》，我們已經見證了一位奇幻新星的誕生，而《王者之路》更是山德森邁向巔峰的序曲。不論他是否能寫完十本「颶光典籍」，我都會滿心期待他下一部新作的問世。相信你也會。

目錄

目錄

插圖

羅沙

蒸騰海洋
阿卡克
北握
賀達熙
穆恩密庫
法瑞克夫
帕拉特
艾拉那
賈·克維德
科林納
卡
書林
貝拉
法拉斯
巴伏
席爾那森
特里亞斯
費德納
度馬達利
雅
烈
席
拉薩拉思
晨影
塔拉海
卡拉納克
破碎平原
凍土之地
新那坦南
卡布嵐司
長眉海峽
淺窖
囊勒那
始源之海
為榮耀吾王加維拉．科林陛下謹獻
ISASIK SHULIN
1167

Roshar
無盡海洋
勞
艾洛里
雷熙諸島
卡西朵
里拉
庫司
依瑞
雷熙海
艾拉
巴巴薩南
帕那坦
瑪拉貝息安
純湖
雪諾瓦
艾米亞海
德西
育雷
亞西爾
葉席爾
艾米亞
亞西米爾
利亞佛
塔西克
艾姆歐
使丁
瑟瑟瑪雷達
圖卡
瑪拉特
冰水
N
背風向
迎風向
S
南方深淵

重拾古老誓言
生先於死
力先於弱
旅程先於終點
人與碎甲重聚
燦軍必將再起

楔子

卡拉克（Kalak）繞過崎嶇的山崖，腳步猛然在一頭瀕死的雷爪前打住。巨大的石獸側躺在地，胸前肋骨狀的凸起根根斷裂。牠的外型有點像具骷髏，花岡岩般的肩膀上長著過長的四肢，眼睛是深陷在箭頭形面孔上的兩個紅點，彷彿是來自岩石深處燃燒的火焰，只是，火光已熄滅。

即使已經過了好幾個世紀，但每次卡拉克近距離看到雷爪，還是會忍不住打個哆嗦。這頭怪獸光是一隻手就有一人高。他之前被那樣的雙手殺死過，過程一點都不愉快。

當然，死亡鮮少是愉快的。

他繞過怪物，更加小心地走在戰場之中。這片平原到處是不規則的大小岩塊，天然石柱聳立於身前，四處都是屍首。一片幾乎寸草不生的岩地。

山崖跟小土堆上處處都是疤痕，有些是碎裂的痕跡，代表曾經有封波師（Surgebinder）在此處戰鬥；偶爾則會看到形狀怪異的裂洞，那是雷爪從岩石裡走出，加入戰場後留下的空隙。許多人類和非人類的屍體圍繞著卡拉克，紅的、橘的和紫的血色交錯，四周毫無動靜，但音波隱隱浮動，交雜著痛哼與哀鳴，一點也不像勝利後的喧囂。濃煙從偶爾出現的幾片植被或燃燒的屍體堆升起，不時可見熱氣蒸騰的岩石。招塵師（Dustbringer）表現得很好。

*可是我活了下來，*卡拉克心想，一手按著胸口，快步走向約定的地點。*這次居然活下來了。*

這很危險。他一死，自然會被送回去，別無選擇。但是當他從寂滅中存活下來時，他也應該要回去，回到那令人又惱又怕的地方，回到充滿痛楚與火焰的地方。如果他決定……不回去呢？

危險的念頭，甚至可能是叛徒的念頭。他加緊腳步。

碰面的地點在一根筆直入天的巨碩岩柱所投下的陰影中。一如往常，他們十個人在開戰前就選好了集合處，最後的倖存者要回到這裡。奇怪的是，只有一個人在等他。加斯倫（Jezrien）。另外八個人都死了嗎？有可能。這場戰鬥非常慘烈，是最慘的幾次之一。敵人越發頑強了。

可是不對勁。卡拉克來到石柱時皺起了眉頭。七柄華麗的劍傲然鼎立，劍柄筆直朝天，深深插入岩石地面。每把劍都是大師級的傑作，線條流暢，刻滿銘文與圖樣。他認得每一把劍，如果主人死了，巨劍一定會跟著消失。

這些劍的力量甚至遠超過碎刃，它們獨一無二、珍貴無已。加斯倫站在圓圈外，望著東方。

「加斯倫？」

身著藍白外裳的男子轉身看著卡拉克。幾個世紀過去了，加斯倫仍維持著僅有三十出頭的外貌，短而黑的鬍子修剪得整整齊齊，不過他身上的華服卻沾滿鮮血，滿是燒焦的痕跡。他轉身等著卡拉克，雙臂背在身後。

卡拉克問：「這是怎麼一回事，加斯倫？其他人呢？」

「走了。」加斯倫的聲音平靜、深沉、尊貴。雖然他已經好幾個世紀沒有即位，但仍然保有王者之風，似乎總是胸有成竹。「你可以稱之為奇蹟。我們這次只死了一個人。」

「塔勒奈（Talenel）。」卡拉克說道。只有他的劍不在場。

「是的。他死守了北方水道。」

卡拉克點點頭。塔勒奈每次都喜歡挑戰毫無勝算的仗，卻總會打贏，當然，往往也免不了戰死。他現在一定已經回去，回到他們沒有參與寂滅時的去處。夢魘之地。

卡拉克發現自己全身都在顫抖。他什麼時候變得這麼軟弱了？「加斯倫，這次我不能回去。」卡拉克低聲說道，踏上前去，抓住對方的手臂。「我不能。」

承認之後，卡拉克感覺內心某處崩潰了。有多久了？好幾個世紀，甚至是上千年的酷刑，已經記不清楚。火焰和利鉤每天都重新埋入他的皮肉，燒焦手臂的肌膚，然後燃燒脂肪，最後深插入骨頭。他彷彿可以聞得到那氣味，天啊，他聞得到！

「把劍留下。」加斯倫說道。

「什麼？」

加斯倫朝那圈劍點點頭。「他們選擇我來此地等候你，我們不確定你是否還活著。有個決定……該是『誓盟』結束的時候了。」

卡拉克感到一陣驚恐。「這是什麼意思？」

「艾沙（Ishar）相信，只要我們之中仍有一人守住誓盟，可能就已經足夠。我們有機會結束寂滅的循環。」

卡拉克望入長生不老國王的雙眸。從一小塊土地上冒起的黑煙，正冉冉往兩人左側飄去，瀕死之人的呻吟由後方詭異地傳來。在加斯倫眼中，卡拉克看到了沉痛與悲傷，甚至還有怯懦。這個人已懸於一髮，撐守在崩潰邊緣。卡拉克心想，全能之主在上！你的意志也被磨盡了，對不對？他們每個人都是如此。

卡拉克轉身走到一旁的矮石牆，望著下方的戰場。好多屍體，倖存者走在屍體之間。有些男人包裹在簡陋的布塊裡，仍握著以青銅為刃的矛，有些則身著光鮮的甲冑。一群人走過，其中穿著破爛獸皮或襤褸皮衣的四人，正與一名穿著精緻銀甲的高大男子會合。鮮明且強烈的對比。

加斯倫走到他身旁。

「他們視我們爲神。」卡拉克低語。「他們仰賴我們，加斯倫。我們是他們擁有的一切。」

「他們擁有燦軍（Radiant）。那樣就足夠了。」

卡拉克搖搖頭。「他不會受制於此的。我是說敵人。他會找到規避的方法。你知道他會的。」

「也許吧！」王之神將沒有多做解釋。

「塔勒奈呢？」卡拉克問道。燃燒的肉體，火焰，一遍又一遍又一遍的痛楚……

「一人受苦總好過十人。」加斯倫低聲說道。他顯得好陰冷，就像一縷黑影。猶如當光與熱照射在一名高貴且堅貞之人的身後，一抹餘下的不眞實殘影。

加斯倫走回劍圈，自己的劍在手中現形，來自於雲霧，沾滿水氣。「卡拉克，我們已經決定了。我們將各奔東西，永不相見。劍必須留在這裡。誓盟現在就要終結。」他舉起劍，跟其他七把一樣，插入岩石。加斯倫略帶遲疑地看著劍，然後低下頭轉過身。彷彿感到羞愧。「我們自願背負的重擔，應該也能依照我們的意願放下。」

卡拉克說：「我們該怎麼告訴人民，加斯倫？往後，他們會怎麼看待今天發生的事？」

「很簡單。」加斯倫一面說道，一面邁開步伐離去。「跟他們說：他們終於贏了。這個謊言充分且簡單，何況誰會知道？說不定，有一天這將會變成事實。」

卡拉克看著加斯倫走過焦土。終於，他召喚出自己的劍，跟其他八柄一樣刺入岩石中，轉身朝與加斯倫相反的方向行去。可是，他仍忍不住回頭望了望那一圈劍，還有那唯一的空位——第十柄劍應該在的位置。

已消逝的一員。被他們遺棄的一員。

原諒我們，卡拉克心想，然後舉步離開。

《第一卷》

王者之路

THE WAY OF KINGS

四千五百年後

雅烈席卡與周邊區域圖。加維拉．科林陛下之皇家堪輿師編繪，大約完成於一一六七年。

序曲

殺戮

「凡人之愛，至凍且寒，如距玄冰三步外之澗水。偉哉，颶父……吾等皆爲其所有。寥寥千日，永颶將至。」

——收錄於一一七一年，沙須月、帕拉週的第一日，死前三十一秒。樣本爲中年深眸孕婦，胎中嬰兒一併夭折。

法拉諾之孫，賽司（Szeth），雪諾瓦城的無實之人，前往刺殺國王的那日，服色爲白。白衣其實是帕山迪的傳統，雖然對他而言全然陌生，但他不過是按照主人的吩咐行事，無須更多解釋。

他坐在一間大石室中，巨大的爐火除了烘烤著他，同時也在狂歡的眾人身上映上俗麗的光線，引出他們一身汗珠。伴隨著舞蹈、飲酒、狂喊、高歌和擊掌，有些人滿臉通紅地倒在地上，被狂歡的潮流衝破體能極限，證實自己的肚子不過是只二流的酒囊，樣子看起來好像死了一般。至少在被朋友抬出大廳、放上床鋪前是如此。

賽司沒有隨著鼓聲搖晃身軀、飲用如藍寶石般湛藍的美酒，或是起身跳舞。坐在後方長凳上的他，僅是一名身著白袍的安靜僕人，在簽約慶祝晚宴中根本不會有人注意到他的存在。他只是個僕人，況且還是容易被忽略的雪諾瓦人，在這塊東方的土地上，大多數人都認爲賽司的族人溫和而無害。通常，這個看法是對的。

樂師們開始擊出新的節奏，樂聲撼動了賽司，感覺就像是同時有四顆撲通作響鼓動不休的心臟，正在房間裡傳遞著一波波隱形的血液。賽司的主人們正坐在自己的桌邊。一般來說，較爲文明的王國國民，都以爲他們不過是一群落後的野蠻人罷了，這些被稱爲帕山迪的男人們有著一身黑中帶紅絲、如大理石花紋般的肌膚，與那遍布大半世界，被稱爲帕胥人的溫順僕人族裔是表親。很奇特的一點是，他們從不自稱爲帕山迪。對他們來說，這是個雅烈席人的名字，大致上的意思是「會思考的帕人」。兩邊似乎都不認爲這樣的稱呼是種侮辱。

帕山迪人們帶來了樂師，一開始，淺眸的雅烈席人相當遲疑。對他們而言，鼓是深眸平民的低俗樂器。但是酒精是專攻傳統與禮教的殺手，此刻，就連最高貴的雅烈席人也放下了束縛，開始手舞足蹈。

賽司站起身，緩緩穿越房間。狂歡持續了很久，幾個小時前，就連國王都決定回去歇息了，但是仍有許多人留下。走著走著，賽司不得不繞過達利納・科林（Dalinar Kholin）——國王的親生弟弟，目前正醉倒在一張小桌前。這名開始上了年紀、體魄依然壯碩的男子，一直揮手趕開那些想要勸他上床休息的人。加絲娜（Jasnah），國王的女兒在哪裡?艾洛卡（Elhokar），國王的兒子兼繼承人，代替國王坐在首桌，監督著宴席的進行。他正和兩名男子交談，一人是深色皮膚的亞西須人，此人臉頰上有一塊奇特的淡色肌膚，另一名是較爲纖瘦、頻頻回頭往後望的雅烈席人。

繼承人的宴席同伴是誰並不重要。賽司盡量避開繼承人，貼著房間的牆壁走過鼓手們。樂靈在他們周圍飛舞，小精靈的形體看起來像是在空中翻轉的半透明緞帶。賽司經過鼓手身邊，雖然他們注意到他的到來，不過很快就會和其他帕山迪人一起退場。

他們毫無受到冒犯或憤怒的神情，可是卻即將要違背才剛簽下幾個小時的和約。這根本不合理，不過，賽司不問問題。

在房間盡頭牆壁與地面接合之處，有一排沉穩的澄藍色燈光。燈裡面鑲的是充滿颶光能量的藍寶石。這簡直是褻瀆。這些人怎麼能將如此珍寶拿來照明？大材怎能小用？更嚴重的是，據說那些雅烈席學者即將要創造出新的「碎刃」。賽司盼望那只是他們虛張聲勢，因爲如果真的發生這種事，整個世界將會被徹底改變——所有的國家，從遙遠的賽勒那（Thaylenah）到賈・克維德（Jah Keved），他們的下一代都將會說雅烈席語。

雅烈席人其實頗有可觀之處，即使酩酊大醉，仍然散發出渾然天成的尊貴氣息，每個人都身材高䠷，體格勻稱；男子穿著深色的絲質外套，胸前兩排釦子，精心刺上繁複的金色或銀色刺繡，個個看起來都像是戰場上的將軍。

女子服飾更爲華麗，她們穿著貼身的華美絲綢，鮮豔的色彩與男子偏好的暗色系形成強烈對比。左袖比右袖長，遮住整隻手。雅烈席人的禮教標準頗爲奇怪。純黑的頭髮皆盤起，或以細辮子綁出紛繁的造型，或者鬆散地捲堆在頭頂，普遍會繫上黃金緞帶或裝飾，綴著散發颶光的珠寶，美麗非凡——這是對颶光的輕瀆，但確實美麗非凡。

賽司走出宴會廳，接著走過通往乞丐宴的門口。這是雅烈席人的傳統，只要國王宴客，城裡最窮困的男女便會被邀請至旁邊的大廳一同參與宴會。一名有著黑灰長鬍子的男子倒在門口，露出癡傻的笑容，賽司看不出那是因爲酒醉或是天生如此。

「你見過我嗎？」男子口齒不清地問道，然後開始大笑，一面胡言亂語，一面把手伸向酒囊。嗯，想來是酒醉。賽司走過他身旁，經過一排雕像，刻的是古代弗林教的十神將。傑瑟瑞瑟、艾兮、克雷克、塔勒奈拉……他一一數來，發現只有九人，少了一人。剎拉希的雕像為什麼被移除了？加維拉王據說是很虔誠的弗林教信徒，有些人甚至認為有些過度虔誠了。

走廊沿著圓拱形的皇宮外圍向右方轉去，國王的寢宮就在這層，離地面兩層樓高，周圍盡是石製的牆面、天花板和地板。這真是褻瀆。石頭不是用來踩踏的。可是他能怎麼辦？他是無實之人，只能按照主人的要求行事。

今天的要求包括了穿白衣。鬆垮的白長褲以繩子繫在腰間，上身套著一件長袖薄襯衫，胸口開襟。殺手穿白衣是帕山迪人的傳統。雖然賽司沒有詢問，但他的主人們主動給了解釋。

白色是為了表示大膽。白色是為了不讓身影融入黑夜。白色是為了警告。

因為，如果要刺殺一個人，那個人有權看到你正逐漸靠近。

賽司向右轉，走上直接通往國王房間的走廊。火炬在牆上燃燒，這種照明已經無法令他滿足。那感覺就像禁食良久之後，只喝到一碗淡湯。微小的火靈在火把周圍舞動，猶如一團以光為形體的大型昆蟲。火把對他而言毫無用處。他伸出手探向袋子內的球幣，但在看到前方有更多藍光時卻遲疑了。前面的牆上有兩盞颶光燈，燦爛的藍寶石在其中散發光芒。賽司走到其中一盞燈前，伸手握住那顆被玻璃包圍的寶石。

「給我住手！」一個聲音以雅烈席語喊道。這個路口有兩名侍衛，比平常多了一倍。因為今天晚上的科林納（Kholinar）城內有野蠻人橫行。這些野蠻人現在也許是自己的盟友，但結盟這件事本來就相當不牢靠。

這次甚至還撐不過幾個小時。

賽司看著走上前來的守衛。他們握著矛，因為沒有淺色雙瞳，所以不被允許使劍，但塗成紅色的胸甲花紋繁複，一如紅色的盔羽一般，證明他們雖然是深眸人，卻是身分高貴的公民，隸屬於皇家衛隊，享有廣受尊敬的地位。

走在最前面的侍衛停在幾呎外，揮了揮手中的矛。「快走。這裡不是你該來的地方。」他有著雅烈席人古銅色的肌膚，一道細細的鬍鬚繞滿整張嘴，在下巴形成一把鬍子。

賽司沒有移動。

侍衛問：「嗯？你還在等什麼？」

賽司深吸一口氣，開始召喚颶光。颶光從牆上兩盞藍寶石燈中絲絲滲出，流入他的體內，彷彿被他的呼吸深深吸入。颶光在他體內肆虐，走廊突然暗了下來，像是太陽暫被雲朵遮蔽時那般，投射出足以淹沒山丘的深影。

賽司可以感覺到颶光的溫暖與狂躁，彷彿是直接注射入血脈中的暴風雨。這股力量令人精神一振，卻也很危險，逼迫他去移動、去動作、去攻擊。

他屏住呼吸，緊緊抓住颶光，仍然感覺得到它在滲出。他能抓住颶光的時間很短，也許最多只有幾分鐘，接著就會滲漏，因爲人體有太多的空隙。他聽說引虛者（Voidbringer）可以完美地容納颶光，但牠們眞的存在嗎？他的懲罰宣稱牠們並不存在，但他的榮譽感要求他承認，牠們存在。

賽司全身充斥著如火焰般神聖的力量，轉身面向守衛。他們看得出來他正在滲出颶光，一絲絲藍色像是朦朧發光的煙霧般，從肌膚表層蒸騰而升。領頭的侍衛瞇起眼睛，皺起眉頭。賽司很確定那個人沒有見過這番景象。就賽司所知，每個見過他能力的踩石人都被他殺了。

「你是……你是什麼？」侍衛的語氣不再如先前那般篤定。「你是人還是靈？」

「我是什麼？」賽司低聲說道，一絲颶光從他開闔的嘴唇間流出，眼睛看著男子身後的長廊。「我很……抱歉。」

賽司眨眨眼，將自己「捆」向走廊遠處的那一點。颶光猛然從他體內射出，冰凍了他的皮膚。地面也不再將他往下拉，反之將他拉往遠方的那一點，彷彿以他的相對空間而言，那裡才是下方。

這是「基本捆術」，他的三種「捆控能力」中的第一式，讓他擁有把一切力量、靈力或神靈困鎖在地面上的能力，同時也能將人或物體捆上不同的表面或是不同方向。

如今在賽司眼中，走廊已成了一條朝下方筆直墜落的甬道。兩名侍衛分站兩旁，在賽司一邊一個踩上侍衛的臉，一腳踢飛兩名侍衛的那一刻，他們露出了驚恐的表情；此時，賽司轉移目光，再度捆向地面，光線從他體內滲出，走廊的地面又一次成爲下方。他落在兩名侍衛中間，衣服的布料開始出現裂紋，抖落一片片白霜。他站起身，開始要召喚碎刃。一名侍衛胡亂抓向自己的矛。賽司探出手，一面碰觸士兵的肩膀，一面抬眼看著上方，選定天花板上的一個點，然後讓颶光從體內射出，進入士兵體內，將這可憐的人捆上天花板。

當原本的上方顚倒成他的下方時，士兵驚慌地大喊。光從他的體內流出，他的身體猛然撞上了天花板，矛也哐啷一聲掉在賽司身邊——因爲被捆的是人，不是矛。

殺人。這是最嚴重的罪刑。但此刻賽司就站在這裡，無眞且無實，褻瀆地走在建築體的石材上。這一切不會因此結束。身爲一名無實之人，只有一個人的性命是他被禁止奪取的。

他自己的命。

在第十下心跳後，碎刃落入他等待的手中，彷彿從雲霧中凝聚而成，水珠點綴著金屬劍刃。他的碎刃既長且薄，兩邊開鋒，尺寸比大多數的劍小。賽司揮劍，在石頭地面上劃出一條痕，穿過第二名侍衛的脖子。

一如往常，碎刃殺人的方式很怪異。雖然它能輕易地切過石頭、鋼鐵或任何無生命的物體，但只要碰觸到活生生的肌膚，金屬劍身就會變得模糊。劍身在穿過侍衛脖子時，並未在他身上留下任何傷口，但男子的雙眼隨即開始冒煙和燃燒。當發黑的眼球在頭顱內乾縮成　團的剎那，侍衛也向前倒下，死去。碎刃剮的不是血肉，而是靈魂。

天花板上那名侍衛驚喘一聲。雖然他還是那副頭下腳上的狀態，但仍試著站起身大喊：「碎刃師！有碎刃師（Shardbearer）攻擊國王的住所！全副武裝、回擊！」

*終於明白狀況了！*賽司心想。雖然侍衛看不懂賽司使用颶光的方式，但是他們認得碎刃。

賽司彎下腰，拾起從天花板落下的長矛，同時吐出從吸入颶光後便一直憋住的那口氣。雖然他只要憋住氣息就能永持颶光的能量，但是那兩盞燈負載的能量並不多，所以應該要不了多久就需要再次呼吸。停止憋氣後，颶光流瀉的速度變得更快了。

賽司把長矛抵住石板地，看著上方。黏在天花板上的侍衛停止大喊，睜大眼睛看著他的襯衫衣襬開始往下掉，下方的地面重新恢復主宰，從他體內蒸騰出的颶光開始減少。

他低頭看著賽司，低頭看著直指他心口的矛尖。紫色的懼靈在他身體周遭出現，從岩石天花板間的縫隙爬出。

颶光能量全數耗盡。侍衛落下。

他尖叫著直線墜落，矛刺穿他的胸口。賽司鬆手讓長矛倒下，末端那扭曲的身體落地時，發出了沉悶的撞擊聲。他一手握著碎刃，轉向旁邊的一條走廊，依照記憶中的地圖前進。此時一群士兵正巧發現了死者，賽司趕忙矮身閃進一個拐角，讓自己的身形緊貼著牆壁。這群新到的士兵立刻扯開喉嚨大喊，繼續完成剛才第一個侍衛提出的警告。主人給賽司的指示很清楚：殺死國王，但要讓別人看見。讓雅烈席人知道他的到來以及他的意圖。爲什麼？帕山迪人既然在簽約當晚就決定派殺手刺殺國王，爲何又要簽約？

這裡的走廊有更多的寶石在牆上熠熠發光。加維拉王喜歡奢華的裝飾，但他不可能知道，他的喜好正好讓賽司得到施展捆術的力量來源。賽司的能力已經上千年無人見過，當時的歷史紀錄幾近消失殆盡，傳說也與事實幾乎完全背離。

賽司瞄了一眼走廊，其中一名站在走廊交叉口的侍衛看到他，立刻指著他大喊。賽司確定他們都已看清他的出現後，才再次躲開，邊跑邊深吸一口氣，吸入燈裡的颶光，身體隨之甦醒，速度增快，肌肉充滿力量，颶光成爲他體內的颶風，血液在耳膜中鼓動。這是驚懼與痛快之感交織共舞的一刻。

這時面前的走廊一分爲二，左右各一。他下了決定，用力推開儲藏室的門，然後暫留片刻——停留的時間不長也不短，恰好讓拐角的侍衛看到他後，才衝入房間，準備施展「全面捆術」。他舉起手臂，命令颶光在手臂上聚集，在他的引導下，皮膚爆發出極爲燦爛的光芒。接著他朝門框一揮，像是潑灑顏料一般，在門框撒下了白色的光芒。侍侍衛抵達門口的瞬間，用力關上門。

颶光以百人之力堵死了門。全面捆術會把東西綁在一起，密不可分，直到颶光耗盡爲止。跟基本捆術比較起來，花的時間更久，但對颶光的耗損也更快。門把開始晃動，木板發出了咯吱咯吱的聲響，想來是侍衛們開始嘗試撞門。有人喊著拿斧頭來。

賽司用超凡的速度走過房間，繞過披著布巾、儲藏在此處的家具。每件家具都是以紅色的布料與深色的高級木材所打造。他來到房間的另一邊，做好要再一次褻瀆的心理準備。他舉起碎刃，橫劃過深灰色的石頭。岩石輕易地就出現了一道裂縫，畢竟碎刃可以切斷任何無生命的物體。接下來直劃兩劍，最後在下方補上一劍，割出一塊方正的大石塊。他用手抵著石頭，讓颶光進入。

身後的門板開始發出即將崩毀的聲音，他轉頭望著，將注意力集中在顫抖的門上，準備把巨石捆往那個方向。賽司的衣服上結起了凍霜，因爲要捆住這麼大的東西，需要極多的颶光。他體內的風暴終於平靜下來，猶如漫天風雨逐漸平息成綿綿細雨。

他向後踏一步，巨大的岩石在一陣抖動後滑入了房間。在正常情況下，根本不可能搬移如此大的石塊，光是它本身的重量，就會讓石塊出現自由落體的情況。但如今移動的力量卻是來自它本身的重量，因爲對岩石來說，以相對空間而言，現在房門的方向才是所謂的下方。低沉的摩擦聲響起，岩石滑出牆壁，飛過空中，撞碎家具。

士兵們終於衝破了門板，才剛跌跌撞撞地衝入房間，便看到巨石迎面飛來。

賽司轉過身，不去理會那些驚懼的尖叫聲、木頭的碎折聲還有骨頭的斷裂聲。他彎下腰，踏過剛割出的石洞，來到外面的走廊。

他走得不快，從經過的每一盞燈裡汲取颶光，吸入體內，讓風暴重新復甦。一盞盞燈火變得微弱不堪，走廊也逐漸轉暗。盡頭處是一道厚重的木門，在他靠近時，如紫色黏液般的細小懼靈開始扭動著身體從岩石探出，朝門口直直而去。它們被另外一邊傳來的恐懼吸引而去。

賽司推開門，走入通往國王寢室的最後一條走廊。兩邊各陳列著一排顏色鮮紅的高大陶瓶，其間的空格均站著一名緊張的士兵，夾道在一條狹窄的長地毯兩邊。地毯也是紅色的，宛如一條載滿鮮血的河流。

最前面使矛的士兵甚至不等他靠近，便高舉手中投擲用的短矛，朝賽司跑了過來。賽司一掌拍向門框，將颶光推入，施展出最後一種捆術——「反向捆術」。顧名思義，這股力量的效果正與前兩者相反，非但沒有讓門框發出颶光，反而讓它開始吸收所有附近的光線，在周圍顯現出一種詭異的陰影。

士兵們紛紛擲出手中的矛，賽司動也不動地搭著門框而立。反向捆術需要他持續接觸著施力物品，但耗費的颶光相對而言比較小。

在施力時，所有靠近的物品都會被拉向捆術點，越輕的東西越容易受到拉引。

短矛在空中紛紛偏向，飛過他身邊，重重插入木製門框。賽司一感覺這股震動波，就立刻跳入空中，把自己捆上右牆，啪的一聲落在石牆上。

腳一沾上牆頭，他立刻重新調整自己的方位。以他的相對視線來說，站在牆上的不再是他，而是士兵們。血紅色的地毯如壁氈一般在兩方之間蔓延。賽司一邊沿著走廊狂奔，一邊揮出碎刃，割斷兩名對他拋擲短矛的士兵，他們的眼睛立即起火燃燒，癱倒在地。

走廊中的其他士兵開始驚慌起來。有人試著攻擊賽司，有人大呼求救，還有人害怕地躲開。攻擊者不太懂得該如何對付一名掛在牆上的敵人。賽司砍倒幾名士兵後翻飛入空中，全身縮成一團，重新把自己捆回地面，落在士兵之中。雖然敵人環伺，但他手中握有碎刃。

根據傳說，在無數個世紀以前，碎刃首先是由燦軍騎士（Knights Radiant）所有，是他們崇敬的神賜予的禮物，允許他們與岩石和火焰形成的怪物對戰。那些高幾十呎、眼睛燃燒著憎恨的怪物名叫引虛者。要知道，當敵人的皮膚堅硬如石時，鋼鐵是沒有用的。這時只能使用超自然的武器來對付牠。

賽司站起身，寬大的白衣飄動，下巴因自己犯下的罪行而緊繃。他展開攻擊，武器反射出周遭火炬的光線，熠熠生輝。行雲流水的三劍連綿而來。他無法關掉聽覺，只能聽入那淒厲的尖叫，也無法闔上雙眼，只能睜眼看著眾人如頑童在不經意間踢倒的玩具般紛紛倒下。如果被碎刃碰觸到脊椎，就會在雙眼燃燒的情況下必死無疑；如果是刺穿四肢，則會毀去那節肢幹。

一名士兵跌跌撞撞躲開賽司，手臂無用地在肩膀晃動。他將永遠感覺不到，亦無法再使用那隻手臂。

賽司放下碎刃，站在眼眶焦黑的屍首間。在雅烈席卡王國裡，人們經常談起人類費盡千辛萬苦才打敗引虛者的傳說，但是，當這類創造來對付夢魘的武器被用在普通的士兵身上時，人命亦如同草芥。

賽司轉身繼續前進，穿著拖鞋的雙腳踩在柔軟的紅毯上。碎刃一如往常，散發著潔淨的銀光。以碎刃殺人時並不會見血，這似乎是某種神諭。碎刃只是工具罷了，不該爲任何謀殺的行爲指責它。

走廊終端的門猛然打開，賽司全身一滯，看著一小群士兵簇擁著一名身著皇服的男子衝了出來，後者低著頭，彷彿在躲避劍矢。士兵們身著深藍色制服，這是國王親衛隊的顏色。滿地的屍體並未阻礙他們的動作。他們已經知道碎刃師的能耐，決定打開一扇小小的側門，將他們保護的人推入其中，殿後的幾名士兵舉著矛對準賽司，同時倒著退出。

國王的房間又踏出另一個身影，他身上的閃亮藍色盔甲由相連的光滑金屬片組成，與一般盔甲不同的是，這具盔甲的關節處既沒有皮革，也沒有鎖子鍊，只有一組組尺寸更小的金屬片，無比精準，極盡繁瑣地契合。這具盔甲極爲美麗，每塊藍色盔甲的周圍都以金線滾邊，頭盔則飾以三道波浪狀，如號角般的翅膀裝飾。

碎甲（Shardplate）與碎刃（Shardblade）是一套的。新來的人手裡也握著一把劍，一把巨大的碎刃，足足有六呎長，劍身的花紋如燃燒的火焰，銀色金屬反射出的光芒就像發自劍身的中心點。一把設計來殺死邪神的武器，跟賽司手中那把相比，體積有過之而無不及。

賽司遲疑了，他認不出這具盔甲。在進行這項任務前，他沒有得到預先通知，也沒有足夠時間記住雅烈席人手中擁有的碎刃或碎甲特性，可是他在追殺國王之前必須先處理掉這名碎刃師，不能將如此強大的敵人留在身後。

況且，他的捆術無法施用在穿著碎甲的人身上，這具盔甲會增強對方的能力，讓對手變得更強壯。這名碎刃師或許能夠打敗賽司，殺了他，結束他悲慘的人生。賽司的榮譽心不允許他背叛自己的使命或者執意尋死，但如果死亡因此到來，他會相當歡迎。

對手展開攻擊，賽司將自己捆向走廊一側，扭身躍起，落在牆上，輕盈地向後退去，手中的碎刃已準備好對付敵人。碎刃師採取的攻擊姿勢是東方偏好的劍式身形，他的動作無比靈活，完全不像穿著如此笨重的盔甲。碎甲非常特別，跟碎刃一樣古老，一樣充滿神奇的力量。

碎刃師攻擊之勢不斷，賽司把自己捆向天花板，躲開對方劃破牆壁的一擊。此時的他血脈僨張，向前猛衝，朝下揮劈著碎刃，試圖攻擊碎刃師的頭盔。但對方一彎腿一矮身就躲了開去，賽司的碎刃只砍中一片虛無的空氣。

隨即，碎刃師揮動著碎刃往天花板方向直攻而來，賽司往後一躍，避開攻擊。賽司自己並沒有碎甲，也不想穿，因為捆術會與提供碎甲能量的寶石相互干擾，他只能兩者擇一。

碎刃師轉身的同時，賽司飛奔過天花板。不出他所料，碎刃師再次揮砍，賽司朝側面飛撲後滾身落地，一個鯉魚打挺又將自己捆回地面，落在碎刃師後方，將劍砍向敵人門戶洞開的後背。

但很不巧，碎甲有一個極大的優勢，就是能抵擋碎刃的攻擊。賽司的武器扎實地砍上，碎甲背上出現細密的光網，颶光開始從線條中流出。碎甲不會像普通的金屬一樣彎折或凹陷，因此賽司必須攻擊在剛剛砍過的同一點上，才能破壞盔甲。

碎刃師憤怒地回擊，想要砍斷賽司的雙膝，但賽司靈巧地閃出了對手的攻擊範圍。他體內的颶風提供不少優勢，其中一項就是讓不嚴重的小傷勢能快速癒合的能力，但是被碎刃毀去的肢幹，是無論如何也長不回來的。

賽司繞過碎刃師，看準時機往前猛衝。碎刃師再度揮劍，但賽司快速將自己捆上天花板，接著猛然捆回地面，利用這下墜之勢揮劍。碎刃師敏捷地擋下了他的攻擊，俐落地反手一劍，離刺中賽司不過一指之遙。這個人的劍術頗為高明，確實是個危險的敵手。許多碎刃師都太過仰賴劍跟甲冑的力量，然而這個人不同。

賽司跳上牆面，改變招數，以碎刃施展出短促的快攻，如迅猛的海鰻。碎刃師則以大開大闔的劍招回應，利用劍身的長度讓賽司無法貼近。

*已經耗太多時間了！*賽司心想。如果讓國王溜走，那麼無論殺了多少人，他的任務都是失敗的，於是他彎腰想貼近碎刃師的身側，卻又一次被逼了回來。這場戰鬥每多花一秒，就是讓國王多擁有一秒脫逃的時間。

他必須冒險進攻。賽司跳入空中，捆往走廊的另一端，頭下腳上地踢向他的敵人。碎刃師毫不遲疑立即揮劍，但賽司立刻改往斜下方捆綁，迅速落地，讓碎刃師的一劍從他頭頂上揮空而過。

他以蹲姿落地，順勢向前一撲，揮砍碎刃師的身側，瞄準盔甲出現裂痕的地方猛烈一擊，該處的盔甲應聲碎裂，熔化的金屬滴下。碎刃師悶哼一聲，單膝跪倒，一手按住身側。賽司抬起腳，灌入颶光之力，朝男子身後用力一踢。

壯碩的碎刃師撞上通往國王居所的木門，一舉將門扉撞得粉碎，身體一部分倒入後方的房間。賽司沒有乘勝追擊，他鑽入右邊的門口，往國王消失的方向而去。這裡的走廊有著同樣的紅地毯，兩旁牆上的颶光燈讓賽司能夠重新澆灌體內的颶風。

能量再次於他體內湧現，他加快了速度。如果能夠趕上前方的人馬，就能在料理掉國王後，再轉身回去對付碎刃師。這不容易。就算是全面捆術配上門框也阻擋不了一名碎刃師，而且碎甲會讓那個人有超乎自然的奔跑速度。賽司轉頭瞥了一眼後方。

碎刃師並沒有跟上來。穿著盔甲的男人坐起身，似乎仍有點神智不清。賽司隱約可以看到他坐在門口，身旁堆滿了破碎的木塊。也許賽司對他造成的損傷超過原本的估計。

還有可能是……

賽司全身一僵。他想起被眾人簇擁而出的那名男子，當時刻意低垂的頭，臉孔隱約不清。碎刃師仍然沒有追上來。他的劍技如此高明。據說加維拉．科林的劍術在世上已經罕有人能及。有可能嗎？

賽司轉身衝了回去，決定信任自己的直覺。碎刃師一看到他，便立即準備站起身。賽司跑得更快了。國王藏在哪裡最安全？是被一堆侍衛簇擁著撤離此地？還是藏身在一身保護力絕佳的碎甲中，僞裝成另一名無足輕重的侍衛？

很聰明，賽司心想，看著原本動作遲緩的碎刃師又站了起來，重新擺出招式。賽司展開另一波猛攻，快速揮劍成一片光網。碎刃師國王則不斷施展剛猛的劍招，逼得賽司不斷閃躲，有一次甚至感覺到武器離自己不到幾吋遠。他算準時機，向前一衝，從國王的迴劍下方衝入。

國王以爲他又要攻擊自己的身側，立刻扭身避開，還用手臂擋住碎甲上的洞，讓賽司有空間閃過碎刃師，側身跑入國王的房間。

國王轉身想要跟上，但賽司已經跑進了裝飾奢華的房間之中，揮手碰觸每一件經過的家具，灌入颶光，一一捆向國王身後的某一點。所有的家具頓時傾倒翻覆，彷彿整個房間被翻了個面，沙發、靠椅、桌子全部朝驚訝的國王飛去。加維拉犯下了一個絕對的錯誤：他決定用碎刃去砍這些家具。一張龐大的沙發被輕易地分解成了數塊，但是每一碎塊仍然結結實實砸到他身上，讓他重心不穩，難以站立，接下來又被一張凳子絆倒，直接摔在地上。

加維拉翻身滾離家具飛衝的路線，然後向前急撲，碎甲上的裂痕不斷湧出颶光。賽司深吸一口氣，躍向空中，在國王來到他面前的同時，將自己往後捆，閃過國王的攻擊，然後連續使用兩道基本捆術向前俯衝，以平常兩倍下墜力的速度朝國王墜下。他身後閃著颶光，衣服結滿凍霜。

國王全身都散發著震驚，只能看著賽司猛然躍起在半空中，突然轉身向他揮砍。

碎刃一擊中國王的頭盔，賽司又立刻將自己捆上天花板，向上飛升，重重地撞上石頭屋頂。他連續施用捆術的次數太過頻繁，方向太多變，連自己都已經分不清東南西北，所以很難優雅地落地。他跌跌撞撞地重新站起。

下方的國王往後踏了一步，想要找到適合攻擊賽司的角度。他的頭盔已經裂開，正在流瀉著颶光。國王謹慎地站著，爲了保護盔甲碎裂的那一側，他選擇單手朝天花板揮砍。賽司立刻將自己往下捆，認爲國王的攻擊會讓他自己來不及回防。

但賽司低估了他的敵手。國王反而朝賽司上前一步，相信自己的盔甲可以吸收賽司的攻擊。於是，就在賽司第二次擊上頭盔，讓其碎裂的同時，加維拉也以他空出來、戴著護甲的另一隻手，重重擊中賽司的臉。

賽司眼前閃著令他目眩的光，呼應著滿臉鋪天蓋地而來的痛楚。世界一片模糊，逐漸看不清。

痛。好痛！

他高聲尖叫，颶光突然傾洩而出，他則往後撞到某種堅硬的東西。是陽台的門。肩膀爆發出更多痛楚，彷彿有人拿一百把匕首同時刺入他一樣，接著他撞到地面，翻滾一陣後停下，全身肌肉都在顫抖。如此的攻擊早已殺死了一個普通人。

沒時間痛。沒時間痛。沒時間痛！

他眨著眼睛，搖著頭，世界仍然模糊而陰暗。他瞎了嗎？不對，是因爲天色很黑暗。他站在木製陽台上，方才的重擊讓他一股腦兒撞破了陽台門。是什麼東西在砰砰砰地鼓動著？是沉重的腳步聲，是那個碎刃師！

賽司搖搖擺擺地站起，視線仍舊恍惚不清，血沿著臉龐的一邊流下，從皮膚散出的颶光蒙蔽他的左眼。颶光，說不定颶光能治癒他。他的下巴似乎脫臼了。裂了嗎？他的碎刃掉了。

巨碩的身影在賽司面前緩慢移動。碎刃師的盔甲漏了不少颶光，讓國王的步伐變得相當困難，但他還是來了。

賽司尖叫著當場跪下，將颶光灌入木頭陽台，將它往下捆落。空氣在他身體四周凍結。颶風咆哮，沿著手臂衝入木頭，他一遍又一遍地將木頭陽台往下捆綁，到第四次時，加維拉一腳踏上了陽台，這額外的重量讓陽台往下一陷，木頭發出了緊繃的咯吱裂聲。

碎刃師遲疑了。

賽司第五次將陽台往下捆時，支柱終於斷裂，整個陽台同時從建築物主體脫落。賽司不顧碎裂的下巴，大叫一聲，利用最後的一點颶光將自己捆上建築物的旁邊，側身飛過了驚訝的碎刃師，然後在撞上牆壁的一剎那，順勢打了個滾。

陽台崩落，國王不可置信地抬起頭，失重後摔倒在地。過程很短暫。月光下，瞎了一隻眼的賽司，嚴肅地透過另一眼那仍然模糊的視線，看著整片建築物摔撞下方的石頭地面。皇宮的城牆爲之撼動，碎木的撞擊聲迴蕩在周圍的建築物之間。

賽司仍然倒在牆緣上，一面呻吟，一面緩緩站起，覺得全身虛弱，因爲太快用盡颶光，反而增加身體的負擔。他歪歪倒倒地走下牆垛，來到殘骸邊時，幾乎已站不住。

國王還在動。雖然碎甲可以保護一個人從這麼高的地方摔下來也能存活，但一段沾滿鮮血的長木頭，正巧從賽司之前刺穿盔甲的部位，插入了加維拉的身側。賽司跪下，檢視男子因疼痛而扭曲的面孔。立體鮮明的五官，方正的下巴，黑色鬍子中的點點星白，明亮的淺綠色眼睛。加維拉·科林。

「我……知道你……會來。」國王邊喘氣邊說道。

賽司伸手探入男子的胸甲下方，輕拍了一下底端的繫帶，繫帶便自行鬆開。他將胸甲卸下，露出內部鑲嵌的寶石。其中兩塊已因力量用盡而碎裂，其餘三塊仍然散發著光芒。疲累到麻木的賽司深吸一口氣，將颶光汲入體內。

風暴再度肆虐，更多颶光從他的臉龐散出，修復受傷的皮膚跟骨頭，但痛楚依舊劇烈，颶光的治癒效果並非立即生效，得要等上好幾個小時才能康復。

國王咳了一聲。「你可以告訴……賽達卡……他已經太遲了……」

「我不知道那是誰。」賽司站起身說道，語音因破碎的下巴而模糊不清。

他將手伸到一旁，重新召喚他的碎刃。

國王皺眉。「那麼會是誰……？雷斯塔瑞？還是薩迪雅司？我沒想到……」

「我的主人是帕山迪人。」賽司說道。十下心跳後，他的碎刃落入手中，沾滿水珠。

「帕山迪人？不合理啊！」加維拉咳嗽著，把顫抖的手探入胸前的口袋一陣摸索，最後掏出一顆繫在鍊子上的小水晶球。「你必須把它拿走。他們不能得到它。」他的神智開始渙散。「告訴……告訴我弟弟……他必須找出一個人所能說出……最重要的話語……」

加維拉沒有了動靜。

賽司遲疑片刻後，跪下並拾起了水晶球。他從來沒有見過這樣奇特的水晶球，雖然通體漆黑，卻似乎散發著光芒，但連光都是黑色的。

加維拉說，帕山迪人？不合理啊！

「這世界已經沒有合理的事物了。」賽司低語，將奇特的小晶球收起。「一切都在崩解中。我很遺憾，雅烈席卡之王。不過，我想你應該不在乎，至少現在不會了。」他站起身。「至少你不必跟我們其他人一起，看著世界終結。」

國王的碎刃在他身旁從霧中出現，喀啦一聲落在石板地上，因爲它的主人已經死了。曾經，它價值連城。曾經，爲了爭奪一柄碎刃，人們不惜覆國滅族。

皇宮中喊聲連天。賽司得立刻走，可是……

告訴我弟弟……

對於賽司的族人而言，臨死前的囑咐是神聖的。他握住國王的手，沾上國王的血，在木頭上寫著，弟弟，你必須找出一個人所能說出，最重要的話語。

之後，賽司逃入黑夜，國王的碎刃被他留下。因爲他用不著。

他擁有的那柄碎刃，早已詛咒自己萬劫不復。

第一部

沉默之上

Above Silence

卡拉丁◆紗藍

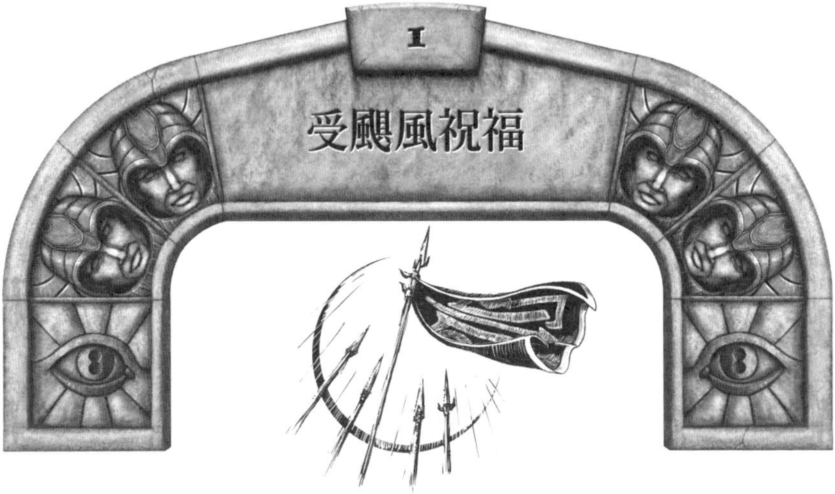

「你們殺了我。混帳東西，你們殺了我！太陽仍熾熱時，我已死去！」

——收錄於一七一一年，貝塔月，查克週的第五日，死前十秒。死者爲深眸士兵，時年三十一歲。樣本可信度待查。

五年後

「我死定了，對不對？」瑟恩（Cenn）問道。

瑟恩身邊一名飽經風霜的老兵轉身檢視他的全身上下。老兵蓄了滿臉的濃密短鬚，兩鬢的黑髮已經開始轉灰。

我會死，瑟恩心想，緊握著長矛，矛柄滿是汗水。我死定了，颶父啊！我死定了……

老兵問道：「孩子，你幾歲了？」瑟恩不記得他的名字。隔著崎嶇的戰場，另一支軍隊正在排列成陣。光這幅景象就足以讓他什麼都想不起來。排隊的動作顯得如此平和、整齊且規矩。短矛在前排，長矛跟標槍在後面，弓箭手在兩側。深眸的矛兵穿戴著跟瑟恩一樣的軍備：皮背心、及膝裙、簡單的鐵盔和成套的胸甲。許多淺眸人都備有全套的盔甲，他們跨坐在馬上，親兵護衛們包圍在旁，身上穿著酒紅色與森林綠的胸甲。

他們之中有碎刃師嗎？光明爵士阿瑪朗不是碎刃師。他手下有碎刃師嗎？如果瑟恩必須跟碎刃師對打怎麼辦？普通人根本殺不了碎刃師，這種事情會發生的機率罕見到只有在傳奇中才會出現。

眞的要發生了，他越發驚恐地心想。這不是營地中的演習，這不是在田野間揮舞棍子的訓練。這是眞的。面對這個事實，他感到胸口的心臟有如害怕的小動物一般劇烈鼓動，雙腿虛軟。瑟恩突然意識到他是個懦夫。他根本不該離開他的牲口！他根本不該……

「孩子？」老兵平穩地又問了一次。「你幾歲了？」

「十五歲，先生。」

「你叫什麼名字？」

「瑟恩，先生。」

滿臉鬍子的壯碩男子點點頭。「我叫達雷。」

「達雷。」瑟恩重複了一遍，依舊盯著敵軍。好多人。至少有幾千人！「我死定了，對不對？」

「不會。」達雷的聲音低沉，卻令人心安。「你沒事的。腦子放清楚，不要脫隊。」

「可是我才受不到三個月的訓練！」他敢發誓可以聽得見敵人盔甲或盾牌的輕敲聲。「我連矛都握不好！颶父，我死定了。我不能……」

「孩子。」達雷打斷他的話，語音溫和卻堅定。他一手按上瑟恩的肩膀。達雷的大圓盾牌掛在被甲上，邊緣反射出亮光。「你不會有事的。」

「你怎麼知道？」這不是疑問，而是乞求。

「因爲你的小隊長是受颶風祝福的卡拉丁（Kaladin）。」附近其他士兵紛紛點頭表示贊同。

他們身後一波又一波的士兵排列成行，人數眾千。瑟恩站在最前面，跟卡拉丁小隊中的其他三十幾個人站在一起。瑟恩爲什麼在最後一刻被轉到一個新的小隊？這跟軍營的政治角力有關。

這個小隊爲什麼站在整批大軍的最前線，死傷最慘烈的地方？小小的懼靈如一團團紫色的黏液開始從地面爬出，聚集在他的腳邊，他驚慌得幾乎要拋矛而逃。達雷的手握緊了他的肩。瑟恩抬頭望著達雷自信的黑眼，他遲疑了。

達雷問：「我們整軍列隊前你撒尿了沒有？」

「我沒時間去……」

「現在尿。」

「在這裡？」

「你現在不尿，等一下開戰了，你的尿會沿著腿流下來讓你分神，甚至會害死你。快尿！」

瑟恩尷尬地把矛交給達雷，開始往石頭堆解放，之後他偷偷瞥了一眼周遭的人。卡拉丁的士兵沒有一個人笑他，個個站得筆挺，矛握於身側，盾牌掛在背上。

敵軍幾乎要完成列陣。兩軍之間的戰場是空曠、平坦的石頭地，出奇地平整光滑，中間只偶爾突出一兩塊石苞而已。這會是塊好牧場。暖風吹拂著瑟恩的臉，挾滿昨晚強颶風留下的濃重水氣。

「達雷！」一個聲音喊道。

一人穿過陣列，握著一柄短矛，木柄上還綁著兩副皮刀鞘。來者是名年輕男子，大概只比十五歲的瑟恩大了四歲左右，但身高比達雷要高上幾個指幅。他穿著矛兵的普通皮衣，下面卻搭了一條深色長褲，這應該是不合規定的。一頭及肩的黑色雅烈席髮微卷，眼睛是深褐色，背心上還掛著一串白繩的結索，標明他的身分是小隊長。

瑟恩周圍的三十人頓時立正，舉高了矛行軍禮。

這就是受颶風祝福的卡拉丁？瑟恩不敢置信。這麼年輕！

「達雷，我們等一下會有一名新兵。」卡拉丁說道。他有著強勁的嗓音。「我需要你來……」他注意到瑟恩，便沒再說下去。

「他幾分鐘前才剛找到所屬的部隊，長官。」達雷微笑地說道。「我正在幫他做準備。」

卡拉丁回答：「做得好。我花了不少錢才把這小子從蓋爾那邊弄來，那個人的無能簡直跟敵軍那一夥人沒兩樣。」

瑟恩心想，什麼？怎麼會有人爲了得到我而花錢？

「你們對這個戰場有什麼看法？」卡拉丁問道。附近幾名矛兵紛紛舉起手擋住太陽，掃視眼前的景象。

「最右邊那兩塊石塊間的凹地如何？」達雷問道。

卡拉丁搖搖頭。「路面太不平穩。」

「有可能。右邊的矮山丘呢？夠遠，可以避開第一波衝擊，但是又夠近，不需要衝太遠。」

卡拉丁點點頭，瑟恩完全看不出他們在看哪裡。「看起來不錯。」

「你們這些蠢蛋聽到了嗎？」達雷大喊。

眾人舉高了矛。

卡拉丁說：「達雷，多關照一下新來的小子。他看不懂信號。」

「當然。」達雷笑著說。笑！那男人怎麼還笑得出來？敵軍已經開始在吹號角了。他們準備好了嗎？

雖然瑟恩才剛尿過，仍然感覺到一絲液體沿著大腿流下。

「站穩了。」卡拉丁說道，然後小跑步到最前面一排，去跟另一名小隊長交談。瑟恩跟其他人後方的隊伍仍然繼續增長，兩旁的弓箭手準備要開火。

達雷說道：「別擔心，孩子。我們不會有事的。受颶風祝福的卡拉丁運氣很好。」

瑟恩身旁的士兵點點頭。他是個瘦瘦的紅髮費德人，古銅色的肌膚比雅烈席人還黑。爲什麼他在雅烈席卡的軍隊裡？「沒錯。卡拉丁絕對是受到颶風祝福的。我們上一場戰役裡，只失去了……一個人，是吧？」

「可是有人死了。」瑟恩說道。

達雷聳聳肩。「總會有人死。我們的小隊死得最少。你等一下就會懂。」

卡拉丁跟另一個小隊長交談完之後，小跑步回到自己隊上。雖然他其中一手握著一支短矛，代表他會用另一隻手使盾，但他的短矛比其他人的都要長了一個手掌。

「大夥兒準備了！」達雷大喊。卡拉丁跟其他小隊長不同，沒有跟其他士兵一起排成一列，而是站在整個隊伍的最前面。

瑟恩周圍的人不斷移動重心，一陣興奮。龐大的軍隊重複著同樣的一句話，語音在隊伍裡來回迴響，沉靜被急切取代。數百隻腳不斷地挪移，盾牌相互拍擊，扣環發出清脆的敲擊聲。卡拉丁動也不動地盯著敵軍。「大家穩住了。」他說道，並未轉身。

一名淺眸的軍官騎馬從後方走過。「準備迎戰！我要他們的血！殺光他們！」

那個人一過，卡拉丁又說了一次：「穩住了。」

「準備開跑。」達雷對瑟恩說道。

「跑？我們的訓練是齊步走！要保持陣形！」

達雷回答：「是沒錯，但大多數人受過的訓練不比你多多少，戰力強的人會被派去破碎平原跟帕山迪人打仗。卡拉丁則努力讓我們保持隊形，一路衝到那裡為國王效力。」達雷朝其他士兵點點頭。「這裡大多數的人最後都會脫隊、自顧自地橫衝直撞和攻擊。那些淺眼睛的沒什麼指揮能力，沒辦法讓他們保持陣形，所以別走散了，跟著我們一起跑。」

「我該把盾牌拿出來嗎？」周圍其他小隊的成員們紛紛解下了盾牌，但是卡拉丁的小隊裡沒有半個人動作。

達雷還來不及回答，身後就傳來號角聲。

達雷開口喊：「跑！」

瑟恩沒什麼選擇的餘地。整個軍隊在一片軍靴踏地的聲音中開始移動。一如達雷所預料，平穩的步伐沒有維持多久，有些人開始大喊，其他人跟著咆哮，淺眸人大喊著要士兵快步上前作戰殺敵，陣式立時分解。

瞬間，卡拉丁的小隊也開始全速朝最前方狂奔，瑟恩盡力想要跟上，滿心的慌亂與畏懼。這個地面不如他以為的那般平滑，他差點被藏在殼裡的藤蔓，還有不容易看見的石苞絆倒。

好不容易站穩身子，他繼續快跑，一手緊緊握著矛，盾牌在背後拍擊。遠方的軍隊也在行動，士兵朝著戰場的這一邊奔過來，沒有維持陣式或隊伍的跡象，這跟他受的訓練完全不一樣。

瑟恩甚至不知道敵人是誰。一名地主侵占光明爵士阿瑪朗的領地，而這名地主的後台卻是薩迪雅司藩王。這是一場邊境糾紛。但瑟恩認為，既然對方是另一個雅烈席卡王郡，為什麼要互鬥？也許國王可以阻止這場戰爭，但他正在破碎平原上，為五年前的加維拉王之死復仇。

敵人有很多弓箭手。第一波箭飛入空中時，瑟恩的驚慌攀升到巔峰。他腳下又一次踉蹌，極端渴望把盾牌解下，但達雷抓住他的手臂，拖著他前進。

數百枝箭割裂天空，遮蔽太陽，劃出弧線後，如天鰻攻擊獵物般墜下。阿瑪朗的士兵們舉起盾牌，但不包含卡拉丁的小隊。他們沒有舉牌。

瑟恩尖叫。

箭雨射入了瑟恩身後的阿瑪朗軍隊中央。瑟恩邊跑邊回頭看，箭雨全都落在他身後。士兵們哭號高叫，箭矢撞上盾牌隨後碎裂，只有少數幾枝箭落在前排附近。

「爲什麼？」他對達雷大喊。「你怎麼知道？」

「他們會讓箭矢射向人員最密集的地方。」壯碩的男子回答。「那裡射中人的機會最高。」

其他幾支在前鋒的小隊雖然沒有舉高盾牌，但大多數人笨拙地邊舉著盾牌邊跑，擔心那些根本射不到他們的箭矢，因此讓速度變慢，反而增加了被後方那些眞有可能中箭的大軍們踩死的機率。瑟恩仍然想把盾牌舉起來，少了盾牌，就這麼赤裸裸地奔跑，實在太不對勁了。

第二波箭雨落下，士兵們發出痛楚的慘叫。卡拉丁的小隊衝向敵軍，有些人被阿瑪朗軍的飛箭射中，正慢慢地死去。瑟恩可以聽到敵軍發出的怒吼，看得見對方一張張的臉孔。突然，卡拉丁的小隊全部停了下來，聚集成團。他們已經抵達卡拉丁跟達雷方才一同挑選的小丘。

達雷抓住瑟恩，將他推入陣心。卡拉丁的士兵們放低矛，解下盾，準備迎戰逼近的敵軍。衝上前來的敵人沒有謹愼地擺出陣形，也不講究什麼長矛在後、短矛在前的對仗規則，只是發瘋似地狂喊，向前奔跑。

瑟恩在一陣手忙腳亂中把盾牌解下，兩隊短兵相交，長矛敲擊聲響徹空中。一群敵方矛兵衝向卡拉丁的小隊，可能是想要搶走他們的戰略制高點。對方的三十幾人也算是集體行動，但沒有卡拉丁小隊那麼嚴整。他們似乎打算拿狂熱來彌補這些不夠嚴謹的部分，放聲怒吼，大叫著衝向卡拉丁的陣線。卡拉丁的小隊則堅守陣地，保護著瑟恩，彷彿他是淺眸人而他們是他的親兵護衛。雙方交戰，金屬與木頭交錯，盾牌相互推擠，瑟恩害怕地往圓圈中心縮去。

頃刻之間，高下立見。敵方向後撤退，留下兩名死者躺在石地上。卡拉丁的小隊則全員健在，維持長矛對外的V字形陣列，雖然有一個人往後退了一步，掏出一捲繃帶來包紮大腿上的傷口，而其他人立即貼近，不留一絲空隙。傷者身形魁梧，四肢粗壯，口中謾罵數聲，但傷勢似乎並不嚴重。不一會兒他又站了起來，卻沒有回到原本的位置，而是走到V字形的末端，一個比較能受到保護的位置。

戰場一片混亂。兩軍完全交雜在一起，敲擊、骨頭碎裂和尖叫哀鳴等種種聲響在空氣中翻騰不休。許多小隊都已經潰不成形，隊員們如獵人般集結成三四人一組的小團體，進行一場場短暫的打鬥，挑選落單的敵人，殘暴地圍攻。

卡拉丁的小隊留在原地不動，只與靠得太近的敵人搏鬥。戰爭原來是這樣的嗎？瑟恩受過的訓練是要與他人整齊、肩並肩地排成一列，而不是如此這般一味狂亂械鬥，更不是眼前這番徹底暴力且混亂的場面。爲什麼其他人都不能保持隊形？

瑟恩心想，*眞正的士兵大概都已經不在這裡了吧！他們都在破碎平原上進行眞正的戰鬥，難怪卡拉丁希望他的小隊能去那裡。*

四周矛光閃爍，雖然眾人的胸甲上都印有徽記，盾牌上漆了不同的色彩，但仍然敵我難分，戰場崩解成數百個小型的戰鬥，彷彿同時進行著上千場戰爭。

經過幾次交鋒之後，達雷抓住瑟恩的肩膀，讓他站在V字形的最末端。可是瑟恩毫無用處。卡拉丁的小隊一跟敵方接觸，他受過的訓練便被拋到九霄雲外，得費盡全力才能站在原地，握著他的矛，矛頭指向外面，試圖露出一臉凶惡之色。

將近一個小時裡，卡拉丁的小隊依舊占領著他們的小山丘，肩並肩地進行團體作戰。卡拉丁經常離開他的前鋒位置，來回奔跑，手裡的短矛以奇特的節奏敲擊著盾牌。

當卡拉丁的小隊從V字隊形變換成圓形後，瑟恩才發現，原來這是信號。死者的慘叫聲交雜著數千人相互叫喚的聲音，整個戰場嘈雜到根本聽不清一個人的聲音，可是卡拉丁用矛敲擊盾牌上金屬鐵片的聲響卻是清晰異常，而且每次變換隊形時，達雷都會抓住瑟恩的肩膀，引導他方向。

卡拉丁的小隊沒有追著散兵跑，而是維持防禦狀態，雖然有幾個人受傷，卻無人陣亡。他們的小隊人數讓規模較小的團體不敢靠近，規模較大的敵人則在幾回交戰後便退開，尋找更容易得手的目標。

終於，開始出現了改變。卡拉丁轉身，以朗澈的褐眼觀察戰況的波動，接著舉高了矛，開始敲擊出之前從未用過的快速節奏。達雷抓住瑟恩的手臂，將他拖離小山丘。爲什麼現在要棄守？

就在此時，阿瑪朗的大軍在戰場潰破，士兵們四散。瑟恩沒發現這區的戰況對自己這一方而言其實非常不利，撤退的一路上經過許多傷兵與瀕死的人，他不自覺地感到反胃。許多士兵都被開膛破肚，內臟腸子流淌一地。

沒時間讓他害怕，撤退很快就變成了狂奔亂逃。達雷恨恨地罵了兩聲，卡拉丁再次開始敲擊盾牌，小隊立刻轉變方向朝東面前進，瑟恩看到那裡有一大群阿瑪朗的士兵鎮守著。

可是敵人看到了戰線的突破，這讓他們變得大膽，一群群衝上前來，像野斧犬圍獵走失的豬隻。卡拉丁的小隊還沒跑過滿是死傷的一半戰場，一大群敵軍已經攔住他們的去路。卡拉丁不得不敲起盾牌，號令全員速度放慢。

瑟恩感覺到他的心跳越來越快。附近一隊阿瑪朗的士兵被吞食，許多人倒地後再也不起，或者尖叫地想要逃開。敵人像是使用竹籤一般地使用長矛殺死地上的人，就像殺克姆林蟲一樣乾脆。

卡拉丁的手下握著長矛與盾牌迎向敵人。四周都是互相撞擊的人體，瑟恩被繞得暈頭轉向，四周敵我難辨，滿是死傷殺戮，他開始無法清晰地判斷。這麼多人都在往四處亂逃！

他驚慌失措，焦急地想要逃到安全的地方。附近有一群士兵穿著雅烈席卡的制服。是卡拉丁的小隊。瑟恩朝他們跑去，但當有些人轉身面向他時，瑟恩驚恐地發現並不認得他們。這不是卡拉丁的小隊，而是一群他沒見過的士兵，這些人勉勉強強站成一排，身上都是傷，又痛又怕，一看到敵人靠近就鳥獸散。

瑟恩全身僵硬地握著矛，滿手心都是汗。敵軍直直朝他衝來。他下意識想要逃跑，但之前見過太多落單的人被一一殺死的慘況。他必須站在原處！他必須正面迎敵！他不能跑，他不能……

瑟恩大喊一聲，舉矛就朝領頭的士兵戳去。敵軍輕易地便以盾牌反擊，將長矛拍到一旁，手中的短矛直插瑟恩的大腿。痛楚的感覺好燙，相較之下，流出來的熱血似乎都是冷的。瑟恩驚喘出聲。

士兵將武器拔出，瑟恩往後退跌了兩步，再也抓不住手中的矛跟盾，哐噹一聲倒在滿是石頭的地面上，在別人的血泊中掙扎。敵人巨大的身影襯著冰藍的天空，舉高了矛，準備刺入瑟恩的心臟。

此時，他出現了。

小隊長。受颶風祝福的人。卡拉丁的矛彷彿平空出現，在千鈞一髮之際震開即將殺死瑟恩的一擊，然後獨自擋在瑟恩面前，面對六名矛兵。毫無怯色。*一切盡在他的掌控之中。*

事情發生的速度太快。卡拉丁絆倒了刺傷瑟恩的人，在他倒下的瞬間，卡拉丁伸出手，抽出綁在矛柄上的匕首，手腕一震，晶亮的匕首便刺入第二名敵人的大腿。敵人單膝跪倒，放聲尖叫。

第三人看著倒地的同伴，僵直在原地。卡拉丁推開受傷的敵人，將矛刺入第三人的肚子。第四人則被匕首刺穿了眼睛，倒下。

卡拉丁什麼時候拔回那柄匕首的？他在最後兩人間迴身，長矛使成一團棍花。有一瞬間，瑟恩以為他看見小隊長全身被什麼東西所籠罩，那感覺就像是空氣經過了折射，或是風有了形狀。

我失了很多血。血流得好快……

卡拉丁轉身，擋下攻勢，最後兩名矛兵從喉頭發出咯咯聲，倒下。瑟恩覺得他們聽起來似乎很訝異。解決完了所有敵人後，卡拉丁再轉身，跪在瑟恩身邊，放下矛，從口袋掏出一條白布，俐落地緊緊繫住瑟恩的大腿。卡拉丁的動作熟練流暢，彷彿已經包紮過無數次傷口。

「卡拉丁，長官！」瑟恩指著被卡拉丁打傷的一名士兵說道。敵人抓著腿，蹣跚地站起，但如小山般壯實的達雷瞬間出現，用盾牌推了一下敵人。達雷沒有殺死那名傷者，反而讓他手無寸鐵，一拐一拐地走了。

其餘的小隊員趕了過來，在卡拉丁、達雷和瑟恩四周圍成一圈。

卡拉丁站起身，將矛扛在肩膀上，達雷把從敵人身上取下的匕首還給他。

達雷說道：「長官，你突然這樣跑開，讓我很擔心。」

「我知道你會跟上來的。」卡拉丁回答。「把紅旗展開。肯、克拉特，你們跟小子一起回去。達雷，守住這裡。阿瑪朗的戰線正朝這個方向蜂擁而來，我們再撐一下就安全了。」

「長官你呢？」達雷問道。

卡拉丁望著戰場。敵方的陣線被開出一道缺口，一名騎著白馬的男子在缺口中揮舞著凶狠的流星錘，全身的甲冑銀光斑斕。

「是碎刃師。」瑟恩說道。

達雷輕蔑地哼了一聲。「幸好不是，謝天謝地，他只是個淺眼睛的軍官而已。碎刃師太寶貴，不會浪費在邊境的小吵鬧上。」

卡拉丁用燃燒的憤怒眼神看著那群淺眸人。這種恨意也曾出現在瑟恩的父親提到芻螺賊的時候，或是有人提及跟鞋匠兒子一起私奔的庫希麗時，瑟恩母親眼中的神色。

「長官？」達雷遲疑地發問。

「二三小隊，鉗子陣形。」卡拉丁語氣冷硬地說道。「我們要拉倒一名光明爵士。」

「你確定這樣做好嗎，長官？我們有傷患。」

卡拉丁轉身面向達雷。「那是哈洛的軍官之一。可能就是哈洛。」

「你無法確定這點。」

「不管怎麼樣，他都是一名營爵。殺死那麼高階的軍官，幾乎可以保證我們會是下一批被送去破碎平原的人。我們要撂倒他。」他的眼光變得迷濛。「達雷，你想像一下。真正的士兵。有紀律的軍營，有操守的淺眸人，有意義的戰鬥。」

達雷嘆口氣，卻點點頭。卡拉丁對一群士兵揮手，他們跑過戰場。另一小群士兵，其中包括達雷，則跟傷兵們在一起等待，其中一個在雅烈席黑髮中摻有幾根金絲的混血細瘦男子，從口袋掏出一長條紅色布帶，綁在矛上，將矛舉高，讓布帶在風中飛舞。

「它會通知信差來將傷患抬走。」達雷對瑟恩說道。「你過不久就可以離開這裡。你以一人獨擋那六個敵人，很勇敢。」

「光是逃似乎很蠢。」瑟恩回答，試圖將注意力從陣陣疼痛的腿上移開。「這個戰場上有這麼多傷患，信差會有空來接我們嗎？」

達雷回答：「卡拉丁小隊長賄賂了他們。他們通常只抬淺眸人，但是信差的人數遠多過於受傷的淺眸人。小隊長大部分的薪資都用在這些賄賂上。」

「這個小隊很不一樣。」瑟恩頭暈腦脹地說道。

「就跟你說過了。」

「不是因爲運氣好。是因爲訓練好。」

「這只是一部分。另一部分是我們知道，如果受傷了，卡拉丁會派人把我們送離戰場。」他突然停語不發，轉過頭去看身後的情景。正如卡拉丁所預料，阿瑪朗的軍隊正在重整隊形，收復失地。先前那名騎在馬上的敵方淺眸人正亢奮地甩著流星錘，他的親兵們則擠在一側與卡拉丁的小隊戰鬥。淺眸人調轉馬頭。他戴著前開式的頭盔，兩側如屋簷一般下斜，頂上有一大叢羽毛。瑟恩看不清他的眸色，但很確定絕對是藍色或綠色，也可能是黃色或淺灰。他是一名光明爵士，從出生起就被神將遴選而出，注定統治眾人。

他面無表情地環顧周遭正在戰鬥的眾人，突然間，卡拉丁的匕首刺入他的右眼。光明爵士放聲尖叫，仰天從馬背上倒下。卡拉丁不知如何穿過了層層戰線，高舉著矛，撲向他。

「是啊，跟訓練有關。」達雷邊搖著頭邊說道。「但主要還是因爲他。那個人打起仗來跟暴風似的，腦子轉得比其他人都快兩倍，他的身手眞叫人覺得……」

「他幫我包紮腿。」瑟恩說道，然後發覺自己因爲失血過多，已經開始胡言亂語。爲什麼要特別提起他的腿？這不是件大事。

達雷只是點點頭。「他對傷口處理很熟悉，還讀得懂符文，在低階的深眸矛兵裡，我們家這位小隊長算是很奇怪的一個人。」他轉向瑟恩。「孩子，你節省一下力氣吧。他花了一大筆錢把你弄來，如果你就這樣沒了，他可是會不高興的。」

「爲什麼？」瑟恩問道。戰場開始變得安靜，彷彿許多瀕死之人已經喊啞了嗓子。幾乎周遭所有人都是他們這一邊的，但達雷仍然很仔細地注意四周，以防有人想對卡拉丁的傷兵下手。

「達雷，告訴我，爲什麼？」瑟恩又焦急地問了一遍。「爲什麼要把我收入他的小隊？爲什麼選我？」

達雷搖搖頭。「他就是這樣的人。他不喜歡看到你們這種沒受過多少訓練的小孩子上戰場，每隔一段時間，他就會把一個這樣的孩子收入自己的小隊，我們這裡至少有六個人當年跟你的情況一樣。」達雷的眼中出現緬懷的神色。「我想，你們都讓他想起了某個人。」

瑟恩低頭看著他的腿。被他的痛楚引起共鳴的痛靈爬在周遭，一個個長得就像有過長手指的橘色小手，不過最終還是開始慢慢離開，尋找別的傷口。他的痛楚正在消退，他的腿跟全身都開始失去感覺。

他往後一靠，抬頭望著天，可以聽到隱約的雷聲。好奇怪。天上沒有雲啊。

達雷咒罵兩聲。

瑟恩轉身，突來的驚嚇令他清醒過來。一匹巨大的黑馬載著一名騎士朝他們直直奔來，騎士身上的甲冑似乎自行散發著光芒，甲冑本身沒有縫隙，底下也沒有鎖子甲，只有極精細的小片盔甲相互連接，上面鍍滿黃金。騎士手中握著一把有一人高的巨劍，但不是直劍，而是彎刀，沒有開鋒的那一側凹凸不平，如湧落的波浪，整把劍上刻滿了花紋。

眞美。就像是一件藝術品。瑟恩從來沒有見過碎刃師，但立刻就能認出對方的身分，他怎麼會把普通的淺眸騎士跟眼前這個偉岸的身影弄混呢？

達雷不是說這片戰場上不會有碎刃師嗎？只見達雷已連忙站起，要小隊快速組成隊形。但瑟恩沒有動，腿上的傷不允許他起身。

瑟恩一陣頭暈，他失了多少血？幾乎已經喪失思考的能力。

無論如何，他也沒了戰鬥力。怎麼可能跟這種對手打。太陽照耀在那具甲冑，還有那把絕美、精緻、線條流暢的長劍上，彷彿……彷彿是全能之主現身於戰場。

怎麼會有人想要跟全能之主戰鬥呢？

瑟恩閉上了眼睛。

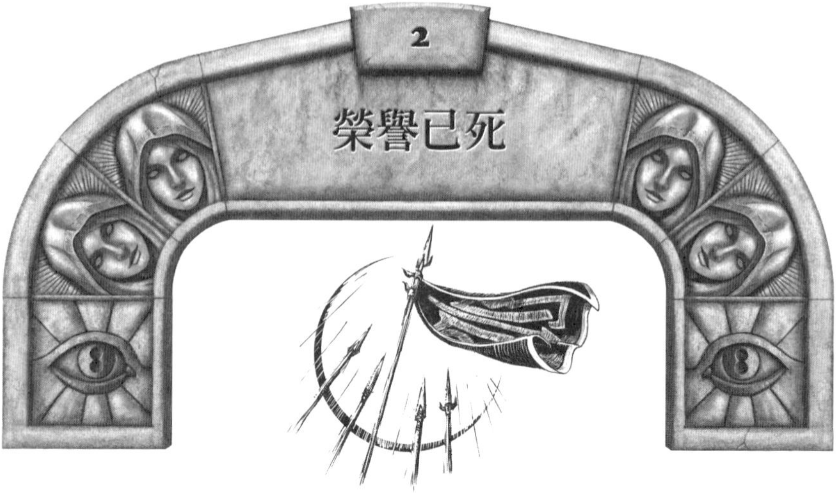

2 榮譽已死

「十圍。我們曾蒙受眷愛，全能之主，爲何遺棄我們！我的靈魂碎片，你去哪裡了？」

——收錄於一一七一年，卡卡許第二日，死期將至前五秒。對象爲淺眸女子，約三十幾歲。

八個月後

卡拉丁伸出手，接過一碗薄粥，肚子餓得直叫。小小的碗其實比杯子大不了多少，輕易地便被他從牢籠的欄杆間拿了進來，他才剛放到鼻下聞了聞，載著籠子的馬車又開始前進，令他皺起眉頭。灰色稀泥般的薄粥是煮太久的塔露穀米，這一鍋還帶有昨天煮粥後沒清掉的乾渣子。

雖然很噁心，但這是唯一的食物。他開始吃了起來，雙腿從籠子的欄杆間伸出，在外面晃蕩，看著經過的景色。同牢的其他奴隸小心翼翼地抓著碗，怕食物被別人搶走。第一天，曾經有人想對卡拉丁的食物下手，卻差點被他打斷手。在那之後，所有人都對他敬而遠之。

正合他意。

他以手指代替餐具，完全忽略手上的泥巴。好幾個月前，他便已經開始忽視這種小事。他最痛恨的就是自己跟其他奴隸一樣，帶著疑神疑鬼的畏懼看著世界。經過八個月的虐打、挨餓和粗暴對待，怎麼可能不受到半點影響？

他刻意壓下自己的疑神疑鬼，拒絕變成其他人的樣子。雖然他已經放棄一切，雖然他身邊的一切都已被奪走。即便已失去了逃脫的任何希望，他仍然會保留這一點。他是奴隸，但不需要連思考方式都帶有奴性。

他快速地吃完薄粥。鄰近一名奴隸開始衰弱地咳嗽。馬車上總共有十名奴隸，全部都是男性，滿臉亂糟糟的鬍子，全身髒污，這一行正穿過無主丘陵的車隊總共有三輛類似的馬車。

紅白色的陽光照在天際，像是鐵匠熔爐中最炙熱的爐心，爲天空鑲嵌的雲朵染上一絲色彩，像是揮灑在畫布上的顏料。在一望無際、毫無變化的綠草下，丘陵似乎無窮無盡地綿延。附近的一個小丘上，有個小人形在植物間穿梭，像是快速飛舞的昆蟲。人形的輪廓相當模糊，帶有一絲透明。風靈相當淘氣，最喜歡不請自來，趕都趕不走。他原本希望這隻風靈一下就會自行覺得無聊後離去，但卡拉丁想要把木碗拋開時，卻發現木碗居然黏在他的手指上。風靈笑了，飛竄過他身邊，它們只是一道沒有固定形體的流光。他罵了兩句，用力扯著碗。風靈經常這樣惡作劇。經過一陣硬掰之後，碗終於離開他的手指，他一面暗罵，一面將碗拋給其中一名奴隸，對方立刻開始舔起殘餘的稀粥。

「嘿！」一個聲音低聲說道。

卡拉丁轉過頭去。一名有著深色皮膚跟雜亂頭髮的奴隸正膽怯地爬到他身邊，似乎認定卡拉丁馬上就會發脾氣。「你跟其他人不一樣。」奴隸的黑眼睛瞥著卡拉丁的額頭，以及上頭的三道烙印。前兩道烙印是一道對符，是八個月前在阿瑪朗軍隊中的最後一天被烙上的。第三枚則是新的，出自他最近一任主人之手。符文寫著沙須，意思是「危險」。

奴隸的手藏在破爛的衣服後。是匕首嗎？不可能，這些奴隸根本不懂得如何藏武器。藏在卡拉丁腰帶中的葉子，已經是最接近武器的東西。可是多年來培養的習慣畢竟難以改變，所以卡拉丁還是特別留意那隻手。

「我聽到侍衛們在講，」那名奴隸繼續說道，靠得越來越近，身體似乎不時就會抽搐，讓他因此經常眨眼。「他們說你以前試過要逃跑，而且還成功了。」

卡拉丁沒有回答。

「你看。」奴隸說道，將衣服下的手伸出，露出他的那碗稀粥，低聲開口道：「下次帶著我，我就給你這個，還有從現在起直到我們成功逃脫前，我所有食物的一半。拜託你。」他說話的同時引來了幾隻餓靈，像是繞著頭顱亂飛的咖啡色小蒼蠅，小到幾乎看不清。

卡拉丁別過頭，望著無盡的丘陵，還有不斷變化的長草。他的頭枕在那隻靠著柵欄的手臂上，雙腿仍在外面晃蕩。

「怎麼樣？」奴隸追問。

「你這白癡。如果你把食物分我一半，就算我要逃走，你也會虛弱得逃不了。況且，我不會逃，逃也沒用。」

「可是……」

卡拉丁低聲開口：「十次。我八個月中從五個主人手下逃了十次，結果呢？有幾次成功的？」

「這……嗯……你是還在這裡……」

八個月。當了八個月的奴隸，吃了八個月的薄粥，挨了八個月的揍。跟一輩子一樣久。他已經記不太起在軍隊中的日子。「奴隸的身分根本藏不住。」卡拉丁說道。「額頭上的烙印已經注定了這一點，我是逃走過幾次，但每次都會被他們找到，每次都會被抓回來。」

曾經，人們說他是幸運兒，是受颶風祝福的人。那些都是謊言，卡拉丁有的頂多是噩運。士兵向來迷信，卡拉丁再怎麼努力抗拒這個念頭，也越發難以說服自己。他每次想要保護的人都會死，從無例外，連自己都落到前所未有的悽慘下場。還是不要抗拒了吧。這就是他的命，他也認了。

認命之後，他反而感到湧出一股力量，一種自由的心情。對一切都不在乎的自由。

奴隸最後發現到卡拉丁已不打算再說些什麼，所以退開，默默地吃著自己的薄粥。馬車繼續前行，四面八方都是綠油油的平原，可是顚簸的馬車周圍卻沒有半根草。只要馬車一靠近，每片草葉就會縮回在石地上的小孔，等到馬車遠離後，小草才會怯生生地探出頭，重新將葉片伸向天空。馬車彷彿沿著一條專爲他們開闢的寬廣大道，不斷向前奔馳。

越靠近無主丘陵的中央，強颶風的威力就越發強勁，於是各種植物都學會了生存之道，這就是人生的一部分，學習如何生存下去，如何堅強地耐過風暴。

卡拉丁聞到另一股沒洗澡的酸臭味，聽到腳步磨蹭的聲音。他多疑地看著身邊，以爲是同一個奴隸不死心想再嘗試一次，卻發現是個不同的人。這男人有著黑色的長鬍子，上面還黏著食物的殘渣以及泥濘。卡拉丁從未蓄過這麼長的鬍子，他每隔一段時間便讓弗拉克夫的傭兵砍短一截。和卡拉丁一樣，走過來的這名奴隸也套著一個褐色布袋，中間用塊爛布綁緊。他也是深眸人，可能有著深綠色的眼睛，但除非光線的角度剛好，否則所有深眸人的瞳色看起來都是褐色或黑色。

新來的人舉起了手，縮在一旁，他的其中一隻手背上長著疹子，與其他部分的膚色不同。他會靠過來，大概是因爲他看到卡拉丁回了另外那個人的話。從第一天起，所有的奴隸都很怕卡拉丁，但他們同樣對他非常好奇。

卡拉丁嘆口氣，別過頭去。奴隸膽戰心驚地坐下。「朋友，介不介意我問一下，你是怎麼變成奴隸的？我只是好奇。我們都很好奇。」

根據對方的口音跟深色頭髮判斷，這個人跟卡拉丁一樣是雅烈席人。大多數的奴隸都是。卡拉丁沒有回答。

「我是因爲偷了一群芻螺。」男子說道。他的聲音相當沙啞，像是紙張相互摩擦時發出的聲音。「如果我只是偷一頭，他們可能把我打一頓就算了，但我偷了一整群，總共十七頭……」他笑了，對自己的大膽表示欽佩。

在馬車的另一邊，又有人在咳嗽。即使是從奴隸的標準來看，這群人的情況也很差，虛弱、病重又餓得只剩皮包骨。其中有一些像卡拉丁一樣是逃跑過好多次的人，但只有卡拉丁被烙上了沙須的印記。他們這一群是廢物中的廢物，買下他們的價格更是低得不能再低，大概會被帶去急需勞力的地方販售。無主丘陵附近有許多小型的獨立城市，弗林的奴隸使用法令在那些地方，大概只是遙遠的傳言而已。

走這條路很危險。這片土地不屬於任何人，而且弗拉克夫還選擇直接穿越平原，而非平常通用的商道，說不定會碰到沒人僱用的傭兵，那些人既沒有榮譽心，更是天不怕地不怕，爲了幾頭芻螺跟幾輛馬車，他們會毫不在乎地殺掉奴隸頭子跟他的奴隸。

沒有榮譽心的人。世上還存在擁有榮譽心的人嗎？

卡拉丁心想，根本沒有。*榮譽心早在八個月前就死透了。*

亂鬍子男人繼續問道：「你呢？你幹了什麼事才變成奴隸？」

卡拉丁再次舉起手臂靠著柵欄。「那你怎麼被抓的？」

「這說來就怪了。」那人說道。雖然卡拉丁並沒回答問題，但至少有回話，對方似乎已經很滿意。

「當然是因爲女人。早該知道她會出賣我。」

「你不該偷芻螺。太慢了。馬會比較好。」

男子捧腹大笑，「馬？你以爲我是瘋子？如果偷馬被抓到，早就被吊死了。偷芻螺只會換來一個奴隸的烙印而已。」

卡拉丁瞥向身旁的人，對方額頭上的烙印比卡拉丁的還要老舊，疤痕周圍的皮膚都已褪成了白色。那組對符是什麼？「撒司．墨隆。」卡拉丁唸道。對方就是在那個領地中被烙印的。

男子震驚地抬起頭。「啥！你會讀符文？」附近幾個奴隸聽到這句話，紛紛開始騷動起來。「朋友，你的故事一定比我想的還要精采。」

卡拉丁凝視著在微風中飄蕩的野草。每次風只要吹得大點，比較敏感的野草便會縮回洞穴中，留下一片片乾禿的草地，像是生病缺毛的馬背。風靈還在原處，在草地間來往飛梭。這隻風靈跟著他多久了？至少有兩個月吧！實在太奇怪了。也許並不是同一隻風靈。它們長得都一樣，根本分不出來。

「怎麼樣？」男子追問。「你爲什麼在這裡？」

「我在這裡的理由有很多。」卡拉丁開口。「失敗、犯罪和背叛。我們每個人應該都差不多。」

周遭的人發出同意的悶哼，其中一人的哼聲，變成了一連串的猛烈咳嗽。卡拉丁的一部分心思開始暗自推斷──咳嗽不斷、有濃痰、晚上睡覺囈語不休，感覺像是磨咳症。

聒噪的男人不屈不撓，「也許我該換個問題。我老媽總要我講話要有細節，說清楚意思，講清楚要什麼。所以，你是怎麼得到第一個烙印的？」

卡拉丁坐在原處，感覺身下的馬車不斷前進、顫動。「我殺了一個淺眸人。」

他沒有名字的同伴又吹了聲口哨，這次比先前還要充滿讚賞之意。

「他們居然讓你活著，眞令人意外。」

「我變成奴隸不是因爲殺了淺眸人，而是因爲我沒殺的那一個。」卡拉丁說道。

「怎麼會？」

卡拉丁搖搖頭，不再回答聒噪男子的問題。那人過了一陣之後，也自行走回馬車籠子的前方坐下，盯著自己的赤足。

❖

幾個小時後，卡拉丁仍然坐在原位，不經意地摩挲著額頭上的符文。這就是他每日的生活，只是坐在這令人厭惡的馬車上。

他的第一批烙印在好幾個月前就已癒合，但是沙須周圍的皮膚仍然紅腫、敏感，滿是厚痂，幾乎像是第二顆心臟一般地鼓動著，比小時候不小心握住鍋子滾燙的手把，結果被燙傷時的感覺還要疼痛。

卡拉丁父親深刻的教誨，如今在他心底反覆唸誦著，父親告訴他該如何妥善處理燙傷：敷上藥膏以避免感染，每天清洗一次。但這些回憶無法帶來安慰，而是帶來煩躁。他沒有四葉汁或是李斯特油，甚至連清洗的水都沒有。

結痂的傷口拉扯著皮膚，讓額頭感覺很緊繃。他每隔幾分鐘就忍不住要皺起眉頭，結果反而觸動傷口，已經習慣有事沒事就舉手擦掉從皮膚裂縫間滲出的血絲，整隻右手臂都沾滿了自己的斑斑鮮血，如果有鏡子的話，大概可以看到小小的紅色腐靈圍繞在傷口旁邊。

太陽在西邊落下，但馬車沒有停下。紫羅蘭色的薩拉思從東方天際探出頭來，一開始似乎仍有些遲疑，彷彿在確定太陽是否眞的消失。今晚晴朗無雲，星星在遙遠的高處閃爍著。淨白星辰間，出現了一片深紅色的星宿，那是塔恩之疤星座，於這個季節正高掛天頂。

之前咳嗽的奴隸又開始咳得上氣不接下氣，濃重的痰聲久久不散。要是以前的卡拉丁早就二話不說開始動手照顧對方，但經歷這麼多事情之後，他的內心起了一些變化。有太多他曾試著幫助的人，現在卻都因此而死；於是，雖然明知這種想法並不理性，但他仍然覺得少了自己的干擾，說不定對方的處境會更好些。先有提恩，後有達雷跟他的小隊，接下來是十組奴隸，他已經很難提起意願去嘗試。

初月落下兩個小時後，弗拉克夫終於讓車隊停了下來。兩名粗暴的傭兵從馬車車頂爬下，開始生起一小簇火堆。高瘦的塔南是個小廝，開始照料三隻芻螺。每隻芻螺幾乎都和馬車一樣大，各自在小廝的照料下安頓，兩爪抓著穀粒，縮回自己的殼裡過夜，沒多久再也沒有任何動靜，在黑夜裡看起來跟附近的大石塊並無二致。弗拉克夫最後才開始一一檢視奴隸，給每個人一瓢水喝，確保他這批原本就已經先天不良的財產仍然健在，至少不要比買來時還慘。

弗拉克夫從第一輛馬車開始檢視，坐在原處的卡拉丁將手指探入臨時的腰帶，檢查藏在裡面的葉子。乾葉發出令人滿意的沙沙聲，乾燥且僵硬的外殼粗糙地摩挲著他的手指。他到現在還沒想清楚要怎麼使用這幾片葉子，當初也只是某一次被允許下馬車走動時，臨時起意摘下它們。他不認爲車隊中有人能認得這種一根莖上同時分出三叉的窄葉片，就是黑毒葉，因此也不算是冒了多大的風險。

他不由自主地掏出葉片，放在掌心，用食指慢慢地摩挲它們。這些葉子必須要乾燥以後才能充分發揮效用。他爲什麼要隨身攜帶它們？是打算要把葉子餵給弗拉克夫用以報復嗎？還是只是把它們當作最後的選擇，以防有一天人生悽慘到他再也無法忍受？

*我不可能淪落到這個地步了吧！*他心想。會摘取這些葉子，應該只是因爲他的習慣——隨時隨地，無論種類有多特殊，手邊都要留有武器。天色已全暗。薩拉思是最小最黯淡的月亮，雖然它的羅藍紫光引得

許多詩人詩興大發，但它的亮度讓人們連面前的五指都看不到。

細柔的女聲突然響起：「哇！那是什麼？」

一個只有一掌高的透明人形，從卡拉丁身邊的地板縫裡探出頭來，像是要爬上某個高台一樣地爬上了馬車。是風靈。體型比較大的精靈可以隨意改變形狀跟大小，那隻風靈如今化成年輕女子的樣貌，有著稜角分明的臉龐，以及飄揚在身後，消失於霧中的長髮，令卡拉丁不由自主地開始以「她」來稱呼這個風靈。她全身是淺藍與白色，穿著一件線條簡單流暢的白色少女洋裝，長及小腿肚，跟頭髮一樣，裙襬散在霧氣中，她的雙腳、雙手和臉龐輪廓清晰，身材纖細卻同時有著成熟女子會有的胸脯線臀線。

看著風靈，卡拉丁皺起眉頭。精靈到處都是，大部分的時候只要不去理會它們就好，但眼前這個實在很奇特。她一直在朝上走，彷彿爬一段隱形階梯似的，最後終於爬到可以盯著卡拉丁手掌的高度，於是他闔上掌心，握住了黑毒葉，而她開始繞著他的拳頭轉。雖然她全身發光，但就和盯著太陽看太久以後眼前留下的光暈一樣，沒有辦法照亮其他事物。

她彎下腰，從不同角度研究他的手，像是一個期待能找到糖果的小孩。她的聲音宛如低語：「那是什麼？給我看，我不會跟別人說的。那是寶物嗎？你割下一片黑夜的披風，然後藏起來嗎？還是甲蟲又小又強力的心臟呢？」

他什麼都沒說，風靈爲此嘟起了嘴巴。雖然沒有翅膀，但她仍然懸空飄起，直視他的雙眼。「卡拉丁，你爲什麼執意不理我？」

卡拉丁一驚。「妳說什麼？」

她淘氣地微笑，飛竄離開，身影化成一道藍白色的光帶在柵欄間穿梭，如一條被風吹起、不斷在空中翻騰旋轉的布帶，最後消失在馬車底下。

「颶他的！」卡拉丁跳起身，脫口而出。「精靈！妳剛說什麼？再說一次！」精靈不會用人名稱呼別人。精靈沒有智慧。風靈或河靈這類比較大的精靈可以模仿聲音跟表情，但沒有思考能力，不會……

「你們有聽到嗎？」卡拉丁轉向籠子的其他人問道。籠子的頂部夠高，能夠讓卡拉丁勉強站起，但其他人都躺在原處，只等著喝他們的那瓢水。除了幾聲「不要吵」還有角落發出的咳嗽聲之外，沒有人回應。就連卡拉丁先前的「朋友」都沒理他，只是傻傻地盯著自己的腳，偶爾沒事動動腳趾。

也許他們沒看到風靈，許多大精靈只會在它們折磨的對象面前現身。卡拉丁坐回馬車地板上，腿重新掛在外面。風靈說了他的名字。她一定只是重複她先前聽到的聲音。但是……在這輛馬車裡，沒有人知道他的名字。

也許是我瘋了，卡拉丁心想。*我開始出現幻覺和幻聽。*

他深吸一口氣，攤開掌心。剛才的用力一握讓葉子粉碎了，他得把碎葉好好收起，才不會……

「那些葉子看起來很有意思。」同樣的女聲響起。「你很喜歡那些葉子，對不對？」

卡拉丁一驚，轉過頭去。風靈站在他頭邊的半空中，白色洋裝隨著卡拉丁感覺不到的微風緩緩波動。

「妳怎麼知道我的名字？」他質問。

風靈沒有回答，只是走在空氣中，來到柵欄邊探出頭，看著奴隸商人弗拉克夫餵水給第一輛馬車裡的最後幾名奴隸。她轉過頭去看卡拉丁。「你爲什麼不反抗？你之前都在反抗，現在卻罷手了。」

「關妳這精靈什麼事？」

她別過頭，帶著訝異的語氣開口：「我不知道。可是我在意。很奇怪嗎？」

這樣不僅僅是怪異了。她知道他的名字，而且記得他幾個禮拜前做的事。他完全弄不懂這個精靈到底是怎麼一回事。

「卡拉丁，你知道人類不吃葉子的吧？」她透明的雙手抱在胸前說道，然後歪著頭繼續說：「還是你吃葉子？我不記得了。你好奇怪，有時候你會把一些東西塞進嘴裡，又會趁別人沒看到時從嘴巴吐出來。」

「妳怎麼知道我的名字？」他低聲問道。

「你又怎麼會知道？」

「我知道是因爲……那是我的名字。我爸媽跟我說過。大概吧，我也不知道。」

「所以我也不知道啊！」她點點頭說道，彷彿剛贏了一場激辯。

「好吧！」他說道。「但妳爲什麼用我的名字稱呼我？」

「因爲這樣才有禮貌。你卻很沒禮貌。」

「精靈才不懂禮貌是什麼！」

「你看看你。」她指著他鼻子訓斥。「沒禮貌。」

卡拉丁訝異地眨眨眼。好吧，他離家鄉很遠，走在異鄉的石板路上，吃著異鄉的食物，也許這裡的精靈跟家鄉的不同。

「所以你爲什麼不反抗了？」她飛到他的腿上坐好，仰著小臉看他。他完全感覺不到半點她的重量。

「我沒辦法反抗。」他輕聲說道。

「你以前都會。」

他閉起眼睛，頭靠著欄杆。「我好累。」他指的不是肢體上的疲累，雖然八個月來的殘餚幾乎消耗殆盡他從戰鬥中培養的精幹體魄，但這是感覺上的累。就算得到了充足的睡眠，就算偶爾不會感覺飢餓或寒冷，不因被責打一頓而疼痛，都沒有用。他好累……

「你以前也累過。」

「我失敗了，精靈。」他回答，緊閉著眼。「妳一定要這樣折磨我嗎？」

他們都死了。瑟恩跟達雷，之前還有托克司跟拿翹組，在那之前是提恩。更之前是他雙手上的鮮血，還有一具肌膚蒼白的少女屍體。

附近一些奴隸們開始竊竊私語，大概是覺得他瘋了。任誰都能引來精靈，但很快就會發現跟精靈說話完全沒有意義。他瘋了嗎？也許他應該期盼自己瘋了，畢竟瘋狂可以逃離痛苦。可是，他卻極端害怕自己發瘋。

他睜開眼睛。弗拉克夫終於搖搖晃晃地提著水桶，來到卡拉丁的馬車邊。圓滾滾的身軀，褐色的眼睛，弗拉克夫走路時有些許的跛腳，也許是因爲以前曾經斷過腿。他是賽勒那人，所有賽勒那男子無論年紀或髮色，都有雪白的鬍子與眉毛。這些眉毛會長得很長，賽勒那人們習慣把眉毛別到耳後，看起來就像黑髮中多了兩條白霜似的。他穿著黑紅相間的條紋長褲，深藍色的毛衣以及同樣深藍的毛線帽。原本應該都是些品質上等的好衣服，如今看起來相當破爛。難道他以前不是奴隸販子？但習慣於人口買賣後，在這一行的人早晚靈魂心志會被消磨光，然後換成一個個飽滿的荷包。

弗拉克夫離卡拉丁遠遠的，舉高油燈檢視籠子前方那名正在咳嗽的奴隸。他把他的傭兵們找來。卡拉丁不知道自己爲什麼還要費心神去記得那些傭兵的名字，但他認得叫布魯斯的人晃了過來。弗拉克夫指著奴隸低聲說了幾句，布魯斯點點頭，石板一般的臉毫無表情隱藏在燈火下，抽出了別在腰帶上的石錘。

風靈化成一條白色的光帶，飛到生病的男子面前，打了幾個轉後滴溜溜地落在地面上，再次幻化成女孩的模樣，傾身檢視男子，像個好奇的小孩。

卡拉丁別過頭，閉上眼，但仍然能聽到咳嗽聲。在他的腦海中，父親回答了他的疑問，以謹慎清晰的語調告訴他，要治好磨咳症，每天餵病人吃兩把磨成粉的血春藤。沒有血春藤的話，也要多給病患喝水，最好再加一把糖，只要病患攝取足夠的液體，應該就可以活下來。這個病症只是看起來嚴重，實際上並不難治。

應該就可以活下來……

咳嗽聲不斷。有人開了籠子門。他們知道要怎麼幫助他嗎？很簡單，只要給他水，他就會活下去。不重要。最好不要惹麻煩。

人們死在戰場上。一張張熟悉、摯愛的年輕臉龐看著卡拉丁，期盼他的拯救。一把劍從脖子的一側劃開傷口。碎刃師衝過了阿瑪朗的軍隊。

鮮血、死亡、失敗和痛苦。

還有父親的聲音。兒子，你眞的能拋下他不管嗎？明明可以幫助他，卻讓他死去？

颶他的！

「住手！」卡拉丁大喊著站起身。

其他奴隸們慌亂地往後躲。布魯斯嚇得跳了起來，用力甩上籠子門，舉高石錘。弗拉克夫躲在傭兵後，將傭兵當作人肉盾牌。

卡拉丁深吸一口氣，一手握緊葉子，抬起另外一隻手擦去頭上的血。他走向小籠子的另一邊，裸足踩在木板上，發出空洞的迴響。布魯斯瞪著卡拉丁跪在病人旁邊的身影。搖曳的燈光照在一張瘦長的臉上，嘴唇幾乎毫無血色，那個人已經咳出了厚重帶著綠色的濃痰。卡拉丁摸了摸那人的脖子，檢查是否有腫脹的情形，然後再檢視了他的深褐色眼睛。

「他得的是磨咳症。」卡拉丁說道。「接下來五天，只要每兩個小時多給他喝一瓢水，就會活下來。

你得強迫他喝下去。如果可以的話，溶點糖進水裡更好。」

布魯斯抓抓他的寬下巴，然後瞥向個頭較矮的奴隸商人。

「把他拉出來。」弗拉克夫說道。

布魯斯打開籠鎖時，生病的奴隸醒了過來，傭兵揮舞著石錘，示意卡拉丁退後，卡拉丁不情願地退開。布魯斯收起石錘，抓著奴隸的腋下把他拖出去，同時不忘警戒地盯著卡拉丁。卡拉丁上次失敗的逃跑行動中，有二十名武裝奴隸參與了他的行動。他的主人應該為此處決他，但那人聲稱卡拉丁「很有意思」，因此只在他額頭上烙下沙須二字符文，然後以非常低廉的價錢把他賣了。

每次卡拉丁想幫助的人死去時，卡拉丁總會因爲別的理由而活下來。也許有人會以爲這是好運，但是他本人只覺得這是命運諷刺的折磨。在前一個主人那裡，他花了些時間跟一名來自西方的奴隸交談，那是個色雷人，他告訴卡拉丁關於他們傳說中的上古魔法，還有詛咒人的力量。卡拉丁是不是受到了那樣的詛咒？

別傻了，他跟自己說。

籠子門重新被關上，鎖起。這些籠子是必要的，弗拉克夫得保護他脆弱的商品不受強烈暴風的威脅，這些木籠子都有側板，風大時可以被掀起，卡在籠子四面。

布魯斯將奴隸拖到火邊，放到先前從馬車抬下的水桶旁。卡拉丁感到全身放鬆。好了，他告訴自己。也許你還是能幫幫別人，也許你還是有在乎別人的理由。

卡拉丁攤開手，看著手掌中被捏碎的黑葉子。他用不到這些。要把這些葉子混入弗拉克夫的水裡不僅困難重重，更是毫無意義。他眞的想殺死這個奴隸販子嗎？殺了他又有何意義？

空氣中響起低沉的碎裂聲，然後是第二聲，像是有人把一袋穀物拋在地上。卡拉丁猛然一抬頭，看向布魯斯拋下病人的地方。傭兵再次舉起石錘，用力揮下，打中奴隸的頭顱時，碎裂的聲響發出。奴隸沒有發出痛喊，也沒有反抗，屍體倒在黑暗中。布魯斯輕易地便把屍體抬起，扛在肩上。

「不！」卡拉丁大叫，橫跨過籠子，雙手用力搥著欄杆。

弗拉克夫站在火堆邊，正暖著身子。

「颶你的！」卡拉丁怒吼。「他不該死，你這雜碎！」

弗拉克夫瞥向卡拉丁，然後懶洋洋地走到他面前，拉正了深藍色的毛線帽。

「他會害你們都生病。」他說話帶點口音，每個字混在一起，重音都放在奇怪的地方。卡拉丁每次聽賽勒那人說話都覺得他們口齒不清。「我不要因爲一個人而失去一車人。」

「他已經不會傳染了！」卡拉丁說道，雙手再次搥著欄杆。「如果我們有人會被感染，早就感染了。」

「希望你沒被感染到。我認爲他救不活。」

「我告訴過你可以救活他的！」

「我爲什麼要信你這個逃奴？」弗拉克夫帶著笑意說道。「像你這樣一個眼中充滿憤怒與恨意的人，我爲什麼要信？就算你想殺了我……」他聳聳肩。「我也不在乎。只要賣你的時候你夠強壯就好。我讓你免於被那個人傳染，你應該反過來求神保佑我。」

「當我親手堆起你的墳墓時，我會求神保佑你的。」卡拉丁回答。

弗拉克夫微笑，走回火堆邊。「記得保持你的憤怒和體力啊！逃奴。我們抵達目的地時，你可以爲我掙個好價錢。」

你活不了那麼久，卡拉丁心想。弗拉克夫餵奴隸喝完水後，會把水袋裡剩的最後一點水掛在火堆上燒暖泡茶喝。如果卡拉丁是最後被餵水的人，他就可以把磨成粉末的葉子放入……

卡拉丁全身一僵，低頭看著自己的雙手。他情急之下忘記手中握著黑毒葉，剛才用力敲欄杆時，葉子的碎片也被弄掉了，如今只剩掌心的一些碎片，根本不足以致命。

他轉過身。籠子的地面極髒，都是灰塵沙土，就算碎片掉在地上也揀不回來。風突然吹起，將灰塵、碎屑和泥土都吹出馬車，吹入黑夜裡。

就連這件事，卡拉丁都失敗了。

他整個人軟倒，背靠著欄杆，低下頭，徹底被擊潰。該死的風靈還一臉迷惘地繞著他不停飛竄。

Skyeels 天鰻

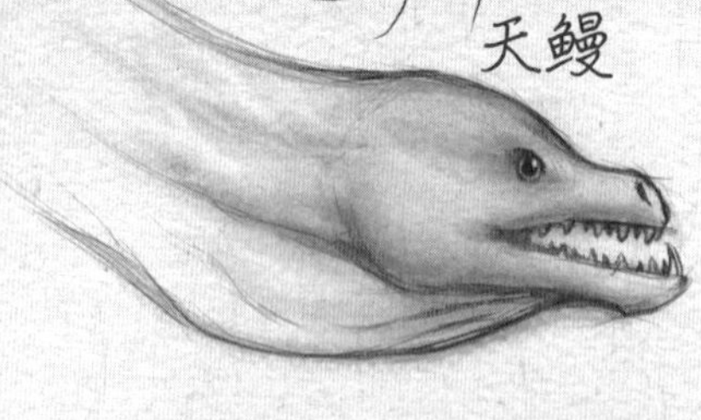

天鰻在我們經過的大多數海邊城市都很常見，我經常讀到關於牠們的紀錄，因此看到時相當興奮。大多數天鰻都約四五呎長，不過我看到有一頭巨獸，從頭到尾大概有九呎長。

牠們在空中非常優雅，動作流暢，經常有幾十隻小精靈包圍，繞著牠們成群飛行，像是跟著牠們一起前進。水手稱之為「運氣靈」，我不認為那是它們真正的名字。

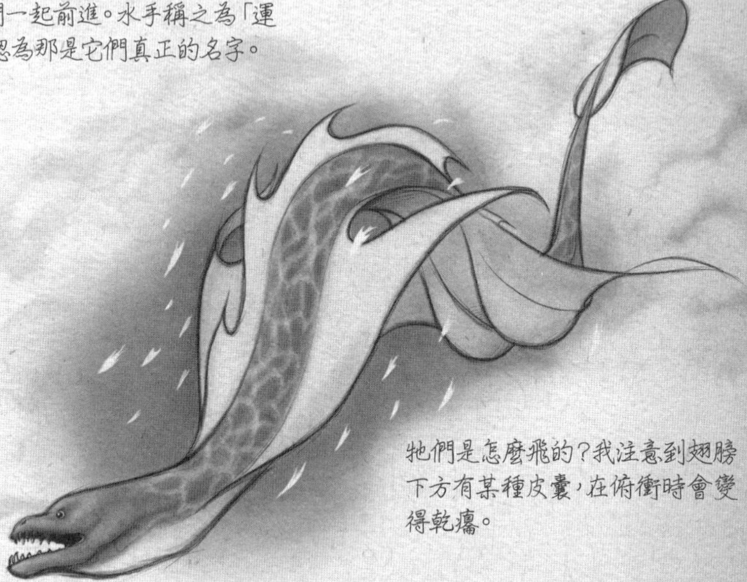

牠們是怎麼飛的？我注意到翅膀下方有某種皮囊，在俯衝時會變得乾癟。

牠們吃水面下的魚或是碼頭上的螃蟹與老鼠，在地面上的動作沒有在天上那麼優雅。

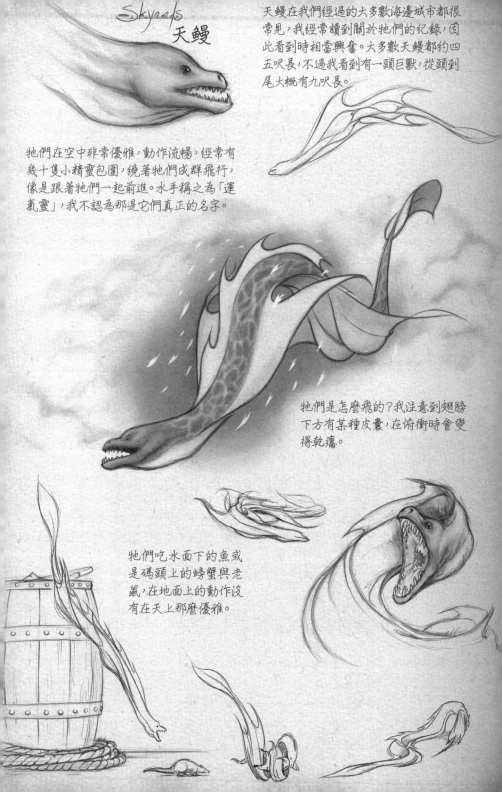

3 鈴城

「站在懸崖上的人看著家鄉崩解成灰燼。水波漫湧於崖下，如此遙遠的崖下。然後，他聽到孩子的哭泣聲。是他自己的眼淚。」

——收錄於塔那特司月四日，一一七一年，死前三十一秒。樣本爲頗有名氣之鞋匠。

紗藍（Shallan）從來沒想過有一天，她能造訪鈴城卡布嵐司。雖然經常做著旅行的美夢，但她早就已經認定她的青春歲月就是被囚禁於家族宅邸的深處，只能透過父親圖書館中的藏書神遊。原本以爲自己會嫁給父親的商業伙伴之一，然後餘生改成被囚禁於他的宅邸中。

可是所有的「以爲」就像是精緻的瓷器一樣，握得越緊，碎得越快。

她將皮革包裹的畫本緊抓在胸前，看著兩旁的帕胥人將船拖到碼頭邊，瞬間感到一陣窒息。卡布嵐司好大啊。沿著陡峭的山崖而建，形狀就像一塊乳酪，整個城市彷彿循著一條大裂縫不斷深入發展，尖端朝內，開口朝海。四四方方的建築物樓層不高，有著方形的窗戶，似乎是以某種泥巴或土牆搭建而成。也許是克姆泥吧？建築物漆著鮮豔的色彩，多爲紅色與橘色，偶爾也有藍色跟黃色。她已經可以聽到風中的清脆鈴聲，清亮純淨，她得仰著脖子才能看到城市最頂端的邊緣。紗藍覺得卡布嵐司就像一座山那樣地聳立在她的面前。這裡住了多少人啊？數千人？數萬人？她再次顫抖，感到既膽怯又興奮，刻意眨了一下眼睛，讓城市的景象完整地存在記憶中。

四周都是忙碌的水手。隨風號是一艘狹長的單桅船艦，勉強只裝得下她、船長、他的妻子和六名水手。一開始她覺得這艘船怎麼這麼小，船長托茲貝克雖然是異教徒，但是個冷靜又謹慎的人，而且是名極優秀的水手。他小心翼翼地領著船沿著海岸航行，總是能找到安全的港灣，順利躲過強烈暴雨。

船長監督水手們將船繫好，托茲貝克不高，大概跟紗藍差不多，白色的長眉毛被梳理成奇特的軟刺形，模樣就像是眼睛上黏了兩把一呎長的白扇子，頭上戴著簡單的毛線帽，身上穿著銀釦黑外套。她原本幻想他下巴的傷痕來自於跟海盜的激戰，結果前天很失望地聽說原來不過是有一天氣候不佳時，被鬆脫的繩索打到的傷口罷了。

他的妻子艾徐蘿走下了木板，準備去登記船隻，船長注意到紗藍在看他，於是走過來。他是她家族的商業合作伙伴，是她父親信任多年的人。幸虧如此。因爲她跟哥哥們原本的計畫中，本來就不包括讓她帶著侍女或嬤嬤隨行。

這計畫讓紗藍緊張。非常緊張。她不喜歡欺騙，但是家族的財務狀況……他們需要極大一筆財富，或是用別的方法在費德納氏族的鬥爭中取得優勢，否則他們撐不過一年。一件一件來，紗藍心想，強迫自己冷靜下來。先找到加絲娜．科林。希望她不要又沒跟自己說一聲就搬家了。

「光主，我替妳派了一個人去打聽。」托茲貝克說道。「如果公主還在這裡，我們不久就會有消息。」

紗藍感激地點點頭，手中仍緊握著畫本。城裡到處都是人。有些人穿著熟悉的衣服，男性是長褲搭配前襟繫繩的上裝，女性則穿裙子與鮮豔的上衣。這些人可能來自於她的家鄉賈．克維德。雖然卡布嵐司是個政治力量薄弱的小城邦，沒有多大的領地，卻是個自由的商港，對所有經過的船隻大開通商之門，完全不過問國籍或身分狀態，所以各色人種都趨之若鶩。

這表示她見到的許多人都是異族人。身上只包著一塊布的，應該是來自遙遠西方塔西克的男女。有人穿著長及腳踝、前襟卻如披風般散開的外套……是哪裡人？她幾乎從沒有同時看過這麼多帕胥人，他們都在碼頭工作，背上扛著貨物，跟她父親擁有的帕胥人一樣身材不高，四肢粗壯，膚色是奇特如大理石般的色塊，有些是淺白與黑，有些則是深紅色，每個人的花紋不同。

紗藍沿著各個城市追尋加絲娜．科林的行蹤已經將近六個月，她開始懷疑也許自己永遠都追不上那個女人。公主是在躲她嗎？不太可能，只能說，或許紗藍並不值得公主等她吧。光主加絲娜．科林是世界上最有權力的女子之一，也是最惡名昭彰的一個，她是虔誠的皇室中唯一明目張膽的異教徒。紗藍試著告訴自己不要緊張，他們大概會發現加絲娜又再次離開了。隨風號今晚會落錨，紗藍會再跟船長談定一個打了許多折扣的好價錢，請船長帶她到下一個商港，因爲她的家族在托茲貝克的船運生意中有投資。

托茲貝克原本大概沒想到會這麼多個月都擺脫不了她。她從來沒有從他身上感到任何反感，榮譽心跟忠誠讓他不斷同意她的要求，但他不會永遠都這麼有耐心，她的錢也無法撐這麼久。她帶來的錢球已經用了超過一半。他當然不會將她拋棄在陌生的城市，可是，他可能會遺憾但堅定地說要帶她回費德納。

「船長！」一名水手衝上木板喊道，他身上只穿著背心跟寬鬆的長褲，有著長年在太陽下辛勞工作的人獨有的黝黑肌膚。「船長，沒有信件。碼頭登記處的人員說加絲娜還沒離開。」

「哈！」船長說完，轉向紗藍。「這場追尋終於結束了！」

「感謝神將庇佑。」紗藍柔聲說道。

船長微笑，誇張的眉毛造型像一道道從眼睛散發出的光電。「一定是因爲妳美麗的臉龐爲我們帶來順風！風靈都被光主紗藍迷惑，將我們領到此處！」

紗藍臉紅了，因爲那並不是一個合乎禮儀的回應。

「啊！」船長指著她說。「我看得出來妳不同意，小姐，我從妳的眼神就看出來了！有話直說吧。話不是用來藏的，它們是自由的創造物，總是鎖著它們會讓人鬧肚子。」

「這太不禮貌了。」紗藍抗議。

托茲貝克猛然大笑。「我們都行船好幾個月，妳還會這樣說！我老跟妳說我們是水手，一踏上船就忘記禮貌是什麼東西，早就已經無可救藥了。」

她微笑。從小就有嚴格的嬤嬤跟家庭教師訓練她不准多話，不幸的是，她的哥哥們似乎打定主意鼓勵她朝反方向發展。當沒有旁人在時，她已經習慣用機敏的評語爲他們說笑。她懷念地回想起在大屋炙熱的爐火邊，與二哥、三哥和四哥窩在一起，聽她取笑他們父親身邊最新出現的諂媚小人，或是隨他旅行的床伴。她經常爲那些只能看到，卻沒聽過他們說話的人編造可笑的對話。

結果就是，她經常出現她的嬤嬤們稱之爲「膽大妄爲」的行爲。而且這些水手甚至比她的哥哥們都欣賞她的如珠妙語。紗藍於是紅著臉，卻仍然興奮地對船長說道：「我只是在想，你說我的美貌說服了風將我們迅速送到卡布嵐司，這不就在說，我們之前會遲到，就是因爲我不夠美嗎？」

「這個嘛……」

「所以，實際上你是在跟我說，我只有六分之一的時間是美的。」紗藍說道。

「哪有的事！小姐，妳就像是初升的太陽，太陽啊！」

「初升的太陽？你的意思是我太紅了……」一面扯扯自己的紅色長髮。「還是說人家一看到我就一肚子氣？」

他大笑出聲，附近幾名水手也笑了起來。「好吧，那就說妳就像朵花好了。」托茲貝克船長說道。

她皺起小臉。「我對花過敏。」

他挑起一邊眉毛。

「我是說眞的。」她坦承。「我也覺得花很迷人，但要是有人送我一束花，要不了多久，你就會發現我激動地在打噴嚏，激動到牆上大概都會沾上我的雀斑，因爲我打的噴嚏實在太用力了。」

「即便如此，我仍然覺得妳美得像朵花。」

「如果我眞像朵花，那和我同齡的年輕人大概也都會對我過敏吧，因爲他們總是與我保持相當大的距離！」她突然皺起眉頭。「你看，我就跟你說這實在很不禮貌吧！年輕女子的舉止實在不應該這麼急躁。」

「小姐啊！我跟我的小伙子們會想念妳的伶牙俐齒的。少了妳我眞不知該如何是好。」船長對她脫帽施禮。

「出航啊，吃飯啊，唱歌啊，賞浪啊，就是你平常在做的事！只是時間上更充裕，還不會被坐在甲板上畫畫跟自言自語的少女絆倒。可是，船長，我非常感謝你，這趟旅行相當愉快，雖然實在太長了。」

他再次對她脫帽致意。

紗藍露出大大的笑容，沒想到獨自出外旅行是這麼快意。她的哥哥們原本擔心她會害怕，總因爲她不喜歡在許多人講話時爭論發言，寧可保持沉默，就以爲她膽小怯懦。也許她眞的很膽小，畢竟遠離賈・克維德仍讓人頗爲膽戰心驚，但同時也是很美妙的經歷。她畫了滿滿三大本從未見過的鳥獸人物，雖然心中總是對家族財務的未來惴惴不安，但旅行的喜悅多少平衡了她的心境。

托茲貝克開始安排泊船過夜的事宜。他是個好人。至於對她美貌的讚揚，她並未放在心上，因爲那是他的善良，只是用比較誇張的方式來表達對她的喜愛之情。在這個年代，眞正的雅烈席卡美女都必須有古銅色的肌膚，她的膚色卻偏白，而且雖然有著淺藍色的眼睛，但一頭紅髮卻暴露出家族血統的不純正，連一絲黑髮都不存在。幸好隨著年紀增長，她的雀斑逐漸淡化，眞是感謝神將庇佑——儘管鼻子跟臉頰上仍點綴著少數幾顆。

在跟手下交談一陣之後，船長對她說道：「小姐，妳要找的加絲娜光主一定是在集會所。」

「在帕拉尼奧？」

「沒錯沒錯。國王也住在那裡，可以說是市中心，只不過是位於懸崖頂端。」他抓抓下巴。「無論如何，加絲娜・科林光主是國王的姊姊，因此在卡布嵐司，她不可能住在別的地方。這位是亞耶伯，他會帶妳去那裡。我們晚一點再幫妳把行李送去。」

「太感謝你了，船長。」她說道。「賽拉姆卡巴特奴爾（順風順水行至此）。」這在賽勒那語中是一句感謝詞。

船長咧開嘴笑了：「姆凱貝得富頓希司！」

她不知道這是什麼意思。她讀賽勒那語沒有太大問題，但聽就是另一回事了。她對他微笑，這個回應似乎是正確的，因爲他大笑出聲，朝其中一名水手揮手。

「我們會在這裡停泊兩天，將有颶風來襲，所以不能離開。如果跟加絲娜光主的會面不如預期，我們可以帶妳回賈・克維德。」他說道。

「再次感謝你。」

「不客氣，小姐。我們原本也是打算在這裡辦點貨什麼的。況且，妳送了我一幅我太太的肖像，現在我掛在船艙裡，那畫眞是好。眞是好畫。」

他走到亞耶伯身邊，開始囑咐起來。紗藍等著，將畫本收回皮革套子中。亞耶伯。她說慣了費德語，覺得這個名字很難唸。這些賽勒那人爲什麼這麼喜歡把所有音節混在一起唸，不用母音好好隔開呢？

亞耶伯揮手請她上路。她邁開腳步跟了上去。

經過船長時，他特地提醒了一句：「妳要多注意自己的安危，孩子。即使像卡布嵐司這麼安全的地方，也可能危機四伏，妳得留心周遭。」

「我覺得把『心』收起來會比較好，船長。」她回答，小心翼翼地踏上木板。「如果我把心『留』在『周遭』，那顯然是因爲已經有人拿把斧頭劈我了。」

船長大笑，揮手送別她走下木板的身影。她跟所有的弗林女子一樣用外手，也就是右手抓著欄杆，把左手，也就是所謂的內手覆蓋住，只露出外手。普通的深眸女子可能會選擇戴手套，但她這樣身分的女子更是要謹愼矜持。她的習慣是以寬大且扣起的左袖袖口遮蓋住內手。

她的服裝是傳統的弗林樣式，上半身從肩膀至腰際是貼身服飾，裙襬則四散，以藍色的絲綢布料縫成，身側則以貂螺殼狀的釦子密密扣起，內手握著提袋緊貼胸口，外手則握著欄杆。

她下了木板，來到紛擾的碼頭，到處都是來往奔跑的信差，穿著紅色外套的女子們則不斷在筆記本上注記，追蹤貨物的往來。卡布嵐司屬於弗林國度，跟雅烈席卡還有紗藍的故鄉賈．克維德一樣，有著同樣的宗教信仰，將書寫視爲女性的藝術。男人只學習符文，由妻子與姊妹來學習書寫跟閱讀。

她雖然從來沒有問過，卻很確定托茲貝克船長識字。她看過他拿書，這件事讓她覺得很不舒服。男人不應該讀書，至少非執徒（Ardent）的男人不該如此。

「妳要坐轎嗎？」亞耶伯帶著濃重賽勒那鄉下口音問她，她幾乎聽不懂他在說什麼。

「好的，謝謝。」

他點點頭，快步跑開，留下她一個人在碼頭上，四周都是忙碌地在碼頭間搬運木箱的帕胥人。帕胥人不聰明，卻是絕佳的工人，從來不會抱怨，絕對聽話，她的父親認爲他們比普通奴隸還好役使。

雅烈席人眞的在破碎平原上跟帕胥人交戰嗎？紗藍覺得這件事聽起來好怪。帕胥人不會打仗。他們溫順而且不太喜歡說話。當然，根據她所聽說的消息，在破碎平原上的帕胥人叫作帕山迪人，他們跟一般的帕胥人從體格上就全然不同。他們比較壯，比較高，也比較聰明。也許他們並不是眞正的帕胥人，只是遠親吧。

她很訝異地發現碼頭上到處都有動物的蹤跡。幾隻天鰻在空中蜿蜒飛行，尋找老鼠或魚。嬌小的螃蟹躲在碼頭木板間的縫隙裡。一群哈斯波螺縮在碼頭粗壯的木樁上。在碼頭後方的街道上，還有一隻貂正鬼鬼祟祟地遊走在陰影間，尋找掉落的食物殘渣。

她忍不住掏出畫本，開始素描起撲騰的天鰻。牠不怕人嗎？她以內手握著畫本，藏起來的手指扶著畫本上緣，另一手拿著炭筆，還來不及畫完，她的嚮導就帶著一個人回來了。那人拉著一輛奇形怪狀的東西，底下有兩個大輪子，座位上還裝有遮篷。她遲疑地放下畫本，她原本以爲來的會是頂轎子。

拖著「行具」的男子身材矮小，皮膚黝黑，有著豐厚的嘴唇與大大的笑容。他示意要紗藍坐下，她以嬷嬷們費時良久才訓練出來的矜持優雅入座。車伕以她聽不懂的簡扼語言問了她一個問題。

「他說什麼？」她問亞耶伯。

「他想知道妳想走長路或短路。」亞耶伯抓抓頭。「我不了解差別在哪。」

「我想其中一條路要花的時間比較長吧。」紗藍說道。

「妳眞聰明啊！」亞耶伯以同樣簡扼的語言跟車伕說了幾句，接著對方也回覆了幾句話。

「長路能讓妳好好欣賞一下城市，短路則是直接去集會所。不過他說沿途的風景不怎麼樣。我想他發現妳是第一次來這個城市吧！」亞耶伯說道。

「我有這麼格格不入嗎？」紗藍滿臉通紅地說道。

「呃，當然不會啦，光主。」

「你這麼說的意思，就是我根本和皇后鼻子上的痣一樣明顯嘍！」

亞耶伯笑了。「恐怕是這樣沒錯。可是我想無論是哪裡，除非妳先去過第一次，否則沒辦法去第二次。每個人都會有引人注目的時候，所以妳倒不如像現在這樣漂漂亮亮地吸引目光吧！」

她當初花了一段時間才適應水手們對她的溫和調笑，但他們從來不會使用太露骨的字眼。而且紗藍認爲，當船長夫人發現她經常因他們的話臉紅後，已經跟他們嚴正地耳提面命警告過了。在她父親的宅邸中，包括已是公民身分的全數僕人，沒人敢行差踏錯一步。

車伕還在等她的回答。「走短路，謝謝。」雖然她很想走那條有風景的路線，但仍然如此囑咐亞耶伯。她好不容易才到了一座眞正的城市，要她選擇最短最直接的道路，心裡多少有些惋惜。但加絲娜光主就跟野鳥一樣來去無蹤，她的動作最好還是快點。

主要道路以之字形一路上山，因此即便路徑不長，也讓她飽覽了城市風光。不同的人種、景象和清脆的鈴聲豐富了當地的色彩。販賣同一類物品的商店都會漆成同樣的顏色，衣服是紫色，食物是綠色。所有的房舍也刷上了自己的花紋圖騰，但紗藍看不懂意思。一切的顏色都相當柔和，帶著一股褪色後的柔美。

亞耶伯走在她的座車邊，車伕開始跟她解釋沿路風景，亞耶伯則雙手插在背心口袋，充當起臨時的翻譯。

「他說這座城市的特別就在於這裡的壘。」

紗藍點點頭。大多數城市都建築在壘中，壘就是有岩石屏障，不受颶風侵襲的區域。

「卡布嵐司是世上防禦工事最好的主要城市之一。」亞耶伯繼續翻譯。「從這裡的鈴鐺就能看出這一點。據說一開始設鈴鐺，就是爲了要示警眾人颶風即將來襲，因爲有時風小得根本不會有人注意到。」亞耶伯遲疑片刻後，忍不住說道：「光主，他只是想拿小費才這樣說。我聽過這個故事，但覺得簡直是胡扯到家了。如果風勢已經可以吹動鈴鐺，怎麼可能會有人沒注意到，而且那些人沒發現他們的蠢腦袋上都淋到雨了嗎？」

紗藍微笑，「沒關係，讓他接著說。」

車伕繼續俐落地聊著，眞不知道這是哪種語言？紗藍聽著亞耶伯的翻譯，貪看著四周，把景色、聲音和氣味全部收入心底。可惜氣味不太好聞。過去她成長的地方，充滿了撢落灰塵的家具氣味，以及廚房中的烤餅香氣。這一趟航行讓她接觸到的新味道，是鹽味，也是乾淨的海水味。

這裡的味道則跟乾淨完全扯不上邊。每條經過的小巷都有其獨特的噁心臭味，交雜著小販與攤子上食物的辛辣，兩者的混合更令人作嘔。幸好她的車伕走上路中央，臭味逐漸消散，只是代價是得跟人群摩肩接踵，減緩了速度。她目瞪口呆地看著兩旁的行人。雙手戴著手套，皮膚泛著藍色的人是來自於那塔那坦國，但那些高䠷優雅的黑袍人是從哪裡來的？還有那些把鬍子捆成一束像棍子一樣的人，又是從哪兒來的？

四周的聲音讓紗藍想起家鄉附近的野鳥們不甘示弱的喧嘩，只是種類更多，聲音更大。上百道聲響此起彼落，交雜著甩門聲、滾輪聲，偶爾還有天鰻的尖鳴。無處不在的掛鈴則漫成了所有聲響的背景，微風吹過時顯得更爲明澈。到處都有鈴鐺，掛在櫥窗裡、屋簷下，連街燈下都有一個鐘鈴，她的座車在遮陽篷的最前端也掛了一個小小的銀鈴。走到半山腰時，報時的鈴聲響徹天地，音頻多變的鈴聲嘈雜成一片。

來到城市的最高層，人群漸漸少了起來，最後車伕停在城市頂端的一棟巨大建築物前。整棟建築物被漆成白色，直接從山崖壁雕鑿而出，不費半塊磚，半片陶，前方的石柱與岩石融爲一體，建築物的後方則綿延入石崖本身，突出的屋頂上有著矮胖、漆成不同金屬色的圓頂。淺眸女子進進出出，手中拿著書寫的器具，身上穿著與紗藍相似的服裝，左手端莊地遮起。進出建築物的男子則穿著弗林人的軍裝式大衣，筆挺的長褲，釦子沿著身側一路往上，最後是一圈挺直的領子包圍脖子。許多人的腰側佩著劍，皮帶束在及膝長的大衣外。

車伕停下腳步，對亞耶伯說了些什麼。水手兩手一扠腰，開始跟他爭論起來，臉上嚴肅的表情引出紗藍的笑意，她刻意眨了一下眼睛，將這一幕記在腦海中，好方便日後畫出來。

「他要我讓他漲價，差額跟我對半分。」亞耶伯一面搖頭說道，一面伸手協助紗藍下車。她小心翼翼地下了車，瞥了一眼車伕，後者聳聳肩，笑得像是個被抓到偷糖吃的小孩。

她以那隻被袖子遮擋住的手握好提袋，外手在裡面掏著錢囊。「我應該給他多少？」

「兩透幣應該就夠了。我跟他開價一透幣，這賊小子居然想跟我要五個。」

在這趟旅行之前，她從來沒用過錢，只會欣賞這些錢球的美。每個錢球都是一顆玻璃珠子，尺寸略大於一個人的大拇指指甲，中間鑲嵌著一枚小寶石，這些寶石可以吸收颶光，讓圓球散發光芒。她掏開錢囊，紅寶、綠寶、鑽石和藍寶的光芒映照在她臉上。她掏出三枚鑽石球幣，這是最小的幣值。綠寶最珍貴，因爲魂師（Soulcaster）可以用它們來創造食物。

大多數錢球的玻璃部分尺寸是一樣大的，由中間寶石的大小代表不同幣值。例如這三枚面額最小的夾幣裡面都只有一小點的鑽石，但即便如此也足以散發颶光，雖然遠比燈火微弱，仍然清晰可見。錢球面額中等的叫作馬克，光線比蠟燭稍微弱一點，要五枚夾幣才能換一馬克。

她只帶了納有颶光的錢球出門，因爲她聽說沒有光的錢球會被人認爲是僞錢，得要找貸商來判斷寶石的眞僞。最高額的錢球當然被她收在密囊裡，扣在左袖內側。

她將三枚夾幣遞給亞耶伯，後者詢問地歪著頭看她。她朝車伕點點頭，臉猛然一紅，突然發現自己不經意間把亞耶伯當成自己的上僕了。他會不會生氣？

對方大笑一聲，倨傲地站起，彷彿假裝自己是名上僕，刻意裝出嚴肅的神情，把錢付給車伕。車伕笑得咧開了嘴，向紗藍鞠躬，把車子拉走。

「這是給你的。」紗藍說道，拿出一枚紅寶馬克，交給亞耶伯。

「光主，這太多了！」

「一部分是表示我的感謝，另一部分是請你在這裡等我幾個小時，看看我是否會回來。」她說道。

「只是等幾個小時就給我一枚火馬克？這是航行一個禮拜的工錢啊！」

「那你應該就不會亂逛跑走了？」

「我絕對會在這裡等著！」亞耶伯說道，行了一個出奇流暢的繁複鞠躬禮。

紗藍深吸一口氣，踏向集會所宏偉的入口。入目的所有石雕都令人嘖嘖稱奇，一陣藝術家的衝動使她想要留在這裡慢慢欣賞。但她不敢。進入巨大的建築物讓她有被吞噬的感覺，裡面的走廊都點著散發白光的颶光燈，燈座裡鑲的應該是鑽石布姆，大多數高級建築物都用颶光來提供照明。錢球中面額最高的布姆，可以散發等同於幾支蠟燭一齊點燃的光線。

光線均勻柔和地照在來往的眾多侍從、書記和淺眸人身上。整個建築物的造型像是一條又寬又高又長的走廊，往岩壁深處延伸，兩旁都是富麗堂皇的房間與分岔的通道，這裡遠比戶外讓她感覺自在。這地方充滿著忙碌的傭人，低階的光爵與光淑讓她感覺相當熟悉。

她舉起外手，比出需要服務的手勢，果不其然，立刻有一名穿著筆挺白襯衫與黑長褲的上僕來到她身邊。「光主有何吩咐？」他選擇以費德語問候，這正是她的母語，這麼做的理由大概是因爲她的髮色吧。

「我在找加絲娜·科林光主。據說她在這裡。」紗藍說道。上僕俐落地鞠躬，大多數的上僕都以優秀的服務品質自豪，那正是亞耶伯先前想模仿的氣質。

「我一會兒就回來，光主。」他應該是屬於第二那恩階級，是相當高階的深眸公民。在弗林的信仰中，一個人的天職，也就是每個人畢生要投入的任務，極爲重要。選擇好的職業，努力不懈，是確保死後能夠擁有較高地位的最佳途徑。每個人去祭禱時挑選的信壇，通常跟挑選的天職有關。

紗藍雙手交疊，靜心等待。她對於該如何選擇天職一事已經思索許久。最明顯的選擇就是她的藝術，她如此鍾愛素描。不過吸引她的不只是繪畫本身，而是過程中需要的觀察與研究，還有背後引發的疑問。爲什麼天鰻不怕人？哈斯波螺吃什麼？爲什麼有一區的老鼠們繁衍不息，另一區卻完全沒有？因此，她最後選擇自然歷史。

她渴望成爲眞正的學者，接受眞正的指導，投注時間於深刻的研究與閱讀。因爲如此，她才提出尋找加絲娜，希望自己成爲她的學徒的大膽計畫嗎？有可能。可是，她必須牢記自己的目標。成爲加絲娜的學徒，也就是她的學生，只是第一步。

她邊想邊信步到石柱邊，以外手撫摸著光滑的岩石。除了一些沿海地區外，羅沙（Roshar）上大部分的地方跟卡布嵐司一樣，都建築在大面積的裸石上。外區的建築物直接以裸石爲地基，這座建築物則是從石頭中直接雕鑿而出，她猜測這根柱子應該是花崗岩，可是她的地質知識很薄弱。

地板上則鋪著暗橘色的地毯，質地細密，看起來富麗豪華，卻也耐得住許多行人的摩擦。寬闊的長方形大廳有一種古老感，某本書曾寫到卡布嵐司建立於影時代，比最後寂滅時代還要早許多年。若是如此，那眞的是很古老了，必定有數千年那麼久，遠早於神權聖教的恐怖年代，甚至比重創期更爲古老，與傳說中有著石頭身體的引虛者潛入大地中的年代相同。

紗藍轉身，發現僕人回來了。

「光主？」一個聲音問道。

「光主，這邊請。」

她朝僕人點點頭，他領著她快步走過人群川流不息的走廊。她開始複習要怎麼樣讓加絲娜對自己留下良好的印象。她是個傳奇人物。雖然紗藍住在賈．克維德這麼偏遠的鄉間，卻仍然聽過雅烈席卡王有這麼一個絕頂聰明但離經叛道的姊姊。加絲娜才三十四歲，許多人覺得若不是她公開聲明摒棄宗教，早就該得到大學士的冠帽。更何況她的言論，明顯針對所有品行端莊的弗林人都會前往聚集與崇拜的信壇。

紗藍提醒自己不能像先前那樣口無遮攔，得要舉止端正才行。成爲著名貴婦的學徒，是學習女性藝術的最佳途徑，包括音樂、繪畫、寫作、邏輯和科學。就像年輕人會投效在他尊敬的光明爵士麾下，成爲他的榮譽護衛一樣。

紗藍原本是抱著孤注一擲的心態寫信給加絲娜，懇求成爲她的學徒，沒想到對方居然會同意，而當她寫信命令紗藍在兩個禮拜內到度馬達利去見她時，紗藍大爲震驚。從那時開始，紗藍就一直在追尋那女子的腳步。

加絲娜不信眞神。她會叫紗藍放棄信仰嗎？紗藍懷疑自己做得到。弗林教裡崇尚的個人光榮與天職的教義，是她在困苦環境中的心靈寄託，幫助她面對父親最嚴酷的對待。兩人轉進一條更窄的走廊，走向逐漸偏離主大廳區的通道。終於，上僕停在一個拐角，示意紗藍繼續前進，右方的走廊傳來聲音。

紗藍遲疑了。有時候，她不禁自問，是如何走到這一步的。她是個安靜的孩子，膽怯的孩子，五個孩子中最小的一個，也是唯一的女孩。這一生一直過著被善加保護、與世隔絕的人生，如今雙肩上卻擔負著全家族的希望。

他們的父親去世了，這一點必須絕對保密。

她不喜歡想起他去世的那一天，幾乎是將這段記憶完全封鎖，訓練自己轉移注意力。可是他的辭世帶來的影響不容忽視。他對許多人做了承諾，有些是商業協議，有些是賄賂，一部分的後者還僞裝成前者。達伐氏欠許多人錢，如果沒有她父親的安撫，債主們會開始討債。

沒有人可以幫助他們。他們的家族甚至被盟友唾棄，主要是因爲她父親的爲人處事，而他們效忠的光明爵士法蘭藩王正病重在床，不再像過去一樣提供協助。如果她父親去世、家族破產的消息傳開，那一天將是達伐氏的末日。他們會被併吞入另一個氏族。

他們將被徹底奴役以爲懲戒，甚至會面臨憤怒債主的刺殺行動。要阻止這一切，只能靠紗藍。而第一步就是加絲娜・科林。

紗藍深吸一口氣，沉穩地從牆後走出。

4 破碎平原

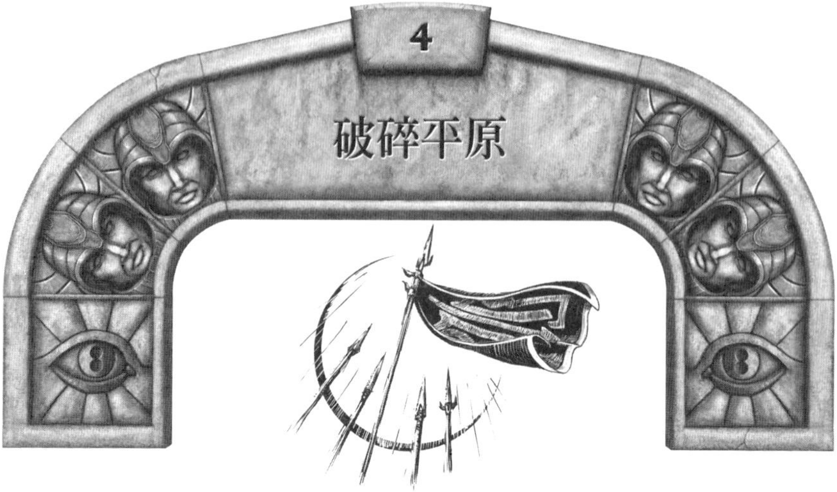

「我快死了，對不對？醫師，你爲什麼要拿走我的血？站在你身旁那個頭上畫滿線條的人是誰？我可以看見遙遠的太陽，黑闇冰冷，照耀漆黑的天空。」

——收錄於一一七二年，傑思南第三日，死前十一秒。樣本爲雷熙族的芻螺訓練師。此樣本極爲特殊。

「你爲什麼不哭？」風靈問道。

卡拉丁背靠著籠子一角，低著頭，眼前木板的裂紋就像是有人拿指甲摳了很久似的。碎裂的地方被染黑，是乾糙的灰色木頭吸收了鮮血後的結果，是某人脫逃的枉然妄想。

馬車繼續前進。每天重複著同樣的生活規律。一夜輾轉難眠，沒有床墊或棉被，醒來時全身僵硬痠痛。一次一輛車的奴隸銬上腳鍊後被放下車，允許他們四處走動一陣，順便解手。然後他們又被關起，餵食早上的稀粥，馬車繼續前進，直到下午的稀粥，再繼續前進，晚上的稀粥，還有睡前的一瓢水。

卡拉丁的沙須烙印仍然在龜裂流血，還好籠子的頂蓋替他擋掉了不少陽光。

風靈又變回水霧，像一朵小雲般飄著。她靠近卡拉丁，臉龐輪廓出現在雲前，又一會兒，彷彿霧氣被風吹散，露出下方更爲密實的東西。絕對的女性化，五官立體分明，有著如此好奇的雙眼，又富於幻想，他從來沒有見過這樣的精靈。

「其他人晚上都會哭，但你不哭。」她說。

「哭有什麼用？」他將頭靠向柵欄。「哭能改變什麼？」

「我不知道。人爲什麼要哭？」

他微笑，閉上眼睛。「小精靈，人爲什麼要哭，妳得去問全能之主，不是問我。」東方夏天的濕熱讓他額上滿是汗珠，點點滲入傷口，引來陣陣刺痛，希望不久後就能有幾週春天。氣候跟季節眞是難以預料，不知道能維持多久，不過通常都可以持續幾個禮拜。

馬車繼續前進。過一會兒後，臉上感覺到陽光，他睜開眼睛，太陽透過籠子上方照射下來。現在應該過中午有兩三個小時了吧。下午的稀粥呢？卡拉丁一手抓著鋼製的柵欄站起身。他看不見前方駕車的弗拉克夫，只看得見後面的扁臉布魯斯，他身上穿著一件前襟綁帶的髒上衣，帶著一頂寬簷帽來抵擋陽光，長矛跟錘子放在身後的長凳上。他沒有佩劍，這裡已距雅烈席卡不遠，就連弗拉克夫都不敢佩劍。

草地還在繼續爲馬車開道，在前方消失，馬車過去後又怯生生地冒出頭來。這裡的土地上長著卡拉丁不認得的奇特灌木，有粗厚的莖和梗，還有細長的綠色尖刺。馬車只要一靠近，尖刺就會縮回梗裡，暴露出跟長蟲一樣扭曲的樹幹，上面接著同樣糾結的樹枝。這種植物零零星星地散布在丘陵，像是矮小的護衛般挺立在綠草覆蓋的岩石間。

已經過了中午許久，馬車仍然繼續前進。*我們爲什麼沒停下來放飯？*

領頭的馬車終於停下。另外兩輛車跟在後面猛然停止，紅色的芻螺不安地騷動著，觸角來回擺動。芻螺的形狀方正，有著圓凸如石頭般堅硬的甲殼，還有像樹幹一般粗壯的紅腿。卡拉丁聽說牠們的前爪能將人的手臂夾斷，但芻螺天性溫馴，馴養的芻螺更是如此，在軍隊時，他從來沒聽說有誰受過比小夾一下以外更重的傷。

布魯斯跟泰格從他們的馬車前座爬下，上前跟弗拉克夫談話。奴隸販子站在馬車的座位上，用手遮擋白色的陽光，另一手握著一張紙。三人開始爭論起來。弗拉克夫一直朝他們原本前進的方向揮手，然後指著手中的紙。

卡拉丁朝他們大喊：「弗拉克夫，你迷路了嗎？也許你應該向全能之主請求指引，聽說祂特別眷顧奴隸販子，在沉淪地獄中為你們保留了一間特別室。」

卡拉丁左邊的一個奴隸緩緩遠離他，那是幾天前跟他說過話的長鬍子，看來是不想離主動挑釁奴隸販子的人太近。

弗拉克夫遲疑了一下，然後猛力朝他的傭兵們揮手，讓他們閉嘴。男人圓胖的身形從馬車跳下，走到卡拉丁面前。「你。逃兵。雅烈席卡軍隊去打仗時曾過道此處。你認識這一區嗎？」

「地圖給我看看。」卡拉丁說道。弗拉克夫猶豫片刻，然後將地圖遞給卡拉丁。

卡拉丁從柵欄間搶過紙，看都不看就將它撕成兩半，短短幾秒之內，就在弗拉克夫驚恐的眼前將地圖撕成上百張碎片。

弗拉克夫叫來傭兵，但他們趕到時，卡拉丁已經雙手捧著碎紙花，朝他們撒去。「混蛋們，中年節快樂。」卡拉丁說道，紙片在三人身邊緩緩飄下。他轉身走到籠子的另一邊，面朝著他們坐下。

弗拉克夫瞠目結舌地站在原地，然後臉色漲得通紅，指著卡拉丁，從牙關間對傭兵們說了些什麼。布魯斯朝籠子上前一步，但想了想後改變主意，他瞥向弗拉克夫，聳聳肩走開了。弗拉克夫轉向泰格，後者只是搖搖頭，低聲對他說了些什麼。

弗拉克夫瞪了這兩個膽小的傭兵幾分鐘後，繞過籠子走到卡拉丁坐的地方。出人意料的是，當他開口時，聲音平靜。「逃兵，你很聰明。你把自己變成一個對我而言不可或缺的人。其他奴隸都不是來自這一區，我也從沒到過這裡。你可以跟我談條件。你要我拿什麼來跟你交換才願意為我們領路？如果你讓我滿意，我可以答應讓你一天多吃一餐。」

「你要我領車隊？」

「口頭指路就可以了。」

「好。首先，找個懸崖。」

「好讓你看清楚這一區的地形嗎？」

「不是。是讓我可以把你從那裡推下去。」卡拉丁說道。

弗拉克夫煩躁地調整了一下帽子，梳理著一邊的長白眉毛。「你恨我。很好。恨意能讓你保持強壯，賣個好價錢。可是，除非我有機會把你賣掉，不然你不會有向我復仇的機會。我不會讓你脫逃的，可是也許別人會，所以你應該期待自己被賣掉，懂嗎？」

「我不想復仇。」卡拉丁說道。風靈回來了，她之前衝去檢視那種奇怪的灌木，現在又回到空中，開始繞著弗拉克夫的臉打轉，他似乎看不見她。

弗拉克夫皺眉。「不想復仇？」

「復仇沒有用。我很久以前就學會這一課。」卡拉丁說道。

「很久以前？你最多不過十八歲，逃兵。」

猜得很接近了。他十九歲。加入阿瑪朗的軍隊只有四年嗎？卡拉丁以為他老了十幾歲。

弗拉克夫繼續說道：「你還年輕。你可以逃離這個命運。曾經有人在獲得奴隸烙印後，仍能擁有不同的人生，譬如付錢贖回自己之類的，懂吧？或者說服你的主人之一還你自由。你可以重新成爲自由人。這沒有那麼不可能。」

卡拉丁哼了一聲。「我絕對逃脫不了這些烙印的，弗拉克夫。你一定知道我之前嘗試脫逃了十幾次，但每次都失敗。你的傭兵們如此緊張，絕對不只是因爲我額頭上的符文這麼簡單。」

「過去的失敗不代表未來沒有機會，對吧？」

「我完蛋了。我不在乎。」他打量奴隸販子。「況且，你才不信你的那套鬼話。像你這種人，如果想到賣出去的奴隸有一天或許能獲得自由來找你尋仇，我懷疑你晚上睡得好覺。」

弗拉克夫大笑。「說不定噢，逃兵。說不定你說得沒錯。或者我只是想，如果你眞的得到自由，會去找第一個把你賣掉的人，是吧？是阿瑪朗上主，不是嗎？他的死會讓我得到足夠的警告好逃跑。」

他怎麼知道？他怎麼聽說過阿瑪朗的事？*我會找到他*，卡拉丁心想。*我會親手將他開膛破肚，我會親手把他的頭從脖子上扭掉，我會……*

「果然。」弗拉克夫端詳卡拉丁的表情後說道。「你說你不想復仇時，果然沒有說實話。」

「你怎麼知道阿瑪朗的事？」卡拉丁皺眉說道。「我從那時開始已經被轉賣了五六次。」

「人都是多嘴的。奴隸販子比別人都多嘴。我們必須是彼此的好朋友，因爲再也沒有其他人能忍受我們。」

「那你就知道我不是因爲逃兵才得到這個烙印的！」

「是，但我們得假裝是因爲逃兵，對吧？犯大罪的人賣不了好價錢。你額頭上的沙須已經讓你很難賣得好了，如果我賣不掉你，那你……你不會想要變成那種身分的。所以我們一起玩個遊戲，我說你是逃兵，而你什麼都不要說。我想這個遊戲很簡單。」

「這是非法的。」

「我們又不在雅烈席卡。」弗拉克夫說道。「這裡沒有法律。況且，你被賣掉的官方原因是因爲臨陣脫逃。你如果又說些別的理由，只會讓你得到說謊的風評而已。」

「還會讓你頭痛。」

「可是你剛才說你不想對我復仇。」

「我可以學。」

弗拉克夫大笑。「如果你還沒學會，那大概永遠學不會了！況且，你不是威脅要把我從懸崖推下去嗎？我想你已經學會了。可是現在我們一定得討論下一步該怎麼辦，因爲我的地圖剛才慘遭橫禍，是吧？」

卡拉丁遲疑片刻，然後嘆口氣。「我不知道。」他誠實地說道。「我也沒來過這裡。」

弗拉克夫皺眉，靠向籠子，檢視卡拉丁，不過仍然保持安全的距離。過一會兒後，弗拉克夫搖搖頭。

「我相信你，逃兵。眞可惜。好吧，那我只好相信我的記憶，反正那張地圖也畫得很差。基本上我很高興你把它撕了，我也很想那麼做。如果哪天我看到哪個前妻的畫像，我會安排讓那些畫像跟你見面，充分利用你獨特的長處。」他緩步離開。

「剛剛是怎麼一回事？」風靈走向他說道，歪著頭。

「我發現自己幾乎要開始喜歡那個人。」卡拉丁說道，頭用力撞著籠子。

「可是……他做了那種事……」

卡拉丁聳聳肩。「我沒說弗拉克夫不是個混帳東西。不過，他是個讓人喜歡的混帳東西。」他停了一下，接著嘴巴不悅地一抿。「那種人最討厭了。每次殺了他們以後，都會覺得有罪惡感。」

馬車在颶風中開始漏雨了，這也是意料中事。卡拉丁懷疑弗拉克夫是因爲運氣不好，才被逼得走上販賣奴隸這條路。或許他原本打算販賣別的東西，但是因爲某種原因，可能是缺錢，或是必須盡速離開他原本在的地方，導致在沒有選擇的情況下，只能做起這門最惡名昭彰的生意。

像他那樣的人負擔不起奢侈品，甚至負擔不起品質好的東西。他們光是要還清債務就已經非常吃力，這輛會漏水的馬車就是最好的例子。馬車車身強壯得可以抵擋颶風，可是並不舒服。

弗拉克夫幾乎錯過準備迎接颶風的時機。顯然被卡拉丁撕裂的地圖中，也包括了從一名正在值班的防颶巡邏員手中，買到的颶風日期列表。這些颶風可以靠數學的方式預測，卡拉丁的父親以此爲樂，通常可以算得八成準。

在狂風的肆虐下，鑲板敲擊著柵欄，整輛馬車在風中搖晃，像是笨拙的巨人在玩的玩具，木頭呻吟，冰冷的雨水不時從裂縫間噴入，閃電的耀眼白光也伴隨著雷聲照入。那是他們唯一的照明。

偶爾閃電會在沒有打雷的情況下出現，其他奴隸們因此而恐懼地呻吟，想著是否會見到颶父和失落燦軍的鬼魂，或是引虛者的身影。傳說中，這些東西都會出現在最暴烈的颶風裡。所有的奴隸們緊縮在馬車的一邊，分享體溫。卡拉丁沒有加入，自己一人背靠著欄杆坐著。

卡拉丁不怕關於颶風的神怪傳奇，在軍隊中，他曾經不止一次躲在突出的岩石，或其他臨時搭建而成的遮蔽物下度過颶風。沒有人喜歡在颶風來襲時出門，但有時難以避免。會在颶風中出現的鬼怪——也許還包括颶父本人——其實還沒有被風吹起的岩石跟樹幹致命。

事實上，颶風最開始的風雨，也就是「颶風牆」，才是最危險的部分。在那之後只要撐得越久，颶風就會越弱，到了最後的尾巴時，不過是一陣細雨。

他才不擔心引虛者在外面找人肉吃。他擔心的是弗拉克夫會出事。奴隸商人們總是躲在馬車下方一個擁擠木造空間裡等著颶風過去，表面上看起來是車隊中最安全的地方，但如果運氣不好，例如被颶風拋起的岩石砸中，或是馬車本身垮了，都有可能害死他。卡拉丁可以預見萬一此事發生，布魯斯跟泰格都會跑走，剩下的人全被關在牢籠，木頭牆又被牢牢鎖起，所有奴隸將會鎖在這些箱子裡被太陽烘烤，然後因爲飢餓與脫水緩緩死去。

颶風繼續吹著，晃動著馬車。有時候風感覺像是活的。誰說風不是活的？風靈是受到風吸引，還是它們本身就是風？也許，它們現在就是那股想破壞卡拉丁身下馬車力量的力之魂？無論有沒有意識，這股力量都失敗了。馬車被鐵鍊鎖在不遠處的石塊上，輪子被卡死。風越發慵懶，閃電停止閃爍，令人發瘋的雨鼓聲也減緩成安靜的輕點。這一趟旅程中，只發生過一次馬車被颶風吹倒的情況，馬車跟裡面的奴隸都只受到輕微的凹損跟瘀青。

卡拉丁右側的木板突然一陣晃動，然後被打開，原來是布魯斯將卡榫解開。傭兵穿著皮革大衣，抵擋沿著寬簷帽流下的水柱，一面打開木板，讓柵欄跟柵欄內的人暴露在雨水下。雨雖冰冷，卻沒有在颶風最凶猛的時候那般刺骨，雨水灑在卡拉丁跟縮成一團的奴隸身上。弗拉克夫總是在雨停前就下令把木板解開，說這是洗淨奴隸們身上惡臭的唯一方法。

布魯斯將木板塞回馬車下，然後解開另外兩側，只有車伕座位後方的那塊木板不能被放下。

「現在放下木板有點太早了，布魯斯。」卡拉丁說道。現在還不到瀝流——颶風即將結束時輕灑下的雨水。這陣雨仍然很大，還不時颳起大風。

「主人要你們今天保持乾淨。」

「為什麼？」卡拉丁問道，站起身，水從破爛的褐色衣服流下。

布魯斯沒搭理他。也許我們快到目的地了，卡拉丁心想，一面打量周遭環境。

過去幾天，丘陵變成崎嶇的岩石，在風蝕下只剩破碎的懸崖與崎嶇的峭壁。草沿著陽光最明亮的山崖側生長，遮蔭處充滿濃密的綠意。颶風過後是大地最生機盎然的時候，石苞的尖囊打開，舒展出藤蔓，其他種類的藤蔓也從石縫間爬出，啜飲雨水，灌木跟樹上的葉子都大大攤開，各種各樣的克姆林蟲在水窪間游動，享受這一場盛宴。昆蟲嗡嗡地飛入空中，大型的有殼動物像是螃蟹跟多足等都從藏身之處跑出來，就連岩石似乎都活了起來。

卡拉丁發現有六隻風靈在頭上飛舞，半透明的身影追逐著，或者該說是順著颶風的最後一陣風勢飛行。植物周圍飛騰起細小的光。是生靈，它們看起來像是一團團發光的綠灰塵或是細小透明的昆蟲。

一隻多足沿著馬車邊緣爬了上來，如髮絲般細的尖刺直直挺立在空氣中，好提前偵測到風向的改變，細長的身體兩側有幾十對腳。牠的外型是他熟見的，但他從沒看過顏色如此深的紫色外殼。弗拉克夫要帶著車隊去哪？這些沒有人耕耘過的丘陵就是最適合開墾的農地啊！在泣季後，颶風會減小許多，那時只要在這片土地撒下混入拉維穀種子的矮垂樹漿，然後等上四個月，漫山遍野將會長滿比人頭還大的植囊，等著被打開，擷取其中的穀物種子。

芻螺到處爬著，痛快地享用颶風過後出現的石苞、蛞蝓，還有體型較小的甲殼類動物。泰格跟布魯斯安靜地將芻螺繫上韁繩，一臉不快的弗拉克夫從他的防水避難所爬了出來。奴隸販子戴上帽子，拉起深黑色的披風擋雨。他鮮少會在雨完全停之前出來，這代表他非常急著想要到達目的地。他們離海岸這麼近了嗎？在無主丘陵中，只有沿著海岸線才能找到城市。

幾分鐘後，馬車再次滾行在崎嶇的道路上。天色逐漸明亮，颶風成為西方天邊的一抹黑影，卡拉丁重新靠回馬車。太陽帶來了眾人歡迎的溫暖，奴隸們徜徉在日光下，水沿著衣服滴落，順著搖晃的馬車，一路流淌於車後。

終於，一條透明的光帶又來到卡拉丁身邊，他已經開始習慣這個風靈的存在。她在颶風時離開馬車，但現在又回來了。向來如此。

「我看到妳的同類了。」卡拉丁懶懶地說道。

「同類？」她問道，幻化成年輕女子的外型，開始繞著他走動，偶爾轉個圈，跟隨無聲的節奏起舞。

「風靈。」卡拉丁說道。「它們追著颶風去了。妳確定不想跟它們一起去？」

她渴望地望著西方。「不。」她終於說道，繼續跳舞。「我喜歡這裡。」

卡拉丁聳聳肩。她已經不像以前那麼愛惡作劇，所以他也不再因爲她的出現而惱怒。

「附近有其他人。」她說道。「像你一樣的。」

「奴隸？」

「我不知道。總之是人。不是這裡這些。別的。」

「哪裡？」

她舉起一根透白的手指指著東方。「那裡。有許多。很多很多。」

卡拉丁站起身。他無法想像精靈居然能準確地丈量距離跟數量。沒錯……卡拉丁瞇起眼睛，端詳天際線。*那是煙。是煙囪嗎？*他在風中聞到了一絲味道，如果不是因爲下雨，大概更早就會聞到煙味。

他該在乎嗎？他在哪裡當奴隸已經不重要了。他已經接受了這個人生。這就是他的命。不在乎，懶得想。

可是，他還是好奇地看著馬車順著丘陵向上，讓裡面的奴隸看清楚前方的景色。不是城市，它們更壯觀，更龐大。是一個龐大軍隊的紮營處。

「偉大的颶風之父啊……」卡拉丁低語。

十支大規模的軍隊以標準的雅烈席卡陣式紮營——依照軍階以同心圓排列，隨軍移動的工人和侍從在最外圍，再往內一圈則是傭兵，再過來的是國民兵，淺眸軍官在最靠中心點的最內圈。紮營的地方是幾個連成一氣的巨大盆地，但此處的岩壁更爲峻嶙，像是破裂的蛋殼。

卡拉丁八個月前離開的軍隊就與眼前這一支極爲類似，但是阿瑪朗的軍隊規模小很多。這一支勁旅覆蓋數哩的岩石地，南北向都布滿了人，上千枝驕傲的軍旗上畫了上千種不同的家徽，在風中傲然拍揚。雖然少數軍隊外圍安設了一些帳棚，但大多數士兵都住在巨大的石造軍營裡，這意謂著他們有魂師。

正前方的軍營飄揚著卡拉丁在書上看過的徽旗——深藍色的底，上頭繡著的白色符文闊克跟歷尼，被畫成一把豎立於王冠前面的劍。這是科林家族。國王的氏族。

卡拉丁滿懷敬畏之心，望著軍隊後方。東邊的景象，一如他所聽過那則關於國王征討帕山迪叛徒的傳說，十數種不同版本中描繪過的模樣：那是一片巨大的岩石平原，大到他看不見另一方，中間被二三十呎寬的裂縫切割，深到消失在黑暗的盡頭，形成一片崎嶇不平的台地。有些大，有些極小，整個地形看起來像是被摔破後又被重組在一塊的盤子，只是在碎片之間留下了小空隙。

「破碎平原。」卡拉丁低語道。

「什麼？」風靈問道。「發生什麼事了？」

卡拉丁迷惘地搖搖頭。「我花了好多年的時光想要來這裡，最後連提恩也這麼想。要來這裡，爲國王的軍隊作戰……」

如今，卡拉丁來了。終於來了。*意外地來了。荒謬的現實讓他想大笑。他心想，我早該知道。我早該*

猜到。我們根本不是朝城市跟海岸前進。我們是朝這裡來。朝戰爭而來。

這裡的模式將一切依照雅烈席卡的法律與慣例。他原先以爲弗拉克夫會想避開這些規範，但或許，這裡出的價碼最高。

「破碎平原？」其中一名奴隸說道。「眞的嗎？」

其他人擠了過來，探頭張望。在突來的興奮中，他們似乎忘記對卡拉丁的恐懼。

「是破碎平原！」另一人說道。「那是國王的軍隊！」

「也許這裡會爲我們伸張正義。」另一人說道。

「聽說國王的僕人們過得跟富商大戶一樣好，」另一人說道。「他的奴隸們一定也過得比較好。我們在弗林的領土上，我們甚至可以賺薪水！」

這倒是眞的。奴隸在工作時必須得到一點微薄的薪資，大約是非奴隸的一半，而非奴隸的薪資又遠比公民能賺取的要少很多。但不管怎麼說，至少能有薪水，這是雅烈席卡法律的明文規範。只有執徒例外，但執徒本來就什麼都不能擁有。嗯，還有帕胥人，但帕胥人比較像是動物，而不是人。

奴隸可將薪水用來給付他的奴隸債，勞動數年後可以賺回自己的自由。至少，理論上是如此。馬車沿著斜坡往下行駛，其他人繼續喋喋不休，但卡拉丁縮回馬車後方。他懷疑這個讓奴隸可以爲自己贖身的選擇，其實只是個讓奴隸們乖乖工作的騙局，因爲這筆金額極爲龐大，遠比奴隸當初被買賣時的金額還要高，幾乎不可能讓奴隸賺到自由。

他以前都會要求主人們付錢給他，而他們總會找到騙走錢的方法，例如收他住宿跟食物的費用。淺眸人都是這樣。羅賞、阿瑪朗、卡塔樓譚……無論身爲奴隸或自由人，卡拉丁認得的每個淺眸人都展現了腐敗至極的內在，那優雅的行爲，儀表堂堂的外貌，不過是包裹著美麗絲綢的腐朽屍體。

其他奴隸不斷地談論著國王的軍隊，還有正義。正義？卡拉丁頭靠著柵欄心想。我不相信這世界上有正義這種東西。可是，他仍然忍不住要想。這是國王的軍隊，十名藩王齊聚一堂，爲復仇同盟而來。

他唯一允許自己渴望的事情至多只有這一樣：握矛的機會。能夠再次戰鬥，找到重新成爲過去那個男人的道路。一個還能關心別人的男人。

如果還能找到他，必定是在這裡。

5 異教徒

「我看到了末日，聽到它的名字。哀傷之夜，眞正荒寂。永颸。」

——收錄於一，七二年，南諾第一日，死前十五秒。樣本爲出身不明之深眸年輕人。

紗藍沒想到加絲娜‧科林如此美麗。

那是一種高貴、成熟的美，像是古代學者的繪像。紗藍意識到自己原本以爲加絲娜會是個醜陋的老姑婆，像是多年前教導過她的嚴厲婦人。一名三十多歲，依然未婚的異教徒，能長什麼樣？

但加絲娜完全不是那樣。她的身材高䠷纖細，皮膚光滑，有著細細的黑色眉毛，濃密的深幽黑髮。一部分的頭髮繞著渦卷形的金色髮飾梳成髮髻，兩根髮簪將其固定，另一半頭髮則是繞成細密的捲子，沿著她的脖子披散在身後。加絲娜盤起頭髮後的髮尾長度仍及肩，如果沒有綁起，應該跟紗藍的頭髮一樣長，直達背心。

她有著方正的臉型和洞悉一切的淺紫色眼睛，正聆聽著一名穿著深橘與白色長袍的男子說話，那是卡布嵐司皇室的顏色。科林光主的高度比這男人還要高上幾指，顯然雅烈席人多半高眺的傳言是事實。加絲娜注意到紗藍，瞥了一眼之後繼續進行她的對話。

颶父啊！這女子可是國王的姊姊。內斂而且端莊，藍色與銀色的裝束無懈可擊。加絲娜的衣裳跟紗藍同款，都是一排釦子沿著身側往上，有著高領，但是加絲娜的胸圍遠比紗藍豐滿。她的裙襬在腰下便散開，圓篷的形狀直垂至地面，袖子長而莊重，左手扣起以隱藏她的內手。

她的外手戴著一件明顯的首飾：兩只戒指跟一只手環，中間以數條鍊子相連，在手背上形成一個三角形的珠寶裝飾。她是個魂師——這個字詞同時意指能操縱此力量的人，以及可引發此力量的法器。

紗藍小心翼翼地溜入房間，想要看清楚那發著燦燦光芒的大寶石。她的心跳開始加速。這具魂師看起來跟她和她哥哥一起在父親外套的內側口袋中找到的那具一模一樣。

加絲娜跟穿著袍子的人開始朝紗藍的方向走來，對話並無中斷。加絲娜會怎麼樣面對這名終於追上她的學徒？她會因爲紗藍遲到而生氣嗎？這不是紗藍的錯，但是人對下屬往往會有不合理的期望。

走廊跟外面的大廳一樣，是從石頭中直接鑿出來的，但是裝潢更爲華麗，有蘊藏颶光的寶石塑造成的水晶燈，大多數是比較普通的深紫色石榴石，但光是有多顆散發著紫色光芒寶石的特點而言，就已讓這盞水晶燈價值不菲。更讓紗藍讚嘆的是垂掛在燈罩外兩側的水晶綴飾，設計是如此美麗。

加絲娜走近後，紗藍可以聽到一部分她的話。

「……意識到這個行爲會引發信徒們不樂意的反應？」女子說著雅烈席語。這本來就跟紗藍的母語費德語很接近，何況她從小就學習雅烈席語。

「是的，光主。」穿著長袍的男子說道。他年紀不小，有著稀疏的白鬍子，還有淺灰色的眼睛。他坦誠、善良的臉似乎很擔心，頭上戴著一頂方筒形的帽子，顏色與袍子上的橘色與白色相同。袍子的布料很華貴。他是國王的近侍官嗎？

不對。他手上的珠寶，他的姿勢儀態，還有其他淺眸侍從對他的恭敬神態……我的颶父啊！紗藍心想。他一定就是國王！不是加絲娜的哥哥艾洛卡，而是卡布嵐司的國王，塔拉凡吉安。

加絲娜看到了正在慌慌張張行禮的紗藍。

「陛下，執徒在這裡的影響力很大。」加絲娜以光滑如緞的嗓音說道。

「我也是。您不用擔心我。」國王說道。

「好。您的條件我可以接受。帶我去那裡，讓我檢視一下情況。不過，在我們啓程之前，請恕我先見另一個人。」加絲娜朝紗藍果斷地比劃一下，示意要她上前。

「當然好，光主。」國王說道。他似乎對加絲娜很恭敬。卡布嵐司是個很小的王國，只有一個城市，而雅烈席卡是世界上最強大的國家之一。無論禮節怎麼規範，實質上，雅烈席卡公主的地位，可能遠比卡布嵐司的國王要高貴許多。

紗藍快步走到落在國王身後的加絲娜旁邊，國王則開始與侍從們交談。「光主，我是您要求前來晉見的紗藍·達伐，我很遺憾沒辦法在度馬達利時趕上您。」

「不是妳的錯。」加絲娜手指一揮說道。「我本來就不認爲妳會準時到達。而我在寄信時，也不知道我在度馬達利之後會去哪裡。」

加絲娜沒有生氣，這是個好跡象。紗藍感覺焦慮開始消退。

「妳的執著讓我很佩服，孩子。」加絲娜繼續說道。「我沒想到妳會跟我跟到這麼遠。在卡布嵐司之後，我原本打算不再留訊息給妳，因爲我覺得妳應該已經放棄。大多數人在前幾站之後就放棄了。」

大多數人？這是某種測試嗎？而紗藍通過了？

「確實如此。」加絲娜思索地說道。「也許，我真的會讓妳請求成爲我的學徒。」

紗藍震驚得幾乎當場摔倒。請求？她不是已經這麼做了嗎？

「光主，我以爲……那封信……」紗藍說道。

加絲娜打量著她。「我允許妳來見我，達伐小姐。我沒有答應要接受妳。學徒的訓練跟照顧是我現在沒有空閒也沒有心力處理的雜事。可是妳跟我跟到了這麼遠。我會考慮妳的要求，但我的標準很嚴格。」

紗藍壓下不滿。

「沒有暴跳如雷。好現象。」加絲娜評論。

「光主，您說暴跳如雷？淺眸女子怎麼會這樣行事？」

「那妳就有所不知了。」加絲娜半嘲諷地說道。「但光是具有『態度』，是得不到妳想要的地位的。告訴我，妳的教育涉獵有多廣泛？」

「在某些方面很廣泛。」紗藍說道，然後遲疑地補充：「在某些方面極爲缺乏。」

「好。」加絲娜說道。前方的國王似乎在趕時間，但以他的歲數，即便快步前進仍算是相當緩慢。「那我們來評鑑一下。照實回答，不得虛誇，因爲我很快就會揭穿妳的謊言，也不要故作謙遜，我沒有耐心處理別人的逢迎拍馬。」

「是的，光主。」

「我們從音樂開始。妳覺得妳的能力如何？」

「我的耳力很好，光主。」紗藍誠實地說道。「我最擅長的是聲音，但也學過齊特琴跟排笛。我一定不是您聽過最優秀的歌者，但也絕不是最差的。我會背誦大多數的歷史歌謠。」

「唱〈輕快的阿德萊納〉的副歌給我聽。」

「在這裡？」

「我不喜歡重複說話，孩子。」

紗藍臉上一紅，但開口唱歌，這不是她最優秀的表現，但她的音調純正，也沒有結巴。

「好。」加絲娜趁紗藍換氣時說道。「語言？」

紗藍沒有立刻作答，她忙著將注意力從慌張地想要記起下　段歌詞上，拉回到新的問題跟前。語言？

「當然，我會說您的母語，雅烈席卡語。我的賽勒那語閱讀能力尚可，亞西須語的口語能力也還可以。我的色雷語足以與人溝通，但不會讀。」

加絲娜不置可否。紗藍開始緊張了。

「寫？」加絲娜問道。

「我知道所有的大寫、小寫和主題符文，同時擅長書法。」

「大多數小孩也都會。」

「我畫的符文咒頗受親朋好友的認可。」

「符文咒？我以為妳是要成為學者，而不是散布無稽之談的八卦商賈。」

「我從小就寫日記，以便練習我的寫作技巧。」紗藍繼續說道。

「恭喜。如果我需要有人寫關於小馬玩偶的論說文或描述他們發現的一顆有趣石頭，我會找妳來寫。妳沒有任何可以證明妳擁有真正寫作實力的範例嗎？」加絲娜說道。

紗藍滿臉通紅。「我無意冒犯，光主，可是您收到了我的一封信，而文筆足夠打動您，讓您允許我與您會面。」

「有道理。」加絲娜點點頭說道。「若沒有長時間的訓練，應該寫不出那種信。妳的邏輯與相關學藝訓練如何？」

「我的基礎數學頗有所成，也經常協助我父親處理小型的帳務。我讀過托瑪斯、那山、正直的倪亞歷，還有當然要閱讀的諾哈頓所有著作。」

「普拉西尼呢？」

誰啊？「沒有。」

「加布拉辛余斯塔拉、馬那萊、賽西克以及哈思維司之女韶卡呢？」

紗藍瑟縮了一下，再度搖搖頭。最後那個名字很顯然是個雪諾瓦人。雪諾瓦人有邏輯師嗎？加絲娜眞的認爲她的學徒應該研讀過如此冷僻的書籍嗎？

「這樣啊。」加絲娜說。「那歷史呢？」

歷史。紗藍更是畏縮。「我……這是我顯然缺乏學習的領域，光主。我的父親一直無法爲我找到合適的老師，我只讀過他擁有的歷史書籍……」

「哪些？」

「主要是巴爾勒沙・嵐的《主題史》。」

加絲娜輕蔑地揮揮手。「這套書連抄寫的時間都算浪費。頂多只能算是主要歷史事件的瀏覽——爲了迎合大眾口味。」

「我很抱歉，光主。」

「這個缺陷相當尷尬。歷史是所有文學次藝中最重要的一項。妳的父母如果希望妳向我這樣的歷史學者學習，就應該要格外注重這個領域。」

「我的情況特殊，光主。」

「無知算不上特殊，達伐小姐。我活得越久，越發覺得這是人類意識的常態。許多人致力於維護無知的神聖性，甚至期望他人因此佩服他們的努力。」

紗藍再次臉紅。她明白自己的學藝有所欠缺，但加絲娜的期待也不合理。可是，她什麼都沒有說，繼續與高挑的女子同行。這條走廊到底有多遠？她焦躁到甚至沒去欣賞牆上的繪畫。兩人拐了一個彎，朝山的深處走去。

「好吧，接下來我們來談談科學。」加絲娜語氣不善地說道。「妳在這方面有什麼可說的？」

「我的科學知識程度，與同輩年輕女子相仿。」紗藍說道，無法克制住口氣的僵硬。

「意思是？」

「我擅長討論地理、地質、物理和化學。我特別專注研習生物跟植物學，這麼一來，我就能在我父親的領地中，有更進一步獨立學習的自由。可是，假使您期待我一揮手就能解決法布利森的世紀難題，我想您會失望的。」

「我難道不應該期待這些想成爲我學生的人擁有合理的學識程度嗎，達伐小姐？」

「合理？您的要求跟在證實之日時，十神將們提出的要求一樣合理！我無意冒犯，光主，可是您似乎期待想成爲您學徒的人都已經是大學者了。我或許可以找到一兩個八十歲的執徒能夠符合您的要求，他們可以應徵這個身分，但是他們的聽覺可能差到聽不懂您的問題。」

「這樣啊。妳對父母講話也是如此語氣不善嗎？」加絲娜回答。

紗藍忍不住縮了縮肩膀。她跟水手相處太久，變得習慣逞口舌之快。她走了這麼遠，只是爲了得罪加絲娜嗎？她想到她的哥哥們，在絕望的環境中仍然努力維持著表象。她難道要因爲浪費了這個機會，而垂頭喪氣地回到他們身邊嗎？「我不會向他們這樣說話，光主。我也不該這樣向您說話。我道歉。」

「嗯，至少妳還懂得認錯。可是，我很失望。妳的母親怎麼會認爲妳有成爲學徒的資格？」

「我的母親在我孩提時就已過世了，光主。」

「但是妳的父親很快就再娶了。應該是瑪麗絲．蓋佛瑪吧！」

紗藍相當訝異。達伐族相當古老，但只有中等的影響力跟重要性。加絲娜居然知道紗藍繼母的名字，足以顯示此人的能力非凡。「我的繼母最近去世了。她沒有要我成爲您的學徒。這是我自己決定的。」

「我很遺憾。也許妳應該在妳父親身旁照顧他的財產與安慰他，而非浪費我的時間。」加絲娜說道。

走在前方的男子們轉向一旁的通道。加絲娜與紗藍跟隨在後，進入一條較窄的走廊，地上鋪著華麗的紅黃雙色地毯，牆上掛著鏡子。

紗藍轉向加絲娜。「我的父親不需要我。」這是實話。「可是這個面試證實我極爲需要您。如果您對無知如此深惡痛絕，能昧著良心放棄幫我擺脫無知的機會嗎？」

「我以前這麼做過，達伐小姐。今年以來，妳是第十二位想成爲我學徒的人。」

十二？紗藍心想。*在一年之內？*她以爲在加絲娜反對信壇的情況下，其他女子都會避開加絲娜。

一群人來到狹長走廊的終點，拐彎之後，紗藍驚訝地發現地上散落著一大塊從天花板上落下的岩石。十幾名侍從站在那裡，有些人一臉焦慮。發生什麼事了？

很顯然大多數的碎石已經被清理乾淨，但天花板上仍然有個大洞，沒有通向天空，因爲他們一路不斷往下，應該已經來到了地底深處。一塊比人還高的巨石塞住左方門口使人無法通行，這下沒法進入後方的房間了。紗藍覺得她聽到石頭後方傳來某種聲音。國王走到石頭邊，以安慰的語調開口說了幾句話。他從口袋中掏出手帕，抹了抹額頭。

「住在直接以石頭雕鑿出的屋子就是有這種危險。」加絲娜說道，走上前去。「這是什麼時候發生的？」顯然她並不是特地被請來處理這件事，國王只是碰巧借重她的力量。

「是最近一次的颶風，光主。」國王說道。他搖搖頭，稀疏下垂的白鬍子微微顫抖。「御用建築師們也許可以切開一條通道，可是那會很花時間，下一場颶風幾天後就要襲來，而且會強行破壞落石，可能讓天花板出現更大面積的坍塌。」

「我以爲卡布嵐司不受颶風影響，陛下。」紗藍的話語，引來了加絲娜的一瞥。

「年輕的女士，城市本身是受到保護沒錯，可是我們身後的石山卻經年累月受到颶風的強烈吹拂。有時候會在另一面造成山崩，引起整座山的晃動。」他望向天花板。「坍方鮮少發生，我們以爲這一區很安全，可是……」

「可是這是岩石。」加絲娜說道。「沒有辦法判斷表面下是不是藏著斷層。」她檢視從天花板落下的巨石。「這不太容易。我應該會失去一顆很寶貴的聚力石。」

「我……」國王再度開口，一面擦擦額頭。「如果我們能有碎刃就……」

加絲娜揮手打斷他。「我不是要重新協商條件，陛下。能進入帕拉尼奧就已非常值得了。您派人去拿濕布來，叫大多數僕人都移到走廊的另一端。您可能也會想在那裡等。」

「我要待在這裡。」國王說道，引起侍從們的一陣反對，其中包括了一名身穿黑皮胸甲，看起來像國王貼身護衛的壯碩男子。國王舉起滿是皺紋的手，眾人安靜下來。「我的孫女被困在裡面，我不會膽小地躲起來。」

難怪他這麼焦急。加絲娜再無異論，而紗藍也從她的眼中看出，她並不在乎國王是否會有生命危險。她似乎也如此看待紗藍，因爲她沒有命令紗藍離開。僕人們拿來濕布，分發給眾人。加絲娜沒有接過濕布，國王跟護衛則將濕布蓋在口鼻上。

紗藍接下了瀑布。這塊瀑布是做什麼用的？兩名僕人從岩石跟牆壁之間的縫隙遞了幾塊瀑布進去，然後所有僕人同時奔向走廊的另一端。

加絲娜摸著岩石。「達伐小姐，妳會用什麼方法判定岩石的體積？」

紗藍訝異地眨眼。「我想應該可以問陛下，他的建築師們應該已經丈量過。」

加絲娜歪著頭。「優雅的答案。他們量過了嗎，陛下？」

「是的，科林光主。大約一萬五千卡法。」國王說道。

加絲娜打量紗藍。「做得不錯，達伐小姐。一名學者應該知道不要浪費資源去重新探索已知的事實。這是我偶爾會忘記的一課。」

紗藍覺得自己因爲這句話飄了起來，她已經隱約察覺到加絲娜從不輕易稱讚人。這表示，她還沒放棄紗藍，仍然考慮是否要接受紗藍成爲學徒嗎？

加絲娜舉起外手，魂師映著肌膚。紗藍心跳加速，她從未親眼見過魂術。執徒向來對於使用道具非常隱密，而在她從父親身上找到之前，甚至不知道父親也有一具法器。當然，他的已經沒有作用了。這也是她來此處的主要原因之一。

加絲娜的魂師上鑲嵌著巨大的寶石，有些甚至是紗藍有史以來見過最大顆的，價值連城。其中一顆是煙石——色澤純淨如玻璃般的黑色石頭。第二顆是鑽石，最後一顆是紅寶石。三顆寶石都被切割成多面的橢圓形，熠熠生光，而切割過的寶石可以容納更多的颸光。

加絲娜閉上眼睛，一手按著巨石仰起頭，緩緩吸氣。她手背上的寶石越發光亮，煙石尤其亮到讓人無法直視。

紗藍屏住呼吸，只敢眨著眼睛，將這一幕深印在記憶中。時間緩緩流逝，什麼都沒有發生。

然後，紗藍聽到一個聲響，一個顫音，像是遙遠的一群人同時哼著一個純淨的音符。

加絲娜的手陷入了岩石中。

岩石消失。

一陣足以讓紗藍眼盲的濃密黑煙湧入走廊，感覺就像是上千個火堆同時湧出濃煙般地燻人。滿室都是燃燒木柴的氣味。紗藍連忙將濕布蓋在面前跪下，奇怪的是，她的耳朵還出現那種從極高處快速爬下時常會有的耳鳴，讓她得不斷吞嚥口水才能讓耳朵暢通。

眼睛開始流淚，她緊緊閉著雙眼，停住呼吸，耳邊聽到如風颳過的聲音。

結束了。她睜開眼，看到國王跟他的護衛縮在她身邊的牆邊。天花板仍然聚集了許多煙霧，走廊裡也都是煙霧的味道。加絲娜站在原處，眼睛依然闔上，不受濃煙所動，只是她的臉龐與衣服上都是灰燼，牆上也都是煙燻過的痕跡。

雖然紗藍曾在書上讀過魂師運作的情形，但仍然極爲敬畏眼前的這一幕。加絲娜將岩石變成煙，因爲煙比岩石的密度要低很多，所以這個改變會將煙猛烈地炸推而出。

這是眞的。加絲娜眞的有一副可以使用的魂師，而且非常強大。十具魂師中，九具只會很簡單的變化，譬如從石頭變出水或穀類，或是將空氣或布變成普通的單間石屋之類的。但加絲娜擁有的這種高級魂師能夠創造出各種變化，幾乎是能將任何物質變成另一種物質。執徒們一定極爲憤怒。如此強大、神聖的寶物居然落入了執徒以外的人手裡，而且還是個異教徒！

紗藍蹣跚地站起，濕布不離嘴前，吸入悶熱卻無灰塵的空氣。她吞嚥了一口口水，感覺大廳的壓力回歸正常。頃刻間，國王衝入大開的房門，一名小女孩、幾名奶媽和其他皇宮的僕人一起坐在另一邊，不斷咳嗽。國王將小女孩緊抱在懷裡，女孩的年紀小到不須使用遮袖。

加絲娜睜開眼睛，眨眨眼，彷彿一時間認不得自己在哪裡。她在深吸一口氣後，沒有咳嗽，反而微笑，彷彿享受煙霧的氣味。

加絲娜轉向紗藍，把注意力集中在她身上。「妳還在等我的回答，但恐怕不會喜歡我的答案。」

「可是您還沒有結束對我的測試。」紗藍強迫自己大膽開口。「您不會在沒有完成測試前就評判我吧？」

「還沒有嗎？」加絲娜皺眉問道。

「您還沒有問完我所有的女性學藝。您漏掉了彩繪與素描。」

「這些技藝於我無用。」

「可是它們也是學藝。」紗藍慌了。這是她最擅長的項目！「許多人認爲視覺藝術是所有藝術中最精緻的。我帶來了我的畫本，想讓您看看我的能力。」

加絲娜抿起嘴唇。「視覺藝術華而不實。孩子，我評估過所有事實，而我不能收妳。抱歉。」

紗藍的心沉了下去。

加絲娜轉向國王。「陛下，我想去帕拉尼奧。」

「現在？」國王問道，仍然將孫女緊抱在懷裡。「可是我們要設宴款待——」

「我感謝您的提議，但我已擁有一切，除了時間。」加絲娜說道。

「當然沒問題，我親自帶您去。謝謝您的幫助。當我聽說您要求進入……」國王一路喋喋不休，領著一語不發的加絲娜走入走廊，留下紗藍一個人。

她將她的提袋緊握在胸前，放下口前的布塊。六個月的追尋結果換來這個下場。她煩躁地抓緊破布，手指間擰出滿是灰燼的水。她想要哭。如果她還是六個月前的孩子，恐怕已經哭了。

可是世界變了。她變了。如果她失敗，達伐家族將會消失。紗藍加倍堅定她的決心，只是仍止不住眼角滲出幾滴懊惱的眼淚。除非加絲娜拿鐵鍊將她五花大綁，命人把她拖走，否則她不會放棄。

踩著出奇堅決的腳步，她朝加絲娜消失的方向走去。六個月前，她向她的哥哥們講述了一個荒唐、絕望至極的計畫。她會成爲學者、異教徒加絲娜．科林的學徒。不是爲了學習。不是爲了地位。而是要知道她將魂師收在哪裡。

然後偷走它。

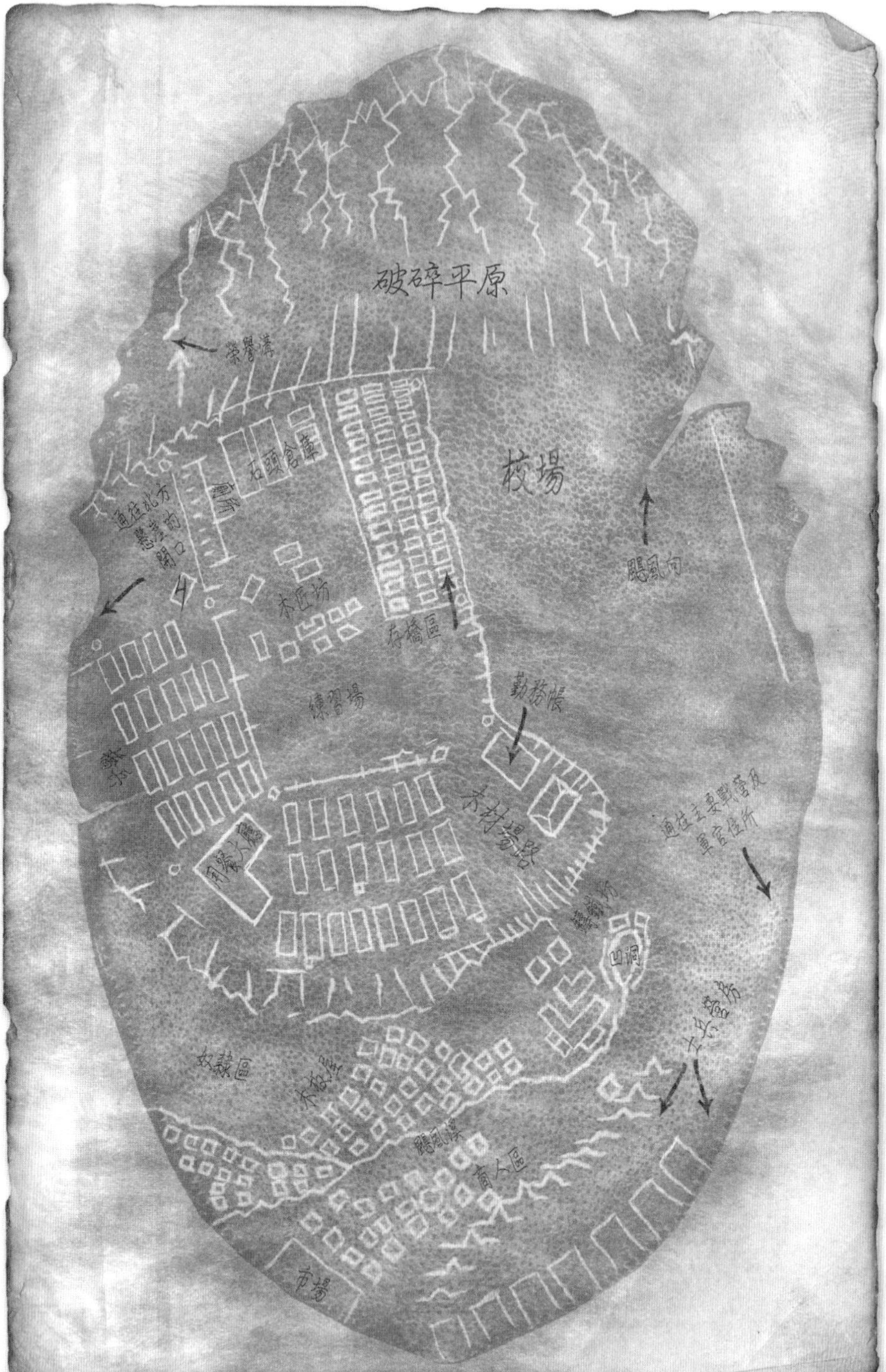

普通矛兵炭拓之薩迪雅司戰營地圖，繪於手掌大小的克姆林甲殼上。拓印上之注記出自於不知名的雅烈席卡學者，約寫於一一七三年。

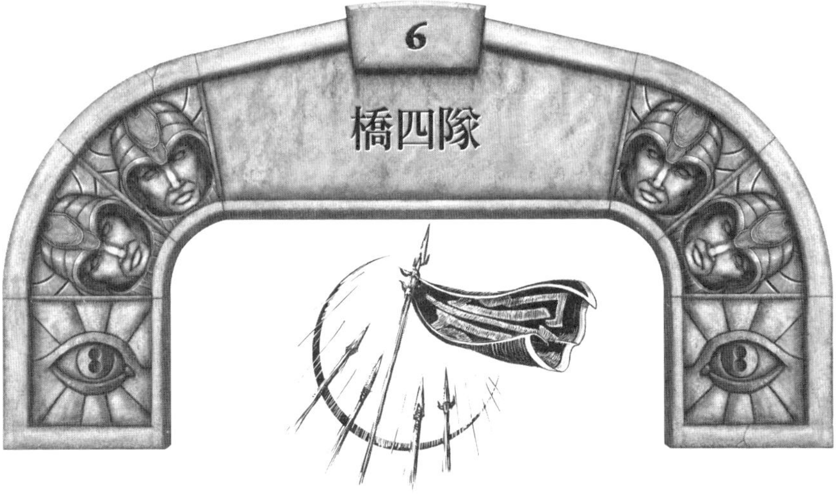

6
橋四隊

「我很冷。母親，我很冷。母親？我為什麼還能聽到雨聲？雨會停嗎？」

——收錄於一　七二年，維微西，死前三十二秒。樣本為淺眸女童，約六歲。

弗拉克夫一次將所有奴隸從籠子裡放了出來。這次他不怕逃奴或是反抗，因為後方只有荒地，前方則是十萬雄兵。

卡拉丁從馬車上走下來。他們位於其中一個大盆地中，崎嶇的石牆在東方升起，地上沒有植物，光裸腳下的岩石又濕又滑，岩石凹陷的地方聚集了雨水，空氣清新沁涼，頭上陽光燦爛，只是東方的濕熱氣候特性總讓他覺得全身都是濕的。

四周的景象昭示著軍營已經紮營許久：戰爭從前任國王死後從未停止，大約已有六年的時間，所有人都在傳述著那晚的故事。那一晚，帕山迪部落派人謀殺了加維拉王。

一群群士兵踏步經過，跟隨每個路口地上畫的彩色圓圈來判定方向。營地中充滿了狹長的石床，而且帳棚的數目比卡拉丁從山崖上看到的還要多，畢竟不能用魂師來創造每間屋子。歷經奴隸車隊的惡臭後，這個地方聞起來好太多了，充滿著熟悉的氣味，像是保養過的皮革與上油的武器。可是大部分的士兵看起來都有些邋遢，雖然不是骯髒，但也不是很有紀律。他們成群地在營地中閒逛著，外套大開，有些人指著奴隸們恥笑。這就是藩王的軍隊？爲雅烈席卡榮譽而戰的精銳部隊？這就是卡拉丁處心積慮想要加入的軍團？

布魯斯跟泰格牢牢盯著加入眾人的卡拉丁，但卡拉丁沒有嘗試玩弄任何把戲，現在不是激怒他們的時候，卡拉丁見過傭兵在這些眞正士兵面前的行爲。布魯斯跟泰格扮演好自己的角色，抬頭挺胸，手按著武器，將幾名奴隸推回隊伍站好，以錘子朝一人的腹部用力一戳，粗聲斥罵他。

他們對卡拉丁倒是敬而遠之。

「國王的軍隊。」他身邊的奴隸說道。這個黑皮膚的男人就是先前來找卡拉丁談逃脫事宜的人。「我原本以爲我們會去礦坑工作。結果還不壞嘛。我們在這裡如果不是清理廁所，就是維修道路吧！」

居然會嚮往在大太陽下清理廁所或勞動，眞奇怪。卡拉丁的希望不同。希望。是的，他發現他還能希望。手中握著矛。眼前有著敵人。他可以這麼活下去。

弗拉克夫與一名看起來地位重要的淺眸女子說話。她深色的頭髮盤成繁複的髮髻，上面裝飾著散發颶光光芒的紫水晶，服裝則是深紅色。她的樣子就像拉柔，應該是統治階層的公民階級，屬於第四或第五達恩，某個營地軍官的妻子與書記。

弗拉克夫開始虛誇他的貨品，但女子舉起嬌小的手。「我可以自己看我在買什麼，奴隸販子。」她以高雅的貴族口音說道。「親自檢視。」

在幾名士兵的陪同下，她開始沿著隊伍檢視。她的衣裳是雅烈席卡貴族的樣式，一整片不透明的絲綢，上身緊貼，下身裙襬直垂，腰身到脖子部位以胸口兩邊的鈕子扣起，最上方是個繡著金線的小立領，較長的左袖口隱藏她的內手。卡拉丁的母親向來只戴手套，他總覺得那樣實際很多。

從她的表情判斷，她對眼前的景象評價不高。「這些人餓得半死，身體衰弱。」她說道，然後從一名年輕的侍女手中接過一根細棒子，抬起一人的頭，檢視他額頭上的烙印。「你開價一頭兩枚祖母綠布姆？」

弗拉克夫開始淌汗。「也許一枚半？」

「我拿他們來幹麼？這麼骯髒的人，我不放心讓他們接觸食物，其他工作都有帕胥人做了。」

「如果女士您不滿意，我可以去找別的藩王……」

「不了。」她說道，揮棍懲戒方才被她檢視一陣後想要躲開的奴隸。「一又四分之一枚。他們可以替我們去北方森林伐木……」她注意到卡拉丁，沒再繼續說下去。「看看這個，貨色比其他的好多了。」

「我就猜他會對您的眼。」弗拉克夫來到她身邊。「他相當……」

她舉起小棒，要弗拉克夫閉嘴。她的一邊嘴唇上有個小瘡，用磨碎的啐草根可以舒緩症狀。

「脫掉上衣，奴隸。」她命令。

卡拉丁直視她的藍眼睛，幾乎無法克制朝她啐一口的衝動。不行。不可以。他承擔不起這個後果。不能在唯一的機會前。他將手臂從布袋一樣的上衣抽出，讓衣服落到腰間，露出胸膛。

雖然當了八個月的奴隸，但他的肌肉仍遠比其他人結實。「這麼年輕卻有這麼多疤痕。」貴族女子深思地說道。「你是軍人？」

「是的。」他的風靈衝到女子面前，端詳對方的臉。

「傭兵？」

「阿瑪朗的軍隊。」卡拉丁說道。「公民階層，階級是第二那恩。」

「曾經是公民。」弗拉克夫連忙說道。「他被……」

她再次舉起棒子要弗拉克夫住口，然後瞪了他一眼。她用棍子將卡拉丁的頭髮撥開，檢視他的額頭。

「沙須符。」她嘖嘖說道。附近幾名士兵踏上前來，手按著兵器。「在我的家鄉，會被烙上沙須符的奴隸向來直接處決。」

「他們很幸運。」卡拉丁說道。

「你又怎麼變成這樣的？」

「我殺了人。」卡拉丁說道，小心翼翼地開始編造謊言。*求求祢們，他向神將們祈禱。求求祢們。*他已經很久沒有向任何人求任何事了。

女子挑起一邊眉毛。

「我是個殺人犯，光主。」卡拉丁說道。「我喝醉酒，犯了錯，可是我的矛術不差。讓我進入您的光明爵士的軍隊。讓我再次上戰場。」刻意說自己殺了人做為謊言的感覺還挺奇怪的，但是如果她認為卡拉丁是逃兵，絕對不會讓他上戰場。所以，寧可被認為是個過失殺人犯還比較好。

*求求祢們……*他心想。讓我再次成為士兵。在一瞬間，這似乎是他能期望獲得最光榮的事情。能戰死沙場是多麼好的事情，而不是在倒夜壺這種鳥事裡漸漸老去。

一旁，弗拉克夫來到淺眸女子身邊。他瞥向卡拉丁，嘆口氣。「他是個逃兵，光主。不要聽他的。」

不！卡拉丁感到一陣沸騰的怒氣吞沒了他的希望。他朝弗拉克夫舉起雙手。他要勒死那個鼠輩，然後……有東西打在他的背上。他悶哼一聲，單膝跪倒。貴族女子往後退了一步，震驚地舉起內手護在胸口。一名士兵抓住卡拉丁，拽著他重新站起。

「眞是太可惜了。」她終於說道。

「我可以打仗。」卡拉丁硬壓下痛楚，悶聲說道。「給我一柄矛，讓我……」

她舉起棒子，打斷他的話。

弗拉克夫開口，不肯直視卡拉丁。「光主，我不會放心他持有武器的時候。他的確是殺人犯，但也有反抗主人跟領導奴隸反叛的紀錄。我不能把他當作奴兵賣給您。我的良心不允許我這麼做。」他遲疑了片刻。「和他同馬車的人可能都被他以脫逃的言詞帶壞了，我的榮譽心堅持自己必須告訴您這些實情。」

卡拉丁咬緊牙關。他很想去扳倒他身後的士兵，抓起那柄矛，將人生的最後幾秒用在把矛捅入弗拉克夫的肥肚腸裡。爲什麼？卡拉丁在這個軍隊中受到的待遇與弗拉克夫有什麼關係？

我不應該把地圖撕掉的，卡拉丁心想。套句他父親的老話，恨意的回敬向來多於善意。

女子點點頭，向前走去。「告訴我是哪些奴隸。我還是會買，因爲你很誠實。我們需要新的橋兵。」

弗拉克夫熱切地點點頭。在離開之前，他停在卡拉丁身旁，靠向他。「我不相信你會乖乖聽話。這個軍隊的人會責怪商人知情不報。我……對不起。」說完，商人快步離開。

卡拉丁低聲咆哮，扭身不讓士兵抓住，但沒有脫離隊伍。好吧。砍樹、造橋或者在軍隊中戰鬥。都不重要。他只要活著就好。他們奪走了他的自由、家人和朋友，最重要的是，他的夢想。他們已經對他無計可施了。

檢視完後，貴族女子從助手那兒接過寫字板，在上面快速寫下注記，弗拉克夫給她一個名冊，詳記每個奴隸已償還了多少奴隸債。卡拉丁瞄到一眼，上面寫著沒有人付過任何金額。也許弗拉克夫說謊。這不是不可能。

這次，卡拉丁或許會用他所有的薪水去償還債務。當他揭穿他們的騙局時，倒要看看那些人會是什麼嘴臉。如果他快要賺得足夠換取自由的金錢時，他們會怎麼做？他可能永遠不會知道。雖然不知道橋兵的薪水有多少，但大概也要花上十到十五年才有可能存到足夠的錢。

淺眸女子把大多數奴隸都派去森林工作，把更瘦弱的五六人派去食堂工作，即使她之前對此有所抱怨。

「這十個人帶他們去橋兵隊。」貴族女子說道，舉起棒子指著卡拉丁跟其他與他同車的人。「告訴拉瑪瑞跟加茲，給那個高個兒特殊待遇。」

士兵們大笑，其中一人開始推著卡拉丁與其他人走向一條小徑。卡拉丁忍耐著，這些人沒有理由要溫和地對待他們，可是，他不會給他們理由讓他們更粗暴地對待他。國民兵雖然痛恨傭兵，但他們最痛恨的還是逃兵。

一路上，他忍不住去注意營地上方飛舞的旗幟徽章，跟繡在士兵制服外套上的徽記一樣：一個黃色的對符——一座塔跟一柄槌子立在一片深綠色的草地上。那是薩迪雅司藩王的旗幟，他是卡拉丁家鄉那一區的至高統治者。他居然來到了這裡，這是命運的諷刺嗎？

士兵懶洋洋地到處閒晃，就連應該在值勤的士兵也一樣。營地的街道上到處都是垃圾，到處都是隨軍移動的侍從、工人、妓女、女工、養雞人，點燭人和牧人，甚至還有小孩成群地跑過這半是城市、半是軍營的街道。

這裡也有帕胥人，做著抬水、挖壕溝、扛袋子一類的工作。他很訝異。他們不是在跟帕胥人打仗嗎？他們不擔心這些奴隸會反抗嗎？顯然不會。這裡的帕胥人跟在爐石鎮的人一樣溫馴工作著。或許這一切其實很合理。他家鄉的軍隊中不也發生雅烈席人互相攻擊的情況，所以這場紛爭中兩邊都有帕胥人應該是正常的吧？

士兵帶著卡拉丁走了很長一段路，終於抵達營地的東北區。雖然每座魂師造起的石頭軍營看起來都一樣，但營地的界線還是有明顯的區分，像是崎嶇的陵線等等。舊日的習慣讓他開始自動記路。例如這裡，高聳的圓形牆被無數颶風打磨光滑，讓他能清楚地看到東方。那塊空地，是全軍沿著山坡往下進入破碎平原之前整軍的好地方。

平原北方是一處營區，有幾十座軍營，中間則是一片木材場，裡面都是木匠，忙著處理卡拉丁在外圍平原上看到的樹木：剝掉乾瘦的樹皮，切割成木板，另一組木匠則將木板釘成大型物件。

「我們要當木工？」卡拉丁問道。

一名士兵粗聲大笑。「你們要加入橋兵。」他指向一群坐在營地陰影下委靡不振的人，他們正用手從木碗裡撈出食物。卡拉丁憂鬱地發現，那跟弗拉克夫餵他們的食物看起來差不多。

其中一名士兵再次推了卡拉丁一把，讓他跌跌撞撞地走下微傾的山坡，橫跨空地，其他九名奴隸跟在後面，士兵們圍在他們外圈。坐在軍營邊的人瞧都沒瞧他們一眼。他們穿著皮背心跟簡單的長褲，有些人加穿了一件髒髒的綁帶上衣，有些則打著赤膊。這群氣色不佳又臉色不善的人看來跟奴隸差不了多少，不過身體狀況似乎稍微好些。

「加茲，新人來了。」一名士兵喊道。

一名男子躺在離進食眾人不遠處的陰影下。他轉過頭，露出一張疤痕多到連鬍子都被切割成數塊、少了一顆眼珠也沒戴眼罩遮起的臉。他的另一隻眼睛是褐色的。肩膀上的白繩結顯示他是名士官長，根據他結實剛硬的體格來看，卡拉丁判斷他已身經百戰。

「這些瘦得見鬼的東西？」加茲邊嚼著什麼邊走來。「他們連箭都擋不了。」

卡拉丁身邊的士兵聳聳肩，又把他推向前。「哈莎光主說這個要特別處理。其他的隨你。」士兵朝同伴們點點頭，開始小跑步離開。

加茲打量著奴隸，最後將注意力放在卡拉丁身上。

「我曾受過軍隊訓練。」卡拉丁說道。「隸屬阿瑪朗上師。」

「我不在乎。」加茲打斷他，往旁邊啐了一口濃黑的唾沫。

卡拉丁遲疑。「當阿瑪朗……」

「你老愛提那個名字。」加茲斥罵。「你跟著某個小地主打過架是吧？希望我因此佩服你嗎？」

卡拉丁嘆口氣。他見過這種低層中士，沒有晉階的希望，生命中唯一的快樂就是掌管比他更倒楣的人。算了。

「你有奴隸的標記。」加茲輕蔑地說道。「我猜你連矛都沒握過。無論如何，你得紆尊降貴，加入我們了，小公子。」

卡拉丁的風靈飛下來檢視加茲，然後學他閉起一隻眼睛。不知道爲什麼，她的出現讓卡拉丁露出微笑。加茲誤解了這抹笑容，臉色一黑，手指著卡拉丁便上前一步。

就在此時，營地響起一陣號角聲。木匠們紛紛抬起頭，帶卡拉丁來的士兵們紛紛往營地中央衝去，卡拉丁身後的奴隸們焦慮地四望。

「颶父老子的！」加茲咒罵。「橋兵！給我起來，你們這群懶蟲，起來！」他開始踢那些正在吃飯的人。他們將碗一拋，連忙站起身，腳下只穿著涼鞋，而非靴子。

「小公子，你。」加茲指著卡拉丁說道。

「我沒有說……」

「我管你他媽的有沒有說！你給我去橋四隊裡。」他指著一群正在離開的橋兵。「你們其他人去旁邊等著，我等一下再分發你們，快點，否則我會把你們倒吊起來。」

卡拉丁聳聳肩，小跑步跟上那群跑過面前的橋兵，有更多類似的小隊紛紛從軍帳湧出，或是從小巷中站起，人數似乎相當多。這裡大概有五十座軍帳，如果每座有大約二十到三十人……意思是，這裡光是橋兵的數量，就比阿瑪朗整個軍隊的士兵人數還多。

卡拉丁的小隊橫越廣場，穿過木板跟一堆堆的木屑，來到巨大的木造建築前。這東西顯然已經歷經了好幾場颶風與戰爭，散布四周的凹陷跟小洞看起來像是被箭刺穿的地方。這也許就是橋兵的橋了？

沒錯，卡拉丁心想。這是道木橋，大概三十呎長，八呎寬，前後向下彎，沒有把手。木頭很厚，最大的木塊則是在中間支撐著架構，總共有四五十道橋排列在那裡，也許每個軍帳都負責一道橋，也就是每一隊負責一道？大概有二十隊橋兵聚集在此。

加茲給自己找了一面木盾跟一把精光閃閃的刺錘，但其他人都沒有武器。他快速檢視了每個小隊，來到橋四隊旁邊時放慢了腳步。「你們的橋隊長呢？」他質問。

「死了。」其中一名橋兵回答。「昨天晚上跳榮譽溝死了。」

加茲咒罵。「你們怎麼連一個橋隊長都留不過一個禮拜啊？颶他的！列隊，我跟著你們跑。聽我的指揮。我們看看誰能活下來。之後再指派新的橋隊長。」加茲指向卡拉丁。「你去後面，小公子。其他人，快點！颶你們的，我不要再因為你們這群蠢蛋被申誡！移動、移動！」

其他人都在扛起橋。卡拉丁沒有選擇，只好走向木橋最尾端的位置。他的估算有點錯誤，其實每道橋應該都有三十五到四十個人才對。橫向可以站五人，三人在橋下，兩人站旁邊，縱深則可以站八人，但這個小隊的人數有點不足。

他幫忙把橋抬起，雖然他們可能已採用質量最輕的木頭造橋，但整個東西還是颶他的重。卡拉丁悶哼一聲，奮力抬起，將橋舉高後站到下方，其他人則衝入，站到中央的位置，緩緩將橋扛在肩上，至少下面加裝了做為手把用的棍子。

其他人的背心上都有撐著重量、調整肩高以配合支撐點高度的肩墊。卡拉丁沒有背心，所以木造的支柱直接磨入他的皮膚，其實上面有一個可以放頭的凹陷處，但木頭阻擋了視線，他什麼都看不到。站在側邊的人有比較好的視野，他猜想那是比較好的位置。

木頭聞起來都是油跟汗的味道。

「跑！」加茲從外面喊，聲音模糊不清。

卡拉丁悶哼一聲，跟著眾人小步快跑。他看不見自己要去哪裡，只能跟著橋兵跑下東方的坡道，進入破碎平原，努力掙扎著不要跌倒。很快地，卡拉丁就開始流汗。他低聲咒罵了一聲，木頭摩擦著他肩膀上的皮膚。他已經開始流血。

「可憐的笨蛋。」一個聲音從旁邊傳來。

卡拉丁瞥向右邊，木頭手把擋住他的視線。「你……你是在跟我說話嗎？」卡拉丁邊喘邊說道。

「你不應該挑釁加茲的。」那人說道，聲音聽起來很空洞。「他有時候會讓新人跑外面。有時候。」

卡拉丁試著回答對方，但已經喘不過氣了。原先以爲自己的體能狀況還很好，可是過去八個月都吃著餿水，被打，還在漏水的地窖、泥濘的穀倉或籠子裡度過颶風。他已經不是從前的他。

「深呼吸。」模糊的聲音說道。「把精神集中在腳步上。用數的。有用。」

卡拉丁聽從對方的建議。他可以聽到附近其他橋兵也在奔跑，後面則是熟悉的行軍與馬蹄聲。他們身後有軍隊跟著。

下方石地長出的石苞跟小板岩芝不斷絆倒他，破碎平原的地表似乎也是破碎、崎嶇、崩裂的。四周都是突出的岩石跟平原，這解釋了他們不在橋上裝輪子的理由。這麼崎嶇的道路上用人力搬動恐怕還比較快。

他的腳很快便傷痕累累。他們難道不能發雙鞋子給他嗎？他咬緊牙關，忍耐著痛楚，不斷地跑。這只是另一份工作。他會繼續下去，他會活下去。

敲擊的聲音。他的腳踩到了木頭地。是一座橋，一座固定的橋，跨越破碎平原上不同的深溝險壑。幾秒鐘內，橋兵便過了橋，他的腳底又感覺到岩石地的回歸。

「快，快！」加茲大吼。「颶你們的，快點！」

他們不斷地跑著，軍隊跟著他們一起過了橋，數百雙靴子踩踏在木頭上，沒過多久，血便沿著卡拉丁的肩膀流下。每次呼吸都是酷刑，身側疼痛，他可以聽到其他人喘氣的聲音在橋下狹窄的空間內迴蕩著。所以，他不是唯一的一個。希望他們能早點到達目的地。

他的期望落空了。

接下來的一個小時簡直是極刑。比他身為奴隸時受到的任何責打都要嚴重，比戰場上的任何傷口都要難挨。這場行軍似乎永遠沒有終點，卡拉丁隱約記得從奴隸販了的馬車往下看時，曾看過常駐的橋，連結那些最容易橫跨的裂谷，而不是最直接的路徑。意思是為了往東，他們經常得先繞往北方或南方。

橋兵先是抱怨、咒罵、呻吟，然後開始沉默。他們跨過一道又一道的橋，一片又一片的台地，卡拉丁從未來得及好好看一眼裂谷，只能跑著，再跑著。他已經感覺不到自己的雙腳。他跑著。他知道如果停下來，他會被打。他覺得自己的肩膀已經磨得只剩骨頭。他試圖要算步伐，但已經累到連這點精力都沒有。

可是他沒停下腳步。

終於，謝天謝地，加茲要他們停下。卡拉丁眨眨眼，跌跌撞撞地停下腳步，幾乎要倒下。

「抬！」加茲大吼。

眾人用力抬起，卡拉丁的手臂吃力地舉高，因為太長時間用同一個姿勢在抬橋。

「放！」

他們往旁邊踏一步，下方橋兵握住旁邊的把手，這個動作很不方便也很困難，但這些人顯然都已練習過，將橋放下時並沒有讓橋歪倒。

「推！」

卡拉丁不解地往後一步，看到兩旁的人推著橋旁邊或後方的把手。他們在一道沒有常駐陸橋的裂谷邊，兩旁是其他的橋隊，正在把自己的橋往前推。

卡拉丁瞥向肩膀後方。軍隊有兩千人，穿著森林綠跟純白色的戰袍。先是一千兩百名深眸的矛兵，接著是數百名騎兵騎著稀有且珍貴的馬匹，在他們身後則是一群重裝步兵——淺眸男子穿著厚重的盔甲，背著巨大的刺錘以及方形的鐵盾。

他們似乎刻意挑了一個裂縫很窄，第一塊台地又比第二塊要高的地方，橋的長度比裂谷的寬度要多兩倍。加茲朝他咒罵，於是卡拉丁跟其他人在摩擦聲中一起將橋推過粗糙的地面。當橋落在裂谷的另一端時，橋兵往後退，讓軍隊通過。

他已經累到無法看清眼前發生的事。他癱在岩石上，往後躺，聽著步兵跑過橋的聲音，頭轉向一旁，其他的橋兵們也都躺下了。加茲在不同的小隊間走動，搖著頭，背著盾，低聲咒罵他們的無能。

卡拉丁很想就這麼躺在那裡，望著天空，無視整個世界。可是他的訓練提醒他如果這麼做，可能會發生肌肉痙攣的情況，那會讓回程更難受。那些訓練……屬於另一個時空的另一個人。幾乎像影時代那般古老。可是，也許卡拉丁不再是以前的自己，但還是可以聽從那個自己的建議。

於是，卡拉丁呻吟一聲，強迫自己坐起，開始揉起肌肉。士兵們高舉著矛，持著盾，過了橋。加茲帶著明顯的羨慕看著他們，卡拉丁的風靈則繞著那男子的頭飛舞。雖然卡拉丁已經疲憊不堪，卻仍然覺得一絲嫉妒。她為什麼在理那個蠢蛋，而不是來找我？

幾分鐘後，加茲注意到卡拉丁，朝他狠狠瞪了一眼。

「他在想你為什麼沒有躺下。」一個熟悉的聲音說道。跑在卡拉丁身邊的人如今躺在不遠外，望著天空。他的年紀比較大，頭髮漸白，有張乾瘦的長臉，搭配善良的聲音。他看起來跟卡拉丁一樣累壞了。

卡拉丁不斷揉著腿，刻意不去理會加茲，然後他將袋子一樣的衣服撕下一部分，包紮雙腳跟肩膀，幸好在成為奴隸的這段時間，他已經習慣光腳走路，所以傷得不是太重。

包紮完後，最後一批步兵也過了橋，之後則是幾名騎馬的淺眸軍人，身上盔甲閃閃發光。騎在隊伍中間的那個人，穿著一副威風凜凜的紅色碎甲，光彩逼人。它跟卡拉丁先前看過的那副長得完全不一樣，據說每一副碎甲都是一件獨一無二的藝術品。但它們給人的感覺很相似，有著繁複的花紋與交疊的甲冑，上面則是一副開放式的美麗頭盔。

這副盔甲總帶著異樣的氣息，它生於完全不同的年代，那時候的神仍然走在羅沙的土地上。

「那是國王嗎？」卡拉丁問道。

乾瘦的橋兵疲累地笑了。「是就好了。」

卡拉丁皺眉，不解地轉向他。

「如果那是國王，那我們就是在達利納光明爵士的軍隊裡。」橋兵說道。

卡拉丁聽著這個名字有點耳熟。「他是個藩王，對不對？國王的叔叔？」

「是。最好的人，國王軍隊中最有榮譽感的碎刃師。人們都說他從來沒有食言過。」

卡拉丁不信地哼了兩聲。大家也都是這麼說阿瑪朗。

「你應該盼望自己在達利納光明爵士的軍隊裡，小子。」年長者說道。「他不用橋兵，至少不是我們這種用法。」

「好了，你們這些克姆林蟲！」加茲大吼。「起來！」

橋兵們一陣呻吟，歪歪倒倒地站起身。卡拉丁嘆口氣。短暫的休息只是讓他知道自己有多疲累。「眞高興要回去了。」他喃喃自語。

「回去？」乾瘦的橋兵說道。

「我們不是要回去？」

他的朋友自嘲地笑了。「小子，我們離『達陣』還早得很哪。你應該要高興，因爲抵達時分才是最糟糕的部分。」

因此，惡夢的第二階段上演了。他們過了橋，將橋拖回，重新扛上疼痛的肩膀，跑過平原，在另一邊又放下橋，幫助軍隊順利跨越另一道鴻溝，然後，又開始扛橋。

如此重複了十幾次，他們每次扛橋之間的確都能夠休息一陣，但是卡拉丁又痛又累，這麼短暫的休息遠遠不夠。每次他才剛剛喘回氣，就又被迫再次把橋扛起來。

他們的命令是要動作快。當軍隊在過橋時，橋兵可以休息，可是他們得靠跑過台地，同時超越所有的士兵來彌補損失的時間，才能趕在軍隊前頭抵達下一道鴻溝。中途，他的瘦臉朋友警告他，如果他們放橋的速度不夠快，回到營地後會被鞭打。

加茲下令，只要看到橋兵動作慢或怠惰不工作，可以直接咒罵他們或上前踢打一陣。要不了多久，卡拉丁的心中便開始憎恨起這名乾瘦的刀疤男。很奇怪。過去，他從不會恨他的士官長們，畢竟咒罵士兵讓他們提起幹勁本來就是士官長的工作。

不過，這並非是燃燒起卡拉丁怒火的原因。加茲沒讓他穿涼鞋或背心就派他上戰場，雖然卡拉丁包紮了傷口，但會因爲今天的工作而留下疤痕，明天早上全身一定會瘀青僵硬到無法走路。

加茲的行爲顯示他的心胸狹窄以及喜愛欺侮人的個性。只因爲他個人的不滿，就讓整個行動承擔失去一名橋兵的風險。颶他的，卡拉丁心想，利用對加茲的恨意來支持自己度過磨難。好幾次在將橋推到定位時，卡拉丁都已癱倒在原地，確信自己再也站不起來。可是當加茲要他們起立時，卡拉丁還是能掙扎地站起，否則就是加茲贏了。

他們爲什麼要做這些？目的是什麼？他們爲什麼一直在跑？他們需要保護自己的橋，這寶貴的重量，他們在需要撐起天空的同時快跑，他們需要……他開始神智不清。腿，跑。一、二，一、二，一、二。

「停！」

他停。

「抬！」

他舉手。

「放！」

他往後退，將橋放下。

「推！」

他推橋。

死。

最後一個命令是他自己的，每次都加在最後。他倒回岩石上，被碰到的石苞急急忙忙地收回自己的藤蔓。他閉上眼睛，再也無力關心肌肉痙攣的事。一下心跳的時間，他已經陷入迷離，某種半睡半醒的狀態。

「起！」

他歪歪跌跌地用滿是鮮血的雙腳站起來。

「過！」

他過橋，懶得看兩邊致命的深谷。

「拉！」

他抓著手把，將身後的橋拖過鴻溝。

「換！」

卡拉丁呆呆地站著。他聽不懂這個命令。加茲從來沒有這麼命令過。軍隊正在組成陣列，動作傳達著交戰前的焦躁與強迫的放鬆。幾個長得像是從地面上冒出、在風中拍打的紅色緞帶的期待靈，開始從岩石中露出頭來，在士兵之間穿梭。

要開戰了？

加茲抓住卡拉丁的肩膀，將他推到橋的前面。「這部分，新來的走前面，小公子。」橋兵士官長邪惡地微笑。

卡拉丁癡呆地跟其他人一起將橋扛過頭，手把都在同樣的位置，但前排有一個小開口，讓他可以往外看。所有橋兵都換了位置，原本跑在前面的往後，跑在後面的往前，包括卡拉丁跟那名瘦臉橋兵。

卡拉丁沒問爲什麼。他不在乎。不過他喜歡前面，能夠看到前方讓奔跑變得容易。

前方的台地是受盡颶風肆虐的標準景象，偶爾有幾簇草，但是這裡的岩石堅硬到草籽很難完全鑽入。比較常見的是石苞，像是泡泡一樣長滿整片，僞裝成人頭大小的岩石。許多石苞完全張開，吐出像是綠色舌頭般的藤蔓，甚至有幾株開了花。

悶塞在橋下這麼多個小時後，在前方奔跑幾乎讓人覺得非常放鬆。他們爲什麼把這麼好的位置讓給一個新人？

「塔勒奈拉艾林，所有痛楚的化身。」右方的男子以驚恐的語氣說道。「這次會很糟。他們已經排好了！這次很糟！」

卡拉丁眨眼，專心研究前方的鴻溝。裂谷一旁站著一排有著紅黑皮膚的男子，穿戴奇特的鏽紅色盔甲，覆蓋了前臂、胸口、頭和雙腿。他麻痺的腦子花了一陣子才轉過來。

帕山迪人。

他們跟普通的帕胥人不一樣。他們的肌肉發達許多，身體更爲結實，有著士兵的壯碩體格，每個人背上還都背著武器，有些人臉上有著以小石塊綁好的紅黑色鬍子，其他人則沒有蓄鬍。

在卡拉丁的注視下，前排的帕山迪人跪下，手中握著短弓，箭搭在弓上，這不是要將箭射高射遠的長弓，而是短的彎弓，特點是射得直、快而且強。正適合用來在橋兵搭好橋前，就把他們殺死。

抵達時分才是最糟糕的部分……

終於，眞正的惡夢現在開始。

加茲站在最後，大喊要橋兵繼續前進。卡拉丁的直覺尖叫著要他遠離火線，但橋的慣性強迫他前進，強迫他直視猛獸的大嘴，看向那等著咬斷他的利牙。

卡拉丁的疲累跟痛楚飛到了九霄雲外，被嚇得完全清醒過來。橋兵往前衝，下方的人一邊跑一邊放聲尖叫。衝向死亡。

弓兵放箭。

第一波殺死了卡拉丁的瘦臉朋友，三枝箭將他射倒在地。卡拉丁左方的人也倒下，卡拉丁甚至還未看過他的模樣，只見那個人倒下時大喊出聲，雖然沒有立刻死亡，卻被後面趕上的橋兵踩死。人死得越多，橋變得越重。

帕山迪人冷靜地搭上第二波箭，放。卡拉丁幾乎沒有餘力去注意到另一隊減緩了速度的橋兵。帕山迪人似乎將火力集中在特定的幾個橋隊上。旁邊的隊伍被幾十名弓箭手射中，前三排橋兵倒地，絆倒後面的人，他們的橋往旁邊一倒，在地面上滑行，發出可怕的輾碎聲。一群肉體隨之一一倒地。

箭飛過卡拉丁，殺死另外兩名站在前排的人。幾枝箭射入他身邊的木頭，其中一枝劃開了他的臉頰。他放聲大叫。因爲害怕，因爲驚嚇，因爲痛楚，因爲不解。他從來沒有在戰鬥中感到如此無助。他率先攻入敵人的堡壘，跑在箭雨之下，但總覺得可以控制自己的環境。他有矛，有盾，可以回擊。

這次不行。橋兵就和被送上屠宰場的豬隻一樣無能爲力。

第三波箭射出，又倒下了二十名橋兵，雅烈席卡的軍隊也射出箭雨，帕山迪人同樣倒地。卡拉丁的橋已經非常接近鴻溝，他可以看到站在另一端帕山迪人的黑眼睛，可以看到精瘦雜色臉龐上的五官。在他四周的橋兵們都因爲痛楚而尖叫，箭讓他們倒在橋下。另一座橋落地的碎裂聲傳來，下方的橋兵全數被屠殺殆盡。

在他身後的加茲大喊：「抬起，然後放下，你們這群笨蛋！」

橋兵在帕山迪人又號令釋放下一波箭時停下了腳步。卡拉丁身後的人發出慘叫，帕山迪人的攻勢總算是被雅烈席卡軍隊的回擊打斷了一會。雖然卡拉丁被嚇得無法思考，但他的反射神經仍然知道該怎麼做。放下橋，站好位置，推。

這讓原本安全站在後排的橋兵暴露出來。帕山迪弓兵顯然知道會發生這種事，因此早有準備，發起最後一波的攻擊。箭雨飛向橋，射死了五六人，在暗色的木頭上濺灑鮮血。蠕動的紫色懼靈從木材間湧出，在空中扭動著身體，橋猛然一震，因爲失去了更多人的支撐而變得越發沉重。

卡拉丁手一滑，往前一撲，跪倒在地後啪的一聲往前倒，大半身子都探到了懸崖上方，他差點沒能撐住自己。

他搖擺在空氣與地面之間，一手晃在懸崖上方，另一手緊抓邊緣，望著沒入黑暗中的陡峭山壁，他疲勞過度的意識一陣暈眩。這麼高，眞美。過去他一直喜歡跟提恩一起攀爬大石頭。

他反射性地將自己推回台地，手忙腳亂地往後爬。一群步兵在盾牌的保護下替代推橋的位置。軍隊的弓箭手與帕山迪人交戰，掩護士兵將橋推到正確的位置，重騎兵雷霆萬鈞地過橋，直衝入帕山迪人之間。雖然毀損了四座橋，但剩下的十六座橋被擺成一排後，仍能提供有效的衝鋒途徑。

卡拉丁想要移動，想要爬離橋，但只能倒在原地，身體拒絕服從，連翻身趴下這麼簡單的動作都做不到。

我應該要去……他精疲力竭地想。看看那個瘦臉男人是不是還活著……幫他包紮傷口……救……

可是他辦不到。動不了，也無法思考。他羞愧地讓自己閉上眼睛，投入無知覺之中。

❖

「卡拉丁……」

他不想睜開眼睛。醒來就要回到那充滿痛楚的世界。一個手無寸鐵、精疲力竭的人被迫要衝向有著整排弓箭手的世界。

那個世界是場惡夢。

「卡拉丁！」女性化的聲音很柔軟，像是悄悄話，但依舊緊張。

「他們要把你丟下了。起來！你會死的！」

我不行……我不回去……

別拉我。

有東西打上他的臉，微小的拍擊，令他感覺到些許刺痛。他縮了一下。這跟其他的痛楚比起來簡直是九牛一毛，卻比任何痛楚都要求他集中注意力。他舉起手揮舞著。這個動作驅散他最後一絲昏睡之意。

他試圖睜開眼睛卻做不到，臉頰上的傷口流出鮮血，順勢凝結在他的眼瞼上。太陽移動了。已過了好幾個小時。他呻吟著坐起身，搓掉眼前乾涸的血塊。附近的地上都是屍體，空氣充滿了鮮血和許多糟糕的氣味。

兩個瘦弱的橋兵正在搖晃每個人，檢查這些人是否還有生命跡象，然後從他們身上取下背心跟涼鞋，趕走嚙食身體的克姆林蟲。他們絕對不會來查卡拉丁，因為他身上沒什麼可讓他們拿的東西。他們會將他丟在高地上，與屍體為伍。

卡拉丁的風靈飛在他的上方，焦急地竄動。他揉了揉被她拍了一掌的下巴，像她這樣的大精靈可以搬運一些小東西，還能利用少數的能量來捏人。這使它們更讓人討厭。

不過這次她大概救了卡拉丁的命。他因為渾身的疼痛而呻吟。「妳有名字嗎，精靈？」他問道，強迫自己用血跡斑斑的雙腳站起。

在軍隊占據的平原上，士兵正在翻找死去的帕山迪人屍體，似乎在找什麼東西。也許是蒐集他們的配備？薩迪雅司的軍隊似乎贏了，至少看起來沒有帕山迪人的活口。不是被殺就是逃走。

他們戰鬥的台地看起來跟其他的沒有什麼不同，唯一不一樣的是這個中間有一大團……東西，看起來像某種巨大的石苞，也許是某種蛹或是殼，總共有二十呎高。一邊已經被切開，露出了黏滑的肚腸。他第一次衝鋒時沒有注意到這東西，那時所有的注意力都被弓箭手占據。

「名字。」風靈說道，心神似乎飄向很遠的地方。「我當然有名字。」她看著卡拉丁，一臉訝異。「我爲什麼有名字？」

「我怎麼知道？」卡拉丁說完，強迫自己站起來行走，雙腳痛得簡直像是有火在燒，連拐步行走都很困難。

附近的橋兵訝異地看著他，但他沒多理會，而是在台地上蹣跚地搜尋，直到找著那名仍然穿著背心跟鞋子的橋兵屍體。就是他，那名相當友善卻死於一箭穿喉的瘦臉男子。卡拉丁不去看那雙茫然望著天空的震驚雙眼，開始收取男子的衣服——皮背心，皮涼鞋，沾滿鮮血的綁帶上衣。卡拉丁唾棄自己，但不能指望加茲會給他衣服。

卡拉丁坐下，用比較乾淨的襯衫布料替換他臨時捆好的繃帶，然後穿上背心跟涼鞋，試著不要有太大的動作。一陣涼風吹來，帶走鮮血的氣味跟士兵們相互叫喚的聲音。騎兵已經組織成行，彷彿急著想要回去。

「名字。」風靈說道，在空中走著，回到他臉邊，又幻化成年輕女子的外型，穿著長洋裝，有著纖細的雙腳。「西芙蕾娜。」

西芙蕾娜。卡拉丁重複一遍，綁起了涼鞋。

「西兒。」精靈說道，偏過了頭。「眞好玩。我好像還有小名呢。」

「恭喜。」卡拉丁說道，歪歪倒倒地站起。

站在一旁的加茲雙手扠腰，盾牌綁在身後。「你。」他指著卡拉丁，然後指著橋。

「你開玩笑吧。」卡拉丁說道，看著剩餘的橋兵，人數不到他們先前的一半，全部聚集在橋邊。

「你不扛就留下。」加茲說道。他似乎在生氣。

我應該是要死的人，卡拉丁這才明白。所以他才不在乎我有沒有背心或涼鞋。我在前排。卡拉丁是前排中唯一一個活下來的人。

卡拉丁幾乎想一屁股坐下，讓他們拋下他算了。可是在孤獨的平原上，因乾渴而死去不是他會選擇離開人世的方法，所以他繼續歪歪倒倒地走到橋邊。

「別擔心。他們這次會讓我們慢慢走，經常休息，而且我們會有幾個士兵幫忙，因為至少要二十五個人才抬得動橋。」其中一名橋兵說道。

卡拉丁嘆口氣，站定位置，看到幾名倒楣的士兵加入他們的隊伍。大家一起將橋扛到空中，雖然分量重得不得了，但是他們還是辦到了。

卡拉丁走著，感覺一片麻木，他以為人生已經再也無法撼動他的無感，沒有什麼比奴隸烙印與沙須烙印更糟，沒有什麼比在戰爭中失去他的一切更糟，沒有什麼比無法保護那些他發誓要守護的人更可怕。

顯然，他錯了。他們能使的手段不僅僅如此。這世界專門為卡拉丁保留了一種最後的折磨。

它的名字叫橋四隊。

7

諸事合理

「起火了。燒著了。牠們帶著黑暗而來，只能看到牠們燃燒的皮膚。燒著，燒著，燒著……」

——收錄於帕拉希薩夫，一一七二年，死前二十一秒。樣本爲麵包師傅之學徒。

紗藍快步走在暗橘色的走廊上，如今屋頂跟牆壁的上方，都已被加絲娜的魂術所釋放的黑煙燻髒，希望牆上的繪畫沒受到影響。

前方出現一小群帕胥人，拿著抹布、水桶和梯子擦去灰燼。經過時，他們對她行禮，沒有說話。帕胥人會說話，但鮮少開口，大多數甚至像是啞巴。她小時候覺得他們斑斕的皮膚相當美麗，直到父親禁止她再和帕胥人待在一起爲止。

她專注於手邊的任務，想著該如何說服加絲娜·科林，這世界上最有權力的女人之一，改變她的心意，願意接受紗藍爲學徒。她顯然很固執，畢竟她多年來都抗拒著信壇與她和解的嘗試。

她又回到了主要的大廳，眼前依舊是挑高的石頭屋頂與衣著華麗，忙碌來往的人們，這幅景象讓她有點膽怯，但方才一瞥的魂師力量誘惑著她。她的家族，達伐氏，原本只是個沒沒無名的小家族，近年來卻越發蓬勃興旺，主要是因爲她父親的政治手腕——雖然許多人因此恨他，但他的無情也讓他獲得極大的成就。同時，達伐家族的領地之中也發現了數座重要的大理石礦藏，爲他們帶來相當豐厚的財富。

紗藍從來沒有懷疑過這筆財富的來源，每次家族把一處礦坑耗盡時，她的父親就會帶著探勘人員，找到另一處新的礦藏。紗藍跟她的哥哥們是在審問那些探勘人員後才發現事實：她的父親使用了禁用的魂師，以小心翼翼的速度創造新的礦藏，數量不足以引人懷疑，目的只是爲了提供他足夠的金錢去達成政治目標。

沒有人知道，他從哪裡得到這具被他小心翼翼收藏在隱囊中的法器，然而法器卻在她父親喪命的同一個悲劇夜晚中被破壞了。*不要去想*，她硬是告訴自己。

他們曾經請珠寶師修復壞損的魂師，但魂師再也無法使用。他們的家族侍從長，她父親的親信之一，名叫魯艾熙的顧問，曾經學過如何使用法器，但就連他也無法令魂師正常運作。

她的父親欠下了滔天債務與狂妄承諾。因此他們的選擇不多，她的家族還有點時間，最多約爲一年，可以不讓這些拖欠的款項浮上檯面，或是讓人發現她父親的失蹤。在現在的情況下，他們家族宅邸的荒僻偏遠位置居然成了優勢，讓他們能夠解釋爲何通信延誤許久。她的哥哥們則是忙著仿造她父親的名義寫信，偶爾僞裝成他出現在外面，散布達伐光明爵士正在計劃大規模行動的傳言。

這一切都只是爲了讓她有足夠時間實現她的大膽計畫。找到加絲娜·科林。成爲她的學徒。找出她把魂師藏在哪裡。然後拿壞掉的魂師偷天換日。

有了法器，他們就能創造新的礦藏，恢復家族的財力，能夠製造食物餵飽家族的士兵，能夠償還債務、付出賄賂，同時宣告父親的死亡，卻不造成家族的破敗。

紗藍在長廊中遲疑了一會兒，思考她的下一步行動。她的計畫相當冒險，得在順利脫逃的同時，不讓自己染上嫌疑。雖然她想了許久，至今卻依然毫無頭緒。可是人家都知道加絲娜有許多敵人，一定有辦法把法器的「毀損」怪在他們頭上。

紗藍緊張地擺出需要幫助的姿勢，將被衣袖遮蓋的內手蓋在胸前，端住外手的手肘，同時舉起外手，手指張開。一名女子走上前來，她穿著筆挺的白色綁帶上衣和黑色裙子，這是全世界上僕的標準衣著。

身形壯碩的女子行禮。「光主？」

「我要去帕拉尼奧。」紗藍說道。

女子行禮，領著紗藍走入長廊深處。這裡大多數的女子，包括僕人在內，都將頭髮盤起。因此紗藍覺得自己披散的髮型格外引人側目，深紅的髮色更是讓她格格不入。

要不了多久，寬敞的走廊便開始陡峭下斜，可是當半點的鈴聲響起時，她仍然能夠隱約聽見。也許，這就是爲什麼這裡的人這麼喜歡鈴聲，因爲就算是在集會所的深處，都能聽見外面世界的聲音。

僕人領著紗藍來到一對宏偉鋼製的門前。僕人鞠躬，紗藍點頭示意她可以下去了。

紗藍忍不住欣賞起大門的美。門的外表以複雜的幾何圖形構成，由圓圈、線條和符文組成某種地圖，每扇門上各有半幅，可惜的是她沒有時間仔細研究細節，只能走過大門。

門後是個令人屏息的大房間，牆壁是光滑的岩石，挑高延伸向上。昏暗的光線下，她很難判斷到底有多高，但是她可以看到遙遠的光芒閃爍著。牆壁上有數十座小陽台，像是劇院的包廂，許多包廂都透出柔和的光線，唯一的聲音是翻頁的聲響與輕淺的交談聲。紗藍不禁舉起內手掩在胸前，感覺在如此宏偉的大廳中，自己顯得特別渺小。

「光主？」一名年輕的男上僕走到她身邊。「請問有何需求？」

「不一樣的視角，才能好好看看這個地方。」紗藍心不在焉地說道。「如何……」

「這個房間稱為紗室。」僕人輕聲解釋道。「位於帕拉尼奧前面。在開始奠定城市之時，紗室與帕拉尼奧就已經存在，有些人認為這些房間可能是晨歌者親自創造的。」

「書在哪裡？」

「帕拉尼奧的藏書在這裡。」僕人示意，領著她來到房間對面的門前，穿過門後，進入一個小房間，裡面所有隔間都是厚實的水晶壁。紗藍走向最靠近的水晶壁，觸摸片刻。水晶的表面就好像那剛被切割出的岩石般粗糙。

「魂術？」她問道。

僕人點點頭。在這人身後，另一名僕人領著一名年邁的執徒經過，跟大多數的執徒一樣，他有著光頭跟長鬍子，簡單的灰袍以褐色的繫帶束綁。僕人領著他繞過一個角落，紗藍勉強可以看到他們在另一邊的身影，如在水晶中泅泳的影子。她上前一步，但是她的僕人清清喉嚨。「我需要您的入場金，光主。」

「一個人多少？」紗藍遲疑地問道。

「一千藍寶布姆。」

「這麼多？」

「國王有許多醫院需要維修。」男子充滿歉意地說道。「卡布嵐司能賣的東西只有魚、鈴，還有情報。前兩樣並不是我們獨有，可是第三樣……帕拉尼奧蒐羅了羅沙裡最優秀的書籍與卷軸，數量甚至比法拉斯的聖庫還要多。最近一次統計，我們的書庫中有超過七十萬冊不同的文本。」

她的父親擁有不多不少正好八十七本書。紗藍每一本都已讀過數次。七十萬本書裡能藏多少知識？知識的重量讓她一陣暈眩，發現自己渴望能看到這些隱藏的書櫃，願意花上幾個月的時間光是瀏覽書名都行。

但不可以。也許要等到她確保哥哥一切平安，她的家族財力恢復之後，她就能回來。也許。

她此刻的感覺，就彷彿飢餓至極，卻又必須留下一份烤熱的水果派，半口都吃不得。「如果我認識的人在裡面，我能在哪裡等她？」她問道。

「您可以在閱讀室裡等。」僕人說道，放鬆下來。也許他擔心她會大鬧此處。「坐在閱讀室中是免費的。如果您願意的話，帕胥人可以扛著您的轎子到更高的樓層去。」

「謝謝。」紗藍說道，背向帕拉尼奧。她感覺自己又變回小孩，因爲父親總是疑神疑鬼，所以老是把她鎖在房間裡，不准在花園裡玩。「加絲娜光主有閱讀室嗎？」

「我可以去問問。」僕人回答。領著她回到那屋頂挑高，遠遠望不見天花板的紗室。他快步離去跟其他人交談，留下紗藍站在帕拉尼奧的入口旁。

她可以跑進去。溜過……

不行。雖然她的哥哥們總是笑她太膽小，但讓她裹足不前的原因並非膽怯，而是因爲這裡必定有侍衛，衛進去不僅是徒勞無功，更會讓她失去所有改變加絲娜心意的機會。

改變加絲娜的心意，證明自己。光是想到這件事，就讓她緊張得反胃。她最討厭與人當面對峙。在她年紀更小時，她覺得自己像是脆弱的水晶玻璃裝飾，被鎖在櫃子裡，只能看，不能碰。達伐光明爵士唯一的女兒，他摯愛妻子的最後一段回憶。至今想起來仍然弔詭，沒想到最後居然是由她來主持大局，就在發生了……發生了……

回憶攻擊著她。南．巴拉特渾身瘀青，外套破損，她的手中握著一把修長的銀劍，銳利得切割石頭有如切水。

不。紗藍心想，背靠著石牆，手握緊她的提袋。不。不。不要回想過去。

她想從繪畫中得到安慰，手立刻伸入袋子想要拿出紙筆，可是僕人在她拿出來之前便回來了。「加絲娜．科林光主確實要求為她保留一間閱讀室。如果您希望，可以去那裡等她。」他說道。

「謝謝，我想去。」紗藍說道。

僕人領著她來到一個隱藏在陰影中的密閉空間，裡面有四名帕胥人站在一座牢固的木頭平台上。僕人跟紗藍踏上平台，帕胥人開始拉扯那條扣在上方一個滑輪系統上的繩子，將平台沿著石頭甬道往上拉。此處唯一的光線是繩梯頂端每個角落安置的一枚布姆錢球，裡面鑲嵌的是紫水晶，散發著柔和的紫色光芒。

她需要一個計畫。加絲娜．科林不像是會輕易改變主意的人。紗藍必須要出奇招，進而讓加絲娜對自己印象深刻。

他們到達大約離地四十呎的高度，僕人揮手要拉伕們停下動作。紗藍跟隨上僕走入一條陰暗的走廊，進入延伸在紗室外圍的一間小包廂。包廂的形狀是圓形，像是城堡的塔頂，面向包廂開口處的邊緣則是及腰高的石頭矮牆，上面有一道木造護欄。不同包廂的照明錢球顏色都不一樣，各自散發著不同的柔和光芒，映襯著巨大的黑暗空間，彷彿一一懸掛在空中。

這間包廂有一張長長的石頭書桌，直接與開口處的矮牆連成一片，有一張椅子，還有一個高腳杯狀的水晶碗。紗藍朝僕人點頭表示謝意。僕人退開後，她掏出一把錢球放入碗中，點亮了包廂。

她嘆口氣，坐在椅子上，將提袋放在書桌上，解開綁帶，手邊不停，腦子也在飛快運轉，思索該如何說服加絲娜。

最後，她決定：首先，我需要把思緒清乾淨。

她從提袋裡掏出一疊厚實的畫紙，一套不同寬度的炭筆，一些刷子跟鋼筆、墨水和水彩。最後，她拿出結集成冊的小筆記紙本，裡面是她在隨風號的幾個月中畫的白然景物素描。

這些都是很簡單的東西，但對她而言比一整箱的錢球還要寶貴。她選了一張紙，挑了一枝細蕊炭筆，在指尖滾動著。她閉上眼睛，專注於某個畫面：她在剛下碼頭時記住的卡布嵐司。浪濤湧向木柱，空氣中的鹹味，男人們攀爬在船桅上，興奮地相互叫喊對話。還有這座城市，沿著山坡而起，家家戶戶堆疊成層，沒有半吋浪費的土地。遙遠傳來的鐘聲，輕柔地飄響在空氣裡。

她睜開眼睛，開始畫畫，手指自行移動，先勾出大輪廓。城市坐落的谷地，宛如懸崖中的一道大裂縫。港口。這裡，方形代表著屋子，那裡，一道斜線代表著通往集會所的大路。慢慢地，一點一滴，她加入細節。影子是窗。線條是馬路。隱約的人形與馬車顯示大道的擁擠。

她讀過雕塑師創作的過程。許多雕塑師會先在石塊上雕出一個大概的形狀，然後再一遍又一遍地雕塑，逐步刻出細節。她在繪畫時也是一樣。先是主要的線條，然後是一些細節，再來是越來越多細節，最後則是最精細的部分。她沒有受過鉛筆素描的正式訓練，完全是依憑本能。

城市在她的手指下逐漸成形，透過一條條的直線，一筆筆的刻劃，她誘勸著它現身於畫紙上。不能畫畫的話，她要怎麼活？緊繃感從身體離開，彷彿透過指尖釋放入炭筆。

她專注地畫著，忘記了時間。有時候她覺得自己像是進入冥想，一切都消失了，手指似乎有自己的意志在作畫，利用這個時間來思考，容易許多。

不久後，她便已將她的「記憶」複製在紙上。她舉起畫紙，感覺很滿意、放鬆，而且思路清晰。記憶中的卡布嵐司從她的腦海消失，她將它釋放入畫中，這讓她放鬆，彷彿她的意識因爲乘載了過多尚未被使用的記憶而感覺到壓力。

接下來，她畫出亞耶伯，沒穿襯衫，只穿著背心，正在朝那名將她拉到集會所的車伕揮手指揮。她邊畫邊微笑，回想起亞耶伯友善的聲音。他應該已經回到隨風號了。兩個小時過去了嗎？恐怕有吧。

她向來對於畫動物跟人物有更多的熱情，遠勝過於靜物畫。因爲將活物放在紙上，令她感覺到更有活力。城市是線條與方塊，但人是圓圈與弧線。她能捕捉到亞耶伯臉上的那抹得意笑容嗎？她否能展現出他慵懶的滿足感，以及跟比他地位更高的女子調笑的方式？還有那車伕，他細瘦的手指，穿著涼鞋的腳，長長的外套以及寬鬆的褲子。他奇特的語言，敏銳的眼睛，想靠提供不只載客，且外加導覽來增加小費的計畫。

當她畫畫時，她不覺得自己只有炭筆跟紙。在畫人像時，她的媒介就是靈魂。有些植物只要取下一小段樣本，例如一片葉子，或是一部分的梗，就可以種成一株完整的植物，跟原本的一模一樣。當她蒐集關於某人的「記憶」時，就有如從對方的靈魂上剪下一枚花苞，放回紙上培育。以炭爲筋，紙漿爲骨，水墨爲血，紙質爲膚。她進入一種節奏，一種韻律，炭筆在紙上的窸窣聲像是筆下人物的呼吸。

創造靈開始聚集在她的紙板旁邊，看著她作畫。創作靈跟其他精靈一樣，據說無所不在，但通常不會現身。有時，某些行爲會吸引它們的出現，但有時候怎麼做都沒有用。作畫時它們是否會出現，似乎跟作畫者的技巧有關。

創造靈是中等身形的精靈，跟她的手指一樣高，有著銀色的光芒，隨時都在變化身形，呈現新的形狀。通常，是它們最近剛見過的東西，像是一個甕、一個人、一張桌、一副輪子或一根釘子，永遠都是同樣的銀色，同樣的嬌小形狀。它們會完美地模仿出東西的外型，卻用奇怪的「動作」方式來展現：例如一張像輪子般滾動的桌子，或是一個會自行粉碎、又自我修補的甕。

她的畫引來了大概六個創造靈，就像是燦爛的火光會吸引焰靈一樣，它們被她的創作行爲吸引而來。她已經學會不要理會它們。它們沒有實體，如果手臂揮過其中一個創作靈，它的身體會像沙子一般散開，然後重新聚起。不過，她從來沒有任何「觸感」。

終於，她滿意地舉起紙張，心中浮現滿足之情。紙上仔細地畫著亞耶伯跟車伕，後面有隱約的忙碌城市街景。她準確地捕捉到他們的眼神，這是最重要的部分。十元素（Ten Essences）各自對應一部分的人體——血是液體，髮是木等等。眼睛則爲水晶跟玻璃，是人的意識與靈魂之窗。

她將這張紙放到一旁。有些人蒐集戰利品。有些人蒐集武器或盾牌。也有許多人蒐集錢球。

紗藍蒐集人。人，以及有趣的動物。也許是因爲她年幼時大多時間都形同被囚禁。在父親發現她畫園丁後，她便開始學會先記住臉龐，之後再畫下來的習慣。他的女兒？畫深眸人？他對她大發雷霆，難得對女兒展現出他惡名昭彰的壞脾氣，可惜這只是其中一次。

在那之後，她只在無人時才會畫人像，一般的繪畫時間則是畫昆蟲、甲殼類動物，還有宅邸花園裡的植物。她的父親不在意這些，畢竟動物學跟植物學是符合女子身分的學藝，進而鼓勵她選擇自然歷史做爲她的天職。

她拿出第三張白紙。它似乎在懇求她將它填滿。空白的頁面是滿滿的潛力，在使用之前完全毫無意義，就像是被灌滿颶光卻被關在袋囊的錢球一樣，不允許將光芒運用在有意義的事物上。

填滿我。

創作靈聚集在紙頁旁，文風不動，彷彿充滿好奇和期待。紗藍閉上眼睛，想像加絲娜·科林站在被堵住的大門前，手上的魂師散發光芒。走廊中靜無人聲，只有一個孩子的啜泣。僕人們屏息以待。一名焦急的國王。一片沉寂的敬畏。

紗藍睜開眼睛，開始急切地作畫，刻意要忘卻自己。她越與現在脫節，將自己投入過去那一刻，越是能畫出優秀的作品。另外兩張圖只不過是暖身，這幅圖才是今天的傑作。畫紙被束在木板上，同時用內手握著，她的外手飛舞在頁面上，偶爾換取其他的炭筆。軟炭筆可畫出深濃的黑，像是加絲娜的美麗秀髮。硬炭筆可以畫出清淺的灰，像是魂師珠寶散發出的強大光芒。

在那不知持續多久的瞬間，紗藍又回到了走廊中，看著不應該存在的事：一名異教徒在使用全世界最神聖的力量之一。改變的力量，也是全能之主創造出羅沙的力量。全能之主有另外一個名字，只有執徒有資格唸誦。依利賽納西爾，變化者。

紗藍可以聞到走廊內滯悶的氣息，可以聽到孩子低泣的聲音，感到自己因期待而鼓動的心臟。石頭即將要變化，在吸走加絲娜寶石中存著的颶光後，它會釋放它的元素，成為新的東西。紗藍的呼吸哽在喉頭。

然後，記憶消退，將她帶回安靜、昏暗的閱讀室。紙張上如今有著完美的一幕：公主驕傲的身影看著落石，要求它屈服於她的意識。是她。紗藍知道，以一名藝術家的直覺篤定知道，這是她此生最優秀的作品之一。從某個微小的角度而言，她已經捕捉到了加絲娜・科林。這是那些信壇從未成功辦到的事，讓她興奮不已。即使這名女子再次拒絕了紗藍，這個事實不會改變。加絲娜・科林已然被收入紗藍的收藏。

紗藍以布塊擦拭了手指，然後拾起紙張。她隱約意識到她吸引了大約二十幾個創作靈。雖然她應該先用線樹漆來封住紙張，保護炭筆的線條不被暈染——而且，她的袋子裡就有線樹漆——不過，她還是想要先研究一下這張畫，還有其中的人物。加絲娜・科林是誰？她絕對不是可以被脅迫的人。她的女性特質滲入骨血，絕對是女性學藝的大師，但絕對不纖細脆弱。

這樣的女人會欣賞紗藍的決心。她會願意聽紗藍再次請求成為她學徒的要求，只要表達的方法得宜。

加絲娜同時是個理性主義者，她會因為自己的邏輯推理而否定全能之主的存在。因此，加絲娜會欣賞力量，但必須是以邏輯的形式呈現。

紗藍暗自點頭，拿出第四張紙，還有一枝細毫毛筆，用力搖晃墨水瓶一陣後，打開瓶子。加絲娜要求紗藍證明她的邏輯跟寫作技巧。還有什麼方法比使用文字請求對方更好？

紗藍開始書寫，盡力寫出她最整齊優美的字體。她當然可以使用蘆葦筆，但是毛筆是用來書寫藝術品的。她打算讓這封信成爲一件藝術品。加絲娜光主，您拒絕了我的請求。我接受這點。可是，所有學過問道之法的人皆知，推論不等同於結論。一般人用的論述通常是「除了全能之主的存在以外，沒有推論可被視同於結論」。可是她選用的措詞才能打動加絲娜。

科學家在面對實驗結果與理論不符時，必須願意改變理論。我盼望您以同樣方法看待決定：初步結果，尚待進一步資訊補充。

從我們短暫的接觸中，我可以感覺到您欣賞毅力。您稱讚我沒有停止尋找您的行動，因此，我相信您不會將此封信視爲冒犯。請將其視爲我對於想成爲您的學徒的熱切之情，而非不尊重您已做出的決定。

紗藍將毛筆末端抵著嘴唇，想著下一句該怎麼寫。創作靈慢慢消失。據說長得像一團小烏雲的邏輯靈，會受到偉大的論述吸引，但紗藍從來沒見過它們。

紗藍繼續寫道：您期待看到實證來證明我的資格。我多麼希望我能證明我的學識其實比面試時所呈現的程度更爲完整，不幸的是，我沒有資格提出如此論證。我的學識理解確實有缺漏之處，這是顯而易見之事，不容任何辯駁。

可是凡人之生命不僅是邏輯拼圖而已，過去背景所累積出的經驗，也能帶來良好的決策。我對邏輯的學習不足以達到您的標準，但即便是我，都知道理性主義者均奉行一個通則：不能在人類相關的事物上施以邏輯準則。人類的面向不僅僅是思維而已。

因此，我的論點精髓即在以不同的角度闡述我的無知，不是做爲藉口，而是解釋。您對於我的知識訓練如此貧乏表達了深切的不滿。可是我的繼母呢？我的教師呢？我的教育品質爲何如此低落？

事實讓人感到汗顏。雖然我曾有過幾位教師，但他們幾乎沒有受過教育。我的繼母也嘗試過，但她本身同樣未受過教育。這是一個被瞞得天衣無縫的祕密。事實是，許多鄉下的費德氏族，皆忽視對女子的妥善訓練。

我幼時有三名不同的家教，但每一位都在幾個月後離開，聲稱是因爲我父親的脾氣或無禮。因此，我的教育只能靠我自己。我透過閱讀盡量學習，依靠我天生的好奇來彌補其中的缺憾，但我絕對無法與任何受過正式而且昂貴教育的人相比。

爲什麼這個論點意謂著您應該接受我呢？因爲我學到的一切都是出自於極大的個人努力。其他人能夠自然得到的，我卻需要爲自己獵捕蒐集。因此，我相信雖然我的教育程度有限，但每分每毫都有更高的價值與成就。我尊重您的決定，但懇請您重新考慮。您寧願有什麼樣的學徒？是一名因爲有昂貴教師耳提面命，所以能夠完美背書無誤的女子，還是一名歷經苦讀奮鬥，才習得每一分知識的學徒？

我確信兩者中，有一人會更爲珍視您的教誨。

她收起毛筆。現在回頭想想，她的辯證似乎是不完美的。她呈現了自己無知的程度，然後還希望加絲娜能歡迎她？但這個方向似乎是對的，即便這封信是個謊言，也是個建築在眞實上的謊言。她不是眞的爲加絲娜的學識而來。她是爲了偷竊而來。

這讓她的良心一陣不安，幾乎要伸出手揉掉書頁，可是長廊外的腳步聲止住了她的動作。她連忙站起，轉身，內手蜷在胸前，絞盡腦汁地思索該怎麼樣跟加絲娜．科林解釋她的出現。

光影在走廊中閃動，一個身影遲疑地探頭進入包廂，一手端著一枚白色錢球做爲照明。不是加絲娜。是一名二十歲出頭的男子，穿著簡單的灰袍。是名執徒。紗藍放心了。

年輕人注意到了她。他的臉很窄，藍色眼睛很銳利，鬍子被修剪得短而方正，頭剃得很乾淨，說話時的口音反映出他的優秀教養。「啊，真抱歉，光主。我以爲這是加絲娜·科林光主的包廂。」

「的確是她的。」紗藍說道。

「噢。所以妳也在等她？」

「是的。」

「不介意的話，我能跟妳一起等嗎？」他隱約有著賀達熙人的口音。

「當然無妨，執徒。」她尊敬地點點頭，接著連忙收起自己的東西，準備讓座。

「光主，萬萬不可！我自己去搬一張椅子就好。」

她舉手想反對，但他已經出了包廂，不久後便回來，從另一間包廂中端了把椅子。他的身材高而瘦，而且她有點不安地發現，他還長得頗爲英俊。她的父親只擁有三名執徒，都已是年邁的男子。他們負責巡邏他的領地，造訪村落，照顧人民，幫助他們在光榮與天職上達到里程碑。她的人像集裡有他們的臉。

執徒落座。他在坐下來之前遲疑片刻，看著桌子。「哎呀！」他訝異地說道。

紗藍一開始以爲他是在讀她的信，瞬間不知爲何恐慌了起來，可是執徒其實是在看放置於桌子另一端，等待上漆的三幅畫。

「光主，這是妳畫的？」他說道。

「是的，執徒。」紗藍說道，垂下眼。

「妳不用這麼正式啊。」執徒說道，彎下腰，扶著眼鏡研究她的作品。「請叫我卡伯薩弟兄或是卡伯薩即可，真的，沒關係。妳是？」

「紗藍·達伐。」

卡伯薩弟兄坐下後說道：「弗德勒弗的金鑰匙啊！光主！妳在素描的造詣是加絲娜．科林光主教導的嗎？」

「不，執徒。」紗藍依舊站著回話。

「妳還是很正式。」他抬頭對她微笑。「我真的有這麼嚇人嗎？」

「我從小就被教導要尊敬執徒。」

「嗯，我呢，覺得尊敬就像堆肥。該用則用，自然有所成長，用得太多，只會散發臭味。」他的眼神光彩流轉。

這名執徒，全能之主的僕人，剛剛提到堆肥了嗎？「執徒是全能之主的代表。不敬重您就等於不敬重全能之主。」她說道。

「原來如此。所以，如果全能之主出現在此，妳也會同樣鞠躬行禮，恭敬萬分地迎接嗎？」

她遲疑了。「嗯，不會吧。」

「哦，那妳會怎麼反應呢？」

「我想應該是痛得尖叫吧。」她一不小心說溜嘴。「典籍中寫著全能之主的榮光，會讓所有看著祂的人立刻被燃燒成灰燼。」

執徒聽完笑了。「說得真好。可是，還是請坐吧。」

她遲疑地坐下。

「妳看起來依然很侷促不安。」他說道，拾起她畫的那張加絲娜。「我應該要怎樣才能讓妳放鬆呢？站到桌上跳支舞嗎？」

她驚訝地眨著眼。

「沒反對啊？」卡伯薩弟兄說道。「那好吧……」他放下繪像，開始爬上椅子。

「請不要！」紗藍伸出外手。

「妳確定嗎？」他繼續打量書桌的高度。

「是。」紗藍雖然說道，但腦中正幻想執徒身體一歪，腳一軟，摔過了陽台，墜下外面幾十丈的空中的情景。「我眞的，保證，答應不會再尊敬您了！」

他輕笑，跳下椅子，重新坐好，靠向她，彷彿想講悄悄話。「我每次威脅要上桌跳舞都會奏效，但我只有一次眞的得跳，是我跟拉尼因弟兄賭輸後的結果。我們修道院中的長老幾乎要嚇昏了。」

紗藍發現自己露出微笑。「您是執徒，禁止擁有東西，要拿什麼來賭？」

「深吸冬日玫瑰的香氣兩次，賭太陽曬在皮膚上的溫暖。」卡伯薩弟兄說道，然後微笑。「我們其實還挺有創意的，泡在修道院裡這麼多年也該培養出來了。回歸正題，妳方才正要跟我解釋妳從哪裡學來的繪畫技巧。」

「練習。我想大家最後都是這樣的。」紗藍說道。

「妳的話眞的很睿智。我開始要懷疑到底誰才是執徒了。可是妳總該有老師吧？」

「必繪者丹奪司。」

「啊，他眞的是炭筆素描中的大師。光主，我不是有意質疑妳的說法，但我很好奇丹奪司・賀拉丁如何訓練妳的技藝，根據我最近的瞭解，他長年因重疾所苦。具體說來，那是一種叫過世的病。他病了三百年了。」

紗藍臉色一紅。「我父親有一本他的書，教導繪畫技巧。」

卡伯薩舉起她畫的那幅加絲娜，「妳從書上學會這個？」

「呃……是吧？」

他回頭看看畫。「我需要多讀點書。」

紗藍發覺自己因爲執徒臉上的表情而笑出聲，她「記住」了他坐在那裡，研究著圖畫，臉上混合著欣賞與迷惘，一根手指摩挲著長滿鬍子下巴的模樣。

他和善地微笑，放下畫。「妳有樹漆嗎？」

「我有。」她從袋子裡將樹漆取出。是一個通常用來裝香水的噴嘴小瓶。

他接過小瓶子，扭開前端的蓋子，搖晃一陣後噴在手背上，滿意地點點頭，取過畫。「這樣的作品絕對不能被弄糊了。」

「我可以自己來。不麻煩您了。」紗藍說道。

「不會麻煩，這是我的榮幸。況且，我是執徒，如果我們不是忙著多管閒事，根本不知道該拿自己怎麼辦。妳最好順著我一點。」他開始施加樹漆在畫紙上，小心翼翼地噴灑。

她好想要把他手中的畫紙搶過來，幸好他的動作很小心，樹漆上得很勻，顯然頗有經驗。

「我猜妳是從賈．克維德來的吧？」他問道。

她摸了摸紅髮。「是因爲頭髮？還是口音？」

「是妳對待執徒的態度。費德教會是最傳統的教會，我造訪過你們美麗的國家兩次。雖然每次都胃口大開，但是你們對待執徒那種卑躬屈膝態度，讓我覺得非常不舒服。」

「也許您應該去桌上跳支舞。」

「我考慮過，但是我在你們國家的執徒弟兄姊妹恐怕會尷尬得當場斃命，我可不想因此良心過意不去。全能之主對於殺死祂的祭司的人毫不留情。」

「我以爲殺人一般來說都不是什麼好事。」她回答，繼續看著他施用樹漆，讓別人對她的作品動手感覺很奇怪。

「加絲娜光主對妳的技巧做何評價？」他邊動手邊問道。

「我覺得她不是很看重繪畫。」紗藍說道，回想起與加絲娜的對話，表情一暗。「她似乎不太欣賞視覺藝術。」

「我聽說了。這是她少有的缺點之一。」

「另一個缺點是她的異端學說？」

「確實如此。」卡伯薩微笑地說道。「我必須承認，進來時覺得自己應該會受到冷漠的對待，沒想到居然有人對我如此恭謹。妳怎麼成爲她的隨員之一？」

紗藍一驚，此時才發覺，卡伯薩弟兄一定把她錯認爲科林光主的隨員或是學徒了。

「『弟兄』。」她的聲音弱不可聞。

「嗯？」

「我似乎不小心誤導您了，卡伯薩弟兄。我與加絲娜光主無關，至少目前是如此。我希望她願意接受我成爲她的學徒。」

「啊！」他說道，完成上漆的工作。

「對不起。」

「爲什麼要對不起？妳又沒有做錯事。」他對畫吹了一口氣，交到她手上。漆上得完美無缺，一點污漬都沒有。「孩子，能幫我個忙嗎？」他說道，將畫頁放到一旁。

「您儘管說。」

他挑起單邊眉毛。

「只要合理的都可以。」她補上一句。

「誰來決定合不合理？」

「我想，應該是我。」

「可惜了。」他站起身。「那我只好自制一點。能不能請妳告訴加絲娜光主，我來訪過？」

「她認得您？」賀達熙的執徒與絕對的無神論者之間有什麼關連？

「我不會這麼說。」他回答。「但我希望她至少聽過我的名字，因爲我已經多次請求與她會面。」

紗藍站起身，點點頭。「你想嘗試說服她信教？」

「她是一個獨特的挑戰。我想如果沒有嘗試過說服她，我會活不下去。」

「我們可不想您活不下去啊。」紗藍說道。「否則您又要故態復萌，總是差點害死執徒們呢。」

「一點也沒錯。總而言之，我想請妳親口帶話，這麼一來，應該不會像之前的信件一樣被忽略。」

「我……不覺得。」

「嗯，她拒絕的話，就表示我還會再回來。」他微笑。「那麼希望這同樣意謂著我們會再次見面。我很期待。」

「我也是。再次爲方才的誤會向您道歉。」

「光主！眞的，妳無須爲我的誤解負責。」

她微笑。「雖然我不太敢以任何方式，或在任何方面爲您負責，卡伯薩弟兄。可是我還是覺得很不安。」

「會好的。」他說道，藍色眼睛閃閃發光。「可是我會盡力讓妳再次覺得愉快。妳喜歡什麼嗎？除了尊敬執徒，還有喜歡創作驚人的畫作？」

「果醬。」

他歪過頭。

「我喜歡果醬。」她聳聳肩說道。「您問我喜歡什麼。我喜歡果醬。」

「好的。」他進入黑暗的走廊，從外套口袋中掏出錢球照明。片刻後，他的身影消失。

他爲什麼不自己等加絲娜回來？紗藍搖搖頭，爲另外兩幅畫上漆。畫才剛乾，正要收回袋子，就聽到走廊中再次有腳步聲響起，同時認出加絲娜的聲音。

紗藍急急忙忙把東西收好，將信放在書桌上，然後站到句廂一旁等著。加絲娜·科林片刻後走入房間，身邊跟著一小群僕人。

她看起來臉色不善。

8 貼近火焰

「勝利！我們站在山頂！敵軍落荒而逃！他們的家成爲我們的窩，他們的土地成爲我們的農田！他們將如同過去的我們一般，在空洞孤寂之處燃燒。」

——收錄於《艾沙珊》，一一七二年，死前十八秒。對象爲淺眸年邁未婚女子，階級爲第八達恩。

紗藍的恐懼獲得了證實。加絲娜直直地看著她，內手落到身側，顯示她的煩躁。「妳眞的在這裡。」

紗藍怕得往後一縮。「僕人跟您說了？」

「妳覺得他們會把人留在我的閱讀室裡，卻不跟我說一聲嗎？」加絲娜身後的帕胥人遲疑地不敢進入，每個人手中都抱著一疊書。

紗藍開口。「科林光主，我只是……」

「我在妳身上已經浪費夠多時間了！」加絲娜說道，眼神憤怒。「妳給我退下，達伐小姐。我在這裡的這段時間中，不想再見到妳，聽懂了嗎？」

紗藍的希望粉碎。她往後退了幾步。

加絲娜．科林渾身的嚴肅氣勢讓人不敢反抗，她的眼神就足以讓人明白，違背她會帶來多麼嚴重的後果。

「對不起，打擾您了。」紗藍低語，緊抓著提袋，帶著僅存的尊嚴離開。她急急忙忙地走到走廊上，硬生生地忍住尷尬與失望的淚水。

她來到搭吊車的平台前，但拉車的人在送上加絲娜後已經回到下方。紗藍沒有拉鈴召喚他們，而是背靠著牆，滑坐到地上，膝蓋抱在胸前，提袋摟在懷裡。她環抱著雙腿，外手隔著袖子緊抓住內手，靜靜地呼吸。

生氣的人讓她害怕。她忍不住回想起父親震怒時的樣子，無法掩住耳邊傳來的吼叫、咆哮和嗚噎聲。光是與人對峙便讓她如此不安，她是不是很軟弱？恐怕是的。

她心想，*我眞是愚蠢，白癡。*幾絲痛靈從靠近她頭邊的牆壁爬出。*妳居然會以爲妳可以辦得到這件事。妳這輩子離開家族領地的次數才幾次？白癡。白癡。白癡！*

她說服哥哥們信任她，相信她可笑的計畫，結果現在她做了什麼好事？浪費了六個月，反而讓他們的敵人更加逼近。

「達伐光主？」一個遲疑的聲音響起。

紗藍抬起頭，發覺她難過到居然沒有看到僕人靠近。對方年紀頗輕，穿著全黑的制服，胸口沒有徽章。不是上僕，可能還未結束訓練吧。

「科林光主想與妳會面。」年輕人朝走廊示意。

要繼續責難我？紗藍心想，難過得癟起了嘴。可是像加絲娜這樣的貴族仕女是不可被違抗的。紗藍強迫自己停止顫抖，然後站起來。至少她沒哭出來，妝容依然完整。她跟著僕人回到點著燈的包廂，提袋緊握在胸前，像是戰場上的盾牌。

加絲娜．科林坐在原本紗藍坐著的那張椅子上，桌子邊一疊疊的書，正以外手揉著額頭。她的魂師躺在手臂上，煙石龜裂，光彩全失。雖然加絲娜顯得極爲疲憊，但她的儀態仍是無懈可擊，精緻的絲綢禮服遮蓋了她的雙腳，內手放在腿上。

加絲娜定了定神，看著紗藍，放下了外手。「達伐小姐，我不應該以如此的怒氣對待妳。」她的聲音中帶著疲憊。「妳只是展現妳的堅持，這通常是我鼓勵的特質。說颶光的，我自己也經常固執至極。人往往最難接受在別人身上看到自己堅持不改的特性。我唯一的藉口，是我最近讓自己處於極不尋常的壓力之下。」

紗藍感激地點點頭，不過也覺得尷尬無比。

加絲娜轉頭，看著面向紗室、漆黑空虛的外陽台。「我知道別人怎麼評論我。我希望自己其實不如眾人說的那麼冷硬無情，但被外界傳爲嚴肅的風評，對女子來說不一定是壞事，也是有好處的。」

紗藍強迫自己凝神站好。她應該要退下嗎？

加絲娜搖了搖頭，紗藍猜不出是什麼樣的心思，讓加絲娜下意識地做了這個動作。終於，她轉向紗藍，朝桌上那如大圓杯形狀的碗揮揮手，裡面有十幾枚紗藍的錢球。

紗藍訝異地以外手掩口。她完全忘記錢的事情。她感謝地朝加絲娜鞠躬，連忙上前取回錢球。「光主，趁我沒忘記之前，有一名執徒，名叫卡伯薩的弟兄，在我等您時曾經來此見您。他希望我轉告您，他希望與您會面。」

「這點我毫不意外。」加絲娜說道。「可是達伐小姐，妳對於錢球的事似乎很驚訝。我以爲妳是在外面等著取回錢球。妳難道不是因此所以仍在附近？」

「不是的，光主，我只是想讓自己的心神鎮定下來而已。」

「這樣啊。」

紗藍咬著唇。公主似乎已經沒有先前那麼生氣了，也許……「光主，」紗藍大著膽子開口，一面為自己的大膽感到害怕。「您對我的信有何看法？」

「信？」

「我……」紗藍望向書桌。「就在那疊書下，光主。」

一名僕人連忙移開了書，帕胥人一定沒注意到就把書壓在信上。加絲娜拾起信，挑起眉毛，紗藍連忙打開提袋，將錢球收回錢囊裡，之後又暗罵自己的動作幹麼這麼快，讓她現在無事可做，只能等著加絲娜讀完信。

「真的嗎？妳都是自學而成？」加絲娜抬起頭問她。

「是的，光主。」

「了不起。」

「謝謝您，光主。」

「這封信也是個極好的方法。妳正確地推斷出我會對一封文情並茂的書信有所回應。這封信顯示出妳的用詞修養，內容結構證明妳有邏輯思考與提出完整論點的能力。」

「謝謝您，光主。」紗藍說道，再次感到希望升起，只是混合著疲憊。她的情緒不斷被拉扯，像是拔河用的繩子。

「妳應該把信留下來給我，在我回來前便退下。」

「可是信就會被壓在書堆下看不見了。」

加絲娜朝紗藍挑眉，彷彿是讓她知道，自己不喜歡被人糾正。「好。一個人的生長環境確實重要。妳的情況不代表妳在歷史與哲學方面的欠缺可以被原諒，但是理應放寬標準。我允許妳重新向我請求，這是我從來沒有給予任何想成爲我學徒的人的特權。將哲學與歷史的基礎打好之後，妳可以再來找我。如果妳確實有令人滿意的進步，我會收妳。」

紗藍的心再次下沉。加絲娜的提議相當寬容，但要達成她的標準需要多年研讀。達伐家族必定已經頹敗，家族的領地被債主們瓜分，她的哥哥們跟她自己的頭銜被撤銷，甚至可能成爲奴隸。

「謝謝您，光主。」紗藍低頭行禮。

加絲娜點點頭，彷彿認爲此事已告一段落。紗藍退下，靜靜地走在走廊上，拉繩子讓人把平台升起。加絲娜幾乎已經答應日後會收她爲學徒，對大多數人而言，這一點已是大大的勝利，能接受加絲娜・科林，當代世上最偉大學者之一的教導，代表著光明的未來。紗藍能夠嫁得非常好，可能嫁給藩王的兒子，將會有完全不同的社交圈爲她打開大門。如果紗藍有時間在加絲娜門下學習，光是與科林一族的關係就足以拯救她的家族。

如果有時間。

終於，紗藍出了集會所。前面沒有大門，只有柱子。她很驚訝地發現天色已經如此昏暗了。她慢慢地走下大台階，然後選了一條偏僻的小路，免得有人擋道。小徑兩旁，一個個小巧的花壇裡種著板岩芝等裝飾植物，其中幾種釋放出如蒲扇般的藤蔓，隨著夜風搖曳，幾隻懶洋洋的生靈，像是發光的綠色灰塵，在葉片間跳動。

紗藍靠著石頭般的植物，藤蔓立刻縮回本體躲起。從這個角度，她可以俯瞰卡布嵐司，萬家燈火如一片流火從她腳下沿著岩石壁傾洩而下。她剩餘的唯一選擇就是和她的哥哥們一起逃跑，放棄賈・克維德的家族領地，尋求庇護。但是他們能去哪裡？是否還有她父親沒有得罪的好盟友？

他們還在父親的書房裡找到了一堆相當奇特的地圖。這些地圖是什麼?他鮮少對孩子們提起他的計畫，就連父親的幕僚都對他的心思知道得很少。

她的大哥赫拉倫知道的細節比較多，但是自從他一年前消失後，父親便宣告他已經死去。

每每想到父親便讓她覺得一陣反胃，痛楚開始糾結在心口。她舉起外手抵著額頭，突然覺得達伐家族的狀況，還有她藏在胸口不遠處的祕密是如此沉重，難以負荷。

「嘿，年輕的小姐!」一個聲音喊道。她轉過頭，震驚地發現亞耶伯站在集會所入口不遠處的石頭平台上，周圍坐著一群身著守衛制服的人。

「亞耶伯?」她瞠目結舌地問道。他好幾個小時前就該回船上去了。她連忙來到石頭平台的下方。「你怎麼還在這裡?」

他咧嘴大笑。「噢，我跟城市守衛隊裡幾位高尚的先生們開始玩起卡貝遊戲。我想執法大官們絕對不會想騙我，所以我一面等，一面跟他們好好地玩了起來。」

「可是你不用等我啊!」

「我也不需要從這些人手裡贏到八十個夾幣啊!」亞耶伯笑著說。「可是我兩件事都做了!」

坐在他周圍的人看起來沒有那麼興致盎然。他們的制服是橘色背心，腰間以白色束帶綁縛。

「我想我該帶妳回船上了。」亞耶伯說道，不情願地拾起腳邊的錢球堆，不同顏色的錢球散發出不同的光芒。它們的光很黯淡，畢竟都只是夾幣，但數量挺可觀的。

紗藍退後一步，看著亞耶伯跳下石頭平台。他的同伴們抗議他怎麼要走了，可是他朝紗藍示意。「你們要我讓如此地位的淺眸女子自行走回船上嗎?我以爲你們是有榮譽感的人啊!」

這句話讓他們的反對之聲立刻消失。

亞耶伯輕笑，對紗藍鞠躬，領著她走下小路。他的眼神閃爍。「颶他父的，贏這些當官的還眞好玩。這件事一旦傳開，在碼頭上可有人要請我喝酒了。」

「你不應該賭錢。」紗藍說道。「你不應該妄想預測未來。我把錢球給你不是讓你這麼浪費的。」

亞耶伯大笑。「如果知道自己要贏的話，就算不上賭錢，年輕的小姐。」

「你作弊了！」她驚怒地低聲說道，說完後轉過頭去看後面的侍衛，他們又重新坐下來開始賭錢，臉上映照著眼前錢球的光芒。

「別講那麼大聲！」亞耶伯低聲說道，但看起來挺得意的。「能一次騙倒四名守衛還眞不容易，我都不敢相信我辦到了！」

「我眞是對你失望。這種行爲太不合宜了。」

「小姐啊，我是水手，所以怎麼會不合宜。」他聳聳肩。「他們本來也就覺得我會騙人，一群人像是盯著毒天鰻似的盯著我。這根本不是玩牌，是他們想要逮到我出老千，而我則想辦法不要被他們抓走的遊戲。如果妳沒有來，我說不定得脫層皮才走得掉！」但他似乎不是很擔心的樣子。

通往碼頭的路不像先前那麼擁擠，但路人依然是出奇的多。點亮街道的是兩旁的油燈，畢竟用錢球的話，只會落入某些人的錢袋裡，但很多人都提著自己的錢球燈，路上投射下如彩虹般的光線。這些人看起來就像精靈，每個人帶著自己的色彩四處走動。

亞耶伯小心翼翼地領著她穿過紛紛嚷嚷的街道。「小姐，妳眞的想要回去嗎？我那樣說只是爲了從牌局中脫身而已。」

「我是眞的想回去，麻煩你。」

「那妳的公主呢？」

紗藍臉一皺。「我們的會面……成效不彰。」

「她沒收妳嗎？她有什麼問題啊？」

「長期的無能吧，我想。她這輩子如此成功，我想她對其他人也有不切實際的期待。」

亞耶伯皺眉，領著紗藍繞過一群酒醉狂歡、歪歪倒倒地走在街上的人群。「現在就喝醉有點太早了吧？」

亞耶伯原本走在她前面幾步，如今轉過身朝她走來，看著她：「這不合理啊，小姐，妳有的她不要，她還能要什麼呢？」

「似乎還能要很多。」

「可是妳很完美啊！對不起，我衝太快了，請原諒我的魯莽。」

「你正倒著走呢。」

「那請原諒我太『倒位』了，小姐，妳從哪一邊看都很好看。」

她發現自己在微笑，托茲貝克的水手們對她的評價太高了。

「妳會是完美的學徒。」他繼續說道。「優雅、漂亮，有教養什麼的，我是不太喜歡妳對賭博的看法，但那也沒什麼奇怪的，良家婦女不罵人『不該賭博』就不對了，就像是太陽不肯升起，或是海變成白色。」

「或是加絲娜·科林微笑。」

「一點也沒錯！無論如何，妳是完美的。」

「你真是好人。」

「這是眞話啊。」他說道，雙手扠腰，停下腳步。「就這樣？妳要放棄嗎？」

她不解地看了他一眼。他站在紛嚷的街道上，一盞橘黃色的燈籠在他頭上灑下柔和的光線，亞耶伯雙手扠腰，賽勒那人特有的雪白眉毛順著他的臉頰垂下，開襟背心下是裸露的胸膛。這是個不論多高層級的公民，都不敢在她父親的宅邸中擺出的姿勢。

紗藍滿臉通紅地說道：「我有嘗試著說服她。我去找了她第二次，結果她又拒絕我了。」

「兩次嗎？打牌時，總要嘗試到第三手才行，那是最常贏的一手。」

紗藍皺眉。「可是那不是眞的，根據可能性與數據規則……」

亞耶伯雙手抱胸。「我對於什麼鬼數學知道的不多，但我知道『熱情』這個字的意思。只有在最需要的時候，才會贏啊。」

「熱情」。異教徒的迷信。加絲娜也說符文咒是迷信，所以這一切或許都只是因「是誰的觀點」而有不同。

試第三次……紗藍光是想到加絲娜因爲被再次打擾而出現的怒意便全身顫抖。加絲娜一定會撤銷日後可以去跟她研習的提議。

可是紗藍永遠沒有這個機會去接受那份提議。對她而言，那就像是沒有寶石的錢球：漂亮，可是沒有用處。所以何不做最後一搏，爭取她現在就需要的地位？

不會成功的。加絲娜說得很清楚，紗藍的知識準備不夠充分。

準備不夠充分……

紗藍腦中出現一個念頭。她將內手舉在胸前，站在忙碌的街道上，反覆檢視這個大膽的主意。她很有可能會被加絲娜下令驅逐出城。

可是，如果沒有試盡所有方法就回家，她能夠面對她的哥哥們嗎？他們仰賴她。她的一生中，第一次有人需要她。這個責任感讓她覺得興奮，讓她覺得戒慎恐懼。

她在不自覺的情況下開口，聲音微微顫抖：「我需要書商。」

亞耶伯朝她挑眉。

「第三手往往大贏。你能不能幫我找到現在還沒關店的書商？」

他笑著回答：「小姐，卡布嵐司是個大港，商店開得很晚。妳等著。」亞耶伯衝入夜晚的人群，她還來不及說出唇邊焦急的囑咐，人已經消失。

她只好嘆口氣，端莊地坐在燈籠柱的石座上。這裡應該很安全。她看到其他淺眸女子出現在街上，不過通常是坐在轎子或其他小型的人力拉車裡，甚至偶爾還能看到真正的馬車，只有非常有錢的人才養得起馬。

幾分鐘後，亞耶伯突然從人群中出現，揮手要她跟在身後。她站起身，連忙走向他。

「我們需要找車伕嗎？」她問道。他領著她走入一條寬廣的巷子，橫切過山腰。她小心翼翼地走著，擔心裙襬被石頭扯裂。雖然下襬的設計本來就相當容易替換，但紗藍不想在這種事情上浪費錢球。

「不用，就在這裡。」亞耶伯說道，指著另一條橫向的街道。兩旁臨街的商店，順著陡峭的山勢一路往上，每家外面都懸掛著招牌，標示著代表書的符文，這些符文經常都寫成一本書的形狀，目的是讓不識字的僕人被派來取物時也能認得。

亞耶伯搓搓下巴。「同樣種類的商家喜歡聚集在一起，我覺得這很蠢，但商家也許就跟魚一樣，找到一條，就跑不了其他的。」

「新的想法也是啊。」紗藍說道，算著店家。六家不同的店，每家都以均勻的颶光點亮櫥窗。

「左邊第三家。」亞耶伯指給她看。「書販的名字叫作阿特邁。幫我打聽的人說，他是這裡最好的書商。」這是個賽勒那名字。亞耶伯大概去問了同鄉人，他們就跟他報上這個書商的名字。

她朝亞耶伯點點頭，兩人一起攀上陡峭的台階，來到商店門口。亞耶伯沒有跟她一起進去。她發現許多男人碰到書多或需要閱讀的場合時便會侷促不安，即使他們不是弗林人也一樣。

她推開鑲嵌著兩塊水晶片的沉重木門，進入一間溫暖的屋子，不確定接下來該怎麼辦。她從沒進過店裡買東西，每次都是派僕人去買，或是讓商販直接來找她。

屋子看起來很溫馨，有舒適寬大的沙發椅，旁邊是座火爐，火靈在燃燒的木柴上跳舞，地板也是木造的，但完全沒有接縫，可能是透過魂術直接從下方的石頭轉變而來。確實奢華。

一名女子站在室內後方的櫃台後，穿著一件刺繡的裙子跟同款上衣，而不是紗藍身上線條流暢的單件絲綢哈法。她是名深眸女子，顯然相當富有，如果在弗林，她大概是屬於第一或第二那恩。賽勒那人有自己的階級制度，但不是完全的異教徒，他們同樣重視眸色的差異，女子的內手上也會戴手套。

這裡的書並不多，有幾本放在櫃台，一本放在椅子旁邊的架上。牆上的鐘滴答走著，下方掛著十幾枚金光閃閃的小銀鈴。這裡看起來不像店家，倒像某人的私宅。

女子在書中插入書籤，朝紗藍微笑，禮貌無懈可擊，處處透露出熱切，幾乎具有侵略性。「光主，請坐。」她朝椅子揮手。女子將她修長的白色賽勒那眉毛燙捲，因此眉毛如捲劉海一般，沿著臉頰垂下。

紗藍遲疑地坐下，看著女子搖了搖掛在櫃台下方的鈴。不一會兒，一名體態圓滾的男子晃晃悠悠地走入房間，身上的背心幾乎被腰圍撐破，頭髮逐漸斑白，眉毛則梳齊，塞在耳朵後。

他拍著胖胖的雙手開口：「啊，親愛的小姐，妳是想買本輕鬆的小說嗎？還是想在與愛人分隔兩地的殘酷時光中，找本可以聊以慰藉的閒書？或是要買地理書，看看裡面關於奇鄉異土的詳細描述？」他的語氣略帶輕蔑，卻是以她的母語費德語與她交談。

「我……不，謝謝。我需要一系列關於歷史的書籍。還有一本哲學書。」她仔細思索，想要記起加絲娜提過的名字。「普拉西尼、加布拉辛、余斯塔拉、馬那萊，或是哈思維司之女韶卡所寫的書。」

「這麼年輕就看這麼沉重的書啊！」男子說道，朝女子點點頭。她說不定是他太太。她鑽入後面的房間。他會讓她來做需要閱讀的事，即使他自己會閱讀，也絕對不會在客人面前讀書，以免冒犯他們，因此他主要是處理金錢方面的事。在大多數情況下，商業都算是男性的技藝。

「像妳這樣一朵青春的花朵，爲什麼要讀這種書呢？」商人說道，在她對面的椅子坐下。「我能不能爲妳挑選一本不錯的言情小說？那可是我的專長。年輕女子們甚至不惜跨越整座城市來我的店，因爲這裡有最好的言情小說。」

他的語氣讓她相當煩躁。她知道自己被保護得極好，這一點已經夠讓她不滿，但他有必要這樣一直提醒她嗎？「言情小說啊！」她開口，將提袋握在胸前。「也許不錯。你們有賣《近火》嗎？」

商人訝異地眨眨眼。《近火》是一本以男性視角撰寫的小說，描述主角在看到自己孩子活活餓死之後，逐漸發瘋的過程。

「妳確定妳想要這麼，呃，有挑戰性的書嗎？」男人問道。

「年輕女子不該勇於接受挑戰嗎？」

「呃，不，不要比較好。」他再次微笑，誇張地露出滿口牙齒，標準想要討好顧客的商人表情。「妳果然是一位著重自己的品味，精挑細選的女子。」

「我是的。」紗藍說道，語氣堅定，掩飾急促的心跳。她難道必須跟每個見面的人吵上一架嗎？「我的確要求我的餐點都必須精心烹製，因爲我的味覺非常敏感。」

「抱歉，我的意思是妳對書的品味很精挑細選。」

「我其實沒吃過書。」

「光主，妳這不是在耍弄我嗎？」

「還沒。我甚至還沒開始呢。」

「我……」

「首先，你拿腦子跟肚子比較是對的。」她說道。

「可是……」

「有太多人花極大心力處理我們透過嘴巴吸取的東西，卻忽略我們透過耳朵和眼睛能汲取的東西，你不覺得嗎？」

他沒說話，只默默地點點頭，大概是覺得她反正不會讓他說完。紗藍隱約知道她太放縱自己的情緒，因爲跟加絲娜的互動讓她至今都覺得緊繃而焦躁。

可是現在她管不了這麼多。「精挑細選。」她緩緩唸道。「我想我對你的用字遣詞有點意見。精挑細選的意思，就是帶著偏見的眼光。單一性的決定。在選擇要汲取什麼時，人眞的能夠做單一性的決定嗎？我們是否應對食物跟知識一視同仁呢？」

「我想是的。」商人說道。「妳方才不是這麼說的嗎？」

「我是說，我們應該要在意自己汲取的東西，無論是讀物或是食物，不是我們應該要有專一性。請問，你覺得一個只吃甜食的人會變成怎麼樣？」

「我很清楚。」男子說道。「我有一位嫂子每次都因爲只吃甜食而鬧肚子痛。」

「你看，她就是太精挑細選了。身體需要許多種不同的食物才能維持健康，腦子也需要許多不同的想法才能保持靈活，你說是嗎？所以，你認爲以我能接受挑戰的程度，只夠讀那些愚蠢的言情小說，但如果我眞的只讀那些書，那我的腦子一定很快就會變得跟你嫂子的肚子一樣，總是不舒服。嗯，我想這個譬喻的確很恰當。你眞是聰明，阿特邁先生。」

他的笑容重新出現在臉上。

她卻沒有半點笑容。「當然，被瞧不起的感覺會讓人的腦了跟肚子都一樣不舒服。你眞是好人，除了打了如此精采的比方，還不忘以身作則示範。你向來如此對待客人的嗎？」

「光主……妳稍微有些語帶嘲諷了啊。」

「只有稍微而已嗎？我以爲我是直接撲上去，放聲尖叫了呢！」

他滿臉通紅，站起身。「我去幫我太太好了。」他急急忙忙地退下。

她往後一靠，發現其實是在生自己的氣，結果讓自己的煩躁表現了出來。她的嬤嬤們一直警告她這件事。年輕女子應該要謹言愼行。父親口無遮攔的行爲已經讓他們的家族染上不良聲譽，難道她還要再添上一筆嗎？

她強迫自己鎭靜下來，享受溫暖的爐火，看著舞動的火靈，直到商人與妻子回來，兩人抱著幾疊書。商人再次坐下，他的妻子則拉過一張凳子，將書籍放在地上，然後跟著她丈夫的話，一次一本地展示。

「歷史書，我們有兩種選擇。」商人說道，語氣不再帶著看人低的態度，但任何友善的表情也同樣消失無蹤。「有仁卡寫的《歷史與進程》，單行本，討論自從聖教時代設立後的羅沙歷史。」他的妻子舉起一本紅布包裹的書。「我告訴我太太，拿這麼膚淺的選擇給妳，大概會讓妳生氣，但她堅持要拿。」

紗藍開口：「謝謝。我沒有受到冒犯，但的確需要細節較多的書籍。」

「那也許應該選擇《永恆記》。」他說道，他妻子此時舉起一套四冊的灰藍色書籍。「這是哲學論述，討論的內容時期與前者相同，但只專注於五個弗林王國間的互動。如妳所見，這個論述相當完整。」

這四本書好厚。五個弗林王國？她以爲只有四個。賈．克維德國、雅烈席卡國、卡布嵐司國和那塔那坦國。四個王國在重創期之後，因爲共同的宗教信仰而成爲堅定的盟友。第五個王國是什麼？

這些書讓她充滿好奇。「我要這套。」

「好極了。」商人說道，眼睛重新露出精光。「妳列的哲學家中，我們沒有余斯塔拉的書，但是有普拉西尼跟馬那萊的書各一本，都是收錄他們最有名作品中的精華章節。有人曾爲我誦讀普拉西尼的書，寫得不錯。」

紗藍點點頭。

「加布拉辛的話，我們則有四本。他可眞是多產的作家啊！噢，哈思維司之女韶卡的書我們只有一本。」書商的妻子舉起一本薄薄的綠書。「我必須承認，我沒有聽別人讀過她的作品。我甚至不知道雪諾瓦族居然有著名的哲學家。」

紗藍看著加布拉辛的四本書。她不知道該挑哪本，也不想問，因此直接指著一開始商人提到的兩本合集，還有哈思維司之女韶卡的書。遙遠的雪諾瓦族，那裡的人住在泥濘中，崇拜石頭，居然出了哲學家？大約在六年前，殺死加絲娜的父親、因此開啓在那塔那坦對帕山迪人戰爭的凶手，就是雪諾瓦人。他們稱之爲白衣殺手。

「我買這三本，還有方才的歷史書。」紗藍說道。

「好極了！」商人又說了一次。「一次買這麼多本，我會給妳優惠，就算十枚祖母綠布姆吧？」

紗藍幾乎一口氣沒喘過來。祖母綠布姆是錢球中最高面額的幣值，等同於一千枚鑽石夾幣。十枚加起來的價値比她到卡布嵐司的旅費還貴上好多倍！

她打開提袋，看著裡面的錢囊。她還剩下八枚祖母綠布姆。顯然她不能把這些書都買下，但該要買哪些呢？

突然，門被大力推開。紗藍一驚，訝異地發現站在門外的居然是亞耶伯。他緊張地握著手中的帽子，突然衝到她的椅子前，立刻單膝跪倒。她訝異到說不出話來。他怎麼看起來這麼擔心？

「光主。」他低頭行禮。「我的主人請妳回去。他重新考慮了他的出價。我們可以接受妳的開價。」

紗藍想開口，卻發現自己不知該如何應對。

亞耶伯瞥向商人。「光主，不要跟這個人買書。他是個騙子，做生意不老實。我的主人會以更好的價錢賣更好的書給妳。」

「這是什麼意思？」阿特邁站起身。「你好大的膽子！你的主人是誰？」

「巴邁司特。」亞耶伯擺出一副忠心護主的樣子。

「鼠輩！他派小廝來我的店裡搶客人？太過分了！」

「她先來我們店裡的！」亞耶伯說道。

紗藍終於恢復神智。我的颶父啊！他還眞會演。「我給過你們機會。」她對亞耶伯說道。「去跟你的主人說，我拒絕被騙。如果有必要，我願意走遍城市中的每一家書店去找講理的人。」

「阿特邁不講理。」亞耶伯啐了一口說道。書商氣得眼睛都瞪圓了。

「到時就知道了。」紗藍說道。

滿面通紅的阿特邁開口：「光主，妳不要信這些謠言！」

「你原本要賣她多少錢？」亞耶伯問道。

「十枚祖母綠布姆，買這七本書。」紗藍說道。

亞耶伯大笑。「妳居然沒有立刻起身走人？妳剛剛差點把我主人的耳朵罵掉了，他給妳的價錢比這個要好多了！光主，請妳跟我回去吧。我們可以……」

「十枚只是開價而已。」阿特邁說道。「我也不認爲她會接受。」他看著紗藍。「當然，八枚……」

亞耶伯又笑了。「我很確定我們有同樣的書，光主。我敢打賭，我的主人願意用兩枚就賣給妳。」

阿特邁的臉漲得更紅，低聲咒罵兩下。「光主，妳不會跟這種派僕人到別人店裡偷客人的低級傢伙買東西吧！」

「很難說。畢竟，他沒有侮辱我的智商。」紗藍說道。

阿特邁的妻子瞪向她的丈夫，男子的臉變得更紅。「兩枚祖母綠，三枚藍寶石。這是我最低的價錢。妳想要買更便宜的書，那就去跟巴邁司特那個混帳買吧，不過他的書說不定會缺頁。」

紗藍遲疑了，瞥向亞耶伯。他正忙著扮演好自己的角色，不斷打躬作揖。她與他四目交望，他報以聳肩。

「我接受。」她對阿特邁說道，亞耶伯適時發出失望的聲音，垂頭喪氣地被阿特邁的妻子罵走。紗藍站起身，點清錢球，然後從錢囊裡掏出祖母綠布姆。

沒多久，她便走了出來，手中提著沉重的帆布袋。她走下陡峭的街道，發現亞耶伯靠在路燈下。他接過她手上的袋子時，她露出笑容問道：「你怎麼知道一本書的價錢？」

「一本書值多少錢？」他將袋子甩過肩揹著。「我完全不知道。我只是猜他會盡量跟妳開口，所以我去問到了他最大競爭對手的名號，然後回來幫妳跟他講道理。」

「我這麼明顯會被騙？」她臉紅地問道，兩人走出小巷。

亞耶伯輕笑。「有一點啦。反正騙那種人幾乎跟騙侍衛們一樣好玩。如果妳眞的跟我走了，然後晚點再回來給他一個機會，可能可以繼續壓低價錢。」

「聽起來好複雜啊！」

「商人就像傭兵，我爺爺總是這麼說。唯一的差別是，商人在砍人頭時還會假裝是你的朋友。」說這話的人，同時也大言不慚地承認自己對一群侍衛出了一晚上的老千。

「無論如何，都要謝謝你。」

「沒什麼大不了的。很好玩，不過我眞不敢相信妳花了這麼多錢買那些東西，那些只是木片而已。我也可以找些漂流木，在上面亂畫一堆，妳也會拿這麼多美好的錢球跟我買嗎？」

「我不能給你錢球，但請接受這個做爲我的謝意。」她在提袋中摸了一下，取出先前那幅亞耶伯跟車伕的畫。

亞耶伯接下畫，走到附近的燈籠下仔細看著。他偏過頭大笑出聲，滿臉笑容。「我的颶父啊！這東西還眞稀罕啊！我好像在看銅盤裡的自己一樣。這個我不能收啊，光主！」

「我堅持。請收下吧。」不過，她沒忘眨眨眼睛，將他站在那裡，一手摸著下巴，一手端詳自己畫像的景象「記憶」下來。她之後會重畫一次，在他爲她出了這麼多力之後，她衷心期望將他加入她的收藏。

亞耶伯小心翼翼地將畫夾入書頁，然後重新扛起書袋，繼續前進。兩人走回主要的大道。諾蒙——中段的月亮——開始升起，城市沐浴在她的淺藍色光芒下。在父親的宅邸中，除非是很特殊的情況，否則紗藍不可能這麼晚了還未就寢，但這裡的人似乎都見怪不怪。這個城市眞是個怪地方。

「現在回船上去嗎？」亞耶伯問道。

紗藍深吸一口氣。「不。回集會所。」

他挑了挑眉毛，但沒多問，直接帶她回去。一到了那兒，她便跟亞耶伯告別，提醒他別忘了自己的畫。他將畫取走後，急急忙忙地從集會所離開，不忘祝她好運。

他恐怕是在擔心碰到先前騙過的那群侍衛。

紗藍讓僕人扛著她買的書，走回通往紗室的走廊。一通過繁複的鐵門，她便朝上僕示意。

「光主？」男子問道。大多數的閱讀室如今都已經恢復陰暗，僕人們正極有耐心地將書籍收回水晶牆後的位置。

紗藍壓下疲累感，開始數著樓層。加絲娜的閱讀室中仍然點著燈。「我想用上面那間包廂。」她指著隔壁的陽台。

「妳有入場幣嗎？」

「嗯，沒有。」

「如果妳想要定期使用這裡的話，必須用租的。兩枚天馬克。」

這價錢貴得讓紗藍皺起眉頭，卻仍然掏出了錢球。她的錢袋如今看起來扁得令人沮喪。她讓帕胥人將她帶往正確的樓層，然後安靜地走入她的包廂。之後，她將所有的球幣倒入玻璃罩。為了要有充足的照明，她沒有選擇，只能使用所有的錢球，總共有九種不同的顏色，三種不一樣的大小，因此雖然投射出的光線顏色繽紛，但光圈十分不均勻。

紗藍把頭探出包廂的牆，看著隔壁的陽台。加絲娜坐在那裡讀書，似乎沒發覺天色已晚，她的罩子裡滿滿都是鑽石布姆，是最適合照明的錢球，但是在魂術中比較沒用，所以價值偏低。

紗藍將頭縮回來。在她的包廂中，桌子的最邊角正好被牆擋住，不會被加絲娜看到，所以她選了那裡坐下。也許她應該要挑選不同樓層的包廂，但她想看著對方的動向。希望加絲娜會花上好幾個禮拜在這裡讀書，讓紗藍有足夠時間硬塞點知識進腦袋。她記憶圖片跟景象的能力使用在文字上效果沒有那麼好，但是她背清單跟論據的速度讓她的家教們都相當訝異。

她坐在椅子上，將所有書都拿出來排列整齊，揉揉眼睛。時間眞的晚了，但她不能浪費一分一秒。加絲娜說紗藍將知識空缺彌補好之後，可以再重新提出申請。好，紗藍打算以創紀錄的速度彌補她知識中的不足，然後重新出現在加絲娜面前。就選加絲娜要離開卡布嵐司的時候吧。

這是她孤注一擲的希望，微薄到似乎被情勢的風向輕輕一吹便會崩解。深吸一口氣，紗藍攤開了第一本歷史書。

「我甩不掉妳，是嗎？」一個輕柔的女性聲音問道。

紗藍猛然一驚，轉向門口，差點把書堆撞倒。加絲娜．科林站在門外，穿著深藍色繡有銀線的服飾，絲綢映射出球幣的各色光芒，魂師則被蓋在無指的黑手套下，隱藏明亮的寶石。

「光主。」紗藍站起身，尷尬且笨拙地行禮。「我無意打擾您。我……」

加絲娜一揮手，讓她安靜。她站到一旁，一名帕胥人端著椅子進來，放在紗藍的書桌邊，加絲娜優雅地來到桌邊坐下。

紗藍想猜測加絲娜的心情，但年長女子的情緒難以捉摸。「我眞的無意打擾您。」

「我賄賂了僕人，如果妳回到紗室，要他們立即來通報我。」加絲娜漫不經心地說道，拾起一本紗藍的書，讀著書名。「我不想再被打斷。」

「我……」紗藍低下頭，臉色潮紅。

「不必道歉。」加絲娜說道。她看起來很累，紗藍甚至覺得自己都沒她那麼累。加絲娜翻著書。「不錯的選擇。妳挑得很好。」

「其實也算不上什麼選擇。那個商人只有這些。」紗藍說道。

「我猜想妳是打算快速讀過內容？試著在我離開卡布嵐司之前，最後一次嘗試說服我？」加絲娜深思地說道。

紗藍遲疑片刻後，點點頭。

「聰明的計畫。我應該設時間規定妳何時可以再來向我申請。」她看著紗藍，從頭到尾打量過一遍。「妳非常有毅力。這點很好。我知道妳爲什麼這麼急著想要成爲我的學徒。」

紗藍一驚。*她知道了？*

「妳的家族有很多敵人，妳的父親又深居簡出。如果沒有好的盟友，妳很難嫁得好。」加絲娜說道。

紗藍鬆了一口氣，不過很努力不讓情緒浮現在臉上。

「把提袋給我看。」加絲娜說道。

紗藍皺眉，刻意不讓自己將提袋抓得更緊。「光主，您的意思是……？」

加絲娜伸出手。「妳記得對於要我重複自己的話這件事，我是怎麼說的？」

紗藍不情願地將提袋遞過。加絲娜小心翼翼地取出袋子裡的東西，將畫筆、炭筆、墨水筆、樹漆瓶、墨水和溶劑等整齊地排成一列放好。然後她拿出紗藍的錢囊，注意到它空無一物。她瞥向桌上的燈罩，數了數，挑起一邊眉毛。

接下來，她開始看紗藍的畫。首先是散頁，在自己的那一幅上尤其花了不少時間。紗藍研究著女子的表情。她滿意嗎？訝異嗎？不高興紗藍花時間畫僕人跟水手？

最後，加絲娜開始翻看畫冊，裡面都是紗藍一路上觀察到的動植物。加絲娜花最多時間在這本畫冊上，仔細讀過所有的注解。「妳爲什麼要畫這些？」最後，加絲娜開口問道。

「爲什麼？因爲我想畫啊，光主。」她對自己皺了一下眉頭。是不是該說些什麼很深奧的理由？

加絲娜緩緩地點頭，然後站起身。「國王爲我在集會所準備了房間。把東西收一收，去那裡。妳看起來累極了。」

「光主？」紗藍起身問道，一陣興奮。

加絲娜在門口停下腳步。「我們第一次見面時，我認爲妳是來自鄉下的投機女孩，只想借用我的名聲換取更大的財富。」

「您改變主意了嗎？」

「沒有。妳絕對有這樣的動機，但我們每個人都是許多個部分的總和，而從一個人的隨身物品便可以知道他們是什麼樣的人。如果要我根據這本筆記本判斷，妳是個會在空閒時間爲了研究而研究的人。這是相當好的徵象。也許，那是妳能爲自己提出最好的辯證。

「如果我沒有辦法甩脫妳，倒不如好好利用妳。去睡吧。明天我們一早開始，妳將花一半的時間充實自己的知識，另一半的時間協助我的研究。」

說完，加絲娜離去。

紗藍頭昏腦脹地坐在原處，眨著疲累的雙眼。她取出一張紙，快速寫下感謝的祝禱詞，打算等晚一點再燒掉。然後她急急忙忙地收起書，去找僕人，要他們去隨風號爲她取來行李箱。

這是非常漫長的一天，但她終於成功了。第一步完成了。

現在，她眞正的任務，才要開始。

芻螺 Chulls

芻螺當然是無所不在的，有許多不同的大小跟形狀，品種之繁多，遠超過我原本的想像。我看過牠們被用來拉車、拖箱子、用掛在身側的架子馱水壺等等。
我甚至看到有人騎芻螺做為交通工具，可是我覺得用走的還快點。

殼其實沒有看起來那麼重。
野外的芻螺殼上會有植物長在縫隙中，所以睡著時看起來很像大石頭。

芻螺殼可以被打破或打磨，芻螺本身不會受傷。有人把芻螺殼上方比較平坦的地方打磨平整做為騎乘用途，許多馬車則是直接勾於釘在殼上的扣環。

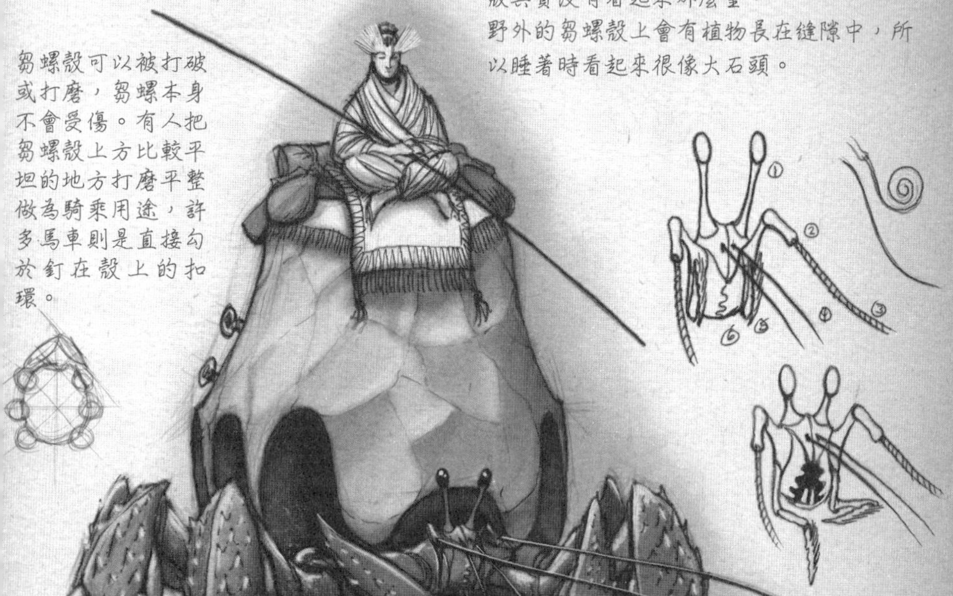

海岸城市中，許多驅使芻螺的人都是以長棍子輕碰牠們的觸鬚，而不是像在我父親的宅邸中那樣用複雜的皮革頭套來拉扯。

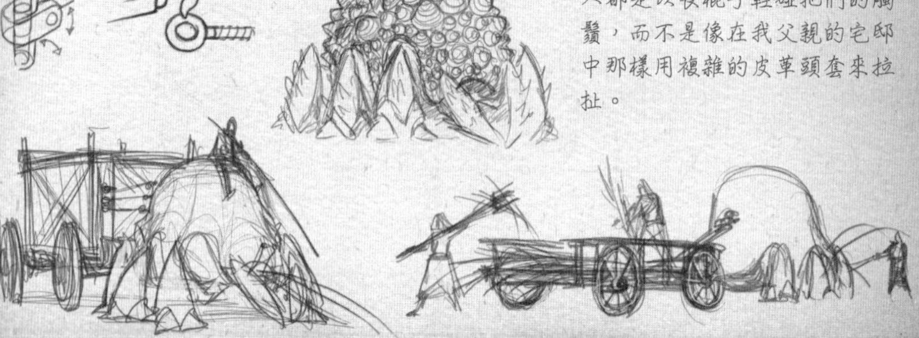

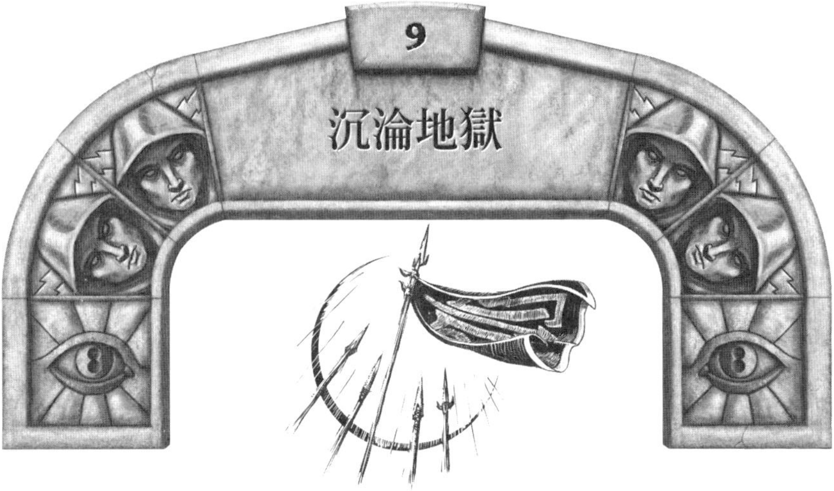

9 沉淪地獄

「十個人，握著點亮的碎刃，站在一面黑色、白色與紅色相間的牆壁前。」

——收錄於傑沙克夫，一一七三年，死前十二秒。對象：我們的執徒之一，臨死前被他人聽到的呢喃。

卡拉丁被指派到橋四隊並非偶然。在所有的橋隊中，橋四隊的死亡率最高。跟一般橋隊每次出勤都會損失三分之一到二分之一人的平均數字相比，橋四隊的傷亡率高得出奇。

卡拉丁坐在外面，背靠著軍營的牆，雨點灑在他身上。這不是颶風，只是普通的一場春雨。柔細綿密。是暴風雨的怯懦表親。

西兒坐在卡拉丁的肩膀上。不對，是浮在卡拉丁的肩膀上。隨便，反正都一樣。她似乎沒有任何重量。卡拉丁整個人縮成一團，下巴抵著胸口，望著石頭中一個漸漸積蓄起雨水的凹槽。

他應該要進去橋四隊的軍營，雖然裡面又冷又沒有任何家具，但至少可以擋雨。可是，他……不在乎。他跟橋四隊在一起多久了？兩個禮拜？三個禮拜？一輩子？

第一次出勤後存活下來的二十五人中，又死了二十三人。有兩人被轉到別的橋隊，因爲他們做了讓加茲滿意的事情，但他們最後也死了。只剩卡拉丁跟另外一個人還活著。將近四十人中，最後殘餘的兩個。橋隊的人數以更多不幸的人來遞補，大多數也死了，接著又來了遞補，這大多數的遞補又死了。橋隊長一個接著一個換，據說那應該是橋隊中最好的角色，可以挑選最好的位置奔跑，但在橋四隊中，哪裡都一樣。

有些出勤的情況沒有那麼糟。如果雅烈席人比帕山迪人先到，那就不會損失任何橋兵；如果他們到得太晚，而另外的藩王已經到了的時候，薩迪雅司在這個情況下不會伸出援手，而是會帶領軍隊回營。帕山迪人就算碰上最糟糕的情勢時，也經常選擇將箭射向某幾個橋隊，試圖一一擊破。有時候會死幾十個橋兵，但橋四隊卻沒死半個人。

這種情況很罕見。不知道爲什麼，橋四隊似乎每次都被當成標的。卡拉丁懶得去問同伴的名字。沒有人想知道別人的名字。有什麼意義？知道名字後的一個禮拜內，兩個人中總會死一個，甚至是兩個都死了。也許他應該要知道一下別人的名字，這樣至少下地獄時才有人可以說話，他們能一起回憶橋四隊的恐怖，同意永恆的火焰愉快多了。

他遲鈍地傻笑，仍然盯著眼前的岩石。加茲很快就會叫他們去工作。刷廁所、掃街、清馬廄或是搬石頭，就是不讓他們有多餘的時間去想自己的命運。

他仍然不知道他們爲何要在那些該死的台地上戰鬥。似乎跟那些蛹有關，它的中心處似乎有寶石，但這跟復仇同盟又有何關係？

另一名有著紅金色頭髮的年輕費德橋兵躺在附近，望著落雨的天空。雨水聚集在他的眼角，沿著他的臉龐流下。他沒有眨眼。

他們逃不了。軍營跟坐牢一樣。橋兵可以去找商人，將微薄的薪水花在廉價的劣酒或妓女身上，但他們不能離開軍營。營地的邊緣被看守得相當緊密，一部分原因是不讓其他軍營的士兵進來，畢竟軍隊之間的爭鬥難以避免，但大多數的原因是不讓橋兵跟奴隸逃跑。

爲什麼？爲什麼這一切要這麼恐怖？這不合理。爲什麼不讓幾名橋兵跑在橋的前面，拿盾牌擋箭？他問過這件事，答案是會減緩他們的速度。他又問了一次，結果被告知他再不閉嘴會被吊起來。

淺眸人似乎把整場動蕩視爲某種大型遊戲。如果是遊戲，那橋兵們對於規則是什麼一無所知，他們只是棋子，不知道玩家的策略。

「卡拉丁？」西兒問道，飄到他的腿上，依然穿著霧氣凝聚成的長洋裝，一副少女的模樣。「卡拉丁？你好幾天沒說話了。」

他沒有回答，只是一直盯著地面。有一種方法可以離開。橋兵可以去離營地最近的深谷。當然，這被明令禁止，但是守衛們都假裝沒看見，他們把那個視爲可以給予橋兵的慈悲。

走上那一條路的橋兵從沒有回來過。

「卡拉丁？」西兒擔心地輕聲問道。

「我的父親以前說過，這世界上有兩種人。一種，殺人。另一種，救人。」卡拉丁低語，聲音沙啞。

西兒皺起眉，偏過頭。這種對話很容易讓她聽不懂。她不擅長理解抽象概念。

「我以爲他是錯的。我以爲有第三種人，殺人來救人的人。」他搖搖頭。「我是個笨蛋。有第三種，人數也很多，但不是我以爲的樣子。」

「什麼樣的人？」她問道，坐在他的膝上，眉頭同樣緊蹙。

「這一種人不是被救就是被殺，他們是中間組，除了死或被保護之外別無選擇的人。那些受害人。例如說，我。」

他抬頭看著潮濕的木材場。木匠們都走了，將防水布鋪在尚未處理的木材上，拿走會生鏽的器具。橋兵的軍營位於木材場的西邊跟北邊，橋四隊的位置跟其他人的有點不同，彷彿壞運氣是種會被感染的病菌。靠近了就容易被傳染，卡拉丁的父親以往都這麼說。

「我們的存在就是爲了被殺死。」卡拉丁說道。他瞥了一眼橋四隊其他倖存的成員，每個人都毫無情緒反應地坐在原處。「如果說，我們現在這樣還叫活著。」

❖

「我不喜歡看到你這樣。」西兒說道，繞著卡拉丁的頭不停飛竄。橋四隊的其他橋兵拖著一根木材進入木材場。帕山迪人經常放火燒掉最外圍的常駐橋，所以薩迪雅司藩王的工程師跟木匠們總是忙得不得了。

以前的卡拉丁也許會想，軍隊爲什麼沒有更努力地保護木橋。*這不對勁啊！*他內心一個聲音說道。*有不合邏輯的地方，只是你不知道而已。他們正在浪費資源跟橋兵的性命。他們似乎不在乎推進戰線與攻擊帕山迪人。他們只是在平原上進行保衛戰，然後回到營地慶祝。爲什麼？***為什麼**？

他不理會這個聲音。那屬於過去的他。

「你以前充滿活力。好多人都欽佩你，卡拉丁。包括你手下的士兵，你的敵人，其他的奴隸，甚至有些淺眸人都佩服你。」西兒說道。

等一下就有午餐了。然後他可以一直睡到橋隊長把他踢醒，叫他開始進行下午的工作。

「我以前會看你戰鬥。我幾乎記不得了。關於那時候的記憶非常模糊，像是隔著暴雨在看你。」西兒說道。

等等。這很奇怪。西兒是在他被軍隊驅逐之後才開始跟著他轉的。那時候她還只像個普通的風靈。他手上的動作一停，換來咒罵與背上被工頭抽了一鞭子。

他再次開始拖拉。工作時進度落後的橋兵會被鞭打，奔跑時落後的橋兵會被處決。軍隊把這點看得非常嚴重。拒絕衝向帕山迪人、想要躲在另外一座橋後面的下場就是砍頭。而且，這個刑罰還是專門保留給這項罪刑的。

懲罰橋兵的方法五花八門，例如增加工時、鞭打或是扣薪水。如果做了很嚴重的壞事，則會把你吊起來等待颶父的審判，也就是綁在柱子或牆上面對颶風。可是，唯一會直接處決橋兵的理由，就是拒絕衝向帕山迪人。

這個訊息很清楚。跟橋一起衝可能會死，但拒絕衝是一定會死。

卡拉丁跟他的隊員們將木材扛到木材堆上，然後解開拖繩。他們走回木材場的邊緣，那裡有更多的木材等著他們拖。

「加茲！」一個聲音大喊。一名有著黃黑相間髮色的高大士兵站在橋兵隊的操場外，後面縮著一團可憐兮兮的人。那是拉瑞史，一個在輪值帳工作的士兵。他每次都會帶來新的橋兵，遞補被殺的人。天氣很好，沒有一絲雲朵，太陽炙熱地曬在卡拉丁的背上。加茲快步迎接新兵，卡拉丁跟其他人要去拖新木材的路線正巧和他同一方向。

「眞差勁的一群。」加茲看著新兵們說道。「當然，不差勁的也不會被送來這裡。」

「這倒是眞的。前面那十個被抓到走私的，你知道該怎麼辦。」拉瑞史說道。

他們隨時需要新的橋兵，但是湊人數向來不是問題。其中很多是奴隸，也有隨軍人員中的盜賊跟其他犯法的人。但絕對沒有帕胥人。他們太貴重，而且帕山迪人可以算是帕胥人的遠親，最好不要讓在軍營中工作的帕胥人看到他們的同類在戰鬥。

有時候會有士兵被送入橋兵隊。這種事情只會發生在那人犯了很嚴重的罪，例如毆打上級時才會發生。在別的軍隊中，如果懲戒的方式是被吊死，那麼在這支軍隊裡就是被送來橋兵隊。理論上，若是活過一百次衝鋒，就會被釋放，據說這件事發生過一兩次，不過可能只是傳說，目的是要讓橋兵對活下去這件事有極微小的盼望。

卡拉丁跟其他人走過新來的人面前，眼睛抬都沒抬，直接就開始將繩子套上下一根木材。

「橋四隊需要人。」加茲搓搓下巴。

「橋四隊向來需要人。不用擔心，我帶了一群特別的人給橋四隊。」拉瑞西說道，朝跟在第一群之後，衣著更為襤褸，神情更為委靡的新兵點點頭。

卡拉丁緩緩地直起身體。那群人中，有一名囚犯是個幾乎不到十四五歲的男孩。矮小，瘦弱，有著圓臉。「提恩？」他低聲喊道，向前一步。

他制止自己，搖搖頭。提恩死了。可是這個新來的人看起來好面熟，有著同樣害怕的黑眼睛，讓卡拉丁想為這男孩遮風擋雨，保護他。

可是……他失敗了。每個他想保護的人，從提恩到瑟恩，最後都死了。有什麼用？

他繼續開始拖木材。

「卡拉丁。」西兒開口說話，小小的身軀降落在木材上。「我要走了。」

他震驚地眨眼。西兒。要走？可是……除了她，他一無所有。「不。」他低聲說道，聲音沙啞到極點。

「我會試著回來，可是我不知道離開你會發生什麼事。我有種奇怪的感覺，還有奇怪的記憶。不對，大部分不是記憶。是直覺。其中一個直覺告訴我，如果我離開你身邊，也許會失去我自己。」她說道。

「那就不要走。」他回答，越發害怕。

「我必須走。」她的表情充滿怯意。「我看不下去了。我會試著回來。」她看起來相當哀傷。「再見。」說完，她衝入空中，變成一小團在空中翻滾的半透明樹葉。

卡拉丁不知該如何是好地看著她離開。然後，他繼續回去拖木頭。

他還能怎麼辦？

❖

讓他想到提恩的年輕人，在下一次的出勤時死了。

那是很慘烈的一次。帕山迪人已經就定位，等著薩迪雅司大軍。卡拉丁衝向裂谷，不躲不逃，彷彿不知道周圍的人正一一死去。支持他向前的力量不是勇敢，甚至不是希望能夠被箭射中，從此一了百了。他跑。這是他該做的事。就像是石頭沿著山坡滾下，或是雨從天空落下一樣。它們沒有選擇，他也沒有選擇。他不是人，他是個東西，東西就做東西該做的事情。

橋兵將橋緊鋪成一排。四名隊員跌入了深淵。卡拉丁小隊損失的人數差點讓他們無法完成任務。

放好橋以後，卡拉丁轉身離開，軍隊衝過木橋，開始真正的戰鬥。他歪歪倒倒地走回台地。片刻後，他找到了男孩的屍體。

卡拉丁站著，風吹動他的頭髮，低著頭看著地上的屍首。它面朝上，躺在石頭的一個凹槽裡。卡拉丁記得自己曾經躺在類似的凹槽中，抱著一具類似的屍體。

附近還死了另一名橋兵，全身插滿了箭。那是跟卡拉丁第一次一起出勤後一直活到現在的人。他的身體倒在一旁，躺在一塊凸起的岩石上，血沿著背後的箭尖滴下，一次一滴血紅，濺在男孩睜大、毫無生命跡象的眼睛上。一小道紅流從眼睛順著臉龐淌下。像是猩紅的眼淚。

那個晚上，卡拉丁縮在軍營中，聽著颶風襲擊石牆。他蜷在冰冷的石頭邊。雷聲打碎了外面的天空。

我不能再這樣下去。我的內在已經死了，跟被矛刺穿喉嚨沒有兩樣。

狂風暴雨繼續不停。一年以來的第一次，卡拉丁開始哭泣。

九年前

阿卡（Kal）衝入手術房後急忙煞車，大開的房門引入了明亮的日光。雖然他只有十歲，但已經看得出日後必定長得又高又瘦。他向來喜歡阿卡這個名字，而不喜歡自己的全名——卡拉丁，因爲「短名」讓他不會顯得如此格格不入。卡拉丁聽起來像是個淺眸人的名字。

「對不起，父親。」他說道。

阿卡的父親，李臨，小心翼翼地爲綁在狹窄手術台上的年輕女子繫好手臂上的束帶。她的眼睛緊閉。阿卡錯過施藥過程了。「我們等一下再討論你遲到這件事。」李臨說道，綁好女子的另一隻手。「去把門關上。」

阿卡嚇得臉色一變，連忙去關門。窗戶很黑，百葉窗緊緊密合，屋內唯一的光線來自於裝滿錢球的大圓盅裡透出的颶光。每一枚錢球都是布姆，總金額難以想像，是爐石鎮的地主長期借給他們的。燈籠的光芒會閃爍搖曳，而颶光的光線卻是恆定的。阿卡的父親說，光這一點差異就足以左右生死。

阿卡擔憂地來到桌前。這名年輕的女子薩妮，有著滑順的黑髮，沒有半絲褐色或金色。她只有十五歲，內手被沾滿血跡的破布包起。阿卡忍不住皺了一下眉頭，覺得包紮得實在太粗糙，像是從某人的襯衫撕下一塊布，急急忙忙地隨便包起。

薩妮的頭倒向一邊，因藥物而喪失神智，喃喃自語。她只穿著一件白色的襯衣，內手露在外面。鎮上年紀比較大的男孩們會吹噓自己看過，至少號稱看過只穿著襯衣的女孩，但阿卡從來都不瞭解那有什麼好興奮的。不過，他很擔心薩妮。只要有人受傷，他都會擔心。

幸好，傷口看起來不嚴重。如果會危及生命，他父親一定早就開始動手，讓阿卡的母親賀希娜當助手。

李臨走到房間的另一邊，拿起幾個透明的小瓶子。他長得不高，雖然年紀不大，卻已經開始禿頭，臉上戴著眼鏡，他總說這是他收到的禮物中最寶貴的一件。但除非要動手術，否則他很少戴，因為太寶貴，不能隨便戴著走，如果被刮傷或摔破怎麼辦？爐石鎮不小，卻離雅烈席卡很遠，難以替換鏡片。

房間很整齊，每天早上都會有人把櫃子與桌子好好刷洗一遍，每樣東西都有自己的位置。李臨說，從一個人的工作環境，就可以看出很多關於這個人的事情。這地方是乾淨還是邋遢呢？他尊重他的工具，還是隨便亂丟？城鎮中唯一的一具鐘形法器就在這裡。那小東西的中央有一個轉盤，中間則是一枚發光的煙石，煙石必須充光後才能計時。鎮上沒有別人，像李臨一樣在意分鐘與小時的差異。

阿卡拉過一張凳子好看得更清楚。他很快就不需要站在凳子上，因為天天都在長高。他檢視了薩妮的手。她會沒事的，他告訴自己，這也是父親給他的訓練。*醫生需要隨時保持冷靜。擔心只是浪費時間而已。*

說起來容易，做起來很難。

「手。」李臨說道，繼續忙著拿器具，頭都沒轉。

阿卡嘆口氣，跳下凳子，跑向門邊一盆浮著肥皂泡沫的溫水。「有什麼關係？」他想開始動手幫薩妮了。

「這是神將的智慧之言。」李臨心不在焉地說，重複著他已經講過很多遍的話。「死靈跟腐靈痛恨水。水能阻擋它們。」

「哈米說這是胡說八道。」阿卡說道。「他說死靈這麼會殺人，又怎麼會怕一點點水？」

「神將的智慧超過我們凡人的理解。」

阿卡皺眉。「可是他們是惡魔啊，父親。去年春天來教課的執徒說的。」

李臨銳聲喝叱：「他講的是燦軍。你又弄混了。」

阿卡嘆口氣。

李臨解釋：「神將是被派來教導人類的。在我們從天堂被逐出後，他們帶領我們抵抗引虛者。燦軍是他們設立的騎士團。」

「他們是惡魔。」

「他們是叛徒，就在神將離開我們之後。」李臨抬起一根手指。「他們不是惡魔，他們只是有太多力量，太少腦袋的人。無論如何，你每次都必須洗手。就算看不到死靈，你也看得到洗手對於腐靈的影響。」

阿卡又嘆口氣，可是仍然照做。李臨再次走到桌邊，捧著一個裝滿刀與小玻璃瓶的盤子。他的想法真奇怪——雖然，李臨很努力地不讓他的兒子每次把神將與失落燦軍弄混，但阿卡曾經聽父親說過，他覺得引虛者並不是真的。太可笑了。那麼夜晚不見東西或是莊稼患挖蟲病時，又是誰的錯呢？

鎮上的其他人覺得李臨跟書還有病人相處太久，以致於整個人都變得怪怪的。他們跟他相處起來很不自在，因此也影響了對阿卡的態度。阿卡現在才慢慢開始感覺到格格不入的痛苦。

洗好了手，他跳回矮凳上，又開始感到緊張，希望不會出什麼意外。他的父親用鏡子將錢球的光直射在薩妮手上，開始小心翼翼地拿外科手術刀割斷臨時包紮。這個傷不致死，但手的狀況頗爲嚴重。兩年前，父親開始訓練他時，這幅景象常讓他想吐，但是現在他已經習慣眼前的血肉模糊。

這很好。阿卡覺得，當他某天能爲他的藩王上戰場跟淺眸人打仗時，這項技能會很有用。

薩妮的三根手指骨折，手上的皮膚都是挫傷與裂口，傷口滿滿碎木與泥土。第三隻手指最嚴重，碎裂之外還扭曲，骨頭的碎塊從皮膚戳出來。阿卡摸著手指的長度，格外留意斷裂的骨頭還有皮膚發黑的程度。他小心翼翼地拿濕布擦去乾血跟泥土，在父親剪線準備等一下縫合用時，利用這段時間揀出石頭跟碎木。

「第三隻手指保不住了，對不對？」阿卡說道，在手指底端捆上繃帶，不讓它繼續流血。

父親點點頭，臉上出現一絲笑意。他希望阿卡能看得出他的表情。李臨常說，睿智的外科醫生必須知道什麼能留，什麼得切。如果一開始有人把第三隻手指好好接上的話……可是現在，已經救不回來了。把它縫起來反而會讓它發炎，然後壞死。

截肢手術是父親動的手。他的雙手如此小心，動作極爲精準。成爲外科醫生需要十年的訓練，得過好幾年後，李臨才會讓阿卡握刀。因此現在阿卡只負責擦血、遞刀，還有捏著筋的工作，讓父親縫合時不會揪成一團。他們盡量修復這隻手，速度謹慎小心。

阿卡的父親完成最後的縫合，臉上露出對於能救回四隻手指的滿意之情。薩妮的父母當然不會這麼認爲。他們會很失望，因爲他們美麗的女兒如今有了一隻殘疾的手。幾乎每次都是這樣，一開始是對恐怖的傷口感到極端害怕，接著會對李臨無法帶來奇蹟而感到憤怒。李臨說這種情況是因爲鎮上的人已經習慣了外科醫生的存在。對他們來說，被治好是理所應當的事情，而不是特別的福分。

可是薩妮的父母是好人。他們會奉上一筆小小的獻金，這樣阿卡一家人，包括他父母還有他的小弟提恩，就會繼續有飯吃。很奇怪，他們是因爲別人的不幸所以才有活路。也許這也是鎮上的人討厭他們的原因之一。

李臨最後用一根燒紅的鐵棒，烙燙他覺得光靠縫合仍然不夠的部位，然後拿氣味刺鼻的李斯特油塗在手上避免感染。腐靈極怕這種油，遠超過對肥皂跟水的懼怕。阿卡將乾淨的繃帶纏上，小心翼翼地不要動到木板。

李臨將斷指處理掉，阿卡這才開始放鬆。她不會有事的。

「兒子，你還要繼續努力控制自己。」李臨柔聲說道，洗乾淨手上的血跡。

阿卡低下了頭。

「在乎是很好。可是，在乎跟任何事一樣，如果會干擾你動手術的能力，那就是個問題。」李臨說道。

*太在乎會是問題？*阿卡看著他的父親心想。*那你無私到從來不收費就不是問題嗎？*這些話，他不敢用說的。

接下來是清理房間。阿卡似乎半輩子都在清理東西，可是除非清乾淨，否則李臨不會放他走，至少他現在可以打開百葉窗讓太陽曬進來。薩妮繼續睡著，冬結根會讓她再睡上幾個小時。

「那麼，你剛剛去哪裡了？」李臨問道，一一將油與酒精瓶放回原本的位置上，玻璃輕敲出聲。

「跟阿詹在一起。」

「阿詹比你大兩歲。我覺得他不會喜歡跟比自己小這麼多的人相處。」李臨說道。

「他的父親教他怎麼用木杖。」阿卡一股腦地說了出來。「提恩跟我去看他學了什麼。」阿卡縮成一團，等著被罵。

他的父親只是繼續先用酒精，再用油一一擦拭他的手術刀，這是傳統。他沒有看阿卡。

「阿詹的父親是阿瑪朗光明爵士的士兵。」阿卡小心翼翼地說道。

阿瑪朗光明爵士！守護雅烈席卡北方的尊貴淺眸將軍。阿卡好想見見眞正的淺眸人，不是像維司提歐那樣的老古板，而是個軍人，就像是故事裡面講的一樣。

「我知道阿詹的爸爸。」李臨說道。「我已經替他那條瘸腿動了三次手術。那是他身爲軍人的光榮時刻所留下來的禮物。」

「我們需要士兵啊，父親。難道你希望我們的邊境被賽勒那人侵犯嗎？」

「賽勒那是個島國。」李臨平靜地說道。「他們跟我們沒有交界。」

「那他們可以從海上攻擊我們！」

「他們主要是商販跟貿易商。我碰過的每個賽勒那人都想騙我的錢，但那跟入侵我們差了十萬八千里遠。」

所有男孩都喜歡交換關於遠方的故事，可是他們常常不記得，阿卡的父親，是鎮上唯一一個屬於第二那恩的人，曾經在年輕時一路去到卡布嵐司。

「不管怎麼說我們還是在跟別人打仗。」阿卡不放棄地說道，開始刷地板。

他的父親想了想。「對。加維拉王向來都會找到新的敵人。這點說得沒錯。」

「所以我就說，我們需要士兵。」

「我們更需要外科醫生。」李臨嘆了口大氣，轉身面對阿卡。「兒子，每次有人被送來，你都幾乎要哭了，就算是簡單的手術你也會擔心得咬緊牙關。你爲什麼覺得你眞的能去傷害別人呢？」

「我會變得更強悍。」

「蠢話。誰跟你說這些亂七八糟想法的？你爲什麼想學用棍子打別的小孩？」

「爲了榮譽啊，父親。他神將的，誰會聊關於外科醫生的故事啊！」

「那些被我們救回性命的男男女女，他們的小孩都會傳誦外科醫生的故事。」李臨平和地說道，與阿卡四目交望。

阿卡臉上一紅，退了一步，最後又開始刷起地板。

「兒子，這個世界上有兩種人。」他的父親嚴肅地開口。「有救人的，有殺人的。」

「那些保護跟守護其他人的人呢？那些殺人來救人的人呢？」

他父親鄙夷地一哼。「那就像是靠吹更大的風來阻止颶風。太可笑了。靠殺人誰都保護不了。」

阿卡埋頭刷地。

終於，他的父親嘆口氣，走到他旁邊跪下，開始幫他一起刷。「冬結根的特點是什麼？」

「苦味。」阿卡立刻回答。「所以保存時很安全，因爲大家不會誤吃。要把它磨成粉，混上油。使用的對象每十磚重就要喝一匙，之後會熟睡約五小時。」

「怎麼分辨誰得了笛痘？」

「全身亢奮、口渴、無法入睡，還有手臂下方腫脹。」阿卡回答。

「兒子，你的腦筋眞好。」李臨柔聲說道。「你幾個月中就學會的東西，我則花了好幾年。我一直在存錢，想在你十六歲時把你送去卡布嵐司，去跟眞正的外科醫生學習。」

阿卡感覺到一陣興奮。卡布嵐司？那是完全不同的國家啊！阿卡的父親曾經以信差的身分去過，但是他的外科技術不是從那裡學來，而是跟最靠近的大城，修司布隆城裡的老法西學的。

「你有神將賜予的天賦。」李臨說道，按著阿卡的肩膀。「你可以成爲比我優秀十倍的外科醫生。不要做其他人的小夢想。我們的祖父們花了錢，努力工作，才爲我們換取到第二那恩的身分，好讓我們能夠成爲眞正的公民，擁有遷徙的自由。不要把它浪費在殺人上頭。」

阿卡遲疑了瞬間，但很快便點頭。

「十六中，三者統治，而今碎者稱帝。」

——收錄於查十南一一七三年，死前八十四秒。樣本爲得消渴症的小偷，擁有部分依瑞雅利血統。

颶風風暴終於停止。男孩死去那天的落日時分，也是西兒離開他的那天。卡拉丁腳上穿的涼鞋仍然是第一天他從瘦臉男子腳下取得的那一雙，他站起身，穿過擁擠的軍營。

軍營裡沒有床，每個橋兵只有一床毯子，所以只能選擇用來當鋪墊或是取暖。要不凍死，再不痛死。橋兵的選擇就只有這些，但有幾名橋兵找到第三種用法。他們用毯子包著頭，彷彿想要擋住所有的視覺、聲音和氣味。不讓世界找到他們。

世界早晚會找到他們的。它向來非常擅長這種遊戲。

大雨傾盆而下，狂風仍然強勁，閃電點亮了西方天際，暴風中心正朝那邊快速飛去。現在離瀝流開始還有一個小時左右，是颶風肆虐期間最早可以出門的時機。

當然，沒有人想要在颶風時節出門，但如果真的要出去，現在是最早的安全期，閃電剛劃過，風也不算太強。

他穿過陰暗的木材廠，彎著身體擋風。地上到處都是樹枝，像是白脊巢穴中的骨頭。葉子被雨水黏在軍營的粗糙牆壁上。卡拉丁踏過水窪，凍僵了腳，不過感覺很舒服，他的雙腳還因爲先前的出勤而疼痛著。

一波波冰冷的雨吹落他的身上，沾濕了他的髮，滴下了他的臉，滲透他雜亂的鬍子。他恨極了這把鬍子，尤其嘴角邊的雜毛總是發癢。鬍子就像野斧犬。男孩們都夢想著可以得到牠的那一天，從來沒想過擁有之後會有多煩人。

「小公子出來溜達啊？」一個聲音說道。

卡拉丁抬頭，看到加茲縮在兩個軍營中間的凹槽。他怎麼會跑出來淋雨？

啊。加茲將一個小鐵籃綁在其中一個軍營的外牆上，裡面正散發出柔和的光線。他把他的錢球趁颶風時拿出來充光，然後提早出來取回。

這的確挺冒險的，就算是綁在遮蔽處的籃子都有可能被吹走。有人相信失落燦軍的靈魂會在颶風中遊蕩，偷取錢球。也許這是眞的，可是卡拉丁從軍的期間，認識不少人都是因爲趁颶風時出來找錢球而受傷。這個迷信應該是從那些腦子動得比較快的小偷宣揚出來的。

有更安全的方法可以爲錢球充光。換錢的商家會拿充好的錢球來換用盡颶光的球幣，或者也可以付錢把錢球放入他們提供、有人守衛的充光巢裡。

「你在幹什麼？」加茲質問。獨眼矮子把籃子緊抓在胸前。「如果你偷別人的錢，我絕對會把你吊起來。」

卡拉丁不理他。

「他颶風的！我就是要把你吊起來。你別以爲你逃得掉，現在還是有守衛。你……」

「我要去棄譽溝。」卡拉丁輕聲說道。如果颶風還在，他的聲音大概會被吞沒吧。

加茲閉嘴了。榮譽溝。他放下鐵籃子，沒有再出聲反對。對於選擇那條路的人，別人向來會給予某個限度的尊重。

卡拉丁繼續穿過廣場。

「小公子。」加茲大喊。

卡拉丁轉身。

「把背心跟涼鞋留下。」加茲說道。「我不想派人下去撿。」

卡拉丁脫下皮背心拋在地上，濺起一片水珠，涼鞋則被留在水窪裡。如今他身上只剩下骯髒的上衣跟硬邦邦的褐色長褲，都是從別的死者身上取下的。

卡拉丁在颶風中走到木材場的東邊，西方傳來低沉的雷聲。通往破碎平原的道路如今已經被他走得相當熟悉，他跟橋隊的人已經一起跑了十幾次。當然，不是每天都有戰事，頻率大概是兩到三天一次，也不是每次都需要每個橋隊出動，但是大多都讓人極端的身心俱疲，面對無盡的恐懼。因此在等待的時日中，許多橋兵都會陷入極端的驚恐，幾乎對外界毫無反應的呆滯。

許多橋兵無法做決定。那些被戰鬥震撼過度的人也會有同樣的情況。卡拉丁自己有親身體驗。就連決定要來裂谷一事都非常困難。

可是那無名男孩的流淚雙眼在他腦海揮之不去。他無法讓自己再經歷同樣的事情。他辦不到。

他來到斜坡的底端，風吹著雨水打在臉上，像是要把他推回營地。他繼續走著，來到最近的裂谷。橋兵稱之爲榮譽溝，因爲這是他們可以爲自己做出決定的地方。「榮譽」的決定。死。

這些裂谷很不自然。這一道裂縫一開始很窄，但一路往東卻越來越寬，而且變寬的幅度很大，才不過十呎長，就已經寬到一個人跳不過去。這裡吊著六組繩梯，以岩石上的鐵釘固定，好讓橋兵們來這裡帶回出勤時不小心摔落裂谷的同袍屍體。

卡拉丁望著平原。在黑暗與雨幕的阻隔下，他看不太清楚。這地方絕對不自然。這片土地本身已經被擊碎，現在也要擊碎來到此處的人們。卡拉丁走過繩梯，繼續沿著裂谷邊緣前進了一小段路，然後坐了下來，腿垂掛在邊緣，看著下方，任憑雨水在身旁落下，水滴墜向黑暗的深淵。

膽子比較大的克姆林蟲已經從巢穴裡爬了出來，在他周圍跑來跑去，享用正在啜飲雨水的植物。父親曾經解釋過，颶風的雨水充滿了養分，科林納跟費德納的防颶員，也證實用颶風水灌溉植物會比河水或湖水來得好。科學家居然會因爲發現農夫們多年以來早就熟知的常識而興奮無比，怎麼會這樣？

卡拉丁看著雨水流入裂谷的深處。小小的自殺者。以數千計。以數百萬計。誰知道在黑暗中是什麼樣的命運在等待它們？看不見，猜不著，直到親身加入它們的行列。跳入空中，讓風帶領著自己往下墜……

卡拉丁低語：「父親，你說得對。不能靠颶更大的風來阻止颶風。不能靠殺人來救人。我們都應該成爲外科醫生。我們每個人都該這麼做……」

他開始胡言亂語，但奇怪的是，他的思緒同時是數禮拜以來最清晰的一次，也許是因爲看事情的角度變了。大多數人花大半輩子去猜想未來會發生的事情。他的未來可以算是空了，所以開始反過來想，關於他的父親，關於提恩，關於種種決定。

他的人生曾經很簡單，那是在他失去弟弟、被阿瑪朗軍隊中的人背叛之前。如果有選擇的話，卡拉丁寧可回到那純真的日子？難道他寧可假裝生活很簡單？

不。他跟這些雨滴不同，不會只是順應引力，不在乎自己的落點。他的疤痕都是他的努力換來的。他一路上跌跌撞撞，碰傷了頭和手，一不小心殺錯了無辜的人，全心傾慕過自己身邊心如漆炭的人。他跌過、爬過、摔過、絆過。

如今，他來到這裡。來到一切的終點。對世界瞭解太多，卻不認爲變得更睿智。他在裂谷邊緣站起，可以感覺到父親的失望如頭上的烏雲一般籠罩著他。

他一腳踩上了虛無的空氣。

「卡拉丁！」

微小卻清脆的聲音讓他僵在原地。透明的身影在空中上下跳動，穿過逐漸稀薄的雨幕而來。小小的身影往前飛，然後下墜，又飛得更高，像是拉著很重的東西。卡拉丁收回腳，伸出手。西兒毫不優雅地落在他的手上，形狀像是嘴巴叼著一件黑色東西的天鰻。

她變回他熟悉的年輕女子形貌，洋裝飄蕩在腿邊，手中握著一片狹窄的暗綠色葉子，前端分了三叉。黑毒葉。

「這是什麼意思？」卡拉丁問道。

她看起來精疲力竭。「這東西好重啊！」她舉起葉子。「我幫你拿來這個。」

他以兩隻手指捏起葉片。黑毒葉。毒藥。「妳爲什麼要拿這個給我？」他凶狠地開口。

「我以爲……」西兒怯生生地往後退了幾步。「你之前不是把那些葉子收得很好嗎？然後你想幫助籠子裡那個奴隸時把葉子弄丟了。我以爲你拿到一片新的會很開心。」

卡拉丁幾乎要笑出聲，她完全不知道自己做了什麼，居然爲他帶來一片羅沙裡最致命的天然毒藥，只因爲想要他開心。太貼心。太可笑。

「你失去那片葉子之後，一切似乎就變了。」西兒柔聲說道。「在那之前，你會反擊、會奮鬥。」

「我失敗了。」

她蜷起身子，跪在他的掌心，薄霧般的裙襬垂在腿邊，雨滴穿過她，她的形體出現一陣波蕩。「所以你不喜歡嗎？我飛了好遠……我幾乎要忘了自己。可是我回來了。我回來了，卡拉丁。」

「爲什麼？妳爲什麼這樣在乎我？」他懇求她的回答。

「因爲我在乎啊。」她偏著頭說道。「你知道嗎？我一直在看著你。從你在那支軍隊時開始，你總是找到那些年輕、沒有受過訓練的人，然後保護他們，即使這會讓你一直陷入危險。我記得。不是很清楚，但我記得。」

「我讓他們失望了。現在，他們都死了。」

「沒有你，他們死得更快。你讓他們覺得自己在軍隊裡有家人。我記得他們的感激。一開始我就是被這點吸引來的。你幫助了他們。」

「沒有。」他說道，手指捏著黑毒葉。「我碰到的一切都會枯萎，然後死去。」他搖搖晃晃地站在邊緣，雷聲在遠方低咆。

「那些橋隊的人，你可以幫助他們。」西兒低聲說道。

「太遲了。」他閉上眼睛，回想起過世的男孩。「太遲了。我失敗了。他們死了。他們都會死，逃不了的。」

「再試一次又有什麼關係？」她的聲音很輕柔，卻似乎比颶風還響亮。「還能發生什麼壞事？」

他呆在原處。

「你這次不可能失敗，卡拉丁。你自己也說了，他們反正注定都要死的。」

他想到提恩，還有他望著天空的死寂眼神。

「你說的話我大多數時候聽不懂，我的腦筋很不清楚。可是我覺得，如果你擔心會傷害人，就不該害怕去幫助那些橋兵。你還能對他們做出什麼更糟的事情來嗎？」

「我……」

「再試一次，卡拉丁。」西兒低語。「拜託你。」

再試一次……

那些人縮在軍營裡，幾乎連毯子都稱不上擁有。害怕颶風。害怕彼此。害怕明天。

再試一次……

他想到自己，因爲他不認識的男孩死去而哭泣。他甚至沒有幫助過那男孩。

再試一次……

卡拉丁睜開眼睛。他又冷又濕，但內心點燃了一根名爲決心的蠟燭，感覺到它微小卻溫暖的火光。他緊握拳頭，捏碎了黑毒葉，在裂谷上方攤開手心，然後放下另一隻原本「端」著西兒的手。

她焦急地飛入空中。「卡拉丁？」

他大步離開裂谷，光裸的腿踩在水窪裡，毫不在意踩上石苞藤。他爬下來的那片山坡長滿了扁平的植物，像書本一樣對雨水敞開，纖細皺摺的紅色與綠色葉子連成左右兩瓣。生靈，也就是小小的綠色光點，比西兒還要亮，卻只有孢子般大，在植物間跳舞，閃避雨水。

卡拉丁踏步折返，朝上坡走去。走到了山坡頂端，他轉回橋兵隊的中庭，除了加茲以外別無旁人。他正在將一塊被吹破的擋雨布綁回原處。

卡拉丁幾乎要抵達加茲面前時，加茲才發現他。精瘦的橋兵士官長面色猙獰。「小公子，不敢跳是吧？你如果以爲我會……」

卡拉丁猛然衝上前，捏著加茲的脖子，打斷了他的話，只剩喉頭發出的咯咯聲響。加茲驚訝地舉起手臂，但卡拉丁一揮手便擋掉了他的動作，朝他的腿用力踢掃，將他朝堅硬的石地一摜，激起一陣水花。加茲的眼睛因爲訝異跟痛楚而大睜，開始感覺卡拉丁的箝握而窒息。

「世界剛才變了，加茲。」卡拉丁靠近他說道。「我在裂谷中死了。現在，你面對的是個怨鬼。」

加茲不斷掙扎，焦急地四處張望，希望有人來救他。卡拉丁輕而易舉地控制住他所有的掙扎。出勤唯一的好處是，只要活得夠久，身體就會變得很強壯。

卡拉丁稍稍放鬆手勁，讓加茲喘口氣，然後彎下腰，貼得更近。「你跟我，我們重新來過。全部重來。你要明白的第一件事是，我已經死了。你傷不了我了。懂嗎？」

加茲緩緩點頭，卡拉丁讓他再吸一口冰冷潮濕的空氣。

「橋四隊是我的。你可以派遣任務給我們，但是橋隊長是我。另一個橋隊長今天死了，所以你本來就要選一個新的。懂嗎？」卡拉丁說道。

加茲再次點點頭。

「你學得很快。」卡拉丁說道，讓加茲可以自由呼吸。他往後退了一步，加茲遲疑地站起，眼中閃著恨意，卻被強力壓下。加茲似乎在擔心些什麼，可是與卡拉丁的威脅好像又沒有什麼關係。

「我要停止償還我的奴隸債。橋兵的薪水多少？」卡拉丁說道。

「一天兩透馬克。」加茲回答，臉色十分難看地揉著自己的脖子。

所以奴隸的薪水還要再減一半——一枚鑽石馬克。眞是沒多少錢，但卡拉丁需要這筆錢。他也需要控制住加茲。「我要開始拿薪水，可是每五馬克，你可以留一枚。」卡拉丁說道。

加茲一驚，在陰暗的天光下瞥了他一眼。

「你出力的費用。」卡拉丁說。

「出什麼力？」

卡拉丁站到他面前。「出不要擋我路的力。懂嗎？」

加茲又點點頭。卡拉丁離開。他最討厭把錢浪費在賄賂上，可是加茲需要被反覆、穩定地提醒爲什麼應該避免刻意害死卡拉丁。每五天一枚馬克不是多大的提醒，但對一個願意在颶風中出門保護自己錢球的人而言，說不定就夠了。

卡拉丁走回橋四隊小小的軍營，拉開厚重的木門。裡面的人縮成一團，跟他離開時沒有兩樣。但有什麼改變了。他們一直都看起來這麼可悲嗎？

沒錯。一直都是。變的是卡拉丁，不是他們。他感覺到奇特的疏離感，彷彿他允許一部分的自己忘記了過去九個月的時光。隔著時空，他研究著原本的自己。那個仍然會奮力爭取，而且做得很好的人。

他不能再次成爲過去的他，畢竟傷疤一旦留下就難以抹滅。但他可以向那個人學習，就像新的小隊長會從過去打勝仗的將軍身上學習。受颶風祝福的卡拉丁已經死了，但和橋兵卡拉丁是同一血脈。這是有著極大潛力的繼承人。

卡拉丁走向第一個縮成一團的人。他沒有睡。誰能在颶風時睡著？那個人看到卡拉丁蹲在他旁邊，嚇得縮得更緊。

「你叫什麼名字？」卡拉丁問道，西兒飛下來研究他的臉。他看不到她。

男人有點年紀，兩頰下垂，褐色的眼睛，灰白頭髮剪得很短。他的鬍子也短，沒有奴隸的印記。

「你的名字？」卡拉丁堅定地又問了一遍。

「去你颶風的。」男人說道，翻過身。

卡拉丁遲疑了一下，然後靠得更近，低聲說道：「你給我聽好了，老兄。要不你跟我說你的名字，否則我會一直纏著你問，你再拒絕回答，我就把你拖到颶風裡，抓著你的一隻腳，讓你倒吊在裂谷上，直到你告訴我爲止。」

男人轉過頭來看卡拉丁，卡拉丁緊盯著他的雙眼，緩緩點頭。

「泰夫。」男人終於開口。「我的名字是泰夫。」

「你看，沒那麼難。」卡拉丁伸出手。「我是卡拉丁。你的橋隊長。」對方的眉毛不解地揪成一團。卡拉丁隱約記得這個人。他已經在橋隊裡一段時間，至少幾個禮拜。在那之前，他是屬於另一個橋隊。對犯了營規的橋兵，其中一項懲罰就是把他調到橋四隊。

「休息一下。」卡拉丁說道，鬆開泰夫的手。「明天有一場硬仗。」

「你怎麼知道？」泰夫問道，揉揉布滿鬍子的下巴。

「因爲我們是橋兵。」卡拉丁站起身說道。「每天都是硬仗。」

泰夫想了想，臉上露出淡淡的笑意。「這話說得眞是他克雷克的沒錯。」

卡拉丁離開他，一一拜訪縮成一團的橋兵，每個人都沒漏掉，不斷地催促或威脅，直到對方說出名字。他們每個人都很抗拒，彷彿他們的名字是自己最後擁有的東西，因此不可輕易給出；可是他們對於有人在乎他們叫什麼這件事感覺相當訝異，也許甚至因而受到鼓舞。

他緊緊握住這些名字，在腦海中重複，像是握著珍貴的寶石一般。名字重要。人重要。也許卡拉丁會死在下一場任務，也許他會承受不了壓力而崩潰，讓阿瑪朗得到最後的勝利。可是，當他坐在地上開始計劃時，他感覺一絲暖意在心中穩定地燃燒。

那是做出決定、抓緊人生意義的溫暖。那是責任感。

西兒降落在他的腿上，聽著他背誦每個人的名字。她看起來也相當受到鼓舞。明亮而且快樂。他感覺不到這類情緒，只有嚴肅、疲累和濕透的感覺。可是，他以方才接下的責任包裹住自己，因爲他對這些人有責任，他像是一名吊在峭壁邊的攀岩者，緊緊抓著最後一塊著手處。

他會找到保護他們的方法。

——第一部結束

間曲

依席克◆南・巴拉特◆賽司

I-1

依席克

依席克的腳嘩啦嘩啦地濺著水花，輕聲吹著口哨，魚杆兩端掛著桶子扛在肩頭，準備去赴與外地客的約會。他浸泡在湖中的雙腳穿著涉湖涼鞋，還有一條及膝的短褲。沒穿上衣。努．拉力克神啊！正正當當的純湖人絕對不會在太陽高照時把肩膀遮起來，沒曬夠太陽可是會生病的。

他吹口哨不是因爲心情愉快。努．拉力克神帶來的這一天，已經幾乎可以稱得上倒楣透頂了。依席克的桶子裡只有五條魚在游動，其中四條是最普通、顏色最醜陋的品種。潮汐也不穩定，好像連純湖的心情都不好。不用說，就像太陽與潮汐一樣確定，壞日子絕對不遠了。

純湖總寬數百哩，往四面八方延伸，玻璃般的表面完全透明，但最深的地方不過六呎。大多數的地方，溫暖和緩的湖水只及小腿肚，裡面滿滿都是小魚、繽紛的克姆林蟲，還有像鰻魚一樣形狀的河靈。

純湖就是生命。曾經，這片土地屬於某個國王所有，國家名字叫瑟拉．泰爾，是時代帝國的其中一國。隨他們怎麼叫。努．拉力克神知道，自然的疆界遠比國界重要得多。依席克是純湖人，徹頭徹尾的純湖人。以潮汐和太陽之名，他是。

他信心滿滿地走在水中，完全不擔心偶爾不平整的地面會絆倒他。暖洋洋的湖水剛好及膝，他行走時並沒有濺起太多水花。他知道到這裡不能走得太快，要小心前進，不能一次把所有重量都壓在一隻腳上，免得踩到刺芒或是銳利的岩石。

前方是福·阿布拉村，從完美的光滑鏡面破水而出，是一群從水面下搭建於岩石區內的建築物，圓拱形的屋頂看起來像是從地面冒出來的石苞，在方圓數哩中，這個城鎮是唯一破壞純湖表面的東西。

其他人也在附近行走，同樣使用緩慢的步伐。在水裡是可以用跑的，但通常沒這個必要。有什麼事情重要得需要亂糟糟、吵轟轟地去辦？

依席克邊想邊搖頭。只有外地人才會這麼趕時間。他朝正經過他、拖著一艘小船的塞斯皮克點點頭。小船上堆著幾堆衣服，他大概拿衣服出來洗。

「唷，依席克。」高瘦男子打了聲招呼。「魚釣得怎麼樣？」

「太糟糕了。馮·馬卡克神今天可是好好地詛咒了我一番。你呢？」

「洗衣服的時候弄掉了一件襯衫。」塞斯皮克回答，聲音和善。

「啊，向來如此。我的外地客到了嗎？」

「當然到了，他們在梅布家。」

「希望馮·馬卡克神保佑他們不要吃空她家，或是讓她染上他們老是擔心的病。」

「希望太陽跟潮汐保佑她吧！」塞斯皮克笑著說完，走了。

梅布的家靠近村莊的中央。依席克不太清楚她爲什麼想要住在那裡面。大多數夜晚他睡在船上就很好。純湖從來不冷，只有在颶風的時候例外，而努·拉力克神也爲他們提供了度過颶風的好辦法。

颶風來臨時，純湖的水會流入大大小小的窪洞，因此只要將船卡在兩塊岩石之間躲好，利用岩石做爲自然遮蔽，便可以度過颶風。況且這裡的颶風強度沒有東邊那麼猛烈，聽說他們那裡連石頭都會被吹起，房屋也會被吹倒。關於那種生活的故事他聽了不少，常求努．拉力克神不要讓他住到那麼可怕的地方去。況且，那裡可能很冷。依席克很同情那些住在天氣冷的地方的人。他們爲什麼不來純湖住呢？求努．拉力克神別讓他們來，他心想，走向梅布的家。如果所有人都知道純湖有多好，一定都會想住這裡，那麼恐怕沒走幾步路就得撞到外地人！

他走入建築物，此時，小腿才眞正暴露在空氣中。這裡的地板低到隨時都有幾吋淹沒在水裡。純湖人喜歡這樣，覺得這種環境才自然，不過有時候在退潮時，房子裡的水仍然會流光。

小魚在他的腳趾頭間穿梭。很普通的小魚，一點都不稀奇。梅布站在裡面，攪動著一鍋魚湯，朝他點點頭。她是個體型壯碩的女人，已經追求依席克好幾年，想靠美食引誘他娶她。說不定哪天他就願意上鉤了。

他的外地客們坐在角落，選了一張只有他們會選的桌子，因爲那張桌子比較高，還有腳踏墊，免得弄溼這些外來客人的腳。努．拉力克神的，這群笨蛋！他好笑地心想。躲在室內避開太陽，穿著衣服阻擋太陽的溫暖，就連腳也沒踏著潮汐，難怪他們的思想那麼奇怪。

他放下水桶，朝梅布點點頭。

她瞧了他一眼。「收穫好嗎？」

「糟糕極了。」

「好吧，那你今天可以喝免費的湯。誰叫你被馮．馬卡克神詛咒。」

「非常感謝妳的好心腸。」他說道，接過一碗熱氣騰騰的湯。她微笑。現在他欠她一筆。欠得多了，早晚會被逼著娶她。

「桶子裡的那一條可吉魚是給妳的。」他特意說道。「今天一大早釣到的。」

她圓胖的臉上出現遲疑的神情。可吉魚，是帶有非凡好運的魚。吃下去之後，一個多月都不會出現關節痛的病徵，有時候，還讓你擁有「閱讀雲」的能力，單靠著雲朵的形狀，你就能知道朋友什麼時候會來拜訪。梅布很喜歡可吉魚，因爲努．拉力克神讓她的手指關節痛。一條可吉魚可抵換兩週的湯，而且，這下子換她欠他了。

「你眞欠凴．馬卡克神管。」她一面氣惱地說著，一面走過去看魚。「還眞的是可吉魚。那我要怎麼樣才能捉住你啊？」

「我是釣客，梅布。」他直接從碗裡喝了一口湯。這碗的形狀就適合整碗捧著喝。「釣客不被『捉』，妳早就知道的。」他笑了，走到他的外地客身邊，她則把可吉魚從桶裡抓出來。

他有三名客人。兩人是深皮膚的馬卡巴奇人，不過他們是他見過最奇怪的馬卡巴奇人。一般馬卡巴奇人的身材都偏矮小細瘦，而其中一人四肢非常粗壯，頭還完全禿了。另一個人比較高，有短而黑的頭髮，結實的肌肉以及寬廣的肩膀。依席克暗自幫他們取了外號，叫阿壞與阿直，因爲他們的個性正是如此。

第三個人有淺黃色的皮膚，像雅烈席人，可是他看起來也怪怪的。他的眼睛形狀不對，口音也絕對不是雅烈席人。他的色雷語說得比另外兩個人都差，通常不說話，不過似乎總是在沉思。依席克叫他阿想。

不知道他頭頂上的疤從哪來的，依席克暗自心想。純湖外的世界很危險。很多戰爭，尤其在東邊。

「旅人，你遲到了。」高大的阿直說道，態度一貫的強硬。他有士兵的體型跟氣質，可是他們都沒帶武器。

依席克皺眉，坐下後不情願地把腳從水裡抽出。「今天不是瓦力日嗎？」

「日子對了，朋友。但我們應該要在中午見面。懂嗎？」阿壞說道。通常是他講話。

「現在離中午不遠啊。」依席克說道。他是認眞的。誰會花時間注意現在幾點啊？

外地人，老是這麼忙。

阿壞沒說話，只是搖搖頭。梅布爲他們端來湯，她的店是村裡最靠近旅社的地方。她爲依席克拿來一條柔軟餐巾，還有一杯甜酒，想要盡快平衡那條可吉魚帶來的債務。

「好吧。有什麼要報告的，老兄？」阿壞說道。

「我這個月去了福．拉力司村、福．那米爾村、福．阿巴司特村，還有福．姆林村。」依席克說完，喝了一口湯。「沒有人看過你要找的人。」

「你確定都好好問過了？」阿直問道。

「我當然確定。這件事我已經做很久了。」依席克說道。

「只有五個月，而且沒有結果。」阿直糾正他。

依席克聳聳肩。「你要我編謊話嗎？馮．馬卡克神可是會希望我這麼做的。」

「不，不用編謊話，老兄。我們只想知道事實。」阿壞說道。

「我剛才都跟你們說了啊。」

「你願意以你們那個叫作努．拉力克的神祇發誓嗎？」

「噓！不要說祂的名字。你們是白癡嗎？」依席克說道。

阿壞皺眉。「可是祂是你們的神。懂不？祂的名字是神聖的？不可以說的？」

外地人真的很笨。努．拉力克當然是他們的神，但是他們必須假裝不是。因爲祂的弟弟馮．馬卡克很小心眼，所以得騙馮．馬卡克，讓祂以爲大家崇拜的是祂，否則祂會嫉妒。這種事只能在聖穴說。

「我以馮．馬卡克之名發誓。願祂看照我，隨意詛咒我。」依席克把名字唸得特別清楚。「我眞的很努力在找。沒有一個外地人長得像你們形容的那樣，沒有人見過你們講的那個白頭髮、很會說話，臉長得像箭頭一樣的人。」

「他有時候會染頭髮，還會變裝。」阿壞說道。

「我用你告訴我的那個名字到處打聽過了，沒有人見過他。也許我能幫你們釣到一條可以找到他的魚。」依席克搓搓下巴。「我想短科特魚應該可以，不過恐怕得花點時間才能釣到。」

三個人看著他。「你知道，這些魚說不定眞的有用。」阿直說。

「迷信。你總是相信迷信，伐歐。」阿壞回答。

那男人肯定不叫伐歐。依席克相信他們都用假名，所以他也爲他們起了名字。如果他們給他的都是假名字，那他也要給他們假名字。

「你說呢，特目？」阿直打了一個響指。「我們不能一直固守成規，直到……」

「各位。」阿想開口，朝繼續喝著湯的依席克點點頭。三個人同時換成另外一個語言，繼續他們的辯論。

依席克漫不經心地聽著，想分辨那是什麼語言。他從來不太擅長學新語言。學了有什麼用？又不能用來抓魚，也不能賣魚。

他一直在幫他們找人。他經常在附近的區域來來去去，這是他不想被梅布釣中的其中一個理由，因爲不想安定下來，這樣他就不好釣魚了，至少不容易釣到稀有的魚。

他沒花精神去多想他們爲什麼要找這個霍德。不論他是誰。外地人總是在找他們得不到的東西。依席克往後一靠，腳趾在水中甩晃，感覺很舒服。終於，他們吵出了結論，給了他一些新的指示，交給他一袋錢球，然後這幾個人踏入了水中。

他們跟大多數的外地人一樣，都穿著及膝的厚靴子，走向門口的一路上水花四濺。依席克跟在身後，對梅布揮揮手，拾起他的桶子。他晚一點會再來吃晚餐。

也許我應該讓她捉到我，他心想，走回陽光下，滿足地嘆口氣。努．拉力克神知道我已經上了年紀，能夠輕鬆過日子可能不錯。

他的外地人踏著水花走入純湖。阿壞殿後。他似乎很不滿意。「流浪的，你到底去哪裡了？太蠢了，眞是浪費我們的時間。」然後，他以母語嘟囔了兩句。「阿拉儿塔．卡瑪魯．卡亞那。」

然後，跟著同伴們踏著水走了。

「這個『蠢』字，你還眞說對了。」依席克笑著說道，開始出發去檢查他的捕魚陷阱。

南・巴拉特（Nan Balat）喜歡殺東西。

不是人。絕對不是人。但是他可以殺動物。尤其是小動物。他不知道爲什麼會因此覺得愉快，但就是如此。

他坐在宅子前面，慢慢地把一隻小螃蟹的腿一條一條地拔斷。每次腿斷掉的時候，都會發出令人滿意的撕裂聲。一開始，他會輕輕地拉，小動物的身體會先是一僵，然後他會更用力地拉扯，直到小動物開始掙扎。筋骨反抗著他的力道，然後開始撕裂，最後是俐落的啵一聲。螃蟹繼續掙扎，南・巴拉特一手捏著斷腿，用另一手的兩個指頭捏著螃蟹。

他滿足地嘆口氣。扯斷那條腿後，他感覺到一陣心安，身上的所有痛楚都消失不見。他將腿拋到身後，開始扯另外一條腿。

他不喜歡跟別人提起這個習慣。他甚至沒跟愛莉塔說起這件事。他只是做。每個人都需要保持理性的方法。

他拔完螃蟹腿，站起身，拄著枴杖，望向達伐花園，花園裡到處都是石牆，長著不同種類的藤蔓。藤蔓很美，但只有紗藍才眞正懂得欣賞這裡。賈・克維德位於雅烈席卡的西南方，地勢較高，中間有食角人山峰等山脈橫切，因此長了許多種不同的藤蔓，遍布所有東西——覆蓋了豪宅，遍及每道台階。在野外，藤蔓從樹頂垂下，橫越光裸的岩石。羅沙裡，別處長草的地方，在這裡就長藤蔓。

巴拉特走到門廊邊緣。遠方，某些歌螺們開始以刮劃外殼的花紋爲媒介發出歌聲。每一隻的音調跟節奏都不同，但這不能稱之爲曲調，因爲曲調只有人類才能譜奏，動物不行的。可是每一首都是歌，有時候甚至就像牠們正在互相呼應對唱。

巴拉特一次走下一階台階，藤蔓在他踩到地面前便開始晃動，躲開。紗藍已經離開將近六個月了。今天早上，他們透過法器信蘆得知她的計畫第一步已經成功的消息，成爲加絲娜·科林的學徒。因此，他的小妹，一輩子從未離開過家的小妹，準備從世上最重要的女性身上偷東西了。

走下台階對他而言是極端艱辛而沮喪的過程。*我才二十三歲，腿卻已經斷了，*他心想。他仍然感覺得到一陣持續的疼痛。他的斷腿傷得很嚴重，醫生差點決定截肢，也許他應該要感謝沒有眞的被截肢，但他一輩子都離不了枴杖。

思夸可正在草地上耍弄著某個東西，那裡長著被刻意養殖，不讓藤蔓越界的草皮。體型頗大的野斧犬在地上打滾，咬著東西，觸鬚緊貼頭顱。

「思夸可，小乖，妳在玩什麼？」巴拉特一拐一拐地走向牠。

野斧犬望向主人，觸鬚往前翹，發出了兩種不同回音重疊的叫聲，然後自顧自地又玩了起來。

*眞是壞東西，怎麼老是不聽話，*巴拉特寵溺地心想。他從小就培育野斧犬，也跟其他人一樣，發覺越聰明的野斧犬越不聽話。思夸可絕對忠心耿耿，可是小事上牠完全不理你說什麼，像是要證明自己很獨立的小孩。

他靠近時，發現原來思夸可抓到了一隻歌螺。歌螺大概有拳頭大小，呈斗笠形狀，有四隻觸手，牠們會從旁邊伸出在殼上刮出節奏，下面有四條短腿。平常歌螺都牢牢地卡在石牆上，但思夸可已經把四條腿都咬掉了，還咬掉了兩條觸手，甚至把殼都咬裂。巴拉特差點想把歌螺搶過來拔掉剩下的兩條觸手，但最後覺得還是讓思夸可好好玩吧。

思夸可將歌螺放下，抬頭看著巴拉特，觸角詢問地揚起。牠的身體線條精瘦流暢，用後腿撐起身體坐著，前面六隻腿伸得直直的。野斧犬沒有殼也沒有皮，反之，牠們的身體覆蓋了一種類似結合兩者特性的材質，摸起來很光滑，遠比殼要更柔軟，但是又比皮膚堅硬，每一片都完整無縫地相接。野斧犬立體的臉似乎很好奇，深黑色的眼睛看著巴拉特，輕輕地哼了一聲。

巴拉特微笑，伸出手抓抓野斧犬耳洞後方。野斧犬倚在身邊，牠大概跟他差不多重。體型比較大的野斧犬高度可及一個人的腰，但思夸可屬於體型比較小、動作比較快的品種。

歌螺一陣顫抖，思夸可興奮地撲了上去，以強壯的外口鉗把殼咬碎。

「思夸可，妳覺得我是個膽小鬼嗎？」巴拉特問道，在長凳上坐下。他將枴杖放到一旁，抓起一隻躲在長凳旁邊的小螃蟹，牠的殼因爲擬態而變成白色。

他舉起掙扎不已的螃蟹。草地的草種經過培育，個性沒有那麼膽小，因此他經過後沒多久便已經探出頭來。其他罕見的植物也漸漸從殼或地上的洞探出，過不了多久，紅色、橘色和藍色的花朵便圍繞著他，在風中搖曳。野斧犬的周圍當然空無一物。思夸可玩獵物玩得太開心，就連家種的植物都不敢探頭。

「我不可能去找加絲娜。」巴拉特一面說道，一面開始扯螃蟹的腿。「只有女人能夠靠近她，偷取她的魂師。我們早就決定了這點。況且，總要有人留下來看家。」

這些理由聽起來空洞極了。他眞的覺得自己很像膽小鬼。他又扯斷了幾條腿，但這回卻沒能爲他帶來滿足感。這隻螃蟹太小，腿太容易斷。

「這個計畫可能根本不會成功。」他說道，將最後一條腿扯斷。這東西沒腿的時候看起來眞奇怪。這螃蟹還活著，但怎麼才看得出來？少了可以擺動的腿，這東西看起來像塊石頭。

是手臂。我們揮舞著手臂才看起來像是活著。手臂就是爲了讓我們看起來像是活著而存在，他在心裡這麼說著。他的手指插入螃蟹殼間的縫隙，開始將殼扒開。至少，剝殼時遇到的阻力令人滿意。

他們是個破碎的家庭。忍受他們父親的脾氣多年以後，艾沙・傑舒開始放浪形骸，太特・維勤陷入憂鬱。只有巴拉特沒受到影響。巴拉特跟紗藍。沒有人對她動過手。有時候，巴拉特會因此而恨她，可是怎麼可能眞的去恨紗藍那樣的人？羞怯、安靜而且纖細。

我不應該讓她去的。他心想。一定有別的方法。她不可能靠自己辦到，她大概嚇壞了，能走到這一步已經令人難以想像。

他將螃蟹的碎塊拋到肩後。赫拉倫還活著就好了。他們的大哥，因爲長子的身分，在當時被稱爲南・赫拉倫。當初他經常反抗他們的父親。可是他現在死了，他們的父親也死了，只留下一個殘缺的家庭。

「巴拉特！」有人喊道。維勤出現在門廊上，這年輕人似乎已從最近一次的憂鬱病發作恢復過來。

「什麼事？」巴拉特站起身。

維勤跑下台階，衝向他，藤蔓跟草陸續在他面前躲開。「出事了。」

「有多嚴重？」

「我覺得滿嚴重的。快走吧！」

I-3 無知的榮耀

法拉諾之孫賽司，雪諾瓦城的無實之人，坐在酒館的木頭地板上，拉維啤酒緩緩滲透了他的褐色長褲。骯髒、陳舊而且破爛。他的衣著跟五年前刺殺雅烈席卡王時穿著的白色、簡單優雅的服裝相差許多。

他低著頭，雙手平放在腿上，身上沒有武器。他已經許多年沒有召喚他的碎刃，感覺也有同樣久的時間沒洗過澡。他沒有抱怨。如果他看起來像是廢物，大家都會把他當成廢物。沒有人會要廢物殺人。

「你說什麼他都會去做？」其中一名坐在桌邊的礦坑工人問道。那個人的衣服不比賽司身上的好多少，同樣沾滿了泥土灰塵，髒到分不太清楚哪裡是皮膚，哪裡是布料。桌邊坐著四個人，每個人手裡都有一個陶杯，房間充斥泥巴與汗水的味道，屋頂很矮，整間屋子裡，只有背風的那幾扇窗戶開了小小一條縫。桌面都已破損，搖搖晃晃就快散掉了的木頭桌子，只用幾條皮繩簡陋地綁在一塊。

賽司的現任主人托克，將杯子放在歪斜一邊的桌面上。整張桌子因爲手臂的重量啪一聲往下一沉。「當然。嘿！克普，看著我。」

賽司抬起頭。當地巴夫方言裡，「克普」是孩子的意思。

賽司已經很習慣他們把他當小孩子看待。雖然他已經三十五歲，成爲無實之人已經七年，但他這一族的大圓眼睛、矮小個子，還有多半禿頭的特性，常讓東方人覺得他們看起來就像小孩子。

「站起來。」托克說道。

「上下跳。」

賽司照做。

「把阿同的啤酒淋在頭上。」

賽司伸出手。

「喂！」阿同立刻把杯子拿走。「你別動偶的酒！偶還沒喝完！」

「如果都被你喝完了，他就沒東西可以淋在自己的頭上了，不是嗎？」托克說道。

「叫阿去做別的。」阿同不滿地說道。

「好吧。」托克將他的靴刃抽出，拋向賽司。「克普，在手臂上劃一刀。」

「托克……」另一個經常吸鼻子，叫作阿馬克的人開口。「你明明知道這樣做不對。」

托克沒有收回命令，所以賽司依言，握著匕首在手臂上劃了一刀。鮮血從骯髒的鋒刃邊緣滲出。

「割斷你的喉嚨。」托克說道。

「住手，托克！」阿馬克站了起來。「偶不……」

「你閉嘴啦。」托克說道。附近幾桌的人現在都看著他們。「你等一下就懂了。克普，割斷你的喉嚨。」

「我被禁止自我了斷。」賽司以巴夫語柔聲說道。「身爲無實之人，我需要接受的折磨，其中包括禁止親手賜予自己死亡的機會。」

阿馬克重新坐下，滿臉尷尬。

「灰媽的，他老是這樣說話嗎？」阿同問道。

「怎麼樣？」托克喝了一口酒後問道。

「講話總是這麼文謅謅的，很有禮貌的樣子，就像淺眸人一樣。」

「是啊，他跟奴隸一樣，但比奴隸好，因爲他是雪諾瓦人。他不會逃，也不會回嘴，更不用給他錢。他跟帕胥人一樣，更聰明，偶說他值不少錢球呢。」托克看著其他人。「你們可以帶他去礦坑工作，把他那份錢拿走。他可以做你們不想做的事，像是洗廁所，油漆家裡，一堆很有用的事。」

「你怎麼弄到他的？」另一人抓著下巴問道。

托克是個流浪工，在城鎮間來往。展示賽司是他交朋友的方式之一。

「這就說來話長了。偶那時正在旅行，往山區的南邊方向前進，你知道，然後偶聽到奇怪的嚎叫聲。不只風聲，你知道，然後……」

這番話完全是編造的。賽司之前的主人是附近村莊的農夫，用賽司跟托克換了一袋種子。那農夫是從一名行腳商販手中買下他，商販則是從一名鞋匠手中得到他，鞋匠則是跟別人非法賭博贏到他，在那之前，還有十幾個經手過賽司的人。

一開始，這些深眸平民喜歡擁有他的新鮮感。大多數人都買不起奴隸，帕胥人更是貴重，所以有賽司這樣的人可以呼來喚去的確相當新鮮。他會清地板、鋸木頭、下田還能扛東西。有些人對他好，有些不好。

可是他們總會把他處理掉。

也許他們可以感覺到，其實他的能力遠超過他們敢使喚的程度。有奴隸是一回事，但如果奴隸每次講話都像淺眸人一樣，擁有比自己還多的知識，那會讓他們感覺很不自在。

賽司很努力地僞裝，讓自己看起來沒那麼有教養，可是非常困難，也許根本不可能。如果這些人知道眞相，他們會說什麼？這個被他們使喚倒夜壺的人，既是碎刃師，也是封波師？還是過去燦軍那樣的逐風師？只要他一召喚碎刃，眼睛就會從深綠色變成淺藍色，幾乎要發光，這個影響來自他那把劍的特殊能力。

他們最好不要發現。賽司極端樂於被浪費，他每被命令去掃地或挖土一天，就是一場勝利。五年前的夜晚仍然讓他輾轉不安。在那之前，他也接受過殺人的命令，可是向來都是祕密進行，安靜進行，他從來沒有被賦予如此刻意、可怕的指示。

殺人、破壞，一路殺到國王面前。要被所有人看見，留下證人。你要受傷，但是要活著離開……

「……所以他發誓終身服侍偶。從那時候起，他就一直跟著偶。」托克說完了他的故事。

聽眾們轉向賽司。「是眞的。」賽司回答，服從他先前得到的命令。

托克微笑。賽司不會讓他不安，他似乎覺得賽司必須服從他的話是天經地義的事。也許，他留住賽司的時間會因此比別人都久。

「好吧，偶應該要走了。明天得早起。還有很多的地方要去，沒走過的路要闖……」托克說道。

他喜歡幻想自己是一名經驗豐富的旅人，但根據賽司的判斷，他只是一直在繞同一個大圈子而已。在巴夫這一區有許多小礦坑，因此就有了許多的小村莊。托克可能幾年前來過同樣的村莊，但是礦坑聘用的流浪工數量非常多，因此不太可能有人記得他，除非有人格外留心，記住了他過分誇張的故事。

不論過不過分，其他礦工似乎還想聽更多。他們不斷催著他說下去，幫他出錢買酒，直到他謙虛地同意爲止。

賽司靜靜地跪坐在原處，雙手平放在膝上，血沿著手臂流下。帕山迪人知道在他們逃開科林納的同一晚扔掉他的誓石，意謂著什麼嗎？結果是賽司必須離開他們，找回他的誓石。然後他帶著誓石站在路邊，猜想自己是否會被發現然後處決，同時希望自己眞的被發現接著處決。他就這樣站著，直到一名路過的商人過來關心。那時候，賽司只圍著一塊遮羞布。他的榮譽感強迫他丟掉他的白衣，因爲那讓他太容易被認出。他必須活下去，才能繼續受折磨。

在跳過所有危險細節的短暫解釋後，賽司上了商人的馬車。這名叫阿法多的商人腦筋動得挺快，知道國王一死，外國人的待遇不會好到哪裡去，所以他一路奔向賈‧克維德。完全不知道自己正窩藏著殺害加維拉的凶手，還把他當成僕人使喚。

雅烈席人沒有找他。因爲他們認爲他——著名的「白衣殺手」——跟帕山迪人一起撤退了。他們大概覺得自己會在破碎平原看到他的身影。

礦工們終於厭倦了托克越發口齒不清的故事。他們向他道別，完全不理會他很努力暗示他們再請一杯酒，他就會告訴他們他最偉大的事蹟：有一次他看到守夜者本人，還偷到了一枚會在夜晚發黑光的錢球。那個故事總讓賽司不安，因爲他想到加維拉給他的黑色錢球。他把錢球藏在賈‧克維德。他不知道那是什麼，但不希望錢球不小心被某個主人拿走。

沒人買酒請托克後，他不情不願且歪歪倒倒地離開椅子，揮手要賽司跟上，離開酒館。外面的街道很黑。這個城鎮叫作鐵道，在鎮中心有個廣場。鎮內有幾百間屋子，三間酒館。如此大小的城鎮在巴夫已經稱得上是大都市了，因爲這是食角人山峰山脈南邊，面積不大，同時最被人忽略的一區。理論上，這裡算是賈‧克維德王國的一部分，但就連掌管這區的藩王都不願意來。

賽司跟著他的主人走上街道，朝較爲貧困的區域走去。托克太小氣，不願意在城鎮內比較高尚、甚至中等的區域租房間。賽司轉過頭看著肩後，暗自希望第二姊妹，或是東方人叫作諾蒙的月亮能夠趕快升起，提供更多照明。

托克醉得歪歪倒倒，最後跌跌撞撞地倒在大街上。賽司嘆口氣。他已經不是第一次把喝醉的主人揹回家了。他跪下，準備扛起托克。

但他的動作一僵。一股溫暖的液體，正聚集在主人的身下。他那時才注意到，托克的脖子上多了一柄匕首。

賽司立刻警醒起來，發現一群小偷從小巷中走出來。一人舉起手，手裡的匕首在星光下發光，他準備把匕首擲向賽司。他繃緊了神經。托克的錢囊中有他可以用來汲光的錢球。

「等等。」一個小偷低聲喊道。

握著匕首的人停下動作。另一個人靠上前來，端詳著賽司。「他是雪諾瓦人，連克姆林蟲都不會傷害。」

其他人正把屍體拖入小巷。握著匕首的人再次舉高武器。「他還是可以叫人來……」

「那搭爲什麼現在還沒叫？偶跟你們說，搭們很乖的。幾乎跟帕胥人一樣。我們可以把搭賣掉。」

「嗯，可能吧。你看，搭嚇壞了。」第二人說道。

「過來。」一開始說話的那名小偷揮手要賽司出來。

他聽話地走入小巷，原本黯淡的長廊因爲其他小偷打開托克的錢囊而明亮起來。

「他克雷克的。根本是浪費我們的時間。這裡只有幾枚夾幣跟兩馬克，連一個布姆都沒有。」

「偶就跟你們說，我們可以把搭當成奴隸一樣賣掉。大家都喜歡買雪諾瓦僕人。」

「他只是個孩子。」

「不是啦。搭們都長那樣。喂，你那是什麼？」那個人從正在算錢球的人手中接過一塊錢球大小的石頭。石頭看起來很普通，裡面鑲了水晶，其中一邊還穿著一根生鏽的鐵條。「這是什麼？」

「沒用的東西。」另一人說道。

「我有義務告知你，你正握著我的誓石。只要你擁有我的誓石，你就是我的主人。」賽司輕聲說道。

「那是什麼？」另一名小偷站起來問道。

第一個人握緊石頭，警戒地瞥了其他人一眼。他重新檢視賽司。「你的主人？這到底是什麼意思？」

「我必須服從你。無論是什麼事。可是，我不會聽從自殺的命令。」賽司說道。同時，他不會聽從放棄碎刃的命令，但沒有必要跟他們說那些。

「你會聽我的話？意思是，偶說什麼，你都會做？」小偷問道。

「是的。」

「偶說的任何事？」

賽司閉上眼睛。「是的。」

「這下好玩了，嗯，有得玩了……」小偷陷入沉思。

第二部

映耀飓風

The Illuminating Storms

達利納◆卡拉丁◆雅多林

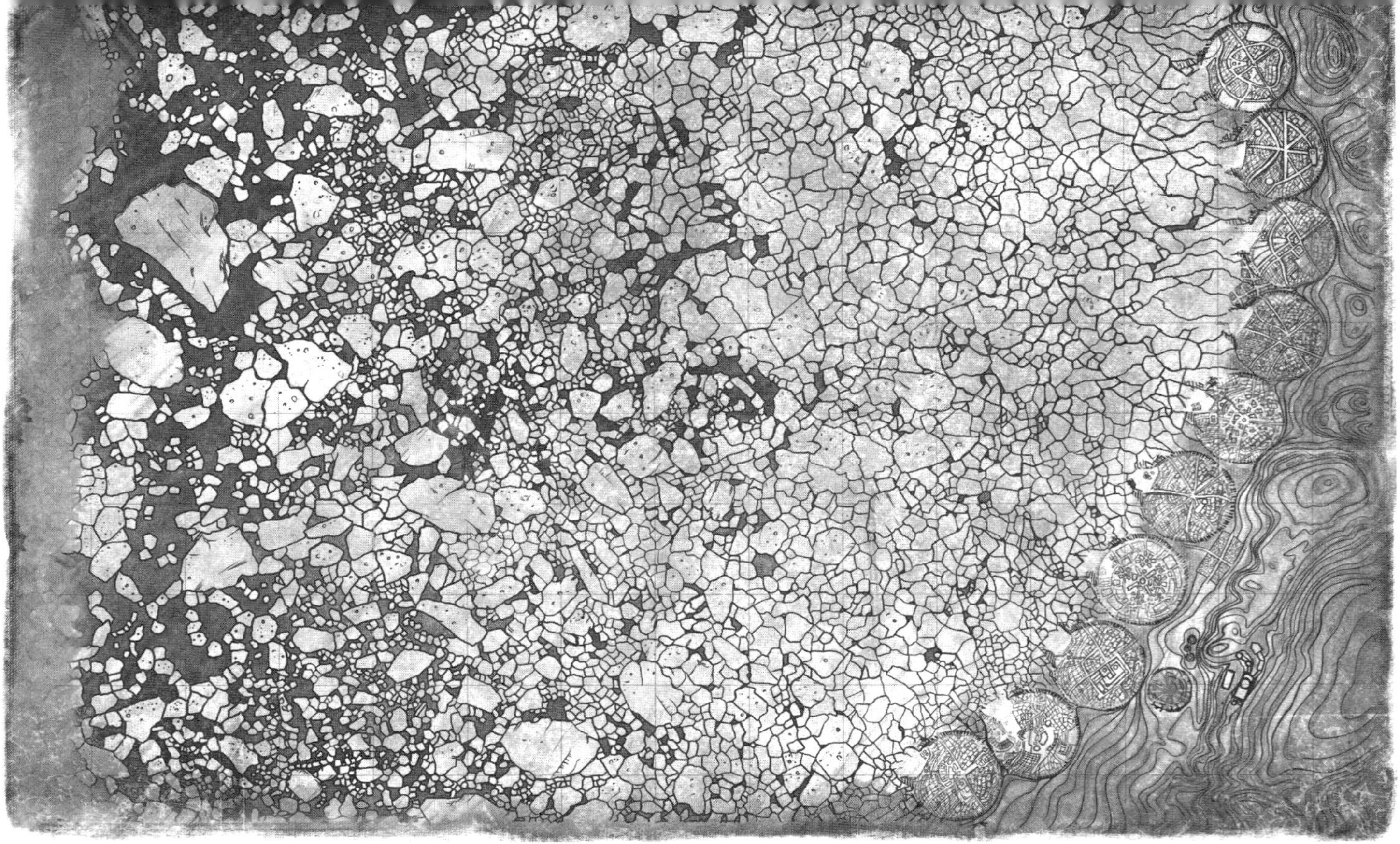

破碎平原主地圖。在東邊可以清楚看到「高塔」，該區最大的台地。戰營則很清楚地在西邊。對符與台地號碼沒有標記在地圖上，以保持懸掛在艾洛卡陛下的地圖廊中最小的這一幅地圖，能夠清晰完整地呈現。

12 團結

老朋友，希望你收到信時，一切安好。不過，以你現在基本上算是永生不朽的狀態，我想安好這件事應該是理所當然的。

「今天，是很適合殺神的日子，你說是不是？」艾洛卡王騎乘在晴朗的天空下，豪氣萬千地說道。

「絕對是的，陛下。」薩迪雅司的回答流暢、俐落，同時搭配著一絲瞭解的微笑。「就常規來說，神都應該要懼怕雅烈席卡的貴族，至少，是大多數的貴族。」

雅多林（Adolin）捏緊了韁繩。每次薩迪雅司藩王說話時，都會讓他心中湧起一股惱怒。

「我們一定要騎在最前面嗎？」雷納林低聲問道。

「我想聽他們在說什麼。」雅多林用同樣的聲調回答。

兩兄弟騎在隊伍的前方，靠近國王與他的藩王們。他們身後則是長長的隊伍，總共有上千名穿著科林家族藍色制服的士兵，幾十名僕人，甚至女子也坐著轎子跟著隊伍，一齊記錄這場狩獵。雅多林一面拿起水壺，一面打量著所有的人。

他穿著碎甲，所以拿水壺時得特別小心，免得一不注意就捏扁了水壺。穿著甲冑時，肌肉的速度、力氣和靈敏度都會大幅增加，因此需要經過練習才能適宜地使用甲冑。即使他十六歲那年便從母親的家族那邊繼承了這套盔甲，至今已經整整七年，偶爾仍然會失手。

他轉身，喝了一大口溫水。薩迪雅司在國王的左方，達利納——雅多林的父親——則在國王的右方，一個似乎無法撼動的存在。狩獵隊伍裡的最後一名藩王是法瑪，他不是碎刃師。

國王穿著金色碎甲的身影光輝燦爛。當然，碎甲能讓任何人看起來充滿王者氣息。就連薩迪雅司穿著他的紅色甲冑時看來都氣勢萬千，可是他腫脹的臉頰跟泛紅的皮膚讓效果打折不少。薩迪雅司跟國王都喜歡炫耀他們的碎甲。嗯……好吧，雅多林其實也是。他把自己的碎甲漆成藍色，在頭盔跟肩甲上鑄了一些裝飾，讓它看起來更具有威脅性。誰穿著碎甲這麼華麗的甲冑時，能夠抗拒炫耀的衝動呢？

雅多林又喝了一口水，聽著國王說他對於此次的狩獵有多興奮。在這列隊伍中只有一名碎刃師，不，甚至可以說在十支軍隊中，只有一名碎刃師沒有爲碎甲上色或增加裝飾。達利納．科林，雅多林的父親喜歡讓他的盔甲保持原本的深灰色。

達利納在國王的身邊，表情嚴肅，頭盔綁在馬鞍上，露出方正的臉，一頭黑色的短髮，雙鬢已白。鮮少有女人會用英俊來形容達利納．科林，他的鼻子形狀不對，五官粗獷而非精緻。他有著一張戰士的臉。

他騎著的那匹巨大黑色瑞沙迪戰馬，是雅多林這輩子看過最大的馬之一。國王跟薩迪雅司穿著甲冑時充滿王者氣息，但達利納看起來比較像是軍人。對他而言，碎甲不是裝飾品，而是工具。他似乎從來不會因爲甲冑增添的力氣或速度感到吃驚。彷彿對於達利納．科林而言，穿著碎甲才是正常的，沒穿的時候才反常。也許正因爲如此，他才被人視爲從古至今，世界上最偉大的戰士與將軍之一。

雅多林發現，自己熱切地盼望他的父親這幾天會展現更多的行爲，顯示出他傳奇的那一面。

雅多林看著父親疏離的表情與煩惱的眼神，心想，他又在想他看到的幻境了。「昨天晚上，颶風颳起時，又發生了。」雅多林輕聲對雷納林說道。

「我知道。」雷納林回答，聲音平穩，自制。他回答問題前向來都會停頓片刻，彷彿要先在腦海裡想過一遍。有些雅多林認識的女人說雷納林說話的方式讓她們覺得，他已經在腦子裡把她們剖析了一遍。每次提到他，她們都會嚇得發抖，但雅多林從來不覺得他弟弟有哪裡令人不安。

「你覺得，父親的……情況，是什麼？」雅多林問道，聲音極低，只有雷納林能聽見。

「我不知道。」

「雷納林，我們不能一直裝作不知道。士兵們開始有流言了。十支軍隊都在傳說這件事！」

達利納．科林開始發瘋了。每次颶風來臨時，他會倒在地上開始抽搐，然後胡言亂語。有時候還會站起身，藍色的眼睛綻放發狂的光芒，不斷地胡亂揮舞四肢。雅多林必須束縛住他的手腳，以免他傷到自己，或是別人。

「他看到了別人看不到的景象。至少，他覺得如此。」雅多林說。

雅多林的爺爺之前經常看到幻覺。他上了年紀以後，以爲自己又回到戰場。達利納也是這樣嗎？他是否在溫習年輕時爲他贏得名聲的戰役？還是反覆回憶著他的哥哥被白衣殺手刺殺的那一夜？還有，爲什麼每次結束後，他都會提到燦軍騎士？

雅多林覺得焦慮得要吐了。達利納是黑刺，戰事的天才，活生生的傳奇。他與他的哥哥一起同心協力，讓雅烈席卡數個世紀以來相互敵對的藩王終於統合爲一。他贏了無數場決鬥，贏得數十場戰爭，整個國家都對他無比景仰。結果，現在卻變成如此。

當你愛的人，世界上最偉大的人，開始失去神智時，身爲兒子的應該怎麼做？

薩迪雅司正在描述最近的勝利。兩天前，他又贏得了另一枚寶心，國王似乎沒聽說過這件事。他的吹噓讓雅多林全身緊繃。

「我們應該退後。」雷納林說道。

「我們的位階夠高，可以在這裡。」雅多林說。

「我不喜歡你靠近薩迪雅司時的反應。」

雷納林，我們必須看著那個人啊！雅多林心想。薩迪雅司知道父親開始衰弱了。他會試著出擊。

可是，雅多林強迫自己微笑，試圖在雷納林面前展露出放鬆且自信的樣子。通常，這不困難。他很願意一輩子開心地決鬥、放鬆然後偶爾追求漂亮的女孩，但是最近人生似乎不讓他享受這些簡單的快樂。

「……眞是勇氣的最新典範啊！薩迪雅司。」國王正說道。「你占領寶心的表現卓越。我應該要嘉獎你。」

「陛下，感謝稱讚，但我覺得最近的比賽開始變得平淡了，因爲有些人似乎不想參與。再怎麼鋒利的寶刀，大概終究會生鏽吧。」

過去會正面回應此類明嘲暗諷的達利納，如今一言不發。雅多林咬緊牙關。薩迪雅司趁他父親的狀況不佳進行攻擊的行爲，簡直是罔顧道德仁義。也許雅多林應該挑戰那個自大的混蛋。除非鬧出大事，否則不會有人要求跟藩王決鬥，但也許他應該這麼做，也許……

「雅多林……」雷納林發出警告。

雅多林轉過頭。他伸出手，彷彿正要召喚碎刃。於是，他以那隻手拾起韁繩。

你這颶風的傢伙，離我父親遠一點。

「我們談談狩獵吧？」雷納林說道。科林家的少子一如往常，騎姿端正，儀態無懈可擊，眼睛隱藏在眼鏡後，是循規蹈矩，嚴肅端方的典範。「你不興奮嗎？」

「哼，我從來都不覺得狩獵有大家說的那麼刺激。不管獵物有多大，到了最後，根本就是屠殺。」決鬥才刺激。感覺手中握著碎刃，面對某個腦筋動得快、劍技卓越、小心謹慎的對手，那才刺激。人對人，力對力，腦對腦。獵捕愚笨的動物根本不能比。

「你也許應該邀請珍娜菈一起來的。」雷納林說道。

「她不會來的。尤其發生……你也知道的。芮菈昨天說得大聲又清楚，該是離開的時候。」

「你對待她的方法應該要更聰明點。」雷納林說道，似乎對他的行為不甚贊同。

雅多林嘟囔一聲沒回答。他的戀愛每次都這麼短暫，又不是他的錯。好吧，技術上來說，這次的確是他的錯，但通常不是。這次是意外。

國王開始抱怨起某件事。雷納林跟雅多林落在後面，聽不清楚他說什麼。

「我們靠近點。」雅多林催促馬匹上前。

雖然雷納林翻了翻白眼，還是跟了上去。

團結他們。

❖

這些話反覆在達利納的腦海中呢喃，他擺脫不掉。他騎著瑞沙迪戰馬「英勇」，橫跨滿是巨石的破碎平原，一路上逐漸被這句話吞噬。

「我們現在應該已經到了吧？」國王問道。

「離狩獵點大概還有兩三個台地遠，陛下。」達利納心不在焉地回答。「以適當的準則來看，大概還需要一個小時。如果有比較高的地方，我們應該可以看到帳棚，好……」

「高地？前面的岩石坡可以嗎？」

「應該可以。」達利納仔細看了看高塔般的巨石後回答。「我們可以派探子去檢查一下。」

「探子？胡說，我想要跑一跑，叔叔。我跟你賭五布姆，我可以跑贏你。」說完，國王在一陣奔騰的馬蹄聲中消失不見，留下一群震驚的淺眸人、隨從和守衛。

「他颶風的！」達利納咒罵，用力一踢馬腹。「雅多林，由你負責！以防萬一，守住下一個台地。」之前落在後方的兒子俐落地點點頭。達利納疾馳在國王的身後，追著金色的盔甲與藍色的斗篷。馬蹄聲衝擊著岩石，奇形怪石呼嘯而過。前方，如尖刺般陡峭的岩石佇立在台地的邊緣。這樣的岩石地形在破碎平原上很常見。

這小鬼。雖然艾洛卡已經二十七歲，達利納仍然將國王視爲小鬼，因爲他的行爲經常很孩子氣。要這麼一招之前，爲什麼不多警告別人一下？

可是，達利納不得不承認，能夠這樣自由地策馬前行、不需要戴頭盔、將臉龐暴露在風裡，感覺的確很好。他開始沉浸於賽馬的喜悅中，心跳逐漸加快，也決定不再計較國王衝動的決定。在這瞬間，達利納允許自己忘卻煩惱，還有迴蕩在他腦海中的話語。

國王想賽馬？達利納絕對奉陪。

他衝過國王。艾洛卡的雄馬血統極佳，但絕對比不上擁有純正瑞沙迪血統的英勇。瑞沙迪戰馬比一般的馬還要高上兩掌距，而且力氣大很多。這種馬會自己挑選主人，整個戰營中只有十幾個人有這種運氣。達利納是一個，雅多林是另一個。

幾秒鐘內，達利納便抵達了巨石的底端。英勇還沒收住腳步，他便從馬鞍上跳下，重重踏在岩石上，碎甲吸收了衝擊力，腳下的金屬鞋底碾碎了石頭，發出崩裂聲，讓他煞住慣性。那些沒有穿過碎甲，尤其習慣穿著一般甲冑的人，永遠無法理解一件事——碎甲不只是甲冑，遠不僅止於此。

他跑到岩石底端時，艾洛卡才剛剛奔到後方。達利納一跳，碎甲幫助他躍升到八呎高，立刻抓住突出的著手點，猛一施力，整個人便順勢往上一抬。碎甲讓他的握力等同於一般人的許多倍。比賽的刺激感開始籠罩他的心神。雖然沒有戰爭帶來的快感那麼犀利，但也是個不錯的替代品。

下方的岩石傳來摩擦聲。艾洛卡也開始往上爬。達利納沒有低頭，眼睛直直盯著四十幾呎外的天然小台地。他利用完全被金屬覆蓋的手掌摸索著周圍，找到了另一個著手點。雖然他的手完全套在盔甲中，但這具古老的甲冑居然能將觸感傳達到他的指尖，那感覺就像手上戴著的不過是一副薄皮手套。

他的右邊傳來一陣摩擦聲，以及低聲咒罵的聲音。艾洛卡選了另外一條路，想要超過達利納，但國王發現自己選了一個完全沒有著手點的地方，因此進展有限。

國王金色的碎甲因爲轉頭看達利納的動作而閃閃發光。艾洛卡一咬牙，抬頭往上，然後奮力朝上方的一小塊台地一跳。

傻孩子，達利納心想，看著國王似乎懸浮在空中片刻，然後才抓住凸出的岩石，吊掛在空中。國王隨後把自己拉起，繼續往上爬。

達利納的動作無比快速，岩石在他的金屬手指下被捏碎，到處都是石屑，風吹動了他的披風。他猛力地又拉又拖又攀，終於超前了國王一點點。離頂端不過一呎遠。刺激的快感在他血液中吟唱，他朝目標伸手，決心要贏。他不能輸。他需要……

團結他們。

他遲疑了，自己也不明白爲什麼，然後讓他的侄子超越了他。

艾洛卡站在岩石的頂端，發出勝利的笑聲。他轉向達利納，伸出手。「颶風的，叔叔，跟你比賽眞痛快！最後一刻，我差點覺得自己要輸了。」

艾洛卡臉上的勝利與喜悅爲達利納帶來了笑容。這個年輕人最近眞的需要勝利的感覺，即便是這樣的小事也好。長得像透明金色小球的勝靈被他的成就感吸引，開始出現在國王身邊，達利納暗自慶幸剛才有了莫名的遲疑。此時他握住國王的手，讓艾洛卡把他拉上去。天然高塔的台地上，正好有空間容納他們兩人。

達利納深吸一口氣，用力拍了一下國王的背，金屬交擊的聲音響徹天際。「陛下，這眞是場痛快的比賽。您很厲害。」

國王一臉開心，金色的碎甲在中午豔陽下熠熠發光，推開的面罩露出淺黃色的眼睛，挺直的鼻子，以及一張光滑乾淨、幾乎過分英俊的臉，上面鑲嵌著豐滿的嘴唇，寬廣的額頭，還有堅定的下巴。加維拉在鼻子斷掉，下巴留疤之前，也是這個模樣。

在他們下方，雅烈席卡王的親衛隊——碧衛，還有艾洛卡的一些侍從也趕了上來。包括薩迪雅司。他的碎甲發出了紅色的光芒，但他不是完整的碎刃師，因爲他只有碎甲，沒有碎刃。

達利納抬起頭，從他站著的地方，可以看到一望無際的破碎平原。他的心中突然湧現一抹熟悉感，彷彿曾經站在同樣的高處，俯瞰類似的破碎大地。

奇特的感覺來得快，去得也快。

「那裡應該就是我們的目的地。」艾洛卡戴著金色護甲的手指著。

達利納以手擋住陽光，看到三個台地外的一座大型布帳棚，上面飛舞著國王的旗幟，幾座永久、寬闊的橋樑搭建在旁邊。這一區還算是靠近雅烈席卡的半邊平原，是達利納親自鎮守的區域。住在這裡的成年裂谷魔是屬於他的獵物，牠心臟裡的寶藏，也屬於他的私產。

「你又說對了，叔叔。」艾洛卡說道。

「這是我盡量維持的習慣。」

「我想，我無法爲此責怪你。可是，至少我偶爾跟你比賽時還可以贏一場。」

達利納微笑。「我方才覺得自己像是變回了那個因爲可笑的挑戰，而追在您父親身後的年輕人。」

艾洛卡的嘴唇緊緊抿成一條線，勝靈也散去。提起加維拉總是讓他的心情變差，他經常覺得別人拿他與前任國王比較，數落著他的不足。不幸的是，他的感覺往往是對的。

達利納連忙接著說：「我們就這樣跑掉，一定讓人家看起來像是十足的傻瓜。我眞的希望下次您能先招呼我一聲，好讓我提醒護衛們。這裡可是戰區。」

「呿！你太愛操心了，叔叔。帕山迪人已經很多年沒能突破防線，攻到離我們這麼近的地方。」

「可是您兩晚前似乎很擔心自己的安危。」

艾洛卡大嘆一口氣。「叔叔，我得解釋多少次？當我手中有碎刃時，我完全不怕敵人。我擔心的是當我們沒有注意，天色已黑、一切安靜的時候，他們會派什麼東西來我們完全不知道，這才是你應該保護我的重點。」

達利納沒有回答。艾洛卡對於被暗殺的緊張，甚至是神經質，頗爲嚴重，但是想想他父親的遭遇，又怎麼能怪他？

對不起，哥哥。每次想到加維拉死去的那一夜，達利納都忍不住這樣想。他死去時獨自一人，沒有弟弟在身邊保護。

「我查了您要求的事。」達利納說道，強迫自己推開不好的回憶。

「查了嗎？然後呢？」

「沒有多少消息。您的陽台上沒有侵入者的痕跡，僕人也回報附近沒有陌生人的蹤影。」

「那天晚上，有人在夜裡監視我。」

「那麼他們沒有再回來，陛下，也沒有留下線索。」

艾洛卡似乎不滿意，兩人之間的沉默變得冷硬。下方的雅多林與斥候會合，準備帶領軍隊過橋。艾洛卡之前曾反對達利納帶領的人數，他認爲狩獵用不了那麼多人，會刺殺怪獸的是碎刃師而不是士兵，但是達利納堅持要好好保護他的侄子。歷經這麼多年的戰鬥，帕山迪的游擊隊已經不像之前那麼囂張，雅烈席卡的書記官們估算他們現在的數量只剩先前巔峰時期的四分之三，雖然這個數字不一定準確，但無論如何，國王的出現足以吸引他們進行孤注一擲的攻擊。

風吹在達利納身上，帶回幾分鐘前的熟悉感。站在山峰，看著毫無人煙的平原，被眼前的景象震懾，卻同時覺得可怕。

他心想，沒錯，我曾經站在這樣的位置，就是在……

在他某一次的幻境中。最初的第一次。

奇特的迴蕩聲音對他說，你必須要團結他們。你必須要做好準備。爲你的人民搭建一座堅固而且和平的堡壘，一堵能夠抵擋颶風的城牆。停止你們的爭吵，團結一心。永颶要來了。

「陛下。」達利納不由自主地開口。「我……」他沒再說下去。他能說什麼？他開始有預視的能力？還有即使與所有的教條與常識不符，他仍然覺得那是全能之主給他的警告？還有他認爲他們應該盡速撤退，回到雅烈席卡？

愚蠢至極。

「叔叔？你說什麼？」國王問道。

「沒什麼。來吧，我們回去跟其他人會合。」

❖

雅多林將豬皮韁繩繞在指尖，坐在馬上，等著下一批斥候的報告。他終於不再去想他父親跟薩迪雅司的事情，而是專注於該怎麼跟珍娜菈解釋他跟芮菈的不和，好讓他博取一些同情。

珍娜菈喜歡古詩，他能夠以戲劇化的方法描述他們分手的過程嗎？想到她濃密的黑髮與挑逗的笑容，他笑了。她很大膽，明明知道他正與另一個人交往，卻仍然挑逗他。也許他能利用這點。也許雷納林說得沒錯，他可能眞的該邀請她參加狩獵。如果有某個長髮美女在看著他，那打巨殼獸這件事也會突然變得有趣了起來……

「新的斥候回報送來了，雅多林光明爵士。」塔瑞拉小跑步上前報告。

雅多林將心思轉回正事上。他跟幾名碧衛一起在高大的岩石柱下守著，等候在上面交談的父親跟國王下來。斥候長塔瑞拉有著凹陷的雙頰與壯碩的胸口和手臂。有時候，他的頭跟身體看起來簡直不成比例，感覺就像有人把他的頭打扁過。

「報。」雅多林說道。

「前鋒探子與狩獵官會合後已經返回。附近台地上都沒有帕山迪人的影子，第十八跟第二十一旅已經就定位，不過還有八個旅尚未出發。」

雅多林點點頭。「讓二十一旅派些外騎兵去十四跟十六號台地守著。還有六跟八號台地也各派兩名騎兵守著。」

「我們後方的六號跟八號台地嗎？」

「如果是我要偷襲，一定會從後面繞過來，截斷我們的退路。去吧。」雅多林說道。

塔瑞拉行禮。「是，光明爵士。」他連忙去傳達命令。

「你覺得眞有這個必要嗎？」雷納林策馬來到雅多林身邊問道。

「不覺得，但是父親一定希望我們這麼做。你也知道他的個性。」

上方有了動靜。雅多林抬起頭，正好看到國王從岩石一躍而下的英姿，從四十呎高的地方一路落到岩石地面，披風在身後飛揚。雅多林的父親站在上方的岩石邊，雅多林完全可以想像他正暗暗咒罵國王衝動的行爲。碎甲是可以抵抗這麼高的下墜力沒錯，但不是毫無危險。

艾洛卡落地，發出巨大的聲響，激起碎石跟一陣颶光，他試著站直身體。雅多林的父親則是選了一個比較安全的方法落地——先爬到下一層平台，然後再跳。

雅多林隱約覺得，*最近，他似乎越來越選擇安全的途徑了，而且經常找藉口把指揮權交給我*。沉浸在深思中的雅多林，策馬離開巨石的陰影，他需要聽取後衛的報告。父親會希望他這麼做。

他的路徑經過了跟薩迪雅司同行的淺眸人。國王、薩迪雅司還有法瑪各自有一群侍從、助理和馬屁精。看著他們穿著舒適的絲綢，開襟的外套，還有坐在有遮蔭的轎子裡，讓雅多林格外意識到自己笨重的甲冑與汗水淋漓的身體。碎甲是很神奇，很強大的東西，但在大太陽下，仍然會讓穿著碎甲的人，希望能換上比較輕鬆的服飾。

可是他當然不能像其他人那樣穿著普通的便服。即使是參加狩獵，雅多林仍然得穿制服。這是雅烈席卡的戰地守則。就算幾個世紀以來都沒人理會這些守則也無妨，不是重點，因爲達利納・科林仍會遵守，他的兒子們自然得父規子隨。

雅多林經過兩名在休憩的淺眸人，是凡紳與洛馬，薩迪雅司身邊新出現的兩名馬屁精。他們刻意放大了音量，好讓雅多林聽見。「又去追著國王跑了，真像是在主人腳跟後亂吠的野斧犬。」凡紳搖搖頭說著。

「真丟臉。達利納有多久沒有贏得寶心了？只有在國王讓他們不需要競爭就可以贏得寶心的情況下，他才能守住寶心。」

雅多林一咬牙，繼續前進。他父親對守則的解讀，不允許雅多林在值班或指揮時挑戰別人。他對於這些沒必要的束縛感到相當不耐煩，但達利納是以雅多林的指揮官身分下令，意思是沒有爭辯的餘地。他得換個情況才能挑戰那兩個馬屁精，教他們看清自己的身分。可惜的是，他無法挑戰所有對他父親出言不遜的人。

最大的問題是，他們說的話並不是完全沒有道理。雅烈席卡的藩王們統領的區域，幾乎像各自獨立的小王國，擁有大多數的自主權，只是接受加維拉為國王。艾洛卡繼承了王位，而達利納的身分自然讓他繼承了科林的領地。

可是，大多數藩王對於國王的權威只是虛應故事，做做表面功夫而已。意思是身為國王，艾洛卡並沒有真正屬於他自己的領地。結果就是他往往會以科林的藩王自居，對於科林領地的統治表現出極大的興趣。因此，雖然達利納應該是雄據一方的統治者，卻要服從艾洛卡的指揮，把資源花在保護他的侄子上。在其他人的眼裡，他的勢力很有限，不過就是地位高一點的保鑣罷了。

達利納曾經讓眾人懼怕，這種事情曾經連私底下偷偷講都沒人有這個膽子，可是現在呢？達利納越來越少出擊，他的軍隊每次在捕捉貴重的寶心時都會拖拉在後。其他人忙於戰鬥與勝利，達利納跟他的兒子把時間都花在後勤管理上。

雅多林想要去衝鋒陷陣，殺死帕山迪人。一天到晚守著戰地守則卻難得出戰有什麼用？都是那些幻境的錯。不管別人怎麼說，達利納絕對不是弱者，更不懦弱，他只是心中有太多煩惱。

後衛隊隊長還沒有整隊完成，因此雅多林決定先對國王回報。他騎馬來到國王身旁，跟同時策馬上前的薩迪雅司同時抵達。薩迪雅司毫無例外地對他擺了臉色，他一直痛恨雅多林居然有碎刃，但薩迪雅司在妄想多年後仍然得不到。

雅多林面帶微笑與藩王四目相交。你想要跟我決鬥、贏得我的碎刃，我隨時奉陪，薩迪雅司。雅多林願意不顧一切把那條狡猾的泥鰍趕入決鬥圈裡。

達利納跟國王回來後，雅多林搶在薩迪雅司之前發言。「陛下，我有斥候的回報。」

國王嘆口氣。「我想又是什麼都沒發現吧。叔叔，軍隊裡任何一點風吹草動真的都需要回報嗎？」

「我們現在身處戰事之中，陛下。」達利納說道。

艾洛卡忍不住嘆口氣。

你真是怪人，表哥。雅多林心想。艾洛卡走到哪裡都幻想殺手會出現，卻經常看輕帕山迪人的威脅，例如像今天這樣突然孤身一人甩掉護衛，衝到遠處，或是從四十呎高的岩石上跳下一類的事。可是他卻會好幾夜不敢睡覺，就深怕刺客偷襲。

「兒子，報告。」達利納說道。

雅多林遲疑，覺得自己的報告內容真是空泛得愚蠢。「斥候沒有看到帕山迪人，但是他們跟狩獵官會合了。兩支軍旅已經在下一個台地上就定位，另外八支軍旅需要再一點時間才能跨越裂谷，不過我們即將抵達。」

「我們從上面看見了。」艾洛卡回答。「也許有幾個人可以先……」

「陛下，如果您落下軍隊，那我帶著他們來的意義就白費了。」達利納說道。

艾洛卡翻翻白眼，達利納不為所動，表情如石頭一般毫無波瀾。看到他面對國王的挑戰依舊堅定而果決，雅多林驕傲地露出微笑。他為什麼不能時時刻刻都保持這樣？他為什麼經常面對其他人的侮辱或挑戰卻不予以反擊？

「好吧。我們趁著等軍隊跨越裂谷時先休息一下。」國王說道。

國王的侍從們立刻開始動作，男人下馬，女子則讓轎夫放下轎子。雅多林離開去聽取後衛的報告。等到他回來時，艾洛卡已經和坐在自己的皇宮大殿裡沒什麼兩樣了，頂上有僕人為他架起用來遮陽的棚子，其他的侍從端來了沁涼的酒——是利用可以讓東西變涼的新法器辦到的。

雅多林脫下頭盔，以馬鞍布擦擦額頭，再次希望自己能夠加入其他人，一起喝點小酒，可是他只能下馬去找他父親。達利納站在遮蔭外，包覆在盔甲中的雙手握在背後，看著東方的原發點，那個遙遠、肉眼不可見的地方，颶風的起源處。雷納林站在他身邊，同樣望著遠方，彷彿想看出來他們的父親到底在看什麼如此入神。

雅多林一手按上弟弟的肩膀，雷納林對他微笑。雅多林知道現今十九歲的弟弟覺得自己與這群人格格不入，雖然身邊有佩劍，但他幾乎不知道該怎麼用劍。他的戰士之血天生太過稀薄，讓他沒有辦法多花時間練習。

「父親，也許國王是對的，我們應該快點行動，我寧可這場打獵越早結束越好。」雅多林說道。

達利納看著他。「我在你這個年紀時，很期盼現在這種狩獵活動。殺死一隻巨殼獸可以算是年輕人青年時期的最高點。」

別又來了，雅多林心想。*為什麼每次有人發現他不喜歡狩獵時都給他擺個臉色？*「父親，那只不過是大隻一點的芻螺而已。」

「那些『大一點』的芻螺可以長到五十呎高，還可以把穿著碎甲的人壓扁。」

「對，所以我們得頂著大太陽，花好幾個小時誘牠出來，等牠出來之後就拿箭一直射牠，直到牠虛弱得無法反抗，我們再拿碎刃把牠砍死。眞是充滿榮譽的獵捕。」雅多林說道。

「這不是決鬥。這是圍獵。偉大的傳統。」達利納說道。

雅多林對他挑挑眉毛。

「對，是很煩沒錯，但國王很堅持。」達利納補上一句。

「你只是因爲跟芮菈鬧彆扭所以不高興，雅多林。上個禮拜你可是很迫不及待要來的。你眞的應該邀珍娜菈。」雷納林說。

「珍娜菈最討厭參加狩獵。她覺得這種行爲很野蠻。」

達利納皺眉。「珍娜菈？誰是珍娜菈？」

「路司托光明爵士的女兒。」雅多林說道。

「你與她交往嗎？」

「還沒有，可是我很努力。」

「之前那個女孩子怎麼了？那個喜歡銀色髮帶的女孩？」

「笛麗？父親，我兩個月以前就跟她分手了。」雅多林說道。

「分了？」

「分了。」

達利納揉揉下巴。

「從她到珍娜菈之間，已經間隔了另外兩個人啊！父親。你眞的應該要多關心一下我的事情。」雅多林刻意強調。

「兒子，想要弄清楚你的交往關係，沒全能之主的幫助是萬萬不可能的。」

「最近一個是芮菈。」雷納林說道。

達利納皺眉。「那你們兩個……」

「昨天出現了一點問題。」雅多林說道。他咳了兩聲，下定決心要立刻轉移話題。「總而言之，你不覺得國王堅持親自來獵捕這頭裂谷魔非常奇怪嗎？」

「不會。少有成年的裂谷魔會來這裡，而且國王很少在台地上出戰，這是讓他有機會戰鬥的方式。」

「但是他一天到晚疑神疑鬼的！他為什麼現在想來狩獵，把自己的行蹤暴露在平原上？」

達利納望著國王的遮棚。「孩子，我知道他的行為很奇怪，但國王其實是一個心思很複雜的人，只是大多數人看不出來。他擔心他的臣民知道他害怕刺客的事實後會覺得他是個懦夫，因此他必須想辦法證明自己的勇氣。有時候是些很愚蠢的方法，但是我認識一些像他那樣的人，對戰爭無所畏懼，但是對隱藏的攻擊膽戰心驚。缺乏安全感的標準表現就是虛張聲勢。

「國王正在學習如何領導他人，所以他需要這場狩獵。他需要證明給自己看，也要證明給其他人看——他足夠強大，有能力統御進行戰事的國家，所以我鼓勵他這麼做。在受控制的範圍中，成功的狩獵能夠增強他的名聲跟信心。」

雅多林慢慢闔起嘴巴，父親的話完全殲滅了他的抱怨。真奇怪，經過父親的一番解釋，國王的許多行為都變得合理起來。雅多林抬頭仰望父親。*其他人怎麼會私下傳言他是懦夫？他們看不出他的睿智嗎？*

「是的，你的表哥其實比許多人以為的都要優秀，他會是一名心智堅定的國王。我只需要想辦法說服他離開破碎平原。」

雅多林一驚。「什麼？」

達利納繼續解釋：「我一開始也不理解。團結他們。我的任務是要團結他們。可是現在這樣還不叫團結嗎？我們一起在破碎平原上戰鬥，帕山迪人是我們共同的敵人。但我開始明白，我們的團結只是表象。藩王們對艾洛卡的效忠只是敷衍了事，而這場戰爭，這場圍城戰，對他們來說更只是場遊戲，只是彼此之間的一場競賽。

「我們在這裡沒有辦法讓他們團結。我們必須回到雅烈席卡，鞏固家鄉，學習如何以一個國家的心態來合作。破碎平原讓我們分化，所有人都太專注於如何贏得名聲與地位。」

「可是雅烈席人的本質就是財富跟地位啊，父親！」雅多林說道。他不敢相信自己正從父親口中聽到的這些話。「復仇同盟呢？藩王們發誓要向帕山迪人復仇。」

「我們已經復仇過了。」達利納看著雅多林。「兒子，我知道這聽起來很難接受，但有些東西比復仇還要重要。我愛加維拉，我極端想念他，我憎恨帕山迪人的作爲。可是加維拉的畢生志業就是讓雅烈席卡團結合一，我寧可下地獄也不允許國家分崩離析。」

「父親，如果這裡出現問題的話，一定是因爲我們不夠努力。你覺得藩王們都是抱著玩玩的心態嗎？那你就該讓他們看看怎麼樣是應該的！不要撤退，我們應該進攻，攻擊帕山迪人，而不是進行這種圍城戰。」雅多林說道，覺得一陣心痛。

「也許吧。」

「無論如何，我們不能撤退。」雅多林說道。士兵們已經在傳言達利納開始變得膽小怕事，如果再讓他們聽到這件事，他們會怎麼說？「你還沒跟國王以及部隊提過這件事吧？」

「還沒有，我還沒想好說法。」

「請不要跟他提。」

「再說吧。」達利納背向破碎平原，眼神再度變得遙遠。

「父親……」

「兒子，你已經表明你的立場，我也回應了。不要再堅持。你得到後衛的回報了嗎？」

「是的。」

「前鋒呢？」

「我剛剛才檢視過，然後……」他沒說完。該死的。他們在這裡待太久了，現在該是讓國王的隊伍前進的時候。直到國王安全抵達下一個台地之前，這個台地的人不能撤。

雅多林嘆口氣，下去聽取報告。沒多久，所有人都過了裂谷，開始朝下一個台地前進。雷納林騎著馬小跑步到雅多林身邊，試著要跟他聊天，但雅多林完全心不在焉。

他開始有一種奇怪的渴望。軍隊中多數年紀比較大，甚至一些只比他大幾歲的人，都在他父親鋒頭最盛的時候和達利納一起上過戰場。雅多林發現自己嫉妒所有那些認識他父親那一面的人，他們見識過達利納著迷於戰地守則之前的英姿。

達利納的改變開始於他哥哥的死。那可怕的一天，是所有問題的開端。失去加維拉幾乎讓達利納崩潰，雅多林不會原諒爲他的父親帶來如此痛苦的帕山迪人。永遠不會。每個人來到平原的理由都不一樣，但這是雅多林的理由。也許他們打敗帕山迪之後，他的父親可以恢復成先前的樣子。也許那些陰魂不散的幻覺會消失。

達利納在前方與薩迪雅司低聲交談。兩個人同時皺著眉頭。他們幾乎難以忍受對方的存在，即使他們曾經是朋友。這一點，也是在加維拉遇害的那一天夜裡出現的改變。他們之間發生了什麼事？

這一天慢慢過去，他們終於來到狩獵的場所——兩個相連的台地。一個台地是將怪物誘到此處，進行獵殺的地方，另一個則與這個「廝殺台地」有段距離，是讓其他人觀戰的地方。這兩個台地與其他的台地一樣表面崎嶇不平，長著適應颶風氣候的堅實植物，一會兒是隆起的岩石一下是深陷的凹地，坑坑洞洞的地面讓人得格外留心腳下。雅多林站到他父親身邊，兩人一起等在最後的一道橋旁，看著國王與身後的一旅士兵來到觀戰的台地，接下來輪到侍從。

「你把手下管理得很好，兒子。」達利納說道，朝一群經過他們且正在行禮的士兵點點頭。

「他們是很優秀的人，父親。只是台地到台地間的移動而已，他們不需要人指揮。」

「是的，但你需要領導的經驗，他們也必須把你視爲長官。」

雷納林騎著馬上前，該是前往觀戰平台的時候。達利納點頭，示意他的兒子們先行。

雅多林轉身要走，眼角餘光卻注意到身後的台地出現了動靜。有一名來自軍營方向的騎士，快馬加鞭地追上正要狩獵的眾人。

「父親。」雅多林指著那人說道。

達利納立刻轉身，眼光朝他指的方向掃射，可是雅多林不久就辨認出了來人。不是他以爲的信使。

「智臣！」雅多林揮手大喊。

來人策馬上前。國王的智臣身材高䠷但偏瘦，輕巧地騎在一匹黑色的閹馬上。他穿著筆挺的黑外套與黑長褲，與漆黑的頭髮相得益彰。雖然他腰間繫著一柄窄長劍，但就雅多林所知，那人從來沒有拔過劍。那柄劍是決鬥劍，而不是軍事用劍，象徵意義遠大於實質意義。

智臣上前，朝眾人點頭致意，臉上掛著慣常的機敏笑容。他的瞳仁是藍色的，但不是眞正的淺眸人，也不是深眸人，他是……他就是國王的智臣。獨一無二的存在。

「啊，雅多林少王子！」智臣驚呼。「你居然能從軍營的年輕女子身邊抽出空檔，參加此次的狩獵？令我好生佩服。」

雅多林尷尬地笑了兩聲。「呃，這件事情似乎最近經常被討論啊……」

智臣挑起眉毛。

雅多林嘆口氣，反正智臣早晚也會知道，什麼事情都瞞不過他。「我昨天中午約了一名女子共進午餐，可是我正……嗯，我正與另一名女子交往，而她性情善妒，所以現在兩個人都不跟我講話了。」

「雅多林，你居然能每次都為自己惹上這種麻煩，也真是令人大開眼界，而且每一次的麻煩都比上一次刺激！」

「呃，對。刺激。你形容得一點都沒錯。」

智臣再度大笑，可是舉手投足仍然保持相當程度的尊貴。國王的智臣跟其他王國宮廷中的弄臣完全不同。他是一柄劍，是國王的工具。侮辱他人與國王的身分不符，所以就像人要拿髒東西之前會戴手套一樣，國王則會在身邊留用一名智臣，免得自己淪入口舌之爭或失了風度。

這名新的智臣才來了幾個月，他似乎有哪裡……不同。他經常知道一些不應該知道、但是很重要的事情。有用的事情。智臣朝達利納點點頭。「見過大人。」

「智臣。」達利納硬邦邦地說道。

「還有雷納林少王子！」

雷納林抬都沒抬眼睛。

「你不打算跟我打招呼嗎，雷納林？」智臣戲謔地問道。

雷納林沒說話。

「智臣，他覺得一跟你說話就會被你取笑。」雅多林說道。「今天早上他跟我說已下定決心，只要你在附近，他就一聲不吭。」

「太好了！」智臣驚呼。「那我愛說什麼都可以，他都不會反對？」

雷納林面露遲疑之色。

智臣靠向雅多林。「我有沒有跟你說過，某天晚上雷納林王子跟我走在營地街上碰到的事？我們碰到了一對姊妹，你知道的，一個有藍色的眼睛跟……」

「你說謊！」雷納林臉上一紅。

智臣沒有半點遲疑，「好吧，我承認，其實是三姊妹，可是雷納林王子很不公平地帶走了兩個，不過我又不想傳出去讓我的名聲不好聽……」

「智臣。」達利納嚴厲地打斷他。

一身黑的男子望向他。

「你應該把那些嘲弄的話留給應該被嘲笑的對象。」

「達利納光明爵士，我覺得我正在這麼做呢。」

達利納的眉頭皺得更深了。他向來不喜歡智臣，挑雷納林欺負更是引他發怒的不二法門。雅多林可以理解他父親的想法，但是智臣對雷納林的調侃從來不曾過度越矩。

智臣抬腳離開，經過了達利納身側。雅多林幾乎聽不見智臣傾身在達利納耳邊說的話。他低聲說道：「那些『應該』被我嘲笑的人，正是會因此受益的人，達利納光明爵士。他沒有你想像的那麼脆弱。」他眨眨眼，然後調轉馬頭，朝橋另外一邊去。

「他颶風的，但是我還真喜歡那傢伙！這麼久以來最好的智臣！」雅多林說道。

「我覺得他讓人很緊張。」雷納林輕聲說道。

「所以才有趣啊！」

達利納沒有說話。三人過了橋，經過停下來欺負另一群軍官的智臣。他們是低階的淺眸人，因此必須在軍隊中服役好賺取薪水。智臣正忙著取笑其中一人，引得其他人哄堂大笑。

三個人加入國王的隊伍，當日的狩獵官立刻便迎了上來。巴辛的身子不高，但肚子不小，身上穿著粗獷的衣服，外面罩著一件皮外套，頭上還戴了一頂寬簷帽。他是第一那恩階級的深眸人，這是深眸人能得到的最高地位，甚至有資格靠聯姻進入淺眸人家族。

巴辛向國王鞠躬。「陛下！時間正好！我們剛把誘餌抛下。」

「太好了。」艾洛卡說道，翻身下馬。雅多林跟達利納也翻下馬來，碎甲輕聲敲擊。達利納將頭盔從馬鞍上解下。「還要多久？」

「大概兩三個小時。」巴辛說道，接過國王的韁繩。馬伕們上前拉走兩匹瑞沙迪戰馬。「我們把獵場設在那裡。」

巴辛指著狩獵平原，那地方比觀戰平台小一點，是眞正會展開狩獵活動的位置，遠離侍從與大部分的士兵。一群獵人正拉著一隻行動緩慢的芻螺，沿著平原的邊緣慢慢繞著圈，後面還拖著一條垂掛在懸崖邊的繩子，繩子上繫著餌。

「我們現在用的誘餌是死豬。」巴辛解釋。「還沿著裂谷兩旁倒下了豬血。巡邏隊在這裡碰上那裂谷魔的次數多達十幾次，牠的巢穴一定就在附近。牠不是來這裡結蛹的，牠的體積已經大到不再需要那個過程，也在這附近逗留太久，所以這應該會是一場很精采的狩獵！等牠一到，我們就會放出一群活生生的野豬做爲誘餌，你們就能開始用箭攻擊牠，削弱牠的力量。」

他們帶來了巨弓：每一副都是巨大無比的鋼弓，弦極為粗重，只有碎刃師能拉得動，射出去的箭柄有三指粗。這是新創造出的武器，由雅烈席卡工程師透過法器科學術製成，每一副弓都需要用到一小顆含有颶光的寶石才能維持拉力，不讓弓變形。雅多林的伯母娜凡妮，也就是加維拉王的遺孀、艾洛卡跟他姊姊加絲娜的母親，帶領整個研究團隊發明這些弓。

如果她沒有離開就好了，雅多林突然分神想到。娜凡妮是一名很有意思的女子，只要她在附近，絕對不會無聊。

有些人開始稱呼這些弓為碎弓，但是雅多林不喜歡這個名字。碎刃跟碎甲是特別的，是另一個時代的遺物。那個年代中，燦軍仍然走在羅沙的土地上。無論現在法器科技有多先進，都無法望其項背。

巴辛領著國王跟藩王們走向觀戰平台中央的帳棚。雅多林跟上父親的腳步，打算向他回報過橋的狀況。大概一半士兵已經就定位，但許多侍從還在跨越通往觀戰平台的巨大常駐橋。國王的旗幟在帳棚上方飛揚，下面架起一小座點心台。一名站在後方的士兵正在擺放四具巨弓，它們看起來線條流暢而且危險，旁邊放了四具箭筒，裡面插著粗重的黑色箭柄。

「我想今天的狩獵應該很愉快。根據報告，這頭獵物很大，可能比你以前殺過的都要大，光明爵士。」巴辛對達利納說道。

「加維拉一直都想殺一頭這種野獸。」達利納遺憾地說道。「他最喜歡獵巨殼獸，但是從來沒獵過裂谷魔。反倒是我居然已經殺了這麼多頭，眞奇怪。」

拖著餌的芻螺在遠方嚎叫。

「光明爵士們，這一次，你們必須攻擊那頭野獸的腿。」巴辛說道。狩獵前提出建議也是巴辛的責任之一，他對此向來不敢輕忽。「你們都習慣攻擊已結成蛹的裂谷魔，但是請不要忘記，牠們平時有多凶暴。這一頭體型很大，所以我們會分散牠的注意力，從……」他沒說完，直接呻吟一聲，低聲咒罵。「去他颶風的畜生，訓練牠的人一定是傻了。」

他的眼神正盯著另外一個平原。雅多林隨他的眼神看去。原本拖著誘餌、長得像螃蟹的芻螺，如今正以緩慢但堅定的步伐從裂谷邊退開，牠的管理員們正大吼大叫地追在牠身後。

「對不起，光明爵士們。牠今天一直這樣。」巴辛說道。

芻螺以沙啞的聲音嚎叫著。雅多林覺得哪裡不對勁。

艾洛卡說：「我們可以再找一頭來。應該不會等太久……」

「巴辛？」達利納突然開口，聲音滿是警戒。「那隻動物的繩子下面不是應該綁著誘餌嗎？」

狩獵官全身一僵。芻螺原先拖著的繩子斷掉了。

有個黑色的東西，某個大到讓人無法接受的身影，從裂谷深處爬起，粗壯的腿上披負著厚重的殼甲。牠爬上了平原，卻不是預計進行狩獵的小台地，而是達利納跟雅多林身處的觀戰平台。台上站滿了侍從、沒有武器的客人、女性書記官，還有尚未準備好的士兵。

「啊……沉淪地獄啊！」巴辛說道。

13 十下心跳

我意識到你應該還在生氣。知道這件事讓我心安。就像你的身體會永遠保持健康一樣，我應該接受，並依賴你對我的不滿。

我應該將其視爲寰宇的永恆準則之一。

十下心跳。

一下。

召喚碎刃就需要這麼久的時間。如果達利納的心跳速度很快，時間就會比較短。如果他很放鬆，就需要比較久的時間。

兩下。

戰場上，心跳跳動的時間，足以像永恆一樣久遠。他邊跑邊套上頭盔。

三下。

裂谷魔一手重重砸斷上頭站滿侍從與士兵的橋樑。人們在尖叫聲中墜入裂谷。達利納邁著因碎甲而增強力量的雙腿往前衝，國王緊跟在後。

四下。

裂谷魔聳立在前，交疊的甲殼是濃厚的墨紫色。達利納可以理解爲什麼帕山迪人認爲牠們是神。牠有一張扭曲如箭頭般的獸臉，滿嘴的倒刺。雖然牠也可以算是甲殼類，但絕對跟體型笨重、脾氣溫和的芻螺有天壤之別。寬廣的肩膀上長著四隻凶惡的前螯，每一隻都有一匹馬的大小。十二隻短一點的腿緊緊攀抓著台地邊緣。

五下。

怪物終於爬上了平台，甲殼在石頭上摩擦出聲，牠快速出爪，抓起一隻拉車的芻螺。

六下。

「備戰！備戰！」艾洛卡在達利納前方大吼。「弓箭手，射擊！」

七下。

「引開牠對手無寸鐵之人的注意力！」達利納朝他的士兵大吼。

怪物夾碎了芻螺的殼，如盤子般大小的碎片紛紛落在台地上。牠將芻螺塞入嘴巴後，開始低頭端詳著奔逃的書記與侍從們。怪物開始咀嚼，芻螺的悲鳴立即沒了聲響。

八下。

達利納從一塊突起的平坦岩石跳下，飛越了五呎之後才重重落地，激起石屑片片。

九下。

裂谷魔發出震耳欲聾的可怖尖叫，四種不同的音頻重重疊疊，構成厲鳴。

弓箭手放箭。艾洛卡在達利納前方發號施令，藍色的披風隨風飛揚。

達利納的手因爲期待而微微發麻。

十下！

他的碎刃「引誓」從一片霧氣現身，凝結於他的掌心，在第十下心跳結束時完全出現。從劍尖到劍柄，總長六呎，對於沒有穿碎甲的人來說，幾乎不可能揮動這柄巨劍，可是對達利納而言，它無疑是完美的。他從年輕時就擁有引誓，二十泣年時正式跟它合而爲一。它的長度很長，劍身微彎，寬約一掌，劍柄附近有波浪形的鋸齒，頂端如漁夫的魚鈎，因爲沾滿冰冷的露水而顯得潮濕。

劍是他的一部分。他可以感覺到能量沿著劍身流竄，彷彿它也已經迫不及待。身爲男人，除非擁有穿過碎甲、握過碎刃和直奔沙場的經歷，否則不可能眞正明白生命的本質。

「激怒牠！」艾洛卡大吼，他的碎刃「舉日」從霧氣中現身於他的手掌。它的劍身又長又窄，護手很寬，兩旁刻著基本十符文。達利納從他的聲音可以聽出來，他不想讓怪物逃走，但是達利納比較擔心士兵跟侍從的命運。這場狩獵已經出了難以挽回的大錯，也許他們應該引開怪物的注意力，讓所有的人有時間逃跑，然後撤退，讓牠獨自享用芻螺跟死豬。

怪物再次發出多音頻的咆哮，一爪重重搥向士兵。眾人發出尖叫，骨頭碎裂，身體破損。

弓箭手朝著獸頭放箭，上百枝飛箭射入天空，但是能擊中甲殼間隙中軟肌肉的只有寥寥數枝。在他們身後的薩迪雅司喚人拿來巨弓，可是達利納等不及了。生性殘暴危險的怪物已經現身，正在對他的手下大開殺戒。弓箭的速度太慢，這是個適合碎刃的任務。

雅多林騎著戰馬定血衝過兩人。那小子一開始就衝回去找馬，而不像艾洛卡那般往前直衝。達利納則沒有選擇，他必須留在國王身邊。其他的馬匹，包括戰馬在內，早已心顫膽裂，但雅多林的白色瑞沙迪雄駒毫無怯懦之色。沒多久，英勇也來到了他身邊，陪在達利納身旁，邁開蹄子小步奔跑。達利納一把抓住韁繩，經碎刃加強力量的雙腿，一蹬便躍上了馬鞍。一般的馬匹可能會被他落下的重量壓垮，但是英勇可不是普通馬匹所能相比。

艾洛卡蓋上頭盔，兩旁散出霧氣。

「陛下，請先退後，讓我跟雅多林先行削弱牠的力量！」達利納大喊，騎馬衝過國王身邊，同時猛力蓋上自己的頭盔，兩旁同樣散發出了霧氣。將頭盔牢牢固定後，他的視線兩側變成半透明的一片。眼縫還是需要的，因爲從頭盔兩邊往外看的景象就像是隔了一層髒玻璃，但這種半透明的視線範圍是碎甲最神奇的部分之一。

達利納騎入怪物的影子下。士兵們手忙腳亂地竄逃，握緊手中的矛。他們沒有受過如何對付三十呎高怪物的訓練，因此光是能組成隊伍，試圖引開怪獸的注意，不讓牠攻擊弓箭手與逃跑的侍從們，就已經大大昭示了他們的勇氣。

箭矢如雨下，但每每從甲殼彈開，反而對士兵造成更致命的危險。達利納舉手遮住他的眼縫，擋開一枝射中他頭盔的箭，箭矢噹的一聲彈落。

怪物朝一群弓箭手揮手，一爪壓扁了一群人。雅多林慢下腳步。「我去左邊。」雅多林大喊，聲音隔著頭盔，顯得不太清楚。

達利納點點頭，切到右方，疾馳過一群呆滯的士兵，再次進入陽光，看到裂谷魔舉起一隻前螯，打算再揮倒一批人。達利納從蟄下奔過，將引誓交握在手後平舉，切斷裂谷魔一條粗壯的腿。

怪物以深沉重疊的聲音大吼。達利納可以看到雅多林正在砍斷另外一條腿。

怪物晃著身體，轉向達利納，被切斷的兩條腿毫無生氣地拖在地上。怪物身體又長又窄，像螯蝦一樣，還有一條扁平的尾巴。平常牠靠十四條腿行走，不知道要砍斷多少腿，才能讓牠走不動？

達利納帶著英勇掉頭，與雅多林會合，藍色的碎甲閃閃發光，披風翻飛在身後，兩人在平原的圓弧邊緣交會，換邊，一人瞄準另外一條腿。

「怪物，受死吧！」艾洛卡大吼。

達利納轉身。國王找到了他的坐騎，正在想辦法控制住牠。「復仇」不是瑞沙迪馬，但仍是最優秀的雪諾瓦馬。艾洛卡騎在馬背上，碎刃高舉過頭。

反正不可能有辦法阻止他加入戰鬥。只要他穿著碎甲，能夠保持移動，應該不會有問題。「艾洛卡，砍腿！」達利納大喊。

艾洛卡完全不予理會，直接朝怪物的胸口衝去。達利納連聲咒罵，用力一踢英勇，看著怪物再度揮鉗。艾洛卡在最後一刻急轉回頭，身形一矮，從螯下躲過。裂谷魔的螯砸在岩石上，引起震天巨響，同時因爲沒有擊中艾洛卡而發怒狂吼，聲音在裂谷間迴蕩不休。

國王朝達利納奔去，急速與他擦身而過。「我在引開牠的注意力，笨蛋。繼續攻擊啊！」

「我有瑞沙迪馬！我來引開牠的注意力，我比較快！」達利納回吼。

艾洛卡再度不予理會。達利納嘆口氣。一如往常，艾洛卡根本不服從任何人的束縛，跟他爭執只會浪費更多時間，犧牲更多性命。所以達利納依言而行，他繞到一旁，準備攻擊，英勇的馬蹄聲在岩石地上迴蕩。國王引起怪物的直接注意，達利納成功地逼近，碎刃砍斷另一條腿。

怪物發出重疊的尖叫，又一次轉向達利納，就在同時，雅多林從另外一邊掠過，俐落地朝另外一條腿揮砍。巨腿軟倒，弓箭手繼續攻擊，箭如雨下。

怪物搖晃著身體，被來自四面八方的攻擊弄得有點不知所措，隨著攻擊越多，牠也開始衰弱。達利納舉起手，比了一個手勢，下令讓所有剩下的士兵全部退入帳棚。下達命令後，他再次衝入戰局，砍斷另一條腿。已經斷了五條了，也許現在該讓怪物溜走，不値得浪費更多的性命殺牠。

他朝在不遠處橫持著碎刃的國王大喊。國王轉頭看了看，顯然聽不見他在說什麼。裂谷魔在後方重新站了起來，艾洛卡用力一扯復仇的韁繩，猛烈地轉一個彎，就要朝達利納的方向奔來。

輕輕的一陣聲響過後，國王跟他的馬鞍突然同時飛入空中。馬匹快速的轉彎讓馬鞍的腹帶斷裂了。穿著碎甲的人相當重，對馬鞍跟馬匹都是沉重的負荷。

達利納感覺到恐懼，他勒住英勇。艾洛卡重重摔到地上，放開了碎刃，碎刃隨即變回煙霧，消失。這是防護機制，不讓碎刃被敵人搶走，只要放開就會消失，除非在放開時刻意要求碎刃維持原狀。

「艾洛卡！」達利納大喊。國王在地上翻滾一陣，全身被披風包圍，然後停下，似乎一瞬間有點失了神。碎甲的一邊肩膀有裂痕，流瀉出颶光，可是碎甲應該能讓他安全著地。他會沒事的。

除非……

一隻巨螯出現在國王頭上。

達利納感到一陣驚慌，連忙一拉英勇的韁繩策馬衝向國王。他來不及了！怪物會……一枝巨大的箭射入裂谷魔的頭，粉碎了甲殼，紫色的血漿噴灑四濺，令怪物痛得吼叫。達利納沒有停下腳步，只坐在馬鞍上回頭看了看。

薩迪雅司穿著他的紅色碎甲，正從侍從手上接過另一枝巨箭，拉弓，將粗重的箭射入裂谷魔的肩頭。清脆的碎裂聲傳來。

達利納舉起引誓，對他行禮。薩迪雅司舉弓回應。他們不是朋友，也不喜歡對方。但是他們都會保護國王。這是讓他們團結一致的紐帶。

「快撤到後面！」達利納騎著馬衝過國王身邊，艾洛卡跌跌撞撞地站起身，點點頭。

達利納衝上前去。他必須引開怪物的注意力，好讓艾洛卡有時間逃脫。薩迪雅司的箭繼續連發，可是怪物開始忽略他的攻擊。牠的行動不再遲緩，吼叫變得更爲憤怒、更爲瘋狂，眞眞正正地被激怒了。

這是最危險的部分，因爲現在已經沒有撤退的可能，牠會追著他們。不是牠殺了他們，就是被他們殺死。

螯鉗重搥英勇身邊的地面，激起一片碎石飛入空中。達利納俯低身體，小心地伸出碎刃，又砍斷另一條腳，另一邊的雅多林也同樣得手。斷了七條腿，總數的一半。這頭怪物要多久才會倒下？通常到這個階段時，他們已經在怪物體內射入幾十枝箭了。可是沒有了之前的削弱體力戰術，他難以預料這一頭會有什麼樣的反應，況且，他從來沒有獵捕過這麼大的一頭裂谷魔。

他調轉英勇，想要引回怪物的注意力。希望艾洛卡已經……

「你是神嗎！」艾洛卡大吼。

達利納忍不住呻吟，望向身後。國王沒有逃。他大踏步走向怪物，手垂在一旁。

「你給我聽好了，怪物！我要你的命！他們會看到他們的神被粉碎，就像看到他們的王趴在我腳邊一樣！我蔑視你！」艾洛卡嘶吼。

蠢到沉淪地獄去的傢伙！達利納心想，拉住英勇。

艾洛卡的碎刃重新出現在他的手中。他朝怪物的胸口衝去，碎裂的肩甲流瀉出颶光。他來到怪物胸前，揮劍砍向怪物的胸口，刮掉一片甲殼，那東西就像人的指甲或頭髮一樣，可以被碎刃割斷。然後，艾洛卡將武器刺入怪物的胸口，尋找牠的心臟。

怪物大吼一聲，用力甩動身體，把艾洛卡撞飛，國王差點又要握不住碎刃。怪物轉身，不幸的是，這個動作同時將牠的尾巴掃向了達利納。達利納咒罵一聲，將英勇拉轉一圈，但是尾巴來得太快，一下猛力撞向英勇，達利納瞬間過後發現自己滾落在地，引誓從手指間滑開，在石頭地上狠很劃開一道之後，消散成霧。

「父親！」遠處傳來喊叫的聲音。

達利納終於停止翻滾。他倒在石板地上，一陣頭暈目眩。抬起頭時，他看到英勇跌跌撞撞地站穩，謝天謝地，牠沒有被砸斷腿，但是身上也有不少處刮傷，而且似乎不願意將重量放在其中一條腿上。

「離開！」達利納說道。這個詞會讓馬去找安全的地方躲好，畢竟牠跟艾洛卡不一樣，是會聽話的。

達利納搖搖晃晃地站起身，聽到一陣窸窸窣窣的聲音從左方傳來，達利納猛一回頭，正好看到裂谷魔的尾巴掃中自己的胸口，將他往後一拋。

世界再度一陣顛簸，隨著他滑行的動作，金屬在石頭上摩擦出尖銳刺耳的聲響。

不！他心想，戴著護甲的手用力一撐地面，利用滑行的慣性讓自己站直，在天旋地轉中，甲冑彷彿知道自己的上下方向，自行調整好角度，讓他筆直落地，但是身體依然沒有停下動作，雙腳在岩石上重重摩擦。

他重新站好，然後衝向國王，開始召喚碎刃。十下心跳。永恆的時間。

弓箭手繼續射擊，雖然多枝箭矢射入了裂谷魔的臉，但牠恍若未覺，不過薩迪雅司的粗箭似乎依舊可以讓牠分神。雅多林又砍斷另外一條腿，怪物蹣跚地拖著腳步。十四條腿中，已有八條無用地拖著。

「父親！」

達利納轉身看到穿著筆挺科林藍色制服，長外套扣至脖子的雷納林，策馬從岩石平原奔來。「父親，你還好嗎？我能不能幫忙？」

「笨孩子！快走！」達利納一指遠方。

「可是……」

「你沒有盔甲，又沒有武器！別把自己害死，快走！」達利納大吼。

雷納林勒停馬匹。

「快走！」

雷納林奔馳而去。達利納轉身奔向艾洛卡，引誓現形於他等待的手掌中。艾洛卡繼續揮砍怪物胸膛的下半部，每次被碎刃砍中的皮肉，就會發黑萎縮，如果他刺入碎刃的角度夠巧妙，便可以停止心臟或刺穿肺部，但是在怪物還保持直立姿勢時，要做到這點非常困難。

雅多林一如往常的勇猛，在國王身邊下馬。想要阻止螯鉗的攻擊，可是怪物有四隻螯，雅多林只有一個人。兩隻螯同時朝他揮過去。雖然雅多林把一隻螯砍了一塊下來，但是沒有注意到朝他背後揮去的另一隻。

達利納出聲示警時已經太遲。螯鉗將雅多林拋入空中，碎甲發出了啪啪啪的聲響。他在空中劃出一道弧線，重重地落地翻滾。感謝神將，他的碎甲沒有破裂，但是胸甲跟身側出現了大裂縫，飄出許多道白煙。

雅多林緩慢地翻滾，雙手還在移動。他還活著。

現在沒時間想他的事情。艾洛卡落單了。

怪物攻擊，搥入國王腳邊的地面，將他震倒。他的碎刃消失，艾洛卡面朝下地倒在石頭上。

達利納的內心頓時出現改變。遲疑消失了，其他的擔憂已變得毫無意義。他哥哥的兒子有了危險。

他讓加維拉失望，在哥哥生死搏鬥的關頭，自己醉得不省人事。達利納應該在他身邊保護他。現在，他最愛的哥哥只剩下兩件事：加維拉的王國，還有加維拉的兒子，達利納拚死都要保護，以期能贖罪。

艾洛卡一個人，身陷危險。

別的事都已不重要。

❖

雅多林甩甩頭，立刻掐開面罩，深吸一口新鮮空氣，好讓腦筋清醒一點。

戰鬥。他們在戰鬥。他聽到有人尖叫的聲音，岩石晃動的聲音，響亮的啼叫。他聞到發霉的味道。巨殼獸的血。

裂谷魔！他心想。腦子還沒完全清醒過來，雅多林已經重新召喚他的碎刃，強迫自己用手腳撐著跪起。

怪物佇立在不遠處，黑色的陰影與天空相輝映。雅多林倒在牠的右邊，視線越發清晰後，他看到國王也倒在地上，盔甲因爲先前的重擊而龜裂。

裂谷魔舉起巨大的螯，準備要往下揮。雅多林知道悲劇就要降臨。國王會死於一次單純的狩獵之行，王國會崩解，藩王相互敵視，唯一維繫所有人的脆弱連結瞬間消失。

不可以！雅多林震驚地心想，身體雖然不聽使喚，仍然想踉踉蹌蹌地奔向前方。

然後，他看見他的父親。

達利納衝向國王，雖然他穿著笨重的碎甲，但速度與優雅都已超越了人類的極限。他跳過石頭平台，然後彎下腰，滑步從朝他揮來的螯下閃過，其他人以爲他們瞭解如何使用碎刃跟碎甲，但達利納．科林今天證明他們的理解其實如同孩童。

達利納站直身體，往前一跳，以幾吋的距離掠過第二隻擊碎他身後岩石平台的螯鉗。

這只是轉瞬間、呼吸間的事情。第三隻螯正朝國王擊落，達利納大吼一聲，往前一躍。他拋下碎刃，碎刃落地，消失於無蹤，在猛烈揮落的螯下停住腳步，舉起雙手……

頂住了。他在螯鉗的攻擊下折彎了腰，單膝跪倒在地，空中迴蕩著甲殼與甲冑相交的聲音。

可是，他頂住了。

颶父的！雅多林心想，看著父親站在國王身體前方，扛住比他重許多倍的怪物之爪，彎折了腰。震驚的弓箭手呆立，不知該如何是好。薩迪雅司放下了巨弓，雅多林一口氣哽在胸口。

達利納抗衡著巨螯，以力抗力對峙著，全身黑銀色的深灰金屬幾乎像是在散發光芒。怪物仰頭大吼，達利納以響亮的咆哮回敬。

在那一瞬間，雅多林明白，他看到了黑刺，那個他一直希望能有機會與之並肩作戰的人。達利納的手套護甲與肩甲開始碎裂，光網順著古老的金屬往下移動。雅多林終於清醒過來。我得去幫他！

碎刃出現在他手中，他連忙趕到一邊，砍斷最靠近的腿。空中響起碎裂聲。怪物斷了那麼多條腿後，再也撐不住自己的體重，尤其是牠現在正努力地想要壓碎達利納。怪物右側剩餘的腿折斷，發出令人不舒服的尖銳碎裂聲，噴灑出紫黑色的血漿，然後歪倒在地。

一陣天搖地動，雅多林幾乎跪倒在地。達利納拋開如今已變得軟綿無力的獸螯。從許多裂縫中散出的颶光正在他身上蒸騰。距離不遠的國王開始想站起身。自他倒地至今，不過剛過數秒的時間而已。

艾洛卡跌跌撞撞地站起，看著倒地的怪物，然後轉身面向他的叔叔，黑刺。

達利納朝雅多林感謝地點點頭，然後迅速朝怪物的脖子做了一個手勢。艾洛卡點點頭，召喚出他的碎刃，上前深深刺入怪物的肌肉。怪物一片碧綠的眼睛發黑，萎縮，煙霧在空氣中飄散。

雅多林走到父親身邊，看著艾洛卡將碎刃刺入裂谷魔的胸口。如今怪物已死，碎刃終於可以順利地切割牠的皮肉，紫黑的血漿噴出，艾洛卡拋下劍，將手探入傷口，以經過碎甲增強的手臂翻找一陣後，握住某樣東西。

他拔出怪物的寶心——所有的裂谷魔體內都長著的巨大寶石。它凹凸不平，沒有經過打磨，是一顆跟人頭一樣大的純祖母綠。那是雅多林看過最大的寶心。就他見過的小顆寶心都已價值連城，何況是這麼大顆的？

艾洛卡舉高了血腥的戰利品，勝靈出現在他身邊，士兵們發出勝利的呼喊。

14 發薪日

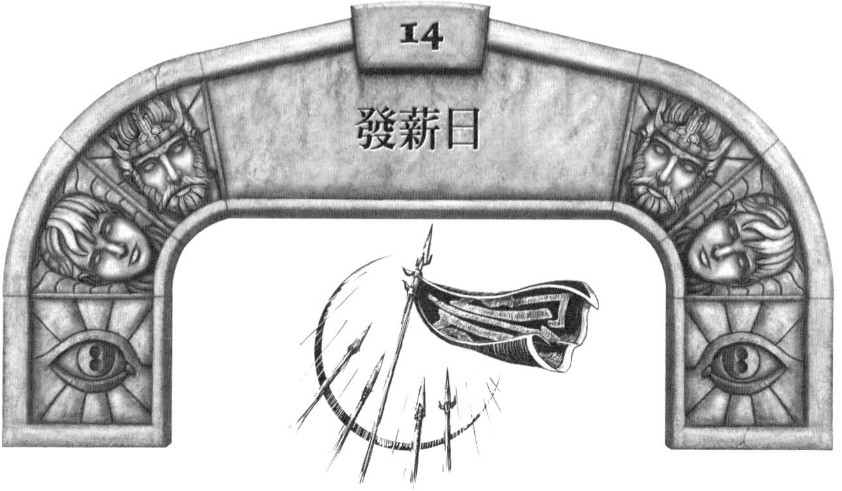

先讓我向你保證，元素很安全。我爲它找到了一個合適的家，可以說我保護它就像看緊自己的皮一樣。

卡拉丁在颶風中做好決定之後的那個早上，他刻意保證自己比其他人都醒得早，掀開了毯子，穿過一整間裹在毯子裡的軀體。他並沒有感覺特別興奮，而是覺得決心滿滿。下定決心要再次開始奮鬥。

奮鬥的第一步，就是用力推開門，讓陽光進來。他身後發出呻吟與咒罵聲，昏昏沉沉的橋兵開始甦醒。卡拉丁轉身面向他們，雙手扠腰。橋四隊目前有三十四名成員。這個數字經常上下變動，但至少要二十五個人才抬得動木橋。只要人數少於二十五人，橋絕對就會翻倒。不過有時候就算用了更多的人，仍然會翻倒。

「起床，整隊！」卡拉丁以他自認最能代表橋隊長的聲音大喊。他很驚訝自己居然聽起來這麼有威嚴。

所有的人睡眼惺忪地眨著眼。

「意思是，下床，排好隊形！颶你們的，給我動作快，不要讓我去把你們一個一個拖出來！」

西兒飄到他的肩膀上，好奇地看著。有些橋兵不解地坐起身，看著他。其他人則是裹著棉被翻身，背向他。

卡拉丁深吸一口氣。「是你們自找的。」他大步走入房間，挑選一名體型精瘦，名叫摩亞許的雅烈席人。他的力氣不小，但是卡拉丁需要抓人做示範，如果他挑個像是度尼或那姆那樣的瘦子不會有用。況且，摩亞許是翻身回去睡的其中一人。

卡拉丁抓住摩亞許的手臂，使盡全力一扯，摩亞許跌跌撞撞地被拉起。他年紀比較輕，可能跟卡拉丁年齡差不多，有張如鷹隼般的臉。

「颶你的！」摩亞許斥罵，扯回手臂。卡拉丁用力一拳揍向摩亞許的肚子，挑了一個會讓他喘不過氣的點。摩亞許震驚地倒吸一口氣，彎下腰，卡拉丁衝上去抓住他的雙腿，把他掛在自己的肩膀上。

摩亞許的重量幾乎讓卡拉丁跌倒在地，幸好扛橋雖然操勞，卻讓他得到足夠的重量訓練，當然，鮮少有橋兵活得夠久足以從中獲益。這是問題的一部分。橋兵大多花時間盯著自己的雙腳，或是做無意義的雜工，然後上頭卻希望他們能扛著橋跑上好幾哩。

他將震驚的摩亞許扛到外面，把他拋在石頭地上。軍營中的其他人開始醒來，木匠來到木材場，士兵們正忙著跑步去吃早餐或完成晨訓。當然，其他的橋兵還在睡覺。他們通常允許橋兵晚起，除非他們一早需要出勤。

卡拉丁留下摩亞許一個人在外頭，走回屋頂低矮的軍營內。「如果必要的話，我會對你們做同樣的事情。」

他不需要這麼做。震驚的橋兵列隊走入陽光下，猛眨著眼睛。大多數人裸著上身背對陽光，只穿著及膝長褲。摩亞許此時站了起來，揉著肚子，瞪著卡拉丁。

「橋四隊必須有所改變。首先，不准晚起。」卡拉丁說道。

「那我們要做什麼？」席格吉質問。他有深褐色的皮膚，黑色頭髮，是馬卜巴奇人，來自羅沙的西南方。他是唯一沒有鬍子的橋兵，口音聽起來可能是亞西須或是艾姆利人。外國人在橋兵隊裡很常見，無法與其他人處得來的人經常會淪落到軍隊最差的地方。

「問得好。我們要開始操練。每天早上在進行日常工作前，我們要扛橋奔跑，增強我們的耐力。」卡拉丁說道。

不止一個人的表情因爲這句話而變得陰沉。

「我知道你們在想什麼。我們的生活還不夠苦嗎？偶爾的空閒時間難道不能休息嗎？」

「沒錯。就是這樣。」有著卷髮，高大壯碩的雷頓說道。

「不對。」卡拉丁立刻斥罵。「出勤會讓我們精疲力竭，是因爲我們大多數時間都沒在鍛鍊。我知道我們有工作，得去裂谷裡挖東西、清廁所、刷地，可是士兵們並不要求我們努力工作，他們只要我們保持忙碌，好讓他們可以忽視我們。

「身爲你們的橋隊長，我的首要責任就是讓你們活下來。我沒有辦法處理帕山迪的箭，所以只好處理你們。我得讓你們變得更強壯。當你們衝向最後一段路，準備架橋，面對箭矢滿天飛的時候，你們可以跑得比較快。」他一一注視行列中的每一個人，與他們四目對望。「我希望橋四隊再也不會失去任何人。」

眾人不可置信地盯著他看。最後，一名手腳粗壯，站在最後一排的男子大笑出聲。他有深金色的皮膚，深紅色的頭髮，將近七呎高，還有粗壯的手臂與寬廣的胸膛。昂卡拉其人，大多數人叫他們食角人，這是一群來自羅沙中部的人，靠近賈‧克維德。他前一天晚上說他的名字是大石。

「瘋子！現在想要帶領我們的是個瘋子！」他抱著肚子大笑出聲。其他人也一起笑了，因爲卡拉丁的話而搖頭。幾隻如小銀魚般的笑靈在空中穿梭，繞著眾人畫出圓形。

「嘿，加茲。」摩亞許將手圍在嘴巴周圍大喊。

矮小的獨眼橋兵士官長正在跟附近幾名士兵聊天。「什麼事？」加茲臉色不善地吼回來。

「這傢伙要我們扛橋做練習。我們需要聽他的嗎？」摩亞許回喊。

「沒啦。橋隊長的話只有在戰場上才算數。」加茲揮手回答。

摩亞許瞥了卡拉丁一眼。「你可以颼他的滾了，朋友，除非你要把我們每個人揍到聽話。」

所有人原地解散，有人回到軍營，有人朝飯屋走去，只留下卡拉丁一個人站在石板地上。

「不太順利。」西兒站在他肩膀上說道。

「是不順利。」

「你看起來很驚訝。」

「不會。我只是很煩躁。」他瞪著加茲，橋隊下士刻意轉過身不看他。「在阿瑪朗的軍隊中，我會接收沒有經驗的新人，但從沒碰過這樣明目張膽直接造反的。」

「有什麼差別？」西兒問道。如此無辜的問題。答案應該很明顯，但她卻不解地偏過頭。

「阿瑪朗軍隊的人知道他們可能會被派到更糟糕的地方，所以你可以懲罰他們。但是這些橋兵知道自己已經在谷底了。」他嘆口氣，感覺緊繃的情緒略微消退不少。「我能讓他們全部從軍營中出來，已經算是運氣好了。」

「所以你現在要做什麼？」

「我不知道。」卡拉丁瞥向依然站在一旁跟士兵們聊天的加茲。「其實，我知道。」

加茲看到卡拉丁走上前來，露出睜大的眼睛和驚慌恐懼的表情。他打斷原本的交談，急急忙忙地繞到一堆木材後面。

「西兒，妳能不能幫我跟蹤他？」卡拉丁說道。

她微笑，變成淡淡的白線在空中穿梭，最後留下一條慢慢消失的蹤跡。卡拉丁站在加茲原本的位置。西兒不久後便飛了回來，重新變成女孩的外貌。「他躲在那兩座軍營的中間，蹲在那裡看你會不會跟上去。」她指著。

卡拉丁露出微笑，繞路拐到軍營去，在一條小巷中看到有個人看著反方向，蹲在陰影中。卡拉丁躡手躡腳地潛近，用力捏住加茲的肩膀。加茲大喊一聲，轉身揮拳，卡拉丁輕而易舉地就抓住了他的拳頭。

加茲驚恐地抬頭看卡拉丁。「我不想說謊！颶你的，出了戰場，你就沒權管人！如果你要對我動手，我會把你……」

「冷靜下來，加茲。」卡拉丁放開他。「我沒有要對你動手。至少現在沒有。」

身形較矮的加茲一步步地往後退，揉著肩膀瞪視卡拉丁。

「今天是第三輪的發薪日。」卡拉丁說道。

「你跟其他人一樣，一個小時以後就能領薪水。」

「不。你現在身上就有錢，我看到你跟信差說話了。」他伸出手。

加茲低聲抱怨，但仍然掏出袋子開始數錢球，怯生生的微弱光芒在球幣中央發亮。鑽石馬克，每一枚價值五鑽石夾幣，一個夾幣可以買一條麵包。

加茲算了四枚馬克，雖然一週有五天，但是他把四枚交給卡拉丁。卡拉丁仍然攤著手。「還有一個，加茲。」

「你說過……」

「快點。」

加茲一驚，又掏出一枚錢球。「小公子，你這個人到底講不講信用啊，你明明答應……」

卡拉丁捏起剛拿到的錢球，放在掌心，伸向加茲，打斷了他的話。

加茲不解地皺眉。

「加茲，不要忘記這是從哪裡來的。我說話算話，但不是你可以扣住我的薪水，這是我給你的。聽懂了嗎？」

加茲一臉茫然，卻不忘快速將錢球從卡拉丁手中奪下。

「如果我發生什麼事，這錢的來源也沒了。」卡拉丁說道，將剩下四枚錢球塞入口袋裡。然後往前踏了一步。卡拉丁很高，加茲只能縮在他的影子中。「記得我們的交易。不要擋我的路。」

加茲拒絕被威脅。他朝旁邊啐了一口，深色的口水黏在岩石上，緩緩滑落。「我才不要幫你說謊。如果你以爲每個禮拜一枚克姆林蟲染色的見鬼馬克能夠讓我……」

「我已經說過我的要求了。橋四隊今天的營區工作是什麼？」

「晚餐時候的刷洗跟清潔。」

「出勤呢？」

「下午。」

意思是早上沒有事。橋隊員會因此而滿意，他們可以把薪水日拿到的錢球花在賭博或妓女身上，暫時忘卻可悲的人生。他們下午得回來，在木材場中值班，等著出勤。吃完晚飯後，他們該去刷鍋子。

又浪費了一天。卡拉丁轉身走回木材場。

「你什麼都改變不了的。這些人會成爲橋兵不是沒有理由。」加茲在他身後喊道。

卡拉丁繼續走。西兒從屋頂上飛到他的肩膀。

「你沒有這個權威。你不是戰場上的小隊長。你只不過是個颶他的橋兵。你聽到了嗎？你沒有軍階，不可能有威信！」加茲大喊。

卡拉丁將小巷留在身後。「他錯了。」

西兒繞到他面前，跟隨他前進的速度，保持同樣距離飄在空中，偏著頭看他。

「威信不是來自於軍階。」卡拉丁摸著口袋裡的錢球。

「那是從哪來的？」

「來自於把自己交給你的人。這是得到它的唯一方法。」他轉身看來的方向。加茲仍然在小巷裡。

「西兒，妳不睡覺對不對？」

「精靈？睡覺？」她似乎覺得他的話挺好笑。

「妳晚上能夠看顧著我嗎？確保加茲不會溜進來趁我睡覺時動手腳？他可能會想派人殺我。」他說道。

「你覺得他眞的會這樣做嗎？」

卡拉丁想了想。「嗯，不，可能不會。我認識十幾個像他這樣的人，小惡霸得到一點點權威就惹人討厭。加茲是個混蛋，但我不覺得他會殺人。況且照他的想法，他根本不需要傷害我，只要等著我出勤時被殺死就好。不過還是小心爲上。妳願意的話，晚上請幫我守夜。如果他有不軌的行爲，立刻把我叫醒。」

「當然好。可是，如果他去找更重要的人怎麼辦？叫他們處決你？」

卡拉丁皺眉。「那我也無能爲力。可是我不覺得他會這麼做，這會讓他在長官面前顯得無能。」

況且，砍頭這項處罰是專爲拒絕衝向帕山迪人的橋兵保留的。只要他願意跑，就不會被處決。事實上軍隊的長官似乎不願意處罰橋兵。卡拉丁身爲橋兵的這段期間，曾經聽說一件關於橋兵殺人的案子，結果那個蠢蛋被吊起來，直接暴露於颶風中。可是除此之外，卡拉丁只看到幾個人因爲鬥毆被扣薪水，還有兩個人因爲一開始出勤時跑得太慢而被鞭打。

處罰，能免則免。這支軍隊的長官們很瞭解，橋兵的生命已經極盡所能絕望了，如果再逼他們，說不定他們會全然不在乎，輕易放棄生命。

很不幸的是，這也意謂著卡拉丁沒有什麼懲罰自己屬下的方法，即使他有這個權力。他必須用別的方法激勵他們。他走到木匠正在建造新橋的木材場。尋找一陣之後，卡拉丁找到了他要的木材——一塊將被組成一座新移動橋的厚木板，一邊裝著橋兵用的把手。

「我可以借用這個嗎？」卡拉丁向一名經過的木匠問道。

男子舉起手，抓了抓滿是木屑的頭。「借？」

「我不會拿出木材場。」卡拉丁解釋，然後將板子舉起，扛在肩膀上。它比他預料的重，所以他很感激皮背心的保護。

「我們晚一點還是要用……」木匠說道，但他的反對不足以阻止卡拉丁帶著木板離開的腳步。

他選了一塊軍營正前方的空石地，然後開始以小跑步來回横越木材場，木板扛在肩上，感覺初升的太陽曬在他的皮膚上。他不斷來回地跑，練習奔跑、走路、慢跑，練習將木板扛在肩膀上，然後伸直手臂舉高木板。

他跑到精疲力竭，好幾次幾乎要當場累趴倒地，但每次都會從體內某處找到新的精力來源，所以他不斷地跑，咬緊牙關抵抗痛楚跟疲累，靠計算腳步來集中注意力。之前跟他講話的木匠學徒找來他的師傅，那人抓抓戴著帽子的頭，研究了卡拉丁一段時間，最後聳聳肩，兩個人離開。

要不了多久，他便吸引了一小群人。包括木材場的工人、士兵，還有許多橋兵。有些其他橋隊的人出言嘲笑他，但是橋四隊的人都比較沉默。許多人不理他，而其他人，像是粗壯的泰夫，娃娃臉的度尼以及其他幾個人都站成一排看著他，彷彿不敢相信他正在做的事。

他們的注視雖然震驚且充滿敵意，卻讓卡拉丁得以繼續跑下去。奔跑的同時也紓解他的煩躁和內心翻騰的怒氣。他氣自己讓提恩失望。氣全能之主創造了一個讓有些人可以錦衣玉食，同時也有些人扛著橋死去的世界。

他靠自己選擇的方式讓自己累到虛脫，感覺出奇的好。他此刻的感覺，就和提恩死後的前幾個月相同，他每天勤練矛術好強迫自己忘記。當中午的鐘聲響起，叫士兵去吃飯時，卡拉丁終於停下動作，將木板放在地板，轉了轉肩膀。他跑了好幾個小時。他是從哪得來的力氣啊？

他跑到木匠的工作區，汗滴濕了石板地，他從木桶裡喝了許多水。木匠們一般都會趕走想從木桶喝水的橋兵，但是今天沒有人說話，他們只是默默地看著卡拉丁喝了兩大瓢充滿金屬味的雨水。他甩掉水瓢上的水滴，朝兩名學徒點頭致謝，然後小跑步回到他放下木板的地方。

古銅色皮膚，壯碩的食角人大石正舉著木板，皺眉深思。

泰夫注意到卡拉丁，然後朝大石點點頭。「他跟我們每個人賭了一枚夾幣，說你一定是挑了一塊輕的板好讓我們佩服。」

如果他們能感覺到他的精疲力竭，就不會這樣充滿懷疑了。他強迫自己從大石手中拿走木板。壯漢滿眼不解地放開木板，看著卡拉丁將木板放回原來的地方，揮手朝學徒致謝，然後小跑步回到一小群橋兵聚集的地方。大石不情不願地賠錢。

「你們可以去吃午餐。我們今天下午要準備出勤，所以一個小時之後回來。在落日前的最後一次鐘響時去餐廳集合，今天的營地工作是晚餐善後。最後到的人負責刷鍋子。」

他們不解地看著他小跑步離開木材場的身影。兩條街外，他鑽入一條小巷，靠著牆壁，急喘著氣倒在地上，躺成大字形。

他覺得自己用盡了肌肉裡的每分力氣。他的雙腿在燃燒，當他想要握拳時，手指虛弱到不聽使喚。他試著在又咳又喘的情況下深呼吸。有名經過的士兵探頭來看，一看到橋兵的制服後便不發一語離開。

良久後，卡拉丁感覺有人輕觸他的胸口。他睜開眼就看到西兒趴在空中，臉朝著他，雙腿朝著牆，但是她的姿勢，還有洋裝垂落的角度，讓她看起來像是直立站著，而不是面朝下地趴著。

「卡拉丁，我有話要對你說。」她說道。

他閉上眼睛。

「卡拉丁，這很重要！」他感覺到有一小股能量擊中他的眼皮，相當奇怪。他咕噥一聲，強迫自己坐起來。她在空中走著，彷彿正在繞過一枚看不見的錢球，直到重新站直身子。

「我決定，我很高興你對加茲言而有信，即使他是個令人噁心的人。」西兒宣告。

卡拉丁花了一段時間才明白她說了什麼。「錢球？」

她點點頭。「我以爲你會食言，但我很高興你沒有。」

「好吧。嗯，謝謝妳告訴我。」

「卡拉丁，這件事很重要。」她氣嘟嘟地說道，雙手在身邊握起拳頭。

「我……」他沒說完，只把頭靠著牆。「西兒，我幾乎沒力氣呼吸，更不要提思考了。請妳直接告訴我，妳在煩惱什麼。」

「我知道說謊是什麼意思。」她走過去坐在他的膝蓋上。「雖然幾個禮拜前，我甚至不瞭解說謊的概念，可是現在我很高興知道你沒有說謊。你還不懂嗎？」

「不懂。」

「我正在改變。」她顫抖，這一定是她刻意要表現出來的反應，因爲她的整個身形一時變得非常模糊。「我知道幾天前不知道的事，感覺好奇怪。」

「這應該是好事吧。妳知道的越多，越好。是吧？」

她低頭。「昨天，等颶風過了之後，我在裂谷旁邊找到你。你原本打算自殺，對不對？」她低聲問道。

卡拉丁沒有回答。昨天。那是上輩子的事了。

「我給了你一片葉子。一片有毒的葉子。你可以用它來自殺或殺人。你一開始在馬車上時，大概就是打算這麼做。」她抬頭望入他的眼睛，小小的聲音似乎充滿恐懼。「今天，我了解到死亡的意思。卡拉丁，我爲什麼知道死亡是什麼？」

卡拉丁皺眉。「以精靈來說，妳一直很奇怪。從一開始就是。」

「從一開始就是？」

他遲疑了，開始回想。不對。她來的前幾次就像其他的風靈一樣作弄他，把他的鞋子黏在地上，然後躲起來。甚至在她堅持陪他度過身爲奴隸的那段時間裡，她也還是跟其他的精靈一樣很快就失去對事物的興趣，到處飛飛看看。

「昨天，我不知道死亡是什麼。今天，我知道了。好幾個月前，我不知道我的行爲舉止對精靈而言是很奇怪的，可是我現在開始明白這件事。我怎麼會知道精靈應該是怎麼樣的？」她的身形縮得更小。「我發生什麼事了？我是什麼？」

「我不知道。重要嗎？」

「不重要嗎？」

「我也不知道我是什麼。橋兵？外科醫生？士兵？還是奴隸？這些都只是標籤。內在裡我就是我。跟一年前比起來很不同的我，但是我不能去擔心這件事，所以只能不斷前進，希望我的雙腳能帶我走到需要去的方向。」

「你不生氣我拿那種葉子來給你？」

「西兒，如果妳沒有打斷我，我已經兩腳踩入裂谷了。那片葉子正是我需要的。就某種程度來說，妳拿了正確的東西給我。」

她微笑，看著卡拉丁開始伸展四肢。結束之後，他站起身，再次走入街道，從之前的疲憊中恢復過來。她飛入空中，落在他的肩頭坐下，手臂往後伸，雙腳垂掛在空中，像是坐在懸崖邊的小女孩。「我很高興你不生氣。可是我眞的覺得，我身上發生的改變都必須怪在你頭上。在我碰見你之前，從來都不需要想什麼是死，什麼是說謊。」

「我就是這樣的人。不論去哪裡都帶著死亡跟謊言。我跟守夜者是一夥的。」他挖苦地說道。

她皺眉。

「那是……」他開口想解釋。

「對，那是嘲諷。」她偏頭。「我知道嘲諷是什麼了。」然後她露出壞壞的笑容。「我知道嘲諷是什麼了！」

他颶父的，卡拉丁心想，望著那對興奮無比的小眼睛。大事不妙了。

「所以，這種事情以前從來沒發生在妳身上？」他問道。

「我不知道。我記不得一年前第一次見到你之前的事了。」

「眞的？」

「這不奇怪。大多數的精靈都沒什麼記性。」西兒說道，聳聳透明的肩膀，一陣遲疑後說：「我不知道爲什麼我知道這件事。」

「嗯！也許這是正常的。妳以前可能也經歷過這種事，只是忘了。」

「你這種講法根本沒有安慰到我。我不喜歡忘記。」

「可是死亡跟說謊不也讓妳不舒服嗎？」

「是的，但是如果我忘記這些記憶……」她望向天空，卡拉丁跟隨她的視線，看到兩隻風靈隨著一陣風在空中追逐嬉戲，毫無憂慮，自由自在。

「害怕前進，」卡拉丁說道。「但又不敢回到自己原本的樣子。」

她點點頭。

「我明白妳的感覺。來吧，我需要吃點東西，等吃完午飯後，我想去買點東西。」他說道。

15 誘餌

你不同意我的追尋。我明白，就如同我能理解一個跟我持有完全相反立場的人一樣。

在裂谷魔攻擊發生的四個小時後，雅多林仍然在處理善後工作。在爭鬥中，怪物把通往營區的橋樑全部破壞殆盡，幸好另一邊還有一些士兵，所以他們去找了橋兵隊。

雅多林走在士兵之中，聽取各小隊的回報。午後的斜陽不斷慢慢地滑下天際，空氣充滿發霉的氣味，這是巨殼獸血的味道。怪物仍然躺在牠倒地的地方，胸膛的傷口大敞。有些士兵正忙著蒐集甲殼，無數的克姆林蟲從旁面跑了出來，享用美味的大餐。雅多林的左邊躺著一排人，頭下墊著披風或襯衫當作枕頭，靠著崎嶇不平的地面。達利納軍隊的隨行外科醫生忙著照顧他們。雅多林暗自感謝父親隨時不忘帶著軍醫的習慣，即使只是今天這種例行的出巡。

他穿著碎甲，腳步不停。士兵可以從另外一條路回到主營區，因爲更深入平原的另一邊還有一座橋，他們可以從那條橋往東走，然後再繞回來。可是達利納無視於薩迪雅司的不滿，直接下了決定，他們要在這裡停留跟休息數個小時，一面照顧傷患，一面等著橋兵隊抵達。

雅多林看著飄揚出笑聲的帳棚。幾顆大紅寶石在柱子上方閃閃發光，每根柱子還有金色的鍊鎖固定位置。這些是不需要火即可散發熱能的法器。他不瞭解法器的運作方法，只知道效用比較大的法器也需要較大的寶石才能運作。

跟往常一樣，他在工作時，其他的淺眸人正耽於逸樂。這次他毫不介意。災難之後，他向來覺得自己沒有辦法安心休息，而這次絕對算得上是一場災難。一名淺眸的低階軍官走上前來，帶來了最新的傷亡清單。那人的妻子唸給他聽，把名單留給他之後退下。

死了將近五十個人，受傷近百人，許多都是雅多林認識的人。國王一開始聽到傷亡數字時，完全不放在心上，只說他們一定會在天上的神將軍隊中獲得職位以獎勵他們的英勇。他似乎很輕鬆地就忘記，要不是有達利納在，他也將會是傷亡名單裡的一個。

雅多林四處張望，尋找他父親的蹤跡。達利納站在台地邊緣，又在看著東方。他想看到什麼？雅多林不是第一次看到父親這種奇特的舉動，但這次顯得格外特殊。站在巨大的裂谷魔前，碎甲發光，阻擋牠殺死自己的侄子，父親的那一幕將永遠存留於雅多林的記憶中。

其他的淺眸人如今不敢再對達利納像先前那般放肆，在過去幾小時中，就連薩迪雅司的人都不敢說任何關於他已經衰老之類的話。不過，他擔心這個現象維持不了多久。達利納確實英勇，但只是偶一爲之。在接下來的幾個星期中，其他人又會開始談論他有多難得發動攻擊，還有他已經喪失了武將的銳氣云云。

雅多林發現他渴望更多。今天當達利納衝上前去保護艾洛卡時，他就像是傳說中年輕時候的那個人。雅多林想要那個人回來。王國需要他。

雅多林嘆口氣，轉過身。他需要將最後的死傷清單交給國王。也許國王會取笑它，但他在等待報告的過程中，說不定能夠聽到薩迪雅司在說些什麼。雅多林仍然覺得他對那個人的瞭解有缺陷之處，而且是他父親很瞭解，自己卻不明白的部分。

於是，做好會受到冷嘲熱諷的心理準備後，他走入帳棚。

❖

達利納面向東方，戴著護甲的雙手交握在背後。在那裡的某處，平原的中央，帕山迪人設立了他們的大本營。

雅烈席卡已經征戰將近六年，長期圍攻這個地方。圍攻的戰略是達利納提出來的，如果要直接攻擊帕山迪人的本營，就得在平原上紮營，在這裡度過颶風，同時仰賴大量脆弱的橋樑。只要失敗一次，雅烈席人可能就會被圍困在其中一區台地上，沒有辦法回到防禦工事之中。

可是，破碎平原同樣也可能是帕山迪人的陷阱。東方跟南方兩邊幾乎已無法跨越，平原經過風蝕後，只剩下宛如尖刺的形狀，帕山迪人絕對沒有辦法跳過中間的距離。平原的兩旁是高山，一群群巨大且危險的裂谷魔住在兩者之間的土地上。

雅烈席卡軍隊因此從西方跟北方將帕山迪人圍困於此，還在南方與東方設立了斥候站以防萬一，帕山迪人插翅也難飛。達利納的論點是，帕山迪人會用盡他們的補給品，要不然就得暴露自己的行蹤才能逃離平原，或是得攻擊雅烈席人的營地。

這是一個極好的策略，只是，達利納沒有預料到寶心的存在。

他轉身背對裂谷，走回台地。他很想去照顧自己的手下，但他需要相信雅多林。現在是由雅多林指揮，這對他而言是一次很好的歷練，而且看起來，他似乎已經帶著最新的一份報告去找艾洛卡了。

達利納看著兒子，露出笑容。雅多林比達利納還要矮一些，頭髮是金色混黑色。金色繼承於母親，至少別人是這麼跟達利納說的。達利納記不得那名女子的半點事情，關於她的所有記憶都已被切除，只留下奇怪的空格與恍惚的部分。有時候他能記得一幕景象——裡面所有人都清晰無比，就只有她是一團模糊。他甚至記不得她的名字。當別人說起她的名字時，它無法在他腦海中駐留，就像是奶油立刻從熱刀上滑落一樣。

他放雅多林自己一個人去向國王報告，逕自走到裂谷魔的屍體邊。牠側躺在地上，眼睛已經燒焦，嘴巴大張，裡頭沒有舌頭，只有巨殼獸的奇怪牙齒，以及許多奇形怪狀，複雜交疊的下顎。有些牙齒是像盤子一樣扁平，用來咬碎外殼，其他比較小的下顎，則是用來撕裂肉或將肉塞入喉嚨。附近的石苞紛紛綻放，伸出藤蔓舔食怪物的鮮血。人跟獵物之間有某種難以言喻的關連，每次達利納殺死像裂谷魔這種龐然大物之後，都會感覺到心中泛起憂鬱。

大多數的寶心不是靠今天這樣的方式採集的。裂谷魔的生命週期相當奇怪，在某一個時期，牠們會去到平原的西邊，那裡的台地比較大。牠們會爬到台地上，結成一個岩石蛹，等著颶風的來臨。

在那段期間裡，牠們毫無反擊之力，只要去到牠棲息的台地，拿錘子或碎刃破壞蛹的外殼，就可以切出寶心，輕而易舉得到一大筆財富，而且只要天氣不是太冷，這些怪物會以　個星期好幾次的頻率爬出來。

達利納抬頭看著巨大的屍首，肉眼幾乎無法辨識的微小精靈正從怪物的身體飄出，消失在空氣中，看起來像是被捏熄的蠟燭所散發的煙霧。沒有人知道那是什麼樣的精靈，它們只會出現在剛被殺死的巨殼獸屍體附近。

他搖搖頭。寶心改變了戰爭的本質。帕山迪人也想要寶心，迫切的需要使他們付出了額外的努力。為了得到這些巨殼獸的寶心而跟帕山迪人戰鬥是合理的，因爲帕山迪人不能像雅烈席人這樣，從國家內部取得源源不斷的供給，所以獵殺巨殼獸的比賽在戰略跟財富上，都是讓圍城戰成功的戰術之一。

隨著夜晚的降臨，達利納看到平原上出現了點點燈火，那是監視裂谷魔何時會爬出來結蛹的監視塔。雖然裂谷魔鮮少在傍晚或晚上爬出來行動，但士兵們仍然沒有絲毫懈怠。斥候以撐竿跳的方式輕盈地在台地之間移動，不需要用到橋。一旦看到裂谷魔，斥候便會發出警告，接下來就變成一場雅烈席人對帕山迪人的競賽。占領平原，然後守住台地直到能取出寶心，或是攻擊先抵達的敵軍。

每個藩王都想要得到寶心。數千名士兵的薪水跟口糧可不便宜，而一顆寶心就可以支付數個月的開銷。況且，當魂師用的寶石越大，寶石就越不容易碎裂。巨大的寶心石也就意謂著幾乎無限的可能性，因此藩王們也相互競賽，先抵達石蛹的人有權跟帕山迪人交手，搶取寶心。

他們其實可以輪流，但雅烈席人的民族性不容許如此。競賽對他們而言是信條。弗林教教導眾人，最優秀的戰士有權在死後加入神將的行列，所以，上戰場把寧靜宮從引虛者手中搶回來吧！藩王們是朋友，但也是對手。將寶心拱手讓人……本質上就是不對。最好還是要比賽。因此原本的戰爭成爲一場賽事，以性命相搏的比賽，但也是最精采的比賽。

達利納離開倒地的裂谷魔身邊。他明白過去六年來每件事發生的過程，有一些甚至是他催生的，但直到現在，他開始擔心了。他們在消滅帕山迪人的數量上是有進展，但是一開始的目標，爲加維拉復仇這件事，幾乎已經被忘記。雅烈席人平常閒適過日子，然後參加比賽，之後繼續賦閒在軍營裡。

雖然他們殺了許多帕山迪人，一開始估算的人數如今已經去了四分之一，可是還是花太久了。圍城戰持續了六年，如果沒有變化，很自然地會再持續六年。這件事讓他很心煩。顯然帕山迪人也預料到他們會被圍攻，因此準備了許多補給品，早就做好準備，把全族人民遷徙到破碎平原，使用這些被神將詛咒的台地跟裂谷當作數百具天然的護城河與防護工事。

艾洛卡派了使者，要求他們解釋殺害他父親的原因。卻從來沒有人回覆。他們承認是他們下令動的手，但是沒有任何解釋。最近，似乎只有達利納一個人會思索這問題。

達利納看著一旁，艾洛卡的侍從們都回到了帳棚享受酒跟點心。開放式帳棚染成紫色與黃色，輕風吹撫過帆布。守颶人說，今天晚上只有極少的機會颶風會出現。希望全能之主保佑，那時候我們已經回到營地了。

颶風。幻境。

團結他們……

他眞的相信自己見到的景象嗎？他眞的認爲全能之主親自對他說了話？達利納．科林，黑刺，令人懼怕的梟雄。

團結他們。

薩迪雅司從帳棚走入夜晚。他拿下了頭盔，露出一頭濃密的黑色卷髮，垂落在肩頭，穿著碎甲的身影相當威武，甲冑遠比最近流行的可笑絲綢蕾絲禮服來得好看。

薩迪雅司與達利納四目對望，微微點頭，意思是我的部分完成了。薩迪雅司在外面閒逛了一會，然後重新進入帳棚中。

所以薩迪雅司記得邀請法瑪參加狩獵的原因。達利納現在得去找法瑪。他開始走向帳棚。雅多林跟雷納林站在國王附近。那孩子向國王報告了沒有？他覺得雅多林可能又想旁聽薩迪雅司跟國王的對話。達利納得處理這件事，他可以理解這孩子對薩迪雅司的仇視，但那對大局沒有幫助。

薩迪雅司正在跟國王閒聊。達利納準備去找站在帳棚後方的法瑪藩王，但國王阻止了他的前進。

「達利納，來這裡。薩迪雅司告訴我，單單過去幾個禮拜，他就贏得了三枚寶心！」國王說道。

「確實如此。」達利納走上前來。

「你贏得幾枚？」

「包括今天這一枚？」

「不，今天以前。」國王回答。

「沒有，陛下。」達利納承認。

「那是因爲薩迪雅司的橋隊吧！他的橋隊比你的有效多了。」艾洛卡說道。

「也許我過去幾個禮拜沒有贏得任何東西，」達利納語氣僵硬地回答。「但是我的軍隊在過去的衝突中贏的數量絕對不少。」寶心可以下沉淪地獄去，我才不管。

「也許吧，但你最近做了些什麼事？」艾洛卡說道。

「我忙著處理其他重要的事情。」

薩迪雅司挑眉。「比戰爭更重要？比復仇更重要？有可能嗎？還是這只是藉口？」

達利納瞪了藩王一眼，薩迪雅司只是聳聳肩。他們是盟友，但不是朋友。已經不是了。

「你應該改用那種橋。」艾洛卡說道。

「陛下，薩迪雅司的橋浪費了許多性命。」達利納說道。

「可是速度也快。達利納，你總是用滾輪橋實在太蠢了，平原的這種地面會讓你的行動滾輪橋耗費太多時間，行進經常都會被阻撓。」薩迪雅司從容地回答。

「戰地守則明言，將軍不得要求任何人進行就連自己也不願意親自去做的事情。告訴我，薩迪雅司，你願意在你用的橋隊裡跑第一排嗎？」

「我也不會吃稀粥或挖溝渠。」薩迪雅司嘲諷地說道。

「可是如果有必要，你可能還是會吃粥挖溝。橋隊不一樣。颶父的，你甚至不讓他們用盔甲或盾牌！你願意不穿碎甲就上戰場嗎？」達利納說道。

「橋兵的功效很重要。他們能讓帕山迪人分神，不會射殺我的士兵。我一開始給過他們盾牌，結果你知道發生什麼事情嗎？帕山迪人開始不理橋兵，所有的箭都射向我的士兵跟馬匹。然後我發現只要把橋的數量加倍，減輕重量，而且不被盔甲、盾牌拖累，橋兵的效率就會快上許多。

「你懂了嗎，達利納？帕山迪人被那些沒有穿甲冑的橋兵誘惑得忍不住老是把他們當成主要的標靶！是，我們每次攻擊時會損失幾支橋隊，但數量鮮少會嚴重到影響我們的進度。帕山迪人老是射他們，要我猜，不管基於什麼理由，他們一定覺得射殺橋兵會損害到我們的力量，就好像對軍隊而言沒有穿甲冑又扛著橋的人，跟穿著碎甲的騎士一樣重要。」薩迪雅司似乎覺得萬分好笑地搖頭。

達利納皺眉。*弟弟，加維拉當初寫下的是，你必須找到一個人所能說出，最重要的話語……*這句話引述自《王道》一段古老的文字，而書裡的內容與薩迪雅司話中的意味大相徑庭。

「不管如何，你不能否認我的方法極爲有效。」薩迪雅司繼續說道。

「有些時候，耗費的代價遠勝於戰利品的價值。我們獲得勝利的方法跟勝利本身一樣重要。」達利納回答。

薩迪雅司不可置信地看著達利納。就連走近的雅多林跟雷納林都似乎被他的這句話嚇住了。這句話背後的思想，與雅烈席人的價值觀完全背道而馳。

可是達利納最近的心神都被他的幻境景象跟書中的話語占據，他覺得自己越來越不像雅烈席人。

「達利納光明爵士，爲了贏得勝利，任何代價都是值得的。」薩迪雅司說：「爲了贏得比賽，傾盡一、切是應該的。」

「這是戰爭，不是比賽。」達利納說道。

「萬物都是比賽。所有人與人的互動都是競賽，有輸有贏。只是，有些人輸得相當悽慘。」薩迪雅司揮手說道。

「我的父親是雅烈席卡最著名的戰士之一！」雅多林怒斥，闖入他們之間。國王朝他挑挑眉，但沒有介入。「薩迪雅司，你親眼目睹了他先前的戰績，而你可是拿著弓躲在後面的帳棚裡！我的父親擋住了怪物。你是個懦……」

「雅多林！」達利納喝叱。他的話說得太重了。「約束自己的言行。」

雅多林咬緊牙關，手握在身側，好像忍不住想召喚他的碎刃。雷納林上前一步，輕輕地按住雅多林的手臂，雅多林不情願地往後退。

薩迪雅司幸災樂禍地笑了，轉向達利納。「一個兒子幾乎沒有自制力，另一個兒子無能平庸。老朋友，這就是你的血脈？」

「薩迪雅司，不論你怎麼想，我都以他們爲榮。」

「那個火把小子我可以瞭解，你也曾經跟他一樣。可是另一個呢？你看到他今天是怎麼衝入戰場的。他甚至忘記拔劍也沒持弓！他是個廢物！」

雷納林滿臉通紅低下頭。雅多林猛然抬頭，再次伸出手，朝薩迪雅司踏上一步。

「雅多林！我來處理。」達利納說道。

雅多林看著他，藍色的眼睛因爲憤怒而發光，可是沒有召喚他的碎刃。

達利納將全部的注意力放在薩迪雅司身上，聲音很低，卻很清晰。「薩迪雅司。剛剛是我聽錯了吧？

你應該沒有公開地在國王面前說我的兒子是廢物。你一定不會這麼說吧？因爲面對這樣的侮辱，我只能召喚碎刃，要你血償，接著破壞復仇同盟，讓國王最重要的兩名盟友相互廝殺。你一定沒有那麼愚蠢吧！我一定是聽錯了？」

所有人大氣都不敢出一聲。薩迪雅司遲疑了。他沒有示弱，而是與達利納四目交望，但他的確遲疑了。

「也許，你聽錯話了。」薩迪雅司緩緩開口。「我不會侮辱你的兒子。那麼做就太……不智了。」互視的兩人達成某種共識，達利納點點頭，薩迪雅司也迅速地一點頭，他們不會讓對彼此的憎恨變成危害國王的事件。講話時針鋒相對是一回事，但是拔劍決鬥則是另一回事。他們不能冒險這麼做。

「好吧，沒事了。」艾洛卡說道。他允許他的藩王們相互傾軋，爭取地位與影響力。他認爲他們會因此變得更強大，並且越少反對他。這是長久以來，獲得一致認可的君王心術。達利納發現自己越發不能苟同。

團結他們……

「這件事應該就這麼算了吧。」艾洛卡說道。

一旁的雅多林看起來相當不滿，好像眞的希望達利納能夠召喚碎刃與薩迪雅司對決似的。達利納覺得自己仍然血脈僨張，剛才的刺激還誘惑著他，但被硬生生地壓了下去。此時此刻，不行。艾洛卡需要他們，不行。

「也許我們可以就這麼讓這件事算了，陛下。可是我懷疑達利納跟我的這番討論是否會有結束的一天，除非他重新學會應該怎麼樣做個男人。」薩迪雅司說道。

「我說夠了，薩迪雅司。」艾洛卡說道。

「你說夠了?」一個新的聲音插入他們的對話。「我覺得薩迪雅司只要再說一個字,所有人都會覺得眞是『夠了』。」智臣從一群群侍從間穿梭而來,一手握著酒杯,腰上別著銀劍。

「智臣!你什麼時候來的?」艾洛卡驚呼。

「陛下,我在與怪物的打鬥盛宴開始前才趕到。」智臣鞠躬回答。「我原本想來找您,但是裂谷魔比我搶先一步。我聽說您與牠的對話相當精采。」

「那你就已經到了好幾個小時!你去做什麼了?我怎麼會沒注意到你?」

「我有……事情要處理。可是我不能不參與狩獵,我不希望您的身邊沒有我。」

「我現在處理得不錯。」

「但還是相當糊塗啊!」智臣說道。

達利納端詳著一身黑的男人。該怎麼看待智臣呢?他絕對口舌機敏,可是太口無遮攔,就像之前他提起雷納林的事情一樣。這個智臣的氣質相當奇特,達利納不知該如何看待他。

「薩迪雅司光明爵士,我實在很遺憾看到你在這裡。」智臣啜了一口酒。

「我覺得你應該會高興看到我。我似乎總是提供你許多娛樂。」薩迪雅司挖苦地說道。

「很不幸,確實如此。」

「不幸?」

「是的,不幸。因爲啊,薩迪雅司,你實在太容易打發了。就連沒受過什麼教育,沒多少腦子,隔天宿醉的小僕人都能夠開你玩笑。我根本不需要耗費半點心力!而你的本質反而讓我的笑話變成笑話。所以,你的愚蠢讓我顯得無能。」

「艾洛卡,我們眞的必須要忍受這個……東西嗎?」薩迪雅司說道。

「我喜歡他。他能逗我笑。」艾洛卡微笑地說。

「可是卻消費了那些對你忠誠的人。」

「消費？」智臣打斷。「薩迪雅司，你應該沒有付過我半枚錢球吧！不過呢，拜託你，請不要付我錢。我不能拿你的錢，因為我知道你為了得到想要的，『會付』多少人錢。」

薩迪雅司臉色漲紅，但他克制住自己的脾氣。「智臣，你拿妓女的梗來說笑？你就這麼點才能嗎？」

智臣聳聳肩。「我只是實話實說，薩迪雅司光明爵士。每個人都有他自己該做的事。我是耍賤，你是耍賤人。」

薩迪雅司聞言全身一僵，臉色氣得通紅。「你這個蠢蛋。」

「如果智臣是蠢蛋，那人類就太慘了。薩迪雅司，給你個提議：如果你能開口說話，但不是可笑的話，那麼我這個禮拜都不會打擾你。」

「我想這不困難吧！」

「可是你已經失敗啦。」智臣嘆口氣。「因為你說『我想』，我想像不出比你在想事情更可笑的念頭了。小雷納林王子，你呢？你的父親要我不要騷擾你，那你能不能說話，說的卻是不可笑的話？」

所有人都看著站在他哥哥身後的雷納林。雷納林遲疑了，眼睛因為眾人的注視而大睜。達利納開始緊繃起來。

「不可笑的話。」雷納林緩緩說道。

智臣大笑。「這個答案，我滿意！非常聰明！如果薩迪雅司光明爵士控制不了自己殺了我，那也許你可以取代我成為國王的智臣。你的腦子似乎動得夠快啊。」

雷納林面上一喜，讓薩迪雅司的情緒變得更為惡劣。達利納打量著薩迪雅司藩王，發現他的手已經按上了劍柄，不過不是碎刃，因爲薩迪雅司沒有碎刃，但是他帶著淺眸人的隨身窄劍，足夠要人性命。達利納與薩迪雅司並肩作戰過許多次，知道那個人是劍術高手。

智臣上前一步，柔聲開口：「怎麼樣，薩迪雅司？你要幫雅烈席卡的忙，把我們兩個都處理掉嗎？」殺死國王的智臣是合法的，但這麼做的同時，薩迪雅司將會喪失他的頭銜與領地。大多數人覺得這個交易太不划算，所以不敢公開這麼做，當然，如果有辦法暗殺智臣卻不讓任何人知道是你下的手，自然另當別論。

薩迪雅司緩緩地把手從劍柄上移開，然後簡潔地朝國王一點頭，轉身離開。

「智臣，薩迪雅司是我的愛卿，你不需要這樣折磨他。」艾洛卡說道。

「我不同意。對大部分的人來說，當國王的愛卿已經夠折騰了，他卻不這麼想。」智臣說道。

國王嘆口氣，看著達利納。「我應該要去安撫薩迪雅司，不過，我有件事一直想問你：你研究過我之前問的問題了嗎？」

達利納搖搖頭。「我忙著照顧軍隊，但是我現在會去處理這件事，陛下。」

國王點點頭，快步跟上薩迪雅司。

「父親，剛才那是怎麼一回事？國王覺得有人在監視他嗎？」雅多林問道。

「不是。這是新的事件。我一會兒告訴你。」達利納回道。

達利納望向智臣。全身黑衣的男子正在拉扯手指關節，一次一節地發出啵的聲響。他注意到正在注視他的達利納，於是眨眨眼睛，然後走開了。

「我喜歡他。」雅多林又說了一次。

「我可能快被說服了，也許有一天會同意你的觀點。」達利納揉著下巴說道。「雷納林，去蒐集傷者的數字。雅多林，跟我來。我們要去查國王說的那件事。」

兩名年輕人都露出茫然的表情，但還是依言去做。達利納開始穿過台地，走向裂谷魔躺著的屍體邊。

讓我們看看，你這次的擔憂帶來了什麼結果，侄子，他心想。

❖

雅多林把長長的皮帶放在掌心裡翻來轉去地瞧著，它幾乎有一掌寬，一指厚，皮帶末端是不平整的撕裂痕跡。那是國王用來捆住馬腹和馬鞍的束帶，之前在與裂谷魔戰鬥時突然斷裂，把馬鞍跟國王甩落。

「你怎麼想的？」達利納問道。

「我不知道。它看起來沒那麼老舊，我想一定是因爲長時間耗損，才變得這麼容易斷裂。」雅多林說道。

達利納接過皮帶，陷入沉思。去找橋兵的士兵們尚未回來，但天色已經漸漸轉黑。

「父親，艾洛卡爲什麼要我們查這件事？他是要我們去責罵那些沒有看顧好馬具的馬伕嗎？還是……」雅多林突然明白父親的沉默。「國王認爲這是刻意被割斷的，對不對？」

達利納點點頭。他戴著護甲的雙手翻轉著皮帶，雅多林看得出父親正在沉思。老舊的皮帶如果遇上穿著碎甲的人，磨損過度的地方的確很容易斷裂。這條皮帶斷掉的地方是繫在馬鞍上的那一端，馬伕本來就很容易忽略這個小細節，這是最合理的解釋。可是，如果以略微多疑的眼光來審視這件事，確實有可能覺得其中必有陰謀。

「父親，他越來越疑神疑鬼了。你知道他就是這樣。」雅多林說道。

達利納沒有回答。

「只要有影子，他就覺得會是殺手。捕風捉影。皮帶本來就會斷的，這不代表有人想要殺他啊！」

「如果國王擔心，我們就該調查。這個斷裂的地方有一邊比較光滑，好像被什麼東西割過，只要一拉扯就會斷裂。」達利納說道。

雅多林皺眉。「也許吧！」他沒注意到這個細節。「可是父親你想一想，爲什麼會有人要割他的皮帶？從馬背上摔下來對碎刃師而言算不了什麼。如果是謀殺，手段也太拙劣了。」

「如果是謀殺，就算手段拙劣，我們仍然需要擔心。這件事發生在我們當值的時候，而且他的馬匹是我們的馬伕在照顧，所以我們更需要調查這件事。」

雅多林呻吟了一聲，難以控制內心的煩躁。「其他人已經在私底下傳，說我們成了國王的貼身護衛跟寵物了。如果他們再聽說無論理由多荒謬，我們都會花時間去調查他每一次的妄想，這些人會怎麼想？」

「我從來不在乎他們說什麼。」

「我們的時間都花在後勤工作，其他人卻把時間用在爭取財富跟榮耀。我們幾乎沒有時間去進攻台地，因爲我們得把時間浪費在這種事情上面！如果我們要趕上薩迪雅司，我們就要參與戰鬥！」

達利納看著他，眉頭鎖得更緊，雅多林硬生生壓下他的怒火。

「我們現在應該是在談論這條斷掉的皮帶吧。」

「我……對不起。我剛才說話太衝了。」

「也許吧。可是，也許我需要聽到你親口對我這麼說。我注意到方才我制止你挑釁薩迪雅司時，你不太滿意。」

「我知道你也恨他，父親。」

「你知道的事實並非全貌。我們等一下再處理。現在，我可以發誓……這條皮帶看起來的確像是被割斷的，也許我們漏掉了什麼細節。這整件事可能遠比我們所知道的更複雜，只是它沒有按照原訂計畫發生而已。」

雅多林遲疑了。這整件事似乎太複雜，但是雅烈席卡淺眸人正喜歡規劃這種細節龐雜的陰謀。「你覺得可能是那些藩王們下的手嗎？」

「有可能。」達利納說道。「但我懷疑他們會希望他死。只要艾洛卡還在王位上，這些藩王們就可以參加這場戰爭，養肥他們的錢包。他對他們沒什麼要求。他們喜歡他當國王。」

「很多人會因爲地位而想要那個位置。」

「是沒錯。我們回去之後，看看有沒有人最近炫耀得太過分。去調查一下洛依恩，看他是否還因爲上個禮拜宴會中智臣對他的侮辱而心懷不滿，叫塔拉塔去檢查貝沙伯藩王爲國王提供芻螺的契約。在之前的契約中，他曾經嘗試要納入條件提高他的繼承順位。自從你的伯母娜凡妮離開以後，他就一直很囂張。」

雅多林點點頭。

「你看看能不能查出這條皮帶的來歷，找個皮匠研究一下，請他告訴你對於這個裂痕的看法。問馬伕他們有沒有注意到什麼不尋常的地方，同時留心看看最近有沒有誰突然多了一筆來路不明的錢球。」達利納說完，遲疑了一下又說：「然後把國王的守衛人數加倍。」

雅多林轉身瞥向帳棚。薩迪雅司正緩緩走出。雅多林瞇起眼睛。「你覺得會不會……」

「不會。」達利納打斷他的話。

「薩迪雅司是條狡猾的鰻魚。」

「兒子，你不能一直對薩迪雅司有這麼深的成見。他喜歡艾洛卡，其他大部分的人可不是這麼想。但他是我少數願意將國王的安危交到他手中的人。」

「父親，我可以跟你保證，我不會這麼做。」

達利納沉默片刻。「跟我來。」他把皮帶交給雅多林，然後開始走回帳棚。「我要讓你明白一些關於薩迪雅司的事情。」

雅多林又嘆了一口氣，無奈地跟在他身後，兩個人走過明亮的帳棚。裡面的深眸人正在遞送食物跟飲料，女子們則坐在一處謄寫訊息或記錄戰況。淺眸人快速地交談，語氣興奮，相互稱讚國王的勇猛。所有人都穿著符合身分的深色衣服：深紅、深藍、森林綠或暗橘色。

達利納來到法瑪藩王身邊，對方正和一群他隨身的淺眸侍從們站在帳棚外面。他穿著一件時髦的褐色長外套，周圍有開口，顯示出裡面的鮮黃色絲質襯裡，這種設計比較低調，不像直接把絲綢穿在外面那麼奢華。雅多林覺得這種款式挺好看的。

法瑪是名開始禿頭的圓臉男子。他的短髮直直豎起，有著淺灰色的眼睛。他習慣瞇著眼睛看人，如今也正瞇眼睛看著走過來的達利納跟雅多林兩人。

*這是怎麼一回事？*雅多林在內心自問。

「光爵。我來確保你一切舒適安好。」達利納對法瑪說道。

「如果我們能回去，那才是眞正的舒適安好。」法瑪瞪著洛下的夕陽，彷彿在責怪太陽犯了某種過錯。一般來說，他的心情不會這麼糟。

「我很確定我的人已經盡量快了。」達利納說道。

「如果我們來的一路上沒有被你拖慢，我們就不會這麼晚到。」法瑪說道。

「我喜歡小心一點。說到小心，我有一件事一直打算跟你談。我的兒子和我能跟你私下談一下嗎？」

法瑪皺眉，卻還是讓達利納帶著他離開了他的隨從。雅多林跟在後面，越來越不解。

「那是隻大怪獸，我沒見過比牠更大的。」達利納對法瑪說道，朝倒地的裂谷魔點點頭。

「也許吧。」

「聽說你們最近的出擊很順利，殺死了幾隻結蛹的裂谷魔。我應該要恭喜你。」

法瑪聳聳肩。「我們贏到的幾隻體型都很小，跟艾洛卡今天取得的寶心比起來簡直差太多了。」

「小寶心比沒寶心好。聽說你有計畫加強戰營的東牆？」達利納很有禮貌地問道。

「嗯？噢，對，在補洞，讓防禦工事做得更好。」

「我會告訴陛下你想要購買魂師的使用權。」

法瑪皺著眉頭轉向他。「魂師？」

「取得木材啊。你不會不用鷹架就架牆吧？破碎平原遠離文明，幸好有魂師幫我們提供木材一類的東西，你說是吧？」達利納平和地說道。

「呃，是。」法瑪說道，臉色越發難看。雅多林的目光從他轉移到父親身上。這兩人的對話之下暗潮洶湧，達利納不是在說牆壁用的木材，而是在點名，所有藩王都需要靠魂師才能餵飽自己的軍隊。

「國王很慷慨，允許他人使用魂師，你不覺得嗎，法瑪？」達利納說道。

「我懂你的意思，達利納，不需要一直拿石頭砸我的臉。」法瑪半自嘲地說道。

「我本來就不是個手段巧妙的人，光爵。我只是個辦事有效率的人。」達利納說完便轉身離去，揮手要雅多林跟上。雅多林一邊離開一邊轉過頭去看法瑪。

「他最近對於艾洛卡出借魂師然後收取費用一事有諸多抱怨。」達利納輕聲說道。這是國王向諸藩王徵收的主要稅目。艾洛卡本人除了在偶爾的狩獵中取得寶心之外，平常不會參與寶心的爭鬥。他並不會以身犯險上戰場，這種作法也比較適當。

「所以……？」雅多林說道。

「所以我在提醒法瑪，他有多需要國王。」

「好吧，這應該挺重要的，但跟薩迪雅司有什麼關係？」

達利納沒有回答。他只是一直在台地上走著，最後在裂谷的邊緣停下。雅多林來到他身側，跟他一起等待。幾秒鐘後，出現一個人，身上的碎甲輕聲敲擊。是薩迪雅司。他站到達利納的身邊。雅多林瞇起眼睛看著對方，薩迪雅司挑起眉毛，卻沒有對他的存在表示任何意見。

「達利納。」薩迪雅司說道，眼睛直視著平原。

「薩迪雅司。」達利納的口氣簡潔，自制。

「你跟法瑪談了？」

「談了。他很清楚我的意圖。」

「我相信他絕對很清楚，這是意料中的事。」薩迪雅司的語氣帶著一絲戲謔。

「你跟他說了你要漲他的木材價？」

薩迪雅司控制了這一區中唯一的大片森林。「我要雙倍。」薩迪雅司說道。

雅多林轉過頭。法瑪正看著他們站在裂谷邊，表情跟颶風一樣陰沉，怒靈像是汩汩湧出的鮮血一般出現在他的腳邊。達利納跟薩迪雅司同時對他傳達了非常明確的訊息。

啊……所以他們才邀了法瑪一起來，就是爲了方便他們對他下手，雅多林終於明白。

「會有用嗎？」達利納問道。

「我相信會有用。法瑪這個人只要受點刺激，很容易就會配合，他會明白使用魂師，遠比自己弄一條通回雅烈席卡的補給線好太多了。」

「也許我們該跟國王說這些事。」達利納說道，看著站在帳棚裡，對此一無所知的國王。

薩迪雅司嘆口氣。「我跟他提過了，可是他的腦子不適合這種事。達利納，你就讓那孩子自己轉念頭吧，他滿腦子都是復仇正義，只想高舉著劍，攻向殺害他父親的敵人。」

「他最近似乎不太在意帕山迪人，比較在意晚上的刺客。那男孩的疑神疑鬼讓我擔心，我不知道這些都是從何而來的。」達利納說道。

薩迪雅司笑了。「達利納，你是認眞的嗎？」

「我向來很認眞。」

「我知道，我知道，但你不會不知道那孩子的疑神疑鬼是從哪來的吧？」

「來自他父親被殺死的方式？」

「來自他叔叔對待他的方式！一千名守衛？而且每塊台地都得停下來讓士兵搜查一輪後才能跨越？有必要嗎，達利納？」

「我想小心一點。」

「其他人會說這是疑神疑鬼。」

「戰地守則……」

「戰地守則是一堆理想化的廢話，是詩人在描述他們認爲的世界觀罷了！」薩迪雅司說道。

「加維拉相信守則。」

「結果看看發生了什麼事。」

「那他在爲性命搏鬥時，你又在哪裡？」

薩迪雅司瞇起眼睛。「所以我們現在要舊事重提？像兩個在晚宴上不期而遇的舊情人一樣？」

雅多林的父親沒有回答。雅多林再次發現自己根本不明白達利納跟薩迪雅司的關係。他們之間的唇槍舌劍是認眞的，光看他們的眼神就知道他們是眞的難以忍受對方。

可是兩個人卻站在這裡，一起討論要如何扳倒另一名藩王。

「我用我的方法保護那孩子，你用你的。但是不要跟我抱怨他的疑神疑鬼。是你堅持連睡覺都要穿制服，免得帕山迪人罔顧所有先例跟理智決定突襲戰營。就別說什麼『我不知道他這些想法都從何而來』！」薩迪雅司說道。

「走吧，雅多林。」達利納說道，轉身要離開。雅多林跟在身後。

「達利納。」薩迪雅司從身後喊道。

達利納腳步一頓，轉過身。

「你發現原因了嗎？他爲什麼那樣寫？」薩迪雅司問道。

達利納搖搖頭。

「你找不到答案的，這是個愚蠢的任務，老朋友，你整個人都被它拖垮了。我知道颶風颳起期間發生在你身上的事情。你給自己的壓力太大，反而把自己逼瘋了。」

達利納轉身，繼續遠離，雅多林趕緊跟上。最後那段對話是什麼意思？爲什麼說「他」寫的？男人不寫字。雅多林想開口問，但他看得出父親此刻心情不佳，不是追問的好時機。

他跟達利納一起走上隆起的小石堆，然後一路向上，直到來到頂端，由上而下俯視裂谷魔。達利納的手下還在採集怪物的肉跟甲殼。

他與父親兩人就這樣站在那裡好一會兒，雅多林滿心都是疑問，卻不知該如何啓口。

終於，達利納先開口。「我跟你說過，加維拉給我的遺言是什麼嗎？」

「沒有。我一直想知道那個晚上的事情。」

「『弟弟，今天晚上你得嚴守戰地守則。今晚的風意有點奇怪。』這是那天晚上，我們開始簽約慶祝晚宴之前，他告訴我的最後一段話。」

「我不知道加維拉伯父也遵守戰地守則。」

「是他告訴我這一套準則的。他在我們剛統一時找到了這篇文章，是古雅烈席卡時期留下的遺物。不過他是在死前不久才開始遵守。」達利納的聲音透露出一絲遲疑。「兒子，那是段很奇怪的時間。加絲娜跟我都不知道該怎樣看待加維拉的改變。那時，我以爲戰地守則都是些蠢話，尤其是要求高階軍官就算在非戰時都不得飲用烈酒的那一條。」他的聲音越發放輕。「當加維拉被殺死時，我人事不省地倒在地上。我可以記得很多人在講話，想要把我叫醒，但我喝得太醉，醒不過來。我應該要在他身邊的。」

他望向雅多林。「我不能活在過去。那是愚蠢的行爲，我因爲加維拉的死而深深自責，但我現在已經無法再爲他做些什麼。」

雅多林點點頭。

「兒子，我一直希望，只要我能要求你持續遵從戰地守則，總有一天你會跟如今的我一樣，瞭解守則的重要性——只希望你不會像我一樣，獲得那種重大的教訓。無論如何，你仍然需要明白。你屢屢提及薩迪雅司，要打敗他，要跟他競爭。但你知道我哥哥死時，薩迪雅司扮演的角色是什麼嗎？」

「他是誘餌。」雅多林說道。薩迪雅司、加維拉和達利納，他們在加維拉死前是很好的朋友。所有人都知道這件事。他們一起征服了雅烈席卡。

「是的。他跟國王在一起，聽到士兵喊碎刃師在攻擊寢宮。誘餌的主意來自薩迪雅司，他穿上了加維拉的袍子，代替他逃走。他的行爲無異於自殺。他沒有穿碎甲，卻想要碎刃師殺手去追殺他。我由衷認爲這是我所聽過最英勇的事情之一。」

「可是失敗了。」

「是的。有一部分的我永遠無法原諒薩迪雅司的失敗。我知道這是不合理的，但是他應該跟在加維拉身邊，就像我應該跟在他身邊一樣。我們害死了我們的王，因此無法原諒對方。可是我們兩個人仍然有一個共同的目標。我們在那天發誓，會保護加維拉的兒子，不計代價，不計私怨，我們都要保護艾洛卡。

「所以我來到了平原。不是爲了財富或榮耀，我已經不在乎這些東西了。我是爲了我敬愛的兄長而來，還有爲了我眞心喜愛的侄子而來。雖然薩迪雅司跟我有共同的目標，但這件事也同樣造成了我們之間的歧見。薩迪雅司認爲保護艾洛卡最好的方式就是殺死帕山迪人。他殘暴地逼迫自己跟手下進攻這些平原，我相信有一部分的他認爲我沒有這麼做，等同於背叛了我的誓言。

「可是那不是保護艾洛卡的方法。他需要穩固的王位，支持他的盟友，而不是相互競爭的藩王。讓雅烈席卡變得更加富強，遠比殺死敵人更能保護他。加維拉的畢生志業就是要讓藩王們團結一心……」

他沒再說下去。雅多林等著聽他繼續，但達利納再也沒說話。

最後，雅多林開口：「薩迪雅司。他……我很訝異你會說他很英勇。」

「他很勇敢，而且心機深沉。有時候，我會不小心被他華麗的服裝跟誇張的態度誤導，反而低估他。但他其實是個好人，兒子。他不是我們的敵人。我們兩人有時候對待彼此是挺小心眼的，但是他的目標是保護艾洛卡，所以我希望你能尊敬這一點。」

要怎麼回覆這樣的說法？*你恨他，卻要我不能恨？*「好吧。在他身邊時我會謹言愼行。可是父親，我仍然不相信他。請你至少要想一下也許他不像你那麼致力於保護國王，而是在耍弄你。」雅多林說道。

「好的。我會想一想。」達利納說道。

雅多林點點頭。好歹有點進展。「他最後說的又是怎麼一回事？寫了什麼？」

達利納遲疑了。「這是他跟我共同的祕密。除了我們之外，這件事只有加絲娜跟艾洛卡知道。關於是否該告訴你這件事我已經思考一陣子——因為如果我不幸斃命，會由你來繼承我的位置。我要告訴你的，是我哥哥留給我的遺言。」

「要求你遵從戰地守則嗎？」

「是的，但不僅僅如此。這是他另外告訴我的事情，但不是靠口述，而是他……寫的。」

「加維拉會寫字？」

「當薩迪雅司發現國王的遺體時，同時發現了一行用加維拉的血，寫在一塊木板碎片上的字。上面寫著『弟弟，你必須要找到一個人所能說出，最重要的話。』薩迪雅司把那塊木板藏了起來，之後我們找來加絲娜閱讀這行字。如果他真的能書寫，那麼這是他不讓我們知道的可恥祕密，但我們覺得應該不會有別的可能。我說過，他死之前，行為已經變得相當怪異。」

「那些話是什麼意思？」

「那是出自一本叫作《王道》的古書。加維拉死前開始喜歡閱讀那本書，他經常跟我提及書中的內容。我最近才知道這句話原來是出自於這本書，是加絲娜發現的。如今我已經讓人把整本書讀給我聽了幾次，但直到現在，我仍然不知道他為什麼那樣寫。」達利納想了想。「那本書是燦軍的指引，教導他們該如何生活。」

燦軍？他颶父的！雅多林心想。他父親有的幻覺……似乎經常跟燦軍有關。這就更證明達利納的幻覺和對他哥哥之死的罪惡感有關。

可是雅多林該怎麼幫助他呢？

金屬的腳步聲在他們身後的岩石地面響起。雅多林轉身，尊敬地朝依舊穿著金色碎甲只是沒戴頭盔的國王點點頭。他比雅多林大幾歲，有著明朗的五官與突出的鼻子，有人說他們覺得國王相貌不凡，舉手投足充滿了王者之氣。雅多林信任的女人也私底下告訴他，她們覺得國王相當英俊。

當然沒有雅多林那麼英俊，但是仍然算是英俊。

可是國王已經結婚了，他的王后妻子正爲他打理雅烈席卡的事務。

「叔叔，還不能走嗎？我很確定我們這些碎刃師可以跳過裂谷，你跟我要不了多久就能回到軍營。」艾洛卡說道。

「我不會把我的人留在這裡，陛下。我懷疑您會想獨自一人花好幾個小時跑在這些台地上，而且沒帶任何護衛。」達利納說道。

「你說得有道理。無論如何，我是想要感謝你今天的勇敢。我似乎又欠你一命了。」國王說道。

「讓您活下來是我很努力培養的習慣，陛下。」

「我很樂於聽到這件事。你研究了我請你查的事情嗎？」他朝皮帶點點頭，雅多林這才發現，原來他還牢牢握著這東西。

「是的。」達利納說道。

「怎麼樣？」

「我們無法確定，陛下。」達利納說道，接過皮帶，遞給國王。「有可能被割過。斷裂處一邊比另一邊更光滑，像是已被割了半段，好讓它可以自行撕裂。」

「我就知道！」艾洛卡舉起皮帶仔細檢視。

「我們不是皮匠，陛下。我們需要把皮帶的兩端都交給專家，請他們研究。我已經請雅多林繼續處理這件事。」達利納說道。

「這是被割斷的，我看得很清楚，叔叔。我一直跟你說，有人想殺我。他們想害死我，就像他們害死我父親一樣。」艾洛卡說道。

「您不會以為是帕山迪人做的吧。」達利納說道，聽起來相當震驚。

「我不知道是誰做的。也許是參加這場狩獵的人。」

雅多林皺眉。艾洛卡想暗示什麼？大多數參與這場狩獵的人都在達利納麾下。

「陛下，我們會調查這件事，可是您必須要有心理準備，接受這件事可能只是意外。」達利納坦白說道。

「你不相信我。你從來不信我。」艾洛卡直接了當地說道。

達利納深吸一口氣，雅多林看得出來，他父親正努力克制脾氣。「我沒有這麼說。只要有人『有可能』威脅您的生命，就已經讓我很緊張了。可是，我想建議您不要妄下論斷。雅多林指出用這種手法殺害您也太笨拙了。從馬背上摔下來，對一個穿著碎甲的人沒什麼影響。」

「是沒錯，但是狩獵正在進行，也許他們想要讓裂谷魔殺死我。」艾洛卡說道。

「狩獵的過程中不應該發生危險。原本，我們應該從遠處開始攻擊那隻巨殼獸，最後才騎馬靠近、肢解牠。」

艾洛卡瞇起眼睛，先看看達利納，再端詳雅多林，似乎是在懷疑他們。但這個表情瞬間消失。雅多林，是你的幻想吧？他颶父的！他心想。

他們身後的法瑪開始尋找國王。艾洛卡朝他一瞥後點點頭。

「這件事不能就這麼算了，叔叔。去查查那皮帶的事情。」

「我會的。」

國王將皮帶交還給他們，伴隨著甲胄的敲擊聲離去。

雅多林立刻開口：「父親，你有沒有看到……」

「我會去跟他談談。先讓他冷靜下來。」達利納回答。

「可是……」

「雅多林，我會去找他談，你去查皮帶的事情，還有，把所有人召集起來。」他朝西方遠處點點頭。

「我想橋兵應該來了。」

終於來了。雅多林跟隨他的目光，看到遠方一小群人帶著達利納的旗幟，領著一群橋兵，扛著薩迪雅司的行動橋正在跨越台地。他們派人找了這種橋兵來這裡，因爲那比達利納用芻螺拖的大橋要來得快。

雅多林連忙去發號施令，但是他發現自己因爲父親的話、加維拉的遺言，還有方才國王不信任的眼神而有點心不在焉。回到營地的一路上，他有不少事情可以好好想想。

❖

達利納看著雅多林忙碌於執行命令的身影。那孩子的胸甲上仍然有龜裂的痕跡，但已經不再流瀉颶光，隨著時間過去，甲胄會自行修復。就算被完全擊碎，碎甲仍然是可以自行重整。

那孩子喜歡抱怨，但他是個無可挑剔的兒子。極端忠誠，主動，而且天生就有領導的責任心。士兵喜歡他，也許有時他跟士兵相處得太友善，而那是可以被原諒的；只要他學會如何利用自己的衝勁，就連衝動的個性都不是壞事。

達利納讓那年輕人自行去忙碌，轉向檢查英勇的狀況。馬伕們在台地南邊設起圍馬的柵欄，他的瑞沙迪名駒就在那裡。馬伕包紮了馬身上的挫傷，牠也不再避免使用傷腿。

達利納拍拍神駒的脖子，直視牠深黑的眼睛。神駒似乎很羞愧。「你把我甩下來不是你的錯，英勇。我很高興你的傷勢不是很嚴重。」達利納以溫和的聲音說道，他轉向附近的一名馬伕。「今天晚上給牠額外的飼料，還有兩顆脆瓜。」

「是的，光明爵士大人，可是牠不肯吃額外的食物。我們每次給牠，牠都拒吃。」

「牠今天晚上會吃的。牠只有覺得自己有資格吃額外食物時才會吃。」達利納說道，再次拍拍瑞沙迪馬的脖子。

小伙子一臉茫然。他們大多數的人都以爲瑞沙迪馬跟別的馬匹相比，除了品種之外沒有什麼不同。只有被瑞沙迪馬選中的騎士才能眞正瞭解箇中奧妙，就像穿戴碎甲一樣，是完全無法用言語形容的經驗。

「你要把兩個脆瓜都吃掉。那是你應得的。」達利納指著馬說道。

英勇噴著大氣。

「是眞的。」達利納說。馬輕輕嘶鳴兩聲，似乎表達滿意。達利納檢查了牠的腿，然後朝馬伕點點頭。「孩子，好好照顧牠。我騎另外一匹馬回去。」

「是的，光明爵士。」

他們幫他牽來一匹身材壯碩的土黃色母馬。他翻上馬鞍時格外小心。他總覺得普通的馬非常脆弱。

國王跟在第一群士兵身後出發，智臣在他身邊。達利納注意到薩迪雅司騎在智臣挑釁不到的後方。

橋兵靜靜地等著，趁國王跟儀隊過橋的短暫時刻好好休息。薩迪雅司的橋兵隊是由那些最低三下四的人組成，包括外國人、逃兵、盜賊、殺人犯或奴隸，大部分的橋兵也許是罪有應得，但薩迪雅司消耗他們的速度讓達利納難以忍受。要多久以後，他才不再用這些容易淘汰的人來組成橋兵隊？難道謀殺犯就該遭受這種命運嗎？

《王道》的其中一段文字，突然浮現於達利納的腦海中。他其實沒有對雅多林說實話，他請人讀《王道》給他聽的次數其實非常多。

那段文章說，我曾經看到一名瘦弱的男子，在背上馱著一顆比頭還大的石塊，他因爲重量而腳步蹣跚，只圍了一塊遮羞布，赤裸著上身走在陽光下。他在忙碌的街道上跌跌撞撞地前進，所有人都讓路給他，不是因爲他們同情他，而是因爲他們擔心被他腳步的慣性撞上。你不敢擋這種人的道。

國王就像這個人，跌跌撞撞地前進。王國的重擔扛在肩膀上。許多人在他面前讓路給他，但鮮少有人願意上前幫他扛石頭。他們不希望讓自己與工作聯繫在一起，免得一輩子都要承擔額外的重擔。

那天我下了馬車，爲那個人抬起了石頭。我想我的侍衛們都很尷尬。人們很容易忽視一個沒穿上衣進行這類勞動的可憐蟲，但是沒有人能忽略跟他分享重擔的國王。也許我們應該經常互換位置。如果大家看到國王願意承擔最可憐之人的重擔，也許，就會有人願意挺身而出，願意幫助國王承擔他肩上看不見，卻如此讓人敬畏的重擔。

達利納震驚於自己居然可以把整段話記得一字不漏，但也許這不是意外，因爲他爲了尋找加維拉遺言的意義，最近幾個月幾乎每天都要聽人讀此書一次。

他很失望地發現，加維拉留下的遺言並沒有明確的意義。可是他仍然繼續聽，只是不讓其他人知道他的興趣。那本書的名聲不太好，除了它的內容與失落燦軍有關，描述國王做低階勞工的工作片段讓人難以接受的情節之外，最重要的是，它在別的部分明白點出淺眸人的地位遠低於深眸人。這點與弗林的教義相違背。

對，最好還是小心點。

達利納說他不在乎人家怎麼談論他是認真的，但是當傳言開始影響他保護艾洛卡的能力時，情況就會變得危險，所以他必須小心。

他調轉馬頭，騎上橋，朝橋兵點頭致謝。他們是軍隊中最卑微的一份子，卻承擔了國王的重量。

雅烈席卡戰地守則

Readiness
備戰 軍官應隨時均有上戰場的準備。絕不酒醉，手不離武器。

Inspiration
激勵 軍官於公眾場合應身著制服，表現隨時備戰的態度，增強軍隊信心。

Restraint
節制 軍官不與戰營中的其他軍官進行不必要的決鬥、爭執、挑釁，以避免造成指揮人員的不必要傷亡。

Leadership
領導 軍官應身先士卒，不派士兵進行自身不願意從事的任務。

Honor
榮譽 軍官不會在戰場上捨棄盟友，同時不會尋求從盟友的損失中獲得利益。

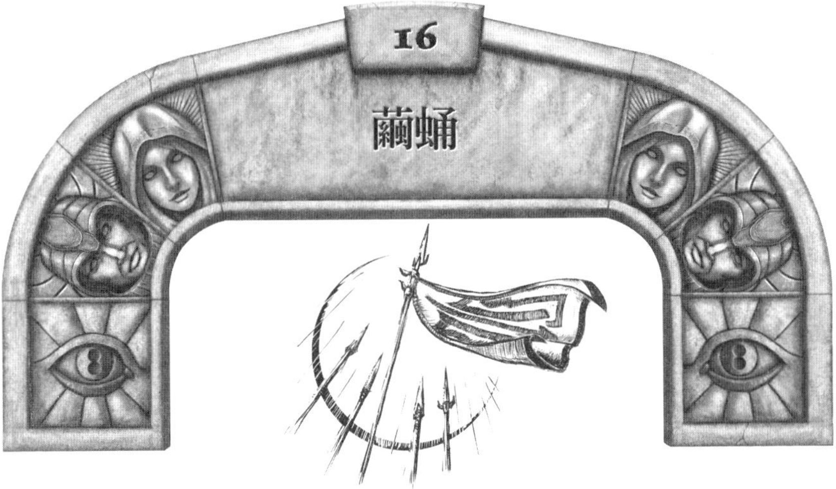

七年半前

阿卡蹲在石頭上說：「他想要把我送去卡布嵐司，接受成爲外科醫生的訓練。」

「眞的嗎？」拉柔走到他面前的岩石的邊緣時問道。她的髮色黑中帶金，留得很長，隨著微風在她身後飛揚。

拉柔張開了雙手試著維持自己的平衡。

光是她的頭髮就很引人注目，但是她的眼睛更是特別。明亮的淺綠色，與鎮上其他人的褐色或黑色完全不同，淺眸人眞的是很特別的一群人。

「是眞的。他已經說了一兩年了。」阿卡悶悶不樂地說。

「你居然沒告訴我？」

阿卡聳聳肩。他跟拉柔正站在爐石鎮東邊的一排巨大岩石堆上。他的弟弟提恩在下方挑揀著石頭。阿卡右邊是一片向西方綿延的淺丘，長著再過一段時間就可以收成的拉維穀囊。

他看著布滿辛勞工作人們的山坡，心中不由自主地湧起一陣難過。深褐色的穀囊會慢慢脹起，變成像是裝滿穀類的瓜，曬乾之後這些稻穀可以養活整個鎮上的人民跟藩王的軍隊。來訪鎮上的執徒，格外用心地向他們詳述成爲農夫是多麼高尚的天職，地位僅次於士兵而已。阿卡的父親則會低聲說，他覺得餵飽王國遠比在無用的戰爭裡戰死來得光榮多了。

「阿卡？你為什麼沒告訴我？」拉柔很堅定地又問了一次。

「對不起，我不知道父親是不是認眞的，所以我什麼都沒說。」他回答。

這是謊話。他知道他父親是認眞的。阿卡只是不想提起離開這裡成為外科醫生的事，尤其不想跟拉柔說。

她雙手扠腰。「我以為你要去當兵。」

阿卡聳聳肩。

她翻翻白眼，從岩石上跳到他身邊的一塊石頭上。「你不想成為淺眸人，贏得碎刃嗎？」

「父親說那種事不常發生。」

她在他面前跪下。「我知道你可以的。」那雙眼睛，如此明亮活潑，閃動著綠色，生命的顏色。

阿卡發現自己越來越喜歡看著拉柔。當然從邏輯上來說，他已經知道自己身上發生了什麼事。他父親以外科醫生的精細態度對他解釋了長大的意義，但是這其中有太多的情感夾雜其中，是他父親平淡的描述裡沒有解釋的各種情緒。有些關於拉柔，有些關於鎮上的其他女孩子。至於其他的情緒，則和他偶爾一不留心就會陷入的奇特憂鬱心情有關。

「我……」阿卡開口。

「你看。」拉柔說道，再次站起身，爬到她的岩石上，精緻的黃色衣裳在風中飄揚。再過一年，她的左手就會戴上手套，代表她已是進入青春期的女子。「上來看。」

阿卡站起身，望著東方，那裡有強壯的馬可樹，下面還長著濃密的纏藋。

「你看到了什麼？」拉柔質問。

「咖啡色的纏灌，看起來像是死了。」

「原發點就在那裡。這裡是颶風之地。父親說我們是較膽小的西方擋風屏障。」她轉向他。「阿卡，不論是深眸人或是淺眸人，我們都有尊貴的血統，這就是爲什麼最好的戰士向來出自雅烈席卡。薩迪雅司藩王，阿瑪朗將軍……加維拉陛下本人。」

「應該是吧。」

她誇張地嘆口氣。「我不喜歡跟現在這樣的你講話。」

「怎麼樣？」

「就這樣。你知道的，苦著臉，老是嘆氣。」

「剛剛嘆氣的是妳，拉柔。」

「你明知道我的意思。」

她從石頭上下來，走到一旁嘟著嘴生悶氣。她有時候就會這樣。阿卡站在原處，望著東方。他不確定自己心中有何想法。父親眞的希望他能成爲外科醫生，可是他自己仍然有所遲疑。不是因爲嚮往故事中神奇與刺激的情節，更是因爲他覺得成爲士兵能夠讓他改變世界。眞正做出一些改變。有一部分的他夢想著能夠參戰，能夠保護雅烈席卡，能跟英勇的淺眸人並肩作戰，能夠在別的地方做出貢獻，而不只是待在一個重要人士從不造訪的小鎭裡。

他在石頭上坐下。有時候他會這樣做夢，有時候則對什麼都不在乎。他的憂懼像是一條盤據在心頭的黑色長鰻。長在野地中的纏灌能夠度過颶風的原因，就是因爲它緊貼著巨大的馬可樹生長，外皮覆蓋著岩石，枝幹有人腿粗，但如今連纏灌也死了。它沒有活下來。

光是聚集在一起，並不足以保命。

「卡拉丁？」一個聲音從身後傳來。

他轉過身，看到提恩。提恩今年十歲，比阿卡小兩歲，但外表看起來要比實際年齡小上許多，其他小孩都嘲笑他是長不大的小鬼，李臨則說提恩只是還沒開始而已。只是提恩紅撲撲的圓潤臉頰配上矮小的身形，眞的讓他看起來只有實際年齡的一半。「卡拉丁。你在看什麼？」他睜大了眼睛，緊握雙手問道。

「枯死的野草。」阿卡回答。

「噢。那你得看看這個。」

「看什麼？」

提恩攤開雙手，裡面有一顆小石子，通體被大自然打磨得光滑無比，底部有一道裂縫。阿卡拾起石子，翻看一陣。他看不出來這石子有何出奇之處，簡直可以說是普通至極。

「這不過是一塊石頭。」阿卡說道。

「不只是一塊石頭。」提恩說完，拿出他的水壺，把拇指沾濕之後，開始擦拭石頭平滑的那一面。水氣濡濕了石頭，顯露出一片白色的花紋。「你看。」提恩重新將石頭遞給他。

岩石的表面出現白、褐、黑相間的紋理，鮮明而細緻。當然，這仍然只是一塊石頭，但是阿卡不知爲何忍不住微笑。「很好啊，提恩。」他準備要將石頭遞回。

提恩搖搖頭。「我撿來給你的，希望你的心情會好起來。」

「我……」這只是一塊笨石頭，阿卡卻莫名其妙地覺得自己的心情的確輕鬆許多。「謝謝。對了，我可以跟你打賭，這附近的岩石間一定躲了一兩隻羅螺，要不要來找找？」

「好啊！好，好！」提恩說道。他大笑出聲，開始爬下岩石堆。阿卡本來想跟著爬下去，但他停下腳步，想起他父親之前說過的一件事。

他從水壺裡倒出一些水在掌心，撒向褐色的纏藋。只要被水滴碰到的地方，藋木立刻顯現綠色，好像他撒的是顏料。這叢藋木沒有死，只是慢慢乾涸，等待颶風的來臨。阿卡看著一叢叢的綠意，隨著水分被吸收殆盡而變回褐色。

「卡拉丁！是這個嗎？」提恩大喊。雖然阿卡屢屢告誡提恩不要用全名喊他，但提恩仍然喜歡用阿卡的全名。

阿卡爬下岩石，同時收起從提恩那邊得到的石頭。一路上走著，他經過拉柔。她正望著西方的家族宅邸。她的父親是爐石鎮的上主。阿卡發現自己的眼光又不由自土地流連在她身上。她的髮色是如此鮮明的雙色交纏，極爲美麗。

她轉身面對阿卡，皺起眉頭。

「我們要去找羅螺。一起來吧。」他露出微笑向她解釋，朝提恩揮揮手。

「你的心情突然變好了。」

「我不知道爲什麼。不過我覺得好多了。」

「眞不知他怎麼辦到的。」

「誰辦到什麼？」

「你弟弟。他改變了你。」拉柔望著提恩說道。

提恩的頭從石堆後探出，興奮地揮著手，高興地跳上跳下。

「有他在附近要憂鬱也很難。來吧，妳到底要不要來看羅螺？」阿卡說道。

「好吧。」拉柔嘆口氣，朝他伸出手。

「這是做什麼？」阿卡看著她的手問道。

「攙我下來。」

「拉柔，妳比我跟提恩都還會爬石頭，妳不需要我幫忙。」

「這是禮貌啦，笨蛋。」她說道，更堅定地伸出手。阿卡嘆口氣，握住，然後她開始跳下岩石，完全沒有靠著他，也不需要他的幫助。他心想，她最近好奇怪。

提恩跳到兩塊岩石間的空隙之處，他們兩人來到他身邊。小男孩興奮地指著石頭上的一道裂縫，一團如絲緞般的細白，還有許多細小的線糾纏在一起，織成如男孩拳頭般大小的球。

「我說得對不對？那是羅螺，對吧？」提恩問道。

阿卡舉起水壺，將水沿著石頭倒下，淋在那叢細白上。絲線很快在這場人工的雨下消失，繭溶化之後，露出了一隻褐色與綠色相間的動物。羅螺有六條用來抓住岩石的腿，眼睛位於後腦杓正中央，牠跳下石頭，開始尋找昆蟲。提恩笑著看牠在岩石間跳躍，每次跳起時都會在石頭上留下一堆黏液。

阿卡靠著岩石，看著他的弟弟，想起不久之前，他也覺得追羅螺挺好玩的。

「那麼，」拉柔把雙臂交疊在胸前說道：「你要怎麼辦？如果你父親眞的想把你送去卡布嵐司？」

「我不知道。外科醫生不收十六泣年之前的人，所以我有時間可以考慮。」最好的醫者跟外科醫生都在卡布嵐司受過訓練。每個人都知道這件事。據說那裡的醫院數量比酒館還多。

「聽起來像是你父親逼你做他想做的事情，而不是讓你選你想做的事情。」拉柔說道。

「大家都是這樣。其他男孩子不介意因爲父親是農夫，所以自己也當農夫。像剛成爲鎮上新木匠的拉爾。他就不介意繼承父親的工作。我爲什麼要介意成爲外科醫生？」阿卡搔搔頭說道。

「我只是……阿卡，如果你上戰場後能找到一柄碎刃，那你就可以成爲淺眸人……我的意思是……

啊！跟你說這些也沒有用。」她靠回岩石上，更用力地抱住自己。

阿卡搔搔頭。她的行爲眞的是很奇怪。「我不介意上戰場，贏得光榮什麼的，可是我更想做的是旅行，看看別的地方是什麼樣子。」別人的故事裡述說著罕見的動物，像是巨大的螺類或會唱歌的鰻魚，還有影之城勞．艾洛里，或是雹之城庫司。

他過去這幾年花了很多時間念書。阿卡的母親總說他應該好好享受童年時光，而不是如此專注於未來。李臨則反駁說卡布嵐司招收外科醫生的考試標準十分嚴格，如果阿卡想要爭取追隨他們研讀的機會，就必須盡早開始學習。

可是，如果能成爲士兵……其他男孩的夢想都是加入軍隊，能夠爲加維拉王作戰，據說他們要跟賈．克維德決一死戰。能親眼見到故事中的英雄人物會是什麼樣的感覺？能跟薩迪雅司藩王或黑刺達利納同上戰場會是何等景象？

終於，羅螺發現自己被騙了，於是又選了一塊石頭待著，重新開始織繭。阿卡從地上拿起一塊被風蝕得光滑的小石塊，拍拍提恩的肩膀，阻止男孩繼續戳這隻已然疲累的兩棲類動物。阿卡上前一步，用兩隻手指輕輕推了推羅螺，讓牠從岩石跳到他的石塊上，然後他把石塊交給提恩，後者睜大了眼睛觀看羅螺織就牠的繭——吐出細絲之後用小手慢慢編造。繭從裡面往外滴水不漏，乾涸的口水會將整個繭封死，但雨水可以從外面溶解網囊。

阿卡微笑，舉起水壺喝一大口。這是乾淨沁涼的雨水，克姆泥已經沉澱，完全清除。隨著雨水一起落下的黏膩褐色克姆泥會讓人生病，不只是外科醫生，所有人都知道這個道理。水一定要先放一天之後，再把乾淨的水倒出來，剩下來的克姆泥就可以拿來捏陶。

羅螺終於織好了繭。提恩立刻朝水壺伸手。

阿卡舉高水壺。「牠累了，提恩，現在就算澆出來也不會跳。」

「噢。」

阿卡將水壺放下，拍拍弟弟的肩膀。「我把牠放到石頭上，就是為了讓你可以把牠拿來拿去，你等一下再把牠弄出來也不遲，或是你可以從窗戶外把牠丟到父親的洗澡水裡。」他露出微笑。

提恩想了想，笑了。阿卡揉揉弟弟的深色頭髮。「你再去找找。如果我們找到兩隻，就可以拿一隻來玩，然後另一隻丟進洗澡水裡。」

提恩小心翼翼地將石頭放在一旁後，又開始去爬石堆。這一區的山被幾個月前的一場颶風切割成了片片，感覺猶如被某個巨大怪獸的巨拳擊成碎片似的。大家都說這股力道萬一落到誰家可就慘了，因此大家紛紛焚燒對全能之主的謝詞，同時交頭接耳地談論在黑夜中往來的危險。不知道造成破壞的是引虛者，還是失落燦軍的鬼魂呢？

拉柔又在看著大宅，緊張地拍著裙子。她最近對自己的衣著格外關心，不肯再像以前那樣動不動就弄髒衣服。

「妳還在想上戰場的事？」阿卡問道。

「嗯，是啊。」

「我想也是。」幾個禮拜前一支軍隊來到此地，徵走了幾名年紀比較大的男孩，當然，軍隊有先徵得上主維司提歐的同意。「妳覺得颶颶風時是什麼把這些石頭敲碎的？」

「我不知道。」

阿卡望向東方。颶風為什麼會來？他的父親說，從來沒有一艘航向颶風原發點的船隻，最後能安然回來。甚至沒幾艘船敢偏離海岸，畢竟根據所有的傳說，如果颶颶風時船隻正好航行在大海上，必死無疑。

他又喝了一口水壺裡的水，把蓋子蓋上，留下了一些，免得提恩等一下又找到另一隻羅螺。遠處，男子們穿著長背心、綁帶的褐色上衣，還有厚實的靴子在田地裡工作。現在是除蟲季。一隻蟲可以毀掉整個穀囊中的穀物。牠會躲在穀囊中，隨著穀物逐漸成熟，一口一口地把穀物吃掉，最後把穀囊打開時，裡面只剩下一隻兩人手掌大的肥蟲子。所以人們會在春天時一一檢視穀囊，只要找到洞，就會往洞裡戳進一根沾滿糖的蘆管，然後蟲隻就會牢牢抓住蘆管。只要把蘆管拉出，蟲也會跟著一起出來，一現身馬上被農夫踩死，然後拿克姆泥把洞補起來。

除蟲工作要做得徹底，得要花上好幾個禮拜。農夫們經常把一片山來回巡視個三四遍，順便施肥。阿卡聽人說起整個過程不下上百遍。住在爐石這種鎮上，不可能沒聽過男人們抱怨蟲的事情。

奇特的是，他注意到有一群年紀比較大的男孩聚集在其中一座山腳下。他當然每個人都認得。約司特與阿勞兄弟、摩德、提夫、納傑、卡夫，還有其他幾個人。他們每個人都有很樸實的雅烈席卡深眸人名字，不像卡拉丁這個怪名字。

「他們為什麼沒在除蟲？」他問道。

「我不知道。」拉柔回答，注意力移到那些男孩子身上。眼中出現了奇特的神色。「我們去看看。」

阿卡還來不及反對，她已經朝山下走去。

他抓抓頭，望向提恩。「我們要去那邊的山坡。」

男孩的頭從岩石後探出，用力地點點頭，然後繼續在石堆後翻找。阿卡從岩石溜下，跟在拉柔後面下了山坡。她來到男孩之間，他們帶著不自在的神情望著她。她很少跟他們在一起，不像她一天到晚跟阿卡和提恩在一起。他們兩人的父親雖然一個是淺眸人，一個是深眸人，卻是要好的朋友。

拉柔坐在附近的石頭上等著沒說話。

阿卡走到他們身邊。心想：她一溜煙跑下來，又不跟他們說話是要做什麼？

「嘿，約司特。」阿卡說道。十四歲的約司特是所有男孩中最年長的，已經幾乎可以算是個男人，外表看起來也很有男人的樣子，胸膛寬得超乎他的年齡，雙腿粗壯，跟他的父親長得一模一樣。他握著一根被削成像木杖的小樹幹。「你們為什麼不除蟲了？」

一看到幾個男孩立刻變臉，阿卡立即發現說錯話了。他們向來很不滿他為什麼不需要在山上工作。他每次為自己辯解自己要花好幾個小時熟記肌肉、骨頭和藥方的名稱，但他們都不為所動。他們只知道自己每次在太陽下勞動時，就看到一個在樹蔭下偷懶的男孩。

「老塔找到一片長得不好的穀囊。」約司特看了拉柔一眼之後，終於開口回答。「他放我們走。直到等他們決定要重新種還是就讓它們長，看看會長成什麼樣。」

阿卡點點頭，覺得站在九名男孩面前的自己很尷尬。他們滿身大汗，長褲的膝蓋處都沾滿了克姆泥，而且因為長期跟石頭摩擦，所以都縫上了補丁，可是阿卡則是全身乾淨清爽，穿著一條他母親幾個禮拜前才買給他的長褲。他父親在上主宅邸中處理事情，所以放他跟提恩一天假，代價是阿卡晚上得靠颶光讀書到深夜，但是講這些事給那些男孩子們，他們是聽不進去的。

「呃，所以，你們在聊什麼啊？」阿卡問道。

納傑沒回答，而是反問他：「阿卡，你知道關於這世界還有什麼之類的事情對不對？」他有著淺色頭髮，身材偏瘦，是一群人中最高的。

阿卡搔搔頭。「有時候是吧。」

「你聽說過深眸人變成淺眸人的事嗎？」納傑問道。

「當然有。我父親說過。譬如某個有錢的深眸商人與低階的淺眸人通婚，加入他們的家族，也許就會生出淺眸孩子這類的。」

「不是這種。」卡夫說道。他的眉毛長得很低，讓他看起來像是一天到晚皺著眉頭。「我們是說像我們這種眞正的深眸人。」

他的口氣似乎在暗示，不是你那種。阿卡的家庭是鎭上唯一一個第二那恩階級的家庭，其他人都是第四或第五而已，因此阿卡的位階讓其他人跟他相處時都覺得很彆扭，他父親的怪異職業更是讓情況變得複雜。

這一切，經常讓阿卡覺得自己跟其他人格格不入。

「你們都知道怎麼樣有可能發生這種事。問拉柔就知道了，她剛剛才在說呢。如果有人在戰場上贏得碎刃，他就會變成淺眸人。」

「沒錯。」拉柔說：「每個人都知道這件事。如果能贏得碎刃，那麼就連奴隸都有可能變成淺眸人。」

男孩們點點頭。他們都有褐色、黑色，或是其他深色的眼睛。在戰場上想要贏取碎刃，是吸引許多普通人加入軍隊的主要原因之一。在弗林國度中，每個人都有升級的機會，照阿卡父親的說法，這叫社會的基礎信念之一。

「我知道，但你有聽說過這種事眞會發生嗎？不是指在故事裡，而是眞的發生？」納傑不耐煩地說道。

「當然有，一定有，否則爲什麼會有那麼多人要參戰？」阿卡問道。

「因爲我們必須訓練人，準備爲寧靜宮出兵。我們必須派士兵支持神將。執徒們一天到晚都這麼說。」約司特回答。

「他們同時也說當農夫很好，說農夫是什麼唯一的第二順位什麼的。」卡夫回答。

「嘿！」提夫說：「我爸就是農夫，他很行的！這是個高尚的天職！你們的爸爸也都是農夫啊。」

「好啦好啦。」約司特回應。「但我們不是在講那個。我們是在說碎刃師。只要能上戰場，就能贏得碎刃，成爲淺眸人。我老爸，你知道，他就該拿到那把碎刃，可是跟他在一起的人趁我老爸昏倒時拿了碎刃，跟軍官說殺死碎刃師的人是他，所以他得到碎刃，而我老爸……」

拉柔一陣清脆的笑聲打斷他的話。阿卡皺眉。她平常不是這樣笑的。這種笑聲比平常壓抑得多，而且聽起來滿令人討厭。「約司特，你是在說你父親贏得了碎刃？」她問道。

「不是。是有人把他的碎刃搶走了。」壯碩的男孩回答。

「你父親不是在北邊的廢墟區打仗？你跟他說，卡拉丁。」拉柔回答。

「約司特，她說得沒錯。那裡沒有碎刃師，只有想要趁新王即位時騷擾邊境的雷熙劫匪，那裡從來沒有碎刃的存在。如果你父親曾經看到一把，那麼他一定是記錯了。」

「記錯了？」約司特說道。

「呃，對啊。我的意思不是他說謊，約司特，我只是說他可能是因爲受傷而引發幻覺一類的。」

男孩們齊齊陷入沉默，看著阿卡。其中一人抓抓頭。

約司特往旁邊啐了一口。他似乎在用眼角瞅著拉柔。她刻意看著阿卡，對他微笑。

「你每次都要讓別人覺得自己像白癡，對不對？」約司特說道。

「什麼？沒有，我……」

「你想讓我老爸顯得像是白癡，讓我也像是笨蛋。我們有些人沒那麼好命，可以天天躺在那邊吃水果，我們可是要工作的。」約司特滿臉漲紅地說道。

「我不是……」

約司特將木杖拋給阿卡，他笨手笨腳地接住了。約司特從他兄弟手中接下另一根木杖。「你敢侮辱我爸，你就得準備跟我打。這是爲了榮譽。你有榮譽吧，小公子？」

「我才不是什麼小公子。」阿卡啐了一口。「去他颶父的，約司特，我只比你高幾個那恩而已。」

一聽到那恩，約司特的眼神顯得更憤怒。他舉起木杖。「你到底要不要跟我打？」怒靈開始出現在他腳邊，集成一片鮮紅。

阿卡知道約司特在做什麼。這些男孩們經常設法讓自己顯得比阿卡優秀。阿卡的父親說這是因爲他們自卑。若是他，會叫阿卡放下木杖，直接離開。

可是拉柔坐在那裡朝他微笑。人不會因爲走開而成爲英雄。「好吧。打就打。」阿卡舉起木杖。

約司特立刻揮杖，速度遠超過阿卡的預期。其他男孩子們帶著幸災樂禍、震驚和訝異等情緒看著他們。阿卡勉強舉起木杖，擋下了攻擊，木杖相交的瞬間，阿卡的手臂一麻。

阿卡失去重心，約司特快速往旁邊踏上一步，用力揮下木杖，擊中阿卡的腳。椎心的痛楚竄上阿卡的腿，他大喊出聲，一手放開木杖，想要伸手去摸。

約司特揮舞木杖，擊中阿卡的腰。阿卡驚呼一聲，木杖落在石地上，他撫著腰，跪倒在地，急速地喘氣，試圖要抗拒痛楚。細小的痛靈從他身邊的石頭縫隙間爬出，形狀像是發亮的淺橘色手掌，跟肌肉或筋骨一樣細長。

阿卡一手撐地，一手按著腰，整個人折成兩半。你這克姆林蟲，如果你打斷了我的肋骨，你就慘了，他心想。

一旁的拉柔癟了癟嘴。阿卡突然感覺到一陣強烈的恥辱感。

約司特放下木杖，臉上帶著羞慚。「好啦，你看，我老爸把我教得很好。你這下知道了吧。他說的是眞的，而且……」

阿卡又痛又怒地低咆，從地上抓起木杖，朝約司特躍去。男孩低聲咒罵，一面跌跌撞撞地往後退，一面舉起武器。阿卡大吼一聲，朝前方用力揮舞武器。

在那瞬間，有什麼改變了。阿卡握著武器，感覺到一陣力氣竄過全身，一陣興奮感沖走他的痛楚。他轉身，木杖擊中約司特的手。

約司特發出尖叫，放開手。阿卡揮動武器，擊中男孩的腰。阿卡以前從來沒有握過武器，從來沒有進行比跟提恩摔跤更危險的打鬥，可是在他手指間的木棍感覺像是活的，他很訝異此刻覺得如此美妙。

約司特悶哼一聲，再次往後退了一步，阿卡抽回武器，準備擊上約司特的臉。他舉起木杖，卻打不下去。被阿卡打中的那隻手在流血，雖然血不多，但仍然是血。

他讓別人受傷了。

約司特低咆一聲，猛然站起。阿卡還來不及出聲，壯碩的男孩已經將木杖掃向阿卡的雙腿，打得他整個人趴倒在地，力量大到連肺裡的空氣都被擠乾。他腰邊的傷口立刻湧起像灼燒一樣的痛楚，痛靈快速奔過地面，跳上阿卡的腰，開始啜飲阿卡的痛苦，有如一道橘色的疤。

約司特往後退了一步。阿卡面朝天躺在地上，重重呼吸。他不知道該怎麼樣釐清心裡的感覺。握住木杖的瞬間，他覺得很神奇。難以言喻的美好。在這同時，他看到站在一旁的拉柔，她沒有跪下來看顧他，反而站起身離開，轉身朝她父親的宅邸走去。

阿卡的雙眼湧出淚水。他大喊一聲，翻過身，又抓住木杖。他絕不會投降！

「別動手了。」約司特從他身後說道。阿卡感覺到背上有個硬硬的東西，是靴子將他踩在石頭地板上。約司特將阿卡手中的木杖拿走。

我失敗了。我……輸了。他痛恨輸的感覺，相較之下，疼痛算不了什麼。

「你表現得很好。」約司特不情願地說道。「可是你放棄吧。我不想眞的傷到你。」

阿卡彎著脖子，額頭靠著被太陽曬得暖烘烘的岩石。約司特把腳挪開，男孩們一邊聊著一邊離去，靴子在岩石上摩擦出聲。阿卡強迫自己四肢著地，然後站起身。

約司特警戒地轉身，一手握著木杖。

「教我。」阿卡說道。

約司特訝異地眨眨眼。他瞥了弟弟一眼。

「教我。」阿卡上前一步，出聲懇求。「約司特，我幫你除蟲。我父親每天下午放我兩個小時的假，我會幫你工作，然後你晚上教我你父親教你的棍術做爲交換。」

他必須知道。他必須再次感覺到手中握有武器的感覺。必須知道他先前經歷的瞬間是否只是意外。約司特想了想，最後搖搖頭。「不行。你爸會殺了我。讓你那雙外科醫生的手長滿老繭？那不行。你去做你該做的事，阿卡，我做我該做的。」他轉身離開。

阿卡站在原處良久，看著他們離開。他坐在岩石上，拉柔的身影變得遙遠，幾名僕人沿著山坡走去接她。他應該去追她嗎？他的腰還在痛，而且很生氣她一開始帶著他去找他們。最重要的是，他仍然覺得非常尷尬。

他躺在原處，心中充滿不同的情緒，難以釐清。

「卡拉丁？」

他轉身，很羞愧地發現自己眼中充滿淚水，結果看到提恩坐在他身後的地上。「你在那裡多久了？」

阿卡沒好氣地問道。

提恩微笑，將一塊石頭放在地上。他站起身，快步離開，甚至不理會阿卡在他身後的叫喚。阿卡只好一邊低聲抱怨，一邊強迫自己站起，走過去拾起石頭。

又是一塊毫無特色的普通石頭。提恩有撿石頭習慣，覺得它們是極爲珍貴的東西。他在家裡有一整組石頭，他知道每一塊是在哪裡找到的，而且還可以告訴你每一塊石頭的特殊之處。

阿卡嘆口氣，開始走回鎮上。

你去做你該做的事。我做我該做的。

他的身側還在痛。爲什麼他沒有趁剛剛那個機會攻擊約司特？他能夠鍛鍊自己，讓自己不再於戰鬥中遲疑嗎？他可以學習怎麼傷人。他可以嗎？

他想嗎？

你去做你該做的事。

如果一個人不知道他該做什麼，怎麼辦？如果他甚至*不知道*他想做什麼，怎麼辦？

終於，他走到了爐石鎮。上百棟建築物排成好幾列，每一棟的造型都是尖頭圓底，低的一端朝向暴風。屋頂都是厚重的木頭，塗了厚厚的柏油抵擋風雨。建築物的南北兩邊鮮少有窗戶，但前方，也就是避開颶風的西面幾乎全是窗戶。跟颶風之地的植物一樣，這裡的人生也受颶風主宰。

阿卡家的位置幾乎在鎮的外圍。它比大多數屋子都要大，建得格外寬闊，以容納有獨立入口的手術室。門已經開了一條縫，所以阿卡探頭進去看。他以爲會看到正在清掃房間的母親，卻發現是他父親，他已經從維司提歐光明爵士的宅邸回來了。李臨坐在手術桌邊緣，雙手放在腿上，光頭低垂。手中握著眼鏡，神色疲倦。

「父親？你爲什麼沒有點燈？」阿卡問道。

李臨抬起頭，表情嚴肅而疏離。

「父親？」阿卡問道，越發擔憂。

「維司提歐光明爵士被風帶走了。」

「他死了？」阿卡驚愕到忘了腰邊的傷。維司提歐一直都在那裡。他不可能不在了。拉柔該怎麼辦？

「上禮拜他還很健康啊！」

「他的身體一直很弱，阿卡。全能之主早晚會將所有的人喚回靈魂界。」李臨回答。

「你什麼都沒做？」阿卡猛然問道，但立刻後悔。

「我已經盡力了。也許技術比我精湛的人可以……唉，後悔也沒用。」他父親說完站起身，走到房間一角，揭開裝滿鑽石錢球杯燈的黑色遮布，房間立刻充滿了光線，熾烈耀眼得像顆小太陽。

「我們沒有城主了。他沒有兒子……」阿卡說道，一手探向頭。

「科林納的人會幫我們指派一位新的城主。願全能之主賦予他們智慧，幫助他們的選擇。」李臨回答，說完他看著杯燈。那是城主的錢球，一筆不小的財富。

阿卡的父親又將遮布蓋回，彷彿原本不是他揭開的。房間立時陷入黑暗，阿卡眨眨眼睛適應光線。

「他把這些留給我們了。」阿卡的父親說道。

阿卡一驚。「什麼？」

「等你十六歲，我們就會送你去卡布嵐司。這些錢球將成爲你的旅費。維司提歐光明爵士要求我這麼做，讓他最後一次照顧他的子民。你會成爲眞正的外科醫生權威，然後回到爐石鎮。」

在那瞬間，阿卡知道他的命運已經被決定了。如果維司提歐光明爵士這麼要求，那阿卡會去卡布嵐司。他轉身離開手術間，走入陽光下，再也沒有對父親多說一個字。

他坐在台階上。他到底想要什麼？他不知道。這就是問題所在。榮耀、光彩，拉柔說的一切……這些對他都不重要，但握著木杖時卻有些什麼令他心動了。只是如今，他的決定權已經被剝奪。

提恩給他的石頭還在他的口袋裡。他將石頭拿出，然後取下掛在腰帶上的水壺，以水沖洗了兩顆石頭。他拿到的第一顆上面是白色的花紋與層次。顯然另一個也有隱藏的花紋。

它看起來像一張正在對他微笑的臉，由岩石中白色的部分組成，阿卡忍不住也報以微笑，只是維持不久。石頭解決不了他的問題。

很不幸的是，雖然他坐著想了很久，但他的問題似乎依舊無解。他不確定自己是否眞的想成爲外科醫生，而人生中有限的選擇，也讓他頓時感覺被束縛。

可是握住木杖的瞬間對他吟唱著的，是在這令人迷惘的人世間，唯一清晰的剎那。

17 血紅的日落

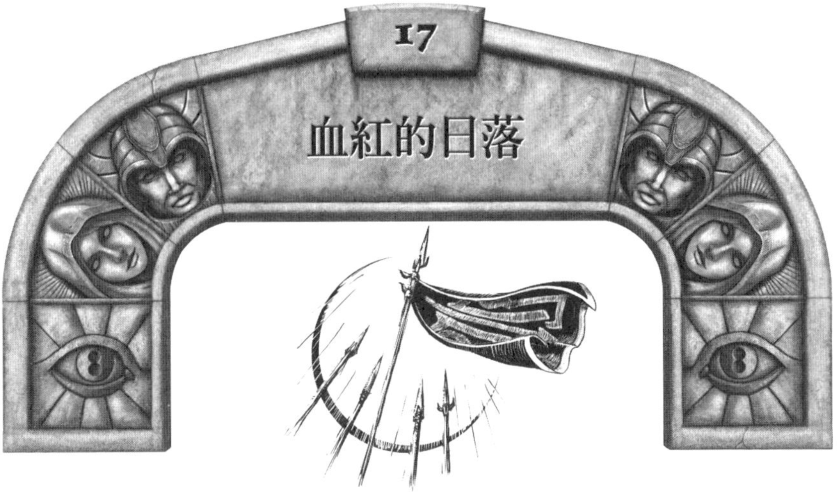

我能否斗膽坦白？之前你問我爲什麼如此擔心。原因如下：

西兒繞著藥店飛來飛去，帶著敬畏的語氣開口：「他好老噢。眞的好老噢。我不知道原來人會這麼老。你確定他不是披著人皮的朽靈？」

卡拉丁聽到這話笑了。看著拄著枴杖，蹣跚走上前來的藥師，對隱形的風靈渾然不覺。他的臉跟破碎平原一樣布滿深溝，以深深凹陷的眼睛爲中心，朝四面八方擴散，鼻尖戴著一副厚重的眼鏡，身上穿著黑袍。

卡拉丁的父親跟他提過藥師，這些介於草藥師跟外科醫生之間的人。普通人對於醫術已經抱持許多迷信，因此藥店很輕易便能營造出一種神祕的氣氛。木造的牆壁掛滿了意義不明的布料符文，櫃台後面則是層層疊疊的玻璃罐，角落掛著一整副鐵絲串起的人骨，沒有窗戶的房間，以吊在角落的一堆堆石榴石錢球爲照明。

即便如此，這個地方乾淨又整齊，還帶著卡拉丁在他父親的外科手術室裡經常聞到的淡淡消炎藥味。

矮小的藥師調整眼鏡，整個人往前傾，手指梳理著稀疏的白鬍子。「啊，是橋兵小伙子。你是來買抵擋危險的守護符嗎？還是哪個隨軍的年輕洗衣婦吸引了你的注意力？我有一劑藥，只要放到她的飲料裡，她會立刻對你有好感。」

卡拉丁挑起眉毛。

可是西兒卻用非常驚奇的口吻說道。「卡拉丁，你應該給加茲喝那個。如果他能比較喜歡你，事情就好辦了。」

我懷疑那藥劑是這麼用的，卡拉丁帶著微笑心想。

「橋兵小子，你是想要抵擋危險的符咒嗎？」

卡拉丁的父親跟他說過這件事。許多藥師靠所謂的愛情符咒或靈藥治百病。裡面放的不過是一些糖，還有因爲功能不同，另外加入了提振精神或令人昏睡的草藥。這些都是騙人的把戲，但是卡拉丁的母親深信符文的力量。卡拉丁的父親向來對於她固執地「迷信」一事表達不滿。

「我需要一些繃帶。還有一小瓶李斯特油或是團草乳，如果有的話，還要一根針跟腸線。」

藥師訝異地睜大眼睛。

「我是外科醫生的兒子，經過他親自訓練。他的恩師曾在卡布嵐司的大學院研習。」

「啊。這樣啊。」他的腰桿挺直了些，放下枴杖，拍拍袍子。「你說要繃帶？還有消毒的？我看看……」他回到櫃台後。

卡拉丁眨眼。雖然男人的年紀沒有改變，可是似乎已不像原來那樣衰弱。他的步伐變得堅定，聲音也沒了沙啞。他在櫃子裡翻找，不斷喃喃自語，讀著標籤。「你可以去外科醫生的藥房拿這些東西。他們的收費會比我低很多。」

「他們不提供這些東西給橋兵。」卡拉丁皺眉。他們拒絕了他。那些補給品是給「眞正的」士兵用的。

「原來如此。」藥師回答，在櫃台上放了一個瓶子，然後彎腰在抽屜間翻找。西兒飛到卡拉丁身邊。「他每次彎腰，我都覺得他會像樹枝一樣折成兩半。」她以驚人的速度開始理解起抽象思考的能力。

我知道死亡是什麼……他仍然不知道自己是否該因此爲她感覺難過。

卡拉丁拾起小瓶子，拔起瓶塞，聞了聞。「拉米螺痰？」難聞的氣味讓他皺起了眉頭。「這個沒有我要的另外兩種有效。」

「可是便宜很多。」老人抱著一個大盒子走來。他打開蓋子，裡面是消毒過的繃帶。「而且你也說了，你是橋兵。」

「所以這瓶多少錢？」他原本就在擔心這件事。他父親從來不提他的材料要多少錢。

「一瓶兩血馬克。」

「你覺得這叫便宜？」

「李斯特油要兩藍寶馬克。」

「那團草乳呢？我看到營地外就有長！不可能罕見了吧？」卡拉丁說道。

「那你知道一株植物能榨出多少汁嗎？」藥師指著他問道。

卡拉丁遲疑了。那不是眞的草汁，而是一種從草莖捏擠出來的乳白色液體。

「不知道。」卡拉丁承認。

「一滴？」男人回答：「如果運氣好的話。它當然比李斯特油便宜，但比痰貴多了，雖然痰眞的跟守夜者的屁股一樣臭。」

「我沒那麼多錢。」卡拉丁說道。一石榴馬克需要五枚鑽石馬克。十天的薪水才能買一小瓶消炎藥。颶父的！

藥師哼了哼。「針跟腸線是兩透馬克。你總拿得出來吧？」

「勉強可以。繃帶呢？兩祖母綠？」

「那只是我消毒後煮過的破布。一手臂長兩透幣。」

「我給一馬克買整盒。」

「好吧。」老藥師繼續說話的時候，卡拉丁已經把手探入口袋，準備把錢球交給老藥師。「你們這些外科醫生都一樣，從來不花精神多想想你們的藥品是從哪裡來的，每次就像用不完一樣浪費。」

「人命是無價的。」卡拉丁說道。這是他父親的老話之一，也是李臨爲何行醫從不收半分錢的主要原因。

卡拉丁掏出他的四馬克，卻在看到它們的時候遲疑了一下。四馬克中，只有一枚仍然散發著柔和的白光，另外三枚卻沒有半分光亮，幾乎看不見玻璃中央的碎鑽石。

「你想拿假錢球騙我嗎？」藥師瞇起眼睛說道。卡拉丁還來不及抱怨，他便已經抓起一枚球幣，在櫃台下翻找一陣，拿出一只珠寶商用的鏡筒，拿下了眼鏡，將錢球舉在光線下。「啊，那是枚眞正的寶石。橋兵，你應該把錢球充光。不是每個人都跟我一樣信任別人。」

「它們今天早上都還在發光啊。加茲一定是拿快要耗盡光線的錢球給我。」卡拉丁抗辯。

藥師取下鏡筒，戴回眼鏡。他挑選了三枚馬克，包括在發光的那枚。

「我能拿回那一枚嗎？」卡拉丁問道。

藥師皺眉。

「口袋裡隨時放著發光的錢球會帶來好運。」卡拉丁說道。

「你確定你不需要愛情藥？」

「如果被困在黑暗的地方，好歹會有光。況且你也說了，大多數人不像你這樣信任別人。」卡拉丁沒什麼耐心地說道。

藥師不情願地拿發光的錢球換了黯淡的那顆，但是不忘先戴上鏡筒，檢查一番後才同意交換。沒有光的錢球跟有光的一樣有價值，只要把錢球放在颶風中，它就會充滿光線，大概可以散發一個禮拜左右的光芒。

卡拉丁收起發光的錢球，拾起自己的採買，朝藥師點頭道別，西兒跟著他一同回到軍營的街道上。

那個下午，他花了一些時間去聽飯廳的士兵都在聊些什麼，因此終於瞭解了戰營的一些狀況，這些都是他好幾個禮拜前就應該要知道的事，但那時的他太沮喪，完全不在乎。如今，他知道了台地上的獸蛹、寶心，還有藩王間的比賽。他現在明白爲什麼薩迪雅司將他的人逼得這麼凶，而且他也開始瞭解，爲什麼當他們到達平原的時間比另外一支軍隊慢時，薩迪雅司就會叫他們回頭。這種情況不常發生。薩迪雅司通常是最先抵達的，因此其他趕上的雅烈席卡軍隊的隊伍就必須掉頭回去。

每座軍營都極大。據說在不同的雅烈席卡軍營中，加起來共有超過十萬名的士兵，遠比爐石鎮的人要多上許多倍，而且還沒算上普通平民。行動中的軍營會引來許多隨軍的人：破碎平原上的固定軍營，則會引來更多的人。

十座軍營各自盤據在自己的盆地中，混合了魂術製作的建築物、木屋還有帳棚。有些商人很有錢，他們會像藥師那樣搭建起一座木頭的建築物。其他住在帳棚裡的人，就得在颶風期間拆掉帳棚，付錢住到別的地方去。就連盆地裡面的颶風都很強，尤其是在外牆被破壞或比較低矮的地方。有些地方，像是木材場，根本是完全暴露在外。

一如往常，街道上人來人往。女人們穿著裙子與襯衫，她們都是士兵、商人和工匠的妻子、姊妹或女兒。穿著長褲或罩衫的工人。穿著皮革，握著矛與盾的大量士兵。這些都是薩迪雅司的人。不同軍營的士兵不會相互來往，除非有要事，否則就該遠離另一名光明爵士的盆地。

卡拉丁懊惱地搖搖頭。

「怎麼了？」坐在他肩膀上的西兒問道。

「我沒想到這裡的軍營之間有這麼大的分歧。我以為大家會團結一心，都是國王的軍隊。」

「人類是充滿分歧的。」西兒說道。

「什麼意思？」

「你們的行為跟思考都不一樣。沒有別的東西是那樣。動物的行為都差不多，所有的精靈也是，就某種意義而言，幾乎可以說是完全一樣的個體。這才是和諧。可是你們不是。單單兩個人類都沒辦法在一件事情上取得共識。整個世界全按照原本的常軌在運行，只除了人類。也許就是這樣，所以你們才這麼想要殺死彼此。」

「可是不是所有的風靈都一樣。」卡拉丁說道，打開盒子，將繃帶塞進他縫在皮背心內側的口袋。

「我知道。也許你現在就明白我為什麼這麼介意了。」她低聲說道。

「妳就證明這點。」

卡拉丁不知道該怎麼回答。終於，他們回到了木材場。橋四隊有幾個人躺在軍營東側的陰涼處。如果能親眼觀看軍營建造的過程應該非常有趣——魂師憑空就能將空氣變為石頭。可惜的是，魂術只在晚上施展，只有執徒或是非常高層的淺眸人，才有資格觀看如此神聖的儀式，而且四周還有士兵把守，嚴禁閒雜人等。

卡拉丁一回到軍營，午後的第一聲鐘響便立刻響起，他瞥到加茲瞪了自己一眼，因爲他差點遲到，趕不及進行橋兵隊的值勤。大多數的「值勤」時間都花在等號角響起。卡拉丁不打算浪費時間。可能得出勤，所以他不能把時間浪費在扛木板上，但也許可以拉拉筋或……

澄澈乾淨的號角聲在空中響起，像是傳說中引導勇士靈魂踏上天堂戰場的號角聲。卡拉丁全身一僵。一如往常，他等著第二聲，內心某種不理性的執著想要聽到再次確認。果然，第二聲傳來，鐘聲的節奏，告知了裂谷魔結蛹的地方。

士兵開始衝向木材場旁邊的準備區。其他人衝入營地去拿器材。「排隊！」卡拉丁大喊，衝向所有橋兵。「去你們颶風的！給我排好隊！」

他們完全不理會他。有些人沒有穿背心，因此都塞在營房門口，想要擠進房間裡。一開始已經穿好背心的人則跑向橋。卡拉丁煩躁地跟在後面。到了之後，所有人按照先前仔細安排好的規則就定位。每個人都有機會能輪到最好的位置：在剛衝向裂谷時就選擇跑在最前面，最後一段路則可以處於相對安全的後方。

這是嚴格的輪流制，不允許也不會發生錯誤。橋兵在這方面自有一套嚴酷的管理方式：只要有人想作弊，其他人會強迫他在最後一輪時跑最前面。這種事應該要被禁止，但是加茲向來對於作弊的人視而不見。不過，他同時拒絕接受換位置的賄賂。也許他知道橋兵們人生中唯一的穩定感或是唯一的希望，就是來自於輪流。人生不公平，當橋兵不公平，但是如果你衝向死亡後活了下來，至少下一次你就可以跑在後面。

只有一個例外。身爲橋隊長，卡拉丁大多數的時間都能跑在最前面，然後在發動攻擊時跑到後面。他擁有全部人之中最安全的位置，但其實沒有橋兵可以稱得上是安全的。卡拉丁就像一名極餓之人盤裡的一塊發霉殘渣，不是第一口，但照樣會完蛋。

他就定位置。亞克、度尼和馬洛普是最後趕上來的人。一站好位置，卡拉丁便下令所有人開始扛橋。他有點訝異地發現他們都聽了他的話，但是，出勤時本來就會有發號施令的人。聲音變了，簡單的命令不變。扛、跑、放。

二十道橋從木材場朝破碎平原衝去。卡拉丁注意到一群橋七隊的橋兵鬆了一口氣地看他們離開。他們值勤的時間剛好到下午的第一聲鐘響，避過這次出勤。

橋兵們很努力。不只是因爲會被打，他們跑得這麼奮力是因爲想在帕山迪人之前趕到目標台地。如果他們先到，就不會有箭，不會有人死。因此，扛橋奔跑，是橋兵毫無保留也絕無偷懶想法的行動。雖然他們痛恨自己的人生，卻也會緊緊抓住，直到指節發白。

他們跑過第一座常駐橋。卡拉丁的肌肉抗議自己居然這麼快又被迫操勞，但是他試著不讓自己去想身體的疲累。前一晚的颶風帶來許多雨水，意謂著大多數的植物仍然綻放著，石苞吐出藤蔓，枝枒從岩石間的縫隙朝空中伸出爪子一樣的樹枝，上面開滿了花。偶爾也有荊灌，就是卡拉丁第一次跑過這區時注意到，有著以岩石爲枝幹的多刺矮小灌木，崎嶇地面上的坑窪與裂縫裡都蓄滿了雨水。

加茲在後面指示方向，告訴他們要走那條路。附近許多台地都有三到四道橋，交錯地通往各處。奔跑變成了慣性，雖然令人疲累，卻也熟悉，而且能在最前面，看清楚要去哪裡，感覺還是挺好的。卡拉丁開始他習慣的步伐計算，一如當年那個無名橋兵給予的建議，他腳下至今還穿著那個人的涼鞋。

終於，他們來到最後一道常駐橋。他們橫跨一個小台地，經過前天晚上帕山迪人焚燬的一座橋樑廢墟，上面還隱約冒著煙。昨天晚上有颶風，帕山迪人怎麼辦到的？之前聽士兵們講起帕山迪人的事情時，他發現士兵們對帕山迪人的態度是混合了憎恨、憤怒，還有不少敬畏。這些帕山迪人跟在羅沙各地工作、成天懶散又不太說話的帕胥人不同。帕山迪人是頗爲出色的戰士，光這一點就讓卡拉丁覺得難以理解。帕胥人？打仗？聽起來眞是好怪。

橋四隊跟其他隊伍們同時把橋放下，把它搭建在裂谷最狹窄的地方。他的人原地圍著橋倒下，等軍隊跨越的時候，偷時間放鬆一下。卡拉丁幾乎要跟他們一起躺平，他光是用想的，膝蓋就期待地一軟。

不。他心想，撐住自己。*不，我要站著*

這是個很傻的舉措。其他的橋兵幾乎沒人搭理他，其中一人，摩亞許，甚至對他罵了兩句。但是卡拉丁一旦下定決心，便固執地不肯更改，只是雙手背在身後稍息，看著軍隊過去。

「嘿，小橋兵！你想見識見識眞正的士兵是什麼樣嗎？」一名正在等著過橋的士兵大喊。

卡拉丁轉向那個人，他有著壯碩的身體，褐色的眼睛，手臂比許多人的大腿都粗。根據皮背心肩膀上的繩結來看，他是名小隊長。卡拉丁的身上曾經也有過同樣的繩結。

「小隊長，你怎麼對待你的矛跟盾？」卡拉丁回喊。

那人皺眉，可是卡拉丁知道他在想什麼。士兵的配備就是他的性命，對待武器如同照顧自己的親生骨肉，隨時都放在第一優先順位，遠勝過吃食或休息。

卡拉丁朝橋點點頭。「這是我的橋。我的武器，我唯一能得到的武器。好好對待它。」他大聲說道。

「不然你會怎麼樣？」另一名士兵問道，引起眾人哄笑，可是小隊長沒有說話。他臉上浮現困擾的神情。

卡拉丁的話不過是虛張聲勢。憑良心說，他痛恨那座橋，可是，他仍然站著。

不久，薩迪雅司藩王本人跨越了卡拉丁的橋。阿瑪朗光明爵士總顯得威武、高貴、有著英雄的氣息，是一名紳士將軍。但薩迪雅司完全不同，他有著圓臉、卷髮，還有高傲的神情，騎馬的姿態彷彿是在參與遊行，一手在身前輕握著韁繩，另一手將頭盔夾在腋下。他的盔甲漆成紅色，頭盔上還有花俏的穗子，這些無意義的裝飾，幾乎要遮掩了古老甲冑與生俱來的神奇。

卡拉丁忘卻了身體的疲累，雙手緊握成拳。這個，就是他最憎恨淺眸人的原因，冷酷到不在乎每個月有數百橋兵死在自己的指揮下，甚至刻意禁止橋兵握盾牌。卡拉丁至今仍然不理解他的理由。

薩迪雅司跟他的護衛隊很快地經過了眾人，卡拉丁這才回神過來，想起自己也許該鞠躬，還好薩迪雅司沒有注意到，如果有的話，可能會給自己帶來麻煩。卡拉丁搖著頭，喚醒他的橋兵們。他爲了要叫醒粗壯的食角人大石，格外多費了一分力氣。一過裂谷，他的人便扛起橋，朝下一個裂谷跑去。

這個過程重複的次數多到卡拉丁已經數不清。每次放下橋後，他都拒絕躺下，而是稍息，看著軍隊經過。更多士兵開始注意到他的行爲，對他冷嘲熱諷。卡拉丁無視他們。到第五還是第六次時，那些人的嘲笑聲也消失了。他再看到薩迪雅司光明爵士時，卡拉丁向他鞠躬，雖然這動作讓自己的胃都要糾結成一團。他並沒有效忠薩迪雅司，可是他對於橋四隊的人有責任。他要救他們，這表示自己不能因爲藐視上級的罪名而受到懲罰。

「調隊！」加茲下令。「過橋，調隊！」

卡拉丁猛然轉身。下一次過橋將是攻擊的時間。他瞇起眼睛，看著遠方，勉強可以看到一排深色的身影在對面平台聚集。帕山迪人剛到，正在列隊。他們身後有另一群人在努力破壞獸蛹。

卡拉丁心中湧起一陣煩怒。他們的速度不夠快，而且雖然他們已經很累了，薩迪雅司還是會想趕快進攻，趁帕山迪人還沒有把寶心挖出來之前動手。

橋兵們無聲地站起，每個人心頭上的陰影揮之不去。他們都知道會發生什麼事。他們跨過裂谷，將橋拖來，然後前後排的人對調。士兵排好陣列。一切如此安靜，彷彿他們正扶著棺木走向火葬場。

橋兵們在後面那個最有遮蔽、最受到保護的位置，爲卡拉丁留下空位。西兒站在橋上，看著那個位置。卡拉丁走向她，身心俱疲。他今天早上把自己的體能已經逼到極限過一次，後來又不肯躺下休息，堅持要站著，更讓自己疲累。他是發了什麼瘋？他幾乎連走都走不動了。

他看著橋兵。他的人垂頭喪氣，絕望沮喪，驚恐無助。如果他們拒絕前衝，他們會被處決。如果他們衝，面對的只有箭矢。他們不是看著遠方的帕山迪弓箭手，而是看著地面。

*這些是你的人啊！*卡拉丁告訴自己。*他們需要你來領導他們，即使他們還不知道自己需要你。*

你站在後面，怎麼領導別人？

他繞過橋，德雷跟泰夫兩個人發現他走過他們，驚訝地抬起頭。站在死位，就是前面最中央位置的是大石，身材壯碩的食角人。卡拉丁拍拍他的肩膀。「大石，你占了我的位置。」

對方驚訝地抬頭看他，「可是……」

「你到後面去。」

大石皺了皺眉，從來沒有人自願跑在最前面。「低地人，你昏頭了吧。你想死爲什麼不去跳裂谷？那簡單多了。」他帶著濃濃的口音說道。

「我是橋隊長。跑前面是我的特權。去吧。」

大石聳聳肩，聽話地站到原本屬於卡拉丁的位置。沒有人說話。如果卡拉丁想害死自己，哪裡輪得到他們抱怨？

卡拉丁看著所有橋兵。「我們花越多時間放下橋，他們就能對我們射出越多箭。大家要堅定，有信心，動作快。抬！」

所有人用力往上舉，內排的人進入橋下，每排五人站好。卡拉丁站在最前面，叫作雷頓的高大壯漢在他左邊，叫作莫克的瘦子在他右邊。亞地司跟克羅在最外側。前面的五個人。死線。

所有橋隊都將橋抬起後，加茲下令。「攻擊！」

他們向前衝，經過立定原處的軍隊，經過握著矛與盾的士兵。有人好奇地看著，也許覺得低下的橋兵居然這麼想去送死，眞是好笑。其他人別過頭，也許是對耗費這麼多條人命才能讓他們跨越裂谷感到羞愧。

卡拉丁直視前方，壓制腦海深處不可置信的尖叫聲──告訴他正在幹一件蠢事的聲音。他衝向最後一道裂谷，專注於帕山迪人的陣線，那些握著弓的紅黑之人。

西兒飛在卡拉丁的頭邊，不再是人形，而是一條光帶。她衝在他面前。弓已舉起。卡拉丁只有加入橋兵隊的第一天，曾在這麼糟的情況下站在死位。新人向來被放在死位，這樣一來，如果他們死了，連訓練的力氣都可以省下。

帕山迪人拉弓，瞄準五六隊橋兵。橋四隊很明顯是他們的標靶之一。

放箭。

「提恩！」卡拉丁大吼，幾乎因爲疲累跟煩躁而發狂。他不知道自己爲什麼會在面對一陣箭雨時，大聲喊出那個名字，卻同時感覺到一股精力湧入，毫無預警，也沒有理由地全身湧起一陣力量。

箭至。

莫克一聲不響地倒下，身上插了四五枝箭，血灑在石頭上。雷頓也倒下，亞地司與克羅同樣倒地。箭射中卡拉丁腳邊的地面，碎裂，另外六枝射中卡拉丁頭手周圍的木頭。

卡拉丁不知道自己有沒有被射中，他全身充滿了精力與緊張。他繼續跑，繼續大叫，肩膀上扛著橋。

不知爲什麼，前方的帕山迪弓箭手放下了弓。他看到他們布滿花紋的皮膚，奇特的紅橘色頭盔，還有樣式簡單的褐色衣服。他們似乎一時手足無措起來。

不管是什麼原因，這對橋四隊而言都是珍貴無比的瞬間，當帕山迪人再度舉起弓時，卡拉丁的小隊已經抵達裂谷。他們跟其他橋隊排成一列，如今只剩下十五隊，倒了五隊，剩下的橋隊們自行向內靠攏。

在箭雨中，卡拉丁大吼，要橋兵放橋。一枝箭劃破他肋骨邊的皮膚，插入，然後被骨頭擋下。他感覺中箭的那個瞬間，卻沒有感到痛楚，忙不迭地繞到橋的另一邊，幫助其他人推橋。卡拉丁的橋隊趁雅烈席卡軍隊的箭雨引開敵方弓箭手注意力的那一刻，猛力一推，把橋架定位。

士兵衝過橋，敵人很快便忘記橋兵。卡拉丁跪倒在橋邊，小隊的其他人跌跌撞撞地走開，他們在戰爭中扮演的角色已經完成。

卡拉丁按著身側，感覺那裡正在出血。*傷口呈直線，只有一吋長，但寬度不足以造成危險。*是他父親的聲音。

卡拉丁喘氣。他需要躲到安全的位置去。雅烈席卡軍隊射出的箭雨從他頭頂疾飛而過。

有人殺人。有人救人。

他的工作還沒有完。卡拉丁強迫自己站起，跌跌撞撞地走到一名躺在橋旁的人身邊。這名橋兵叫霍伯，腿被箭射穿，倒在地上握著大腿呻吟不止。

卡拉丁抓住他的腋下，將他拖離橋邊。男人因爲痛楚而神智不清地咒罵，卡拉丁將他拖到大石跟其他橋兵躲避的一小片石堆後。

霍伯沒有被射中動脈，所以一時三刻不會有大礙。一放下他，卡拉丁轉身就想衝回戰場，但是他累得滑了一跤，重重地撞上地面，悶哼一聲。

有人殺人。有人救人。

他強迫自己站起，額上滿是汗水，手足並用地爬到橋邊，耳邊淨是父親的聲音。他找到庫姆，但那人已經死了。卡拉丁離開屍體。

加多被射穿，腰側傷口極深，臉上因為太陽穴邊的傷口滿是鮮血，但他正設法以最短的距離爬向橋。他抬起驚慌的黑眼睛，痛靈在他身邊搖曳。卡拉丁抓住他的腋下，才剛將他拖離，騎兵便已經策馬踏過他原本所在的位置。

卡拉丁將加多拖到石堆邊時，發現了另外兩名死者。他快速計算一遍，包括他已經看到的死者，有二十九人，還少了五人。卡拉丁歪歪倒倒地又衝回戰場。

士兵們聚集在橋的後面，弓箭手站在兩側，正朝帕山迪陣線攻擊，重裝騎兵在薩迪雅司藩王的帶領之下策馬過橋，薩迪雅司穿著碎甲，幾乎所向披靡，他的目標是要逼退敵人。

卡拉丁腳下一軟，頭暈目眩，看著這麼多人在奔跑、大喊、射箭、執矛，心下滿是焦急。五名橋兵，說不定已經死了，混在這麼一大群……

他注意到有一個人縮在裂谷邊，雙邊來往的箭矢在他頭上飛過。是其中一名橋兵，達畢，他整個人縮成一團，手臂扭成怪異的角度。

卡拉丁衝上前，撲倒在地，四肢並用匍匐前進，躲過頭上的箭雨，希望帕山迪人太忙，不會注意到兩名沒有武器的橋兵。達畢甚至沒有注意到卡拉丁的出現，整個人差不多就要休克，嘴唇無聲地掀動，兩眼無神。卡拉丁很勉強地抓住他，但不敢站得太直，深怕被箭射中。

他以笨拙的半爬行姿勢，把達畢拖離裂谷邊緣，不斷踩到血窪，滑倒，手臂在岩石上挫傷，臉不停撞上石頭，可是卻沒有放棄。在飛竄的箭雨下將年輕人拖往安全的地方。終於，他覺得已經離裂谷遠得可以直起身體，因此想要抱起達畢，可是他的肌肉實在太無力。他才剛用力便滑倒在地，全身精疲力竭地癱在石頭上。

他躺在原處，喘著氣，腰邊的痛楚終於席捲而來。*好累……*

他搖搖晃晃地站起，又想要抓住達畢，累得滿眼是淚，虛弱到連拖都拖不動對方。

「昏頭的低地人。」一個聲音低咆。

卡拉丁轉身，看到大石。滿身肌肉的食角人抓住達畢的腋下，將他往回拖。「瘋子。」他對卡拉丁嘟囔一聲，輕而易舉地抱起受傷的橋兵，將他帶回安全的空地。

卡拉丁跟在他身後，背靠著岩石倒下。倖存的橋兵們聚集在他身旁，滿眼都是驚恐。大石將達畢放下。

「還有四個。得找到他們……」卡拉丁邊喘邊說道。

「莫克跟雷頓。」泰夫說道。在這場衝刺中，年長的橋兵跑在後面，沒有受傷。「還有亞地司跟克羅。他們在前面。」

*沒錯，我怎麼會忘記……*卡拉丁疲累地心想。「莫克死了。可是其他人可能還活著。」說完，他便想站起。

「白癡。」大石說。「待著。沒事。我來處理。」他遲疑片刻。「大概我也是白癡。」他皺著眉頭，卻依舊回到戰場。泰夫遲疑片刻後，跟著衝了出去。

卡拉丁扶著腰側不斷喘氣。他不知道是被箭射後的撞擊痛，還是傷口本身比較痛。

救人……

他爬到另外三名傷者身邊。腿被箭射穿的霍伯可以等，而達畢只是手臂折斷也還好，但加多的腰邊開了洞，情況最爲嚴重。卡拉丁盯著傷口。他沒有手術台，甚至沒有消毒藥，他能怎麼辦？

他推開絕望。「你們誰去拿把匕首給我，去死掉的士兵身上找。還有誰快點去生火！」他對橋兵下令。

橋兵們面面相覷。

「度尼，你去拿匕首。那姆，你會生火嗎？」卡拉丁邊說邊按著加多的傷口，試著止血。

「用什麼生？」那姆問道。

卡拉丁脫下背心與襯衫，將襯衫遞給那姆。「拿這個當引子，找些斷箭當燃料，有人有打火石嗎？」很幸運，摩亞許有。橋兵會把貴重物品帶在身上，就怕被別的橋兵偷走。

「快點！還有誰，快去拆顆石苞，把裡面的水囊拿來給我！」卡拉丁說道。

他們站在原地片刻後，居然有如神助一般，一一照他的話去做了。也許他們震驚到不知該如何反對。

卡拉丁撕開加多的襯衫，將傷口暴露在外。情況很糟，非常糟，如果射破了腸子或其他內臟……

他命令其中一名橋兵拿繃帶壓著加多額頭上的傷口，止住鮮血，每減少一點出血都有幫助，以他父親教導的速度飛快地檢視傷口。度尼很快地拿著匕首回來，可是那姆生火很不順利，連聲咒罵，卻沒停止努力。

加多開始痙攣。卡拉丁拿繃帶壓著傷口，覺得無能爲力。傷口在這裡，他沒辦法靠捆緊出血點來止血，他現在無能爲力……

加多邊咳邊吐血。「他們正破壞大地！他們想要得到它，但是在憤怒中卻會毀滅它，就像嫉妒的人，寧可焚燒所有寶貝，也不願被敵人奪走！他們來了！」他的眼神瘋狂，聲嘶力竭地說道。

驚喘。然後，動也不動，死寂的雙眼望著天空，沾滿鮮血的吐沫沿著臉頰流下，詭異的遺言迴蕩在空中。不遠處，士兵們忙著戰鬥、尖叫，可是橋兵們是沉默的。

卡拉丁往後一靠，一如往常，因爲病人的過世而深感悲痛。他的父親總說時間會磨鈍他敏感的心。在這件事上，李臨說錯了。

他覺得好累。大石跟泰夫正趕回石堆，兩人扛著一具身體。

卡拉丁告訴自己，如果那個人不是活著，他們不會把他帶回來，想想那些你可以幫助的人。「好好照顧火堆！不要讓火熄了！誰去燒熱匕首！」他指著那姆說道。

那姆一驚，彷彿這才注意到他居然點起了小小的一堆火。卡拉丁不再專注於死去的加多，而是開始爲大石跟泰夫讓位。他們將渾身是血的雷頓放在地上。他的呼吸很淺，身上插了兩枝箭，一枝在肩膀，一枝在另外一邊的手臂，還有一枝箭劃破了他的肚子，傷口因爲移動而不斷擴大。他的腿看起來像是被馬踏過，除了斷掉之外，還破了很大一個洞。

泰夫開口：「其他三人死了。他也快了，我們無能爲力，但你說要把他帶回來，所以……」

卡拉丁立刻跪下，仔細但很有效率地開始工作，將繃帶壓住身側，以膝蓋按住，然後快速地包紮腿，命令一個橋兵拉緊繃帶，將腿抬起。「刀呢？」卡拉丁大喊，在手臂上鬆鬆地繫住止血帶。他得先止血，晚點再擔心怎麼樣救這條手臂。

年輕的度尼拿著發燙的刀衝上前來，卡拉丁移開身側的繃帶，快速地烙閉腰邊的傷口。雷頓已經失去意識，呼吸越發低淺。

「你不會死。你不會死！」卡拉丁喃喃自語。他的腦子發麻，手指卻知道該做什麼。那瞬間，他彷彿又回到了父親的手術間，聽著父親詳細的指示。他依言除去雷頓手臂中的箭，卻沒有動肩膀的那一枝，然後派人去把匕首重新加熱。

皮特終於拿著水囊回來了。卡拉丁一把抓過，用它清洗腿上的傷口，那是最嚴重的地方，因爲是被馬踏傷的。匕首拿回來後，卡拉丁拔出肩膀的箭，盡量烙閉傷口，然後用了另一捆即將耗盡的繃帶將傷口綁緊。

他以箭做爲夾板捆好傷腿，因爲沒有別的東西可用。他抿著嘴唇，不得不繼續烙閉腿上的傷口。他不想要造成這麼多疤，卻不能冒著再讓雷頓失血的風險。他需要消炎藥。要多久才能弄到那個痰？

「你敢給我死就試試看！」卡拉丁說道，幾乎不知道自己把腦中的念頭說出口。他快速綁好腿上的傷口，用針線縫起手臂的傷，包紮，然後把止血帶幾乎完全解開。

終於，他往後一靠，精疲力竭地看著傷患。雷頓還在呼吸。他還能撐多久？他生還的機會似乎很渺茫。

橋兵們圍繞著卡拉丁，或坐或站，臉上居然滿是崇拜之情。卡拉丁疲累地來到霍伯身邊檢視他的傷腿，幸好不需要烙閉，只需要清洗傷口，把裡面的碎木屑清除，然後縫起即可。傷者身邊都是痛靈，地上伸出了無數的小橘手。

卡拉丁將用在加多身上的繃帶割下最乾淨的一段，綁在霍伯的傷口上。他很不滿意自己不能用些乾淨的繃帶，卻沒有選擇。然後，他叫另一名橋兵再拿些箭來，把達畢的手臂包紮起來，用達畢的襯衫綁好。終於，卡拉丁靠著岩石，疲累地長長吐出一口氣。

後方傳來金屬交擊與士兵的喊叫聲。他覺得好累，累到甚至無法閉起眼睛，只想坐在那裡，盯著地面，永遠。

泰夫在他身邊蹲下。大鬍子男人手中拿著還剩一點水的水囊。「喝吧，小伙子。你需要這個。」

卡拉丁麻木地開口：「我們應該要去清理其他人的傷口。他們都有擦傷，我也看到有人被割傷，還應該要去……」

「喝。」泰夫說道，沙啞的聲音極爲堅持。

卡拉丁遲疑了片刻，最後喝下水，味道出奇的苦，就像石苞。

「你從哪裡學來怎麼醫人的？」泰夫問道。附近幾名橋兵一聽到這問題，紛紛轉過頭來看他。

「我並非天生就是奴隸。」卡拉丁低語。

大石走上前來，蹲下。「你做的事情沒有用。加茲要我們留下不能走路的傷患。這是上面的命令。」

「我來處理加茲。」卡拉丁頭靠著石頭。「把你拿來的匕首放回原處，我不想被控盜竊。離開時，我要兩個人負責搬雷頓，兩個人負責搬霍伯。我們可以把他們綁在橋上，扛回去。過橋時，你們的動作得快，趁軍隊過去前把他們解下，之後再把他們綁回去。如果達畢還沒有辦法回神過來，還要有一個人負責帶他。」

「加茲不會容許的。」大石說道。

卡拉丁閉上眼睛，不想再爭論。

這場戰爭很漫長，帕山迪人直到傍晚才退兵，以極爲強勁的雙腿跳過裂谷。贏得戰爭的雅烈席卡士兵發出歡呼。卡拉丁強迫自己站起，去找加茲。他們還要一陣子才能破開獸蛹，那東西的外殼就像石頭一樣硬，但他需要先把橋兵隊的士官長打理好。

他看到加茲站在離戰線很遠的地方觀戰。他以剩下的一隻眼睛瞥向卡拉丁：「有多少血是你的？」

卡拉丁低頭，第一次發現自己滿身都是深色的血塊，正一一從他身上剝落，大多數是來自他的病人。

他沒有回答問題。「我們要帶傷兵走。」

加茲搖搖頭。「他們不能走的話，就要留下。上面的命令，不是我的選擇。」

「我們要帶他們走。」卡拉丁說道。語氣沒有更堅定，也沒有更大聲。

「拉瑪瑞光明爵士不會允許的。」拉瑪瑞是加茲的頂頭上司。

「你讓橋四隊最後走，帶著傷兵回營地。拉瑪瑞不會跟那支軍隊走，他一定會跟著主力離開，因爲他不會想錯過薩迪雅司的慶功宴。」

加茲張開口。

卡拉丁打斷他，「我的人動作很快，而且有效率，不會耽擱任何人。」他從口袋掏出最後一枚錢球，遞過去。「你不要提這件事就好。」

加茲接過錢球，哼了一聲。「才一透馬克？你以爲這樣就會讓我願意冒這麼大的風險？」

「你不做，我就殺了你，讓他們把我處決了。」卡拉丁平靜地說道。

加茲訝異地眨眨眼。「你絕對不會……」

卡拉丁上前一步。滿身是血的他看起來一定很可怕。加茲臉色刷白，然後咒罵一聲，舉起黯淡無光的錢球。「而且還是個沒光的錢球。」

卡拉丁皺眉。他很確定在出勤前，錢球還是亮著的。「那是你的錯。這是你給我的。」

「這些錢球昨天才充過光。它們是直接從薩迪雅司光明爵士的財務官那裡送出來的。你把它們怎麼了？」加茲說道。

卡拉丁搖搖頭，累到無法思考。西兒落在他的肩膀，兩人一同走回橋兵群。

加茲在他身後大喊問道：「他們與你有何關係？你管他們做什麼？」

「他們是我的人。」

他將加茲拋在身後。「我不信任他。他可以說你威脅他，然後派人逮捕你。」西兒轉過頭去看他。

「也許吧。我只能相信他會想繼續收我的賄賂。」卡拉丁說道。

卡拉丁往前走著，聽著勝利的歡呼與傷者的呻吟。台地上都是屍體，聚集在裂谷邊緣，因爲橋周邊是戰事最激烈的地方。帕山迪人一如往常把死者留在原地。據說就算他們贏了，也不會帶走死者。人類則會派橋兵隊跟士兵回來焚燒死者，讓他們的靈魂往生，而最優秀的勇者將能加入神將的軍隊。

「錢球。這不太可靠吧。」西兒一邊看著加茲一邊說道。

「也許夠，也許不夠。我認得他看錢球的神情。他想要我給他的錢，也許這種渴望會讓他乖乖聽話。」卡拉丁搖搖頭。「妳之前說得沒錯，人在大多數事情上都是不可靠的。但如果要說有什麼可以指望他們的，就是他們的貪婪。」

這是個充滿怨念的想法，但這也是充滿怨念的一天。充滿期待、光明的開始，然後是血腥赤紅的日落。

日日如此。

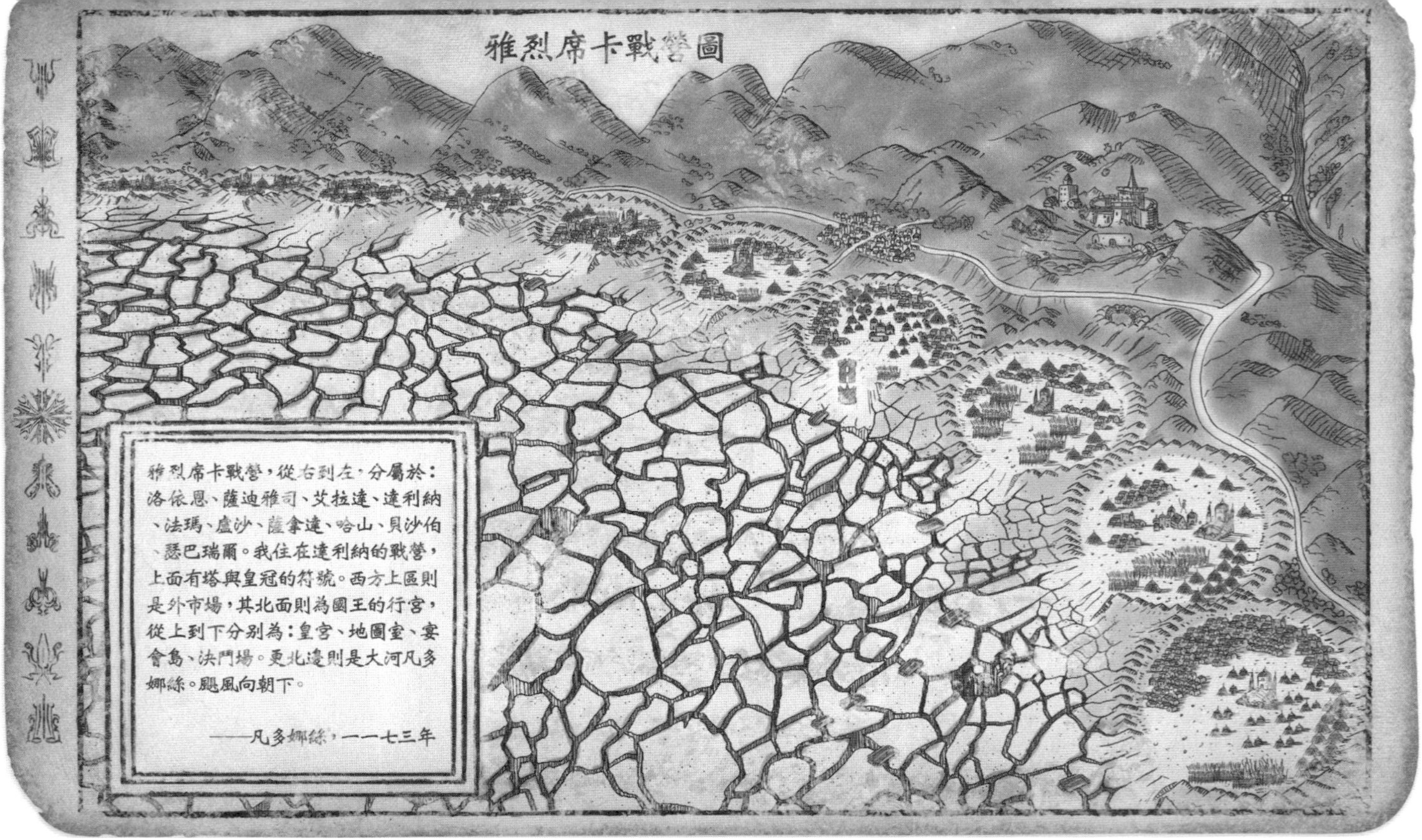

雅烈席卡戰營地圖，由畫家凡多娜絲繪製，其造訪過戰營一次，細節方面可能略有理想化。

18 戰事藩王

雅提曾經是善良又慷慨的人，你也知道他最後的下場。不過雷司是我所認識的人中，最令人唾棄、狡詐和危險的人之一。

「對，這是被割斷的。依史，你同意吧。」雅多林看著胖胖的皮匠舉起手上的皮帶。

另一名皮匠點點頭。依史是黃眼睛的依瑞雅利人，有著金黃色的頭髮。不是金色，而是黃澄澄的金黃色，上面甚至泛著金屬的光澤。他的頭髮留得很短，還戴了頂帽子，顯然不想引人注意，因爲許多人認爲，身上帶著一綹依瑞雅利人的頭髮可以招來好運。

他的同伴亞法倫是名雅烈席卡深眸人，在背心外綁了條圍裙。如果這兩個人的工作模式依循傳統，那一個人會負責製作大而厚重的皮件，如馬鞍一類的東西，另一個人則會專精於細節。兩人身後有一群學徒，忙著切割跟縫製豬皮。

「割斷的。我同意。」依史接過亞法倫手上的皮帶。

「拖我下沉淪地獄吧。難道艾洛卡居然說對了？」雅多林喃喃自語。

「雅多林。你說我們要去散步的。」一位女性的聲音從後方響起。

「我們是說好要去。」他轉身微笑。珍娜菈雙手交疊在胸前，穿著一件合身的黃色洋裝，是時下最流行的樣式，兩邊以釦子扣起，筆挺的小立領上繡著鮮紅的花紋。

「我以為散步是需要用雙腿走的。」

「嗯。對，我們馬上就要去。一定很棒的。我們會一直走動，溜達，還有，呃……」

「閒逛？」皮匠依史主動幫他補上。

「那不是一種飲料嗎？」雅多林問道。

「呃，不是，光明爵士。我滿確定這跟散步是差不多的意思。」

「那好，我們也會做這件事，閒逛。我就喜歡閒逛。」他揉揉下巴，接回皮帶。「你有多確定這件事？」

「毫無疑問，光明爵士。這不是被扯斷的。你得多小心點。」亞法倫說道。

「小心？」

「是的。你要確定沒有鬆開的皮扣抵著或壓著皮革，這看起來像是馬鞍上的皮帶，有些時候，某些人晚上把馬鞍卸下時會讓腹帶垂下，結果卻壓到了皮帶。我想應該就是這樣斷的。」

「哦，你是說，這不是有人故意割斷的？」雅多林問道。

「是有可能啦！但是為什麼會有人要這樣割斷腹帶？」亞法倫回答。

好問題，雅多林心想。他向兩名皮匠道別，將皮帶塞回口袋，然後朝珍娜菈伸出肘彎。她以外手拉住，很高興終於能離開皮革店。店裡有種淡淡的味道，但沒有染皮坊那麼糟糕。他注意到她幾次已經把手伸向手帕，像是很想拿手帕摀住鼻子。

他們踏入中午的陽光。兩名淺眸碧衛，提邦與馬克斯正和珍娜菈的大侍女，一名年輕的亞西須深眸女子，珐科曦，一齊等在外面。三人跟在雅多林與珍娜菈身後，一行人走上戰營的街頭。珐科曦帶著口音的語調，正低聲抱怨雅多林居然沒爲她的主子要頂轎子。

珍娜菈似乎不在意。她深深地吸氣，緊抓著他的手臂。雖然她老愛講自己的事，但她眞的頗爲美麗。他向來喜歡多話的女子，但今天珍娜菈的宮廷八卦卻不太能引起他的興趣。

皮帶是被割斷的，但皮匠們都認爲這是意外。意思是他們以前看過這種斷裂的方式，可能是鬆脫的扣環或是其他意外割斷了皮革。

只是這次，斷裂的皮帶讓國王在戰鬥時從馬背上被甩下。這其中是不是眞有什麼蹊蹺？

「……你說是吧，雅多林？」珍娜菈問道。

「當然。」他心不在焉地聽著。

「所以你會去跟他提？」

「嗯？」

「你父親。你能否請他偶爾別讓他的士兵們穿那身老氣到極點的制服。」

「這……他對於制服這件事還滿堅持的，而且那套衣服不是眞的這麼老氣吧？」

珍娜菈不友善地瞪了他一眼。

他只好承認：「好吧，是有點樸素。」達利納軍隊的所有高階淺眸軍官，都穿著一套剪裁簡單的藍色制服，雅多林也不例外。可是現在流行的是背心、絲綢裝飾還有圍巾，他們的制服卻只是一套深藍色的外套，上面沒有任何裝飾，再配上挺直的長褲。他父親的科林符則明顯地繡在背上跟胸口，兩邊以銀色的釦子裝飾，簡單又一目了然，但極爲樸素。

「你父親底下的人極爲愛戴他，但是他的要求實在很繁瑣。」珍娜菈說道。

「我知道，我眞的知道，可是我不覺得我能改變他的想法。」這該怎麼解釋？雖然已經打了六年仗，達利納仍然堅持遵守戰地守則，而今這個信念甚至可以說是比之前更爲強烈。

至少，現在雅多林比較能瞭解他的理由。達利納敬愛的兄長留下了遺言：遵守戰地守則。當然，那個要求是特指當時的場合，但是雅多林父親的行事作風向來既極端又徹底。

雅多林只希望他不會用同樣的標準要求其他人。

雖然一條一條來看，戰地守則不過就是會造成一些生活上的不便罷了：例如在公眾場合隨時要穿制服、絕對不准喝醉還有避免決鬥之類的，但是林林總總加起來，負擔也是很重。

他對珍娜菈的回應被響徹戰營的號角聲打斷。雅多林精神一振，轉過身，望向東方的破碎平原。他繼續計算著下一陣的號角聲，一四七號台地上有獸蛹，這在他們的攻擊範圍內。

他屏住呼吸，等著第三次號角響起，要達利納的軍隊上戰場，這必須等他父親下令。

有一部分的他，知道號角不會響起。一四七號離薩迪雅司的戰營很近，他一定會出擊。

快點，父親，我們可以跟他比誰先趕到，雅多林心想。

沒有號角聲。

雅多林瞥向珍娜菈。她選擇音樂做爲天職，對戰事鮮少理會，她的父親是達利納的騎兵軍官之一，但是光從她的表情就能看出，即便是她，都明白沒有第三聲號角是什麼意思。

達利納・科林再次選擇不上戰場。

「來吧。我還要查一件事。」雅多林說道，轉過身，幾乎是拖著珍娜菈的手肘朝反方向走。

❖

達利納雙手背在身後，望著破碎平原。他站在艾洛卡行宮外的一片低層花園中。艾洛卡不住在任何一個軍營裡，而是附近小山丘上的一座行宮。達利納前往行宮的路程被號角聲打斷。

達利納站在原處，看著薩迪雅司的軍隊在戰營中集合。他可以派士兵下令自己的人也準備行動。他們離得夠近。

「光明爵士？您希望繼續前進嗎？」一個聲音從旁邊問道。

你用你的方法保護他，薩迪雅司。我用我的。達利納心想。

「是的，泰紗芙。」他說道，轉身繼續沿著之字形道路前進。

泰紗芙來到他身邊。她的純黑雅烈席頭髮間帶有金色，被她編成很繁複的交疊辮。她有著紫色的眼睛，緊繃的臉似乎時時顯露出擔憂的表情，這很正常，她似乎隨時都需要因為某件事而擔心。

泰紗芙跟她的隨行書記都是他手下軍官的妻子。達利納信任她們，至少大多數時候是如此。要完全信任另一個人實在太難。夠了，你開始跟國王一樣愛疑神疑鬼。他心想。

無論如何，他會很高興看到加絲娜回來。如果她決定回來。

他的高階軍官們一定會暗示他應該要再婚，就算只是為了有自己的主書記都好。他們以為他拒絕提議，是因為深愛他的第一任妻子。他們不知道她已經從他腦海消失，已是他記憶中的一段空白。不過從某種角度來說，他的軍官們也沒猜錯，他不想再婚的一部分原因，也是因為他討厭這個用另一人取代她的念頭。關於他妻子的一切都被奪走了，只留下一個空洞，所以只為了得到一名書記就決定要將這洞填滿，似乎很冷酷。

達利納繼續前進。除了兩名女子外，他身邊還有雷納林跟碧衛的三名成員。後者戴著深藍色的皮帽，披風蓋著銀色的胸甲跟深藍色的長褲。他們是低階的淺眸人，可以佩劍進行戰鬥。

「光明爵士，雅多林光明爵士要我回報馬鞍腹帶調查的進度。他現在正在跟皮匠們討論，但目前為止並沒有多少消息。沒有人看到有人去動馬鞍或陛下馬匹的手腳，我們的間諜說其他戰營隊也沒人炫耀這件事，就目前所知，我們戰營中也沒有人突然收到大筆金錢。」泰紗芙說道。

「馬伕呢？」

「他們說他們檢查了馬鞍，可是被追問時，卻都承認自己記不得是否特別檢查腹帶。」她搖搖頭。「馱著穿碎甲的人讓馬匹跟馬鞍都承受很大的重量，如果能夠馴服更多的瑞沙迪馬……」

「我想馴服颶風還簡單些，光主。至少這應該是好消息，皮帶這件事最好小事化無。我還要妳幫我查另一件事。」

「服務您是我的榮幸，光明爵士。」

「艾拉達藩王開始說他想去雅烈席卡度個小假。我想知道他是不是認真的。」

「是的，光明爵士。這會是問題嗎？」泰紗芙點頭問道。

「我真的不知道。」他不信任藩王，但只要他們人還在這裡，他就能看著他們。可是，只要有一個人回了雅烈席卡，他就可以肆意妄為地策劃陰謀。不過，短暫的造訪有助於安定他們的家鄉。

哪個比較重要？安定還是看住別人的能力？

先祖啊，我真的不適合這麼多的政治跟計謀。我天生適合揮劍，踏向敵人。他心想。

但是該做的事情還是要做。「泰紗芙，我記得妳說國王的財務有消息了？」

「是的。」她回答，一面跟著他爬上山。「您要我查帳本是對的。顯然有三名藩王，包括薩拿達、哈山，還有法瑪都拖了很久沒有付款。除了您之外，只有薩迪雅司根據戰地守則支付了他的欠款。」

達利納點點頭。「這場戰爭拖得越久，藩王們就越安穩。他們已經開始在質疑了，例如為什麼在戰事中用魂術要加價，為什麼不把更多農民搬來這裡，自行種植作物。」

「抱歉，光明爵士。可是我們眞的想打壓這件事嗎？第一個補給品的來源可能跟戰備存糧一樣重要。」

「商人已經提供額外來源，所以我才沒有把他們趕走。我不介意多一個來源，但是魂師是我們掌控藩王們的唯一方法。他們覺得自己應該向加維拉效忠，對他的兒子卻沒有這種認同。」達利納瞇起眼睛。「這才是重點，泰紗芙。妳有按照我推薦給妳的歷史書書單研讀嗎？」

「有的，光明爵士。」

「那妳就應該明白，王國最脆弱的時期，就是創國者的繼承人繼位的時候。在加維拉這樣的人統治時，人們會因為尊敬他而效忠，在接下來的幾代後，人們會認為自己是王國的一部分，因為傳統而團結唯一。」

「可是嗣子的統治……這是危險的時期。加維拉不在這裡，沒有辦法讓所有人都團結一心，但雅烈席卡王國的傳統又尚未建立——我們必須撐到藩王們能將自己視為國家的一部分才可以。」

「是的，光明爵士。」

她沒有質疑。泰紗芙對他極為忠貞，一如他大多數的軍官。他們不去質疑，為什麼他這麼在意十個王國必須將自己視為一個國家。也許他們認為這都是因為加維拉的因素。的確，他的哥哥夢想能建立起一個團結的雅烈席卡這件事是有影響，但是不僅僅如此。

永颶要來了。眞正荒寂。哀傷之夜。

他壓下一陣顫抖。他的幻境景象告訴他，沒剩多少時間可以準備了。

「以國王之名起草，爲那些準時交錢的人降低魂師的費用，這樣應該會讓其他人警醒。把它交給艾洛卡的書記，要她們解釋給他聽，希望他會同意這件事。」達利納說道。

「是的，光明爵士。容我斗膽提一件事，我很訝異您建議我閱讀歷史書籍。在過去，您對這類事情不是很有興趣。」

「我最近做了很多跟我的興趣或才能無關的事情。」達利納皺眉說道。「我缺乏的能力，不代表王國就沒有這些需要。妳蒐集了這一帶的土匪報告嗎？」

「是的，光明爵士。」她遲疑了片刻才說道：「比率高得令人擔心。」

「告訴妳的丈夫，我將第四營交給他。我要你們兩個想出一個更好的方法去巡邏無主丘陵。只要雅烈席卡王師在此一天，我希望這裡就不是個毫無王法的地方。」

「是的，光明爵士。」泰紗芙說道，但是語帶遲疑。「您明白，這意謂著您將投入兩個營在巡邏上？」

「是的。」達利納說道。他曾尋求其他藩王的協助，他們的反應從震驚到發噱都有，卻沒人給他任何士兵。

「還要加上您派去維護戰營與外圍商人市場治安的軍力。加起來，已超過您在這裡的四分之一兵力了，光明爵士。」泰紗芙繼續說道。

「命令不變，泰紗芙。去做。不過，首先我要跟妳討論帳本的事。去帳務間等我們。」他說道。

她點頭行禮。「是的，光明爵士。」她帶著助手離開。

雷納林來到達利納身邊。「她不太高興，父親。」

「她希望她的丈夫能上戰場。他們都希望我能去贏回另一把碎刃，交給他們其中一人。」達利納說道。帕山迪人有碎刃。不多，但即使只有一把也已經夠驚人。沒有人能解釋他們是從哪裡拿到的。達利納來此處的第一年，就從帕山迪人那裡贏來第一組碎刃跟碎甲。他將兩者都交給艾洛卡，讓他做爲獎賞，送給他覺得對雅烈席卡跟戰事最有益的戰士。

達利納轉身走入行宮。門口的守衛向他跟雷納林行禮。年輕人的雙眼直視前方，眼神沒有焦點。有人以爲他毫無情緒，但達利納知道他只是滿腦子都在轉念頭。

「兒子，我一直想跟你談談上禮拜狩獵的事。」達利納說道。

雷納林的雙眼因羞愧而往下一閃，嘴角向後扯緊了些。他絕對有情緒，只是不像許多人那樣張揚。

「你知道你不應該那樣衝入戰場。裂谷魔可能會殺了你。」達利納嚴正地說道。

「如果身陷危險的是我，父親會怎麼做？」

「我不是責怪你的勇氣，而是責怪你的智慧。如果你的癲癇犯了怎麼辦？」

「那也許怪物會把我打落台地，我就不會再這樣毫無用處地浪費大家的時間。」雷納林充滿怨氣地說道。

「不准這麼說！就算開玩笑也不可以。」

「是笑話嗎？父親，我不能上戰場。」

「一個人能貢獻的方法很多，不只是上戰場而已。」執徒把這點講得非常清楚。的確，男人最高尚的天職就是加入來世的戰場贏回寧靜宮。但是全能之主接受每個男女的優秀表現，無論在哪方面。教義昭示，你只要盡了全力，挑選一個職業和全能之主的一個特質來模仿，就已是天職與光榮。你要在職業上努力，還有盡量依照一個理想來過人生。全能之主就會接受這一點。尤其，如果你是淺眸人，血統越好，你天生擁有的光榮就越盛。

達利納的天職是成爲領導者，他挑選的光榮是決心。他很年輕時便已經做出選擇，但現今的解讀卻與那時大爲不同。

「父親，你說得沒錯。英雄的兒子裡，我不是第一個生下來就沒有任何戰事天賦的人。其他人都想辦法適應了，我也可以。如果我沒有遁入信壇，我大概可以當個小鎮的上主。」男孩的雙眼直視前方。

*我總是還把他想成「男孩」，但他現在已經二十歲了。*智臣說得沒錯。達利納低估了雷納林。*如果我不能上戰場，如果我總是被送去跟女人和商人在一起，我會做何反應？*達利納心想。

達利納勢必會滿心充滿怨氣，尤其針對雅多林。事實上，達利納小時候確實經常羨慕加維拉。可是雷納林是雅多林最大的支持者，他幾乎可以說是崇拜他的大哥。他也有足夠的勇氣，不顧一切地衝入戰場，面對正在擊碎矛兵、拋擲碎刃師的怪物。

達利納清清喉嚨。「也許又到了該試著讓你接受劍術訓練的時候。」

「我天生的弱疾……」

「只要穿上碎甲，給你一把碎刃，就完全不是問題。」達利納說道。「甲冑能讓任何人強壯，碎刃根本跟空氣一樣輕盈。」

「父親。我絕對成爲不了碎刃師。你自己都說我們從帕山迪人手中贏來的碎刃跟碎甲，應該給最優秀的戰士。」雷納林毫無情緒地說道。

「別的藩王並沒有都把戰利品交給國王。如果我就這麼一次把戰利品送給我的兒子，又有誰能說我的不是？」達利納說道。

雷納林停在走廊中，罕見明確地表達了情感，雙眼睜大，表情興奮。「你是認眞的？」

「兒子，我向你發誓。如果我能再得到一把碎刃跟碎甲，它們會是你的。」他微笑。「說實在，就算只是爲了看到薩迪雅司發現你成爲碎刃師時的表情也很值得。除此之外，如果你的力氣與其他人相同，我相信你天生的能力能讓你脫穎而出。」

雷納林微笑。

碎甲不會解決所有問題，但雷納林至少能有個機會。達利納會讓這件事成眞。兩人一起走向國王的房間，達利納心中暗想，*我知道當老二是什麼感覺，前面有一個你敬愛卻也嫉妒的大哥，你總是在他的陰影下。颶父啊，我眞的明白。*

因爲我仍然有這樣的感覺。

❖

「啊，雅多林光明爵士。」執徒張開雙手向前走來。卡達西是一名年事已高的高大男子，因爲天職而剃了光頭，鬍子也修剪成方形。他的頭頂上還有一圈扭曲的疤痕，來自於他過去的軍官生涯。

在執徒中，要找到他這樣曾經是士兵的淺眸人不太容易，因爲幾乎沒有人會改變天職。可是這不是被禁止的。雖然卡達西起步得晚，但是他在執徒院裡爬升的速度很快。達利納說如果這不是因爲信仰虔誠，就是因爲毅力。也許兩者都有。

一開始，戰營的廟殿是一座巨大的魂術圓頂，然後達利納撥出錢跟石匠，讓這裡成爲更適合禮拜的地方。內牆兩邊如今滿是神將的雕刻，背風面的窗戶也鑲嵌了容易透入陽光的玻璃。挑高的天花板上垂吊著成把的鑽石錢球。殿裡也分割出了不同的區域，以進行指導、練習或測試等不同的技藝。

此刻裡面有許多女子在接受執徒的教導。因爲正值戰爭時期，所以男人比較少，他們很容易就能在戰場上練習男性技藝。

站在雅多林身邊的珍娜菈雙手抱胸，非常明顯地以不滿的表情環顧殿堂。「先是去臭烘烘的皮匠店，現在又來神殿？我以爲我們至少會走去哪個還算浪漫的地方。」

「宗教很浪漫啊。」雅多林搔搔頭說道。「永恆的愛等等，對吧？」

她瞪了他一眼。「我去外面等。」她轉身帶著大侍女離開。「誰給我找頂轎子來？」

雅多林皺著眉頭看她離去。「我想我得買個頗貴的禮物送她才能彌補。」

「我不知道她的問題是什麼。」卡達西說道。「我覺得宗教很浪漫。」

雅多林不帶好氣地回答：「你是執徒，況且你頭上那道疤太醜，我沒辦法對你產生興趣。」他嘆口氣。「問題不是因爲神殿，而是因爲我不夠留心她的情況。我今天不是個很好的同伴。」

「小光明爵士，你最近有很多事情煩心嗎？是跟你的天職有關？你最近沒有什麼進展。」卡達西問道。

雅多林皺眉。他選的天職是決鬥。跟執徒一起擬出個人目標，然後達成它們，他就能向全能之主證明自己的價值。很不幸的是，戰地守則表明在戰時雅多林必須減少決鬥次數，因爲無意義的決鬥會讓那些上戰場的軍官受傷。

可是雅多林的父親越來越常避免出征。不決鬥的重點在哪裡呢？「聖者，我們需要找個不會被偷聽的地方交談。」雅多林說道。

卡達西挑起一邊眉毛，帶著雅多林繞過中央的尖錐。弗林神殿向來建成圓形的形狀，中間有微微隆起的小丘，一般來說是十呎高。這座建築物是獻給全能之主的，由達利納跟他麾下的執徒們負責維護。所有信眾都可以使用，只是大多數的人在自己的戰營中也有自己的禮拜堂。

「小光明爵士，你想問我什麼？」他們一來到比較隱密的區域，執徒立刻開口詢問。卡達西的態度十分恭敬，雖然他是雅多林還小的時候負責訓練他的導師。

「我的父親發瘋了嗎？還是他真的如他所相信，看到了全能之主賦予他的幻境？」雅多林問道。

「這個問題很直接。」

「你認識他的時間比任何人都長，卡達西，而且我知道你對他很忠心。我也知道你向來都會打開耳朵，注意這類事情，所以你一定已經聽說了傳言。」雅多林聳聳肩。「我想不出來什麼比現在更適合直接問你的時機。」

「嗯，我接受這種說法。所以傳言不是空穴來風。」

「很可惜，不是。每次颶颶風時都會發生。他會囈語、掙扎，之後說他看到了一些景象。」

「什麼景象？」

「我不確定。」雅多林皺眉。「跟燦軍有關的事情。還有可能跟……未來有關。」

卡達西面露難色。「小光明爵士，這是個危險的話題。你的要求會讓我陷入可能違背誓言的危險。我是執徒，屬於你父親，忠於你父親。」

「可是他不是你的宗教上司。」

「話雖如此，但他是全能之主遴選而出、庇護眾人的人，同時他負責看住我，不讓我過於自大。」卡達西抿起嘴唇。「小光明爵士，我們經常處於極微妙的處境。你知道多少關於『神權聖教』，還有『失落之戰』的事？」

「教廷想要掌控一切。祭司們想要征服世界，他們宣稱這是爲了世界好。」雅多林聳聳肩回答。

「這是一部分。」卡達西說：「我們最常提起的就是這部分，但問題其實更爲深遠。當初的教廷緊抓住知識不放，人們不能選擇自己的宗教進展，祭司控制教義，教廷中鮮少有人有權理解神學的內容，只被教育要聽從祭司的話。不是聽全能之主或神將，而是祭司的話。」

他開始領著雅多林走到神殿後方，一路經過五男五女的神將雕像。雅多林其實對卡達西的話聽得一知半解。只要跟統治軍隊無關的歷史，他向來聽不太懂。

「小光明爵士，問題就出自於想要走愚民方向的教廷。祭司們宣稱普通人無法瞭解宗教或全能之主，原本應該是公開的內容卻被煙幕彈跟傳言所遮蔽。祭司開始宣稱他們擁有預視跟預言的能力，但那些是神將們親自下令禁止的。東虛術是邪術，其基本根源就是想要預測未來。」

雅多林全身一僵，「等等，你是說……」

「小光明爵士，請先不要妄下定論。」卡達西轉身安撫他。「當主張神權至上的祭司被推翻後，創日者親自負責審問他們，並且一封一封地研究他們之間的往來書信。他的發現是，沒有預言。沒有全能之主的神祕承諾。那些都是藉口，由祭司們杜撰而出，目的是安撫跟控制人民。」

雅多林皺眉。「你說這些的意思是什麼，卡達西？」

「我已經盡我所能地對你吐實了，小光明爵士，我不能跟你一樣直接。」執徒說道。

「所以你認爲我父親的幻境是他杜撰的？」

「我絕對不會指控我的藩王說謊，」卡達西說：「或是妄想。但是我也不能贊同任何形式的神祕主義或預言，這麼做就是否定弗林教。祭司的時代已經過去了。向人民說謊、不讓他們知曉眞相的日子也過去了。現在，每個人都能選擇自己的道路，執徒幫助他們達到與全能之主貼近的目標。沒有神祕兮兮的預言，少了由少數幾個人把持、裝神弄鬼的能力，我們的人民如今已瞭解自己的信仰與神的關係。」

他上前一步，聲音很低。「不要輕蔑或看低你父親。如果他的幻境是眞的，那也是他跟全能之主之間的事情。我只能說：我知道被揮之不去的戰事、死亡跟破壞籠罩是什麼樣的感覺。我在你父親的眼中，可以看到許多我當初有過的想法，但是程度更嚴重。我認爲他看到的東西是過去的反射，而不是神靈的體驗。」

「所以他開始發瘋了。」雅多林低聲說道。

「我沒有這麼說。」

「你暗示全能之主可能不會送來這樣的景象。」

「是。」

「而他的幻境是他自己腦子的產物。」

「有可能。」執徒說道，抬起一根手指。「你看，很微妙的平衡，尤其是在跟我的藩王之子談話時，更難維持。」他伸出手，握住雅多林的手臂。「如果有人能幫助他，那必定是你，輪不到其他人，更遑論我。」

雅多林緩緩點頭。「謝謝。」

「你現在應該要去見見那個女孩。」

「是的。我想就算送對了禮物，她跟我大概也不會約見更多次了。雷納林又要笑我了。」雅多林嘆口氣。

卡達西微笑。「小光明爵士，不要這麼容易放棄。去吧。不過請記得回來，我們好談談關於天職的目標，你已經太久沒有晉級。」

雅多林點點頭，快步離開神殿。

❖

在與泰紗芙研究帳本好幾個小時之後，達利納跟雷納林來到國王房間外的走廊。兩人沉默地走著，只有鞋跟踏在大理石上的聲響，迴蕩在岩石牆壁之間。

國王戰地行宮的走廊裝飾，隨著每個禮拜的過去越來越富麗。這裡曾經只是條標準的魂術岩石隧道，可是艾洛卡決定長駐之後，開始下令有所改善。背風處裝上窗戶，地上鑲滿大理石，牆壁刻上雕像，四邊也都鋪上了馬賽克磁磚的裝飾。達利納跟雷納林經過一群石匠，他們正在小心翼翼地切割一幅奈拉・艾林的浮雕。陽光從後面透過，他的報應之劍高舉過頭。

他們抵達國王的接待室，這是一間寬敞的大房間，有十名身著藍色與金色制服的國王護衛在值班。達利納認得每個人的臉，因為這是他親手組織成的單位，親自挑選了每一名成員。盧沙藩王正等著見國王。他粗壯的手臂環抱在胸前，嘴邊有一圈短短的黑鬍子，紅絲外套剪裁很短，沒有扣起，比較像是有袖子的背心，只不過是意思意思充作傳統的雅烈席卡制服。外套下的襯衫雪白，有著許多皺摺，藍色的長褲寬鬆，褲腳寬大。

盧沙瞥向達利納的方向，朝他點點頭，權充敬意，然後立刻轉身去跟他的一名侍從講話。但一看到國王寢宮門口的侍衛往旁邊踏了一步，讓達利納經過時，他即刻打住談話，略微氣惱地哼了一聲。達利納很輕易地就能見到國王這件事，總讓其他藩王忿忿不已。

國王不在房內，但是通往陽台的大門敞開。達利納的侍衛們沒跟著一起進入陽台，而是等在外面。雷納林則是遲疑地跟在他身後，天光隨著夕陽時刻的逼近逐漸黯淡。將戰地行宮設在這麼高的地方，具有極大的戰略優勢，但也意謂著行宮會經常受到颶風無情的摧殘。這是長久以來的戰地兩難：究竟該選擇一個能避過颶風的地方紮營，還是該選擇制高點？

大多數人都選擇前者，因爲他們位於破碎平原邊緣的戰營不太可能被攻擊。但爲王者向來喜歡居高處。在這種情況下，達利納這次贊成了艾洛卡的作法，就爲了以防萬一。

厚實的陽台是由小山丘頂端的岩石切割而成，周圍圍繞著鐵欄杆。國王以魂術建成的房間，就立在山丘的頂端，位於一個天然形成的圓頂之下。周遭以裝有遮蔽物的坡道和台階與低層的房室相連，裡面住著國王的眾多從人：侍衛、防颶官、執徒，還有遠親。達利納在自己的戰營中有睡榻，他拒絕稱其爲行宮。

國王正靠著欄杆，兩名侍衛遠遠守著。達利納示意雷納林去跟侍衛們在一起，好讓他與國王進行私下談話。

春季已到，空氣沁涼，充滿了夜晚的香味，來自綻放的石苞與潮濕的岩石。山腳下的戰營一一亮起，十個金光閃閃的火圈，裡面點滿了篝火、營火、油燈，還有颶光錢球的穩定光線。艾洛卡望著戰營與其後方的破碎平原，一片漆黑，只有瞭望台的微弱光點。

「他們會在那裡監控我們嗎？」艾洛卡開口問走上前來的達利納。

「陛下，我們知道他們會在晚上派游擊兵突襲，所以我只能認爲他們都在監控我們。」達利納回答，一手按著鐵欄杆。

國王穿著的制服，包括了身體兩側有著排釦的傳統長外套，但剪裁寬鬆，領口跟袖口飾有蕾絲花邊，下半部搭配深藍色的長褲，跟盧沙藩王的款式一樣也是寬鬆的剪裁。達利納覺得這個樣式看起來實在太輕鬆了。他們的士兵正逐漸被一群終日華服飲宴的邋遢貴族領導。

*這就是加維拉預料中的景象，所以他這麼在意戰地守則，要我們嚴格遵守。*達利納心想。

「你看起來有心事，叔叔。」艾洛卡說道。

「只是想起往事，陛下。」

「逝者已矣。我只往前看。」

達利納不確定是否能贊同這句話。

「有時候，我覺得我應該能看到帕山迪人。追到他們之後，向他們挑戰。眞希望他們有點榮譽感，願意與我決一死戰。」

「如果他們有榮譽感，就不會用這種方法殺死您的父親。」達利納說道，雙手背在身後。

「你覺得他們為什麼要這樣做？」

達利納搖搖頭。「這個問題就像滾落山坡的大石一樣，不斷在我腦海中翻騰。我們冒犯了他們的榮譽嗎？這是某種文化誤解嗎？」

「文化誤解的前提是，他們要有文化。野蠻人。誰知道馬為什麼會踢人，野斧犬為什麼咬人？我眞不該問的。」

達利納沒有回答。在加維拉被刺殺後的幾個月內，他感覺到同樣的鄙夷，同樣的憤怒。因此他可以理解為何艾洛卡想將這些奇特、原始的帕胥人視為動物一般的野人。

但是，他更早期時見過他們，也跟他們互動過。他們的確原始，卻不野蠻。不笨。*我們從來沒有理解過他們。我想，這就是問題的核心*，達利納心想。

「艾洛卡，我們也許該問問自己一些困難的問題了。」他輕聲說道。

「例如？」

「例如，我們這場仗要打多久？」

艾洛卡一驚，轉身看著達利納。「我們要不斷打到實現復仇同盟，我父親的大仇得報之時！」

「高尚的口號。可是我們已經離開雅烈席卡六年了，讓王國長期維持兩個相隔甚遠的政治中心，並不健康。」

「國王經常長期出征啊！叔叔。」

「鮮少這麼久，也鮮少會把王國中的每個碎刃師跟藩王都帶在身邊。我們的資源很吃緊，從家鄉傳來的消息是，雷熙人對我們邊境的進犯越發大膽。我們的人民仍然各自爲政，並不相互信任，而這場漫長的戰役，既不知道什麼是通往勝利的明確路徑，著眼點還放在贏得財富而非擴張版圖上，更讓情況惡化。」

艾洛卡哼了兩聲，感覺山頂的冷風吹在兩人身上。「你說沒有通往勝利的明確路徑？我們一直在贏！帕山迪人的游擊隊越來越少出征，而且不像以前那樣不斷攻擊非常遙遠的西方。我們在戰事中殺了幾千人。」

「不夠。他們仍然能大舉進犯。這場戰爭對我們的損耗跟對他們的一樣，甚至更嚴重。」達利納說道。

「一開始建議這個戰略的人不是你嗎？」

「那時候的我被悲傷與憤怒沖昏了頭，跟現在的我不同。」

「你已經沒有這種感覺了嗎？」艾洛卡滿臉震驚。「叔叔，我不敢相信聽到你跟我這麼說。你不是認眞地在建議我就這麼停戰吧？你要我像被罵的野斧犬一樣灰頭土臉地溜回家嗎？」

「我說過，這是困難的問題，陛下。可是這是個必須思考的方向。」達利納勉強克制住自己的怒氣，卻很不容易。

艾洛卡煩躁地吐一口氣。「薩迪雅司跟其他人私底下的傳言是眞的。你正在改變，叔叔。這跟你那些犯病的時候有關，對不對？」

「這些不重要，艾洛卡。聽我說！我們爲了復仇，願意付出多少？」

「不計代價。」

「如果這意謂著失去您的父親所努力的一切？我們靠著破壞他理想中的雅烈席卡來表彰對他的紀念，只爲了以他之名進行復仇嗎？」

國王遲疑了。

「您對帕山迪人窮追不捨，這值得欽佩。但您不能允許自己被復仇的熱情沖昏頭，卻對王國的需要視而不見。復仇同盟讓藩王們暫時循規蹈矩，可是我們一旦贏了怎麼辦？我們會分崩離析嗎？我認爲我們需要將他們集結起來，團結一氣。現在，我們就像是十個不同的國家同時在進行這場戰役，與對方同時作戰，卻沒有共同作戰。」

國王沒有立刻回答。他似乎終於慢慢聽進了達利納的勸言。他是個好人，有許多他父親的優點，只是其他人拒絕看見。

他轉身背向達利納，靠著欄杆。「叔叔，你覺得我是個很差勁的國王，對不對？」

「什麼？我當然不會這樣想！」

「你總是在告訴我，我該做什麼，我還欠缺什麼。說實話，叔叔，你看到我的時候，是不是希望在你面前的人，是我父親？」

「當然是。」達利納說道。

艾洛卡的表情立刻變得很難看。

達利納按上他侄子的肩膀。「如果我不會盼望加維拉還活著，那我就是個差勁的弟弟。我讓他失望了，這是我人生中最大、最慘的失敗。」

艾洛卡轉身看著他，達利納與他四目交望，豎起一根指頭。「可是，艾洛卡，我愛你的父親，不代表我認爲你是失敗的。這也不代表我不愛你。雅烈席卡原本可能因爲加維拉的死而崩解，但是你組織並執行了我們的反擊。你是個好國王。」

國王緩緩點頭。「你最近又在聽別人爲你讀那本書了，對不對？」

「對。」

「你知道，你聽起來就像他。」艾洛卡說道，再次轉身看著東方。「最後，在他的行爲開始變得……怪異的那段時間。」

「沒有這麼嚴重吧。」

「也許吧，但他就像這樣，總說著要結束戰爭，滿腦子都想著失落燦軍，堅持大家都要遵守戰地守則……」達利納記得那段日子，也記得自己與加維拉的爭論。

我們的子民餓肚子的同時，戰場上還能有什麼榮譽可言？國王曾經這樣問過他。我們這群淺眸人就像是桶子裡的鰻魚一樣互相設計陷害，試著壓過對方，想咬斷對方的尾巴，這就叫榮譽心嗎？

達利納對這番話的反應十分不友善，就像艾洛卡如今的反應。颶父啊！我眞的跟他很像，是吧？

這讓他覺得心下惴惴，卻也出奇受到鼓舞，無論如何，達利納明白了一件事。雅多林說得對。艾洛卡跟其他藩王絕對不會同意他們撤兵。達利納提出這件事的方法錯了。感謝全能之主，送給我一個願意直言進諫的兒子。

「也許您說得對，陛下。結束戰爭？在敵方還有能力還擊時退出戰場？這會讓我們大失顏面。」達利納說道。

艾洛卡同意地點頭。「很高興你終於想通了。」

「可是我們還是需要改變。我們需要更好的戰爭方略。」

「薩迪雅司已經有更好的方法了。我跟你提過他的橋隊。他們實在很有效，讓他贏得了好多寶心。」

「寶心沒有意義。如果找不到復仇的方法，這一切都沒有意義。看看這些藩王每天勾心鬥角，忘記我們在這裡的真正目的，您不會覺得是件很有趣的事。」達利納說道。

艾洛卡沉默，臉色不豫。

團結他們。他記得在他腦海中迴蕩的這句話。突然間，靈機一動。「艾洛卡，記得剛開戰時，薩迪雅司和我說的話嗎？關於每個藩王專精的事？」

「記得。」艾洛卡回答。在古代，雅烈席卡的十名藩王在王國的管理上各司其職，一人擁有管理商販的全權，他的士兵在十個王郡中來回巡邏，另一人則是負責統理法官跟檢察官。

加維拉非常喜歡這個想法，他認爲這是強迫藩王們相互合作的巧妙手段。這個系統曾經讓他們互相服膺於彼此的統治。自從雅烈席卡崩解成十個自治的小王國之後，幾個世紀以來，這套系統就再也沒有運行過。

「艾洛卡，如果任命我爲戰事藩王，如何？」達利納問道。

艾洛卡沒有笑，這是個好跡象。「我以爲你跟薩迪雅司最後的結論是如果我們這麼做，會讓其他人反叛。」

「或許這件事我也說錯了。」

艾洛卡似乎開始考慮，最後，他搖搖頭。「不。他們勉強才接受我的領導。如果我做這種事，他們會殺了我。」

「我會保護您。」

「哼！你根本沒認眞看待有人要殺我這件事。」

達利納嘆口氣。「陛下，我很認眞地看待有人要危害您的性命這件事。我的書記跟侍從們都在調查皮帶的事。」

「找出什麼了嗎？」

「目前尙無結論。沒有人出來承認是他們想要弒君，就連傳言都沒有。沒有人看到可疑跡象，但雅多林正在跟皮匠們討論，也許他能問出更確切的訊息。」

「叔叔，皮帶是被割斷的。」

「到時候就知道了。」

「你不相信我。你應該花時間找出殺手的計畫是什麼，而不是自以爲是來煩我，要我任命你當全軍的大將軍！」艾洛卡說道，滿臉通紅。

達利納咬緊牙關。「艾洛卡，我這都是爲了你。」

艾洛卡與他四目交望，藍色眼睛如上個禮拜時一樣再次閃過懷疑之色。

先祖啊！達利納心想。他越來越嚴重了。

片刻後，艾洛卡的表情柔和下來，整個人似乎放鬆不少。他在達利納眼中不知看到了什麼，總之，那讓他安下心來。「我知道你非常盡力，叔叔。但你也必須承認，你最近的行爲相當怪異。颶風颳起時你的行爲，還有你對於我父親遺言的執著……」

「我是想瞭解他。」

「他死前越發軟弱。大家都知道。我不會重複他的錯誤，你也該避免他的錯誤，不該聽人唸一本說淺眸人應該是深眸人奴隸的書。」

「書上沒有這樣說，那是錯誤的解讀；它主要的內容在教導領導者該如何爲他領導的人服務。」

「呿！那是失落燦軍寫的書！」

「不是他們寫的。他們只是受到那本書影響。一個叫作諾哈頓的人才是作者。」

艾洛卡瞥了他一眼，挑起眉毛，似乎在說，你看，你在爲它辯護。「你變軟弱了，叔叔。我不會利用你的弱點，但其他人會。」

「我不是變得軟弱。」達利納再次強迫自己冷靜下來。「這個討論已經走偏了。藩王們需要一個領導者來強迫他們合作。我發誓，如果您任命我爲戰事藩王，我會負責保護您。」

「就像你保護我父親一樣？」

達利納猛然閉上嘴。

艾洛卡轉過身。「是我失言。我不該這麼說。」

「不。這是你對我說過最眞實的事情之一，艾洛卡。也許你不信任我的保護是對的。」

艾洛卡好奇地瞥了他一眼。「你爲什麼這樣反應？」

「怎麼樣？」

「以前如果有人敢這麼說，你早就已經召喚了碎刃要求決鬥！現在你卻會同意他們的話。」

「我……」

「我父親最後也開始拒絕決鬥。」艾洛卡開始敲著欄杆。「我知道你爲什麼覺得需要戰事藩王，你說的可能眞有道理，但其他人都很喜歡現在的安排。」

「因爲這是對他們而言很方便的安排。如果我們要贏，就不能放任他們繼續這樣下去。」達利納上前一步。「艾洛卡，也許已經夠久了。六年前，任命戰事藩王是錯誤。可是現在？我們都已經更熟悉對方，也共同對付帕山迪人。也許是該採取下一步的時候。」

「也許吧。你認爲他們都準備好了嗎？那麼，我讓你證明給我看。如果你能讓我看到他們都願意和你合作，我就會考慮任命你爲戰事藩王。叔叔，這樣你可滿意？」國王問道。

這是很實在的折衷方案。「可以。」

「很好。那現在就先告一段落了吧。已經晚了，我還不知道盧沙找我做什麼。」國王站起身說道。

達利納點頭告別，走回國王的房間。雷納林跟在他身後。

他越想越覺得這是對的事。雅烈席人不會同意撤退，尤其現在的他們如此貪婪，但是，如果他可以敲醒他們，不讓他們繼續安逸下去，強迫他們選用更爲激進的戰略……

他們離開國王的行宮，走下山坡來到馬匹等待的地方時，他還沉浸在思緒中。他爬上英勇，朝負責照料他愛駒的馬伕點點頭。他的馬之前受的傷已經完全康復，整條腿健康而且完整。

從這裡回達利納戰營的路途並不遠，一路上兩人沉默不語。*我應該先去找哪個藩王？*達利納心想。*薩迪雅司？*

不。不行。其他人早就經常看到他跟薩迪雅司的合作。如果其他藩王開始懷疑他們有更堅強的結盟，反而會逼著那些人與他作對。最好先去找比較弱勢的藩王，看是否有人願意跟他合作。例如共同出擊某個平原？

他早晚得去找薩迪雅司，一想到這點，他就滿心不悅。當他們兩個人能保持安全距離共事的時候，事情向來簡單很多。他……

「父親。」雷納林說道，聲音充滿焦急。

達利納坐直身體，環顧四周，一手按上劍，同時準備召喚碎刃。雷納林指向東方。颶風向。

天邊開始變黑。

「今天會有颶風嗎？」達利納驚愕地問道。

「艾特巴說不太可能，但他之前也錯過。」雷納林說道。

颶風的事，誰都說不準。颶風可以被預料，但向來不準確。達利納瞇起眼睛，心跳加速。是的，他可以感覺到跡象。塵土開始飛揚，氣味出現變化。雖然現在是晚上，但應該仍有天光。天越來越黑，連空氣都顯得焦急。

「我們該去艾拉達的戰營嗎？」雷納林指著前方說道。他們離艾拉達藩王的戰營最近，離達利納自己戰營的外圍也不過十五分鐘。

艾拉達的人會收留他們。不會有人在颶風時拒絕提供藩王遮蔽的地方，但達利納一想到在颶風時要被困在一個不熟悉的環境、被別的藩王的侍從包圍，就覺得全身緊張。他們會看到他發病。一旦發生這件事，傳言就會像戰場上的箭矢一樣四處飛竄。

「動作快！」他大喊，用力踢著英勇的肚腹。雷納林與侍衛跟在身後，馬蹄如雷，就像即將到來的颶風。達利納在馬背上趴低，全身緊繃。灰色的天空充斥著被颶風牆逼趕的灰燼與樹葉，空氣因即將到來的潮濕而凝重，天際線因濃密的雲朵而腫脹。達利納跟其他人奔過了艾拉達的邊緣守衛身邊。他們正忙碌地抓緊外套或披風來抵擋颶風。

雷納林在他身後喊道：「父親？你……」

「我們有時間！」達利納大喊。

他們終於抵達科林戰營邊緣的崎嶇外牆，大多數的士兵已經退入自己的住所，剩餘的士兵穿著藍白雙色制服，向他敬禮。他必須降低英勇的速度好通過檢查哨，反正從這裡到他的住所的距離很短。他調轉英勇，準備出發。

「父親！」雷納林說道，指向東方。

颶風牆像是掛在空中的窗簾，正朝戰營衝來，巨大的雨幕一片銀灰，上方的墨黑烏雲朵朵，內部偶爾因閃電而點亮，方才向他敬禮的士兵正衝往附近的住所。

「我們還趕得及！我們……」達利納開口。

「父親！」雷納林衝上前，抓住他。「對不起。」

風吹著他們，達利納一咬牙，看著兒子。雷納林在鏡片後的眼睛因擔憂而睜大。

達利納再次望向颶風牆，再過片刻，他們就會被颶風籠罩。

他說得對。

他將英勇的韁繩遞給焦急的士兵，後者同時接過雷納林坐騎的韁繩，兩人立刻下馬。馬伕急忙離去，拖著馬進入一間岩石搭成的馬廄內。達利納已幾乎要跟著過去，因爲馬廄中看到他的人會少很多，但是附近的一棟軍營開了大門，裡面的人正焦急地等著。那裡比較安全。

達利納無奈地跟著雷納林衝入石造的軍營，士兵爲他們讓出位置，裡面還聚集了一群僕人。在達利納的營地裡，沒有人被強迫在颶風帳或是薄弱的木造小屋內度過颶風，而且，沒有人需要付錢才能進入石屋躲避。

裡面的人看到他們的藩王與藩王的兒子進來時，似乎都嚇了一大跳，好幾個人還被門猛力關上的聲音嚇白了臉。

他們唯一的照明來自於鑲嵌在牆壁上的幾顆石榴石，有人正在咳嗽，外面一片被風吹動的碎石擊上了建築物。

達利納試圖忽略周圍所有人不自在的視線。強風在外面狂嚎，也許不會發生任何事。也許這次……

颶風降臨。

開始了。

19 星殞

他握有威力最駭人、能力最可怖的碎片。老爬蟲，你可得好好想一想，你眞的堅持不介入嗎？因爲我可以跟你保證，雷司絕對不會有這層顧忌。

達利納眨眨眼。陰暗氣悶的營房已經消失，他站在黑暗中，空氣裡充滿穀物的氣味，伸出左手，他摸到一片木牆。這裡是某種穀倉。

沁涼的夜晚一片安靜，空氣清新，毫無颶風的跡象。他小心翼翼地撫摸腰際，他的佩劍已經不在身邊，制服也不在身上，而是穿著一件白家織就的背心長衫，外面繫著腰帶，腳下套著一雙涼鞋。他在古代雕像的描繪上看過類似的衣著。

颶風啊，這次你又把我送到哪裡去了？每次的幻境內容都不一樣。這是第十二次了。只有十二次嗎？他心想。好像遠遠超過，但其實都是最近幾個月的事情而已。

有東西在黑暗中走動。某種活物靠上他的身側，讓他全身一抖，差點就揮拳揍下去，卻因爲一聲嗚咽而停下了動作。他小心翼翼地放下手臂，摸著那東西的背。對方體型嬌小，是個孩子。她在發抖。

她顫聲問道：「父親，父親，發生什麼事了？」一如既往，他以別種身分被送到了此時，此地。女孩緊抓著他，顯然被嚇得魂不守舍。他猜想地上應該爬出了不少懼靈，只是太黑看不見而已。

達利納輕輕摸著她的背。「乖，沒事的。」這麼安慰女孩應該不會錯。

「母親……」

「她不會有事的。」

女孩在黑暗的房間中更貼緊他身邊。他全身不動。有哪裡不對勁。整棟屋子在風中吱嘎作響，建得並不牢固，達利納手掌下的木板已經鬆動，他幾乎想要把木板推開好看看外面，但沉重得詭異的空氣，驚懼的孩子……有某種怪異的腐朽氣味。

有東西很輕很輕地搔抓了穀倉的另一面牆，像是有人用指甲刮過木頭桌面。

女孩嗚噎，搔抓聲立刻停下。達利納屏住呼吸，心臟跳得極快，他直覺地伸出手要召喚碎刃，卻什麼都沒發生。在他的幻境中，碎刃從來不曾出現。

另一面牆突然往內炸開。

一個巨大的身影衝入，帶起一片木頭碎屑飛過漆黑的空間，在稀薄月光跟星光照耀下，那黑色身影居然比野斧犬還大。他看不清牠的外表，但總覺得輪廓有哪裡不對勁。

女孩尖叫，達利納咒罵，抓住她的一條手臂往旁邊打滾，避過朝他們撲來的怪物。牠幾乎抓中了小女孩，但達利納用力將她拉離怪物的路徑，她嚇得連氣都喘不過來，尖叫聲戛然而止。

達利納轉身，將女孩推到身後。他小心翼翼地退開，一不小心撞上裝滿穀類的布袋。穀倉陷入沉默。薩拉思的紫色光芒照耀著外面的天空，但是小小的月亮不足以照亮穀倉內部，而怪物躲到了陰暗的角落，他看不清楚。

牠似乎變成影子的一部分。達利納握拳在前，全身緊繃。牠出奇輕柔的喘氣聲，詭異得近似有人正帶著節奏喃喃自語。

達利納心想，這是呼吸聲嗎？不對，牠正在用嗅覺找我們。

怪物衝上前。達利納探向一旁，抓住布袋，拉到自己身前。怪物擊中布袋，牙齒陷入袋子，達利納用力一扯，撕裂了粗糙的布料，細微如塵的拉維穀粒噴撒在空中，滿室生香。然後，他往旁邊踏上一步，用盡全力朝怪物踢了一腳。

那怪物的觸感太軟，感覺像是踢中了一只水囊，但是怪物仍被這一腳踢倒在地，發出了嘶嘶聲。達利納將袋子與剩餘的穀物往上一拋，把乾拉維穀跟細塵撒得到處都是。

怪物站起，轉身，光滑的皮膚反射月光。牠似乎分不清方向。不論這是什麼東西，牠都是靠嗅覺狩獵，因此空氣的灰塵讓牠一時不知該如何是好。達利納一把抓住女孩，將她扛上肩膀，衝過迷惘的怪物身邊，從破牆上的洞鑽了出去。

他衝入紫色的月光下，發現身處站在一個小壘穴裡——大石中的一段寬縫，有足夠的空隙排水，上方還突出著一塊岩石，擋住颶風。這個壘位於東面，形狀像是巨大的波浪，爲一個小村莊提供遮蔽之處。

這就解釋了穀倉如此薄弱的原因。壘洞中亮著有許多簇燈火，意謂著這裡大概有幾十戶人家。他的位置位於外側。達利納的右邊有豬圈，左邊遠處有房舍，正前方緊貼著隆起的石坡。這是一棟中型的農莊，按照古代的格局建造，用克姆泥磚砌成牆。

他立刻做出決定。那東西的動作太快，顯然已經習慣狩獵。達利納絕對跑不過牠，所以他朝農莊衝出去。後方傳來怪物破牆而出的聲音。達利納來到屋子前面，但正門被扣住了。達利納一邊大聲咒罵，一邊用力敲門。

爪子搔抓岩石的聲音傳來，身後的怪物正朝他奔來，達利納正打算要用肩膀撞門時，門打開了。

他猛然跌了進去，在保持平衡的同時，將女孩往地上一放。一名中年女子站在屋內，紫色的月光下，他看見她有濃密的卷髮，還有大張的雙眼，充滿恐懼。她在他們身後把門用力關緊，重新拴上。

「感謝神將。你找到她了，希伯。老天保佑你。」她驚呼，抱起女孩。

達利納側身來到沒有玻璃的窗戶開口，往外探頭一看。百葉窗似乎被破壞過，因此沒有辦法把窗戶擋起來。

他沒有看到怪物。他轉過頭，望向肩後。屋子的地板是簡單的石塊，沒有二樓，一邊有壁爐，卻未起火，上面掛著一只鐵鍋。裡面看起來好原始。現在是幾年？

這只是我的幻境，他心想，我在做白日夢。

那為什麼感覺這麼真實呢？

他重新望向窗外。外面一片安靜。院子右邊長了兩排石苞，可能是捲蔔或某種蔬菜，月光照映在光滑的地面上。怪物在哪裡？牠是不是……

某種光滑漆黑的東西從下方躍起，撞上窗戶，擊碎了窗沿。達利納咒罵一聲，往後一倒，那怪物撲到他身上。某種銳利的東西劃過他的臉，割花了他的臉頰，鮮血四濺。

女孩再次尖叫。

「光！給我光！」達利納大吼。他一拳擊上怪物過軟的頭，另一手推開長有利爪的手掌。他的臉頰炙熱疼痛，某種東西抓上他的腰，劃破他的背心與皮膚。

他猛力推開怪物，牠重重地撞上牆，他則在地上打滾後站起，粗喘出聲。怪物在黑暗的房間中站起，達利納手腳並用躲開，多年來養成的直覺覺醒，戰鬥的刺激流竄過他的體內。他需要武器！木凳或是桌腳都好。這房間好……

女子打開了一盞點亮的陶土油燈，光線搖曳。雖然那原始的東西用的是油不是颶光，卻足以照亮她驚懼的臉龐，還有緊抓住她那件袍子般衣物一角的女孩。這房間裡有張矮桌和兩張木凳，但是他的目光被小爐火吸引。

那裡，一把造型簡單的鐵火鉗正閃閃發光，有如古代傳說的榮譽刃。它靠在火爐邊，末端沾滿白灰。

達利納向前一撲，一手抓起火鉗，甩動兩下，感覺它的重心。他受的訓練是正規的風式，但他選擇採用煙式，因爲這比較適合不完美的武器。一腳在前，一腳在後，劍，或者該說，火鉗朝前，尖端指著敵人的心臟。

他終於看清了眼前怪物的模樣，要不是受過多年訓練，大概早就已經拋下武器逃走。那怪物光滑、如子夜的皮膚像是柏油一樣反射光線。牠沒有眼睛，如刀一般的黑色牙齒配著黑色的頭顱，長在柔軟無骨的脖子上，六條細腿彎在身側，似乎細到不能乘載如黑墨般流暢的身體。

*這不是幻境，*達利納心想，*這是噩夢。*

怪物抬起頭，牙齒咬得咯咯作響，發出嘶聲，嚐著空氣的味道。

「巴達的智慧啊。」女人輕喊出聲，抱緊了孩子，以顫抖的手舉高油燈，彷彿那是一件武器。

外面傳來了摩擦的聲音，另一組細瘦的腿爬過破窗的邊緣。新來的怪物爬入房間，跟牠的同伴會合，後者焦躁地蹲著，朝達利納的方向嗅聞，看起來比先前多了分警戒之心，似乎是可以感覺到牠正面對著握有武器的敵人，雖然還不知道他有多大的威脅性，但至少可以確定敵人很堅決地擋在牠面前。

達利納暗自咒罵自己是笨蛋，舉起一隻手，按住腰側的傷口，企圖止血。他知道理智上的他其實還是跟雷納林一起在營房裡，這一切都只存在於他的腦海，他根本無須打鬥。

可是他所有的直覺，每一絲的榮譽心，都驅使著他要上前一步，擋在女子跟怪物之間。不論這是幻境、記憶，或是想像，他都不能袖手旁觀。

「希伯？」女人開口，聲音中帶著緊張。她覺得他是誰？丈夫？長工？「別傻了！你又不懂如何……」

怪物展開攻擊。煙式的精髓就在於動，於是達利納向前一躍，在怪物之間轉身，火鉗朝側邊揮打，擊中左邊的怪物，在牠過於光滑的皮膚上割出一道傷口。

傷口流出了煙。

達利納竄到怪物們後方，這次朝沒有受傷的怪物雙腿揮打，讓牠失去重心，同時順勢將火鉗砸上趁機想要轉身咬他的受傷怪物，擊中怪物的臉部。

他熟悉的刺激，戰鬥的感覺吞蝕了他。有些人會因此而憤怒，他卻不是如此，只是一切顯得更清晰、更明確，他的肌肉靈活地伸縮，他的呼吸變得深沉，他整個人活了過來。

他往後一跳，怪物們朝他逼近，他用力將桌子朝其中一隻怪物的方向踢去，同時將火鉗戳入另一隻怪物大張的嘴巴。如他所盼，怪物的嘴巴是脆弱的地方，怪物發出一聲痛苦的嘶叫，連忙後退。

達利納把翻倒桌子踢斷了一根桌腳，握在手中，擺出煙勢的長短劍式，以木腿擋住一隻怪物的攻勢，同時朝另外一隻怪物的臉快速連刺三劍，在牠的臉頰上又劃破一劍，黑煙伴隨著嘶聲流出。

外頭，遠方又傳來其他的尖叫聲。先祖啊，不只這兩隻，他心想。他需要快速了結牠們。如果拖久了，牠們拖累他的速度，將遠超過於他拖累牠們的。天知道這種怪物會不會累？

他大吼一聲，朝前撲去。額頭上的汗水蒸發，房間似乎變得暗了些，不對，是更集中了，眼裡只剩下他和怪物。唯一的風，來自於他揮舞的武器，唯一的聲音，來自於他在地板上跳躍的腳步，唯一的震動，來自於他的心跳。

他突然增強的猛烈攻勢殺得怪物們措手不及，桌腳打中其中一隻，逼得牠節節後退，同時，他揉身衝上另外一隻怪物的前方，手臂被爪子撓了一下，卻換得火鉗刺穿怪物胸口的機會。雖然皮膚微微阻擋了他的劍招，可是要不了多久便裂開，讓他的武器得以長驅直入。

一陣猛烈的煙霧從達利納手下爆出。他抽開手臂，怪物跌跌撞撞地往後退去，雙腿變得越來越細，身體像是漏洞的酒囊般逐漸乾癟。

他知道自己露出了破綻。另一隻怪物立刻撲上，他別無選擇，只好以手臂抵擋，怪物猛烈地劃抓著他的額頭與手臂，同時撲咬他的肩膀。達利納怒吼，不斷以桌腳敲打怪物的頭，想要把怪物逼退，但牠的力氣著實驚人。

達利納刻意軟下身子，往上一踢，對怪物使了一招過肩摔，獠牙從達利納的肩膀拔起，濺起一道鮮血，怪物摔了個四腳朝天。

達利納忍著頭暈，強迫自己站起身，擺好姿勢準備迎戰，不可有一絲鬆懈。永遠得擺好作戰姿態。怪物同時也重新站了起來。達利納不去理會傷處的疼痛，也不去在乎流血，讓戰鬥的刺激成為他全副注意力的重心，平舉火鉗。桌腳從他滿是鮮血的手指間落下。

怪物蹲低，朝前衝去。達利納順著煙勢的借力使力要訣，流暢地側踏一步，火鉗砸上怪物的腿，絆倒了牠。達利納趁機一轉身，雙手握住火鉗，朝怪物的背後噗的一聲直直戳入。

強大的攻擊刺穿了皮膚，貫穿了怪物的身體，直插入石板地。怪物不斷掙扎，但雙腿已然無力，煙霧從背上跟肚子上的洞嘶聲流出。達利納讓到一旁，抹去額頭上的鮮血，讓那隻仍貫穿著武器的怪物身體側倒在地，發出清脆的敲擊聲。

「三神啊，希伯。」女子低聲說道。

他轉身看到她一臉震驚地盯著正在洩氣的屍體，口中兀自喃喃說道：「我應該幫忙的，應該要抓東西打牠們，可是你好快，只不過幾下心跳的時間，你從哪裡……怎麼……」她凝神看著他。「我從來沒有看過這種事，希伯。你就像……就像燦軍一樣。你從哪學來的？」

達利納沒有回答。他脫下上衣，痛覺返回的瞬間讓他皺眉，即使他只有肩膀上的傷比較嚴重，但傷口的情況很糟糕，他的左手臂已經開始發麻了。他將襯衫撕成兩半，一部分包紮他被撕咬的右前臂，剩下的抓成一把，按住肩膀的傷口。他走回怪物身邊，將火鉗從洩氣的屍體身上拔出，屍體現在看起來就像個黑色的絲綢袋子，然後他走到窗邊，看起來其他的屋子也正在遭受攻擊，火光熊熊，風中帶來隱約的尖叫聲。

「我們需要躲到安全的地方。這附近有地窖嗎？」他問道。

「什麼？」

「岩石中的洞穴，天然的或人造的都好。」

「這裡沒有洞穴。」女人跟他一起站到窗邊。「人要怎麼在石頭上挖洞？」

靠碎刃或魂師。或是簡單的挖礦方法，但是不容易，因為克姆泥會把洞穴封死，颶風帶來的雨水極有可能會造成淹水。達利納再次望向窗外。黑色的身影在月光下移動，有些正朝他們的方向來。

他的身體因為暈眩而微晃。失血過多。他咬緊牙關，靠著窗框站穩。這次的幻境要維持多久？「我們需要一條河。把我們身上的氣味沖走。附近有河嗎？」

女人點點頭，注意到黑夜中的形體，臉色一白。

「女人，把女孩抱著。」

「『女孩』？西莉，我們的女兒。而且你什麼時候開始叫我女人了？塔凡有那麼難叫嗎？颶風啊，希伯，你怎麼了？」

他搖搖頭，把門用力推開，手中仍然握著火鉗。「把油燈帶著。燈火應該不會暴露我們的行蹤，我覺得牠們應該看不見。」

女子聽話地拿了油燈，快步去牽著西莉，她看起來大概有六七歲。兩人跟在達利納的身後出了門，油燈微弱的火光在黑夜中顫抖著，看起來有點像是只拖鞋。

達利納問：「河呢？」

「你知道在哪……」

「我撞到頭了，塔凡。我的頭很暈，沒辦法想事情。」達利納說道。

女人一聽便露出擔心的表情，但似乎接受了這個答案。她指著離開村莊的方向。

「走吧。這些怪物經常攻擊嗎？」他邊說邊走入黑暗。

「也許在寂滅時代有過吧，但是我這輩子還沒碰過這種事！颶風啊，希伯，我們得快點帶你去看……」

「不行。我們得快走。」他說道。

他們沿著一條順著波浪形大石的後方往上延伸的小徑前進，達利納不斷轉頭去看村莊。下面有多少人正被這些地獄來的怪物屠殺？士兵呢？

也許這個村莊太遠，城主無法直接保護他們，也有可能此時此地並沒有這樣的安排。*我先帶女人跟小孩去河邊，然後再繞回來組織人手反擊。如果還有人活著。*

這個想法似乎可笑至極。他得拄著火鉗才能勉強站直，要怎麼組織人手反擊？

小徑突然變得陡峭，他腳下滑了一跤，塔凡立刻放下油燈，抓住他的手臂，面露擔憂。地面上都是岩石跟石苞，在沁涼濕滑的夜晚中，石苞的藤蔓跟葉子完全舒展開來，在風中摩挲。達利納站直身體，朝女人點點頭，示意要她繼續走。

後方傳來隱約的摩擦聲。達利納全身一繃，轉過身。

「希伯？」女人的聲音帶著害怕。

「把燈舉起來。」

她舉高油燈，閃爍的黃光照亮了山邊。大約有十幾片光滑的漆黑身影正爬過石苞跟岩石，就連牠們的爪牙都是漆黑的。

西莉嗚噎出聲，緊靠在母親身旁。

「快跑。」達利納輕聲說道，舉起他的火鉗。

「希伯，牠們……」

「快跑！」他大吼。

「前面也有！」

他轉身，看到前方的黑色身影，一邊咒罵一邊環顧四周，他指著附近的岩石：「那裡。」石塊又高又平整，他把塔凡往前一推，她拖著西莉往前跑，兩人單薄的藍色連身洋裝在風中拍蕩。

牠們的速度遠比傷重的他要來得快，塔凡先跑到岩石邊，她抬頭往上望，似乎想要爬上去，但是石塊太陡峭。達利納只是想要有穩固的東西可以讓他靠著。他走到岩石平坦開闊的部分，舉起武器。黑色的怪獸小心翼翼地爬過岩石。他有辦法讓怪物暫時分心好讓另外兩人逃跑嗎？他頭好昏。

我願意不計代價換來我的碎甲……

西莉低聲啜泣，她的母親想要安慰她，但連她自己的聲音聽起來都很緊張。她知道。她知道那些如活生生黑夜般的漆黑會把他們撕裂。她是怎麼說的？寂滅。書中提過這個時候。寂滅發生在幾乎是神話的遠古影時代，那時候還沒有眞正的歷史，人類還沒有打敗引虛者，把戰事引到天堂。

引虛者。這些東西就是引虛者嗎？一個傳說。傳說中的怪物活了過來，要殺他。

幾隻怪物往前撲，他感覺到刺激再次湧現於體內，增強他的力量，讓他有力氣揮舞火鉗。牠們往後跳，小心翼翼地尋找他的弱點，其他怪物則嗅聞著空氣，來回踱步，牠們想要女人跟小孩。

達利納撲向牠們，把牠們逼退，自己都不知道體內的力量從哪裡湧現。一隻怪物靠得近了些，他朝牠揮砍，採取最熟悉的風式，有著大開大闔，優雅流暢的招式。

他擊中怪物的身側，但同時另外兩頭怪物從側面朝他撲來，爪子抓破他的背，重量讓他撲倒在岩石上。他咒罵兩聲，一邊打滾一邊朝怪物用力揍了幾拳後，用力將牠推了回去。另外一隻怪物咬住他的手腕，一陣痛楚令他鬆開了火鉗，猛地大吼一聲，他重重一拳擊上怪物的下巴，牠反射性地開口，鬆開了他的手。

怪物們紛湧上前，他不知從哪找來重新站起的力氣，跌跌撞撞地退向石牆，女子將油燈砸向一隻靠得太近的怪物，油灑了牠全身，立刻燃燒起來，但是牠們似乎不怕火。

塔凡拋燈的動作讓她失去了重心，西莉頓時暴露在外，一隻怪物將塔凡擊倒，其他怪物朝孩子衝去，但達利納用力一撲，將她抱了滿懷，原地蹲下，背朝著怪物。一隻怪物跳上他的背，爪子劃開他的皮膚。

西莉害怕地啼哭不止，塔凡在尖叫聲中消失於怪物堆下。

達利納朝黑夜大吼：「祢爲什麼讓我看到這個？我爲什麼要活在這個幻境中？祢該死！」爪子用力抓過他的背，他只能更用力地抱緊西莉，痛得將背拱了起來，眼望著天際。

此時，他看到一道明亮的藍光劃過天空。

像是一顆星石，以驚人的速度下墜。光芒在不遠處落地，擊碎了岩石地面，空中濺起碎石屑，大地一陣晃動，達利納驚喊出聲，怪物全部停止不動。

達利納茫然地轉向一邊，驚愕地看著那道光站了起來，舒展四肢。那不是星星，而是一個人，穿著全身發光的藍色碎甲，握著碎刃，颶光從他身上流瀉而出。

怪物們憤怒地嘶吼，瞬間朝那人衝了過去，無視於達利納與另外兩人。碎刃師舉高了碎刃，施展出高超的劍技，頓時身陷戰鬥中。

達利納驚訝地躺在原處，動彈不得。他沒有看過這樣的碎刃師。碎甲散發著平和的藍光，刻在上面的符文有的熟悉，有的從未見過。它們正散發著藍色的煙霧。

碎刃師以流暢的動作，伴隨著碎甲的輕聲敲擊攻擊著怪物，毫不費力地揮劍將怪物一斬為二，怪物的屍塊隨著黑煙飛散入黑夜。

達利納掙扎地爬到塔凡身邊。她還活著，但半個身子已血肉模糊，西莉拉著她哭個不停。得……想想……辦法……達利納模糊地想著。

「安心吧。」一個聲音說道。

達利納猛然轉身，看到一名身著精巧碎甲的女子跪在他身邊，手中捧著一件明亮的東西，是一組鑲嵌在金屬座台上的寶石——一顆黃寶石與一顆金綠柱石交纏在一塊。每顆寶石都有男人的掌心那麼大。女子有著淺褐色的眼睛，在夜晚中幾乎像是在散發光芒，頭上沒有頭盔，頭髮盤成圓髻。她抬起手，碰了一下他的額頭。

他全身一陣冰涼，然後，痛楚全部消失了。

女子伸出手，碰觸塔凡，她手臂上被咬掉的肉，瞬間依附著撕裂的肌肉重新長出，皮膚完整無缺地癒合。一切只在眨眼之間，手臂便完好無缺。女碎刃師以一塊白布擦去血污與破碎的皮肉。

塔凡敬畏地抬起頭。「你們來了。讚美全能之主。」她低聲說道。

女碎刃師站起身，碎甲散發著平和的琥珀色光芒。她微笑，轉身，碎刃從霧中凝聚，現身於她的手中，她衝去幫助她的同伴。

女碎刃師，達利納心想。他從來沒有見過女性碎刃師。

他遲疑地站起身，感覺健康而且強壯，彷彿睡了飽飽一覺剛醒來。他低頭看著手臂，扯下了臨時包紮的布帶。擦去鮮血與破碎的皮肉後，他發現自己的肩膀也同樣完美無缺地癒合了。他深吸幾口氣，然後聳聳肩，握起火鉗，加入戰局。

「希伯？你瘋了嗎？」塔凡從他身後喊道。

他沒有回答。他不可能坐在那裡看著兩名陌生人爲了保護他而戰鬥。那裡有幾十隻黑色的怪物。他看著其中一隻撲抓藍色的碎刃師，碎刃被爪子劃出裂痕。牠們確實會對這些碎刃師造成危險。

女碎刃師轉向達利納，如今的她已經戴上了頭盔。她什麼時候把頭盔戴好的？她對於達利納的出現似乎很震驚，看著他揮舞著火鉗撲向其中一隻怪物，採取煙式擋下牠的回擊。女碎刃師轉向同伴，兩人同樣擺好架式，與達利納形成一個三角形，讓他的位置站得離岩石堆最近。

有了兩名碎刃師與他並肩奮戰，這場戰事遠比在屋子裡時順利太多，他只料理了一隻怪物——牠們動作太快，力氣也大，因此他主要採取守勢，目標爲分散牠們的注意力，讓牠們不能同時攻擊碎刃師。這些怪物沒有撤退。牠們不斷攻擊，直到最後一隻被女碎刃師一劈爲二爲止。

達利納喘著氣放下火鉗。天上又落下了其他道光束——似乎永無止境，還有更多光點正在落地——從空中朝村莊方向降落的應該是更多類似的奇特碎刃師現身了。

一個堅定的聲音響起：「嗯！我必須說，我從來沒有這個榮幸能跟如此……奇招百出的同袍並肩作戰過。」

達利納轉身，發現男碎刃師正看著他。那人的頭盔哪裡去了？碎刃師將碎刃扛在肩上，看著達利納的藍眼睛明亮到像是變成了白色。這雙眼睛正在流出颶光嗎？他的皮膚是像馬卡巴奇人那樣的深褐色，有著短卷髮。雖然碎甲整體不再散發光芒，但是胸甲前的一個符文仍然散發著淡淡的藍光。

達利納認得這個符文，是雙瞳眼的符號，爲八個連在一起的圈圈，包圍著中間的兩個圈圈，是失落燦軍還是燦軍騎士時的符號。

女碎刃師正望著村莊。

「你的劍術是誰教的？」男碎刃師問達利納。

達利納與騎士四目交望。他不知道該如何作答。

「騎士大人，這是我丈夫，希伯。就我所知，他連劍都沒看過。」塔凡拉著女兒的手衝上來解釋。

騎士回答：「我不認得你的劍術，但是你的招式相當精練圓熟，必定是多年訓練後的結果，我鮮少見過有你這般高超劍術的騎士或士兵。」

達利納保持沉默。

騎士繼續說道：「你沒有話要對我說，是吧？好吧，但如果你想要好好利用你那神祕的劍術，就來兀瑞席魯（Urithiru）吧。」

「兀瑞席魯？」達利納回問。他聽過這個名字。

「對。我不能保證你在騎士團中必定能有一席之地，那不是我能做的決定，但是如果你使起劍跟使火具一樣順手，那我相信你一定能加入我們。」騎士說完，轉向東方，面向村莊說：「把消息傳出去。今天晚上這件事很重要，這顯示一段寂滅時代即將來臨。」他轉向同伴。「我先離開。妳負責保護這三人，帶他們回村莊，今天晚上太危險，我們不能放他們獨自行動。」

他的同伴點點頭。藍色騎士的盔甲開始散發淡淡的藍光，然後他衝入天空，彷彿直線朝上墜落。達利納震驚地倒退數步，看著發亮的藍色身影在空中攀升，最後落向村莊的方向。

「來吧。」女子說道，聲音在頭盔中迴蕩。她開始快步走下山坡。

「等等。」達利納追在她身後說道，塔凡抱起女兒，跟在後方，身後的火光正逐漸熄滅。

女武士慢下腳步讓達利納和塔凡跟上她。

「請告訴我。現在是幾年？」達利納覺得自己問了蠢問題。

騎士轉向他。她的頭盔消失了。他眨眨眼：那是什麼時候發生的？她的膚色跟她的同伴不同，是淺色的，不像雪諾瓦人那樣蒼白，是像雅烈席人一樣的自然淺黃色。「現在是第八時代，三三七年。」

第八時代？達利納心想。這是什麼意思？這次的幻境跟其他幾次都不一樣，首先是以前的幻境時間都短很多，而且之前跟他說話的聲音到哪裡去了？

「我在哪裡？哪個國家？」達利納問騎士。

騎士皺眉。「你沒有痊癒嗎？」

「我沒事。我只是……想要知道。我在哪個王國？」

「這裡是那塔那坦。」

達利納深吸一口氣。那塔那坦。破碎平原就位於那個曾經叫作那塔那坦的王國中。那個王國好幾個世紀前就已經沒落了。

「妳爲那塔那坦的國王戰鬥嗎？」他問道。

她笑了。「燦軍騎士不只爲任何一個國王，也爲所有的國王戰鬥。」

「那你們住哪裡？」

「我們的騎士團中心位於兀瑞席魯，但是我們分別住在雅烈席拉（Alethela）的不同城市中。」

達利納全身一僵。雅烈席拉。如今的雅烈席卡，曾經就叫作雅烈席拉。「你們會跨越國界戰鬥？」

「希伯，你去找西莉之前才跟我說燦軍會來保護我們。你的腦子還在糊塗嗎？騎士女士，妳能再治療他一次嗎？」塔凡聽起來相當擔心。

「我應該將『重生』留給其他可能受傷的人。」女子回答，瞥向村莊。戰事似乎開始進入尾聲了。

達利納回答：「我沒事。雅烈席……雅烈席拉。妳住在那裡？」

女子說道：「隨時準備迎接寂滅時代是我們的責任，也是我們的特權。一個王國專司戰事，讓其他王國得以享受和平。我們的死換來你們的生。這向來是我們的使命。」

達利納立於原地，仍然嘗試著釐清頭緒。

「我們需要所有能戰鬥的人，而所有渴望戰鬥的人都應該前來雅烈席拉。即使是對抗十死神（Ten Deaths）的戰鬥都可以改變一個人。我們可以教導你，好讓你不會被擊垮。來找我們吧。」女子說道。

達利納發現自己忍不住點頭。

女子繼續說道，語調變得像是在背誦什麼：「所有牧場都需要三樣東西：生產的牲口，照顧的牧人，還有守在外面保護的警衛。我們雅烈席拉人就是警衛，負責保護與戰鬥。我們傳承著殺戮的可怕技藝，好在寂滅時代來臨時教導其他人。」

「寂滅時代？是指引虛者對不對？今天晚上出現的生物就是牠們嗎？」他問道。

女子輕蔑地哼了哼。「引虛者？這些東西？不是，牠們只是子夜精，但我們不知道是誰把牠們釋放出來的。」她望向一旁，神色變得有些迷離。「哈凱連說寂滅時代快到了，他鮮少猜錯。他……」

黑夜中突然響起尖叫聲。騎士咒罵，望向聲音的來源處。「你們在這裡等著，如果子夜精回來就叫我，我會聽到的。」她消失在黑夜中。

達利納舉起手，既想要跟上，又覺得該留下來保護塔凡跟她女兒。颶父的！他心想，發現少了騎士的發光碎甲，他們重新身陷黑暗中。

他轉身面向塔凡，她跟他一起並肩站在小徑上，眼神露出古怪的困擾之色。

「塔凡？」他問道。

「我好想念這個時候。」塔凡說道。

達利納一驚。那不是她的聲音。那是個男子的聲音，低沉而渾厚，就是每次幻境中都會跟他說話的聲音。

「你是誰？」達利納問道。

塔凡，或不知道是什麼的那個人開口：「他們曾經是一體的。騎士團。人類。當然不是沒有問題或紛爭，但他們都有著共同的目標。」

達利納全身一寒。從這聲音第一次出現時，他就覺得聽著有點熟悉。「拜託你，你必須告訴我這是什麼，你爲什麼要讓我看這些。你是誰？全能之主的僕人嗎？」

「我眞希望我能幫你忙。你需要讓他們團結起來。」塔凡望著達利納，卻沒有回答問題。

「你說過了！可是我需要幫忙。那個騎士說的雅烈席拉，是眞的嗎？我們眞的能再一次變得像那樣嗎？」

「我不可談論可能發生的事。已經發生的事則根據不同觀點而有所不同。可是我會想辦法幫你。」那個聲音說道。

「那不要老是給我模稜兩可的答案！」

塔凡嚴肅地望著他。不知爲何，光靠著星光，他就能看到她的褐色眼睛，背後藏著某種深刻、甚至令人有點畏懼的東西。

達利納搜索枯腸，想要找出一個明確的問題。「至少回答我這點。我之前一直信任薩迪雅司藩王，但我的兒子雅多林覺得我這麼做實在很愚蠢。我應該繼續信任薩迪雅司嗎？」

對方回答：「是的。這很重要。不要讓自己陷入紛爭中。你要堅定。保持你的榮譽心，榮譽心自會幫助你。」

終於，達利納心想，有個確切的答案了。

他聽到有人說話的聲音。四周的環境開始變得模糊。他用力朝女子伸出手。「等等！還不要把我送回去。我該要如何處理艾洛卡跟戰爭的事情？」

聲音模糊地響起：「我會盡力幫你。對不起，我沒辦法給你更多。」

「這是哪門子回答啊！」達利納怒吼。他用盡力氣掙扎，卻被人抓住。那些是哪裡來的？他一邊咒罵，一邊拍掉拉住他的手，扭轉著身體想要掙脫。

等等。他回到破碎平原上的營房了，細雨輕打在屋頂上。颶風最嚴重的時候已經過去，一群士兵押著達利納，雷納林則在一旁擔憂地望著。

達利納張大著嘴，什麼都說不出來。他原本正在大吼。那些士兵臉上都有著尷尬的神情，面面相覷，不敢與他對望。如果這跟他之前經歷的情況一樣，那麼他的身體會做出他在幻境中的種種行爲，嘴巴說著沒有人聽得懂的話，揮舞著四肢，到處亂竄。

「我的神智已經清醒。沒事了。你們可以放開我。」達利納說道。

雷納林朝其他人點點頭，他們遲疑地放開他。雷納林試圖把方才的情況解釋成他的父親只是太急於上戰場而已，但是聽起來並不可信。

達利納退到營房的最後方，坐在兩團捲起的被褥中間，專注於呼吸與思考。他相信他的幻境，但是近來他在戰營中的日子已經夠艱難，不能再讓別人覺得他瘋了。

保持你的榮譽心，榮譽心自會幫助你。

幻境要他信任薩迪雅司，但他絕對沒辦法跟雅多林解釋這一點，因爲他的兒子不僅憎恨薩迪雅司，更認爲這些幻境只是達利納的幻覺，所以他唯一的選擇就是一切照常度日。

然後在過程中想辦法讓藩王們能夠合作。

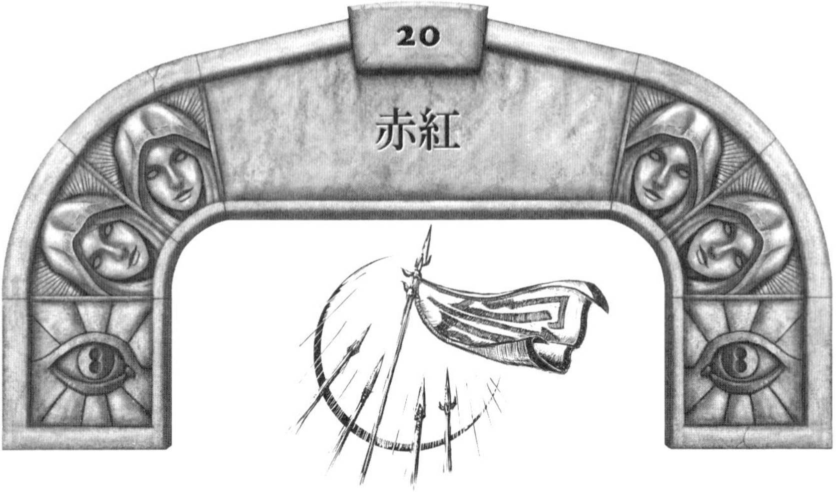

20 赤紅

七年前

「我可以救她。」阿卡脫下上衣。

那孩子只有五歲。她摔得很重。

「我可以救她。」他喃喃自語道。一群人聚集在他周圍。維司提歐光明爵士已經過世兩個月，新的城主還沒有來就任，這段期間他幾乎沒有見過拉柔。

阿卡只有十三歲，但他受過極好的訓練。最大的危險來自失血，孩子的腿折斷了，還是複合性骨折，因此皮肉被骨頭刺破的地方正不斷地流血。阿卡按著傷口，發覺自己的手指不斷顫抖。斷骨沾滿了血，就連斷裂的那一端都無比濕滑，到底是哪些血管被截斷了？

「你們把我女兒怎麼了？」粗壯的哈勞擠過眾人。「你們這群克姆林蟲，颼風屁！不要碰米雅撒！不要……」

其他幾人把哈勞拉住，讓他一時說不出話來。他們都知道剛巧經過的阿卡是那小女孩現在唯一的希望，也已經派阿林去找阿卡的父親。

「我可以救她。」阿卡說道。她的臉色蒼白，身體毫無動靜。也許是頭上的傷……

先不要去想那個。下肢有一條動脈被截斷了。他用襯衫做止血帶，綁住下肢想要阻止血流，但是布條不斷鬆開。

他繼續用手指壓住傷口，一面大喊：「火！我需要火！快點！哪個人把上衣脫下來給我！」幾個人衝去起火，阿卡則將斷肢抬高，另外一個人急急將上衣遞給他。阿卡知道該捏哪裡才能阻斷動脈出血，雖然止血帶不斷滑落，他的手指卻穩穩地捏著。他緊捏著血管，同時將襯衫壓住傷口，直到法拉馬拿著一根點燃的蠟燭回來爲止。

他們已經開始在烤匕首。很好。阿卡接過匕首，按在傷口上，空氣中瀰漫著焦肉的氣味。一陣沁涼的風吹過眾人，帶走了氣味。

阿卡的手停止顫抖。他知道自己該怎麼做。訓練的直覺令他手下的動作流暢得出乎自己的意料，行雲流水地完成了完美的炙燒工作。他需要把血管綁緊，光是靠炙燒可能阻止不了大血管的出血，但是這兩者加起來應該有用。

他結束手上的工作時，流血的狀況也止住了。他微笑地往後一靠，此時才注意到米雅撒頭上的傷口也不再出血。而她的胸口沒有動靜了。

「不！」哈勞跪倒在地。「不行！快點想想辦法！」

「我……」阿卡說道。他止住血了，他……

他失去她了。

他不知道該說什麼，該回答什麼。一陣深沉、可怕的反胃厭倦感席捲而上。哈勞將他推到一邊，阿卡往後一跌，他渾身顫抖地看著哈勞抱緊了屍身。

眾人沉默。

一個小時後，阿卡坐在手術室前的台階上哭著。他的哀傷很柔和，只是偶爾的打顫，加上幾滴止不住的眼淚沿著臉頰流下。

他雙手環抱著膝蓋，想知道怎麼樣才能停止心痛。有什麼辦法能帶走他的心傷嗎？有繃帶可以止住他流下的眼淚嗎？他應該可以救她的。

腳步聲靠近，影子落在他身上。李臨在他身邊蹲下。「兒子，我看過你的手術了。你做得很好。我爲你感到驕傲。」

「我失敗了。」阿卡低聲說道。他的衣服沾滿了血。他洗手時，血還是赤紅色，但滲透入衣服後，已經變成黯淡的紅褐色。

「我知道有人練習過無數小時後，看到傷患在面前依然動彈不得。意外總是讓人措手不及，可是你沒有僵住，反而去她身邊，幫助救治她，你做得很好。」

「我不想當外科醫生。我糟糕極了。」阿卡說道。

李臨嘆口氣，走下台階，在兒子身邊坐下。「阿卡，這種事難以避免。你已經盡力而爲，只是結果很遺憾。她的身體太小，失血太快。」

阿卡沒有回答。

李臨柔聲勸道：「你必須學會什麼時候要在乎，什麼時候該放手。你會明白的。當我年輕時，我也有類似的問題。但是到了最後，你會長出繭來。」

這是好事嗎？阿卡心想，又一滴眼淚沿著臉頰流下。

必須學會什麼時候要在乎……什麼時候該放手……

在遠處，哈勞繼續哀慟地嚎哭。

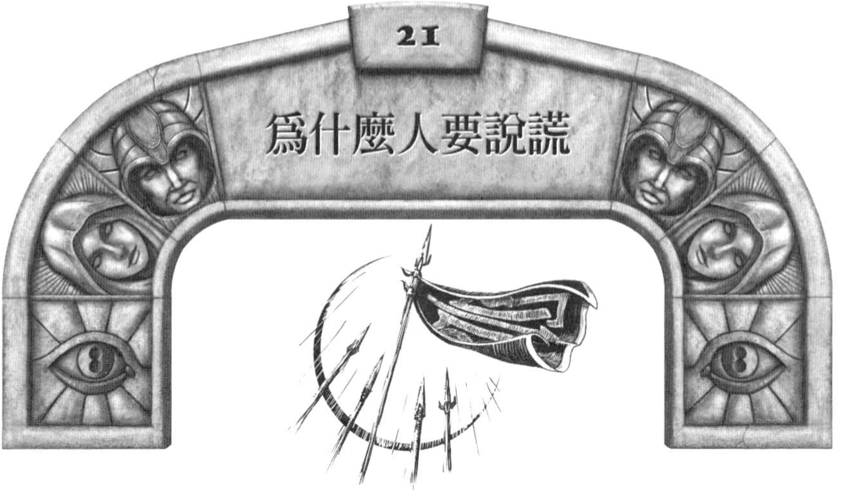

21 爲什麼人要說謊

只要看看他去賽耳短短一趟造成的後果，就可以證明我所言無誤。

卡拉丁不想睜開眼睛。如果他睜開眼睛，就會醒過來。如果他醒過來，那在腰邊的燒灼、雙腿的痠疼，還有肩膀跟手臂的陣痛就不會只是惡夢，會是眞的，而且是他的。

他壓下一陣呻吟，翻過身。全身都在痛。每條肌肉，每吋皮膚，而且頭痛欲裂，似乎就連骨頭都在發疼。他只想要動也不動地躺在原地，暗暗地痛著，直到加茲抓著他的腳踝把他拖出去爲止。這很簡單。他難道不能偶爾過段簡單的日子嗎？

可是他不行。如果他停下來，放棄了，那就跟死了無異，他不允許這件事發生。他已經下定決心，他要幫助橋兵。

都是你的錯，哈福，即使我痛成這樣，你還是有辦法把我從床上踢下去，他心想。卡拉丁掀開被子，強迫自己站起身。營房的門開了一條縫，讓新鮮空氣流進來。

站起來的感覺更糟糕，但是橋兵生活不允許他有復原的時間，不是跟上，就是被壓碎。卡拉丁一手按著光滑得不自然的營房石牆，穩住自己，然後深吸一口氣，走過房間。奇特的是，不少人也醒了過來，坐起身，沉默地看著卡拉丁。

他們都在等著看。這時卡拉丁才意會過來。他們想知道我會不會起來。

卡拉丁在營房外看到被他帶回來的三名傷兵，緊張地檢查雷頓的傷勢，他居然還活著，雖然呼吸很淺，脈搏很弱，傷勢依然嚴重，但他還活著。

如果沒有消炎藥，他活不了多久。他的傷口現在似乎還沒有被腐靈感染，但是在這麼骯髒的環境中，只是早晚的問題而已。我需要藥品，怎麼弄到手？

他檢查另外兩人的傷勢。霍伯對他露出了笑容。他有著圓臉，瘦長的身體，牙齒間有一道縫隙，還有黑色的短髮。「謝謝。謝謝你救了我。」他說道。

卡拉丁悶哼一聲，檢視他的腿。「你沒事，但是接下來幾個禮拜不能走路。我會去伙房幫你拿吃的。」

「謝謝。」霍伯低聲說道，緊握住卡拉丁的手。卡拉丁頓時覺得自己要被撕成兩半了。

那道微笑驅散了卡拉丁心頭的陰影，讓疼痛與疲楚頓時淡去。卡拉丁的父親形容過這種笑容。那不是李臨成爲外科醫生的原因，卻是他堅持走下去的動力。

「休息吧。盡量保持傷口乾淨，不要引來腐靈。一旦看到它們出現，立刻跟我說。它們很小，是紅色的，跟小昆蟲一樣。」卡拉丁囑咐。

霍伯認眞地點了點頭。卡拉丁接下來繼續檢視達畢。年輕的橋兵看起來跟昨天一樣眼神渙散。

「從我昨天睡著的時候，他就一直維持這個坐姿到現在。長官。」霍伯說：「就好像他整個晚上都沒有移動過，讓我寒毛直豎。眞的。」

卡拉丁伸手在達畢眼前打了幾個響指。對方被聲音嚇得跳了起來，眼神漸漸專注在卡拉丁的手指上頭，隨著他的手勢移動。

「我覺得他撞到頭了。」霍伯說道。

「不是，只是在戰場上受到過度驚嚇，會退去的。」希望如此。

「聽你的，長官。」霍伯抓抓頭說道。

卡拉丁站起身，把門推開，讓房間亮起。今天天氣很好，太陽才剛從天際線升起，戰營就已經傳來不同聲響。鐵匠早起工作敲擊著金屬的聲音，芻螺在廄房裡鳴叫，空氣冰涼濕冷，還帶著夜晚的餘寒，聞起來乾淨而清新，是春天的味道。

你既然都起來了，就開始吧。卡拉丁告訴自己。他強迫自己出去伸展一下四肢，每個動作都引來身上不同的抗議，然後他檢視一下自己的傷口。情況不糟，但是如果被感染了，問題會不小。

他颶風的藥師！他心想，從橋兵的水桶打起一瓢水，清洗自己的傷口。

他立刻後悔自己剛才那樣咒罵那名老藥師。那人能怎麼辦？免費送消炎藥給卡拉丁嗎？他應該要咒罵的是薩迪雅司藩王。薩迪雅司才應該爲傷口負責，而且才是禁止醫療棚將藥品供應給橋兵、奴隸，還有低層那恩僕人的罪魁禍首。

他結束伸展之後，幾名橋兵也都起來去喝水。他們站在水桶邊，看著卡拉丁。

他只有一個選擇。卡拉丁咬緊牙關走到木材場，找到前一天扛著的木板。木匠還沒把這塊板子用在橋上，所以卡拉丁扛起了木板，走回軍營，然後繼續昨天開始的練習。

他跑不快，大多數時間甚至只能用走的，但在運動的過程中，他的痠痛開始平緩，頭痛也散去，只剩雙腳跟肩膀依然在痛，而且感覺到一種深沉的疲累，但是他沒有丟臉地倒地不起。

在他的練習過程中，他經過其他的橋兵營房。站在前面的人看起來跟橋四隊的人差不多，都是穿著同樣深色，浸透汗水的皮背心，打著赤膊或穿著寬鬆的襯衫，偶爾也會出現外國人，多半是賽勒那或是費德納人。但是每個人的外表都極爲邋遢，滿是鬍碴的臉，眼神帶有鬼影。幾群人帶著顯而易見的敵意看著卡拉丁。他們是在擔心他的操練會鼓勵其他的橋隊長要求他們也下場操練嗎？

他原本希望橋四隊的其他人會加入他，畢竟他們在戰場上曾經服從他的指揮，甚至幫助他處理傷患。但是他的期待落空了。雖然有橋兵在看他，其他人卻忽略他，也沒有人參與。

最後，西兒飛落在他的木板末端，像是皇后坐在轎子上一般。「他們都在談論你。」他經過橋四隊營房時她說道。

「不意外。」卡拉丁喘著氣說道。

「有人覺得你發瘋了，譬如那個坐在那邊、看著你上場的人。他們說戰爭的壓力讓你崩潰了。」她說道。

「有可能。我沒想過這件事。」

「發瘋是怎麼一回事？」她問道，一腿曲起靠著胸口，迷離的裙襬在小腿間晃動，消散在霧氣中。

「意思是有人腦子不正常。」卡拉丁說道，很高興有這番對話來引開他的注意力。

「人類的腦子向來不正常。」

「發瘋是指比平常更嚴重。」卡拉丁微笑。「這其實看周圍的人怎麼說你跟其他人差多少，我想與眾不同的人就是發瘋的那個吧。」

「所以你們……投票決定嗎？」她皺起臉問道。

「沒有眞的進行投票，但概念上是這樣沒錯。」

她深思地坐在原處，繼續想著。「卡拉丁，人類爲什麼要說謊？我知道謊言是什麼，但我不知道人類爲什麼要這麼做。」她終於說道。

「原因很多。」卡拉丁回答，用空著的手擦去額頭上的汗，然後重新端好木板。

「是發瘋嗎？」

「我不會這麼說，因爲每個人都說謊。」

「所以也許你們都有點發瘋了。」

他輕笑。「有可能。」

「可是，如果每個人都這樣，那不這麼做的人就是發瘋的那個，對不對？」她頭靠在膝蓋上說道。

「有可能吧。我不認爲有誰是從來不說謊的。」

「達利納。」

「誰？」

「國王的叔叔。每個人都說他從來不說謊。你們橋兵有時候甚至會談論他的事。」西兒說道。

沒錯。黑刺。卡拉丁少年時就聽說過這個人。「他是個淺眸人。這表示他會說謊。」

「可是……」

「他們都一樣，西兒，外表看起來越高貴，內心越腐朽。都是假裝的。」他沒再說下去，聲音中的恨意讓自己都意外。去你颶風的，阿瑪朗。這都是你害的。他被灼傷太多次了，多到無法再相信火焰。

「我不覺得人以前是這樣的。我……」她心不在焉地說道，眼中出現恍惚之色。

卡拉丁等著她說完，但她沒有。他又經過了橋四隊。許多人正靠著營房放鬆，等著午後的影子爲他們帶來陰涼。他們鮮少在屋內等待，也許因爲就算是橋兵都覺得屋子裡太陰寒了。

「西兒？妳要說什麼嗎？」他終於追問。

「我似乎聽誰說過，以前，曾經有一段時間沒有人說謊。」

「傳說是如此。當時是神將時代，人們受到榮譽心的約束，但是人總是愛回想起比較美好的年代。妳可以注意一下，一個人加入一個新的小隊時，第一件事就是說他以前的小隊有多好。我們都記得美好的時光還有不愉快的時光，忘記大多數時光其實既不好也不壞，只是平凡。人們經常如此。」

他開始小跑步。頭頂的陽光開始變熱，但他想要動一動。

「這些故事，」他邊喘著氣邊說道：「證明這一點。神將呢？祂們遺棄了我們。燦軍騎士呢？他們墮落，被玷污了。時代帝國呢？當教堂試圖要奪權時，王國一一結束了。妳不能信任任何掌握權力的人，西兒。」

「那怎麼辦？不要領袖嗎？」

「不。把權力交給淺眸人，讓他們被權力腐敗，然後盡量離他們遠遠的。」他的話聽起來很空洞。他自己有離這些淺眸人遠遠的嗎？他似乎總是處在淺眸人群之中，陷入他們所創造出充滿陰謀、詭計和貪婪的泥沼。

西兒沉默了。在跑完最後一圈後，他決定停止今天的練習，不能再讓自己過勞。他把木板還回原處，木匠們不解地搔搔頭，但沒有抱怨。他走回橋兵，注意到一小群人，包括大石跟泰夫正在交談，同時瞥著卡拉丁。

「妳知道嗎，一直跟妳講話可能更容易讓其他人覺得我瘋了。」卡拉丁對西兒說道。

「我會盡量讓自己不要這麼有趣。」西兒說道，落在他肩膀上。她雙手扠腰，坐下，臉上是大大的微笑，顯然覺得自己說的話很有趣。

卡拉丁還來不及走回營房，他便注意到加茲正快步穿越木材場來找他。「你！等等！」加茲指著卡拉丁說道。

卡拉丁雙手抱胸，停在原處。

加茲瞇著他完好的眼睛開口。「我有消息要給你。拉瑪瑞光明爵士聽說你怎麼處理傷患的事了。」

「怎麼知道的？」

「他颶風的，小子，你以爲人家不會說話嗎？你原本怎麼打算的？把三個人藏在我們之中嗎？」加茲問道。

卡拉丁深吸一口氣，沒有反駁。加茲說得對。「好吧，這有什麼關係？我們沒有拖慢軍隊。」

「對啦，但拉瑪瑞不太爽他除了付錢還要餵這些不能工作的橋兵，所以他去找了薩迪雅司藩王，打算把你吊起來。」加茲說道。

卡拉丁覺得一陣冰寒。吊起來的意思是指在颶風時被吊在外面，接受颶父的審判，基本上就是死刑。

「然後呢？」

「薩迪雅司光明爵士拒絕了。」加茲說道。

什麼？他錯看了薩迪雅司嗎？不可能。這一定是他僞裝的一部分。

加茲沉重地開口：「薩迪雅司光明爵士叫拉瑪瑞讓你留下士兵，但是在他們不能工作的期間不准給他們食物或錢，說這是讓大家明白他被迫留下橋兵的結果。」

「那個克姆林蟲。」卡拉丁低聲說道。

加茲臉色一白。「噓。那可是藩王啊，小子！」他瞥向四周，察看是否被人聽到。

「他想拿我的人殺雞儆猴，讓其他橋兵看到傷患挨餓受苦，他希望這個把橋兵留下來的行爲，會顯得像是一場恩惠。」

「也許他是對的。」

「他太冷酷了。他會把受傷的士兵帶回來，卻留下橋兵在戰場上，因爲找新奴隸比照顧受傷的奴隸便宜。」卡拉丁說道。

加茲沉默了。

「謝謝你帶消息給我。」

「消息？」加茲斥罵。「我可是被派來下命令給你的，小公子。你不要去幫受傷的人要食物，他們不會給的。」說完，他喃喃自語地快速離開。

卡拉丁走回營房。颶父的！他要上哪去找食物餵飽三個人？他可以把自己的食物分給他們，但是橋兵雖然有得吃，卻沒有多餘的食物，就連餵另外一個人對他而言都已經很勉強，更何況把一份餐分給四個人吃。傷患會沒有足夠的養分恢復，卡拉丁也會沒有辦法扛橋，況且他還是需要消炎藥！戰爭中，腐靈跟疾病殺死的人遠比敵人要多太多。

卡拉丁走向在營房周圍休息的人們。大多數人都在進行一般的橋兵活動——也就是躺在地上，絕望地望著天空，坐在地上，絕望地望著地面，或是站在原處，絕望地望著遠方。橋四隊今天不需要出勤，而且要到午後第三鐘才有工作。

「加茲說我們的傷兵在痊癒前不會有任何食物或薪水。」卡拉丁對聚集在一起的人說道。

有些人，像是席格吉、皮特和庫夫點點頭，好像在說這件事不出他們所料。

「薩迪雅司藩王想要拿我們開刀。他要證明橋兵不值得被治療，所以他要讓霍伯、雷頓和達畢死得緩慢而痛苦。」卡拉丁說道。他深吸一口氣。「我希望我們能夠把自己有的聚集起來，爲傷患買藥跟換食物。如果你們其中幾個人願意跟他們分享食物，他們就會活下來。我們大概需要二十幾枚透馬克才能買藥跟治療用品。誰有多餘的可以分給他們？」

所有人看著他一陣後，摩亞許開始大笑，其他人也一起大笑出聲，揮著手離開了，留下伸出手的卡拉丁。「下次可能是你！如果你需要被治療，你要怎麼辦？」他大喊。

「就讓我死了吧。比起被帶回來花上一禮拜以後才死，死在戰場上還痛快些。」摩亞許頭也不回地說道。

卡拉丁放下手，嘆口氣，轉身，幾乎撞上大石。身壯如塔的食角人雙臂抱胸，像是金色皮膚的雕像。

卡拉丁期盼地抬頭看著他。

「沒錢球。都花光了。」大石粗聲說道。

卡拉丁嘆口氣。「沒關係，反正光靠我們兩個人的錢也買不起藥。」

「我給食物。」大石低沉的聲音說道。

卡拉丁訝異地轉頭看著他。

「只給腿上有箭的那個。」大石依舊動也不動地說道。

「霍伯？」

「隨便。他看起來像是會復原。另一個，會死。很確定。我不同情那個坐在那邊什麼都不動的人。可是另一個人，他可以擁有我的食物。一部分。」

卡拉丁微笑，舉起手抓住壯漢的手臂。「謝謝你。」

大石聳聳肩。「你替我的位。沒這樣，我死了。」

卡拉丁被他的邏輯逗笑。「我沒死，大石。你也不會有事。」

大石搖搖頭。「我會死。你怪。所有人都知道，就算他們不想說。我看到你站的位置。箭在你周圍，頭邊、手邊，但是沒射中你。」

「運氣。」

「沒這種。」大石瞥向卡拉丁的肩膀。「而且，有一個瑪法利奇總是跟著你。」食角人尊敬地朝西兒點頭，然後做出奇特的手勢，以手碰了碰肩膀和額頭。

卡拉丁一驚。「你看得到她？」他瞥向西兒。身爲風靈，她可以隨意挑選要在誰面前現身，通常那人就只有卡拉丁。

西兒也顯得很震驚。她並沒有刻意在大石面前現身。

「我是阿賴依庫。」大石聳肩回答。

「意思是……？」

大石皺眉。「暈頭的低地人，你們什麼都不懂啊？反正你是特別的。橋四隊，包括受傷的三個，昨天失去了八人。」

「我知道。我沒守住我的第一個承諾。我說我不會失去任何一個人。」卡拉丁說道。

大石哼了一聲。「我們是橋兵。我們會死。本來是。你乾脆說答應讓月亮可以追到另一個月亮好了！」壯漢轉身，指向其中一座營房。「被攻擊的橋隊中，大多數失去了很多人。五座橋完蛋了。每座橋都失去了超過二十個人，需要士兵幫忙把橋扛回來。橋二失去十一人，但大多數箭矢的目標甚至不是他們。」

他轉向卡拉丁。「這次，橋四失去了八個人。八個。這是這一季最慘的出勤行動之一。而且，你說不定還可以救回兩個。在帕山迪人想要消滅的橋隊中，橋四損失的人最少。問題是，橋四向來是損失最慘重的一隊。大家都知道。」

「運氣……」

大石朝他伸出一根肥胖的手指打斷他。「暈頭的低地人。」

這只是運氣而已，可是卡拉丁仍然感謝這件事帶來的機會，好不容易有人願意聽他的話，他沒必要爲此爭論不休。

可是一個人不夠。就算他跟大石一人只吃一半食物，其中一個病人還是會餓死。他需要錢球。他急需錢球，可是他是奴隸。大多數賺錢的方法對他而言都是違法的。如果他有可以賣的東西就好了。他……突然間，他有個主意。

「來吧。」他開始離開營房。大石好奇地跟在他身後。卡拉丁在木材場中尋找了一陣，終於發現加茲在橋三隊的營房前跟一名橋隊長在說話。加茲一看到卡拉丁走過來就臉色發白，似乎準備溜之大吉，這已經開始變成一種習慣了。

「加茲，等等！我有個提議。」卡拉丁伸出手說道。

橋兵士官長僵在原處。加茲身旁的橋三隊小隊長朝卡拉丁狠狠瞪了一眼。其他人對他的反應此時變得合理了起來。他們對於橋四隊這次出勤的輕微傷亡數字都很不安。橋四隊應該是最不幸的那一個，每個人都需要可以唾棄的人，而其他橋兵隊的小小安慰就是，他們不是橋四隊，卡拉丁卻顛覆了這一點。

黑鬍子橋隊長退開，讓卡拉丁、大石和加茲獨處。

「你這次要給我什麼？更多沒光的錢球？」加茲說道。

「不是。」卡拉丁說道，腦子轉得飛快。這件事他得小心處理。「我沒錢球了，但是我們不能這樣，你一直躲我，然後其他橋隊恨我。」

「我不覺得能怎麼辦。」

「這樣好了。今天有人要去採石嗎？」卡拉丁說道，似乎突然靈機一動。

「有。」加茲朝他肩後揮揮手。「橋三隊。布希克剛剛才想說服我他的橋隊太弱不能出去，颶風的，但我還眞的相信他。他昨天少了三分之二的人，然後，如果他們帶回來的石頭不夠，被罵的人是我。」

卡拉丁同情地點點頭。採石是最令人討厭的工作項目之一，要離開戰營，在木車上裝滿大石頭。魂師靠把石頭變成穀物的方式餵養軍隊，而只有魂師知道，爲什麼使用一顆一顆開採出來的石頭，會讓過程簡單很多。總之，他們派人去採石。這是無腦、勞累、滿身大汗又疲累不堪的工作。最適合橋兵。

「何不派另外一支隊伍去？」卡拉丁問道。

「哼！你知道這會引出多大的麻煩。如果他們覺得我偏心，每個人都會對我抱怨不完。」加茲說道。

「如果你讓橋四隊去，就不會有人抱怨。」

加茲抬頭看他，唯一完好的眼睛瞇起。「我以爲你會因爲遭受不公平的對待而不高興。」

卡拉丁滿臉爲難。「我會去的。就這一次。加茲，我也不想把在這裡的所有時間都花在跟你對峙上。」

加茲遲疑了。「你的人會生氣。我不要讓他們覺得這是我害的。」

「我會跟他們說是我的主意。」

「好吧。第三鐘，在西檢查點會合。橋三隊可以去刷鍋子。」

他快步走開，像是要趁卡拉丁改變主意前逃掉。

大石站到卡拉丁身邊，看著加茲離開的身影。「那矮子說得對。其他人會恨死你。他們期待今天可以輕鬆過日子。」

「他們會想開的。」

「爲什麼要換成更辛苦的工作？傳言是眞的，你瘋了對吧？」

「有可能，但我的瘋症可以帶我們離開戰營。」

「有什麼用？」

「用處大了。生與死的差別。我們需要更多人幫忙。」卡拉丁說道，回頭望著營房。

「再找一支橋隊來幫忙？」

「不是。我的意思是你跟我需要人幫忙。至少還需要一個人。」他眼光掃過木材場，注意到有人坐在橋四隊營房邊的陰影處。泰夫。這大鬍子是先前沒有嘲笑卡拉丁的人，而且昨天還很願意幫忙跟大石一起去把雷頓抬回來。

卡拉丁深吸一口氣，橫越過木材場，大石跟在他身後。西兒從他肩膀上快速地直飛入空中，在突然颳起的一陣風中婀娜起舞。卡拉丁跟大石走近時，泰夫抬起頭來，懷中揣著他的早餐，一片薄餅從碗下探出頭來，身邊沒有別人跟他一起用餐。

他的鬍子沾滿了咖哩，以警戒的眼神端詳卡拉丁好一陣子，才用袖子擦擦嘴。「小子，我喜歡我的食物。我覺得自己吃都不太夠了，更不用說去餵兩個人。」他說道。

卡拉丁在他面前蹲下。大石靠在牆上，雙手抱胸，靜靜地看著。

「我需要你，泰夫。」卡拉丁說道。

「我說了……」

「不是你的食物。是你。你的忠心與忠誠。」

中年男子繼續吃著早餐。他跟大石都沒有奴隸的烙印。卡拉丁不知道他們的故事。他只知道在別人袖手旁觀時，這兩個人曾伸出援手。他們沒有完全絕望。

「泰夫……」卡拉丁開口。

「我以前曾經獻出忠心。太多次了。每次下場都一樣。」他說道。

「你信任對方，卻反受背叛？」卡拉丁柔聲問道。

泰夫輕蔑地哼了一聲。「他颶風的，才沒有。背叛的是我。小子，你不能信賴我。我屬於這裡。我活該當橋兵。」

「我昨天就信賴你了，你讓我很佩服。」

「意外。」

「這要我說了才算。泰夫，我們都是殘缺的人，否則怎麼會成為橋兵？我失敗過。我的弟弟因我而死。」卡拉丁說道。

「那你幹麼還要繼續關心別人？」

「不這樣，就只能放棄，等死。」

「如果死了更好呢？」

這是問題的根本。這就是為什麼橋兵不在乎他是否幫忙傷患。

「死了並不會更好。」卡拉丁直視泰夫雙眼。「現在說死很容易，但是當你站在懸崖邊，看著黑漆漆、無邊無盡的裂谷大洞時，你會改變想法。就像霍伯。就像我。」他遲疑了，端詳著對方的雙眼。「我想你也去過。」

「唉。對，我去過。」泰夫低聲說道。

「所以在這件事情上，你跟我們一起？」大石蹲下來問道。

我們？卡拉丁心想，臉上泛起淡淡的笑意。

泰夫來回看著兩人。「我不用把食物分人？」

「對。」卡拉丁說道。

泰夫聳聳肩。「那好吧。反正也不可能比坐在這裡跟死神乾瞪眼來得難。」

卡拉丁伸出手，泰夫遲疑了片刻，握住。

大石伸出手。「大石。」

泰夫看看他，跟卡拉丁握完手後，握住大石的手。「我是泰夫。」

颶父的，我都忘記他們平常甚至懶得去問別人叫什麼名字！卡拉丁心想。

「大石算什麼名字？」泰夫放開對方的手後問道。

「笨名字。至少有意義。你的名字有意義嗎？」大石表情平靜地反問。

「好像沒有。」泰夫搓搓長滿鬍子的下巴說道。

「大石不是我的眞名，但這是低地人唸得出的名字。」食角人承認。

「那你的眞名是什麼？」泰夫問。

「你唸不出來的。」

泰夫挑起一邊眉毛。

「弩母呼苦馬奇亞奇艾亞路納摩。」大石說道。

泰夫遲疑了一會兒，然後忍不住笑起來。「好吧，就叫你大石好了。」

大石笑了，坐倒在地。「我們的橋隊長有個偉大又大膽的計畫，跟我們得在大熱天中花一個下午搬石頭有關。」

卡拉丁微笑，向前傾身。「我們需要收集一種植物。一種在戰營外，長成一小叢一小叢的蘆葦……」

如果你對那場災難視而不見，那你得知道，雅歐那跟史凱都死了，他們所握有的器具也被拆裂，目的應該是爲了不允許任何人挑戰雷司的地位。

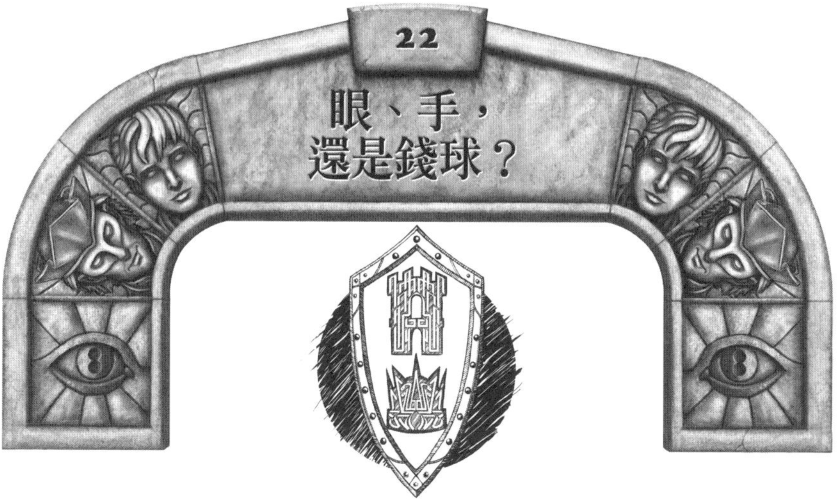

22 眼、手，還是錢球？

颶風過後兩天，達利納跟他的兒子們一起走在崎嶇的石面上，前往國王爲舉辦宴會挑選的盆地。

達利納的防颶官預測春季還有幾個禮拜的時光，接下來就是夏季，希望之後不會變成冬季。

「我去找了另外三名皮匠，他們的看法都不一樣。似乎在皮帶被割斷之前——如果這眞的是割痕——原本就已經有了磨損，所以這會產生影響。最多人同意的結論是，這皮帶的確是被割斷的，不過不一定是刀子導致的痕跡，也有可能是因爲自然的折舊造成。」雅多林低聲說道。

達利納點點頭。「這是腹帶斷裂可能有蹊蹺的唯一證據。」

「所以我們承認這只是國王又犯疑心病了。」

「我去跟艾洛卡談談。我會跟他說我們走進了死胡同，問他是否還有其他希望我們追查的方向。」達利納下結論。

「好吧。」雅多林似乎想說些什麼，卻有些猶豫。「父親。你想不想談談颶風期間發生的事？」

「老樣子吧。」

「可是……」

「好好享受今夜吧，雅多林。我沒事的。也許讓其他人看看這是怎麼一回事也好，躲躲藏藏只會引出更多的流言，有些可能比真相更糟糕。」達利納堅定地回答。

雅多林嘆口氣，卻點了點頭。

國王的宴會向來都在艾洛卡行宮的山腳下以露天宴會的形式舉行，如果防颶官提出颶風或是天氣會變差的預測，那宴會就會被取消。達利納很高興國王喜歡在戶外舉辦活動，因爲即使經過裝飾，對他而言，魂術建起的建築物仍然像個洞穴。

舉辦宴會的盆地被灌滿了水，變成淺淺的人工湖，水中央是一個個圓形的用餐區，像是懸浮在湖中的小島，這個繁複的造井術是國王的魂師引來附近小溪的流水建成。這讓我想起了瑟拉・泰爾。達利納一面跨過第一座橋一面心想。他年輕時到過羅沙的西邊。還有純湖。

湖上有五個島，島之間相連的橋樑欄杆，花樣精緻到每次宴會完都必須妥善收起，免得被颶風破壞。今天晚上，緩慢流動的水面上漂浮著點點花瓣，偶爾會有一掌寬的小船流過，上面放著一顆發光的寶石。

達利納、雷納林和雅多林一起踏上第一座用餐平台。「一杯藍酒，之後只能喝橘酒。」達利納告誡兒子們。

雅多林大聲嘆氣。「我們能不能就這次……」

「只要你還在我的家族內一天，你就必須遵守戰地守則。我已經決定了，雅多林。」

「知道了。雷納林，跟我來吧。」雅多林說道。兩個人跟達利納分開，留在年輕淺眸人聚集的第一座用餐平台。

達利納來到下一座島。中央的島是給低階淺眸人。它的左右兩座，則是按性別區分的用餐島——男性在右邊，女性在左邊。中間三座則是男女混合。

能前來此處用餐的都是受皇寵的貴族，一個個正大快朵頤。魂術創造的食物向來沒什麼滋味，但是國王的奢侈宴會總會用千里迢迢運來的香料與罕見的肉類。達利納可以聞到空氣中烤豬肉，甚至雞肉的味道。他已經很久沒有吃到這種來自於雪諾瓦國的奇特飛禽。

一名穿著薄透紅袍的深眸侍者經過他身邊，手裡端著一盤橘色的蟹腿。達利納穿梭於參加宴會的眾人之間，走向島嶼的另一邊。大多數人都喝著紫酒，這是所有色酒中滋味最豐富也最烈的一種。幾乎沒有人穿著戰鬥裝束，偶爾有幾個人穿著貼身及腰的外套，但大多數人都已捨棄了白日的偽裝，選擇穿上有著多層皺摺袖子的鬆垮絲綢上衣，搭配著同色系的拖鞋，華麗的布料在燈光下熠熠生輝。

這些時尚動物瞥著達利納，對他品頭論足，掂量他的斤兩。他記得以前參加這種宴會時，周圍總是圍繞著交情或深或淺的朋友，甚至不缺馬屁精的奉承，如今卻沒有人上前打招呼，但是也沒有人敢不為他讓道。艾洛卡也許認為他的叔叔開始變得軟弱，但大多數低階淺眸人仍懾於他的名聲。

要不了多久，他便來到通往最後一座島的橋樑前，這就是國王的島。寶石鑲頂的棍子繞著島嶼一圈，散發著藍色的颶光，正中央是一個大火坑，散發著煤炭深紅的光芒與溫暖。艾洛卡的桌子位於火坑之後，幾名藩王正在和他一起用餐。兩旁的桌子則是男女分席。

智臣坐在與島連接的橋頭邊的一張凳子上。他倒是穿著一身筆挺的黑色制服，腰間還配著銀色的劍。達利納看到如此諷刺的景象，不禁搖搖頭。

智臣正忙著侮辱每個踏上島的人。

「麥拉卡光明爵士！你那髮型眞是一場天災！你居然敢讓全世界欣賞，眞是勇敢。麥拉卡光明爵士，你眞應該警告我們你要來的，我會記得先別吃晚餐，因爲我最討厭吃飽了以後忍不住吐光的感覺。卡迪拉光明爵士！眞高興見到你！你的臉讓我想起一個對我來說很重要的人。」

「眞的？」年邁的卡迪拉遲疑地問道。

「是啊，我的馬。」智臣說道，揮手要他快走。「啊，耐特伯光明爵士，你今天身上的氣味眞是獨特，你是攻擊了濕的白脊，還是被牠的噴噓噴了一身啊？雅拉米光主！拜託妳，請妳別開尊口，這樣我至少還能幻想妳是有點智商的。還有達利納光明爵士。」智臣朝經過的達利納點點頭。「啊，親愛的塔瑟里光明爵士，你還在堅持想要證實人類能有多笨的實驗嗎？我佩服你！太有實事求是的精神了。」

塔瑟里肥胖的身軀氣吁吁地離開，達利納在智臣的椅邊遲疑地慢下腳步。「智臣，你一定要這樣嗎？」達利納問道。

「什麼，達利納？」智臣回問，眼中閃爍著促狹的光芒。「你是指一個眼睛（注）、手，還是錢球啊？我願意把第一樣借給你一個，但是所有人中當然只能有一個我，所以如果把那給你了，那智臣又是誰呢？第二樣也可以借你一個，但是我這雙單純的手最近太常在污泥中攪和，不適合你這樣的人。最後，如果把我一個球給你，那我剩下的那個要用來做什麼？你看不出來，那兩顆對我來說很重要啊？」他想了想。「噢，對，你看不到。要看嗎？」他從椅子上滑下，作勢要解腰帶。

「智臣。」達利納又好氣又好笑地說道。

智臣大笑，拍拍達利納的手臂。「對不起，這群人讓我忍不住開起最低級的玩笑。有可能就是因爲我之前講過的那團污泥。我很想昇華對他們的唾棄，但是他們讓我的目標越發難以達成。」

「你自己多留心點，智臣。這群人不可能永遠都忍下這口氣。我不希望你死於別人的刀下。我看得出來，在你的外表下你是個好人。」

「對，他是挺好吃的。」智臣眼光掃過平台。「達利納，需要被警告的人恐怕不是我。你今天回家時，別忘了在鏡子前把你的擔憂多唸幾次。最近的流言不少。」

「流言。」

「對。很可怕的流言。像人身上的毒疣一樣。」

「你是想說毒瘤吧？」

「都有。看啊！他們正在談論你。」

「他們向來都談論我。」

「這次比平常都嚴重。」智臣與他四目對望。「你眞的提過要他們放棄復仇同盟的事嗎？」

達利納深吸一口氣。「這是我跟國王間的私事。」

「那他一定跟別人說過這件事。這群人很膽小——毫無疑問，他們一定是懦夫這方面的專家，因爲他們最近還頗常用這個字說你。」

「颶父的！」

「不對，我是智臣。但我明白，這眞的挺容易搞混的。」

「因爲你吹了這麼多的大氣，還是因爲你吐出那麼多噪音？」達利納氣沖沖地說道。

智臣臉上出現大大的笑容。「達利納，我好佩服！說不定我該讓你當智臣！那我就可以當藩王了。」

他想了想。「算了，那樣太慘了。我大概聽他們說一秒鐘的話就會發瘋，然後會忍不住把他們全殺光，說

注：智臣以Eye跟I的諧音在開玩笑。

不定會任命克姆林蟲取代他們。這麼一來，王國必定能有光輝的未來。」

達利納轉身要走。「謝謝你的警告。」

智臣在達利納身後坐下。「不客氣。啊，哈拔塔光明爵士！你曬傷成這樣還穿紅色啊！眞是太體貼了！如果你一直這樣讓我不需要動腦筋，那很快的，我就會變得跟圖木光明爵士一樣遲鈍！噢，圖木光明爵士！看到你在那裡眞是意外！我無意侮辱你的愚笨，因爲你實在笨得太傑出，太値得稱讚了。永納坦光爵與梅菈芙光淑，你們剛結婚，我這次就不侮辱你們了，但是永納坦，你的帽子眞是太出色，這頂帽子晚上還可以當成帳棚用，很方便呢！啊，你身後的是娜凡妮光淑嗎？您回平原多久了，我怎麼沒注意到那股味道？」

達利納全身一僵。什麼？

「顯然是被你的臭味蓋住了，智臣。」一個溫暖的女聲響起。「怎麼到現在還沒人幫我兒子一個忙把你刺殺了啊？」

「沒刺客來啊！」智臣帶著笑意說道。「我想我的這根刺，可是剋住了不少人呢。」

達利納震驚地轉身。娜凡妮，國王的母親，是一名有著繁複黑色髮辮的高貴女子，而且，不應該出現在這裡。

「天哪！智臣，我以爲這種笑話對你來說太低級了。」

「嚴格說起來，您也比我低一級。」智臣坐在他的高腳椅上微笑地說道。

她翻了翻白眼。

智臣嘆口氣後開口：「可惜啊，光主，我最近爲了讓這群人聽懂，只好把侮辱的格調也調低了。如果您希望，我可以想想比較有水準的話。」他想了想。「您知道有哪個字跟糞押韻的？」

娜凡妮不理會他，轉過頭以一雙淺紫色的瞳仁望著達利納。她穿著一件高雅的禮服，閃閃發光的紅色表面沒有任何刺繡，帶有銀絲的髮間別著紅色的寶石。國王的母親向來以雅烈席卡最美的女人之一著稱，但是達利納總覺得這個描述遠不及她本人，整個羅沙應該都找不出第二個跟她一般美麗的女子。

蠢貨。他心想。*那是你哥哥的遺孀啊*。強迫自己不去看她。加維拉死後，娜凡妮對達利納而言等同於姊姊，而且，他自己的妻子怎麼辦？雖然她已死了十年，又因爲他的愚蠢被他從記憶中抹去，但就算他記不得她，也該尊重她。

娜凡妮爲什麼回來？其他的女子出聲招呼她，達利納連忙走向國王的桌子。他才剛坐下，不多久就有僕人端著盤子上來，他們都知道他的喜好。

那是一盤蒸氣燻烤的胡椒雞，切成圓塊，放在圓形的炸特南上，這是一種淺橘色的蔬菜，口感軟軟的。達利納抓起一塊薄餅，從右邊小腿邊的刀鞘中取出餐刀。只要他在用餐，按照禮節娜凡妮就不能找他說話。

食物很好吃。艾洛卡的宴會餐點向來美味，在這一點上，他頗有乃父之風。艾洛卡從桌子的另一端朝達利納點點頭，然後繼續跟薩迪雅司交談。

洛依恩藩王坐在離他幾張椅子外的地方。達利納過幾天就要跟這位藩王會面，那是第一批名單裡他想說服跟他一同出兵攻擊台地的藩王。

沒有別的藩王坐在達利納附近，只有藩王跟特別被邀請的人有資格坐在國王的桌子上。一名運氣好，被國王邀請的人坐在艾洛卡左方，顯然不知道自己是否該加入對話。

達利納身後的泉水潺潺地流動，眼前的宴會仍然在進行。這是放鬆的時候，但雅烈席人向來保守，至少，跟食角人或是雷熙族那樣比較熱情的民族比起來是如此，可是他仍然覺得這個國家的人民跟他孩提時比起來變得更奢華而且放縱了。酒精隨意揮發，食物飄散著香氣。第一座平台上有幾名年輕人踏入了決鬥圈，打算進行友善的決鬥。宴會中的年輕人，通常都會找到一個理由脫掉外套，展示劍技。

女子的表現較低調，但也不乏比較之心。達利納身處的島上就有幾名女子架起畫架，忙著素描、作畫或是寫書法。她們坐在智臣剛才坐的那種高腳椅上，按照慣例將左手藏在袖子中，以右手優雅地創作。智臣大概就是偷了她們的椅子，讓它成為他小演出中的道具。其中幾人的作品引來了創作靈，小小的形體在畫架或桌面上滾動。

娜凡妮召集了一群身分尊貴的淺眸女子與她同桌用餐。一名為她們端去食物的僕人經過了達利納，盤中似乎也是罕見的雞肉，混合了蒸過的梅西果，上面淋了一層紅褐色的醬汁。達利納小時候因為好奇曾經偷偷吃過女人的食物，不過他覺得那實在太甜膩了。

娜凡妮在桌上放下一樣東西，一件大概跟拳頭一樣大的黃銅器具，中間的一顆紅寶石散發著光芒。紅色的颶光點亮了整張桌子，在白桌巾投射下影子。娜凡妮拾起器具，在手上翻轉，讓她的同伴研究它往外延伸的金屬腳。從這個角度看起來，有幾分類似甲殼類的動物。

我沒看過這種法器。達利納望著她的臉，欣賞她臉龐的弧度。娜凡妮是一位著名的法器師，也許這個器具是……

娜凡妮瞥了他一眼，達利納頓時動彈不得。她朝他投以極短暫的笑容，非常低調卻又意味深長，然後在他還來不及反應之前又轉過頭去不再看他。

*那女人真是他颶父的！*他心想，刻意將注意力轉回食物上。

他真的餓了，吃得極為專心，幾乎沒注意到前來找他的雅多林。他的金髮兒子朝艾洛卡行過禮後，便急忙坐到達利納身邊。「父親，你聽到他們在說什麼了嗎？」雅多林壓低了聲音問道。

「說什麼？」

「說你！我已經跟那些說你、還有我們一家人都是懦夫的人決鬥三場了。他們說你要國王放棄復仇同盟！」

達利納緊抓住桌子，氣得差點站起來，卻在最後一瞬間克制住自己。「就讓他們去說好了。」他說道，重新開始用餐，以刀尖戳起一塊胡椒雞，舉到唇邊。

「你眞的這麼說過嗎？兩天前跟國王會面就是爲了這件事？」雅多林問道。

「對。」達利納承認。

雅多林忍不住呻吟。「我原本就很擔心了。之前……」

達利納打斷他的話。「雅多林。你信任我嗎？」

雅多林看著他，年輕的雙眼大睜，誠實卻充滿痛楚。「我想要相信你，父親。他颼父的，我眞的想要相信。」

「我正在做的事情很重要。我必須完成這件事。」

雅多林靠近他身邊，輕聲開口。「但如果那只是你的幻想呢？也許你只是……老了。」

這是第一次有人如此直接地質問他。「如果我告訴你，我沒有考慮過這個可能性，那就是對你說謊，但是我沒有必要質疑自己。我相信那是眞的。我覺得那是眞的。」

「可是……」

達利納打斷他。「兒子，現在不是討論這件事的場合。我們可以晚點再談，你的意見我一定會聽，也會思考。我答應你。」

雅多林抿起嘴唇。「好吧！」

「你擔心我們家族名譽受損是對的。」達利納手肘抵在桌子上說道。「我以爲艾洛卡足夠敏銳，不會把我們的對話洩漏出去，但是我應該直接請他這麼做。你對他回應的猜測也是對的。我們才講到一半，我就已經發現他絕對不會退兵，所以我提出了另一個策略。」

「什麼策略？」

「打贏這場仗。」達利納堅定地說道。「我們不要再去搶寶心，也不再管什麼耐心、漫長的圍城戰。我們應該要想辦法把一大群帕山迪人引誘到破碎平原上，然後執行埋伏戰術。如果我們能夠殺死足夠的帕山迪人，就可以摧毀他們開戰的能力。如果這個計謀不成功，我們就該想辦法攻擊他們的老巢，直接殺死或捕捉他們的領袖。就算是裂谷魔，只要砍了牠的頭，照樣會死。這麼一來，復仇同盟就算達成目標，我們也能回家了。」

雅多林花了很長一段時間思索父親說的話，然後他堅定地點點頭說：「好！」

「你不反對？」達利納問。通常他兒子都有不少反對意見。

「你剛剛才要我信任你。況且，你的建議是要對帕山迪人展開猛攻，我絕對贊同這樣的戰術，只是我們得好好規劃，想想該如何反駁你自己六年前提出來的計畫。」雅多林說道。

達利納點點頭，手指輕敲桌面。「那時候連我都覺得我們是個獨立的附屬國。如果我們各國獨自進攻中央，絕對會被一一包圍殲滅，可是如果十支軍隊一起攻擊呢？我們有魂師可以提供食物，士兵可以攜帶移動式營房抵擋颶風，再加上超過十五萬精兵，帕山迪人有膽就來包圍我們。我們有魂師，必要時甚至可以創造木橋。」

「這需要很多的信任。」雅多林遲疑地說道。他望向桌子另一端的薩迪雅司，臉色越發陰沉。「我們會連續很多天被迫聚在一起獨處。如果行軍時藩王們吵起來，問題就大了。」

「首先，我們得讓他們一起合作。這麼久以來，我們之間的關係從未像現在這樣密切。這六年來，沒有一個藩王允許自己的士兵去向另一個藩王的士兵挑釁。」達利納說道。

可是雅烈席卡的情況就不一樣了。藩王們留在雅烈席卡的勢力，仍然因爲土地權或舊恨新仇進行著無意義的戰鬥。這實在是可笑至極，但想要雅烈席人不內鬥，就像要風不吹拂一樣難。

雅多林正在點頭。「這個計畫很好，父親，遠比說要撤退好多了。不過他們不會想停止那些占領台地的小打小鬧。他們喜歡那種權力遊戲。」

「我知道。可是，如果我能讓他們之中的一兩人合作進行台地爭奪戰，那也許就能朝我們的未來目標邁進一步。我還是想找到一個能將一大群帕山迪人引誘到台地中心、在比較大的台地上與他們對戰的方法。但是我想不出來該怎麼做。無論是怎麼進行，每支軍隊都得學習如何合作。」

「那其他人對你的流言該怎麼處理？」

「我會釋出正確的訊息。比較需要注意的是，我不能讓這話聽起來像是國王自己的錯誤，卻又得把眞相解釋清楚。」達利納說道。

雅多林嘆口氣。「你想要一個公開且正式的反駁，父親？」

「對。」

「你爲什麼不找人決鬥？」雅多林熱切地向前傾身。「這些冗長的宣言可能眞的能解釋清楚你的理念，但是大家不會有什麼眞正的感覺。你挑一個說你是懦夫的人，找他挑戰，提醒所有人，侮辱黑刺是多嚴重的錯誤！」

「不行。戰地守則禁止我這樣位階的人進行決鬥。」達利納說道。雅多林其實也不應該進行決鬥，但是達利納沒有完全禁止他，畢竟決鬥是他的天職。嗯，還有跟女性交往。

「那就把家族的榮譽交給我吧！我來跟他們決鬥！我會用碎甲與碎刃讓他們明白你的榮譽是什麼意義。」

「兒子，這跟我自己下場決鬥是一樣的。」

雅多林直視著達利納，緩緩地搖頭。他似乎在找尋什麼。

「怎麼了？」達利納問道。

「我在想，到底是哪一樣東西讓你變了這麼多。是幻境、守則，還是那本書。說不定它們都是同樣的東西。」雅多林說道。

「守則跟另外兩樣沒關係。守則是古雅烈席卡的傳統。」達利納說道。

「不。它們三者是相關的。在你身上，這三者以某種方式合而爲一了。」

達利納想了想。他兒子說的話是不是有點道理呢？「我跟你說過國王扛大石的故事嗎？」

「有。」雅多林說道。

「我有？」

「對。兩次。還有一次你要我坐在那邊聽別人唸給我聽。」

「噢。好吧，在同一個段落中，還有一段是在講述強迫他人追隨你，跟允許他人追隨你的本質，兩種情況之間的差異。我們雅烈席人太仰賴力量。只因爲對方說我是儒夫就跟他們決鬥，並不會改變他們對我的觀點，也許他們會因此不再提起這件事，但無法確實改變他們的心意。我知道這件事上我是對的。你也得信任我。」

雅多林嘆口氣，站起身。「好吧，至少官方反駁比什麼都不說好。好歹你沒完全放棄保護我們家族聲譽的使命。」

「我永遠不會放棄這件事。我只是得小心點，不能再讓我們變得更加分裂。」達利納說完後，繼續開始用餐，用刀子戳起最後一塊雞，塞到嘴裡。

「那我回去那個島了。我……等等，那是娜凡妮伯母嗎？」雅多林問道。

達利納訝異地抬起頭，看到朝他們走來的娜凡妮。達利納看著自己的盤子。他在無意識之間把最後一口菜餚也吃掉了。他嘆口氣，做好心理準備，站起來迎接她。「瑪賽娜。」達利納邊說邊鞠躬，這個字眼是對大姊的正式稱呼。娜凡妮只比他大三個月，但是仍然適用。

「達利納。」她回道，嘴唇上帶著一抹淡淡的笑。「還有親愛的雅多林。」

雅多林露出大大的笑容。他繞過桌子，抱住他的伯母。她將遮在衣袖中的內手放在他的肩頭，這是只有家人間才會有的舉動。

「妳什麼時候回來的？」雅多林放開她後問道。

「今天下午剛到。」

「那妳為什麼回來？我以為，妳是為了幫助皇后保護國王在雅烈席卡的權益才回去的。」達利納口氣生疏地問道。

「達利納啊！你怎麼老是這樣硬邦邦的呢？雅多林，親愛的，你跟女孩們的約會進行得如何了？」娜凡妮的聲音充滿對兩人的喜愛之情。

達利納哼了一聲。「他就像跳快舞一樣，伴侶一直換個不停。」

「父親！」雅多林出聲抗議。

「做得好，雅多林。你太年輕，被綁死不是一件好事。年輕的意義就在於趁一切還新鮮時多換換口味。」娜凡妮瞥了一眼達利納。「我們應該等到年紀大了，礙於脅迫時才不得不當個無趣的人。」

「謝謝伯母。」雅多林笑著回答。「那我先告辭了，我得告訴雷納林妳回來的事。」他快步離開，留下達利納尷尬地隔著桌子，站在娜凡妮的對面。

「我有這麼可怕嗎，達利納？」娜凡妮對他挑起一邊眉毛問道。

達利納低下頭，這才發現自己仍然緊握著餐刀——一柄寬刃鋸齒的匕首，必要時絕對可充當武器使用。他猛然鬆開手，匕首落到桌上，響起一陣清脆的敲擊，令他忍不住皺起臉。他跟雅多林說話時的所有自信心，頓時蕩然無存。

冷靜點！他心想。她只是家人。每次他跟娜凡妮說話時，都覺得自己像是面對著最危險的肉食性捕獵動物。

達利納突然發現他們還站在窄桌的兩邊。「瑪賽娜，也許我們應該移到……」

他的話被娜凡妮揮手的動作打斷。她招來一名年紀很小，勉強有資格穿上女子袖套的女孩。那孩子端著一張矮凳衝上前來。娜凡妮指著她身邊一個只離桌子幾呎遠的位置。孩子遲疑片刻，但娜凡妮堅定地又指了一次，於是小女孩將凳子放下。

娜凡妮優雅地坐下，沒有坐在國王的桌邊，因爲那是男性的餐桌，但是近得可以稱之爲對禮儀的挑戰。小侍女退開。在桌子的另一端，艾洛卡注意到了他母親的行爲，卻什麼都沒說。沒有人可以批評娜凡妮．科林，就算國王也一樣。

「你就坐下吧，達利納。我們得討論一些重要的事情。」她說道，聲音透露出不耐煩。

達利納嘆口氣，坐了下來。他們周圍的位子仍然空著，島上的音樂聲與交談聲，大到別人不會聽到他們的談話。有些女子吹起笛子，樂靈開始在空中轉圈。

「你問我爲什麼回來。我有三個原因。首先，我要讓你們知道，費德納人已經創造出了完美的半碎盾，他們聲稱這面盾牌可以抵擋住碎刃的攻擊。」

達利納將手臂支在桌上。他之前聽過傳言，但是向來不信，一直都有人聲稱創造出了新的碎甲，但是他們的承諾從來沒實現過。「妳看過嗎？」

「沒有。但一個我信任的人已經確認它的存在。她說這些半碎具只能以盾牌的形態出現，也不具有碎甲的其他功能，但是的確能擋下碎刃。」

這是朝全副碎甲的一小步，雖然只是很小一步，卻令人不安。除非他能親眼見到這些半碎具的能力，否則他無法相信。「妳可以靠信蘆傳訊，娜凡妮。」

「我一回到科林納城，就發現離開這裡眞的是個政治錯誤。這些戰營已經越發成爲我們王國的眞正中心。」

「對。我們離開家鄉這麼久，實在很危險。」娜凡妮一開始不就是被這個論點說服，所以才回家？高貴的女子揮手表達她的不在乎。「我認爲皇后有足夠的能力能夠穩住雅烈席卡。雖然那裡確實存在著陰謀詭計，但這種事情原本就難以避免，而且眞正重要的對手早晚都會來到這裡。」

「妳的兒子仍然認爲隨處都是刺客。」達利納輕聲說道。

「他這麼做有何不妥？在他父親發生那樣的事情之後……」

「是沒錯，但我擔心他走火入魔。他連自己的盟友都不信任。」

娜凡妮雙手交疊在懷中，外手按在內手上。「他不太行，對不對？」

達利納震驚地眨眨眼。「什麼？艾洛卡是好人！他遠比這個軍隊中的許多淺眸人都要正直。」

「可是他統領臣下的手腕太弱。你得承認這點。」

「他是國王，也是我的侄子。他可以命令我的劍與我的心，娜凡妮。我不接受別人對他的批判，就連他的母親也一樣。」達利納堅定地說道。

她打量著他。她是在測試他的忠誠嗎？娜凡妮跟她的女兒一樣都是政治動物。陰謀對她而言，就像是平靜潮溼的空氣之於石苞，足以讓她綻放。可是娜凡妮跟加絲娜不同，娜凡妮讓人難以信任。至少與加絲娜相處時，你永遠清楚加絲娜對你的態度。達利納再次發現，自己十分希望加絲娜能夠暫時停止她的研究，回到破碎平原來。

「我不是批評我的兒子，達利納，我們都知道我對他的忠心不亞於你。可是我想知道我在追隨的到底是個什麼樣的人，因此我需要對他做出判斷。別人認為他很軟弱，而我要保護他，不惜違背他的意願。」娜凡妮說道。

「那我們有了共同的目標。可是，如果保護他是妳回來的第二個原因，那第三個是什麼？」

她微笑，紫眸紅唇。饒富意味的笑容。

*先祖啊……*達利納心想。*她真美，美麗而且致命。*他覺得很諷刺的是妻子的臉龐已經從他的記憶中被抹去，但他仍然清楚記得在那過去的歲月中，這女人是用如何巧妙的手腕，將他與加維拉的感情玩弄於股掌之間，讓他們兩人相互競爭，激發他們所有的慾望，最後，她選擇了長子。

整個過程中，每個人都知道她一定會選擇加維拉，但他仍然覺得很受傷。

「我們需要私底下談談。我想要聽聽你對軍營中一些論調的看法。」娜凡妮說道。

她大概是在說那些跟他有關的傳言吧！「我……很忙。」

她翻翻白眼。「我知道你一定很忙，但是我們還是得會面。不過，得先等我安頓好，派出探子。所以一個禮拜以後如何？我把我丈夫那本書讀給你聽，然後我們可以聊聊，選個公開的場所，好嗎？」

他嘆口氣。「好吧。可是……」

「眾藩王與淺眸人。」艾洛卡突然揚聲說道。達利納跟娜凡妮轉向桌子的另一端，看到身著全套制服，包括披風與皇冠的國王。他朝島上的眾人舉起手，所有人都安靜下來，沒多久，場內唯一的聲音就只剩下淙淙流水聲。

「我相信你們當中，許多人已經聽說過三天前我遇刺的事情，當時，我的坐騎腹帶被人割斷。」艾洛卡宣布。

達利納瞥向娜凡妮，她舉起外手前後搖了搖，意思是她不覺得傳言足以採信。她當然已經聽說過所有的傳言了。無論去到哪裡，只要給娜凡妮五分鐘，便足以讓她得知所有重要的小道消息。

「我可以向各位保證，我絕對沒有遭遇半分實際的危險，一部分要歸功於國王親衛隊的保護，還有我叔叔從不懈怠的嚴密防護措施。但是我認爲，以應有的謹愼嚴肅態度，對待所有可能的危險方爲明智之舉，因此我任命托羅．薩迪雅司爲情報藩王，負責挖掘謀害行動背後的眞相。」艾洛卡說道。

達利納震驚得眨了眨眼睛，然後闔上眼，輕聲嘆了一口氣。

「要薩迪雅司挖掘眞相？」娜凡妮似乎對此頗有疑慮。

「我的祖……他認爲我沒有認眞看待對他的威脅，所以指派了薩迪雅司。」

「這應該沒關係的。我還算相信薩迪雅司。」她說道。

達利納睜開眼。「娜凡妮，整件事發生於我安排的狩獵行動中，而且當時他正接受我的侍衛和士兵們的保護，國王的馬是我的馬伕照顧的。當初他在公開場合要求我研究皮帶這件事，現在，他卻把整個調查行動交給別人。」

「原來如此。」她明白了。這幾乎就像艾洛卡公開宣稱他懷疑達利納一樣。薩迪雅司關於這次「刺殺行動」所查出的任何資訊都對達利納不利。

當薩迪雅司對達利納的恨意，與對加維拉的愛衝突時，哪邊會獲勝？

可是他的幻境告訴他要相信那個男人。

艾洛卡又坐了下來，島上的交談音量似乎升高了八度。國王對於他方才行爲的含義彷彿毫無所知。薩迪雅司露出了燦爛的微笑，他站起身，向國王告辭，然後開始周旋於眾人之間。

「你還要說他不是個差勁的國王嗎？我那個被迷昏了頭、懵懂無知的可憐孩子。」娜凡妮低聲說道。

達利納站起身，走到正在繼續用餐的國王身邊。

艾洛卡抬起頭。「啊！達利納。我想你應該會想助薩迪雅司一臂之力。」

達利納坐下。薩迪雅司沒吃完的餐點仍然在桌上，銅盤上是肉塊與碎麵包。「艾洛卡，我前幾天才跟你談過，要求成爲戰事藩王，你當時還說太危險！」達利納強迫自己平和地說道。

「是啊。我跟薩迪雅司談了，他也同意。其他藩王絕對不會同意在戰事上聽從別人的指令。薩迪雅司說，如果我從比較沒有威脅性的職位開始任命，例如指派誰當情報藩王之類的，其他人對於你的行爲可能比較有心理準備。」艾洛卡說道。

「是薩迪雅司提議的？」達利納不帶情緒地問道。

「當然。我們早該有情報藩王了，而且他特別提出來想要研究被割斷的皮帶這件事。他知道你向來都說你不擅長這種事。」艾洛卡說道。

達利納望著被淺眸人包圍的薩迪雅司，心想，先祖啊，我剛剛被將了一軍。眞是高招。

情報藩王有權指導案件調查，尤其是跟王室有關的案子，因此這個職位幾乎跟戰事藩王一樣具有威脅性。但艾洛卡看不出這點，他只知道，終於有人願意聽他訴說自己源源不絕的疑心。

薩迪雅司眞是聰明，太聰明。

「叔叔，你的臉色不要這麼難看。我不知道你想要這個位置，況且薩迪雅司看起來期待極了。也許他什麼都查不出來，皮帶也只是被磨斷的。你每次都告訴我，實際上我的處境並沒有我想像的那麼危險，這次說不定就能證明你是對的。」艾洛卡說道。

「能證明嗎？」達利納低聲問道，眼睛仍然盯著薩迪雅司。

不知為何，我很懷疑這種可能。

23 多種用途

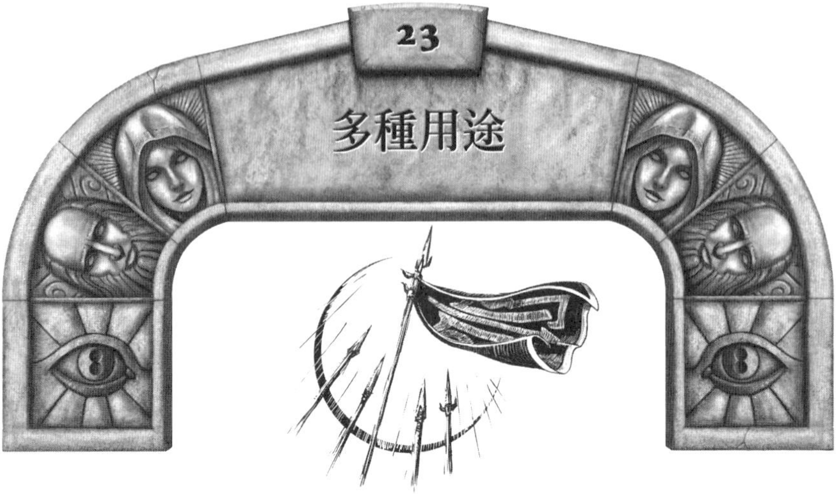

> 你指責我實踐目標的方法過於自負。你指責我對雷司與巴伐丁心懷舊怨，不肯釋懷。你的指責都是對的。

卡拉丁站在木板車上，眼光搜尋著戰營外的野地，同時看著大石跟泰夫執行他這個簡陋得可憐的計畫。

在他的家鄉，空氣乾燥許多。如果在颶風來臨的前一天到外面行走，會發現一切似乎都顯得很荒蕪。颶風過後，植物都會縮回自己的殼、樹幹、躲藏的地方來保留水分，可是在這裡，比較潮溼的氣候區，植物反而不躲了。許多石苞從來都不會完全地縮回殼裡，到處可見大片的草地。薩迪雅司砍伐的樹木，大部分集中生長於戰營的北方，那裡有座森林，但是也有幾棵樹零零星星地長在這座平原上，每一棵都很大、很粗，朝西邊傾斜，粗厚且長得像手指的樹根緊攀著岩石，在經過多年以後，已經將周圍的地面切割成分崩離析的樣貌。

卡拉丁從板車上跳下。他的工作就是要把石頭扛起來，放到板車上。其他橋兵則負責把石頭搬過來，堆在附近。

橋兵們在廣闊的平原上工作，在石苞、草地，還有從岩石下探出頭的蘆葦間工作。大多數的蘆葦都長在西面，只要一有颶風靠近，就準備縮回岩石的陰影下，從遠處看來，還眞是幅怪異的景象，每塊石頭都像一個老人的頭，耳朵後面還長滿了褐色與綠色的頭髮。

這些草堆極爲重要，裡頭包括了一種叫作團草的細蘆葦，它有著堅硬的桿子，上面長滿細緻的葉片，需要時可以縮回桿子之中。桿子本身是縮不回去的，但是躲在岩石後方也頗爲安全。每次颶風颳起時，都會有團草被拔起——也許它們一等風勢減弱，就能在新的地方落地生根。

卡拉丁扛起一塊岩石，放在木板車上，然後把它滾到其他的岩石旁邊。石頭的底端因爲苔蘚跟克姆泥而潮溼。

團草並不稀有，但也沒有別的雜草那麼常見。他只需要很簡單地描述幾句，就讓大石跟泰夫成功找到幾株，但眞正的大突破是在西兒也開始幫忙找時。卡拉丁瞥向一旁，同時下了車，準備抱起另一塊石頭。她在空中快速飛舞，這一條幾乎讓人看不見的線，帶領大石穿梭在不同的蘆葦叢間找尋。泰夫不知道爲什麼那食角人總能找到比他多株的植物，卡拉丁也不覺得有解釋的必要。他還是不明白，大石爲什麼能看到西兒。食角人說那是他與生俱來的能力。

兩名橋兵走了過來，是年輕的度尼跟無耳的傑克斯，他們拖著一輛載了一塊大石頭的木橇，兩人臉上都掛滿了汗珠。他們來到馬車邊，卡拉丁撢撢手上的灰塵，幫他們把石塊抬上木板車。無耳傑克斯對他齜牙咧嘴了一番，低聲咒罵。

卡拉丁朝石頭點點頭。「那塊石頭不錯，做得好。」

傑克斯瞪了他一眼，氣呼呼地走了。度尼對卡拉丁聳聳肩，快步跟上老人。大石猜得沒錯，讓橋兵來幹搬石頭的活並沒有讓卡拉丁更受歡迎，可是他別無選擇，這是幫助雷頓跟其他人的唯一方法。

傑克斯跟度尼一走，卡拉丁便故作若無其事狀，爬上木板車跪下，然後揭開一片防水布，下面是一大堆團草莖，每根都像男人的前手臂一樣長。他裝成一副要挪動木板車上石頭的樣子，但實際上，他正在用細的石苞藤把兩把蘆葦綁成一捆。

他將那一捆蘆葦垂掛在馬車邊。馬車伕跟其他木板車的車伕聊天去了，因此沒有別人來打擾卡拉丁，只有縮在石殼裡，小小的眼睛正看著太陽的芻螺。

卡拉丁從木板車跳下，在車床上放下另一塊岩石，然後他跪下，假裝要從馬車下拖出一塊大石頭，但其實他正靈巧地將蘆葦綁在木板車的車底下，跟另外兩捆蘆葦綁在一起。馬車在輪軸旁邊有一個很大的開口，那邊的一根木軸正好讓他可以綁蘆葦。

傑瑟瑞瑟庇佑我們回軍營的時候，沒有人會想到要去檢查馬車的底部。

藥師說每根莖可以擠出一滴。卡拉丁需要幾根蘆葦？他覺得不需要多想也知道答案。

他需要能擠出來的每一滴。

他從馬車下爬出，將另一塊石頭扛上馬車。大石正在往這個方向前進，古銅色皮膚的壯碩食角人懷裡抱了一塊長方形的岩石，大多數橋兵無法獨自搬動岩石。大石緩緩前進，西兒繞著他的頭飛了一圈，有時會落在岩石上觀察他的行為。

卡拉丁爬下馬車，小步跑過崎嶇的地面去幫他。大石點頭表示感謝。他們一同把石塊搬到馬車上，放下。大石擦擦額頭，刻意背向卡拉丁。他的口袋中塞了一把蘆葦。卡拉丁迅速地將蘆葦抽出，塞到防水布下。

「如果有人發現我們在幹麼要怎麼辦？」大石隨口問道。

「就說我會編織，打算幫自己編頂帽子擋太陽。」卡拉丁回答。

大石嗤笑一聲。

「說不定我眞的決定編頂帽子。天氣實在太熱了，但最好別讓人看到，說不定會因為我們想要蘆葦，他們就會想禁止我們摘。」卡拉丁說道，一邊擦著額頭。

「這是眞的。」大石說道，伸展身體，抬頭看到西兒飛到他面前。「我想念山。」

西兒往外一指，大石尊敬地點點頭，然後跟著她走了。可是她一將他指向正確的方向，便變回緞帶的樣子飄入空中，直到飛回卡拉丁身邊才變回女孩子的形貌，裙襬隨風飄揚。

「我，很喜歡他。」她舉起一根手指說道。

「誰？大石？」

「對。他很有禮貌。不像其他人。」她雙手抱胸說道。

「好。那妳就跟在他身邊好了，別來煩我。」卡拉丁說道，抬起另一塊石頭放入馬車，試圖不露出擔憂的神情。他已經習慣她的陪伴。

她哼了哼。「我不能跟在他身邊。他太有禮貌。」

「妳剛才說妳喜歡那樣。」

「我是喜歡。可是也很討厭那樣。」她說得理直氣壯，似乎一點都不覺得自己的話有何矛盾之處。她嘆口氣，在馬車的側邊木板上坐下。「我有一次想捉弄他，就帶他去找到一團芻螺大便，但他連吼都沒吼我。他只是看著那團大便，像是要找出是不是有什麼隱含的意義。這太不正常了。」她皺起眉頭。

「我覺得食角人應該是崇拜精靈的。」卡拉丁邊擦額頭邊說道。

「胡說。」

「很多人相信的事情都是胡說。我覺得崇拜精靈也算是有道理。畢竟妳眞的很奇特，而且又具有法力。」

「我才不奇怪！我既美麗又聰慧。」她站起身，雙手扠腰說道。他從她的表情看得出來她並不生氣。

她似乎每個小時都有變化，變得越來越……

越來越怎麼樣？不是更像人類，而是更有個性，更聰明。

西兒看到另一名橋兵走上前來，便不再說話。他的名字叫那坦，有張長臉，手上捧著一塊比較小的石頭，很明顯不想讓自己太勞累。

「嘿，那坦，工作順利嗎？」卡拉丁彎下腰來接過石頭。

那坦聳聳肩。

「你不是說你以前是農夫？」

那坦靠在馬車上，不理會卡拉丁。

卡拉丁把石塊放好。「很抱歉我要求大家這樣工作，但我們需要跟加茲還有其他橋兵隊好好相處。」

那坦沒回答。

「這有助於讓我們活下來，相信我。」卡拉丁說道。

那坦只是聳聳肩，一晃一晃地離開。

卡拉丁嘆口氣。「如果我能把改變任務這件事推到加茲頭上就容易多了。」

「那樣不誠實。」西兒不悅地說道。

「妳為什麼那麼在乎誠實？」

「我就是在乎。」

「是嗎？那帶人去找大便又有多誠實？」卡拉丁發出悶哼聲，繼續工作。

「不一樣。那是惡作劇。」

「我看不出來有什……」

又來了一名橋兵，卡拉丁便住口不言。他認爲其他人應該沒有大石能看見西兒的奇特能力，所以不希望別人發現他老是在自言自語。這名矮瘦的橋兵說他叫斯卡，但是卡拉丁看不出來他臉上哪裡有疤（注）。他有著黑色的短髮跟立體的五官。卡拉丁也想要跟他攀談，不過對方同樣不予理會，甚至在離開前還對卡拉丁比了一個很無禮的手勢。

「我做得不對。」卡拉丁搖搖頭，從堅固的馬車上跳下。

「不對？」西兒走到馬車邊緣往下瞧著他。

「我以爲救了三個人的命能夠讓他們有點希望，但他們似乎對自己的生活仍然無動於衷。」

「之前你在扛木板時，有些人會看你練習。」西兒說道。

「他們是會看，但是他們對於幫助傷患沒有興趣，除了大石以外，而他這麼做也只是因爲他欠我人情，就連泰夫都不願意分出他的食物。」

「他們很自私。」

「我不覺得。」他抬起一塊石頭，很努力地想要解釋自己的感覺。「當我是奴隸時……嗯，我現在其實也是奴隸，但是情況最糟的時候，就是當我的主人想用打罵的方式讓我失去反抗心理的時候，我就像這些人一樣，根本不在乎自己，所以自然也沒有自私這種情緒。就像動物一樣，只有行動，沒有思考能力。」

西兒皺眉。這也難怪，連卡拉丁自己都不太了解他在說什麼，但他越說越明白自己的意思。「我讓他們看見，我們可以活下來，但是這對他們而言沒有意義。因爲人生沒有價值，所以他們也不會在乎，就像

注：英文的疤（Scar）發音與斯卡雷同。

我給了他們一堆錢球，卻不給他們任何可以用錢球買到的東西。」

「也許你說得對，但你又能怎麼辦呢？」西兒回答。

他望著岩石滿布的大地，還有遠方的戰營。軍隊的營火從盆地間升起。「我不知道，但我覺得我們需要更多的蘆葦。」

❖

那天晚上，卡拉丁、泰夫還有大石走在薩迪雅司臨時搭建而起的戰營間。中間的月亮，諾蒙，散發帶著淺藍色的白光。建築物前面掛著油燈，標示那裡是酒館或是妓館。雖然錢球可以提供比較穩定也可以補充的光源，但是一枚錢球就可以買來一把蠟燭或一袋油，這麼做便宜很多，況且把錢球掛在外面很容易被偷走。薩迪雅司沒有施行宵禁，但是卡拉丁已經學到落單的橋兵晚上最好不要離木材場太遠。喝得半醉的士兵穿著髒污的制服醉醺醺地晃過，在妓女的耳邊低語或對朋友吹牛，同時侮辱路過的橋兵之後捧腹大笑。雖然有油燈跟月光，但街道仍顯得相當陰暗，而如此雜亂無章的軍營建物，混合著石造建築、木棚和帳棚等，更讓街道顯得混亂且危險。

卡拉丁跟他的兩名同伴站到路邊，讓路給一大群士兵。他們的外套釦子已經解開，有點微醺。一名士兵打量著那些橋兵，但他們有三個人，其中一人還是壯碩的食角人。這幾個士兵打消挑釁的念頭，不過還是大笑數聲，經過時重重撞了卡拉丁一下後才離去。

那些人聞起來滿身是臭汗跟便宜啤酒的味道。卡拉丁壓下怒氣。如果他反擊，就會因爲打鬥滋事而被扣薪水。

「我不喜歡這裡。我要回軍營了。」泰夫轉過頭去看離開的士兵。

「你留下。」大石低咆。

泰夫翻翻白眼。「你以為我怕你這頭大笨芻螺嗎?我想走就走,而且……」

「泰夫,我們需要你。」卡拉丁輕聲說道。

需要。這個詞對人有奇特的影響。有些人一聽到就會跑,有些人會變得緊張,但是泰夫似乎渴望聽到這兩個字。他最後點點頭,喃喃自語幾句,跟著他們一同前進。

沒多久,他們便到了馬車場。這是一片以柵欄圍起的石頭廣場,位於營地的西邊,晚上沒有人,馬車排成長長的一列。芻螺躺在附近的廄房裡,看起來像是一座座的小山。卡拉丁小心翼翼地潛近,擔心有守衛,但顯然沒人擔心會有人想從戰營偷走馬車這麼大的東西。

大石推了推他,朝陰暗的芻螺廄房一指。有名男孩坐在木棍上,抬頭望著月亮。是的,芻螺的價值是高到需要有人來看著。可憐的孩子。有多少夜晚他被迫在外面看守著這些懶洋洋的大動物?

卡拉丁在馬車邊蹲下,另外兩人模仿他的動作。接著他指著其中一排,大石離開。卡拉丁再指著另一個方向,泰夫翻翻白眼,還是去了。

卡拉丁則潛入中間的一排,每排大概有十輛馬車,總共有三十輛,但檢查起來是很快的,他只要摸一下後面的木板,尋找他刻下的標記即可。沒幾分鐘後,一個身影出現於卡拉丁的這一排,是大石。食角人指向一旁,舉起五根手指。第一排,第五輛。卡拉丁點點頭,離開。

他才剛走到馬車邊,便聽到泰夫的方向傳來一聲低呼。卡拉丁整個人嚇得一縮,連忙抬頭看看守夜男孩有沒有什麼動靜,但那男孩依然看著月亮,漫不經心地踢著身旁的柱子。

片刻後,大石領著滿臉不好意思的泰夫快步回到卡拉丁身邊。「抱歉,會走路的大山嚇了我一跳。」泰夫低聲說。

「如果我是大山，那你怎麼沒聽到我的腳步聲？嗯？」大石嘟囔著回答。

卡拉丁哼笑一聲，摸著馬車後方，找到他做的X標記。他深吸一口氣，躺在地上，挪到馬車的下方。蘆葦仍然綁在那裡，總共有二十捆，每捆有他手掌寬一樣粗。「感謝好運神將艾兮。」他低聲說道，解下了第一捆。

「都在啊？沒想到我們找到了這麼多。大概把整座平原上的蘆葦都拔起來了吧！」泰夫彎下腰說道，月光下的他正忙著抓鬍子。

卡拉丁將第一把交給他。如果不是有西兒，他們大概連三分之一都找不到。她的速度有如飛行中的昆蟲，而且似乎直覺性地知道要去哪裡找東西。卡拉丁將下一把解開，泰夫將兩把捆綁在一起，變成更大一捆蘆葦。

卡拉丁手邊繼續忙著，突然一堆白葉從馬車下的縫隙間鑽出，最後變成西兒的模樣。她在他頭邊快速煞車。「我沒看到守衛，只有一個男孩在芻螺圈裡。」黑夜中，她半透明的藍白色身影幾乎是透明的。

「希望這些蘆葦還是好的。如果變得太乾……」卡拉丁低聲說道。

「沒事的。你就愛瞎操心。我替你找到瓶子了。」

「妳找到了？」他連忙問道，一時興奮，差點要坐起撞到頭。

西兒點點頭。「我帶你去看。我沒法扛它們，它們太實心了。」

卡拉丁連忙把剩下的蘆葦解開，全部交給緊張的泰夫。他鑽了出來，接過兩大捆蘆葦，每捆裡面有三小把，泰夫也扛了兩捆，大石一手就夾了三捆在腋下。他們需要找到一個不會被打擾的地方才能開始動手。雖然團草看起來沒什麼價值，但如果被加茲看到，他一定會想盡辦法打擾他們。

先找瓶子，卡拉丁心想。他朝西兒點點頭，她帶著他們出了停放馬車的地方，來到一間酒館。這整棟建築物看起來像是用次等木材搭建成的，但是士兵仍然在裡面尋歡作樂，他們的吵鬧聲讓卡拉丁擔心整棟建築物會垮下來。

在酒館後面有個破舊的木箱，裡面有一堆被丟出來的酒瓶。玻璃是有價值的東西，所以完整的酒瓶會被回收，可是這些酒瓶要不是有裂縫，就是頂上有破損。卡拉丁將他的蘆葦放下，選了三個幾乎完整的瓶子，在附近的蓄水桶清洗乾淨後，才放入他帶來裝瓶子的布袋裡。他將蘆葦重新扛起，朝其他人點點頭。

「裝出一副正在做無聊工作的樣子，把頭低下。」他說道。另外兩人點點頭，三人走上大路，扛著蘆葦，裝出是正在工作的小隊。他們這次引來的注意力遠比來時要少得多。

他們避開了木材場，跨越軍隊的預備區，一片空曠的石地，走下通往破碎平原的坡道。有一名守衛看到他們，卡拉丁屏住呼吸，但守衛什麼都沒說，他大概看了他們的姿勢後，便以爲他們是在執行什麼原本就該做的任務。如果他們想要離開戰營，那自然是另外一回事，但是最靠近幾道裂谷的這塊區域並不是禁區，靠近它不會有事。

要不了多久，他們便來到卡拉丁差點自殺的地方。才幾天的時間，眞是出現了天翻地覆的改變。他感覺自己像是變了個人，現在的這個人奇特地綜合了過去的他、後來成爲奴隸的他，還有他仍然必須時時提醒自己要擺脫的可憐蟲。他記得自己站在裂谷的邊緣。那片黑暗仍然讓他恐懼不已。

如果我救不了這群橋兵，那麼那隻可憐蟲又會重新開始左右他的心智，這次他將可以爲所欲爲……

卡拉丁忍不住打了個寒顫。他將蘆葦放在裂谷的邊緣，坐了下來。其他兩人也遲疑地坐下。

「花了這麼大的力氣，然後現在要把它們拋到裂谷裡？」泰夫邊搔抓著鬍子邊問道。

「當然不是。」卡拉丁回答。他想了想，諾蒙雖亮，但現在仍然是晚上。「你身上該不會有錢球吧？」

「幹麼？」泰夫滿心懷疑地問道。

「照明，泰夫。」

泰夫沒好氣地咕噥幾聲，掏出一把石榴石夾幣。「我本來今晚要把這些花掉的……」他說道，夾幣在他手掌中散發光芒。

「開始了。」卡拉丁說道，抽出一根蘆葦。父親是怎麼說的？他遲疑地折斷了蘆葦毛茸茸的頂端，露出中空的管子，捏著蘆葦的一端，倒過來，另一手順著蘆管往下擠。兩滴乳白色的液體滴入了空酒瓶。

卡拉丁滿意地微笑，又順著蘆管擠了一次，這次卻沒擠出任何液體，所以他把蘆管丟入裂谷。雖然之前開玩笑說要編帽子，但是他可不敢留下任何證據。

「我以爲我們不會丟掉蘆葦！」泰夫不滿地抱怨。

卡拉丁舉起酒瓶。「把這個擠出來以後就可以丟了。」

「那是什麼？」大石靠近，瞇著眼問道。

「團草汁，或者該說，是團草乳。我不覺得這是草汁。不管是什麼，它是很有效的消炎藥。」

「消……什麼？」泰夫問道。

「它可以把腐靈嚇走。腐靈會造成感染。這種東西是最好的消炎藥之一，就算用在已經發炎的傷口上還是有效。」卡拉丁說道。幸好它有這樣的功效，因爲雷頓的傷口已經開始變得赤紅，上面爬滿腐靈。

泰夫悶哼一聲，瞥了一眼草堆。「你有不少蘆葦啊。」

「我知道啊。所以我很高興不只有我一個人擠。」卡拉丁說道，遞過另外兩個瓶子。

泰夫嘆口氣，但仍然坐了下來，解開一捆蘆葦。大石則毫無抱怨地做著一樣的事，他把雙膝朝兩邊攤開，雙腳夾住瓶子。

一陣微風吹動了幾根蘆葦。「你爲什麼在乎他們的死活？」泰夫終於問道。

「他們是我的人。」

「橋隊長不是這個意思。」

「它的意思是隨我們決定的。你、我、其他人。」卡拉丁說道，同時發現西兒也靠過來聽他們說話。

「你覺得那些淺眸人跟軍官們會讓你這麼做嗎？」泰夫問道。

「你覺得他們會注意到嗎？」

泰夫想了想，低低哼了一聲，又擠了一根蘆葦。

「有可能會。淺眸人常會留意到你不希望他們注意的事情。」大石說道。他看似粗莽，但擠蘆葦的動作卻出奇細膩。卡拉丁沒想到那麼粗的手指，居然可以有如此小心、精準的動作。

泰夫又哼了一聲，表示同意。

「你怎麼來到這裡的？你是食角人，怎麼會離開山上來到低地？」卡拉丁問道。

「小子，你不該問這種問題。我們不提過去。」泰夫對卡拉丁晃晃手指。

「我們什麼都不談。你們甚至不知道彼此的名字。」卡拉丁說道。

泰夫不滿地回答：「名字是一回事。背景是不一樣的。我……」

「沒事的。」大石說道。「我會說這件事。」

泰夫低聲自言自語一陣，卻也傾過身子，想聽大石說話。

「我們的人沒有碎刃。」大石以他低沉渾厚的聲音說道。

「這滿常見的。除了雅烈席卡跟賈‧克維德之外，鮮少有國家有碎刃。」這是讓雅烈席卡軍隊頗爲自豪的一件事。

「那不是眞的。賽勒那有五柄碎刃還有三副完整的碎甲，全部由皇家親衛隊所有。色雷也有自己的碎刃跟碎甲，其他國家像是賀達熙也有一柄碎刃跟一副碎甲，由皇室代代相傳的，但是在昂卡拉其，我們一柄碎刃都沒有。我們的許多弩阿托瑪——這個意思就跟你們的淺眸人一樣，只是眼睛不是淺色……」

泰夫皺著眉頭開口：「淺眸人怎麼會沒有淺色眼睛？」

「因爲他們有深色眼睛。」大石回答得理所當然。「我們挑選領袖的方法不是那樣。很複雜。不要打斷故事。」他又擠了一根蘆葦，將空管抛在身邊，跟其他蘆桿堆成一堆。「弩阿托瑪，他們覺得我們沒有碎刃碎甲很羞恥，他們很想要這副武器。他們相信最先取得一柄碎刃的弩阿托瑪會成爲國王，我們的王位已經空了很多年了。沒有一個山頭，會跟握有神之刃的山頭打。」

「所以你們打算買一把？」卡拉丁問道。沒有碎刃師會賣掉他的武器。每柄劍都是古物，是在失落燦軍背叛後，從他們手中奪來的。

大石笑了。「哈！買？我們沒那麼笨，可是我的弩阿托瑪知道你們的習俗，懂吧？據說殺死碎刃師，就可以得到他的碎刃跟碎甲。所以我的弩阿托瑪跟他的家族——我們一大群人——計畫下山尋找，然後殺死你們的碎刃師。」

卡拉丁幾乎笑了。「我想應該沒這麼簡單吧。」

大石不滿地回答：「我的弩阿托瑪不是笨蛋。他知道沒有那麼容易。可是你們的習俗給了我們希望，懂吧？有時候一名勇敢的弩阿托瑪會下山跟碎刃師決鬥。總有一天，會有弩阿托瑪勝利，那我們就有碎刃碎甲了。」

「有可能。如果他們同意決鬥至死。」卡拉丁說道，將一根空的蘆管抛入裂谷。

「噢！他們每次都打。」大石笑著回答。「弩阿托瑪會帶上許多財寶，答應把他所有的東西送給勝利者。你們的淺眸人，怎麼可能不跳水溫這麼暖的池子！殺死沒有碎刃的昂卡拉其人，他們不覺得難。雖然死了許多弩阿托瑪。可是沒關係。有一天，我們會贏。」

「然後得到一具碎刃和碎甲。」卡拉丁說道。「可是雅烈席卡有幾十具啊！」

「一具是個開始。」大石聳聳肩回答。「可是我的弩阿托瑪輸了，所以我變成橋兵。」

「等等。」泰夫說：「你跟你的光明爵士到了這麼遠的地方，結果他一輸，你們就加入了橋兵隊？」

「不不不，你不懂。」大石回答：「我的弩阿托瑪，他挑戰了薩迪雅司藩王。大家都知道破碎平原上有許多碎刃師。我的弩阿托瑪認爲先跟有碎甲的人打，再贏得碎刃比較容易。」

「然後呢？」泰夫問道。

「我的弩阿托瑪一輸給薩迪雅司光明爵士，我們就變成他的了。」

「所以你是奴隸？」卡拉丁舉起手，摸摸額頭上的烙印。

「不，我們沒有這個東西。我不是弩阿托瑪的奴隸。我是他的家人。」大石說道。

「他的家人？他克雷克的！你是淺眸人！」泰夫說道。

大石又笑了，笑聲發自內心且響亮。卡拉丁也忍不住微笑。他似乎已經很久沒有聽到任何人這樣笑了。

「不不，我只是兀瑪提阿，可以說是他的表親。」

「但你們還是跟他有血緣啊。」

「在山頭上，光明爵士的親戚是他的僕人。」大石說道。

「這是什麼？你得當自己親戚的僕人？颶我的，我寧可死。我覺得我一定會死。」泰夫抱怨。

「沒那麼糟。」大石說道。

「你不認得我的親戚。」泰夫忍不住打了個寒顫。

大石又笑了。「你寧可服侍你不認識的人？像這個薩迪雅司？跟你沒關係的人？」他搖搖頭。「低地人。你們這裡太多空氣。讓你們的腦子生病。」

「太多空氣？」卡拉丁問道。

「對。」大石回答。

「怎麼會有太多空氣？空氣本來就無所不在。」

「這個，難解釋。」大石的雅烈席語說得很好，但他有時會忘記加入一些一般常用的單字。其他時候他會記得，能夠說出完整的句子，但他說得越快，漏字的情況就越嚴重。

「你們空氣太多。來山頭，你們就懂。」大石說道。

「好吧。」卡拉丁看了泰夫一眼，後者聳聳肩。「可是你說錯了一件事。你說我們服侍我們不認得的人。其實，我確實認得薩迪雅司光明爵士，而且非常熟悉。」

大石挑起眉毛。

「高傲、小心眼、貪婪，還有徹頭徹尾的腐敗。」卡拉丁說道。

大石微笑。「我想你說得對。這個人不是淺眸人中最優秀的。」

「淺眸人沒有所謂『最優秀的』，大石。他們全都一樣。」

「嗯？他們對你做了很多事？」

卡拉丁聳聳肩。這個問題的答案，會揭開那尚未癒合的傷疤。「無論如何，你的主人很幸運。」

「被碎刃師殺死很幸運？」

「沒有在贏了之後才發現自己被騙了。他們不會讓他帶著薩迪雅司的碎甲離開的。」卡拉丁說道。

「亂講。」泰夫打斷他的話。「傳統是……」

「傳統，是他們用來為我們定罪的瞎子證人，泰夫。那是他們裝起謊言的漂亮禮盒。傳統，讓我們服侍他們。」卡拉丁說道。

泰夫表情一僵。「小子，我活得比你久。我明白事理。如果普通人殺死敵方的碎刃師，他就會成為淺眸人。就是這樣。」

他不想爭論了。假使泰夫的幻想讓他更容易接受自己在這場戰爭中的角色，那卡拉丁何必要戳破他呢？於是卡拉丁轉向大石。「所以你是光明爵士的僕人？什麼樣的僕人？」他努力地回想，當初他跟維司提歐或羅賞互動時碰過的人。「是貼身侍從？小廝？」

大石大笑。「我是他的廚子。我的弩阿托瑪不會不帶廚子就下山！你們這裡的食物放了太多香料，其他什麼都吃不出來。乾脆吃撒滿胡椒的石頭算了！」

「聽你講吃的咧！你們是食角人耶？」泰夫滿臉鄙夷地說道。

卡拉丁皺眉。「他們為什麼這麼喊你們這族？」

「因為他們吃捕獲動物的角跟殼。外面的那些東西。」泰夫說道。

大石微笑，臉上露出嚮往的神色。「啊，那眞好吃。」

「你們眞的吃殼？」卡拉丁問道。

「我們的牙齒很硬。」大石驕傲地說道。「好啦，你們知道我的故事了。薩迪雅司光明爵士他不知道該拿我們大多數人怎麼辦。有些變成士兵，有些變成他家裡的僕人，我幫他煮了一餐後，就被他派往橋兵隊了。」大石遲疑了片刻。「我可能，嗯，幫湯加味了。」

「加味？」卡拉丁挑起眉毛。

大石似乎尷尬了起來。「這個，因為我對我的弩阿托瑪被殺死這件事覺得很憤怒。而且我覺得，這些低地人的舌頭都被他們吃的食物刮花燒鈍了，他們沒味覺，還有……」

「還有什麼？」卡拉丁追問。

「芻螺糞。它的味道比我想像的重。」大石說道。

「等等。你把芻螺糞放到薩迪雅司光明爵士的湯裡？」泰夫說道。

「呃，對。其實我也放了那東西在他的麵包裡，然後做成豬排的配菜，最後又做了一道醬汁配牛油加拉。我發現，芻螺糞的用法很多。」大石說道。

泰夫大笑，他的聲音在山谷間迴盪。他笑得倒在地上打滾，讓卡拉丁擔心他一不小心就會滾到裂谷裡。「食角人，我欠你一杯酒。」泰夫終於說道。

大石微笑。卡拉丁暗自搖搖頭，心下一陣驚訝。突然，一切都變得合理了。

「怎麼了？」大石說道，顯然是注意到他的表情。

「我們就需要這個。這個！我少的就是這個。」卡拉丁說道。

大石有點反應不過來。「芻螺糞？你少的是這個？」

泰夫又捧腹大笑了一陣。

「不是。是……我晚點告訴你們。我們先得把這個團草乳擠完。」卡拉丁說道。

他們還沒擠完一捆，手指就已經開始發疼了。

「你呢，卡拉丁？我跟你說了我的故事。你會跟我說你的故事？你怎麼有額頭上的烙印？」大石問道。

「對啊。你弄了誰的食物啊？」泰夫抹著眼睛說道。

「我以爲你說問橋兵的過去是禁忌。」卡拉丁說道。

「小子，你讓大石說了他的故事。」泰夫說道。「你也要說才公平。」

「所以我說了我的故事，你就會說你的？」

泰夫的臉色立刻變得難看。「你聽著，我才不要……」

「我殺了人。」卡拉丁說道。

這句話讓泰夫住了口，大石則滿臉興味。卡拉丁注意到西兒仍然很感興趣地聽著，這對她來說很難得，通常她的注意力很快就轉移了。

「你殺人？這件事後他們就把你變成奴隸？謀殺的懲罰不是死刑嗎？」大石說道。

「不是謀殺。」卡拉丁輕聲說道，回想起在奴隸馬車上，問過他同樣問題的乾瘦大鬍子男人。「事實上，一名很重要的人還因此感謝我。」

他沉默了。

「然後呢？」泰夫終於問道。

「然後……」卡拉丁低頭看著他的蘆葦。諾蒙在西方落下，最後的月亮——迷辛，一個小小的綠色圓盤從東方升起。「……顯然淺眸人對於他們的禮物被拒絕這件事，反應不是太好。」

其他人等著他繼續說，但卡拉丁依舊沉默，專注於手中的蘆葦。他很震驚地發現，在阿瑪朗軍隊中發生的事情仍然讓他很痛苦。

不知道另外兩人是察覺到他的情緒震蕩，或是覺得他已經說得夠多，總之他們各自轉回手邊的工作，不再追問。

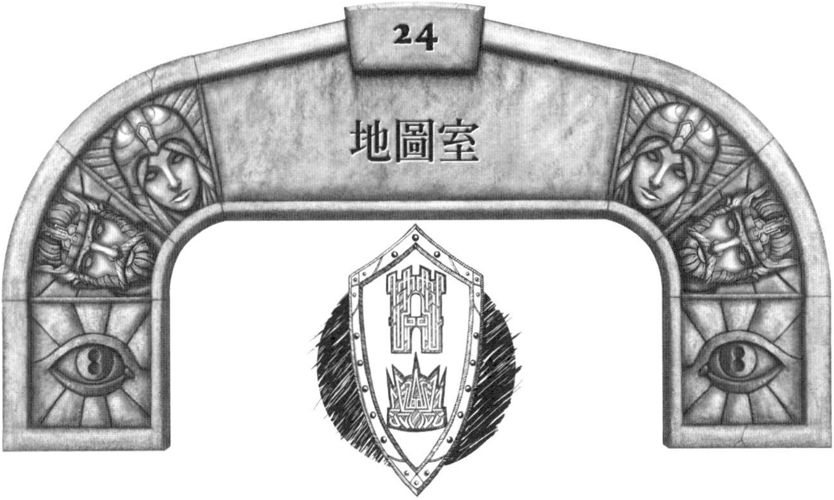

雖然以上兩點均爲事實，但是我信中對你說的一切仍然屬實。

國王的地圖室兼具美觀跟實用性，寬廣的圓拱建築是以魂術建成，光滑的石頭與崎嶇的地面毫無縫隙地相連，像是一條賽勒那麵包的形狀，天花板上還鑲了一扇大天窗，讓太陽照耀在一排排挺直的板岩芝上。

達利納走過其中一棵，這些乾硬植物的外表布滿了粉紅色、鮮豔的綠色和藍色混合而成的交纏花紋，長到跟他肩膀一般高的位置。它們沒有真正的莖或葉，只有揮動的藤蔓，像是多彩的頭髮，除此之外，板岩芝的樣子看起來與其說是植物，不如說是岩石，但學者們說這一定是植物，因爲它會生長，會朝太陽伸展。

*人類也是如此。*他心想，*曾經。*

洛依恩光明爵士站在其中一張地圖前，雙手交握在背後，眾多隨從擠在地圖室的另一邊。他是名高䠷、淺色皮膚的男子，有著深色且整齊的鬍子，只不過頂上已經開始禿了。他跟其他大多數人一樣，穿著一件開襟的短外套，露出襯衫的下襬，紅色的布料透出在領子上方。

遢就好。

「達利納光明爵士。」洛依恩說道。「我看不出這次碰面的重點在何處。」

「請跟我走走，洛依恩光明爵士。」達利納朝一旁點點頭。

對方嘆口氣，但仍然跟著達利納，一起走向那條位於植物與掛滿地圖的牆壁間的通道，洛依恩的侍從們跟在他身後：其中包括一名杯侍，還有一名盾侍。

每張地圖，都由裝在如鏡子般光滑明亮的鋼製燈罩裡，一顆顆的鑽石點亮。地圖則是以墨水寫在毫無接縫的大幅紙張上。這麼大的紙一定是魂術創造出來的。靠近房間中央處則掛著主地圖，一張極大極詳細的地圖，掛在牆上的框裡，顯示整個已知的破碎平原。常駐橋以紅色標明，靠近雅烈席卡領域的平原上畫了藍色的對符，標示其屬於哪一個藩王。地圖的東區則越發模糊，直到沒有任何線條為止。

中間則是雙方爭奪的區域，也是裂谷魔最常去結蛹的地方。鮮少有裂谷魔靠近常駐橋，就算去，也是打獵，而不是結蛹。

控制附近的台地仍然很重要，因為藩王間有過協議，除非預先經過許可，否則不得踏上對方的台地。這麼一來，就決定了誰擁有通往中央台地最好的通道，也決定了誰應該要負責維修那個台地上的守望台與常駐橋。這些台地在藩王間是可以被買賣的。

主地圖旁邊的圖紙標出每個藩王的名字，還有他贏得的寶心數量。這是很標準的雅烈席卡行為，為了讓所有人都充滿動力，最好的方法就是清清楚楚地列出誰是贏家，誰是輸家。

洛依恩的眼睛立刻看向他在名單上的位置。在所有的藩王中，洛依恩贏得的寶心最少。

達利納伸手撫過主地圖，中間的台地寫上了名字或數字，方便找尋，最前面則是一個巨大的台地，它帶著一夫當關、萬夫莫敵的氣勢守在帕山迪人那半邊附近。他們稱它爲「高塔」。裂谷魔似乎很喜歡這塊特別巨大，形狀奇特的台地，多半都會去那裡結蛹。

他一邊看著高塔，一邊有了新的想法。兩方爭奪的台地大小，決定上面能站多少軍隊，因此帕山迪人往往會帶著一支大軍前往高塔，他們已經在那邊連續二十七次打敗雅烈席卡軍隊。沒有任何一支雅烈席卡的軍隊曾經在上面贏過半場戰爭。達利納自己都被擊退過兩次。

那裡離帕山迪人實在太近了，他們每次都能先到達，先組好隊伍，利用斜坡占盡高地優勢。可是，如果我們能有足夠的軍隊，把他們包圍在那裡……說不定就代表我們可以困住，並且打敗一大批帕山迪軍。說不定足以阻止他們在平原上繼續發動戰爭，他邊看邊想著。

可是，在那之前，達利納需要先得到盟友。他的手指一路往西劃。「薩迪雅司光明爵士最近的表現很好。」達利納敲敲薩迪雅司的戰營。「他不斷從其他藩王手上買來台地，讓他能越來越容易先抵達戰場。」

「對。不過，這不需要看地圖就能知道吧！達利納。」洛依恩皺眉說道。

「你看看這有多大。連續六年的戰事，連破碎平原的中心都沒看到。」

「那向來不是重點。我們包圍他們，圍困所有的人，讓他們彈盡援絕，最後強迫他們找我們開戰。這不是你的策略嗎？」

「對，但我沒想過會花這麼久。我一直在想，也許該換戰術了。」

「爲什麼？這個戰術有效。現在我們幾乎每個禮拜都會跟帕山迪人打上一兩場。即使，請容我提醒，你自己也沒有多激勵人心的表現。」他朝寫著達利納名字的紙張點點頭。雖然他的名字旁邊的筆劃不少，標注他贏得的寶心，但鮮有新增的。

「有人說黑刺已經失去銳氣了。」洛依恩說道。他很小心，沒有直接侮辱達利納，但是他比以前大膽很多。達利納被困在營房時的表現已經傳開來了。

達利納強迫自己冷靜下來。「洛依恩，我們不能繼續把這場戰事當遊戲。」

「所有戰爭都是遊戲，最偉大的遊戲，輸的是人命，贏的是眞正的財富！這是男人生於世上的存在意義。戰鬥、殺戮和勝利。」他引述的句子來自「創日者」——最後一任統一藩王們的雅烈席卡國王。加維拉曾經將這個名字視爲神明。

「也許吧，但有什麼意義？」達利納說：「我們戰鬥是爲了得到碎刃，然後用這些碎刃去得到更多碎刃，周而復始地循環，追著尾巴跑只爲了更擅長追逐自己的尾巴。」

「我們戰鬥是爲了做好準備，能夠奪回天堂，拿回屬於我們的東西。」

「就算不上戰場我們也可以訓練，根本不需要進行這些無意義的戰鬥。人生並非一直如此。我們的戰爭曾經是有意義的。」

洛依恩挑起一邊眉毛。「你幾乎要讓我相信傳言是眞的，達利納。他們說你已經不喜歡戰鬥，沒有戰鬥的意願了。」他再度上下打量達利納一番。「有人說你應該退位給你的兒子。」

「傳言是錯的。」達利納不悅地回答。

「那是……」

「他們如果說我不在乎了，那絕對是錯的。我在乎，洛依恩。我非常在乎。我很在乎我們的人民，我的侄子，還有這場戰爭的未來。所以我建議，我們從現在開始要更主動地出擊。」達利納堅定地說道，手指輕觸地圖表面，滑過光滑的紙張。

「嗯，這應該是好事吧。」

團結他們……「我想要你跟我一起出擊。」達利納說道。

「什麼？」

「我希望我們能相互配合，同時攻擊，一起合作。」

「爲什麼我們要這麼做？」

「我們可以增進贏得寶心的機會。」

「如果更多的軍隊能增加我勝利的機會，那我只要帶更多自己的士兵就好了。這些台地太小，無法承載大軍，所以機動性遠比數字重要。」洛依恩說道。

他說得有道理。在台地上，多不見得就是好。狹小的區域，加上得強迫士兵長途跋涉才能抵達戰場，對於戰術有極大的影響。能派上用場的士兵數量除了取決於台地的大小外，也跟藩王本身對於戰事的理念有關。

「合作不代表帶更多的士兵上場。每個藩王的軍隊都有不同的優勢，我的優勢是我的重裝騎兵，你的則是最優秀的弓箭手。薩迪雅司的橋兵是速度最快的。如果我們合作，可以嘗試新的戰術。我們花了太多精力在嘗試以最快的速度衝到台地。如果我們沒有那麼趕，不需要彼此競爭，也許我們能包圍台地，試著讓帕山迪人先到，然後按照我們的時間表進行攻擊，而不是他們的。」

洛依恩遲疑了。達利納花了很多天跟他的將軍們辯論合作攻擊的可能性，結論是戰略上可能會有些許缺點，但是除非有人跟他一起嘗試，否則很難眞正下判斷。

他似乎眞的在考慮。「誰得到寶心？」

「我們均分。」達利納說道。

「那如果得到碎刃呢？」

「贏得的人自然會得到它！」

「那很有可能是你，因為你跟你的兒子已經有碎具了。」洛依恩皺著眉頭說道。「這是碎刃跟碎甲最大的問題——除非已經有了碎刃，否則很難再贏得另一個。事實上，就算擁有了兩者中的一個往往仍不夠。薩迪雅司在戰場曾面對帕山迪碎刃師，每次都被逼著撤退，免得自己被殺死。」

「我相信我們能做出比較公平的安排。」達利納終於開口說道。如果他贏得碎具，他原本的想法是給雷納林。

「我相信。」洛依恩的口氣透漏了他的懷疑。

達利納深吸一口氣。他必須更大膽。「如果我把它們給你呢？」

「對不起，我沒聽懂？」

「我們試試看一起合作。如果我贏得碎刃或碎甲，第一組給你，可是第二組是我的。」

洛依恩眼睛一瞇。「你願意這麼做？」

「我以我的榮譽發誓，洛依恩。」

「當然，沒有人會懷疑這一點。但你也不能怪我的謹慎與小心？」

「小心什麼？」

「我是名藩王，達利納。雖然我的屬地最小，但是我只聽自己的。我不認為自己屬於另外一名位階更高的人。」

達利納煩躁地心想，你早就已經屬於一個更偉大的部分了。你發誓要效忠加維拉的瞬間已是如此。洛依恩跟其他人拒絕實踐承諾。「洛依恩，我們的王國能夠變得更偉大啊。」

「也許吧！但也許我對於我所擁有的一切很滿足。無論如何，你的提議很有意思。不過，我必須要多花點時間想想。」

「好吧。」達利納說道，但是他直覺認爲洛依恩會婉拒。這個人太多疑。藩王們原本就已經不太相信對方。在沒有寶心跟碎刃的誘惑時，他們就已經很難合作。

「今天晚上的宴會見？」洛依恩問道。

「爲何出此疑問？」達利納嘆口氣問道。

「因爲防颶官說今天晚上可能會有颶風，所以……」

「我會去。」達利納不帶感情地說道。

「當然，當然，沒理由你會不去。」洛依恩笑著回答。他朝達利納微笑然後離開，身後的隨從跟著他一起離去。

達利納嘆口氣，轉身研究主地圖，思考方才的會面還有其意義。他站在那裡很久，看著平原，感覺上就像是遠在天上的神往下俯瞰。平原看起來像是距離很近的島嶼，也像是巨大的彩繪玻璃窗中的不規則碎片。他已經不止一次覺得自己應該能看出破碎平原拼出的圖形。如果他可以看到更多的台地，說不定有可能。如果裂谷的位置有規律可言，那代表了什麼？

所有人的注意力都放在表現自己的強悍，證明自己的能力。真的只有他一個人看得出這一切有多膚淺嗎？只爲了力量而表現力量？除非拿力量有所作爲，否則光有力量有什麼用？

曾經，雅烈席卡是一道光。他心想，加維拉的書是這麼說的，這也是我的幻境想讓我看到的畫面。很久以前，諾哈頓曾經是雅烈席卡的王。在神將離開之前。

達利納覺得自己幾乎可以看見。那個祕密。那個讓加維拉在死前幾個月如此興奮的東西。如果達利納能夠更努力一點，他就能看見，看見人生命中的軌跡，終於能夠明白。

這就是他過去六個月來一直在做的事。努力地伸出手，努力地想要抓住，只求能探得更遠一點。但他追求得越努力，答案似乎變得更遙遠。

❖

雅多林踏入地圖室。他的父親仍然在那裡，獨自一個人站著。兩名碧衛的成員在遠處保護他。洛依恩不在了。

雅多林緩緩走上前。他的父親臉上出現近來常見的出神表情。即使沒有發作，他的心思也不是完全在這裡。他已經不是過去的他了。

「父親？」雅多林走到他身邊。

「雅多林，是你啊。」

「你跟洛依恩的會面如何？」雅多林說道，盡量讓自己的語氣保持輕鬆。

「令人失望。我的外交能力顯然比以前的征戰能力要差得遠。」

「和平沒有利益。」

「大家都這麼說，可是我們以前曾經有過和平，那時候大家似乎也都過得不錯，甚至比現在更好。」

「自從寧靜宮出事之後，就再也沒有和平了。」雅多林很快地回答。「人們在羅沙上的人生，就是征戰。」他在引述《證經》。

達利納轉向雅多林，一臉戲謔的神色。「你居然會對我引述經文？」

雅多林聳聳肩，突然覺得自己說了蠢話。「因爲瑪拉紗滿虔誠的，所以今天稍早我在聽……」

「等等。瑪拉紗？那是誰？」達利納問道。

「瑟維克思光明爵士的女兒。」

「另外那個珍娜菈呢？」

雅多林忍不住臉色一變，想起那天悲慘的散步過程。雖然他送了幾份大禮，但兩人之間的關係仍未見好轉。他不再和其他人交往後，她對他的興趣似乎也因此大打折扣。「事情不太順利。瑪拉紗似乎是比較好的對象。洛依恩應該不會跟我們一起去攻擊台地吧？」他連忙轉移話題。

達利納搖搖頭。「他擔心我會設陷阱，試圖併吞他的土地。也許我不應該先找最弱的藩王。他寧可固守他目前所有的，想辦法捱過外界的變遷，也不想冒險博取更大的利益。」

達利納看著地圖，又開始出神。「加維拉的夢想是統一雅烈席卡，我曾經以爲他成功了，雖然他自己並不這麼認爲。但我跟這些人合作越久，越發了解加維拉說得對。我們失敗了。我們打敗了他們，卻從未讓他們統一。」

「所以你還是打算要找其他人？」

「對。只需要一個人同意，我就可以開始。你覺得接下來我們應該去找誰？」

「我不確定。但是你得先處理一件事。薩迪雅司派人來請求進入我們戰營的許可，他想要詢問在狩獵過程中負責照顧陛下馬匹的馬伕。」

「他的新身分給了他提出這類要求的權力。」

「父親。我認爲他要對付我們。」雅多林靠上前，低聲說道。

達利納看著他。

雅多林連忙繼續說道：「我知道你信任他，我也了解你的理由。但是請聽我說，他的行動讓他處於有利於扳倒我們的位置。國王的疑心嚴重到他甚至對你跟我都產生懷疑，我知道你看出來了。薩迪雅司只需要找到一些子虛烏有的『證據』，把我們跟殺害國王的可能性串連起來，他就能讓艾洛卡轉而對付我們。」

「我們也只能冒這個險。」

雅多林皺眉。「可是……」

「我信任薩迪雅司。即使我不相信他，我們也不能禁止他進入我們的戰營，或是阻撓他的調查，那樣不僅在國王的眼裡看起來有罪，甚至是挑戰國王的權威。」達利納說完，搖搖頭，繼續說道：「如果我希望別的藩王能接受我成爲他們在戰場上的指揮官，那我就必須允許薩迪雅司行使他身爲情報藩王的權力。我不能同時想憑藉傳統，卻又否定薩迪雅司的權力。」

「你說得有道理，但是我們還是可以有所準備。你不可能一點都不擔心吧？」雅多林坦白問道。

達利納想了想。「也許是有一點。薩迪雅司這個行爲有點激進，但是已經有人告訴我該怎麼做。『相信薩迪雅司。要堅定。保持榮譽心，榮譽心自會幫助你。』這是我得到的建議。」

「誰說的？」

達利納看了他一眼，雅多林立刻明白過來。

「所以我們要把家族的未來都壓在這些幻境上。」雅多林不帶感情地說道。

「也不能這麼說。如果薩迪雅司眞要對付我們，我不會束手就擒，只是我不會先下手就是了。」達利納回答。

「都是因爲你看到的景象。」雅多林開始煩躁起來。「父親，你說你會聽我說我對那些幻境的想法。請你現在就聽我說。」

「這裡不是一個好場合。」

「你總是有藉口。我已經想跟你談五次了，你每次都拒絕我！」雅多林說道。

「也許是因爲我知道你會說什麼，而我知道那是沒有用的。」達利納說道。

「也許是因爲你不願意面對事實。」

「夠了，雅多林。」

「不夠，一點都不夠！每個戰營的人都在嘲笑我們，我們的權威跟名聲日漸衰退，你卻拒絕採取實際的行動！」

「雅多林。身爲我的兒子，你沒有資格對我這麼說。」

「別人就有資格？爲什麼，父親？別人這麼說我們時你就讓他們說，可是當雷納林或我，稍稍做出一點你覺得不合宜的舉動，你立刻就責備我們！你放任他人說謊，而我卻不可以說實話？你的兒子們對你而言就這麼不重要嗎？」

達利納全身一僵，彷彿被人甩了一巴掌。

「你的精神不太好，父親。」雅多林繼續說道。有一部分的他知道自己太過分，說話太大聲，但是他克制不住沸騰的情緒。「我們不能再這樣躲躲藏藏，不肯面對現實！你不能再繼續用不合理的解釋來合理化自己的問題！我知道很難接受，但是有時候，人就是會老，有時候，腦子就是不正常了。

「我不知道出了什麼問題。也許是因爲你對加維拉王的死始終無法釋懷。那本書、守則還有那些幻境——或許都是你想要逃避現實，想要贖罪，想要不知道什麼的表現。你看到的東西不是眞的。你的人生現在只是你的自我欺騙，想要假裝你的問題並不存在。可是我寧可自己下沉淪地獄，也絕對不會讓你把我們整個家族拖下水卻什麼都不說！」

雅多林最後幾個字幾乎是用吼的，聲音在大廳中迴蕩。他發現自己正全身顫抖。這輩子，他從來沒這樣對他父親說過話。

「你以爲我沒有想過這些嗎？你說的每件事，我想了不下數十次。」達利納說道，聲音冰冷，眼神冷硬。

「也許你應該多想幾次。」

「我必須信任自己。這些幻境是在告訴我一件重要的事情。我不能證明，也不能解釋我爲什麼知道。可是那是眞的。」

「你當然會這樣認爲。你不明白嗎？你當然是會這樣覺得。人最擅長的就是只看到自己想看的！你看看國王。他認爲每個陰影下都有殺手，一條老舊的皮帶就代表想要刺殺他的複雜陰謀。」雅多林氣急敗壞地說道。

達利納再度一語不發。

「有時候，最簡單的答案就是對的答案啊，父親！國王的皮帶只是老舊了。而你……你看到了不存在的事物。我必須實話實說，對不起。」雅多林說道。

兩人四目對望。雅多林沒有轉開目光。他不肯轉開。

最後，達利納終於轉身背對他。「你走吧。」

「好。我走。可是我要你想一想，我要你……」

「雅多林。走。」

雅多林咬緊牙關，但還是轉身憤怒地離開。走出地圖室時，他告訴自己，這些事情總要有人說。

即便如此，他仍然對自己深惡痛絕。

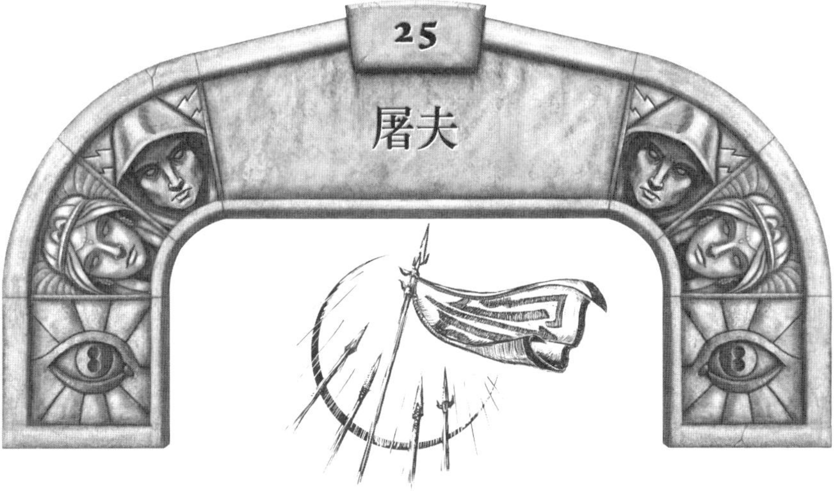

25 屠夫

七年前

「這是不對的，他們做的事有問題。」一個女人的聲音說道。「他們怎麼可以就這樣把人切開，去偷看全能之主藏得好好的東西。」

阿卡站在爐石鎮上，兩間房子之間的小巷中，全身一僵。天色昏暗，冬天已經來了好一陣子，泣季即將來臨，颶風也不常出現了，現在的天氣太冷，植物們也無心享受這難得的平靜。冬天時，石苞好幾個禮拜都縮在自己的殼裡。大多數的動物都會冬眠，等待大地回暖，幸好通常每個季節只能維持幾個禮拜的時間。季節的交替無法預測，這就是世界的道理。只有死後才能有穩定的存在。至少執徒都是這麼說的。

阿卡穿著一件折樹棉做成的厚重棉襖，染成深咖啡色布料，雖然粗糙卻很保暖。他把外套的帽子拉起，雙手插在口袋。阿卡的右邊是麵包師傅家，他們一家人睡在後面的三角形矮屋裡，前面則是店舖。左邊，則是爐石鎮的酒館之一，冬天的時候，拉維穀淡啤酒跟泥啤酒在此川流不息。

他可以聽到兩個女人在不遠處聊天，只是看不見她們的身影。

「妳知道他從老上主那邊偷了東西。一整杯的錢球。外科醫生說那是老上主送的，但老上主死時，只有他一個人在身邊。」另一個女人壓低聲音說道。

「我聽說是有文件的。」第一個人說道。

「只是幾個符文，又不是眞正的遺囑，而且那些符文是誰寫的？是外科醫生自己寫的。上主居然沒有女人在旁邊爲他做紀錄，這有問題啊。我就跟妳說，他們的行爲無正常。」

阿卡咬著牙，很想要走出去，讓兩個女人知道他聽見了她們的對話，可是他的父親不會贊同。李臨不會想要造成別人的紛爭或是尷尬。

但那是他父親啊！所以阿卡直接走了出去，經過特麗絲・南哈跟蕾林娜・南哈身邊，兩個女人正站在麵包店前嚼舌根。特麗絲是麵包師傅的妻子，身材圓胖，有著深色的卷髮。她又開始要抱怨時，阿卡狠狠地瞪了她一眼，她的褐色眼睛露出了令人滿意的一抹尷尬。

阿卡小心翼翼地跨過廣場，仔細避開薄冰。麵包店的門在他身後重重關起，兩個女人逃了進去。他的滿意沒有維持多久。爲什麼人們要這樣說他父親？他們說他很陰森，不正常。可是，那些人卻動不動就跟經過的藥商或是賣符咒的小販買符咒或靈墜！他父親才是眞正幫助他人的人，全能之主應該要垂憐於他啊！

阿卡氣呼呼地繞過幾個彎去找他母親。她正站在梯子上，小心翼翼地雕鑿著建築物的屋簷。賀希娜是名高眺的女子，她的頭髮經常梳成一把馬尾，然後以頭巾包頭。今天她還在外面加了一頂毛線帽。她穿了一件跟阿卡同樣款式的長大衣，裙子的藍色裙襬從褐色外套下稍稍露出。她正全神貫注地清理屋頂邊緣冒出的兩根尖錐狀岩石。颶風帶來颶水，颶水中含有克姆泥。如果放著不處理，克姆泥就會硬化成石頭。緩緩從屋簷滴下的颶水，會讓建築物的邊緣長出鐘乳石。如果不定期處理，屋頂會重到崩塌。

她注意到往這兒過來的阿卡，給他一個微笑，臉頰因爲冷空氣而通紅。她有著瘦瘦的臉頰、輪廓清晰的下巴和豐腴的嘴唇，是一名漂亮的女子。至少阿卡覺得她很漂亮。至少，一定比麵包師傅的妻子漂亮。

「你父親讓你放學了？」她問道。

「大家都恨父親！」阿卡不加思索地冒出這句話。

他母親手下的工作不停。「卡拉丁，你已經十三歲了。你應該知道不該說這種傻話。」

「是眞的。我剛剛才聽到一些女人在講話。她們說父親從維司提歐光明爵士那裡偷了錢球。她們說父親喜歡把人切開，然後做一堆無正常的事情。」他固執地說道。

「不正常。」

「爲什麼我不能像其他人那樣說話？」

「因爲那是錯的。」

「特麗絲・南哈就覺得這樣講沒錯。」

「你覺得她是什麼樣的人？」

阿卡遲疑了。「她很無知，而且她喜歡對她不知道的事情亂嚼舌根。」

「那就對了。你如果想學她，我當然找不出什麼反對的理由。」

阿卡一臉苦相。跟賀希娜講話要很小心，她喜歡拐著彎說話。他背靠著市鎮廳的牆，看著自己的呼吸在面前結成一團白霧。也許換個策略會有效。「母親，爲什麼大家都恨父親呢？」

「他們不恨他。」她回答。他平靜的詢問讓她願意繼續回答。「不過，他眞的讓他們覺得不自在。」

「爲什麼？」

「因爲有些人害怕知識。你的父親是個有學識的人。他知道別人無法了解的事情，所以對那些人來說，這些事情一定是神祕且詭異的。」

「他們不怕賣符咒的小販跟魔符。」

「那是可以理解的。」他母親平靜地解釋。「在家前面把魔符燒了，惡鬼就不會來。很簡單，很好懂。你父親不會給人符文去治療他們，他會堅持他們應該躺在床上，喝水，吃很苦的藥，還要每天清洗傷口。這太難了。他們寧可聽天由命。」

阿卡想了想。「我認爲，他們恨他，是因爲他太常失敗了。」

「這也是。如果魔符失敗，你還可以去怪全能之主。如果是你父親的失敗，那就是他的錯，至少他們都是這麼以爲。」他的母親繼續工作，石頭碎屑在她身邊落下。「他們不會眞的恨他——他太有用了，但他永遠也不會融入他們，這就是當外科醫生的代價——能夠改變人的生死，是讓人很不舒服的責任。」

「如果我不想要這個責任呢？如果我只想要個平凡的人生，像是麵包師傅，或是農夫，或是……」或是士兵，他自己在心裡補上一句。他曾經偷偷握過木杖幾次，雖然他永遠無法重現他與約司特對打時的感覺，但光是握著武器就已讓他覺得自己有源源不絕的精力，吸引著他，讓他興奮不已。

「我想，你終究會發現農夫跟麵包師傅的人生不吸引你。」他母親說道。

「至少他們有朋友。」

「你也有。提恩不就是？」

「提恩又不是我朋友，他是我弟弟。」

「哦？所以他不能同時擁有兩種身分？」

阿卡翻翻白眼。「妳知道我的意思。」

她從梯子上爬下來，拍拍他的肩膀。「我知道，對不起，我不該拿這個開你玩笑，可是你把自己放進了一個很不容易處理的處境。你想要朋友，但你真的想要跟其他男孩子一樣嗎？放棄念書，在農田裡操勞？未老先衰，被太陽烤得雞皮鶴髮？」

阿卡沒有回答。

「別人有的東西，看起來往往比我們有的好。」他母親說道。「幫我把梯子搬過來。」

阿卡乖乖地繞到市鎮廳的另一邊，把梯子架好，讓母親能在那邊繼續工作。

「其他人覺得錢球是父親偷的。他們認爲維司提歐光明爵士的命令是父親自己寫的，然後趁那老人神智不清時讓他簽了名。」

他的母親沒有回答。

「我痛恨他們的謊言跟流言。我痛恨他們編造關於我們的假話。」阿卡說道。

「不要恨他們，阿卡。他們其實都是好人。他們只是重複他們聽到的話。」她瞥向遠處，那座位於俯瞰著城鎮山坡上的上主宅邸。每次阿卡看到那裡，他都覺得應該去找拉柔說話，可是他試過幾次，他們都不允許他見她。她父親死後，她的時間就由她的嬤嬤管理，而她不贊同她與鎮上的男孩往來。

奶媽的丈夫，密理夫是維司提歐光明爵士的上僕，與阿卡家有關的不利傳言，大概都來自於他。他向來不喜歡阿卡的父親。不過密理夫很快就不重要了。新上主即將到來。

「母親，那些錢球除了發光之外也沒有什麼用。我們不能花掉一點，好讓妳不需要出來工作嗎？」阿卡說道。

「我喜歡工作。這讓腦子清醒。」她刮著屋簷說道。

「妳剛剛不是才跟我說我不會喜歡勞動嗎？什麼還沒老就衰弱這類文謅謅的話？」

她愣了一下，笑了。「聰明的孩子。」

「很冷的孩子。」他邊發抖邊抱怨道。

「我是因爲想工作所以才工作。那些錢球不能花，以後要拿來讓你念書。所以，與其逼你父親收診療費，還不如讓我出來工作比較好。」

「如果我們收錢，他們也許就會更尊重我們。」

「他們當然尊重我們。我不覺得那是問題。你知道我們屬於第二那恩。」她低頭看著阿卡。

「當然知道。」阿卡聳聳肩回答。

「一名身分合適的年輕外科醫生，可以吸引那些想要名聲與財富的貧困貴族家庭的注意力，大城市裡這種事情並不罕見。」

阿卡再次瞥了大屋一眼。「所以妳經常鼓勵我跟拉柔玩在一起。妳想把我嫁給她，對不對？」

「這種可能性也不是沒有。」他母親回答，繼續工作。

對此他眞的不知該做何感想。過去幾個月對阿卡而言感覺很奇怪。父親強迫他專心學習，實際上，他自己卻偷偷地練習棍術。兩條可能的道路，同樣吸引著他。阿卡的確喜歡念書，他渴望自己有能力幫助人們，幫他們包紮傷口，讓他們痊癒。他在他父親的工作中，看到了醫者高貴的仁心仁術。

可是阿卡又覺得，如果他能上戰場，他可以有更高貴的作爲。保家衛國，就像故事中的偉大淺眸英雄們那樣。而且他握著武器時的感覺，更是無與倫比。

兩條道路。在許多方面是對立的。他只能挑選一條。

他的母親不斷鑿著屋簷下緣。阿卡嘆口氣，從工作間搬了第二座梯子，拿了一套工具，開始跟她一起工作。雖然他跟同年齡的人比起來長得算高，但是仍然得站在比較高的階梯上。他注意到母親看到他開始工作時露出的微笑，想必是因爲很高興自己養出如此孝順的孩子，但事實上阿卡只是想要利用這個敲打的機會發洩一下。

如果娶了拉柔那樣的女孩，他會有什麼感覺？他永遠無法與她平起平坐。他們的孩子可能是淺眸或深眸，所以就連孩子的地位都可能比他更高。他知道他會覺得極端格格不入。這就是成爲外科醫生的另一項考量。如果他選擇了那條路，等於是選擇了他父親的人生。選擇永遠與別人疏離，無法融入眾人的人生。

可是，如果他上戰場，他會找到自己的位置，甚至可能達成他不敢夢想的目標：贏得一柄碎刃，成爲眞正的淺眸人。如此一來，他可以娶拉柔，卻不會永遠屈居於她之下。這就是她一直都鼓勵他成爲士兵的原因嗎？她從那時候起，就已經在考慮這些事情了？過去，像是婚姻或未來這種決定，對阿卡而言似乎遙遠至極。

他覺得自己仍然非常幼小。他眞的得開始思考這些問題了嗎？要再過幾年，卡布嵐司的外科醫生們才會允許他接受考試，可是如果他想成爲軍人，那麼在考試之前就得加入軍隊。假使阿卡跟那些招募士兵的人走了，父親會有何反應？阿卡不確定他有辦法面對父親失望的眼神。

正如此想著，李臨的聲音就響了起來。「賀希娜！」

阿卡的母親轉身，露出微笑，將一綹黑髮塞回頭巾裡。阿卡的父親從街道的那端跑來，表情焦急萬分。阿卡突然感覺到一陣擔憂。誰受傷了？父親爲什麼沒派人找他回去？

「什麼事？」阿卡的母親爬下梯子問道。

「賀希娜，他到了。」阿卡的父親道。

「也該到了。」

「誰？誰到了？」阿卡從梯子上跳下來。

「兒子，新上主到了。他的名字是羅賞光明爵士。如果想聽到他的第一次演說，我們恐怕沒時間換衣服再去了。快走吧！」李臨說道。他的呼吸在冷空氣中結成白霧。

三人快速離開。阿卡的思慮和擔憂都跟著這個能見到一名新淺眸人的機會一起消失。

「他沒有先派人來告知我們。」李臨低聲說道。

「這可能是個好跡象，也許他不需要每個人都對他卑躬屈膝。」

「也有可能他不懂體恤子民。他颶父的，我真討厭適應新的光明爵士。每次都讓我覺得像在玩斷頭遊戲時拋出手中所有的石子的感覺，不知道自己拋出的是皇后還是塔？」

「我們等一下就知道了。」賀希娜說道，瞥了一眼阿卡。「不要因為你父親的話而緊張。他每次碰到這種時候都會變得很悲觀。」

「我才不會。」李臨說道。

她刻意看了他一眼。

「妳說說還有哪次。」

「跟我父母見面那一次。」

阿卡的父親頓時停下腳步，驚愕地眨眨眼睛。「颶風的，希望這次不像那時候一半慘就好了。」

阿卡好奇地聽著。他從來沒有見過母親的父母，他父母也很少提到他們。三人沒多久就來到了城鎮的南邊，那裡聚集著一群人。已經到了的提恩正興奮地跳上跳下，用力揮著手。

「真希望我有那孩子一半的精力就好。」李臨說道。

「我已經挑好地點了。就在雨水桶邊。快點！我們要錯過了！」提恩興奮地邊喊邊指。

提恩快速爬到桶子上。鎮上幾個男孩注意到他，他們拐了拐對方，開始交頭接耳，阿卡聽不到他們在說什麼，只知道某人說了些什麼後，其他人開始嘲笑提恩，阿卡立刻大怒。提恩只不過是個子長得比較小而已，憑什麼笑他。

但現在不是挑釁其他男孩的好時機，所以阿卡臉色不善地跟他父母一起站到桶邊。提恩站在桶子上對他微笑。他在身旁放了幾枚他最喜歡的石頭，每顆都有不同的顏色跟形狀。雖然他們身邊到處都是石頭，但只有提恩能看到它們的神奇之處。想了想，阿卡也爬到桶子上，很小心地不去動到提恩的石頭，好把城主的隊伍看得更仔細。

城主的隊伍眞是龐大，至少有一打馬車吧！最後一輛，是四匹毛色發亮的黑馬拖著的精緻黑色馬車。阿卡忍不住瞠目結舌。維司提歐只有一匹馬，而且那匹馬的年紀似乎跟他一樣大。

就算他是淺眸人，但一個人能有這麼多家具嗎？他要把家具放哪裡？而且還有很多人。幾十個人，有的坐在馬車裡，有些成群結隊地走著，還有十幾名士兵穿著發亮的盔甲跟皮裙。這個淺眸人甚至有自己的護衛隊。

隊伍終於來到轉向爐石鎮的路口。一名騎馬的人帶著馬車跟士兵進入城鎮，其他大多數的馬車則繼續往宅邸前進。看著馬車緩緩地進入廣場，阿卡越發感覺興奮。他會終於有機會親眼看到一名淺眸英雄嗎？鎮上的人都在說新上主會是加維拉國王或薩迪雅司藩王因爲統一雅烈席卡一戰中有軍功，因此晉封的人。

馬車轉向側面，車門面對眾人。馬匹噴著氣，踏著地，車伕俐落地跳下，快速地把門打開。一名有著灰白短鬚的男子下了馬車。他穿著一件飾有荷葉邊的紫色外套，前短後長，下面則是一件金色的塔卡瑪——長及小腿肚的直筒裙子。

塔卡瑪。現在很少人穿了，但是鎮上的士兵曾提起過去的戰士偏好這種裝束。阿卡沒想到塔卡瑪看起來這麼像女人的裙子，但這是個好跡象。羅賞本人看起來老了　點，胖了一點，不太像是眞正的士兵，可是他有佩劍。

淺眸男子掃了人群一眼，臉上一副厭惡的神色，像是吞了很苦的東西似的。在他身後的另外兩個人正在探頭張望——一名窄臉的年輕人，還有一名盤著髮髻的年長女子。羅賞端詳了眾人一會兒，然後搖搖頭，轉身要回到馬車上。阿卡皺眉。難道他不打算說些什麼嗎？鎮上的人似乎跟阿卡一樣震驚，其中幾個人開始焦慮地交頭接耳。

「羅賞光明爵士！」阿卡的父親喊道。

所有人安靜了下來。淺眸男子轉過頭。其他人都嚇得退到一邊，阿卡發現自己難以承受那冷酷的目光。「剛剛是誰開口？」

羅賞質問，聲音是低低的男中音。

李臨走上前，舉起手。「光明爵士，您一路上順利嗎？我們能帶您參觀一下鎮上嗎？」

「你叫什麼名字？」

「李臨，光明爵士。爐石鎮的外科醫生。」

「啊，就是你讓老維司提歐死的。」光明爵士的表情頓時變得難看。「今天我會淪落、被分發到這貧困可悲王國的一個角落，某種程度而言都是你害的。」他悶哼一聲，爬回馬車，重重甩上門。幾秒後，車伕已經把台階收起，爬回原位，開始調轉馬車的方向。

阿卡的父親緩緩放下手臂。鎮上的人立刻開始交頭接耳，談論著士兵、馬車和馬匹的閒言閒語。

阿卡坐在木桶上，心想，戰士本來就不喜歡閒聊，是吧？傳說中的英雄原本就不一定很有禮貌。老加瑞曾經跟他說過，會殺人的人，不一定會講好聽的話。

李臨走回到他身邊，表情複雜。

「怎麼樣？你覺得呢？我們是擲出皇后還是塔呢？」賀希娜說道，試圖要讓氣氛輕鬆一點。

「都不是。」

「哦？那我們擲了什麼？」

「我不確定。可能是一對跟三同花吧。回家了。」他一邊說道，一邊轉過頭看。

提恩不解地抓抓頭，但李臨的話讓阿卡心情沉重。斷頭遊戲中，塔是三對，皇后是兩對三同花。前者是大輸，後者是大贏。可是一對跟三同花叫作屠夫，贏或不贏，端看你擲出了其他什麼，而且更重要的是，要看別人擲出了什麼。

26 沉靜

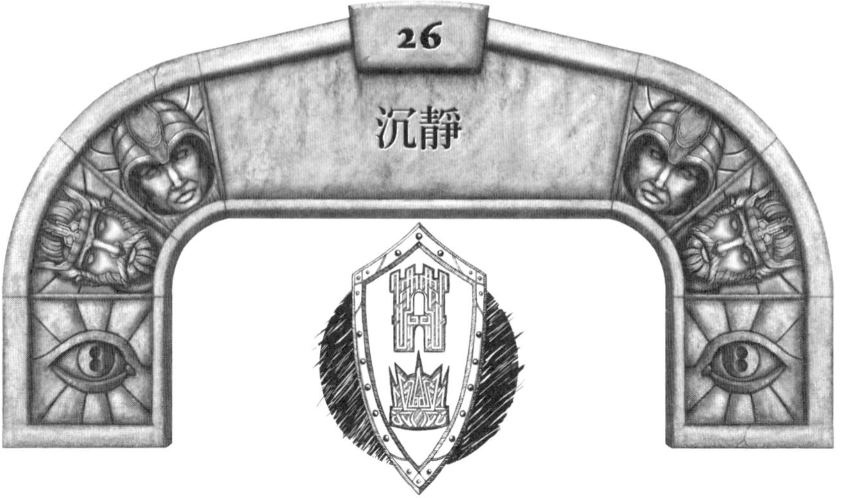

有人在追我。我想，應該是你那些第十七碎組的朋友。我相信他們還在追查一條我留下來的假線索，所以才迷了路。他們這樣會比較快樂。我想，如果他們眞的追上了我，一定也不知道該拿我怎麼辦。

「我站在陰暗的修道院僧室中，」麗提瑪站在講台前，厚重的書籍攤開在台上。她朗聲讀著，「房間的盡頭漆著一潭潭的黑影，沒有光線的影蹤。我坐在地板上，思索那黑暗，那看不見的事物。我不可能確切知道隱藏在黑夜中的到底是什麼。我猜想那後面是堅實厚壯的牆，但我看不見，該要怎麼知道？當一切都隱匿在暗處時，什麼才是人仰賴的『眞實』？」

麗提瑪是達利納的書記之一，身材高䠷圓潤，穿著一件深紫色滾黃邊的衣裳。她讀著書頁上的內容，達利納則站在起居室中研究牆上的地圖。房間有著漂亮的木家具，還有從瑪拉特進口的編織地毯。一只水晶瓶裝著午後酒，放在角落的一張高腳桌上，瓶身反射著頂上吊燈透過鑽石球幣投射出的光芒，橘色的酒漿不足使人昏醉。

「燭光，」麗提瑪繼續讀著《王道》的內容，她面前的那本書原本是加維拉所有。「十二支蠟燭在我面前的檯上焚燒至死。我的每次呼吸都讓它們顫抖。對它們而言，我是龐然大物，讓它們恐懼，威脅著摧毀它們。可是，如果我靠得太近，它們也可能摧毀我。我隱形的呼吸，在我體內流竄進出的生命脈動，可以毫無顧忌地終結它們，但我的手指如果做出同樣舉動，必會遭受疼痛的報復。」

達利納一面思索，一面轉動著他的藍寶石徽戒，上面刻有科林對符。雷納林站在他身邊，穿著一件藍色與銀色相間的外套，肩上的金色繩結彰顯出他貴為王子的身分。雅多林不在場。自從他們在地圖室中發生爭執後，雅多林跟達利納兩人的互動就一直相當彆扭。

麗提瑪繼續讀著：「在沉靜之後，我明白了。蠟燭的火光就如同人的生命。如此脆弱。如此致命。如果不去管它們，它們可以點亮人間，溫暖眾人。如果任它們恣意妄為，它們就會摧毀原本想要照亮的東西。篝火的幼苗，每一點火光中都蘊藏著摧毀的種子，強大到足以顛覆城市，制伏眾王。在數年之後，我的思緒會回到那平靜、無聲的夜晚，想起我凝視火光的那個瞬間。然後，我便明白了。得到他人獻予我的忠誠，就如同我是寶石，被颶光充滿、擁有，不僅是摧毀自己，更是可以摧毀自己守護的一切之可怕許可。」

麗提瑪安靜了下來。這是該章節的最後一段。

「謝謝妳，麗提瑪光主。妳可以下去了。」達利納說道。

女子恭敬地俯下頭，從房間另一旁招來年輕的學徒，兩人一同退下，將書留在講台上。那是達利納最喜歡的章節，只要聽到這一段便能讓他得到安慰。因為有另一個人知道，而且明白他的感覺。可是今天它卻沒有帶來往常的安慰，只讓他想起雅多林跟他的爭執。達利納不是沒想過這些，但是被他信任的人當面指出這些，挑戰他的信念，幾乎動搖了他的一切。他發現自己正盯著牆上的地圖看，那跟地圖室中掛著的地圖是一樣的，只是比較小幅，是皇家製圖師艾莎西克・書林為他重新繪製的。

如果達利納的幻境眞的是他的想像，那怎麼辦？他經常渴望能夠見證雅烈席卡過去的榮光。這些幻境是不是他的腦子自行創造出來，讓他在潛意識中能夠成爲英雄，爲自己堅持想追求的目標找藉口跟理由？

令人不安的念頭。從另一個角度來看，那些要他「團結」眾人的幻想命令，聽起來像極了神權聖教五世紀前想要征服世界時說的話。

達利納的眼神離開了地圖，跨過房間，腳上的靴子落在柔軟的地毯上。這條地毯太精緻了。他大半生都住在一個又一個的戰營裡，睡在馬車上、石營房，還有依靠石頭防禦工事搭建而成的帳棚。相較之下，現在住的地方簡直是奢華至極。他覺得應該要丟掉他所有的奢侈品，但那又有什麼意義？

他停在講台邊，手指摸著厚厚的書頁，上面是紫色墨水撰寫出的文字。他讀不懂那些字，卻幾乎可以感覺到它們，從書頁中散發出了像是從錢球投射出的颶光。他的問題都是書上的文字所造成的嗎？他第一次聽人唸這些書頁給他聽的幾個月後，幻境便開始了。

他按著滿是墨水字跡的冰冷書頁。他們的家鄉已經瀕臨崩解邊緣，戰事停滯不前，而他突然發現自己被引誘他哥哥走上衰敗之途的理念跟神話吸引。雅烈席卡現在需要的是黑刺，不是自以為是哲學家的疲憊老兵。

去他的，他心想。*我以爲我都想清楚了！*他關上書脊早已龜裂的厚重皮革書，抱回書櫃，安置在原本的位置。

「父親？我能幫什麼嗎？」雷納林問道。

「有就好了，兒子。眞諷刺。這本書原本是政治哲學中的巨作之一，你知道嗎？加絲娜告訴我，以前世上所有的國王每天都要研讀其中的章節，如今它卻幾乎被視爲異端邪說。」達利納邊輕敲書脊邊說道。

雷納林沒有回答。

「先不談這件事。艾拉達藩王跟洛依恩藩王一樣，也拒絕了我的結盟提議。你覺得接下來我應該找誰？」達利納問道，往掛在牆上的地圖走去。

「雅多林說我們不夠注意薩迪雅司想摧毀我們的計謀。」

房間陷入沉默。雷納林習慣單刀直入打斷對話，就像敵方弓箭手總瞄準戰場上的軍官獵殺一樣。

達利納回答：「你哥哥的擔心是對的。可是向薩迪雅司動手會動搖雅烈席卡的國本。薩迪雅司基於同樣的原因，也不會動我們。他會想通的。」

希望如此。

屋外突然響起低沉的號角聲，迴蕩不已。達利納跟雷納林全身僵直不動。有人在台地上發現了帕山迪人的身影。第二段號角聲傳來。是第二區的二十三號台地。達利納的斥候認爲這個台地夠近，他們可以搶先抵達。

達利納衝過房間，所有其他的念頭全被拋諸腦後，厚重的靴子在濃密的地毯上踏出沉沉的腳步聲，用力一推門，衝入點滿颶光燈的走廊。

議戰廳的門大開，値班的高階軍官特雷博朝進屋的達利納行了軍禮。特雷博有著挺直的背脊與淺綠色的眼睛，長頭髮編成一條辮子，臉頰上有著藍色的刺青，彰顯老族的身分。他的妻子卡菈美，坐在房間一旁高腳書桌後的凳子上，濃密的黑髮只在兩邊各挽起一條小辮，其餘均垂在她紫色的服飾背後，長至凳子。她是個有名的歷史學者，之前請求記錄這類型的會談，因爲她打算寫本戰記。

「長官。不到十五分鐘前，一隻裂谷魔爬到了這邊的台地上。」特雷博指著戰地地圖說道。上面塗有符文，標示出不同台地的位置。達利納湊近前看，其餘軍官均以他爲中心圍視。

「你覺得有多遠？」達利納摩挲著下巴問道。

「大概兩個小時。」特雷博指著下屬在地圖上描繪出的路徑。「長官，我覺得我們這次很有機會。艾拉達光明爵士需要經過六個無主台地才能到達，我們則是有幾乎直線的路徑。薩迪雅司光明爵士也會碰上問題，因爲他得繞過七道無法以橋橫越的裂谷。我猜他甚至不會嘗試。」

達利納確實有最直接的路徑，可是他有所遲疑。他已經好幾個月沒有進行台地戰，因爲他的心神不在此，軍隊也被派去保護道路還有巡邏在戰營中的大市場。如今，雅多林的問題沉沉地壓在他心頭，讓他動彈不得。現在上戰場似乎是很差的時機。

不行。*我需要去*，他心想。現在如果贏了一場台地爭戰，不僅能大大鼓舞軍隊的士氣，更能消除戰營中的流言。

「我們出動！」達利納宣布。

幾名軍官興奮地歡呼一聲，通常這對自制的雅烈席人而言，已經是極端情緒化的表現。

「光明爵士，您的兒子？」特雷博問道。他聽說了兩人之間的衝突。達利納懷疑十個戰營中還有誰沒聽說過這件事。

「召他來。」達利納堅定地說道。雅多林也需要這一戰，就像達利納一樣，甚至比他更需要。

軍官四散。達利納的甲冑侍從們片刻後便走了進來。號角才響起幾分鐘，但經過六年的戰鬥，號角響起時，戰爭機器運轉得無比順暢。他聽到外面響起第三段號角，召喚他的士兵準備出動。

甲冑侍從們先是檢視他的靴子，鞋帶是否綁緊，然後拿來一件較厚的背心披在他的制服上，接著他們把他的靴甲放在他前方的地上。靴甲能完全包覆他的靴子，而且底部粗糙得似乎能黏在石頭上，內裡散發著鑲嵌藍寶石的光芒。

達利納想起他最近一次看到的幻境。那名燦軍的甲冑上布滿了發光的符文。現代的碎甲不會那樣發光。這個細節是他自己想像出來的嗎?有可能嗎?

沒時間想這個,他心想。懷疑跟擔憂都先得拋在一旁,這是他年輕時第一次上戰場就學到的經驗。戰士需要專注。雅多林的問題可以等到回來以後再說,可是現在不能浪費精神於自我懷疑或不確定上。現在,是成爲黑刺的時候。

他踩入靴甲中,繫帶自動地收緊於靴子周圍。接下來是腿甲,套過他的小腿跟膝蓋,鎖在靴甲上。碎甲跟一般的甲冑不同,關節間沒有鐵網或皮帶。碎甲的邊縫是以極小的金屬打造,相互交疊,緊密卡榫,沒有任何弱點或縫隙,甚至不太會磨到他的皮膚或卡入肌肉裡。每一塊甲冑都是完美的貼合,彷彿爲達利納量身訂做一般。

甲冑一定得從腳部開始往上套。碎甲極重,如果不是因爲它能帶來額外的力量,絕對沒有人能夠穿著它打仗。達利納動也不動地站著,等他的甲冑侍從套上大腿上的護甲,讓它與護腰跟護背緊密貼合。接下來是以細小相接的甲片串連起,長及膝蓋的裙甲。

「光明爵士,您考慮了我的人橋提議嗎?」特雷博來到他面前詢問。

「特雷博,你知道我對人橋的看法。」達利納說道,等著他的甲冑侍從將胸甲安上,接著是手臂的上下護甲。他已經可以感覺到碎甲帶來的力量湧入全身。

「我們進攻時不需要用到這些小型的橋。只需要在前往目標台地的路上用就夠了。」特雷博說道。

「我們還是要帶芻螺拖的橋才能跨越最後一道鴻溝。如果我們原本就要等芻螺,就算用上橋兵隊,我覺得也快不了多少。」達利納說道。

特雷博嘆口氣。

達利納重新考慮一番。優秀的軍官是能夠在與上級抱持不同意見時，仍然能接受與執行命令，但是偉大軍官的必備特色就是能同時創新，提出更合適的建議。

「你可以招募並且訓練一支橋兵隊，我們看看成果如何。在競賽中，幾分鐘的差別可能都會有影響。」達利納說道。

特雷博微笑。「謝謝長官。」

達利納揮揮左手，甲冑侍從正忙著將護甲套上他的右手。他把手緊握成拳，細小的甲片完美地彎弧。接下來是左手，然後是護脖，它遮住了他的脖子，還有護肩，頭盔，最後是別在護肩下的披風。

達利納深吸一口氣，感覺鬥氣隨著即將到來的戰鬥攀升。他踏著堅定明確的腳步走出議戰廳，侍從與僕人們紛紛讓道。隔了這麼久以後，重新穿上碎甲的感覺有如終於從輾轉難眠的一夜醒來。盔甲似乎讓他的腳步變得更輕盈，動作更有力，讓他想要衝出走廊，然後……

有何不可？

他快步奔跑起來。特雷博跟其他人驚呼一聲，連忙趕上。達利納很快便超越他們，來到營區的前門，猛然越過，奔下通往他起居間的高深台階。他的每顆細胞都在歡欣鼓舞，笑容隨著凝滯在空中的每一瞬間、重重落地的每次撞擊越發飛揚，颶力壓碎了他腳下的岩石，他順勢蹲下以降低撞擊力。

在他面前，一排排的營房以同心圓整齊排列，中間是每營的校場與餐廳。他的軍官們趕到了台階上方，驚訝地由上往下望著他。雷納林跟他們在一起，穿著從未上過戰場的制服，舉著一手遮擋陽光。

達利納突然覺得自己方才那樣真蠢。他是剛獲得碎甲的毛頭小子嗎？上工吧！別玩了！

他的步兵長裴瑞松對達利納行禮。「光明爵士，第二跟第三營本日值勤，列隊準備出發。」

「第一橋隊集結完畢，光明爵士。」橋隊長哈瓦拉走上前說道。他的個子不高，深色如水晶般的指甲顯示他有一部分賀達熙的血統，不過他沒佩帶火劍。「艾什藍報告弓箭手也已集結完畢。」

「騎兵呢？還有我兒子在哪裡？」達利納問道。

「在這裡，父親。」一個熟悉的聲音喊道。雅多林穿著他漆成科林深藍的碎甲穿越人群而來。他的面罩掀起，一臉熱切之色。只是當他與達利納四目交接時，總是連忙移開視線。

達利納舉起手，讓幾名想要向他回報的軍官當場安靜下來。他走到雅多林面前，年輕人抬起頭，迎接他的目光。

「你說了你覺得該說的話。」達利納說道。

「我不後悔說那些話。但是我很後悔選擇了錯誤的方式跟不對的場合。這種事不會再發生。」

達利納點點頭。這樣就夠了。雅多林似乎全身放鬆，一份重擔從他肩膀上卸了下來。達利納轉身與軍官們交談，要不了多久，他跟雅多林便領著一群軍官快步走到校場。他們並肩走著，達利納突然注意到雅多林正在和站在路邊的一名年輕女子揮手，她穿著一件紅色的禮服，頭髮編成十分美麗的髮髻。

「那是不是……呃……」

「瑪拉紗？對，是她。」雅多林說道。

「她看起來人很和善。」

「大多數時候確實如此，但她不太高興今天我不讓她跟著來。」

「她想上戰場？」

雅多林聳聳肩。「她說她很好奇。」

達利納一語不發。戰鬥是男性技藝。女人想要上戰場就像是……像是男人想要讀書一樣。違反自然。

在校場中的軍伍正集結成列，一名矮壯的淺眸軍官快步來到達利納面前。他全黑的雅烈席頭髮裡混合了幾絡紅髮，同時有著長長的紅鬍鬚。他是艾勒馬騎兵長。

「光明爵士。抱歉我來遲了。騎兵隊已經上馬，準備出發。」他說道。

「那我們出動了。士兵們……」達利納正開口。

「光明爵士！」一個聲音喊道。

達利納轉身，看到他的一名傳令兵跑上前來。那名深眸人的手臂上套著標有藍色色帶的皮革環。他行了個禮，然後說道：「薩迪雅司光明爵士要求進戰營！」

達利納瞥了一眼雅多林，後者的臉色立刻變得難看。

「他聲稱國王親筆書寫的調查令允許他進來。」傳令兵說道。

「讓他進來。」達利納說道。

「是的，光明爵士。」傳令兵轉身離開。一名低階軍官莫拉特跟著他一起離開，準備去迎接薩迪雅司，畢竟以他的身分應該由淺眸人陪同。在場所有人中，莫拉特的位階最低，每個人都知道達利納一定會派他去。

「你覺得薩迪雅司這次想要什麼？」達利納低聲問雅多林。

「我們的血。最好還是熱的，再加上一份塔露白蘭地更好。」

達利納皺皺眉頭，兩人快步走過士兵。所有人的臉上都洋溢著期待，矛舉得高高的，深眸的公民軍官站在兩側，肩上扛著斧頭。一隊芻螺噴著氣排在所有人的前端，牠們不知道在腳邊的石堆中翻找什麼，幾座巨大的行動橋則繫在牠們身後。

英勇跟雅多林的白馬定血已經到了，馬伕們拉著牠們的韁繩等在一旁。瑞沙迪馬幾乎不太需要人束縛。有一次英勇的馬伕動作慢了，結果牠就把馬廄大門踢開，自行走到校場。達利納拍拍子夜色愛駒脖子，然後翻身上馬。

他環顧校場，準備揮手下令大軍出動，但同時他注意到一群騎著馬的人來到校場，前方是個穿著深紅色碎甲的身影。薩迪雅司。

達利納壓下一陣嘆息，下令全軍出發，但他自己則等著情報藩王來到。雅多林騎著定血來到他身旁，望了一眼達利納，似乎在說：「別擔心，我不會惹事。」

薩迪雅司一如往常極為時髦，盔甲漆成彩色，頭盔上的金屬花紋與上次所見完全不同，這次的形狀像是朝陽，甚至有點王冠的樣子。

「薩迪雅司光明爵士，你這時前來調查極為不便。」達利納說道。

「真不巧。可是陛下急著要答案，我不能停止調查行動，即使你要進行台地戰也一樣。我需要訪談幾名你手下的士兵，可順路去問吧？」

「你要跟我們一起來？」

「有何不可？我又不會拖累你們。」他瞥了一眼拖著沉重木橋的緩慢芻螺。「我想就算我用爬的也拖累不了你。」

「我們的士兵需要專注於即將來臨的戰鬥，光明爵士。我們不該讓他們分心。」雅多林說道。

「我必須執行國王的命令。我需要給你們看文件嗎？你們不會想要阻止我吧？」薩迪雅司聳聳肩說道，甚至懶得瞥雅多林一眼。

達利納端詳著他過去的朋友，望入那雙眼睛，試圖要看穿那人的靈魂。薩迪雅司的臉上沒有他慣常的冷笑。每次，當他很滿意自己的計謀進行順利時，臉上通常都會出現那樣的冷笑。他是發現達利納知道怎麼讀懂他的表情，所以隱藏了他的情緒嗎？「你不用拿什麼出來，薩迪雅司。我的人隨你詢問。你需要什麼只管去問。雅多林，跟我來。」

達利納調轉英勇的頭，朝軍隊前方奔去。雅多林不情願地跟上，薩迪雅司則和隨從一起站在原地。

漫長的路程開始。這裡的常駐橋屬達利納所有，由他的士兵跟斥候們看顧及守衛，連接一個個他控管的平原。薩迪雅司一路上都保持在兩千人組成的隊伍中段，不時命令侍從將某個士兵從隊伍中拉出。

達利納整段路上則在進行戰鬥的心理準備，跟軍官們討論台地的地表狀況，聽取裂谷魔選擇結蛹的確切位置，派遣斥候探查帕山迪人的動向。這些斥候都帶著長竹竿，不需要橋就可以跳過裂谷。

達利納的士兵終於來到常駐橋的末端，開始等待芻螺橋跨過裂谷。這座機器的外型像是圍城戰用的木塔，只是底下附加了巨大的輪子，兩旁也釘上部分甲冑，好讓士兵能夠用力往前推。在裂谷邊，他們解下了芻螺，用人力將機器推向前，然後轉著後方的一個把手讓橋降下。橋一架好，機器就被解開，拖到另一邊。這種行動橋建造的方式，能讓其中一端勾上機器，把橋拉起，然後再用芻螺拖動。

這是個很緩慢的過程。達利納坐在馬背上看著，手指敲著豬皮馬鞍，這才是第一道裂谷。也許特雷博說得對。他們是否眞的該用比較輕便的橋先跨越前面的幾道裂谷，然後只有在最後攻擊時才用圍城重橋？

一陣迴盪在岩石間的馬蹄聲，宣告有人正往軍隊的側面而來。達利納轉身，以爲是前來回報的雅多林，卻看到了薩迪雅司。

薩迪雅司爲什麼要求成爲情報藩王？他爲什麼這麼堅持，一定要將皮帶斷裂這件事調查得水落石出？如果他眞的想要僞造達利納謀反的證據……

預視要我信任他，達利納堅定地告訴自己。可是他越發不敢相信自己的幻境。他到底敢賭多少？

「你的士兵對你很忠心。」薩迪雅司剛到達，劈頭就這麼說。

「忠心是士兵學習的第一課。如果我的人還沒學會，我就要擔心了。」達利納說道。

薩迪雅司嘆口氣。「達利納，你眞的每次都要這樣一板一眼嗎？」

達利納沒有回答。

「領袖的風格眞的會影響他的手下。這些人都像是你的縮小版。情感豐富，卻被層層包裹起來、捆起來，直到因爲壓力而極爲僵硬。他們在某些方面是如此自信，在其他地方卻極爲缺乏信心。」

達利納強迫自己不要回答。*薩迪雅司，你到底在玩什麼把戲？*

薩迪雅司微笑，靠近了些，低聲說道：「你很想罵我，對不對？就算是以前，每次只要有人說你缺乏信心，你就氣得要命。那時候你一不高興就是一兩顆腦袋落地。」

「我殺了很多不該死的人。一個喝了太多酒的人，不該害怕失去自己的項上人頭。」達利納說道。

「也許如此吧。但是難道你不想像以前那樣發洩嗎？難道你不覺得內心有個聲音在吶喊，像是有人跟一面大鼓被困在一起？不斷地敲，不斷地打，不斷地想要掙脫？」薩迪雅司低聲地說道。

「想。」達利納說道。

他的坦承似乎讓薩迪雅司嚇了一跳。「快感呢，達利納？你還感覺得到刺激的戰意嗎？」

一般人不會提起戰意，對戰鬥的喜悅與渴望。這是很私人的話題。「你說的每一件事我都有感覺，薩迪雅司。可是我不會隨時發洩。人，被自己的情緒定義，眞正的力量象徵就是自制。缺乏情緒就如同死了一般，但若人被情緒支配，就是非常孩子氣的行爲。」

「這幾句話聽起來酸氣很重，達利納。你是在背加維拉那本滿是仁義道德的小書嗎？」

「是。」

「你難道完全不在意燦軍背叛我們了？」

「傳說而已。重創期是多麼古老的事情，就跟影時代沒有差太久。燦軍到底做了什麼？他們爲什麼這麼做？我們不知道。」

「我們知道的夠多了。他們用複雜的手段模仿偉大的力量，假裝自己有神聖的天職，因此一旦被外界發現他們的一切都是騙局時，他們就跑了。」

「他們的力量不是謊言，是眞實的。」

「哦？」薩迪雅司戲謔地說道。「你知道？你不是才說這件事古老到跟影時代差不多嗎？如果燦軍有這麼偉大的力量，爲什麼其他人不能重現？那些驚人的能力哪裡去了？」

「我不知道。」達利納輕聲說道。「也許我們已經沒有資格了。」

薩迪雅司輕蔑地哼一聲。達利納後悔剛剛怎麼沒強迫自己不要開口。他唯一的證據是他的幻境。可是，如果薩迪雅司輕視了什麼，他直覺地就想爲它辯護。

我不能浪費時間在這種事上。我必須專注於眼前的戰鬥。

「薩迪雅司，我們需要更努力地讓各個戰營團結起來。我需要你的幫忙，以情報藩王的身分。」他說道，打定主意要改變話題。

「做什麼？」

「做必須做的事。一切都爲了雅烈席卡。」

「老朋友，我就是在這麼做啊。殺死帕山迪人，爲我們的王國贏得光榮跟財富。報酬。如果你不要在戰營中浪費那麼多時間，還有像懦夫一樣說什麼要逃離戰場的蠢話，這才是爲了雅烈席卡好。如果你重新像個男人，這才是爲了雅烈席卡好。」

「夠了，薩迪雅司！我允許你一同前來是讓你調查，不是讓你挑釁我！」達利納說道，聲音比他打算的要大了一些。

薩迪雅司哼了一聲。「那本書毀了加維拉。現在也要毀了你。你故事聽太多了，滿腦子都是不切實際的幻想。沒有人眞的能照那守則活著。」

「罷了！我今天沒時間聽你在那邊冷言冷語，薩迪雅司。」達利納說道，一揮手，調轉英勇的方向，小步跑開。一面氣著薩迪雅司，更氣居然發怒的自己。

他過橋時仍然生著悶氣，想著薩迪雅司說的話。他想起當初跟他哥哥，兩人一起站在科林納的不可能瀑布旁的那一刻。

達利納，一切都不一樣了。我現在明白了之前完全不懂的事情。眞希望我能讓你明白我想通的事。加維拉當時說道。

那是他死前三天的事。

十下心跳。

達利納閉上眼睛，緩慢、平靜地吐納。所有人都聚集在圍城重橋後方，準備突擊。忘記薩迪雅司。忘記預視。忘記他的擔憂與恐懼。只要專注於心跳就好。

附近的芻螺以覆蓋堅硬甲殼的腳刨抓著地面。風吹過他的臉，帶來濕潤的氣味。在悶濕的颶風之地，空氣向來聞起來都是濕的。

士兵身上響起金屬敲擊的聲音，皮革的摩擦嘎吱聲。達利納抬頭望天，心臟沉沉地跳著。燦爛的白色太陽染紅了他的眼簾。人們晃動著、喊著、咒罵著，鬆動鞘中的劍，測試弓弦。他可以感覺到他們的緊繃、焦慮，混合著興奮。期待靈開始從眾人腳下的地面浮出， 端連接著石頭，一端在空中飄蕩，幾隻懼靈也浮現於其間。

「你準備好了嗎？」達利納輕聲問道，刺激的快感逐漸在體內湧起。

「好了。」雅多林的聲音非常興奮。

「你從來不會抱怨我們攻擊的方式。你從來沒有表達過任何反對意見。」達利納說道，仍然閉著眼睛。

「這是最好的方法。他們也是我的人。如果不能帶領所有的人衝鋒陷陣，那當碎刃師有什麼用？」

第十下心跳在達利納的胸中響起。當他在召喚碎刃時，無論周遭多麼吵雜，他總是能聽到自己的心跳聲。心跳越快，劍出現得越快，所以感覺越緊急，越快可以得到武器。這是刻意的嗎？還是只是碎劍的特性？

引誓熟悉的重量落入他的掌心。

「走。」達利納說道，猛然睜眼。他跟雅多林同時闔上面罩。颶光從頭部的兩側亮起，頭盔自行封起所有空隙，變成半透明狀。兩人從巨大的橋後衝出，一人一邊，藍色與黑銀色的身影猛撲向前。達利納衝過石地，盔甲的力量竄過他全身，雙臂隨著步伐甩動。跪在裂谷另一端的帕山迪弓箭手立刻放出一波箭雨，達利納抬起手臂，遮住眼前的縫隙，箭雨灑在他身上，擦過金屬，有些箭桿應聲折斷。那感覺像是逆著冰雹往前跑。

右邊的雅多林發出了一聲怒吼，但隔著頭盔，聲音不甚清楚。兩人抵達裂谷谷口時，達利納罔顧飛箭，放下手臂。他需要判斷前方的狀況，裂谷不過幾呎遠。就在他奔到裂谷邊緣時，他的碎甲爲他增添了新生的一股力量。

他用力一躍。

那一瞬間，他飛躍在漆黑的裂谷之上，披風在身後飛揚，箭矢在他身旁翻飛。他想起了幻境中沖天而起的燦軍，但他這一躍，只不過是借用碎甲的力量跳得更遠，並無其他神奇之處。他輕易地越過裂谷，重重落在對岸，一揮劍砍倒三名帕山迪人。

他們倒地的瞬間，眼睛變得焦黑，身體發出煙霧。他再次揮砍。飛箭被碎裂的盔甲與武器碎片取代，碎刃橫掃之下所向披靡，只要是物體便會迎刃而斷，如果砍到的是肉體，劍身便會變得模糊，彷彿化成霧氣。

碎刃對皮肉的反應與削鐵如泥的鋒利，往往讓達利納覺得，自己是在揮舞一柄從煙霧中凝結而成的武器。只要他不讓碎刃停下，它就不會被任何不平整的表面卡住或擋下。

達利納轉身，碎刃如死亡的飛線一般斬斷了敵人的靈魂，帕山迪人不斷倒地。他用力一踢，將他們的屍體朝附近的帕山迪人迎面踢去。連踢幾下，四周便被他清出一塊空地。在碎甲的幫助下，每一踢都足以讓屍體飛出三十多呎遠。

雅多林在不遠處落地，轉身採取風式，以肩膀撞上一群弓箭手，所有人紛紛往後仰倒，還有人被直接撞入裂谷中。他雙手握住碎刃，跟達利納一樣迴身揮砍，一下六人倒地。

帕山迪人們正在歌唱，許多人的鬍子中那未切割的寶石正在閃閃發光。帕山迪人戰鬥時向來伴隨著歌聲，在他們拋下弓，抽出斧頭、劍還有流星錘，衝向碎刃師的同時，歌聲也起了變化。

達利納與雅多林之間保持著一定的距離，讓他的兒子能夠守護他的盲點，卻又不會靠得太近。兩名碎刃師戰鬥的位置仍然靠近裂谷邊緣，砍倒想要以人海戰術逼退他們的帕山迪人。這是打敗碎刃師的最好機會。達利納跟雅多林只有彼此，沒有親衛隊的保護，就算身著碎甲，從這麼高的地方落入裂谷，也絕對活不了。

達利納體內的快感逐漸沸騰，感覺如此甜美。他踢開了另一具屍體，雖然並不需要額外的空間。但他們之前就已注意到，如果移動死去的帕山迪人會激怒他們。他刻意又踢了一具屍體，故意要激怒他們，讓他們兩兩一組來挑戰他。

一群人上前來，因爲達利納的行爲而唱著憤怒的歌曲，但頃刻間就被達利納砍倒。附近的雅多林看到靠得太近的帕山迪人，立刻改換以拳頭攻擊。這是他喜歡的戰術——交替使出雙手或單手握劍的招式。帕山迪人的屍體四處飛舞，骨頭與盔甲被直拳粉碎，橘色的帕山迪血灑在地上。一陣子後，雅多林換回以劍攻擊，踢走一具屍體。

戰意吞沒了達利納，讓他變得更強大、更專注、更有力氣。戰爭的榮光變得更耀目。他太久沒有上戰場了，如今他終於徹底明白，他們的確需要更努力地逼迫，攻擊更多的台地，贏得更多寶心。

達利納是黑刺。他跟大自然的力量一般無可阻遏。他就是死神。他……

他突然覺得一陣強大的反胃，噁心感激烈到讓他驚呼出聲，腳下一滑——一部分是因爲他踩到了鮮血，也是因爲他的膝蓋一軟。

他眼前的屍體突然讓他覺得可怖。焦炭般的眼眶，四肢殘缺的屍體，被雅多林擊碎的骨頭和裂開的頭顱，四處都是鮮血、腦漿和內臟。如此野蠻，如此多的死傷。戰意消失。

怎麼會有人覺得這是愉快的？

帕山迪人衝向他。雅多林瞬間出現在他身邊，以達利納見過最優秀的劍技擊退敵人。這孩子就像是揮灑碎刃的藝術家，只用一種色彩就能繪出整幅圖畫。他精湛的劍技逼退了帕山迪人。達利納搖搖頭，站穩身子。

他強迫自己繼續攻擊，戰意再度湧起，達利納帶著遲疑的心情與戰意結合爲一。奇特的反胃感消失，他在戰爭中培養出的反射神經開始主導他的肢體，帶領他衝入帕山迪人的軍隊，以強大威猛的招式揮砍帕山迪人。

他需要獲得勝利。爲了自己，爲了雅多林，爲了他的人。他方才爲何如此驚恐？帕山迪人刺殺了加維拉。殺死他們是對的。他是士兵。戰鬥就是他的天職，也是他擅長的事。

帕山迪人的先遣部隊在他的攻擊之下潰不成軍，退回主要的軍隊中，軍隊還正忙著組好隊伍。達利納往後退一步，發現自己正面對著四周的屍體，焦黑的眼睛。幾具身體還猶自散發著煙霧。

反胃的感覺再度浮現。

生命的結束是如此快速。碎刃師就是毀滅的化身，戰場上最強大的力量。他心中有一個聲音低語：曾經，這些武器是用來保護人的。

三座橋重重落在不遠處的地面上，騎兵不多時便衝了過來，矮壯的艾勒馬領先在前。幾隻幾乎看不見的風靈飛舞在空中。雅多林喚來他的馬匹，但是達利納卻站在原處，低頭看著死者。帕山迪人的血是橘色的，聞起來像是發霉的味道。可是他們的臉——雖然有著黑白或黑紅的花紋——看起來如此像人類。達利納自己幾乎可以說是被一名帕胥孃孃養大的。

生先於死。

那個聲音說什麼來著？

他回頭望向裂谷的另一方，薩迪雅司跟他的侍從們坐在弓箭射不到的地方看著，達利納可以感覺到他舊時好友的肢體語言散發著濃濃的不贊同意味。達利納跟雅多林躍過裂谷的舉動是危險的。雖然薩迪雅司推廣的戰術會耗費更多的人力，可是如果有碎刃師被推入裂谷，那麼達利納的軍隊又會損失多少人呢？

英勇跟一群士兵衝過木橋，士兵們紛紛發出歡呼聲。牠在達利納身邊減慢了速度，達利納用力一拉韁繩。現在，他們需要他。他的人正在戰鬥，正在喪命，現在不是懊悔或懷疑自己的時候。

碎甲增強了他的跳躍力量，讓他穩穩落在馬背上。高舉著碎刃，他衝入戰場，為他的人掃淨敵人。這不是燦軍戰鬥的目的，但好歹是有意義的。

❖

他們贏得了戰爭。

達利納往後退了一步，感覺極端疲累，讓雅多林享受取得寶心的榮耀。立在地面上的繭，像是一個巨大的橢圓形石苞，足足有十五呎高，以一種類似克姆泥的東西黏在不平整的岩石表面。四周都是屍體，有些是人類，有些是帕山迪人。帕山迪人試圖想快速取出寶心後離開，但他們只來得及朝外殼砍了幾下而已。

蛹周圍的戰鬥最為激烈。達利納背靠著石牆，取下了頭盔，沁涼的微風吹拂著他汗涔涔的臉頰。太陽高掛在空中。整場戰鬥持續了兩個小時左右。

雅多林很有效率地工作著，以他的碎刃小心翼翼地切除蛹的一部分外殼，然後很有經驗地往內一刺，殺死還在鼓動的裂谷魔，但避開了寶心。

怪物就這麼死了。雅多林開始用碎刃割下一大塊一大塊的肉，然後伸出手，往裡面探找著寶心，紫色的體液四處噴灑。他拔出寶心時，所有士兵齊聲歡呼，勝靈像是數百個小光球一樣，懸掛在整個軍隊的上方。

達利納左手握著頭盔，朝反方向走去，橫越了戰場，經過照料傷患的外科醫生，還有將死者運送過橋的車隊。芻螺車後有木橇，可以將死者運回戰營妥善安葬。

附近還有很多帕山迪人的屍體。看著他們，他既不感覺反胃，也不興奮。只覺得精疲力竭。

他上戰場的次數不下幾十次，甚至數百次，卻從來沒有今天這種感覺。他因爲一時的反胃感而分神，他有可能因此而喪命。戰場不是思考的地方，他必須要專注於眼前的事物。

整場戰鬥中，他的戰意似乎不是非常沸騰，而且他也覺得自己的戰績沒有以前那麼出色。這次戰鬥應該能讓他把一切看得更清楚，但他的煩惱似乎變得更強烈了。先祖啊，他心想，一腳踏上小石丘頂端。我到底是怎麼了？

他今天的軟弱似乎是最新、最有效的證據，證實雅多林跟其他人對他的判斷。他站在山上，望著東方，望著原發點。他的眼光經常望向那裡。爲什麼？那是……

他注意到附近台地上的一群帕山迪人，全身一僵。他的斥候們警戒地盯著他們。那是達利納方才驅逐的軍隊。雖然他們今天殺死很多帕山迪人，他們的主力仍然逃脫了，一旦發現沒有獲勝的希望，他們便開始撤退，這就是戰爭拖了這麼久的緣故。帕山迪人很瞭解該如何撤退。

這支軍隊保持著隊形，兩兩成行。最前面是指揮官，一名穿著閃亮甲冑的高壯帕山迪人。碎甲。就算離這麼遠，他也一眼就能分辨出碎甲跟尋常甲冑的差別。

戰鬥時這名碎刃師並沒有出現。那麼現在何必來呢？他是到得太晚了嗎？

碎刃師跟其餘的帕山迪人轉身離開，躍過身後的裂谷，逃回他們位於平原中央的神祕根據地。

如果你覺得我說的話有半分道理，我相信你一定會叫他們撤退。或者你可以出乎我意料地叫他們偶一爲之，去做些有用的事情。

27
裂谷任務

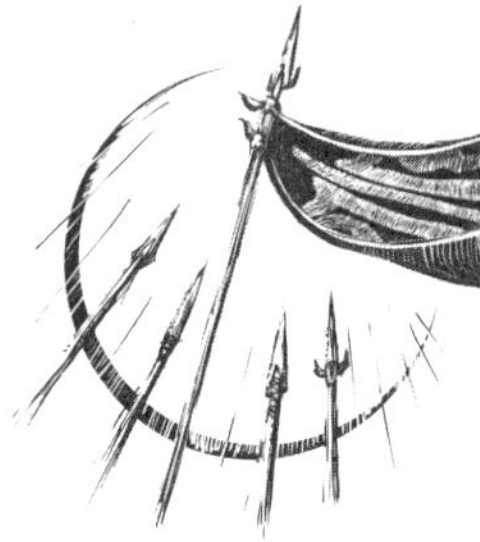

卡拉丁推門進入藥店，門在他身後重重關起。跟之前一樣，老人假裝身弱體衰，拄著枴杖緩緩前行，直到發現來者是卡拉丁後，身體馬上一直。「噢。是你啊。」

又過了漫長的兩天。白天他們一起工作、訓練——泰夫跟大石現在加入了他的鍛鍊。晚上則是在第一座裂谷邊把蘆葦從隱藏的地方取出，花上好幾個小時取團草乳。加茲昨天晚上看到他們去了裂谷邊，對方一定起了疑心，但這也是沒辦法的事情。

橋四隊今天出勤了，幸好他們比帕山迪人先到，所有橋兵隊都沒有死傷。雅烈席卡士兵的處境可就沒那麼好了。這一次雅烈席卡的戰線被帕山迪人的進攻突破，因此橋隊們只好帶領一群疲累、憤怒而且沮喪的士兵回到戰營。

連續熬夜工作幾晚後，卡拉丁累得連視線都模糊，肚子也因爲把食物分給另外兩名傷患而餓得咕咕叫。這一切將在今天結束。藥師回到櫃台後方，卡拉丁走向櫃台。西兒竄入房間，一道光帶在半空中扭轉成女子的形態，像是表演特技一樣翻了個身，俐落地落到桌面。

藥師開口：「你要什麼？繃帶嗎？我可能……」

他的話被卡拉丁重重放在桌上的一個中型瓶子打斷。瓶頸上有道裂縫，但仍然卡得住瓶塞。卡拉丁拔起瓶塞，讓藥師看裡面的乳白色團草汁。第一批被擠出來的團草汁已經用在治療雷頓、達畢和霍伯上。

「這是什麼？你要請我喝酒？我現在不喝了，鬧肚子。」年邁的藥師扶著眼鏡彎腰查看。

「不是酒。是團草乳。你說這東西很貴，那你願意花多少錢來跟我買？」

藥師眨眨眼，然後靠得更近，聞了一下。「你從哪弄來的？」

「我從戰營外的蘆葦榨出來的。」

藥師的表情頓時陰沉了起來。他聳聳肩。「恐怕沒什麼價值。」

「什麼？」

「野草的藥效不大。」藥師把瓶塞塞回去。一陣強烈的風吹上建築物，從門下穿過，激起店內粉末跟藥劑的氣味。「這根本沒什麼用。我給你兩透馬克，已經算很多了，還得想辦法看看能不能萃取出個兩湯匙來。」

*兩馬克！*卡拉丁絕望地想著。*我們三個人把自己逼到極限，努力了三天，每天只睡少少幾個小時。所有的一切就只值得兩天的薪水？*

但是不對。這些團草乳對雷頓的傷口確實有效，它還驅趕了腐靈，逼退了感染。當藥師從他的錢袋裡掏出兩馬克，把它們放到桌上時，卡拉丁瞇起了雙眼。就像大多數的錢球一樣，這些馬克並不是正圓形，其中一邊被稍稍磨成了平面，這麼一來才不會隨處滾動。「這樣好了，」藥師搓搓下巴，又掏出一馬克。

「我給你三馬克。讓你的一番力氣都付諸流水也挺可惜的。」

「卡拉丁，他很緊張。我覺得他在說謊！」西兒端詳藥師一番後說道。

「我知道。」卡拉丁回答。

「你說什麼？如果你知道這沒什麼價值，你幹麼要費這麼大力氣？」他朝瓶子伸手。

卡拉丁抓住他的手。「我們從每根蘆葦中擠出了兩滴。」

藥師皺眉。

「上次你跟我說，每根能擠出一滴就算運氣好，所以團草乳這麼貴。你可沒說『野草』的功效比較差。」

「我沒想到你會去摘啊……」他被卡拉丁的眼神逼得說不出話來。

「軍隊不知道，對不對？他們不知道營地外的植物有多貴重。你去摘了，然後再賣掉，狠狠賺上一筆，因爲軍隊需要大量的消炎藥。」卡拉丁問。

老藥師咒罵一聲，抽回自己的手。「我不知道你在說什麼。」

卡拉丁拿起瓶子。「那如果我去醫療棚，告訴他們我從哪裡弄來這個呢？」

「他們會把這瓶藥奪走！不要傻了。小子，你有奴隸的印記，他們會認爲是你偷的！」

卡拉丁轉身要離開。

「我給你一枚天馬克，這是我向軍隊收取費用的一半。」藥師說道。

卡拉丁轉身。「你拿只花兩天時間就可以取得的東西，賣軍隊兩枚天馬克？」

「又不只有我一個人。每間藥店收的價錢都一樣。我們會聚集在一起，決定一個公平的價錢。」藥師皺眉說道。

「這怎麼能叫公平的價錢？」

「我們被丟在這個連全能之主都不眷顧的地方，總得想辦法維持生計吧！開店、經營、僱守衛，哪樣不要錢？」

他在口袋裡掏了掏，摸出一枚深藍色的錢球。藍寶石的錢球價值大約是鑽石錢球的二十五倍。卡拉丁一天的薪資是一個鑽石馬克。天馬克等同於卡拉丁半個月的薪水。當然，普通的深眸士兵一天賺五透馬克，所以對他們而言，這是一個禮拜的薪水。

過去這對卡拉丁來說算不上什麼大錢，現在則是筆小財。可是，他仍然遲疑了。「我應該去揭發你。有人會因為你這樣的行為而死。」

「才不會。藩王們有的是錢，他們在平原上賺的那才叫多。他們想要多少瓶草乳就有多少瓶。你揭露我們，只是讓薩迪雅司那樣的怪物多在口袋裡放幾馬克而已。」

藥師開始發汗。卡拉丁正威脅要毀滅他在破碎平原上的所有生意，而草乳帶來的收益，大得讓整件事變得非常危險，到一種足以喪命的程度。

「讓我賺或是讓光明爵士們賺。這筆生意倒挺划算的。你出的價我同意，但你得順帶多送些繃帶給我。」卡拉丁說道。

「好吧。可是你不要再去碰那些蘆葦。你居然還能找到沒被收割的，算是出乎我意料。我的工人們現在越來越難找到它們了。」藥師安下心後說道。

那是因為他們沒有風靈的指點，卡拉丁心想。「那你為什麼要我收手？我可以幫你摘到更多的蘆葦。」

「是沒錯，但是……」

「你自己動手比較便宜。」卡拉丁彎下腰，輕輕說道。「可是如果你讓我們來，你的行動就更乾淨。我提供草乳，一次一枚天馬克。如果被淺眸人發現其他藥店的行為，你可以說你什麼都不知道，只知道有個橋兵會賣草乳給你，你只不過是加個合理的價錢轉賣給軍隊。」

老人似乎覺得這個主意不錯。「好吧，我想我也不要多問你這草乳是從哪裡來的。這是你的事，年輕人，都是你的事……」他走回店舖後方，拿來一盒繃帶。卡拉丁接過繃帶，沒再說話便出了店舖。

「你不擔心嗎？如果被加茲發現你就麻煩了。」西兒飄在他的頭邊說道，午後的陽光斜斜射下。

「他們還能把我怎麼樣？我不覺得這個罪行嚴重到值得把我吊死。」卡拉丁回答。

西兒轉回頭望著店舖，身影只剩下一小團霧氣，隱約有女子輪廓。「我不知道這算不算是欺騙。」

「這不是欺騙。這是做生意。拉維穀也是這樣賣的。農夫種，廉價賣給商人，商人運到城市，賣給其他商人，最後再以四五倍的價錢賣給其他人。」他皺著眉頭說道。

「那你為什麼還這麼介意？」西兒問道。皺起眉頭，避過一群士兵，其中一名士兵朝卡拉丁的頭砸了一顆帕拉果的核，其他士兵哄堂大笑。

卡拉丁搓搓下巴。「因為我父親的緣故。所以我對於醫療要收錢這件事，還是有著奇怪的道德價觀。」

「他聽起來像是很慷慨的人。」

「慷慨有什麼用。」

當然，卡拉丁其實也好不到哪裡去。當初他剛成為奴隸時，為了得到這樣不被看守即可自由行走的權利，大概會不擇手段。雖然軍隊的邊緣有守衛，但是如果他能把團草弄進來，應該也能找到辦法把自己弄出去。

有了這些藍寶石馬克，他就有錢能幫助自己。即使他有奴隸的烙印，只要拿刀動幾個快速卻疼痛的手腳，這道烙印就會變成在戰場上留下的「疤」。他知道士兵該怎麼說話，怎麼打鬥，所以聽來絕對可行。別人會把他當逃兵，但他可以接受這點。

他成爲奴隸的後來幾個月中，這一直是他的計畫，但之前他沒有辦法。不管去哪裡都需要錢，而他必須能逃到一個他的樣貌不會被廣爲通緝的地方。他需要錢，在某個小鎮上名聲不太好的區域買間小屋子，選個沒有人會問東問西的地方，等額頭上的傷疤好起來。

除此之外，他身邊一直圍繞著其他人，所以他總是留下，盡力讓其他人也能逃出去。而他屢屢失敗。現在，他又開始同樣的行動。

「卡拉丁？你看起來好嚴肅。你在想什麼？」西兒從他肩膀上問道。

「我在想我該不該逃走。逃開這該死的颶風戰營，爲自己找個新生活。」

西兒沉默，最後開口：「這裡的生活很辛苦。我想應該沒有人會怪你。」

大石會。他心想。泰夫也會。他們辛辛苦苦才得到這瓶團草乳。他們不知道這東西的價值，以爲只能治病。如果他跑了，那他就是背叛了他們，他等於是遺棄了這些橋兵。

笨蛋，還不讓到一邊去。卡拉丁心想。你救不了這些橋兵。就像你沒救成提恩。你應該要逃。

「然後呢？」他低聲問道。

西兒轉向他。「你說什麼？」

如果他逃了，有什麼用？一輩子爲了夾幣在某個窮鄉僻壤的城市暗處工作？

不。

他不能拋下他們。就像他向來無法拋下任何他覺得需要他的人。他必須保護他們。他必須這麼做。

爲了提恩。爲了讓自己還能活得像個人。

❖

「裂谷任務。」加茲往旁邊啐了一口，吐沫因他咀嚼的亞瑪葉而呈現黑色。

「什麼？」卡拉丁剛賣完團草回來，就發現加茲把橋四隊的工作改了。他們昨天才出勤過，所以今天輪不到他們，原本他們被派去薩迪雅司的治煉廠幫忙抬金屬塊與其他雜物。

這項聽起來很辛苦的工作，其實是橋兵任務中最輕鬆的項目之一。因爲鐵匠們覺得他們不需要額外的人手。也可能是因爲他們覺得笨拙的橋兵只會擋路而已，所以通常只需要工作幾個小時之後就可以休息。

加茲站在剛過中午的日頭下看著卡拉丁。「我想了想你那天說的話，覺得有道理。沒有人會在乎橋四隊受到不公平的待遇。既然所有人都痛恨去裂谷工作，我覺得你反正不會在意。」

「他們給了你多少錢？」卡拉丁上前一步問道。

「去你颶風的。其他人不喜歡你們。讓他們看看你的人，因爲你做的事而付出代價是好事。」加茲又啐了一口。

「因爲我們活了下來？」

加茲聳聳肩。「大家都知道，你把那些人帶回來就已經違反規定。如果其他人也跟你一樣，那我們的營房中不用半個月就會被快死的人住滿！」

「加茲，他們也是人，如果我們沒有讓傷患『住滿』營房，就是因爲我們把他們拋下等死。」

「反正在這裡也是死。」

「這很難說。」

加茲瞇著眼睛看他。他似乎開始懷疑卡拉丁要他指派他們去採集石頭是爲了某種計謀。據說加茲之前去了裂谷一趟，可能想要探查卡拉丁跟另外兩個人去那邊幹什麼。

該死的，卡拉丁心想。他以爲他已經擺平加茲了。「去就去。可是這次我不會幫你背黑鍋。他們都會知道這是你幹的好事。」卡拉丁怒氣沖沖地說完，轉身就走。

「隨便你。」加茲在他身後喊道，然後自言自語：「如果我運氣好，說不定你們就被裂谷魔吃了。」

❖

裂谷任務。大多數橋兵寧可整天搬石頭也不想去裂谷工作。

卡拉丁背上綁著一支浸滿了油但沒點著的火把，小心翼翼地爬下巍巍顫顫的繩梯。這座裂谷不深，大概只有五十呎，但已經足以讓他覺得自己像是進入另一個世界。這裡唯一的自然光來自於遠處的天空，在最熱的天氣中都能保持潮溼，遍地都是苔蘚、蕈類，還有耐得住陰暗的植物。

裂谷的底部比開口寬，可能是因爲颶風會帶來極大的雨水沖刷裂谷。如果颶風颳起時人在裂谷內，那鐵定就是死。裂谷的底部鋪了一層厚實平滑的克姆泥，隨著下方底岩受侵蝕的程度而呈波浪狀起伏。有些地方的裂谷谷底到平台邊緣不過四十呎，但大多數情況都是將近一百呎，甚至更遠。

卡拉丁從梯子跳下，落下最後數呎的距離，踏入一窪雨水。點亮火把後，他將火把舉高，探看裂谷的情況。崖壁上長滿深綠色的濕滑苔蘚，幾條他不認得的細藤蔓從崖壁上凸起的平台垂落，骨頭、木塊和破布一類的東西四散在地面，或是卡在裂縫中。

有人在他身旁落下，濺起水花。泰夫咒罵一聲，從水坑裡爬出，一面檢視濕透的雙腿跟褲腳。「去他颶風的加茲克姆林蟲，根本還沒輪到我們就把我們派來，我絕對要捏爆他的頭。」年長的橋兵低聲咒罵。

「我相信他一定非常怕你。現在大概躲在營房裡嚇哭了。」大石說道，從繩梯上爬下，選了一個乾燥的地方站好。

「去你颶風的。」泰夫說道，一面試著甩乾左腿。他們兩人也帶了火把。卡拉丁之前已經拿火石點亮了自己的火把，但其他人沒有。這些火把得分批使用。

橋四隊的其他人紛紛開始聚集在繩梯邊，縮成一團。每四個人中便有一人點亮火把，但是這麼微弱的火光並沒有讓周圍的陰影退卻多少，只足夠讓卡拉丁把身邊詭異的環境看得更清楚。石頭的縫隙間長著像管子一樣的奇異蕈類，呈現病態的黃色，就像得了黃疸病的小孩膚色。克姆林蟲爬離光線，發出窸窣的聲音。這些微小的東西是帶著紅色的半透明甲殼類動物，一隻爬過他身邊的崖壁時，他突然發現可以透過殼看見裡面的內臟。

光線同時也讓他看見不遠處的崖壁邊躺著一具扭曲的屍體。卡拉丁舉高了火把，走過去查看。屍體已經開始發臭。他舉起手，不加思索地遮住口鼻，同時跪下來檢查。

這是名橋兵，或者該說曾經是名橋兵，來自其他的橋隊，而且才跳下來不久。如果是更多天以前的事，颶風早就把他沖到遠處去了。橋四隊的人聚集在卡拉丁身後，沉默地看著那個選擇跳下裂谷的人。

「墜地的兄弟，願你在寧靜宮中找到安身之處。願我們得到比你更好的結局。」卡拉丁說話的聲音在裂谷裡迴蕩。他站起身，舉高他的火把，帶領眾人走過死者。他的隊員緊張地跟在他身後。

之前，卡拉丁沒花多久時間就了解軍隊在破碎平原上戰鬥的基本戰術。一開始要猛烈進攻，把敵人逼到裂谷邊緣——這就是雅烈席人經常死傷慘重的原因，因為他們通常比帕山迪人晚到。

雅烈席人擁有木橋，而這些奇特的東方帕胥人，只要經過助跑就可以跳過大多數裂谷。可是當兩軍被逼到山崖邊時會面臨同樣的困境，經常發生士兵失去重心、被推擠入山谷的慘劇。在這種情況下落谷的人數，多到讓雅烈席人要把遺落的軍備取回，因此，他們派橋兵來執行裂谷任務，就像是盜墓一樣，只是沒墳墓。

每個人手中都拿著一只袋子，花上好幾個小時四處繞，尋找墜谷的屍體，尋找任何有價值的東西，像是錢球、胸甲、頭盔或武器。如果戰事剛發生不久，他們還可以繞到戰場區，直接撿拾士兵的遺物，但是只要一碰上颶風，事情就沒那麼簡單。幾天之內，所有的屍體都會被沖到別的地方去。

除此之外，裂谷本身就是一座龐大的迷宮，幾乎不可能有效地找到特定的台地，然後再繞回來。因此一般的作法都是等颶風把屍體推向雅烈席卡這半邊的平原——畢竟颶風向來都是由東方往西方吹——然後再派橋兵去蒐集。

這表示他們要花很多時間漫無目的地亂走。不過，經過了這些年，屍體的數量已經累積得夠多，不需要花太多力氣就能找到撿拾的地方。橋兵們需要拾回一定數量的物件，否則那一週的薪水會被打折扣，這個數量也不是定得太高，剛好足以讓他們得費點力氣又不會把他們逼到精疲力竭。跟大多數派給橋兵的工作一樣，目的是讓他們隨時都有點事做。

他們剛到第一個裂谷，有些人就開始拿出袋子，撿拾經過的武器，這裡一頂頭盔，那裡一面盾牌。每個人都很仔細地尋找錢球。找到貴重的錢球，整個小隊都可以獲得一小筆獎金。當然他們不可以帶自己的錢球或任何東西，出來時他們會被徹底搜查，所有可能藏錢球的地方都會被仔細探查一遍，讓整個過程顯得格外羞辱，這也是爲什麼裂谷任務這麼惹人厭的原因之一。

可是，這只是一部分原因。他們走著走著，裂谷底部開展到十五呎寬，兩邊都是傷痕累累的岩牆，除了苔蘚被翻刮起來之外，岩石本身也都散布著刮痕。橋兵們很努力地不去多想那些刮痕的存在。這些通道，有時會出現在尋找屍體或是合適台地的裂谷魔。碰上裂谷魔的可能性雖然不大，但也不是完全沒有。

「他克雷克的，我真討厭這個地方。我聽說有一次整個橋兵隊被裂谷魔全部吃下肚，牠把所有人逼到死路裡，然後坐在那裡，把想要逃走的人一個個抓起來全吞了。」走在卡拉丁身邊的泰夫說道。

大石輕笑。「如果他們都被吃了，那麼誰回來告訴其他人這件事。」

泰夫揉揉下巴。「不知道。也許他們只是再也沒有回來過。」

「也許他們逃了。變成逃兵。」

「不可能。這裡沒梯子，根本出不去。」泰夫說道。他抬頭望著七十呎外順著裂谷方向蜿蜒的細窄藍天。

卡拉丁跟著抬起頭來。藍天顯得好遙遠。遙不可及。就像是寧靜宮的光芒。就算能爬上比較矮的山崖，結果仍然會被卡在台地上無法跨越，或是離雅烈席卡這半邊太近，被斥候發現你在使用常駐橋。另外一個選擇是往東去，那裡的台地已經被磨損到只剩下尖柱的程度，可是這得走上好幾週，中間還要挨過好幾場颶風。

「大石，你在峽谷裡碰過下雨嗎？」泰夫問道，也許他想到了同樣的事。

「沒有。在山峰上我們沒有這種東西，那只存在笨人住的地方。」大石回答。

「你住在這裡，大石。」卡拉丁說道。

「而我很笨。你沒注意到嗎？」高壯的食角人笑著回答。過去兩天以來，他變了很多，變得更愛笑，卡拉丁覺得他開始變回原本的個性。

「我剛剛說的是峽谷。」泰夫說。「如果颶風時我們被困在這裡，你們要不要猜猜看會發生什麼事？」

「我猜有很多水。」大石說道。

「有很多水，找到空隙就鑽。」泰夫說道。「水會聚集成極大的浪，湧入這些狹窄的地方，力量大到可以把石塊拋起。就算只是普通的下雨，在這裡感覺起來也會像碰到颶風一樣。如果是颶風……整個羅沙上大概沒有比這裡更糟糕的地方了。」

大石一聽就皺起眉頭，抬頭往上看。「那最好不要在颶風時待在這裡。」

「對啊。」泰夫說道。

「不過泰夫你很需要洗個澡，這樣正好。」大石又補上一句。

「喂，你是挑剔我的味道嗎？」泰夫不高興地回嘴。

「不是。是挑剔我得聞到的味道。我有時候會想，比起聞那股一整個橋兵隊的人塞在營房裡的味道，被帕山迪人的箭刺進眼睛裡還好一些！」大石說道。

泰夫笑個不停。「要不是你說的是實話，我早跟你翻臉了。」他嗅嗅周遭潮溼、充滿霉味的空氣。「這裡的味道也好不了多少。比食角人冬天靴子裡的味道還糟糕。」講完自己有點尷尬。「呃，這話不是針對你啊。」

卡拉丁微笑，瞥向身後。其他三十幾個橋兵像是鬼魂一樣跟在後面，有幾個人似乎正偷偷朝卡拉丁這群人靠近，彷彿想偷聽又不想被人發現。

「泰夫，你剛才說『比食角人冬天靴子裡的味道還糟糕』，是吧？他天宮的，怎麼不算是針對大石？」卡拉丁說道。

「我也只是隨便打個比方啊！還沒來得及反應過來就說出口了。」泰夫苦著臉回答。

大石順手從岩壁上揪下一團苔蘚，邊走邊研究，同時說道：「可惜。你的侮辱嚴重冒犯了我。如果在山峰上，我們就得用傳統的阿利提其艾方式決鬥了。」

「那是什麼？用矛嗎？」泰夫問。

大石笑了。「不是不是。我們山峰上的人不像你們下面的人這樣野蠻。」

「那是怎樣？」卡拉丁問道，好奇心完全被挑起。

「這個啊，有很多泥啤酒跟唱歌。」大石拋下苔蘚，拍拍雙手。

「這怎麼算是決鬥？」

「喝最多酒之後還能唱歌的人就是勝利者，而且要不了多久，全部的人就已經醉翻，沒人記得一開始在吵什麼。」

泰夫笑著回答：「我覺得這個比天亮時亮刀子的辦法好。」

「不一定。」卡拉丁說道。

「怎麼說？」泰夫問。

「得看你是不是賣刀子的。對吧，度尼？」

另外兩人轉過頭去，看到靠近前來想聽他們說話的度尼。高瘦的年輕人聞言一驚，滿臉通紅。「呃，我……」

大石聽見卡拉丁的話笑了。「度尼。怪名字。是什麼意思？」他對年輕人問道。

「意思？」度尼反問。「我不知道。名字不一定有意義。」

大石不悅地搖搖頭。「低地人。如果你的名字沒有意思，你怎麼知道你是誰？」

「所以你的名字有意思？弩……馬……弩……」泰夫唸道。

「弩母呼苦馬奇亞奇艾亞路納摩。」大石唸著他食角語的名字，音節自然流瀉。「當然有意思。是形容我父親在我出生的前一天找到了一顆很特別的石頭。」

「所以你的名字是一個句子？」度尼怯生生地問道，彷彿不確定自己是否能參與他們的對話。

「是詩。山峰上，每個人的名字都是詩。」大石說道。

「這樣啊？那吃飯時叫人來還眞不容易。」泰夫抓抓鬍子說道。

大石笑了。「是啊，是啊。也讓吵起架來變得很有趣。山峰上罵人的最高境界就是用詩，音節跟韻律最好能切合那人的名字。」

「他克雷克的，還眞麻煩。」泰夫嘟囔著說道。

「大概就是因爲這樣，所以通常吵到後來乾脆都去喝酒了。」大石說道。

度尼膽怯地微笑。「你這大塊頭，臭得像豬頭，月亮照路冂，快去跳泥溝。」

大石笑得前仰後倒，響亮的聲音在裂谷中迴蕩。「很好，很好。簡單，可是好。」他擦擦眼睛說道。

「那聽起來幾乎像首歌啊，度尼。」卡拉丁說道。

「我一開始就是這樣想，是用〈瑪麗的兩個情人〉配的，好合拍子。」

「你會唱歌？我一定要聽。」大石說道。

「可是……」

「唱！」大石朝度尼手一指，下達命令。

度尼驚呼一聲，乖乖地唱起一首卡拉丁沒聽過的歌，歌詞挺有趣，講的是一名女子跟一對她以爲是同一個人的孿生兄弟之間的故事。度尼的聲音是清澈的男高音，唱起歌來似乎比說話時更有自信。

他的歌聲很美。當他開始唱起第二段時，大石開始以低沉的嗓音順著哼，爲他合音。食角人似乎很熟悉唱歌。卡拉丁轉頭看看其他的橋兵，希望能引來更多人加入對話或歌唱，他朝斯卡微笑，對方卻只瞪了他一眼。摩亞許跟黑皮膚的亞西須人席格吉甚至不肯看他，皮特只看著自己的腳。

歌曲結束後，泰夫大力鼓掌。「比我在很多酒館裡聽過的都要好。」

「能碰到會唱歌的低地人很好。」大石說道，彎下腰拾起一個頭盔，塞到他的袋子裡。這道裂谷裡似乎沒什麼可以撿的。「我以爲你們全都跟我父親的老野斧犬一樣五音不全。哈！」

度尼臉色一紅，但是步伐似乎變得更有自信。

一群人繼續走著，偶爾會經過某個轉角邊或石頭中的裂縫，裡面會堆積許多被水沖進去的物品，但也表示他們經常得搬運屍體或骨骸才能拿到他們想要的東西，每個人都被衝鼻惡臭熏得反胃不已。卡拉丁要他們先別動太噁心或腐敗得太嚴重的屍體，因爲死者身上通常聚集著腐靈。如果他們之後找不到其他可以撿拾的武器，再回來拿也不遲。

在每個拐彎或岔路，卡拉丁會拿支粉筆在牆上畫上標記。這是橋隊長的責任，他非常認眞地看待這項工作。他可不希望整隊人在裂谷間迷路。

一群人走著走著，卡拉丁不時引起新的話題，不讓對話中斷，也因爲其他人的話放聲大笑，即使是要強迫自己笑。也許他自己覺得笑聲很假，但其他人似乎不這麼覺得，也許他們跟他一樣，都覺得就算是強迫發出的笑聲，也比大多數橋兵身上那徘徊不去的濃重封閉還有哀淒的沉默要來得好。

要不了多久，度尼便擺脫了害羞，開始跟泰夫和大石有說有笑起來。幾個跟在後面的人分別是亞克、地圖以及另外兩個人，像是被火堆的溫暖跟光明吸引而來的野獸。卡拉丁試圖想讓他們一起加入對話卻沒有成功，所以最後決定放任他們跟著。終於，他們走到有許多新鮮屍體的地方，卡拉丁不知道這裡跟其他區有什麼不同，爲什麼會讓水流匯集於此。外表看起來跟別區一樣，頂多就是比較窄一點。有時候，他們可以每次都回到同樣的地方，找到不少東西；有時候同樣的地方會空空如也，另外一區卻會有幾十具屍體。

這些屍體看起來像是被颶風帶來的洪流沖到這裡，然後順著水逐漸退去時慢慢沉澱。裡頭沒有帕山迪人，每具身體都因爲撞擊或是洪流的力量而破碎，大多數人都短少四肢。

血與泥的臭味凝結在潮溼的空氣中。卡拉丁舉高了火把，他的同伴們陷入沉默。寒涼的空氣讓這裡的屍體不至於太快腐敗，但潮溼的環境仍然會加速敗壞的過程，克姆林蟲已經開始嚼起手上的皮膚，挖出眼睛。要不了多久，腹部就會因腐氣而腫脹，細小半透明的紅色腐靈已經開始在部分屍體上爬動。

西兒飄到他的肩膀上，發出反胃的聲音。她一如往常，從不解釋自己之前去了哪裡。

每個人都知道自己要做什麼，雖然有腐靈出現，但這裡的東西太豐富，不可以錯過。他們先把屍體排成一排，方便檢查，卡拉丁揮手要大石跟泰夫到他身邊來，一起撿著屍體周圍的東西。度尼也跟了上來。

「這些屍體身上的衣服是藩王的顏色。」大石看著卡拉丁拾起的頭盔說道，上面凹陷了一大塊。

「我猜他們是幾天前那次任務的士兵。那次薩迪雅司軍隊的下場挺慘的。」卡拉丁說道。

「薩迪雅司光明爵士。」度尼說道，然後尷尬地低下頭。「對不起，我不是故意要糾正你。我以前老是忘記加上敬稱，結果每次都被我師傅打。」

「師傅？」泰夫問道，拾起一柄矛，拔掉矛柄上的苔蘚。

「我是個學徒。以前是……」度尼沒說完，別過頭去。

泰夫說得沒錯。橋兵不喜歡談起自己的過去。無論如何，度尼糾正他是對的。如果被淺眸人發現卡拉丁沒有加上敬稱，他也會被懲罰。

卡拉丁把頭盔放入袋子中，然後將火把卡在兩塊滿是苔蘚的石頭間，開始幫其他人把屍體排成一排。他沒有鼓勵其他人開始交談，畢竟死者爲大，雖然他們手中正幹著洗劫死者的勾當。

接下來，橋兵開始把屍體身上的裝備全部脫下。弓箭手穿的是皮背心，步兵穿的是胸甲，其中還有一名淺眸人，穿著精緻的衣服與更精緻的盔甲。有時候會有專門的隊伍前來取回淺眸人的屍體，透過魂術將他們變成雕像。除非是非常富有的深眸人，否則一律火葬。通常軍隊並不理會人多數落入裂谷的士兵，戰營的人會說裂谷是適合死者安息的聖地，但事實上是因爲取回遺體既危險又沒價值。

可是在這裡找到淺眸人，意謂著他的家族不夠富有，或是不夠關心，所以沒有派人找回他。他的臉已經被毀得無法辨識出五官，但他的階徽顯示出他屬於第七達恩——意思是他沒有土地，隸屬其他更高階的軍官。

取完盔甲之後，接下來是拔除每個人的匕首跟靴子，尤其是向來供不應求的靴子。他們沒有碰衣服，但是會取下腰帶，也會割下許多襯衫的鈕釦。在此同時，卡拉丁派泰夫跟大石去查看附近是否還有屍體。在取出所有的盔甲、武器和靴子之後，是最令人不情願的工作：搜找每個人的口袋，看看是否有錢球或珠寶。這雖然是最小的一堆遺物，卻最有價值。他們沒有找到任何布姆，這表示是橋兵隊甚至得不到那一份微薄的獎賞。

每個人忙於這項陰森的工作時，卡拉丁注意到附近的池子裡插著一根被大家忽略的矛。

他不由自主地將矛取出，甩乾它，然後走到武器堆邊，卻遲疑了。手裡握著矛，冰水從矛身往下滴落，他摸著光滑的木頭，從柄、重心和打磨的品質，可以看出這是個好武器，堅固耐用，也受到良好的保養。

他閉上眼睛，想起當初握著木杖的少年時光。

托克思多年前說的話回到他腦海，那時候的他剛進阿瑪朗的軍隊，第一次握著武器。第一步，是要有心，托克思的聲音恍若耳語。有些人說，在戰場上要不動感情。的確，保持冷靜是很重要的，但是我痛恨殺人時還要冷冰冰的。我看過那些有心的人，他們可以打得更久、更猛而且更高強。這就是傭兵跟眞正士兵的差別。這就是保家衛國和征戰遠方的差別。

戰鬥時有心是好的，只要不讓自己被情緒吞沒。不要試圖阻止自己動感情，否則你會痛恨自己。

矛在卡拉丁的手指間顫抖，彷彿正懇求他揮動它、旋轉它，與它共舞。

「小公子，你想做什麼？要把矛插入自己的肚子裡嗎？」一個聲音喊道。

卡拉丁抬頭看著說話的人。是摩亞許，至今最堅決反抗卡拉丁的人之一。他站在屍體邊。他怎麼會叫卡拉丁「小公子」？他跟加茲說了什麼嗎？

「他說他是逃兵。說他是個重要的士兵，小隊長一類的，可是加茲說他只是在吹牛而已。如果他眞的知道該怎麼打仗，怎麼會被送來橋兵隊。」摩亞許對在他身邊工作的那姆說道。

卡拉丁把矛放下。

摩亞許輕蔑地笑了笑，轉身繼續工作，可是其他人注意到了卡拉丁的動作。「你看看。喂，橋隊長！你覺得自己很了不起嗎？你比我們都優秀嗎？你以爲假裝我們是你的士兵會有什麼改變嗎？」席格吉喊道。

「你夠了。至少他努力過。」德雷說道，經過席格吉身邊時還特別撞了他一下。

無耳的傑克斯哼了一聲，從死人腳上扒下一隻靴子。「他只在乎裝模作樣，就算他是軍隊的人，一定也是整天在清茅廁。」

橋兵們似乎會因爲一個理由走出失神的沉默：他們對於卡拉丁的厭惡。其他人開始相互交談，揚聲挑釁。

「……我們在這裡都是他的錯……」

「……要我們在唯一的空閒時間裡還累得半死，好讓他覺得自己很重要……」

「……派我們去搬石頭就爲了炫耀他能夠指使我們……」

「……打賭他一輩子沒握過矛。」

卡拉丁閉上眼睛，聽著他們的取笑，手摸著木頭。

一輩子沒握過矛。如果他沒有拾起那第一柄矛，也許這一切都不會發生。

他摸著光滑的木頭，被雨水浸泡得更是濕滑，回憶堆積在腦海中。訓練是為了忘記，為了抱負，為了學習，為了理解發生的事情。

他沒有多想，手腕一翻，立刻將矛頭朝下一抖，夾在腋下，擺出防禦姿勢。矛柄上的水滴飛灑過他的背。正在嘲笑他的摩亞許頓時住了口，所有橋兵驚訝得瞠目結舌，裂谷一片安靜。

卡拉丁則到了另外一個地方。

他正聽著托克思糾正他。

他正聽著提恩在笑。

他正聽著他母親以她敏捷機伶的方式逗弄著他。

他正聽著他父親鄙夷地告訴他，矛只能殺戮，你不能靠殺戮來保護任何人。

他獨自一人站在遠離地表的裂谷中，握著一名死去士兵的矛，手指緊扣著濕潤的木頭，遠處傳來了滴水聲。

他猛然揮起矛，施展起一套進階棍術套招，力量流竄過全身，身體自然而然地使出他練習許久的種種招式。矛在股掌間翻舞，靈活自在，宛如身體的延伸。他與矛一同迴旋，棍花繞過他的脖子、手臂，中間不時夾雜著突刺與揮掃。雖然他已經好幾個月沒有碰過武器，可是他的肌肉卻知道該怎麼做。他甚至感覺矛本身也知道該怎麼做。

壓力消失，焦慮消失，身體在進行極為猛烈操練的同時也滿足地舒展嘆息。這是熟悉的。這是值得張臂迎接的。這是他身體存在的意義。

其他人都跟卡拉丁說他戰鬥的方式與眾不同。他第一次拾起木杖時自己也有這種感覺，而托克思的指點讓他的招式更精鍊，揮灑得更靈活。卡拉丁戰鬥時，是有心的。他從來不會帶著冰冷或空無的感情上戰場。他戰鬥，是爲了讓自己的人能夠活下來。

與他同一梯的新兵中他學得最快。如何握矛，如何對戰，他幾乎不需要別人的指導，讓托克思大爲震驚。但是這有什麼好訝異的？小孩不需要學習就會呼吸，沒有人會大驚小怪。天鰻第一次飛入空中時，沒有人會大驚小怪。所以把矛交給受颶風祝福的卡拉丁，而他自然而然就會使，也不值得大驚小怪。

卡拉丁完成套招中最後幾式，忘記了裂谷，忘記了橋兵，忘記了疲累。在那瞬間，只有他一個人。他，還有風。他跟她對打，而她笑了。

他俐落地回到起手式，握著矛四分之一的地方，矛頭朝下，矛柄夾在腋下，末端在腦後朝上。他深深地吸口氣，全身顫抖。

噢！我多麼想念這一切！

他睜開眼睛，搖曳的火光映照著站在狹長潮溼的岩石窄道中間一群震驚的橋兵。兩旁潮溼的牆壁，反映出火光。摩亞許驚愕得說不出話來，手中的錢球散落一地，張大了嘴，呆呆地看著卡拉丁。錢球全都落在他腳邊的一個水窪中，讓水窪散發出光芒，但沒有橋兵注意到。他們只是望著卡拉丁，而卡拉丁依舊維持著半蹲的戰鬥姿勢，臉頰旁的汗水流成兩條小溪。他眨眨眼，這才回過神來，想到萬一被加茲發現他在耍矛……卡拉丁立刻站直，把矛往武器堆上一拋。「抱歉。」他對矛低聲說道，自己也不明白爲什麼，然後以更大的聲量喊道：「快點繼續工作！我可不想到了晚上還被困在這裡。」

橋兵們立刻開始動手，他看到大石跟泰夫站在裂谷走道的另外一端。他們也看完整套招數了嗎？卡拉丁滿臉通紅地快步走向他們，西兒沉默地落在他的肩頭。

泰夫崇拜地開口：「卡拉丁，你這小子，剛剛那可眞是……」

「沒什麼大不了的。只是套招而已，用來鍛鍊肌肉跟練習基本的刺、戳和揮的動作，很花俏但不實用。」卡拉丁說道。

「可是……」

「我是說眞的。你能想像有人在戰鬥時還拿矛在脖子邊那樣揮嗎？下一秒就會被人刺穿了。」卡拉丁說道。

「小子，我看過套招，但從來沒像你這樣的。你動作的方式……又快又優雅……而且你在揮舞的時候，還有個微微發光的精靈在你身邊穿梭，眞是漂亮極了。」泰夫說道。

大石一驚。「你看得到？」

「當然。從沒看過那樣的精靈。你可以去問其他人，我看到他們也在那邊指指點點。」泰夫說道。

卡拉丁瞥向肩膀，朝西兒皺眉。她端莊地坐在他的肩膀上，腳踝交叉，雙手乖乖地疊在膝蓋上，刻意不看他。

「沒什麼大不了的。」卡拉丁又說了一次。

「不是。絕對不是你說的那樣。也許你該挑戰碎刃師。你可以當光明爵士！」大石說道。

「我不要當光明爵士。」卡拉丁怒道，出口後才後悔自己的口氣太衝了。另外兩人一驚。他別過頭去不看那兩人，繼續說道：「而且，我試過了。度尼呢？」

泰夫開口：「等等，你……」

「度尼呢？」卡拉丁一字一句清晰堅定地說道。他颶父的，我眞該看緊自己的嘴巴。

泰夫跟大石對望一眼，然後泰夫一指。「我們在拐角那邊找到一些死掉的帕山迪人。我們想你應該會有興趣。」

「帕山迪人啊。我們去看看吧。說不定他們有什麼寶貝。」他從來沒有拿過帕山迪人的東西，他們掉落裂谷的人數遠少於雅烈席人。

「是真的。他們有武器，真是，很好的。鬍子裡還有寶石。」大石說道，握著火把領路。

「還有盔甲。」卡拉丁說道。

大石搖搖頭。「沒有盔甲。」

「大石，我看過他們的盔甲。他們向來都穿戴著。」

「對，但那東西我們不能用。」

「我不懂。」卡拉丁說道。

大石揮揮手。「來看。比解釋容易。」

卡拉丁聳聳肩，一行人繞過拐角。大石抓抓長滿紅鬍子的下巴。「死鬍子。真是，鬍子得好好養。沒有一把好鬍子的就不算好男人。」他喃喃自語。

卡拉丁搓搓自己的鬍子。他早晚有一天要存錢買把刮鬍刀，把這該死的東西刮掉。不過想想算了，他的錢球應該用在別的地方。

他們繞過拐角，看到度尼正將帕山迪人的屍體排成一排，總共有四人，看起來像是從另外一個方向沖來的，這裡也有幾具雅烈席人的屍體。

卡拉丁走上前去，揮手要大石把火把帶上，然後他跪下來檢視其中一名死去的帕山迪人。他們長得像帕胥人，皮膚也有著紅黑相間的花紋，唯一的衣服是及膝的黑色裙子。其中三個有鬍子——帕胥人通常不留鬍子，而且眼前這些帕山迪人的鬍子裡都戴著未切割的寶石。

一如卡拉丁所料，他們穿著淺紅色的盔甲，有胸甲、頭盔、護腿跟護臂，以普通步兵而言算是很多裝備了，有一部分因爲墜落時的撞擊或之後的沖刷而裂開，所以材質應該不是金屬。那是塗上漆的木材嗎？

「我以爲你說他們沒有盔甲？你想說什麼？你不敢拿？」卡拉丁說道。

「不敢拿？卡拉丁，卡拉丁大師，偉大的橋隊長，舞矛者，換你拿拿看吧。」大石說道。

卡拉丁聳聳肩。在他父親的培養下，他很習慣接觸遺體還有瀕死之人，所以雖然對於拿死者的東西覺得有些介意，卻不太害怕。他戳了戳第一名帕山迪人，發現那個人身上有柄匕首，他取下匕首後，開始找綁住護肩的皮帶。

沒有皮帶。卡拉丁皺眉，開始翻著護肩，想把它拔起來，結果反而撕起了一層皮。「我的颶父啊！」他再仔細瞧瞧頭盔，也是連著頭皮。不知道是從頭顱裡還是從頭皮上長出來的。「這是怎麼一回事？」

大石聳聳肩。「不知道。看起來像是他們可以自己長護甲。」

「太可笑了。他們只是人。就算是帕胥人，也不會自己長盔甲。」卡拉丁說道。

「帕山迪人就會。」泰夫接上一句。

卡拉丁跟另外兩人齊齊轉向他。

「你們這樣看我幹麼？我變成橋兵前也在軍營裡待了幾年，不過我不會告訴你們我是做什麼的，所以你們不要多嘴。總而言之，士兵們都會談論這件事。帕山迪人會長殼。」泰夫皺著眉頭說道。

「我認識帕胥人。之前我們鎮上有兩個專門服侍上主，他們就沒有長盔甲。」卡拉丁說道。

「那麼這是不一樣的帕胥人。」泰夫沒好氣地說道。「這些比較高，比較壯，還可以跳過裂谷。他克雷克的，而且會長盔甲。就是這麼一回事。」

事實擺在眼前，沒什麼好爭論的，所以他們直接朝帕山迪人動手。許多帕山迪人會選用斧頭和鎚頭一類的重型武器。不像雅烈席卡士兵的矛或弓，他們不會把這些武器帶在身邊，但是他們至少找到了幾把匕首，還有一把花紋繁複的長劍，綁在其中一名帕山迪人的腰間。

裙子沒有口袋，但腰上綁了布囊，裡面只有燧石火刀、磨刀石，或是一些基本的配備。所以他們轉而去拔鬍子裡的寶石。每顆寶石都鑽了洞，方便穿過鬍子，內在散發著颶光，因爲沒有打磨過，所以並不璀璨。

大石拔光了最後一個帕山迪人鬍子中的寶石後，卡拉丁舉起帕山迪人的匕首，靠著度尼的火把，細細檢視上面細緻的刻花。「這些看起來像是符文。」他邊拿給泰夫看邊說道。

「小子，我看不懂符文。」

啊，對！卡拉丁心想。就算這是符文，也不是他熟悉的那些，當然符文的寫法可以任憑發揮，有時候只有知道該如何解讀的人才看得懂這個符文原本的樣貌。匕首柄的中央有個刻得很仔細的人形——是一名穿著精緻盔甲的男子，看那樣式一定是碎甲，而他身後還有另一個符號，像是翅膀一樣從他背後向外延伸，包圍著他。

卡拉丁把匕首拿給好奇地走上前，想知道他看什麼看得這麼入迷的大石。「我們以爲這裡的帕山迪人是沒有文化的野蠻人。他們從哪裡拿到這個匕首的？我甚至覺得這個圖像是神將之一，可能是傑瑟瑞瑟或是納拉。」

大石聳聳肩。卡拉丁嘆口氣，把匕首收回皮鞘，放入他的袋子裡，順著原路跟其他人集合。所有人的手上都提著滿滿一袋的盔甲、腰帶、靴子和錢球。每個人也都握著一柄矛，打算在走回繩梯的路上當成枴杖用。他們也幫卡拉丁留了一柄，但他把矛拋給大石，不放心自己，擔心如果又握著矛，說不定會忍不住誘惑再次開始練習。

回去的路程很平靜，只是隨著天色越黑，每個人對於任何一點聲響的反應都變得極其緊張。卡拉丁又開始找大石、泰夫和度尼聊天，這次德雷跟托分也說了幾句。

他們安全地走回了最初的裂谷，所有人都鬆了一口氣。卡拉丁讓眾人先上去，自己殿後。大石跟他一起等，最後度尼也爬了上去，剩下大石跟卡拉丁兩人。高壯的食角人趁機一手按上卡拉丁的肩膀，低聲說道：「你做的事情很好。我想再過幾個禮拜，這些人就是你的。」

卡拉丁搖搖頭。「我們是橋兵，大石，沒有幾個禮拜的時間了。如果我花這麼久才能贏得他們，我們半數的人大概都已經死光了。」

大石皺眉。「不開心的念頭。」

「所以我們現在就得贏得他們。」

「怎麼做？」

卡拉丁抬頭看著晃動的繩梯，一次只能承載四個人，免得繩梯斷掉。「被搜完身以後，來找我。我們要去戰營市集。」

「好。要幹什麼？」大石邊問邊開始爬。無耳傑克斯剛爬到頂端。

「我們要試用我的祕密武器。」

大石笑了，看著正幫他拉穩繩梯的卡拉丁。「是什麼武器啊？」

卡拉丁微笑。「你。」

兩個小時後，薩拉思的第一道紫光照在地上，大石跟卡拉丁也走回了木材場。剛剛才日落，許多橋兵不一會兒就要去睡了。

時間不多，卡拉丁心想，示意大石把手上的東西拿去橋四隊的營房附近。食角人把滿手的東西放在泰夫跟度尼身邊，那兩人已經照卡拉丁的吩咐搭起了一小圈石頭，裡面放著幾塊從木材場拿來的廢木料。那些木頭誰都可以去拿，就連橋兵都可以。有些人喜歡拿木頭削削砍砍。

卡拉丁拿出一枚錢球做照明。大石手上的東西是個舊鐵鍋。雖然是個二手鍋子，卻也把卡拉丁賣團草乳所賺來的錢花了不少。就在卡拉丁把石頭圈裡的廢木料排得更整齊時，食角人開始拿出鍋子裡的食材。

「度尼，請你去拿水。」卡拉丁拿出打火石說道。度尼跑去雨水桶拿了一桶水回來。大石終於把鐵鍋裡的東西都清空，擺好一個個又花了卡拉丁不少錢球的小袋子。現在他只剩一把透幣了。

他們一面動手的時候，霍伯也一拐一拐地從營房裡走出來，他已經好得差不多，不過卡拉丁救治的另外兩名傷患的情況仍然不太好。

「卡拉丁，你在做什麼？」卡拉丁才剛點起火，霍伯便問道。

卡拉丁站起身，微笑。「坐吧。」

霍伯乖乖坐下。卡拉丁救回他一命之後，他對卡拉丁幾乎是五體投地崇拜，隨著時間過去，他的忠誠有增無減。

度尼提著一桶水回來，倒進鐵鍋中，然後他跟泰夫一起繼續去提水。卡拉丁生起火，大石則開始自顧自地哼著歌，一會兒切著薯塊，又打開幾包香料。

不到半小時，他們就有了熊熊的烈火與慢慢翻滾的濃湯。

泰夫坐在一塊木頭上烤著雙手。「這就是你的祕密武器？」

卡拉丁坐在老人身邊。「你認識士兵嗎，泰夫？」

「有幾個。」

「你認識的人中，有誰在辛苦一天之後能夠拒絕暖火跟濃湯的？」

「是沒有，但橋兵不是士兵。」

這倒也是。卡拉丁轉身去看營房的門口。大石跟度尼開始一起唱歌，泰夫跟著拍手，其他幾個橋兵隊中有些人還醒著，但他們只會對卡拉丁和其他人怒目相視。

營房中人影晃動，門開著，大石的濃湯香氣越發強烈，引人食指大動。

快點，記得我們爲什麼活著。記得溫暖、好吃的食物，還有跟朋友一起唱歌，圍在爐火邊歡聚的夜晚。卡拉丁心想。

你們都還活著。去你們颶風的！再不出來……

卡拉丁突然覺得這一切都很虛假。歌聲是勉強逼出來的，濃湯也是最後的手段，都只是爲了讓自己暫時不去想他被迫過著的可悲人生。

門口出現了一個身影。矮小，留著短鬚，眼神精明的斯卡來到火光下。卡拉丁對他微笑，一抹勉強擠出來的笑容。有時候，這已經是一個人能做到的極限。求求祢，讓他能感覺到吧，卡拉丁祈禱著，將木碗伸入大石的濃湯。

卡拉丁將碗遞給斯卡，褐色液體的表面燻騰著蒸氣。「一起來吧？」卡拉丁問道。

斯卡看看他，然後又看看濃湯，笑了，接過濃湯。

「如果有濃湯，就算要我跟守夜者一起烤火都沒問題！」

「小心噢。那是食角人的濃湯。裡面說不定有蝸牛殼或螃蟹爪一類的東西浮在湯裡。」泰夫說道。

「才沒有！低地人不懂吃，倒楣，可是親愛的橋隊長叫我怎麼煮，我就怎麼煮。」大石沒好氣地吼回去。

卡拉丁微笑，看到斯卡坐下，深深吐了一口氣。其他人跟著他走出，接過碗，坐下。有些人只是望著火光，沒說什麼，可是其他人開始跟著笑，跟著唱歌。有一度他還看到加茲走過，用他的獨眼打量著他們，彷彿是在思考他們是否違背了任何戰營規定，但卡拉丁預先查過，這些都是許可的。

卡拉丁舀出一碗濃湯，遞給加茲。橋兵長鄙夷地哼了一聲，大踏步離去。

一天能發生的奇蹟是有限的，卡拉丁嘆口氣心想，重新坐了下來，喝了一口濃湯，真的不錯。他微笑，跟其他人一起順著度尼的歌聲開始歌唱。

❖

第二天早上，當卡拉丁叫橋兵們起床時，四分之三的人都出了營房，只剩下抱怨最多的那幾個：摩亞許、席格吉、那姆，還有另外兩個人。聽從他命令起床的人，精神看來都出奇的好，雖然他們唱歌吃飯到很晚的時間。當他命令他們跟他一起練習扛橋時，幾乎所有起床的人都加入了他。

不是所有人，但夠了。

他覺得摩亞許跟其他人要不了多久也會放棄。他們吃了他的濃湯。沒有人拒絕他的食物。而且他已經得到這麼多人的支持，其他人反而覺得自己不加入是很蠢的事情。橋四隊是他的。

現在，他只需要讓大家都活得夠久。

28 決定

因爲我從未奉獻心力於如此重要的事情，而我們的戰爭將撼動天地。因此，我再次拜託你，支持我，不要袖手旁觀，眼看災難吞噬了更多的性命。我從未求過你任何事，老朋友。此刻，這是我的懇求。

雅多林很害怕。

他跟父親一同站在校場上。達利納看起來……飽經風霜。他的眼角延伸著深紋，皮膚上有著深陷的凹槽，鬢角的黑髮如褪白的岩石一般褪了色。全身披掛著碎甲，即使上了年紀仍然有著戰士般精壯身軀的人，怎麼會看起來如此衰弱？

他們面前的兩頭芻螺跟隨著牽伕踏上木橋。木頭連接著兩堆切割平整的石塊，中間的僞裂谷只有幾呎深。芻螺像是鞭子一般的觸鬚不安地擺動，口鉗敲擊出聲，拳頭大小的眼睛轉動不停，身後拖著巨大的攻城木橋，橋下的木輪發出滾動的吱嘎聲。

「這比薩迪雅司用的橋要寬很多。」達利納對站在他身邊的特雷博說道。

「這是爲了能容納圍城重橋，光明爵士。」

達利納漫不經心地點點頭。雅多林猜想在場的所有人中，只有他看得出來父親心中的煎熬。達利納的外表一如往常的自信，頭抬得高高的，說話時聲音堅定。

可是他的眼睛。太紅，太累。當雅多林的父親覺得疲累時，他會越發冰冷，一切公事公辦。當他對特雷博說話時，他的語調太堅定。

達利納·科林突然成了承受極端壓力的人，而這情況也是雅多林推波助瀾造成的。

芻螺們繼續前進。石塊般的殼漆上了藍黃相間的圖騰，這顏色跟花紋代表牠們的雷熙牽伕是來自於哪一個島嶼。圍城重橋駛入牠們腳下的木橋時，木板發出令人膽顫心驚的吱嘎聲。校場周圍的士兵全都轉頭去看，就連在東邊石地上正忙著挖廁溝的工人都停下手上的動作。

橋的吱嘎聲變得越來越響亮，然後變成清晰的斷裂聲。牽伕們拉停了芻螺，看向特雷博。

「撐不住，對不對？」雅多林問道。

特雷博嘆口氣。「他颶風的，我以爲……唉，我們把小橋變寬時，也讓它變得太薄了，可是如果造得太厚，又扛不動。」他向達利納望去。「光明爵士，對不起，浪費您的時間。您說得對，這是把十個傻子加在一起都及不上的蠢事。」

「雅多林，你覺得呢？」達利納問道。

雅多林皺眉。「這個……我覺得我們應該繼續研究，畢竟這只是第一次的嘗試，特雷博，也許還是有辦法，像是把圍城重橋設計得窄一點？」

「那可能不便宜，光明爵士。」特雷博說。

「如果我們能因此多贏一個寶心，所有的投資都可以翻倍賺回來。」

特雷博點點頭。「的確如此。我去跟卡拉娜光淑談談，也許她能想出新的設計。」

「很好。」達利納說道。他繼續看著橋好一段時間，然後出人意料地轉向校場的東邊，看向正在挖廁溝的工人。

「父親？」雅多林問道。

「你覺得爲什麼工人沒有碎甲那樣的甲冑？」

「什麼？」

「碎甲能夠大大提高人的力氣，但我們鮮少把碎甲用在戰爭跟殺戮以外的用途。這些燦軍爲什麼只製造武器？他們爲什麼不做一般人可以用的工具？」

「我不知道。也許是因爲戰爭是最重要的事情。」雅多林說道。

「也許吧。這件事也許就是對他們最後的批判。雖然他們號稱自己有多高尚的操守，卻從未將碎甲或碎甲的祕密傳給普通人。」達利納說道，聲音變得越發低落。

「我……我不明白這有何重要，父親。」

達利納微微甩頭。「我們該繼續巡視了。拉頓呢？」

「在這裡，光明爵士。」一名個子矮小，滿臉鬍子的光頭男子來到達利納面前，厚重的藍灰色袍子裹著他整個人，他的手幾乎伸不出來。看起來活像是殼太緊的螃蟹，實在很不好看，但他自己似乎不介意。

「派傳令兵去第五營。我們接下來去那裡。」達利納告訴他。

「是的，光明爵士。」

達利納跟雅多林開始走路。他們今天選擇穿上碎甲出來巡視。這個情況很常見，許多碎刃師是只要有機會能穿碎甲就不會放過，畢竟讓士兵看到他們的藩王跟世子雄壯威武的樣子，對士氣大有好處。

他們離開校場，進入戰營區時，引來不少人的注意力。雅多林跟達利納都沒有戴上頭盔，只是圍脖的部分很高又厚，看起來就像是金屬領子，高至達利納的下巴，一路上士兵們紛紛對他行禮，他則頷首回應。

「雅多林，你在戰鬥時，會感覺到戰意嗎？」達利納說道。

雅多林一驚。他立刻明白他父親問的是什麼，但他聽到這件事被說出口仍然相當驚愕，畢竟通常沒有人會討論這件事。「我……當然啊。誰會感覺不到呢？」

達利納沒有回答。他最近寡言沉默許多。他眼中的神色是心痛嗎？雅多林心想。雖然他之前滿腦子都是幻境，但至少整個人洋溢著自信，比現在好多了。

達利納沒再說什麼，兩個人繼續巡視戰營。六年過去，士兵們完全適應了這裡，營房漆著不同旅跟不同小隊的符號，營房間的空隙則搭建出火堆、凳子，還有以帆布遮蔽的用餐區。雅多林的父親沒有禁止士兵們這麼做，只是定下規則，不可讓環境變得雜亂無章。

達利納也允許大多數人帶親眷來破碎平原。當然，軍官們原本就帶來了自己的妻子，因為一個好的淺眸軍官，實際上等同於一個小團隊，男人負責下令與戰鬥，女人負責閱讀、書寫、設計戰地工事和管理營區。雅多林想起瑪拉紗，露出微笑。她會是他的那個人嗎？她最近對他有點冷淡。當然，還有丹蘭。他們才剛開始見面，但她引起了他的好奇心。

除此之外，達利納也允許深眸士兵帶家眷來，他甚至會為他們出一半的費用。當雅多林問他為什麼時，達利納說，他覺得禁止這件事是不對的。戰營已經不再會遭受攻擊，所以沒有危險。雅多林自己覺得，他父親應該是在想：既然自己住在有如皇宮一般奢華的營房裡，那他的人應該至少也可以享有家人的慰藉。

因此，孩子們在戰營中玩耍，四處奔跑；女人們掛著漿洗好的衣服，塗畫著符文；男人則磨利矛跟擦亮盔甲。營房則被隔間，好規劃出房間來。

「我想你是對的。我是說，你讓他們帶家人來是對的。」雅多林邊走邊說，希望能引得父親跟他交談，而非不斷沉思。

「是的，但當一切結束時，會有多少人願意離開？」

「這重要嗎？」

「我不確定。破碎平原現在可以算是雅烈席卡的省分。這個地方在百年後會變成怎麼樣？這一圈圈的營房是否會變成城區？外區的店鋪變成市集？西邊的山丘變成種植作物的農地？」他搖搖頭。「想來寶心會一直在這裡，只要寶心在這裡，也就會有人在這裡。」

「這是好事吧？只要那些是雅烈席人。」雅多林笑著回答。

「也許。但是如果我們繼續以這種速度獲取寶心，將會如何影響寶石的價值？」

「我……」這是好問題。

「當這片大地上最稀有，卻最令人渴望的物資變得普通時，會發生什麼事？兒子，這裡有很多事情正在發生。寶心、帕山迪人、加維拉的死，這些事情我們都沒有花時間去深思。你必須做好思考這些事情的準備。」

「我？什麼意思？」雅多林問。

達利納沒有回答，而是朝急忙走上前來行禮的第五營指揮官點點頭。雅多林嘆口氣，回禮。第二十一跟第二十二連正在這裡進行行軍與隊伍變化的操練，這件事的重要性只有上過戰場的人才明白。第二十三跟第二十四連則在附近進行戰鬥操練，練習在戰場上的陣形跟戰鬥動作。

在破碎平原上，打仗的方式跟一般戰事大不相同，這是雅烈席卡在最初幾次極爲丟臉的失敗後才學到的慘痛教訓。帕山迪人身體矮壯，肌肉結實，而且每個人都有一身奇怪的皮甲，雖然遮蔽範圍沒有全副盔甲那麼完整，卻比一般士兵擁有的配備好用很多。每個帕山迪人都可以算上一名機動性極強的重裝步兵。

帕山迪人總是兩兩一組地展開攻擊，而不是用傳統的並肩戰線。理論上，這種陣形應該會讓選擇採取一般行列隊形的軍隊獲得某種優勢。但是，每一組帕山迪人衝鋒時的慣性跟皮甲的粗厚程度，讓他們總是輕易就能突破盾陣，而且他們的跳躍能力，時常瞬間就讓雅烈席卡陣線後方多出一堆帕山迪人。

除此之外，他們在戰鬥時以團隊爲單位，所有的行動有著難以描述的默契與整齊，因此一開始被視爲野蠻的戰法，後來卻發現是極爲縝密且危險的戰術。

因此他們發現，只有兩種方法可以打敗帕山迪人。第一種就是利用碎刃。雖然有效，但是有限。科林軍只有兩柄碎刃，即使碎刃師的能力極爲強大，但他們依然需要支援，一名單打獨鬥且寡不敵眾的碎刃師很容易被絆倒，然後壓垮。雅多林唯一一次看到碎刃師輸給普通士兵，是因爲他先被一群矛兵打破胸甲，接著被淺眸弓箭手從五十步外一箭射死，最後碎甲也被弓箭手奪走，算不上什麼英雄的死法。

另一個有把握的方法就是快速變換陣形——機動變化搭配固定陣形。以機動的陣形變化回應帕山迪人詭異的默契，但是要以固定的陣形來維持戰線，同時抵抗帕山迪人的力氣。

第五營的營爵哈弗隆跟他的連爵們站成一排，等待雅多林跟達利納的到來，然後整齊地行禮：右拳舉到右胸前，指關節朝外。

達利納朝他們點點頭。「完成我的命令了嗎，哈弗隆光明爵士？」

「是的，藩王。」哈弗隆整個人長得像座又高又壯的塔，按照食角人的風俗，在嘴唇上方留了兩道長長的鬍鬚，下巴則是乾乾淨淨，他在山峰區還有親戚。「你要見的人都在晉見帳中等著了。」

「這是怎麼一回事？」雅多林問道。

「等一下你就明白。我們先閱兵吧。」達利納回答。

雅多林皺眉，但士兵已經在等了。哈弗隆一次讓一旅的人走上前來，雅多林走過這些人的面前，檢視他們的隊形跟制服，雖然每個人都整整齊齊，但是雅多林知道他們軍隊中有些士兵對於儀表的要求頗多怨言。其實他自己還滿同意他們的。

在閱兵的最後，他隨機問了幾個人的級別，以及他們是否有特別要提出的事項。沒人有任何事情要申訴。這是因爲他們滿意還是因爲害怕？

結束後，雅多林回到他父親身邊。

「做得好。」達利納說道。

「我只是沿著隊伍走了一趟而已。」

「可是樣子很好。這些人知道你在乎他們的需求，他們也很尊重你。你學得很好。」他點點頭，最後一句像是說給自己聽。

「我覺得你想太多了，父親，這只是簡單的閱兵而已。」

達利納朝哈弗隆點點頭，營爵帶領他們到練習場附近的晉見帳。雅多林不解地瞥了父親一眼。

「我讓哈弗隆把薩迪雅司那天找的那些士兵召集起來。就是我們去平原攻擊的那一天。」達利納說道。

「原來如此。我們應該問問他到底問了些什麼。」雅多林回答。

「是的。」達利納說道，示意要雅多林先進帳棚。兩人走入，身後還跟著幾名達利納的執徒。裡面有十名士兵坐在長椅上等待，一看到他們，立刻起身行禮。

「稍息。」達利納雙手往背後一背，朝那些人點點頭：「雅多林？」意思顯然是要雅多林來發問。

雅多林壓下一聲嘆息。怎麼又來了？「各位，我們需要知道薩迪雅司那天問了什麼，還有你們的回答。」

「不要擔心，光明爵士，我們什麼都沒告訴他。」一人說道，聲音帶著濃濃的北雅烈席卡鄉音。

其他人猛點頭。

「他是條鰻，我們都知道。」另一人補充。

「他是一名藩王，你們應該要尊重他。」達利納嚴肅地說道。

士兵臉色一白，點點頭。

「確切來說，他問了你們什麼問題？」雅多林問道。

「光明爵士，他問了我們在戰營中的任務。」其中一人回答：「你知道，因為我們是馬伕。」

每名士兵除了戰鬥訓練之外，還會多學一到兩種技能，有一群懂得如何照料馬匹的士兵很有用，這樣進行平原戰時就不需要帶著平民。

另一人回答：「他問了一圈。不是他自己，是他下面的人問的。問出來在那次裂谷狩獵時，我們負責管理國王的馬。」

第一名士兵再次開口：「可是我們什麼都沒說。沒有說會讓你有麻煩的話，長官。我們才不會給那條，呃，我是說那個藩王吊你的繩子。」

雅多林閉上眼睛。如果他們在薩迪雅司面前也是這樣表現，那會比被割斷的皮帶更引人猜疑。他們的忠心無庸置疑，但是行為卻顯得他們直接認為達利納有什麼隱藏的祕密，而他們需要保護他。

他睜開眼睛。「我跟你們其中幾個人交談過，但是讓我再問一次：你們有誰看到國王的馬鞍上有條被割斷的皮帶？」

眾人面面相覷，搖搖頭。一人開口：「光明爵士，真的沒有，如果有看到，我們一定會換掉，一定。」

另一人此時加上一句：「可是光明爵士，那天很混亂，人也很多。不是一般的台地戰什麼的。而且說實話，長官，在那種情況下，誰會想到去保護國王的馬鞍？」

達利納朝雅多林點點頭，兩人出了帳棚。「怎麼樣？」

「他們大概是幫了倒忙了。」雅多林苦著臉回答。「雖然他們是一片好心，或是說，正是因為他們的一片好心。」

「同意。」達利納嘆口氣。他朝站在帳棚一側的矮小執徒塔得特揮手。「單獨訪談他們每個人。看你能不能問出詳細的細節，問清楚薩迪雅司用的每個字眼，還有他們回答的每一個句子。」達利納輕聲囑咐。

「是的，光明爵士。」

「來吧，雅多林，閱兵還沒完。」達利納說道。

「父親。」雅多林握住達利納的手臂，盔甲輕撞出聲。

達利納皺眉轉身，雅多林快速朝碧衛比了一下，示意要私下談話。護衛們俐落快速地退開，留下兩人單獨談話的空間。

「父親，你這是在做什麼？」雅多林輕聲質問。

「什麼意思？我們在閱兵，處理戰營事務。」

「而且每次你都讓我領頭。有幾次的狀況甚至不太合宜，你還是硬要我去。怎麼了？你的腦子在想什麼？」雅多林說道。

「我以為你對於我腦子裡想的事情很不滿。」

雅多林瑟縮了一下。「父親，我……」

「沒關係，雅多林。我只是想做出一個很困難的決定。我喜歡邊做事邊想事情。」達利納皺皺眉頭。

「有些人喜歡找個地方坐下來沉思，可是這方法對我來說不管用，我要做的事情太多了。」

「你想決定什麼？也許我能幫忙？」雅多林問道。

「你已經幫忙了。我……」達利納話沒說完，皺起眉頭。一小群士兵正領著一名穿著紅色與褐色衣著的人，朝第五營的練習場走來，那是薩拿達的顏色。

「你今天晚上不是要跟他會面嗎？」雅多林問道。

「對。」達利納回答。

碧衛的隊長奈特跑上前去，攔住來人。他有時候太多疑，但這樣的特性對於貼身護衛來說是件好事。他不久後便回到達利納跟雅多林身邊。奈特有張被曬黑的臉，一臉修剪得極短的黑鬍子。他是極為低階的淺眸人，在護衛隊中已經很多年。「他說薩拿達藩王今天無法按照預期計畫與您會面。」

達利納的臉色變得難看。「我親自跟那傳令兵說。」

奈特不情願地揮手讓那瘦小的男子上前來。傳令兵走上前，在達利納面前單膝跪倒。「光明爵士。」

這次達利納沒有要雅多林開口。「說。」

「薩拿達藩王很遺憾他今天無法見您。」

「他提議改期嗎？」

「他很遺憾自己最近事務繁忙，但樂於改天在國王的宴會中與您交談。」

公眾場合，雅多林心想，而且明知道附近半數人會豎著耳朵偷聽，而另外半數人，大概還包括薩拿達本人，會處於都已經喝醉了的情況下。

「嗯。那他有說何時會比較空閒嗎？」達利納問道。

傳令兵變得尷尬。「光明爵士，他說如果您堅持要追問，我應該要跟您解釋：他跟其他幾名藩王談過，覺得他已經明白您要求會面的原因，因此要我告訴您他並不想和您結盟，也無意與您共同出戰台地。」

達利納的臉色越發難看。他一揮手讓傳令兵下去，然後轉向雅多林。碧衛仍然離他們有段距離，讓他們能私下談話。

「薩拿達是最後一人。」達利納說道。每名藩王都以不同的方式拒絕了他。哈山極爲有禮，貝沙伯是讓他妻子出面解釋，薩拿達則是禮貌中帶有敵意。「只剩下薩迪雅司。」

「我想拿這件事跟他談可能不甚明智，父親。」

「有道理。」達利納的聲音很冷，表示他在生氣，甚至是憤怒。「他們在對我傳達一個訊息。他們向來不喜歡我對國王的影響力，而他們樂於見到我被扳倒。他們不想照我的要求去做，只因爲這可能會讓我重新站穩腳步。」

「父親，我很遺憾。」

「也許這樣最好。重要的是我失敗了。我無法讓他們合作。艾洛卡說得對。」他看著雅多林。「兒子，你幫我完成閱兵。我想做點別的事情。」

「什麼事？」

「我認爲該做的工作。」

雅多林想要反對，卻想不出理由，最後只能嘆口氣，點點頭。「你之後會跟我說是怎麼一回事吧？」

「會的。不會太久。」達利納承諾。

❖

達利納看著他兒子大步流星地離開。他會是一名好王。達利納要做的決定很簡單。

他是不是該禪位給他兒子了呢？

如果達利納這麼做，那他就不能再插手政治，必須回到屬地，讓雅多林擔任統治者。這是個令他一想到就心痛的決定，而他必須很仔細，不可操之過急。如果他真的發瘋了——整個戰營裡的人都這麼想——那他就該退位了，而且應該要快，免得他的狀況嚴重到失去神智，乃至無法放手。

王者自持。他想起來《王道》中的一段話。他提供子民穩定。這是他的服務，他的貨物。如果他無法控制自己，那該如何控制其他人的性命？有哪個值得信任的商販，會不敢食用自己販賣的水果？

雖然他常想自己發瘋的部分原因是否就是因爲這本書，書中的句子仍然不斷在他腦海中出現。「奈特，把我的戰鎚拿來，在校場中等我。」他說道。

達利納想要動，想要工作。他踏著大步從第六與第七營的營房間走過，護衛連忙跟在身後。奈特派了幾個人去拿戰鎚，聲音無比興奮，似乎是認爲達利納要做些什麼了不起的事情。

達利納懷疑他之後還會這麼想。他沒多久便來到校場，披風在背後隨風飛揚，碎甲靴重重地踏在石板地上。沒等多久，戰鎚便被裝在兩個人一同拉著的木板拖車裡送來，士兵們汗流浹背地把戰鎚從拖車上扛下，光手柄就有男子的手腕粗，鎚頭比攤開的手掌還要厚，即使兩人合力也幾乎抬不動。

達利納一手便抓起戰鎚，扛上肩膀，無視於校場上操練的士兵，逕自走到那群正在挖廁溝的骯髒工人身邊。工人們抬起頭，驚恐地看著全身碎甲的藩王正站在一旁俯視他們。

「這裡誰負責？」達利納問。

一名穿著褐色破舊長褲的普通平民舉起緊張的手。「光明爵士，小的要怎麼服侍您？」

「去休息一下。你們走吧。」達利納說道。

擔心的工人們連忙爬了出來，淺眸軍官則聚集在後面，被達利納的行爲弄得不知該做何反應。

達利納握住金屬握柄上纏著皮革的沉重戰鎚，深吸一口氣，他跳入半挖好的廁溝，舉高了戰鎚，用力往下一揮，重重擊在岩石上。

清晰的碎裂聲響徹了校場，一波衝擊力竄上達利納的雙臂。碎甲吸收了大部分的反作用力，石頭上則出現了一道深深的裂痕。他再次舉高戰鎚，往下揮去，這次整整敲下了一大塊岩石。以平常人而言，至少要兩三個人才能抬得動的大石，達利納輕輕鬆鬆地便以單手抓起，往旁邊一拋。石塊咔啦啦地落在地上。

普通人的碎甲在哪裡？那些這麼睿智的古人，爲什麼沒有做任何能幫助他們的東西？達利納手上的動作不停，戰鎚在空中激起碎石屑，速度等同於二十個人。碎甲可以用在許多事情上，讓羅沙上的工人跟深眸人都能有更輕鬆的生活。

能夠動手感覺很好。他終於能夠做點有用的事情。他最近覺得自己的所有努力都像是在白繞圈子。工作幫助他思考。

他正在失去對戰爭的渴望。這讓他擔心，因爲戰意，亦即是對戰爭的享受與渴望，是驅使雅烈席人行動的原動力。而最偉大的男性技藝就是成爲戰士，最偉大的天職就是戰鬥。全能之主仰賴雅烈席人訓練自己進行光榮的戰鬥，好讓他們死後時能加入神將軍隊，贏回寧靜宮。

可是，最近光想到殺戮，他就開始覺得反胃。自從上次出兵平原之後，情況越發嚴重。如果他下次再上戰場，會發生什麼事？他這樣的狀況不足以領導眾人。這是他考慮應該禪位給雅多林的一個重要原因。

他繼續揮舞著戰錘，一遍又一遍敲打著石頭。士兵們聚集在廁溝上方，工人們也沒有按照他的命令去休息，反而和士兵們一起擠在上面，瞠目結舌地看著碎刃師做他們的工作，偶爾他會召喚出碎刃來切割石塊，然後再用戰錘擊碎。

他看起來可能很可笑。他不可能代替戰營中所有的工人做事，而且他也有很重要的事情要做。他根本沒有理由跳入廁溝來耗費體力。但他感覺太舒暢了，能夠對戰營的需求伸出援手，這種感覺實在太好。他為保護艾洛卡所做出的努力往往成效難辨，所以能做一件顯而易見有進展的事情令他大為滿足。

但即使是這件事，也是受到那些理念的感染。那本書上說「國王應負載人民之擔」。書上說「為君者至輕」，因為需要服務所有人。書上的一切都在他腦海中快速盤旋，戒律、書中的教誨，還有那些說不定是幻覺的幻境。

「戰爭乃最後手段，逼不得已為之。」

哐！

「言辯不如實行。」

哐！

「視眾人皆為有榮譽心之人，予眾人達成此期待之契機。」

哐！

「己所不欲，勿以御人。」

哐！

他站在及腰深的石溝中，這裡最後會做成茅坑，耳中滿是碎裂石塊的聲音。

他開始相信這些理念。不，他已經相信了這些理念。如今他正在實踐。如果所有人都能像那本書上說的一樣，這個世界會是怎麼樣？

總有人要起頭，總有人要做典範。因此，他有不該禪位的理由。無論他是否發瘋，他現在做事的方法比薩迪雅司或其他人的辦法都好，只需要看看他士兵跟他子民的生活情況，就可以看出這點。

哐！

石頭不被敲就不會變。他這種人也一樣嗎？爲什麼最近的一切對他來說都變得這麼難？可是爲什麼是他？達利納不是哲學家，也不是理想主義者。他是個軍人。而且，如果他敢向自己承認，更早些年前他還是個暴君，血腥好戰。在他的垂暮之年，假裝自己遵照更高尚的先人教誨來行事，是否足以免除他一輩子的屠行？

他開始發汗。他在地面上挖出的凹槽已經有一人高那麼寬，及他胸口般深，大概三十呎長。他工作的時間越久，越多人聚集在一旁交頭接耳。

碎甲是神聖的。藩王眞的在拿碎甲挖廁溝嗎？他的壓力眞的已經大成這樣？他害怕颶風。他變得膽小。他拒絕決鬥，也拒絕爲自己的榮譽奮戰，挑戰別人對他的閒言碎語。他怯於戰鬥，想要放棄戰鬥。

還可能有弒君的嫌疑。

終於，特雷博決定，讓所有人盯著達利納瞧實在太不尊敬藩王，因此命令全部的人回到自己的崗位，也叫工人離開。他牢記達利納的命令，因此要他們都去陰涼處坐下，同時進行「輕鬆的交談」。這命令從別人口中說出來，臉上應該多少會帶著一絲笑容，但是特雷博的一板一眼跟石頭有得比。

達利納繼續工作。他知道這廁溝應該要挖到哪裡，因爲這項施工申請曾獲得他的許可。首先，要挖出一條長長的斜溝，然後蓋上塗上油漆跟柏油的木板封住氣味，在上坡那一端要搭建一間廁所，每個月派人以魂術把溝中內容物變成煙一次。

只剩下他一人之後，工作的感覺更好。一個人，一下又一下地敲碎石頭，就像在很久以前的某一天，他聽見了帕山迪人的鼓聲。達利納仍然可以感覺到那敲擊，在腦海中仍然聽得到那聲音，撼動著他。

哥哥，對不起。

他曾與執徒們談過他的幻境。他們都覺得那是他勞心過度所引發出的幻覺。

他沒有理由相信那些幻境中的任何內容是眞的。在遵從幻境的同時，他不僅僅是忽略了薩迪雅司的手段，更是危險地耗盡了他的資源。他的名聲岌岌可危。他即將要拖垮整個科林家族。

而這是鼓勵他退位最有利的理由。如果他繼續這樣下去，他的行爲可能會害死雅多林、雷納林和艾洛卡。他願意拿生命爲自己的理想冒險，但他能拿兒子們的性命冒險嗎？

碎石屑繼續飛濺著，敲擊在他的碎甲上。他開始覺得累了。碎甲不會幫他出力，只是會增強他的力量，所以每次揮動戰錘的力氣其實都來自他自己。他的手指因爲戰錘柄的震動而漸漸發麻。他即將要做出決定。他的心神很平靜，很清晰。

他再次揮舞戰錘。

「用碎刃不是比較有效率嗎？」一名女子用半挖苦的聲音問道。

達利納全身一僵，錘頭停在碎石上。他轉身看到娜凡妮站在溝槽邊，穿著一件藍與淺紅的長禮服，帶著灰絲的長髮反射著陽光，出乎他意料之外，太陽居然已經貼近地平線。她身邊的兩名年輕人不是她自己的隨從，而是她從戰營中其他淺眸女子那裡「借來的」。

娜凡妮雙手抱胸，站在一旁，身後的太陽像是光環一樣籠罩著她。達利納遲疑地舉起覆蓋著碎甲的手臂擋住陽光。「瑪賽娜？」

「我是說你的石頭工程。」娜凡妮朝凹溝點點頭。「我不敢妄自評斷，畢竟敲東西是一門男性的技藝。但你不是擁有一柄劍，根據某人以前對我的描述，說用它切石頭，就像颶風颳過賀達熙人那樣容易？」

達利納轉身看著石頭，再次舉起戰錘，用力朝石頭揮擊，發出一聲令人滿意的碎裂聲。「碎刃太擅長切割了。」

她的回答是：「眞有趣。我會盡量假裝你的回答有道理。順道提一句，你有沒有覺得男性技藝主要都是以破壞爲主，而女性技藝則是以創造爲主？」

達利納再次揮動戰錘。哐！如果不要直接看著娜凡妮，跟她對話變得容易太多。「我用碎刃切割石頭的兩側跟中間，但還是要把石頭擊碎。妳嘗試過取出一塊被碎刃切割出的岩石嗎？」

「我恐怕沒有這種經驗。」

「不容易。」

哐！「碎刃的切痕非常細，所以石頭仍然是緊貼著彼此，很難抓住或移動。」

哐！「這比看起來要複雜多了。」

哐！「現在這個方法最好。」

娜凡妮拍落裙襬上的碎屑。「而且更亂七八糟。」

哐！

「所以你打算道歉嗎？」她問道。

「爲什麼？」

「因爲你錯過了我們的會面。」

達利納揮到一半，僵住。他完全忘記在娜凡妮回來的第一場宴會上，他曾同意讓她今天讀書給他聽。

他忘記告知他的書記們今天有這個約。他轉向她，懊惱萬分。薩拿達取消了他們的會面讓他非常生氣，但薩拿達至少有想到要派人通知一聲。

娜凡妮雙手抱胸，內手藏起，線條流暢的禮服似乎散發著陽光，唇邊帶著一抹笑意。因爲他的失約，所以根據禮儀跟榮譽規範，如今他得任憑她處置。

「我眞的很抱歉。我最近在考慮一些很困難的問題，但不代表失約於妳是可以被原諒的。」

「我知道。我會仔細想想要怎麼樣讓你彌補這次的失禮。可是現在你得知道，你有一根信蘆在閃。」

「什麼？哪一根？」

「你的書記們說是屬於我女兒的那一根。」

加絲娜！他們已經好幾個禮拜沒有通訊了。他之前傳送給她的訊息，都只得到最簡短的答覆。當加絲娜深陷於工作時，往往將一切都抛諸腦後。如果她現在聯絡他，那可能是她發現了什麼，或是她正在休息，趁機與所有人聯絡一番。

達利納低頭看著廁溝。他快要做完了。而這時他才發現，原來他先前打算是要在挖到底的時候做出決定。他好想繼續工作。

可是，如果加絲娜想要跟他談話……

他需要跟她談談。也許他可以說服她重返破碎平原。如果知道她能回來照看艾洛卡跟雅多林，他就能更放心地做出禪位的決定。

達利納將戰鎚抛在一旁。經過方才的敲擊，戰鎚的柄已經歪了三十度，戰鎚的頭也成了一團變形的金屬。他得找人幫他鑄造新的武器，這種事對碎刃師來說屢見不鮮。他用力一躍，出了壕溝。

「原諒我，瑪賽娜，但我必須向妳告罪，我得先告退了。我必須去接收這段通訊。」達利納說道。向她一鞠躬後，便快步離開。

娜凡妮在他身後開口。「事實上我有事情想拜託你。我已經好幾個月沒有跟我女兒說話。如果你允許的話，我希望跟你一同前往。」

雖然他有所遲疑，但他才剛冒犯過她，現在不是拒絕的好時機。「當然。」他等著娜凡妮走到她的轎子邊，上轎。肩伕們把轎子扛起，達利納再次前進，肩伕與娜凡妮借來的隨從們跟隨在身旁。

「你是個善良的人，達利納．科林。」娜凡妮說道，背靠著鋪上軟墊的座椅，唇上再次浮現跟先前一樣的促狹笑容。「我恐怕別無選擇，只能對你的一切產生極高的好奇。」

「我的榮譽心讓我變得很容易被操弄。」達利納雙眼直視前方地回答。他現在最不需要的就是跟她有太多牽扯。「我自己也知道這件事。妳不需要玩弄我，娜凡妮。」

她輕笑。「我沒有要占你便宜的意思，達利納，我……」她想了想。「好吧，我是占了你一點點便宜，但我可沒有『玩弄』你。尤其是最近這一年，你眞正成爲了別人曾經自稱，卻從未變成的那種人。難道你不知道這樣讓你變得更耐人尋味嗎？」

「我不是爲了讓自己變得耐人尋味才這樣做的。」

「如果你眞是爲了那種原因才這麼做，就不會有這樣的效果了！」她向他傾身。「你知道爲什麼多年前我選擇了加維拉，而不是你嗎？」

可惡。她的話，她的人，就像一杯烈酒，倒入了他透澈的思緒之中。他透過勞動所換得的清晰神智正迅速消失。她有必要這麼直接嗎？他沒有回答她的問題，反而加快了腳步，希望她可以看出來他不想討論這個話題。

沒有用。「達利納，我選擇他不是因爲他會成爲國王，雖然大家都這麼說。我選擇他是因爲你讓我害怕。你的激切……你知道，就連你哥哥也對此感到害怕。」

他沒有說話。

她繼續說：「我可以從你的眼神中看出，那份激切仍然存在，但是你在它的外面圍了一層盔甲，一圈閃亮的碎甲拘束著它。這是讓我覺得你耐人尋味的原因之一。」

他停下腳步，看著她。轎伕們也停下腳步。「沒有用的，娜凡妮。」他輕聲說道。

「沒有嗎？」

他搖搖頭。「我不會污衊我逝去的兄長。」他嚴肅地看著她，而她終於點了點頭。

當他繼續開始前進時，她什麼都沒說，只是不時對他投以促狹的目光。終於，他們來到他的私人行宮，外面插著飄動的藍色旗幟，上面有著闊克與歷尼的對符，前者畫成皇冠，後者則是塔。最初的設計源自於達利納的母親，跟他的徽戒一樣，艾洛卡用的則是劍跟皇冠。

行宮入口前的士兵對他行禮，達利納則等著娜凡妮下了轎子後，才和她一起進入內廳。寬廣的室內以充滿颶光的藍寶石點亮。一進入起居間的那一剎那，他再次發現這幾個月以來，這裡變得多麼奢華。

三名書記正帶著她們的學徒等著他，一見到他來，六人同時起身。雅多林也在其中。

達利納朝年輕人皺眉。「你不是應該在閱兵嗎？」

雅多林吃了一驚。「父親，那好幾個小時前就結束了。」

「眞的？」

他颶父的！我花了多久在敲石頭？

雅多林上前一步。「父親，我們能私下談談嗎？」雅多林黑金色相間的頭髮一如往常的凌亂。他已經換下碎甲，也洗過澡，現在正穿著一套時髦、但同時適合上戰場的制服。外面還套著兩邊側扣的長藍色外套，搭配筆挺的褐色長褲。

「還不到跟你討論的時候，兒子。我還需要一點時間。」達利納柔聲說道。

雅多林帶著擔憂的眼神看著他父親。達利納心想，他會是一名好藩王。他從小就接受擔任藩王的訓練，不像我。

「好吧。可是我有另外一件事想要請求你。」雅多林說道，朝其中一名書記一指。那是一名有著金紅髮色的女孩，中間只摻雜了幾絡黑絲。她的身形高䠷，脖子修長，穿著一件綠色的洋裝，頭髮編成許多辮子在頭頂高高盤起，以四根傳統的鐵髮簪固定。

雅多林輕聲對達利納說：「這是丹蘭・摩拉克沙，她昨天才到戰營，要跟她的父親摩拉克沙光明爵士同住幾個月。她最近經常拜訪我，因此我擅自作主，請她在這段期間擔任你的書記。」

達利納眨了眨眼。「那個……」

「瑪拉紗？」雅多林嘆口氣。「合不來。」

「那這個呢？」達利納的聲音壓得很低，卻藏不住其中的不可置信。「你說她來了多久？昨天？你就已經讓她拜訪你了？」

雅多林聳聳肩。「我也是受盛名之累啊。」

雅多林又嘆了口氣，瞥了一眼娜凡妮。她站得不遠，絕對聽得很清楚，但出於禮節而假裝什麼都沒聽到。「你知道嗎，習俗上最後只能選擇一個女人追求。」

兒子，你需要個好妻子，而且可能等不了多久了。

「也許，等到我變得又老又無趣的時候才有可能吧。」雅多林說道，朝年輕女子微笑。她是很漂亮。可是她才來戰營一天？先祖啊，達利納心想。他花了三年的時間追求最後成為他妻子的女人，就算他記不得她的臉，他也記得自己多執著地追求她。

他一定很愛她。所有關於她的情緒都已經消失，被他根本不該碰觸的力量把她從他的腦海抹去。很不幸的是，他仍然記得他有多渴望娜凡妮，但那是更多年前的事了。

不要再想了，他告訴自己。他不久前才正要決定是否該禪位，現在不能讓娜凡妮的事情引他分心。

「丹蘭・摩拉克沙光主，歡迎妳成爲我的書記。聽說我收到了傳訊？」他對年輕女子說道。

「是的，光明爵士。」女子行禮。她朝插在筆架上的五根信蘆點點頭。信蘆看起來像是普通的蘆筆，只是每一根上面都有一小顆灌注了颶光的紅寶石，最右邊的那一根正緩緩閃動著光芒。

麗提瑪也在場，雖然她比較資深，但她卻朝丹蘭點點頭，要她將信蘆取來。年輕女子快步走向書架，小心翼翼地將仍然在閃動的蘆筆拿到讀書架旁邊的小書桌上，再仔細地將一張紙夾在書寫板上，同時在它的小洞裡插入墨水管，輕輕扭轉至密合後，這才拔下管塞。淺眸女子很擅長只用外手做事。

她坐在桌前抬頭看著他，顯得有點緊張。達利納當然不相信她，因爲她絕對有可能是其他藩王的密探，很不幸的是，加絲娜不在之後，整個戰營裡就沒有其他能讓他完全信任的女子了。

「準備好了，光明爵士。」丹蘭說道。她有著微帶沙啞的嗓音，正是會吸引雅多林的類型，希望這一位不像他平常挑選的女子那般腦袋空空。

「開始。」達利納說道，然後朝房間中舒適的單張沙發椅揮了揮手，請娜凡妮坐下。其他書記則在自己的長椅上就座。

丹蘭將信蘆的寶石轉了一度，代表請求接收。然後她檢查了書寫板兩旁的水平儀，確認油管中的泡泡位於正中央，表示書寫板此時是完全平整後，她以信蘆沾了墨水，瞄準紙張左上角的一個小點，點好。將筆桿直直握住，這才以拇指再度轉動寶石，然後她移開了手。

信蘆的筆尖抵著紙張，沒有倒下，彷彿被看不見的手抓住似的，開始書寫，重現加絲娜在遙遠的另一端，以同一對信蘆筆書寫的動作。

達利納站在書寫桌邊，雙臂交疊，他看得出來站在那裡的自己讓丹蘭很緊張，但他焦慮得無法坐下。加絲娜的字體自然是極爲優雅。畢竟加絲娜做任何事情都會花心力去做到盡善盡美。達利納傾身向前，看著那熟悉卻又無法理解的紫色線條出現在頁面上，寶石上飄浮著淡淡的紅煙。

筆停止書寫，凍結於原處。

丹蘭開始唸：「叔叔，願你一切安好。」

達利納回答：「甚好。周遭的人將我照顧得極爲妥當。」這句話是暗語，意思是他不相信——或至少是不認識——所有在場聆聽的人。加絲娜就會知道不要寫出太敏感的訊息。

丹蘭握住筆，轉動寶石，寫下他剛才說的話，隔著海洋傳送給加絲娜。她仍然在圖卡嗎？丹蘭寫完後，再次將筆放回左上方的點——兩枝筆都會放在同一個位置，好讓加絲娜繼續對話——然後再把寶石轉回原先的設定。

丹蘭讀著：「按照原先計畫，我到了卡布嵐司。我尋找的祕密太隱密，即使是帕拉尼奧也無法尋得完整的答案，但我仍然找到了蛛絲馬跡，引人遐想的斷章。艾洛卡好嗎？」

蛛絲馬跡？斷章？什麼的斷章？加絲娜也是個喜歡以戲劇化的語氣描述事情的人，只是沒有國王那麼誇張而已。

「妳的弟弟幾個禮拜前，很努力地想讓自己被裂谷魔害死。」達利納回答。肩膀靠著書架的雅多林一聽便露出了笑容。「可是顯然是神將保佑，他沒事。但我們很想念妳。我相信他也需要妳的建言。他極端仰賴做爲書記的菈萊光主。」

也許這句話會讓加絲娜願意回來。她跟薩迪雅司的表妹感情很差，而在皇后不在的情況下，菈萊便是國王的首席書記官。

丹蘭不斷寫著。一旁的娜凡妮清了清喉嚨。

「噢，補上這一句：妳的母親再度來到了戰營。」達利納說道。

片刻後，筆自己寫出：「向我的母親致意。跟她保持距離。她會咬人。」

一旁的娜凡妮輕輕哼了一聲，達利納這才意會到他忘了警示加絲娜，娜凡妮正在場聽著他們的對話。他臉上一紅。丹蘭同時繼續讀著：「我不能透過信蘆討論我的研究，但是我越來越擔心，這裡有些東西被層層頁頁的歷史紀錄埋藏了起來。」

加絲娜是名記實學家。有一次，她曾經解釋給他聽這是什麼意思。他們是一種特殊的學者，專注於還原過去的眞相，想要發掘關於過去客觀的事實描述，以推斷在未來發生類似情況時該如何應變。他不是很明白，爲什麼他們覺得自己跟一般歷史學者不同。

「妳會回來嗎？」達利納問道。

答案寫出後，丹蘭唸道：「很難說。我不敢停止我的研究，可是也許不久之後，我也不敢遠離你們。」

什麼？達利納心想。

丹蘭繼續讀道：「無論如何，我有些問題想請你幫忙。我需要你再描述一遍七年前，你第一次碰到帕山迪巡邏隊的情形。」

達利納皺眉。雖然有碎甲的增強力量，但挖壕溝的工作仍然讓他頗爲疲累。他身上還穿著碎甲，讓他不敢坐在房間的椅子上，不過，他倒是除下了一隻手甲，抓了抓頭髮。他不喜歡討論這個話題，但一部分的他樂於講些別的事情，讓他延緩做出這即將改變一生的決定。

丹蘭看著他，準備好記述他的話。加絲娜爲什麼要他再說一次？她不是已經在她父親的傳記中寫過這件事？

好吧，她早晚會跟他說明原因。根據她以前的研究成果看來，她現在的研究也是極有價值。艾洛卡有他姊姊一部分聰明就好了。

「加絲娜，這對我來說是很痛苦的回憶。我眞希望我沒有說服妳父親參與那次探索行動。如果我們從未發現帕山迪人，他們就不可能刺殺他。第一次與他們會面，是我們正在一片地圖上沒有記錄的森林中探險時——那個地方位於破碎平原南方，從乾涸海出發，步行約兩個禮拜的路程之外。」

加維拉年輕時只有兩件事情能引起他的興趣——征服與狩獵。他不是忙著從事其一，就是其二。當時狩獵的提議看起來是很合理的，加維拉那時候行爲怪異，失去對戰爭的渴望，許多人開始說他變得軟弱。達利納想要幫他哥哥想起年輕時的美好時光，因此他們要去狩獵傳說中的裂谷魔。

「當我碰到他們時，妳父親沒有跟我在一起。」達利納邊回想邊說道。在潮溼的林地山丘上紮營，透過翻譯逼問拉坦的當地人。尋找糞便或是折斷的樹木。「我正領著探子沿著死彎河的一條支流朝上游探勘，妳父親則朝下游走。我們在河岸的另外一邊發現了帕山迪人。我一開始還不敢相信。帕胥人。紮營、自由、有組織。他們有武器，也不是粗糙的武器，而是劍，還有矛，柄的部分都雕刻著……」

他語音漸弱。他一開始告訴加維拉時，他也不相信。天底下哪有自由的帕胥族人。他們是僕人，而且一直以來都是。

丹蘭問：「他們那時有碎刃嗎？」達利納沒發現加絲娜回答了。

「沒有。」

一段時間以後，加絲娜的回答出現：

「可是他們現在有了。你第一次看到帕山迪碎刃師是什麼時候的事？」

「加維拉死後。」達利納說道。

他把兩件事串連了起來。他們一直都不明白，加維拉爲什麼想跟帕山迪人簽約。如果只是爲了抓破碎平原上的巨殼獸，根本不需要簽約，帕山迪人那時候也不住在平原上。

達利納感覺到一陣冰寒。他的哥哥是不是知道這些帕山迪人有碎刃？他簽下和約，是否是爲了要找出他們到底在哪裡找到這些武器？

這就是他的死因嗎？這是加絲娜在尋找的祕密嗎？達利納心想。她向來沒有展現出艾洛卡那種對於復仇的決心，但是她的思考方式與她弟弟不同。復仇不會驅使她，但是疑問會。沒錯，疑問絕對會。

丹蘭繼續讀：「叔叔，我再問一件事就能回去圖書館繼續挖。有時候我覺得自己很像盜墓者，一直在死去多時的骨頭間翻找。先不講這個。你曾經提過帕山迪人似乎很快便學會我們的語言。」

「是的，幾天之內，我們就開始能頗爲順暢地對談跟溝通，非常驚人。」達利納說道。誰能想到在所有人種中，居然是帕胥人擁有這麼令人訝異的能力？他認識的帕胥人大多數連話都不太說。

「他們跟你說的第一件事是什麼？他們問的第一個問題是什麼？你記得嗎？」丹蘭說道。

達利納閉上眼睛，回想起帕山迪人就在河對岸紮營的那些日子。加維拉對他們著迷不已。「他們想要看我們的地圖。」

「他們有提到引虛者嗎？」

引虛者？「我記得沒有。爲什麼這麼問？」

「我現在不想說。可是，我想讓你看個東西。讓你的書記拿張新的紙來。」

丹蘭將一張新的紙放在書寫板上，把筆放在角落後，鬆手。筆開始以快速、大膽的筆觸來回畫寫。這是幅圖畫。達利納上前一步，靠得更近。雅多林也擠了過來。蘆筆跟墨水不是最適宜的工具，隔著這麼遠的距離所產生的繪畫也無法精細。這邊的筆會漏出另一邊沒有的墨水滴，而且雖然兩邊墨水管擺放的位置都一樣，讓加絲娜能夠同時爲自己跟達利納的信蘆補充墨水，可是有時候他這邊的墨水還是會比另外一邊先用完。

不過，這張圖仍然相當出色。這不是加絲娜畫的，達利納意識到，畫這張圖的人遠比他的姪女精於繪畫太多太多。

這張圖最後變成一個高大的影子，籠罩在幾棟建築物上，細細的墨水線條勾勒出甲殼跟爪子的輪廓，更細密的線條勾勒出了影子。

丹蘭將圖取下，拿出第三張紙。達利納舉高了圖，雅多林站在他身邊。線條與陰影構成的可怕怪獸看起來有點熟悉，就像……

「這是裂谷魔。牠的形狀被扭曲了，臉看起來凶惡很多，肩膀更寬，而且我沒看到第二對前爪，但是看起來就像是有人想畫裂谷魔。」雅多林邊指邊說。

「沒錯。」達利納搓搓下巴。

「這是這裡一本書上的繪圖。我的新學徒頗擅長於繪畫，所以我讓她爲你們重新畫了一次。跟我說，你覺得這像什麼？」丹蘭讀道。

新學徒？加絲娜已經好多年沒有學徒了。她一直說她沒時間，達利納心想。「這是裂谷魔。」達利納說道。

丹蘭寫下這句話。片刻後，紙上浮現回覆。「這本書對這張圖的說明是引虛者圖像。」丹蘭皺眉，歪著頭繼續讀。「這本書是抄本，原版撰寫於重創期發生前的年代，可是書裡的圖，則是出自另一本更遠古的書。有些人認為這張圖是出於神將離開後的兩到三代之間。

雅多林輕吹了一聲口哨。如果真是如此，那麼這張圖的年代真的極為古老。就達利納所知，他們只有幾張圖或文字是出於影時代。《王道》已是最古老的書籍之一，而且是唯一的全本，但即便如此他們也只有翻譯本，原文已經不可考。

丹蘭讀道：「你們先別急著驟下定論。我不是說引虛者就是裂谷魔。我相信，古代的藝術家不知道引虛者長什麼樣子，所以她畫出了她所知道最可怕的東西。」

可是原本的畫師怎麼知道裂谷魔長什麼樣？達利納心想，我們才剛發現破碎平原……

不過。雖然無主丘陵如今已無人煙，但這裡曾經是有人居住的王國。過去某人知道裂谷魔的樣子，而且熟悉到能夠畫出來，然後說那是引虛者。

加絲娜透過丹蘭寫道：「我得走了。叔叔，替我照顧我弟弟。」

達利納非常仔細地斟酌回話：「加絲娜，這裡情況很辛苦。颶風開始不受限制地肆虐，建築物不斷晃動跟呻吟。妳可能不久後就會聽到令妳震驚的消息。如果妳能回來幫忙，會非常好。」

他靜靜地等著信蘆在輕刮聲中寫出回答。「我希望能夠給你歸期的承諾，但是我無法預估我的研究何時可以完成。」達利納幾乎可以聽到加絲娜平靜、淡然的聲音。

「這很重要，加絲娜。請妳重新考慮。」達利納說道。

「叔叔，請安心，我會回去的，只是說不準什麼時候而已。」

達利納嘆口氣。

「特別提醒你。」加絲娜又寫：「我等不及親眼見見裂谷魔。」

「一隻死的裂谷魔。」達利納說：「我不打算重現妳弟弟幾個禮拜前的經歷。」

「啊！」加絲娜回傳：「果然是我親愛、過度保護我們的達利納叔叔。你早晚有一年得承認你最愛的侄子跟姪女已經長大了。」

「如果你們表現得像成年人，我就會把你們當大人對待。」達利納道：「快點回來，我會弄隻死掉的裂谷魔給妳。保重。」

他們等了一會兒，看是否還會有回答，但寶石停止了閃動。加絲娜的傳訊已經結束。丹蘭將信蘆跟書寫板收起，達利納向書記們道謝。所有人退下。雅多林似乎想要留下，但達利納揮手示意要他離開。

達利納再次低頭看著裂谷魔的圖，不甚滿意。他從這段對話中得到什麼？更多模糊的暗示？加絲娜的研究是什麼，重要到她可以忽略那些對王國的威脅？

他宣布他的決定之後。得要寫封比較直接的信給她，解釋他退位的理由。也許這麼一來，她就會願意回來。

達利納此時震驚地發現，原來他已經做出決定。在離開廁溝後到現在的時間中，他已經不再把退位想成是否要這麼做，而只是在考慮時機的問題。這是對的決定。令他打從心底感覺到不舒服，但他很確定。人有時就是要做出自己不喜歡的事。

他想了想，明白是因爲方才跟加絲娜的對話。他們提到了她父親。他的行爲就跟加維拉最後那段日子一樣，而那幾乎讓王國瓦解。好吧，他需要在事情嚴重成那樣之前制止自己。也許他身上發生的事情是某種疾病，從他們的父母那裡遺傳而來。這……

「你很喜歡加絲娜。」娜凡妮說道。

達利納一驚，轉過頭。他以爲她跟雅多林一起出去了，但她仍坐在原處看著他。

「你爲什麼這麼鼓勵她回來？」娜凡妮問道。

他轉身面向娜凡妮，這才發現她已經讓她的兩名年輕隨從跟著書記們一起出去了。如今只剩下他們兩人。

「娜凡妮，這是不合宜的。」他說道。

「哼！我們是一家人，而且我有問題要問你。」

達利納遲疑了，然後走到房間中央。娜凡妮站在離門口不遠的地方，幸好她的隨從已經把通往內室的門打開，門外大廳的門口還站著兩名侍衛。這情況不甚理想，但只要達利納能看到侍衛，他們也能看到他，那他跟娜凡妮的對話就還算是在守禮的範圍內。只是頗為勉強。

「達利納，你打算回答我嗎？你為什麼這麼信任我的女兒，別人卻幾乎是一致地鄙棄她？」娜凡妮問道。

「我認為別人對她的鄙夷正是對她的推崇。」他說道。

「她是個異教徒。」

「她拒絕加入信壇，因為她不相信他們的教條。她沒有為了維持表面工夫而虛與委蛇，而是選擇誠實，拒絕支持她不相信的事情。我認為這是榮譽心的表現。」

娜凡妮哼了一聲。「你們兩個簡直是同一個門框上的兩根釘子。嚴肅、堅持，而且難拔得要命。」

「妳該走了。別人會說話的。」達利納朝走廊點點頭，突然覺得極為疲累。

「讓他們說去。我們需要計劃一下，達利納。所有藩王中你的地位最重要……」

「娜凡妮，我要禪位給雅多林。」他打斷她的話。

她訝異地眨眨眼。

「只要安排好一切，我就立刻退位，最多就是這幾天的事情。」把這些話說出口，讓他有種怪異的感覺。像是說出口後，才能讓他的決定成真。

娜凡妮一臉驚詫。「達利納，這會是個極大的錯誤。」她輕聲說道。

「這是我的權力。而且我得向妳再次要求，請妳離開。我現在有許多事情要想，沒有心力顧及妳。」

他朝門口一指。

娜凡妮翻翻白眼，但照他的要求離開，她在身後把門關上。

好了，我做好決定了。達利納心想，長長地吐了一口氣。

他累得無法靠自己的力氣把碎甲取下，因此整個人坐倒在地，頭靠著牆。明天早上，他就會告訴雅多林他的決定，一個禮拜後舉辦宴會公告眾人，然後他就會回到雅烈席卡以及他的領地去。

一切都結束了。

——第二部結束

間曲

芮心◆亞克西司◆賽司

I-4 芮心

芮心遲疑地從車隊的第一輛馬車下來，腳踩上了柔軟不平整微微下陷的地面。

這讓她抖了抖，尤其因爲這麼密的草居然沒有因爲她的腳步而躲開。芮心踏了幾下，草連晃都沒晃。

「草不會動的，這裡的草跟別處的都不一樣。妳應該已經聽說過了吧。」弗妵說道。老人坐在馬車的明黃色遮棚下，一手靠著護欄，一手握著一疊帳本，一條長長的白眉毛塞在耳後，另一道則沿著臉龐垂下。他喜歡穿漿得硬硬的藍紅色袍子，還有平頂的圓錐帽，標準的賽勒那商人衣著：幾十年前的樣式，卻仍然優雅。

「我聽說過草的事情，但感覺還是很奇怪。」芮心對他說道。她再次踩著草，繞著領頭的馬車走了一圈。是的，她聽說過雪諾瓦這裡的草是不一樣的，但她以爲它只是動得比較慢而已。別人說草不會消失是因爲草動得太慢。

但事實並非如此，而是根本沒有動。它怎麼活下來的？難道不會被動物吃光嗎？她讚嘆地搖搖頭，望向平原。上面滿滿都是綠草，所有的草葉都擠在一起，完全看不到地面，眞是一片亂七八糟。

「這地面很有彈性。」她繞回下馬車的那一面。「不只是因爲草的緣故。」

「嗯。對，這叫作土。」弗廷說道，繼續在帳本上寫著。

「我覺得整個人都要跪倒在地上了。雪諾瓦人怎麼能忍受住在這種地方？」

「他們是很有趣的一個種族。妳應該要把設備架起來了吧？」

芮心嘆口氣，但仍然走到馬車的後方。車隊中總共有六輛馬車，全部排成一個鬆散的圈。她放下領頭馬車的後方木板，用力一拖，拉出一個幾乎跟她一樣高的木架，扛在肩膀上走到草地中央。

她的衣著比她的巴伯思要來得時髦許多。身上穿的，是她這個年紀的年輕女子最現代的服飾：一件深藍色有花紋的背心，底下是一件淺綠色，有著硬袖子的長袖襯衫，下身搭配同色系，長及腳踝的綠裙子，相當筆挺專業，剪裁的樣式又很實用，不過上頭有時髦的繡花。

她的左手戴著一隻綠色的手套。蓋住內手實在是很蠢的傳統，可是弗林是所有社會的主流，所以還是不要太標新立異的好。況且許多比較傳統的賽勒那人——可惜其中包括了她的巴伯思——也覺得女子沒有遮起內手是很傷風敗俗的事情。

她把三腳架擺好。自弗廷成爲她的巴伯思，而她成爲他的學徒，已經過了五個月了。他對她很好。不是所有巴伯思都像他這麼好。傳統上，他不單單只是她的師傅。法律上而言，他是她的父親，直到他宣告她可以成爲獨當一面的商人爲止。

她眞的希望他不要花那麼多時間，遊歷這些奇奇怪怪的地方。他是個著名的偉大商人，她一直以爲偉大的商人會去造訪異國的城市與港口，而不是去拜訪落後國家的無人草原。

架好了三腳架後，她回到馬車上，取下法器。馬車厚重的車身跟車頂能夠保護人們免受颶風侵襲，雖然西邊的颶風比較弱，卻仍然危險，必須等到先翻過山巒，進入雪諾瓦之後才會安全。

她快步拿著法器的盒子走回三腳架，打開了木頭蓋子，取出裡面的巨大金綠柱石。至少兩吋粗的淺黃色寶石鑲嵌在金屬台上，散發著微弱的光芒，沒有一般這麼大一塊寶石該有的光亮。

她把寶石放在三腳架上，轉動下方的幾個轉鈕，將法器模式設置爲：偵測車隊以外的人。然後她從馬車下拉出一張凳子，坐下來看。當初弗廷花錢買這個器具時，她很訝異。這是一個最近剛發明出來的新法器，只要有人靠近就會發出警示。這種事眞的有這麼重要嗎？

她就這麼坐著，抬頭注視著寶石，等著看光芒是否增強。雪諾瓦國中的怪草在風中搖曳，無論風吹得有多麼強勁，它們堅定地拒絕把頭縮起來。遠方是屏蔽雪諾瓦國的迷霧山脈，白色的山巔佇立在遠方。這些山脈破壞了颶風的力量，讓雪諾瓦成爲整個羅沙中少數幾個不受颶風肆虐的國家。

她周圍的平原上長著奇怪的樹木，一棵棵直挺挺地站著，有著硬邦邦如骨頭一般的枝幹，上面的樹葉同樣不會因爲風吹而縮起。整片大地的感覺相當詭異，像是死去一樣，什麼都不會動。芮心突然發覺，她在這裡看不到任何精靈，一個都沒有，無論是風靈或是生靈，什麼都沒有。

整片大地彷彿十分遲鈍似的，像是一個出生時腦子沒有長全的人，不懂得如何保護自己，只能盯著牆壁流口水。她以手指戳了戳地面，然後拿起了一點，檢視著弗廷稱爲「泥土」的東西。眞是個髒兮兮的東西。怎麼樣，只要風用力一吹，整片草原都會被連根拔起吧！幸好颶風吹不到這裡。

僕人跟侍衛正圍著馬車四周卸貨與紮營。突然，金綠柱石開始散發出明亮的黃光。「師父！附近有人。」她站起來喊道。

原本正在檢視箱子的弗廷猛然抬頭，朝侍衛首領凱洛揮揮手，凱洛的六名手下立刻拿出弓箭。

「在那裡。」其中一人指著某處說道。

遠方，一群騎著馬的人正朝他們過來，速度不快，同時還領著幾頭像是矮壯馬匹，身後拖著馬車的動物。這批人靠得越近，法器的寶石越亮。

「太好了。這東西會派上大用場。偵測的範圍也夠遠。」弗廷看著法器說道。

「可是我們本來就知道他們要來啊。」芮心從凳子上站起，一邊朝他走去一邊說道。

「這次我們知道。」他說：「但如果能用來警示我們晚上有土匪靠近，那我們省下的費用可能超過它價格的十幾倍。凱洛，把弓放下，你知道他們對於武器的感覺。」

侍衛們依言放下弓，等著對方到來。芮心發覺自己正緊張地把眉毛塞在耳後，雖然她也不知道為什麼。那些只是雪諾瓦人而已。當然，弗廷堅持她不能把他們當成野蠻人看待。他似乎很敬重他們。

雪諾瓦人們靠得更近時，她很訝異地發現他們每個人的外表都相差甚遠。以前她見過的雪諾瓦人，都只穿著簡單的褐色袍子或是其他工人的服裝，但是這群人中為首的男子身上穿著的應該是雪諾瓦人的盛裝：一件完全包裹全身的鮮豔多彩披風，前襟以帶子綁緊，其餘部分垂落在馬身兩側，幾乎拖地，只露出一個頭。

另外四名騎著馬，圍繞著他的男子則穿著比較素一點點的服裝，但依舊鮮豔，只是沒有那麼亮眼。整套衣服包括襯衫、長褲，還有色彩繽紛的短披風。

他們身邊至少有三打人步行圍繞在身邊，穿著褐色的長背心。更多同樣衣著的人正在駕駛三大輛馬車。

「哇，他帶了好多僕人來。」芮心說道。

「僕人？」弗廷問。

「那些穿著褐色衣服的人。」

她的巴伯思微笑。「那些是他的侍衛，孩子。」

「什麼？他們看起來好樸素噢。」

「雪諾瓦人是個奇特的種族。在這裡，戰士是最低階的人，類似奴隸。不同的家族會把他們當作貨品一樣販售或交易，以一顆小石頭來代表他們的所有權，而任何握著武器的人都必須加入這些人的行列，受到同樣的待遇。看到那個穿著華麗外袍的人沒有？他是個農夫。」

「你是說地主？」

「不是。就我所知，他天天去農地裡幹活，除非是像今天一樣來處理我們的生意。他們以極高的禮節與敬意對待所有的農夫。」

芮心瞠目結舌。「可是大多數的村莊裡都是農夫啊！」

「沒錯。在這裡，那些地方就是聖地。外國人不准靠近農田或農村。」弗廷回答。

好奇怪啊，說不定住在這種地方，也影響了他們的腦袋，她心想。

凱洛跟他的侍衛對於兩邊人數相差懸殊這件事，看起來不太高興，但弗廷似乎完全不在意。雪諾瓦人一走近，他便毫無懼色地走出馬車，芮心快步跟在他身後，裙襬拂過草地。

討厭。她心想。不收回去的草就有這個壞處。如果她因爲這些笨草得買新裙襬，她會很生氣。

弗廷與雪諾瓦人開始會面，以雙手朝地的奇特姿勢向他們鞠躬。「坦包羅坎塔拉。」他說道。她完全不懂那句話的意思。

穿著華麗披風的人——農夫——尊敬地點點頭。其中一名騎士下馬，向前走。「朋友，幸運之風將引導你的路途。」他的賽勒那語說得很好。「你們能安全抵達，增添之人感到非常高興。」

「謝謝你，艾森之子瑟雷敘。同時請向增添之人轉達我的謝意。」弗廷說道。

「朋友，你從你們奇特的國都帶了什麼給我們？希望你帶了更多的金屬。」瑟雷敘說道。

弗廷揮揮手，幾名侍衛抬了一個重箱子過來，然後把木箱放在地上，敲開了蓋子，展現出裡面的奇特物品：一塊塊的廢鐵，有些像是破碎的貝殼，有些則像是木頭。芮心覺得這些東西看起來像是透過魂術把垃圾變成的金屬，但她完全想不出來這是爲什麼。

「啊，太好了！」瑟雷敘說道，蹲下身檢視箱子中的東西。

「這裡面沒有半分金屬是從礦裡挖出來的。我們沒有破壞任何岩石，或熔化任何礦石萃取出這些金屬，瑟雷敘，這些全部都是從貝殼、樹皮，或是樹枝透過魂術變成的。我這裡有一份文件，上面有五名不同賽勒那公證人的印信可證明這點。」

「你不需要這麼做的。在這件事情上面，你早就贏得了我們的信任。」瑟雷敘回答。

「我做事喜歡照規矩來。不仔細處理契約的商人，早晚會發現身邊的朋友都變成敵人。」

瑟雷敘站起身，擊掌三次。原本垂著眼神站在一旁穿著褐色衣服的男子們，開始動手將馬車的後門放下，露出裡面的箱子。

「其他拜訪我們的人似乎都只在乎馬，每個人都想買馬，但朋友你卻從來不買，爲什麼？」瑟雷敘邊朝馬車走邊問。

「太難照顧了。雖然馬匹很寶貴，但利潤卻不好。」弗廷跟在他身邊回答。

「這些不會嗎？」瑟雷敘抬起一個輕木箱。裡面有活的東西。

「一點也不會。雞的價錢好，只要有穀物，就容易養活。」弗廷回答。

「我們帶了很多雞給你。眞不敢相信你向我們買這些動物，牠們的價值沒有你們這些外地人以爲的高，但你會給我們金屬！這些金屬完全沒有破碎的石頭痕跡。眞是奇蹟。」瑟雷敘說道。

弗廷聳聳肩。「在我來的地方，這些廢鐵幾乎沒有任何價值，都是些正在練習魂術的執徒做的。他們不能變食物，因爲只要有一點錯誤，就是毒藥，所以他們把垃圾變成金屬，然後再全部丟掉。」

「可是這些金屬可以拿來冶煉啊！」

「當你只要在木頭上刻出你想要的東西，然後對它施以魂術就可以做到時，又何必要冶鐵呢？」弗廷回答。

瑟雷敘不可置信地搖搖頭。芮心也是大爲不解地看著他們的對話。這是她所見過最瘋狂的交易了。通常弗廷討價還價的口才可媲美惡碎怪，但在這裡，他直接坦白自己的貨物是毫無價值的廢物！

接下來兩人的對話更是匪夷所思，雙方都非常努力地表達自己的貨物是多麼沒有價值，最後他們握手，達成協議，芮心完全不明白他們是如何辦到的。幾名瑟雷敘的士兵開始卸下他們一箱箱的雞、布料，還有奇珍異獸的肉乾，其他人則開始搬走一箱箱的廢鐵。

弗廷邊等邊問道：「你沒辦法拿士兵跟我交易，對不對？」

「他們恐怕是不能賣給外地人的。」

「可是你跟我交易過一個……」

瑟雷敘笑了。「那幾乎是七年前的事了，你還在問！」

弗廷回答：「你不知道我把他賣了多少錢，而你幾乎是免費把他給了我。」

瑟雷敘聳聳肩。「他是無實之人。完全沒有價值。雖然你強迫我接受你的東西做爲交易，但是我必須承認，我最後把你的付款丟進了河裡。因爲，我不能爲無實之人收錢。」

「這件事沒有我置喙的餘地，但是如果你們以後還有，請讓我知道。他是我擁有過最好的僕人。我至今仍然後悔把他賣了。」弗廷揉揉下巴說道。

「我會記得的，朋友。但我想我們應該不會再有那樣的人。」瑟雷敘回答，接著心不在焉地說道：

「我真的希望我們再也不會有……」

貨物交易完成後，他們再次握手，弗廷朝農夫鞠躬，芮心試著模仿他的動作，但只換來瑟雷敘跟幾名同伴的笑容，她也聽到他們以沙啞的雪諾瓦語交換了幾句話。

這麼漫長、無聊的一段路程，只爲了這麼短暫的交易過程。但是弗廷說得對，這些雞在東方可是值不少高額錢球。

「妳學到了什麼？」兩人一同走回領頭馬車時，弗廷問她。

「雪諾瓦人很奇怪。」

「不對。」弗廷回答，口氣並不嚴厲。他似乎從來不會嚴厲地說話。「孩子，他們只是跟妳不一樣而已。奇怪的人是行事毫無章法的人。瑟雷敘跟他的族人絕對不是行事毫無章法之人。他們的問題可能出在太有章法了。外面的世界不斷地變化，但雪諾瓦人似乎很堅決地不肯改變。我曾經想賣法器給他們，但他們覺得法器毫無價值，或是不潔，或是太神聖，不該被使用。」

「這些是很不一樣的概念啊，老師。」

「是的，但跟雪諾瓦人打交道時，很難分辨出他們到底是哪個意思。先不談這個，妳究竟學到了什麼？」

「他們的謙虛就像是賀達熙人的吹牛。你們雙方都特意去表達自己的貨物有多麼廉價，我覺得很奇怪，但也許這就是他們討價還價的方法。」

他露出大大的微笑。「光這一點，妳就比我帶來一半以上的人都還要聰明。仔細聽好，這是妳今天要學的一課：絕對不要想騙過雪諾瓦人。講話實在，告訴他們事實，而且最好還要貶低貨物的價值。他們會因此而喜歡妳，也會給妳更好的價錢。」

她點點頭。兩人來到馬車邊，他拿出一個奇怪的小盆子。「拿著。用匕首割點草回來，記得要割深一點，多拿一些回來。這些植物沒有土就不能活。」

「我爲什麼要這麼做？」她皺起鼻子問道。接過小盆。

「因爲妳要學習照顧這盆植物。我要妳把植物放在身邊，直到妳不再覺得它很奇怪爲止。」他回答。

「可是爲什麼？」

「因爲這樣能使妳成爲更好的商人。」他說道。

她皺起眉頭。他一定要這麼奇怪嗎？也許，這就是爲什麼他是少數幾個能從雪諾瓦人身上獲利的賽勒那人——因爲他跟他們一樣奇怪。

她照他的囑咐去做了，畢竟抱怨不會有用，不過她先拿出一雙老舊的手套，同時捲起袖子。她才不要因爲一盆只會流口水，對著牆發呆的白癡草而弄髒一件好好的衣服。就是這樣。

I-5 收藏家亞克西司

收藏家亞克西司仰天倒在地上，頭疼得發脹，發出一聲呻吟。他睜開眼睛，看看自己身體。一絲不掛。

一群該死的混蛋，他心想。

好吧，先看看傷得重不重。他的腳趾指著天空，指甲是深藍色，以他這樣的艾米亞男子來說，這是個常見的顏色。他試著動動腳趾，滿意地發現居然成功了。

「至少這是好的。」他說道，頭又落回地面，卻碰到某種柔軟的東西，發出了嘰嘰聲。想來應該是爛掉的垃圾。

的確沒錯，他可以聞到刺鼻的餿味。他將注意力集中於鼻子，重塑他的身體好移除嗅覺。嗯，這樣好多了。

如果他也能把腦子裡的陣痛消除掉就好了。太陽有必要亮得這樣刺眼嗎？他閉上眼睛。

「你還躺在我的小巷裡。」一個粗糙的聲音從他身後響起。一開始就是這個聲音把他叫醒的。

「我很快就會撤離此處。」亞克西司承諾。

「你欠我租金。睡一晚的費用。」

「這是小巷吧？」

「卡西朵中最好的小巷。」

「嗯。原來我在這裡啊？太棒了。」

集中注意力幾下心跳後，他終於趕走了頭痛，睜開眼睛，這次開始覺得陽光挺令人感到愉快。兩旁的磚牆朝天空伸展，上面滿是一層厚厚的粗糙紅色苔蘚，身邊是一堆堆爛掉的蘿蔔，隨意散落四周。

不對，不是隨意散落的，看起來像是經過仔細排列。這還眞奇怪。他之前注意到的氣味恐怕就是由此而來，最好還是先不要恢復嗅覺比較好。

他坐起身體，檢查所有的肌肉，一切看起來都很正常，就是有幾塊瘀青。他晚一點再來處理。「你該不會有一條多的褲子吧？」他轉身問道。

那聲音的主人是個有一臉雜亂鬍鬚的男子，正坐在小巷一端的箱子上。亞克西司不認識那個人，也不認識這個地方。他一點也不意外，因爲他被人打了一頓，洗劫一空，拋在那裡等死。也不是第一回了。

他嘆口氣心想，我爲了研究而做出的犧牲奉獻啊。

他的記憶慢慢恢復。卡西朵位於依瑞雅利國，是僅次於勞·艾洛里的大城市。他是刻意要來這裡。也刻意把自己灌醉。也許下次他該更仔細挑選自己的酒友。

「我猜你沒有多的褲子，如果你有，我會建議你先把褲子套上比較好。你身上穿的是裝拉維穀的袋子嗎？」亞克西司站起問道，一面檢視手臂上的刺青。

「你欠我租金，還有破壞北神殿的費用。」男子嘟囔著說。

「奇怪了。我不記得曾經破壞廟宇，通常我對於這類事情都頗有意識的。」亞克西司說著，轉身看著小巷的開口，外面是條繁忙的大街。卡西朵的善良人民應該不會樂見他一絲不掛的身體。

「你毀了半條哈普隆街。還有幾間屋子。可是這件事我就不計較了。」乞丐說道。

「你眞是好人。」

「他們最近很壞。」

亞克西司皺眉，看著乞丐，順著那人的視線望向地面。那一堆堆腐爛的蔬菜按照特定的位置擺放，看起來像座城市。

「原來如此。」亞克西司說道，挪開踩在一小塊擺成方形的蔬菜堆上的腳。

「那原本是間麵包店。」乞丐說道。

「極爲抱歉。」

「那一家人不在。」

「幸好幸好。」

「他們去廟裡拜拜了。」

「就是我……」

「用頭砸爛的那間？對。」

「你一定會寬待他們的靈魂吧。」

乞丐瞇起眼睛看他。「我還在判斷該怎麼看待你。你是引虛者還是神將？」

「我恐怕是引虛者，畢竟我毀了一間神殿。」亞克西司說道。

乞丐的眼神變得更爲多疑。

「只有神不能夠驅趕我。既然你沒有……咦，你手上拿著什麼？」亞克西司問道。

乞丐低頭看著自己的手，手下是一塊破爛的棉被，再下面是同樣破爛的箱子，他蹲在箱子上面，就像……還眞像俯瞰眾生的神。

可憐的傻子，亞克西司心想。他眞的該走了，他不想爲這神智不清楚的人招來什麼噩運。

乞丐拿起棉被。亞克西司往後一躲，舉起雙手。這舉動讓乞丐露出原本應該有多幾顆牙的笑容，他從箱子上跳下，警戒地舉高了棉被。亞克西司繼續往後躲。

乞丐發出狂笑，把棉被朝他拋去。亞克西司一把抓住，朝乞丐晃晃拳頭，然後一面走出小巷，一面把棉被捆在腰上。

「看哪！污穢的怪獸被驅逐了！」乞丐在他身後喊道。

「看哪，污穢的怪獸免於因爲傷風敗俗行爲，而獲得被關起來的下場。」亞克西司說著，把棉被捆得更加緊實。依瑞雅利人對於他們的風俗律法相當看重。他們對於很多事情都相當看重。當然，大多數民族都是這樣，差別只在於看重的是什麼事情罷了。

收藏家亞克西司引來不少人的注目，不過，通常不是因爲他與眾不同的衣著。依瑞雅利國位於羅沙的西北邊緣，因此氣候比雅烈席卡或是亞西爾（Azir）等地要溫暖。許多金髮的依瑞雅利男子只纏著腰布就出門了，而且皮膚上還塗著不同的色彩與花紋，就連亞克西司的刺青在這裡都不足爲奇。

也許他引來許多人注視的原因，是來自他的藍色指甲與水晶般深藍色的眼睛。這對艾米亞人而言相當罕見，即使是西亞．艾米亞人亦然。也有可能是因爲他影子的方向不對——它朝向光源而非逆向——本來，這不是件很明顯的事，而且現在太陽高掛天空，影子也不長，但那些注意到的人，還是紛紛低聲唸了幾句，或是快速避開他的影子。他們大概曾經聽說過他們這一族人，畢竟他的家鄉被屠國也不是那麼久以前的事情，不過也久到足以讓故事、傳說和一般人的認知全數交雜在一起。

也許有哪個重要的人會看他不順眼，抓他去見當地的治安官。這也不是第一次了。他早就學到當「族詛」跟在身邊陰魂不散時，人要學著處變不驚。

他開始輕輕吹起口哨給自己聽，檢視身上的刺青，無視於那些注意到他的不同而睜大眼睛在看他的人。*我記得我寫了某些東西在某個地方……*他心想，看著自己的手腕，然後轉過手臂看看後面有沒有新的刺青。他跟所有的艾米亞人一樣，都能隨意變化膚色跟皮膚上的花紋，這對於經常被洗劫一空的人很有用，畢竟要好好收著一本筆記本實在是太難了，所以他把所有的筆記都留在皮膚上，直到能到達一個安全的地方，讓他可以謄寫下來。

希望他這次沒有醉到把自己的觀察寫在一個很不方便的地方。這件事情曾經發生過一次，爲了要讀清楚他的筆記，得用上兩面鏡子與一名非常錯愕的搓澡侍從。

找到了。他心想，看到左肘內側有一筆新的紀錄，他彆扭地歪著脖子，一面走在下坡路上一面讀著。

實驗成功。注意到只有醉得很嚴重時才會出現的精靈，像是小小的褐色泡泡，黏附在附近的東西上，可能需要進一步的研究，才能確定其並非爲酒醉後的幻覺。

「眞好，眞是好。不知道該叫它們什麼才好。」他大聲說道。他聽過的傳言都把它們稱爲昏靈，但這名字聽起來有點傻。醺靈？太難寫。酒靈？他感覺到一陣興奮。他找這種精靈已經找了好幾年了，如果眞的存在，那可算是個人的一大勝利。

爲什麼它們只會出現在依瑞？而且爲什麼這麼罕見？他醉得不省人事十幾次了，但只看過一次，而且還不是很確定這次是不是眞的。

不過精靈本來就行蹤不定，有時候就連最常見的精靈，像是火靈一類，都會拒絕出現。因此對於一個決定其畢生志業就是要觀察、記錄、研究羅沙上所有精靈的人而言，簡直是令人崩潰。

他繼續吹著口哨朝碼頭走去。他身邊有許多的金髮依瑞雅利人，他們的髮色跟雅烈席人的黑髮一樣，都跟血統有關。血統越純正，金髮就越多，而且不只是普通的金色，是眞正的黃金純色，在太陽下燦爛生光。

他喜歡依瑞人。他們不像東方的弗林人那麼保守，也不常吵鬧內鬥，這讓尋找精靈變得更容易，當然，除了那些只會出現在戰場上的精靈除外。

碼頭邊已經聚集了一群人。啊，太好了，我沒遲到，他心想。大多數人都靠攏在特別搭建的觀賞台上。亞克西司找個地方站好，調整了一下腰布，然後靠著欄杆一起等著。

他沒等太久。早上七點四十六分一到——時間準得當地人都會用這件事來對時——一隻巨大的海藍色精靈立刻從海灣中拔起，半透明的身形，看起來像是激起的一陣波濤，但那其實是虛像，眞正的海灣表面仍然平靜無波。

它的形狀像是一根大水柱，最中央是深藍色，像是海洋深處的顏色。最外圍則是淡一點的藍色。跟附近的船隻相比，我估計這精靈應該至少有一百呎高，是我見過最大的精靈之一，亞克西司心想，在腿上刺下自己的描述。

水柱長出四條長長的手臂，環抱住海灣，形成手指跟拇指，按在城裡居民搭建的金色高台上。這隻精靈每天同一時間必定會出現，絕無例外。

他們給了它一個名字。保護者，庫希賽須，有人把它當神明崇拜，但大多數人單純將其視爲城市的一部分。它是獨一無二的。亞克西司知道這似乎是少數幾種只有一隻，而非一群的精靈。

可是這是什麼樣的精靈？它幻化成一張面向東方的臉，直直望著原發點，那張臉以令人目不暇給的速度快速變換著，短粗的脖子上出現不同的人臉，一張接著一張換著，直到模糊一片，亞克西司寫著，看得神魂顛倒。

整個過程持續了整整十分鐘。人臉有重複嗎？變化的速度太快，他看不出來。似乎有些是男的，有些則是女的。表演一結束，庫希賽須又退回海灣，再次激起海浪的虛影。

亞克西司覺得整個人精疲力竭，彷彿身上的什麼被抽乾了一樣。據說所有人都會有這樣的反應。他會有這樣的感覺是因爲它眞的發生了，還是因爲他已經預期會有這樣的反應？

他正想著，一名頑童跑過他身邊，抓住他的腰部，大笑中用力扯下他的腰布，拋給了幾個朋友，一群人快速消失。

亞克西司搖搖頭。周遭的人開始驚呼，交頭接耳。「眞煩啊。這附近應該有侍衛吧？果然，有四個。太好了。」四人已經惡狠狠地朝他走來，金色的頭髮垂在肩頭，表情嚴肅。

一名侍衛抓住他的肩膀。「好吧，想來我又有機會可以尋找囚靈了。」他對自己說道，在腿上記下最後一筆。眞奇怪，雖然這些年來被關了這麼多次，他卻從來沒有看過囚靈。他開始覺得也許囚靈根本只存在神話中。

侍衛們把他拖向市監獄，可是他不介意。兩天就有兩個新的精靈！照這個速度下去，他再花幾個世紀就能完成研究工作了。

眞是太棒了。他繼續吹著口哨。

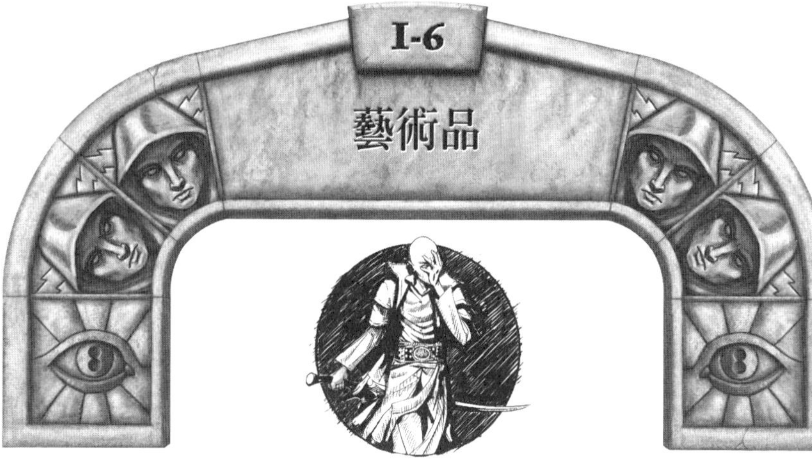

I-6

藝術品

法拉諾之孫賽司，雪諾瓦的無實之人蹲在賭寮邊，一堵高高的石頭窄架旁。那窄架的作用是安放燈籠。他的雙腿與窄架都被他的長披風遮蓋著，讓他整個人看起來像是吊在牆上一樣。

附近燈光不亮。馬凱克喜歡讓賽司隱匿在陰影中。他在披風下穿著一套貼身的黑色夜行衣，下半張臉被布製的面具遮起，兩者都是馬凱克的設計。披風太寬，衣服太緊，對於殺手而言，這樣的裝束實在很糟糕，但是馬凱克堅持要這麼誇張的造型，而賽司毫無例外，總是絕對服從主人的命令。

也許這麼誇張的造型還是有點用處。只露出眼睛跟光頭的他，反而讓所有經過的人都極爲緊張，雪諾瓦人的眼睛太圓，又有點太大，這裡的人覺得那像是對小孩的眼睛，爲什麼他們會因此覺得極爲不安？

附近有一群穿著褐色披風的人坐在一起聊天，一邊搓著拇指跟食指。他們的手指間散發出了細煙，還有細細的燃燒聲。據說，摩擦火苔會讓一個人的腦子更容易接收新的想法跟念頭。賽司試過一次，結果只換來頭痛跟兩隻被燒出水泡的手指，但聽說只要長出繭後，就能讓人飄飄欲仙。

圓形的賭寮中間有個吧台，除了提供多種飲料外，價位更是天差地遠，範圍廣泛。酒吧女侍穿著紫色連身長袍制服，領口開得很低，腰側裸露，同時暴露出內手，這讓弗林人後裔的瀃地人看得血脈僨張。眞奇怪。只不過是隻手而已。

在賭寮的四周，有幾場不同的賭戲在進行。不過沒有那種明顯是純機率的賭戲，例如拋骰子，或是壓牌比大小之類的。這裡在玩的遊戲有斷頭，鬥淺蟹和很少見的猜測遊戲。這是弗林人的另一項奇怪之處。他們會避免公開猜測未來。像是斷頭這種遊戲，雖然會拋擲跟滾骰子，但他們不是壓最後的點數，而是壓在拋完骰子、抽完牌之後，手上握著哪一手牌。

賽司覺得這種差別沒什麼意義，但卻是文化中根深柢固的一環。即使在這裡，女人露出雙手，男人公開討論著犯罪行爲，城市中最污穢的角落之一仍然沒有人敢冒犯神將，試圖探知未來。就連預測颶風的來臨都讓許多人覺得不安，但是他們卻把在石頭上行走，或用颶光當普通照明視爲理所當然之事。他們對於身邊所有東西都具有精靈一事視而不見，而且也從不看日子，隨時隨地想吃什麼就吃什麼。

奇怪。眞奇怪。可是這就是他的生活。最近賽司開始質疑一些他曾經極爲嚴謹遵從的禁忌。這些東方人怎麼可能不走在石頭上？他們的地上沒有泥土，如果不踩石頭，要怎麼行走？

危險的想法。他的生活方式是他僅有的一切。如果他質疑拜石教的教義，那是不是會開始質疑自己身爲無實之人的身分？危險，危險。雖然他的罪惡與取走的人命會讓他永劫不復，但至少死後他的靈魂仍然會被送往石頭那裡。他會繼續存在，也許是身陷無盡的痛楚以爲懲罰，卻不會被驅逐至虛無。

寧可存在於痛苦之中，也不要完全消失。

馬凱克在賭寮之中走來走去，雙臂各環抱著一名女子。他已經不像之前那麼乾瘦，臉龐慢慢回復圓潤，像是被水浸泡過後慢慢成熟的水果，他襤褸的小嘍囉衣服也不見了，取而代之的是奢華絲緞。

馬凱克的同伴，也就是跟他一起謀害托克的人也都已經死了，在馬凱克的命令下被賽司謀殺。所有的一切都是爲了隱藏誓石的祕密。這些東方人爲何對他們控制賽司的方式感到如此恥辱呢?難道是因爲他們害怕別人會從他們身上偷走誓石?他們害怕自己如此無情地使用的武器,有一天會反噬他們?

也許是害怕如果被別人知道他有多容易就可以操控賽司,會讓他們的名聲受到損害。賽司不止一次聽到有人在討論,馬凱克是如何有效地操控這麼一名極爲高強的護衛。如果賽司這樣的人都會服侍馬凱克,那主人本人一定更危險。

馬凱克走過賽司潛伏的地方,臂彎中的一名女子發出銀鈴般的笑聲。馬凱克瞥向賽司,明確地做了手勢。賽司戴著面具的頭一低,表示服從,立刻從原本的地方落到地面,過爲寬大的披風隨動作飄擺。

所有賭局都暫停下來。無論是醉或是醒的人都轉身望著賽司,他走過三名在搓弄火苔的人時,他們的手指同時變得鬆軟,房中大多數的人都知道賽司今天晚上要做什麼。某個剛搬來誕水的男人開了自己的賭寮,打算挑戰馬凱克的生意。這個新來的人應該是不相信馬凱克身邊如鬼魅般的護衛眞的有傳說中那麼高強。他的確有懷疑的理由。賽司的名氣確實不準。

他要比他的名氣危險得太多,太多。

他一彎腰出了賭寮,走上通往陰暗店門的台階,來到中庭。經過一輛馬車時,他順手將披風跟面罩拋在馬車上。披風只會弄出聲響,而且他何必要有面罩?他是鎭上唯一的雪諾瓦人。只要人們看到他的眼睛,他們就知道他是誰。他沒脫下過緊的黑色衣服,換衣服會浪費更多時間。

誕水是這一帶最大的城鎭。之前,馬凱克要不了多久就嫌史塔布林德不夠他發揮,現在他又提議要搬去膝刺,一個當地地主建有宅邸的城市。如果眞的發生這種事,賽司會花上好幾個月沉浸於鮮血中,有系統地追蹤、刺殺每個拒絕被馬凱克統治的盜賊、殺手,還有賭坊老闆。

不過,那也是好幾個月以後的事情。現在他要面對的是近來闖入誕水,一名叫作加瓦霄的男子。賽司安靜無聲地走在街道上，既不靠颶光也不靠碎刃，相信自己單憑天生的流暢動作與謹慎小心的態度便可避免被人發現。他很享受這短暫的自由，能夠不被困在馬凱克充滿煙味的賭寮裡，這樣的機會最近越發難得。

他快速地在黑暗中行走，濕冷的空氣貼著肌膚，在建築物之間的空隙來回穿梭，他幾乎可以想像自己又回到了雪諾瓦。這附近的屋子是以混合陶土與泥土的土製成，沒有玷污任何岩石。低沉的聲響不是從馬凱克賭寮傳出的隱約歡呼聲，而是野馬在平原上的嘶鳴與馬蹄聲。

可是這裡不是雪諾瓦。在雪諾瓦，他從未聞過這種垃圾堆放好幾個禮拜後發酵產生的臭味。他不是在自己的家鄉。眞實山谷中已沒有他的容身之處。

賽司來到較爲富裕的城區，這裡的屋子中間空隙比較大。誕水位於逆風處，被東邊的高聳峭壁所保護。加瓦霄傲慢地挑了城東區的一間豪宅做爲自己的住所，這棟房子爲本省地主所有。加瓦霄是他的人。地主聽說了在黑社會中迅速崛起的馬凱克，因此認爲扶持競爭對手會是提早抑制馬凱克勢力的好方法。

城主的豪宅有三層樓高，四周有以岩石圍牆環繞，整齊卻不寬敞的花園。賽司蹲低了身子靠近。在城郊區，地面上長滿了圓滾滾的石苞。紛紛因爲他的經過而顫抖，縮回藤蔓，懶洋洋地闔起外殼。

他來到石牆邊，身體緊貼。現在是前兩個月亮升起之間的時間，是夜晚最黑的時候。他的族人稱之爲「恨時」，因爲這是神明不守護人類的唯一時刻。士兵走在石牆上，腳摩擦著石頭。加瓦霄大概覺得自己住在這間連極有權勢的淺眸人都會感到安全的屋子裡，就意謂著自己的處境安全。

賽司吸入一口氣，從口袋中的錢球內汲取了颶光，納入身體，開始慢慢發光，半透明的霧氣從他的皮膚升起，在黑暗中頗引人注目。這些力量從來都不是拿來暗殺用。封波師向來是在白晝時戰鬥，與黑夜對抗，卻從不擁抱夜晚。

這裡不是賽司的家鄉。他必須要格外謹慎，以期不被人看到。

守衛離開後，賽司數了十下心跳的時間，然後將自己捆上牆，這個方向對他而言變成下方，讓他能夠沿著石牆往上跑。到了牆頂後，他往前一跳，再暫時把自己往後捆，身體一縮，一個前滾翻過了牆頂，又一次把自己捆上牆，這次雙腿踩在岩石上，面對著地面，往前跑一陣之後，他最後一次把自己往下捆，趁離地面還有幾呎距離時，往下一跳，落地。

地面上有一個個以樹皮堆成的小平台，賽司彎著腰，在迷宮般的花園中繞行。建築物門口有守衛，門口散發著錢球的光芒，最簡單的方式就是衝上前去，吞食了颶光，讓所有人陷入黑暗，然後殺死他們。

可是馬凱克沒有指示他趕盡殺絕，他只要求殺死加瓦霄，方法則由賽司決定，因此賽司選擇不要殺死守衛。只要他有機會，這是他向來的習慣，因爲只有這樣他才能保存自己所剩無幾的人性。

他來到豪宅的西牆，把自己捆上牆，跑上屋頂。屋頂又長又平，朝東邊微微傾斜，這對於逆風處的建築而言是個多餘的設計，但東方人考慮所有事情都是從跟颶風有關的角度出發。賽司快速來到建築物後方，那裡有一個小小的石造圓頂，遮蓋了豪宅比較矮的一區。他落在圓頂上，身體散發著颶光，透明澄澈的光芒像是從他體內散發出、燃燒著他靈魂的鬼火。

他在寂靜的暗夜中召喚出碎刃，然後在圓頂上割出一個洞，刻意讓碎刃割偏，以免石塊落下。他伸出另外一隻手，摸著岩石，讓石磐充滿颶光，接著將石頭朝西北偏的天空捆縛。雖然朝如此遙遠的定點施展捆術是有用，但不精準，有點像是朝很遠的地方射箭。

他往後退了一步，圓形的石磐拔起，拖著散發著颶光的尾巴，朝空中的點點星辰飛去。賽司一跳入洞口，就立刻把自己捆上屋頂，在空中一扭身，雙腳穩穩踩在屋頂上，旁邊正是剛才被他割出的洞口。從他的視角看來，他正站在一個大碗中，只是碗底被他割出了一個大洞，底下是滿天星斗。

他沿著碗邊往上走，把自己捆向右側，幾秒內他就來到了地面，重新調整方向，如今圓頂在他上方。

他聽到遠處傳來隱約的撞擊聲，應該是先前的石頭在颶光耗盡後終於落地。他把石磬朝城外拋，希望不會造成額外的傷亡。

現在屋子裡的侍衛，應該正忙著尋找遠處傳來撞擊聲的原因。賽司深吸一口氣，吸乾他第二袋的寶石。他身體散發出的颶光變得更爲明亮，讓他看清周圍的房間。

一如他所猜測，房間空無一人。這是一間很少使用的宴會大廳，裡面只有冰冷的壁爐、桌子和長椅。空氣安靜、沉寂，還有一股霉味，像是墳墓的味道。賽司快步來到門邊，將碎刃卡入門與門框之間，直接砍斷卡榫，小心翼翼地推開門，身體散發出的颶光點亮了外面的黑暗走廊。

他剛開始爲馬凱克工作時，很小心地避免使用碎刃，但隨著他的任務越發困難，他被迫使用碎刃以避免不必要的殺戮，因此現在關於他的傳言充斥了被挖空的石頭與眼眶燒焦的死人。

馬凱克開始相信這些傳言。他還沒有要求賽司放棄他的碎刃，如果他這麼命令了，他會發現這是賽司第二個被禁止的行爲。他需要持有碎刃直到死去，雪諾瓦的石巫們自會前來將碎刃從殺死他的人手中取走。

他在走廊間行走。他不擔心馬凱克奪走碎刃，但他卻擔心馬凱克的野心會不斷膨脹。賽司越成功，馬凱克就越發肆無忌憚。他會不會哪天開始就不再讓賽司去殺小對手，而是派他去殺碎刃師或是強大的淺眸人？會不會哪天就有人猜出了兩者間的關係？一名有著碎刃的雪諾瓦殺手，有神奇的能力與極爲隱匿的身法？他會不會就是眾人皆知的白衣殺手？馬凱克有可能將雅烈席卡王跟藩王們從他們在破碎平原上的戰事引開，引得他們全軍殺入賈・克維德。數千人將會死去，鮮血將如颶風帶來的雨水般落下。濃密且無所不在，毀滅一切。

他壓低身子，快速沿著走廊奔跑，反握著碎刃，劍鋒指向身後。至少今晚他殺的人罪有應得。這個走廊會不會太安靜了些？賽司離開屋頂後就沒有看到半個人影。加瓦霄難道會傻到將他所有的侍衛都安排在室外，留下寢室無人防衛？

通往主臥室的門，就在前方短短一段走廊外的不遠處。四周黑暗，無人看守。極爲可疑。

賽司小心翼翼地潛到門邊，聽著。毫無聲響。他遲疑了片刻，觀察一下四周。有一道通往二樓的巨大樓梯，他快步來到樓梯邊，利用碎刃從樓梯口的裝飾柱上削下，顆木球，大概有顆小瓜般大。碎刃再劃幾下，他切下一塊披風般大小的窗簾。賽司再快步回到門邊，在木球中灌注颶光，以基本捆術將它鎖向西方，他面前的某一定點。

他割斷門口的門栓，小心翼翼地推開門。門後的房間一片漆黑。加瓦霄今天晚上不在嗎？他去哪裡了？這個城市對他而言還不夠安全。

賽司舉起裹在窗簾中的木球，舉高，放開，木球往前滾去。裹在布塊中的木球，看起來有點像是個穿著披風的人彎腰跑過房間。

沒有隱藏的侍衛攻擊木球。他的假餌撞上關起的窗戶，然後靠在牆邊，持續漏著颶光。微弱的光線照亮了小桌上的東西。賽司瞇起眼，想看清楚那是什麼。他謹慎地溜進房間，朝桌子越走越近。

沒錯。桌上的東西是顆頭顱。上頭有著加瓦霄的五官，颶光投射出的陰影讓死氣沉沉的臉顯得更加詭異。有人比賽司搶先一步。

「奈圖羅之子賽司。」一個聲音響起。

賽司轉身，碎刃繞身迴旋一圈後，收成守招。房間的另外一邊站著一個全身籠罩於陰暗中的身影。

「你是誰？」賽司質問，開始自然的呼吸，身上的颶光也漸漸轉亮。

「你滿足於這樣的人生嗎，奈圖羅之子賽司？」聲音問道。那是一個渾厚的男子嗓音。口音呢？他不是費德納人。有可能是雅烈席人？「你滿足於這些小犯罪嗎？在窮鄉僻壤的礦村裡爲了爭奪地盤而殺人？」

賽司沒有回答。他環顧房間，看看其他陰影中是否有動靜。似乎沒有別人。

「我一直在觀察你。你被派去嚇阻店家。你殺了渺小到連警察都不在乎的小嘍囉。你被拿出來在妓女面前炫耀一番，好像她們是高貴的淺眸仕女。眞是太浪費了。」那聲音說道。

「我服從我的主人。」

「大材小用。」那個聲音又說：「不該把你用在這種微不足道的勒索跟謀殺上。這樣用你，就像拿瑞沙迪名駒來拖輛破馬車上市場，拿碎刃切蔬菜，或是拿最高級的紙張點火燒熱洗衣水，簡直是罪大惡極。你是件藝術品，奈圖羅之子賽司，你是神。馬凱克卻每天拿糞便砸你。」

「你是誰？」賽司又問了一次。

「我是藝術鑑賞家。」

「不要叫我父親的名字。他跟我的任何關係只會玷污了他。」賽司說道。

牆上的錢球終於耗盡了颶光，落在地上，布料隱藏了落地聲。「如你所願。他們把你的技藝用在這麼微不足道的事情上，你難道不想反抗嗎？你不是個該做出一番大事業的人？」

「殺人不算大事業。你說話的方式像個庫可里。偉大的人會創造食物跟衣服。增添之人該受到崇敬。我是奪取之人。至少在殺這種人時，我能假裝自己有所貢獻。」

「你是幾乎一手推翻羅沙最偉大王國的人。居然這麼說？」

「我是犯下羅沙史上最令人髮指的屠殺罪行之一的人，我這麼說。」

對方鄙夷地哼了一聲。「你做的事情，跟碎刃師每天在戰場上進行的滔天殺戮相比，不過是一陣微風。他們跟你相比，更是微風。你是能掀起滔天巨浪的人。」

賽司開始轉身離開。

「你要去哪裡？」那人問道。

「加瓦霄死了。我必須回到主人身邊。」

有東西落在地上。賽司轉身，碎刃低握。那人往地上拋了一個又圓又重的東西，一路朝賽司滾了過來。又是一顆頭顱。它停在側面。賽司看清楚五官時全身僵硬。肥胖的臉頰上滿是鮮血，死去的雙眼因震驚大張。馬凱克。

「怎麼會？」賽司質問。

「你離開賭寮後，沒幾秒我們就動手了。」

「我們？」

「你新主人的僕人。」

「我的誓石？」

那人攤開手掌，上面是穿了一條鏈子的寶石，從他掌心間垂掛下來，旁邊被照亮的就是賽司的誓石。那人的臉一片漆黑，他戴了面具。

賽司驅散碎刃，單膝跪下。「任憑吩咐。」

「桌上有一張單子，上面寫了我們主人的期望。」那人握起拳頭，藏起誓石。

賽司起身走到桌邊。桌上的頭顱被放在盤中，免得鮮血流滿桌子，旁邊有一張紙。他拾起紙張，身上的颶光照亮了紙片，上面以他家鄉的戰士文寫了二十四個名字，有些在旁邊還標注了該以什麼方法殺死他們的指示。

我的光啊，賽司心想。「這些是世界上最有權力的人！六名藩王？色雷的一名哲龍王？賈・克維德的國王？」

「你不該繼續這樣浪費你的天賦。」那人說完，走到牆邊，一手摸著牆。

「這會造成極大的動蕩。內戰。戰爭。世界上罕見的混亂與痛苦。」賽司低聲說道。

男子手掌上垂著鏈子的寶石一閃。牆壁消失，變成了煙霧。他是魂師。

男子瞥向賽司。「確實如此。我們的主人指示，你要使用之前在雅烈席卡展現得極佳的類似手段。任務結束後，你會得到新的指示。」

說完，他從洞口離開，留下驚恐的賽司。

這正是他的惡夢。落在了解他的能力，而且願意盡情利用他的野心分子手中。他站在原處，一語不發，直到颶光耗盡後良久。

然後，他帶著敬意地將名單折起。他很訝異自己的手這麼穩。他應該要發抖的。

因為世界即將開始天搖地動。

第三部

瀕死

Dying

卡拉丁◆紗藍

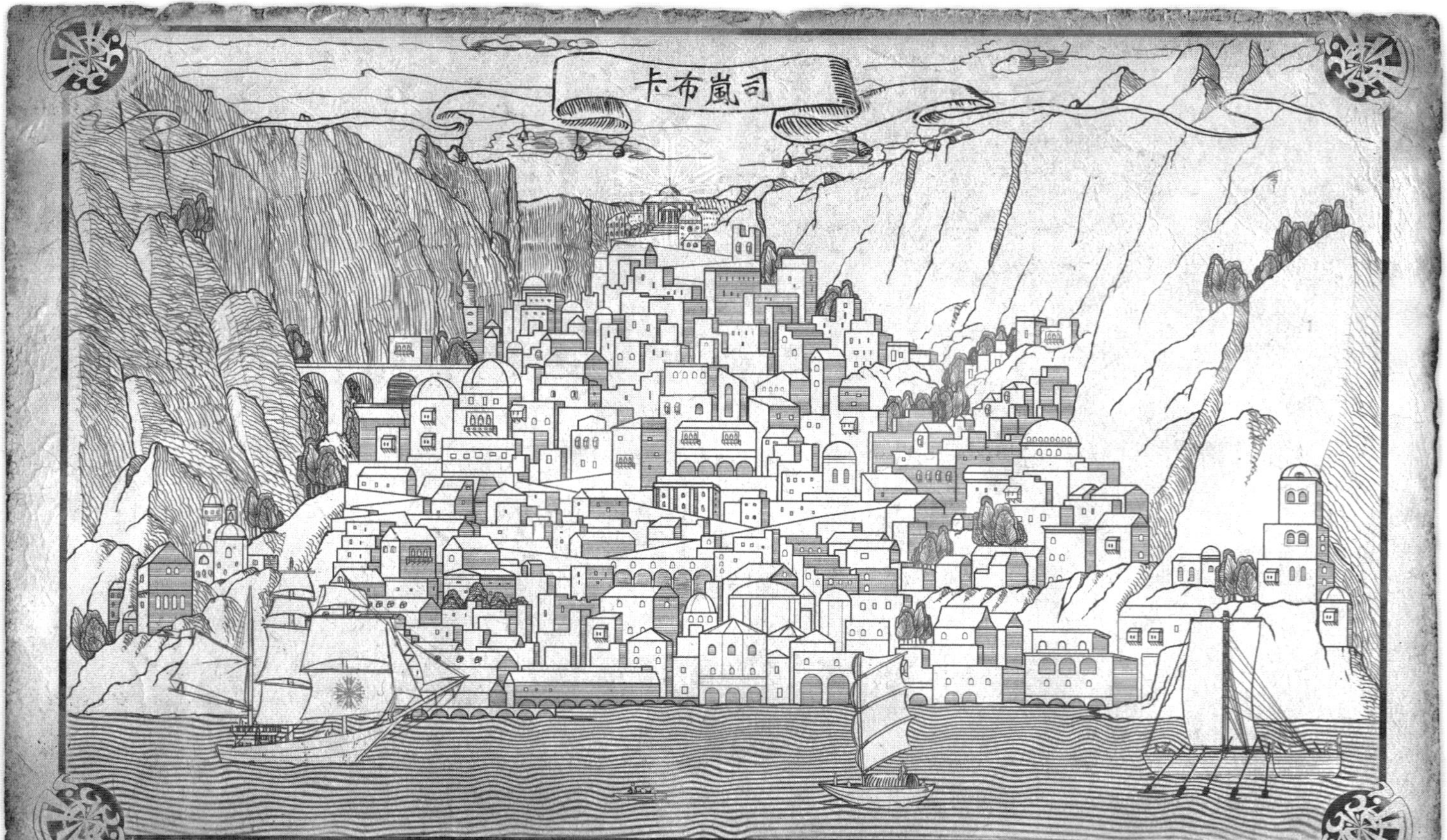

鈴城景色。港口至集會所，以拉林薩街連接。

29 誤傲

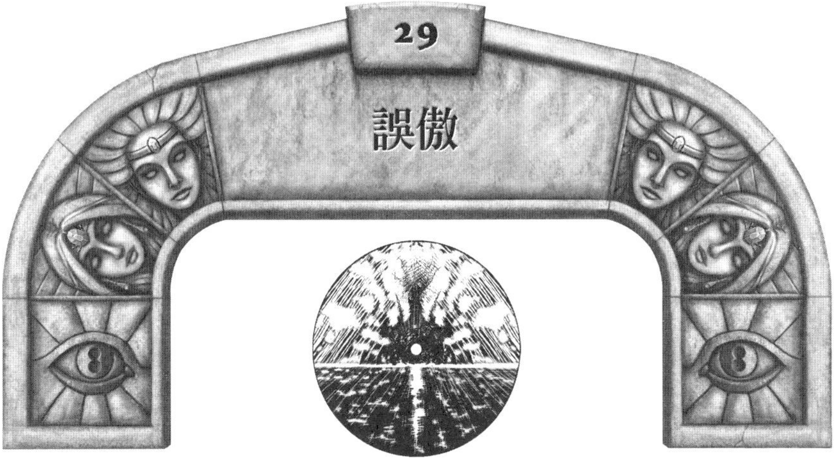

「灰燼與火的怪物，如蜂團般狙殺，攻向神將，川流不息。」

——《馬思禮》，第三三七頁。經科德溫與哈薩瓦考證。

聽起來像是妳很快就討得加絲娜歡心了。妳多久以後可以掉包？信蘆在紙上寫著。

紗藍蹙起眉心，轉動蘆筆上的寶石。我不知道，她回答。加絲娜自然是把魂師看得很緊，白天從不離身，晚上鎖在保險箱，鑰匙掛在脖子上。

她轉動寶石，等待回答。她坐在自己的房間裡，是加絲娜的住所中的一間小石室。她的房間非常樸素：一張小床、一個小櫃子，還有一張書桌，除此之外別無他物。她的衣服放在隨身帶來的行李箱，地上沒有地毯裝飾，也沒有窗戶，因爲這些房間位於卡布嵐司的集會所，全部都是地下室。

這的確是一件麻煩的事，蘆筆寫著。寫字的人是南·巴拉特的未婚妻愛莉塔，但是紗藍僅存的三名哥哥都一同聚集在賈·克維德中的小房間內，一起參與討論。

我猜她洗澡時會除下，等到她更信任我，也許她會讓我爲她侍浴，這可能會是機會，紗藍寫下。

這是個好機會。南．巴拉特要我表達，我們眞的非常抱歉得讓妳這麼做。要妳遠走他鄉這麼久，一定很辛苦。蘆筆寫下。

辛苦嗎？紗藍拾起蘆筆，遲疑了。

的確辛苦。辛苦的地方在於讓自己不愛上這新獲得的自由，不讓自己過度投入她的研究。她才說服加絲娜收她做學徒兩個月，卻已經沒有了以前的膽怯，而且加倍有自信。

最困難的一點在於她知道這一切即將結束。前來卡布嵐司念書，絕對是這輩子在她身上發生過最好的事。

我可以的。她寫下。你們才辛苦，得維護我們的家族利益。你們還好嗎？

他們也花了不少時間才回答。愛莉塔終於寫下：並不好。妳父親欠的債開始到期了，維勤勉強讓債主不要上門來。藩王病重，所有人都想知道我們家族在繼承上支持哪一邊。採石場快要挖光了。如果被人家發現我們不再有資源，情況會變得很糟糕。

紗藍皺眉。我還有多久時間？

南．巴拉特藉由他未婚妻的手回答：如果情況好，那麼還有幾個月。這要看藩王能撐多久，還有會不會有人發現艾沙．傑舒正在賣我們家的財物。傑舒是三兄弟中最年輕的一個，只比紗藍大。他以前好賭的習慣現在居然幫上了大忙。多年來，他一直在偷家裡的東西到外面販售以彌補賠光的錢，所以他現在假裝繼續還在輸錢，但是其實所有錢他都拿回家了。雖然他好賭，卻仍是好人。而且，其實他會變成這樣也不能說是他的錯。他們會變成這樣，都不是他們的錯。

維勤認爲他可以把所有人再擋一陣子。可是我們快走投無路了。妳越快帶著魂師回來越好。

紗藍遲疑了片刻，寫下：我們確定這是最好的辦法嗎？也許我們應該直接請加絲娜幫忙。

他們的回答是，妳覺得她會答應嗎？她會願意幫助一個陌生且廣受討厭的費德家族嗎？她會幫我們保守祕密嗎？

可能不會。雖然紗藍越發確定，加絲娜並不如外界所傳的那麼冷酷不近人情，但是她的確有她無情的一面。她不會放下手邊重要的研究工作去幫助紗藍的家人。

她正打算拾起蘆筆寫信時，蘆筆又開始動了起來，寫著：紗藍，我是南·巴拉特，我讓其他人先離開了。現在只剩我跟寫字的愛莉塔。有件事得告訴妳。魯艾熙死了。

紗藍驚愕地眨眨眼。魯艾熙是她父親的侍從長，也是唯一知道該如何使用魂師的人，更是她跟她哥哥們認爲可以相信的少數幾個人之一。

她換張新紙，寫下：發生了什麼事？

他在睡夢中過世了，並沒有他殺的跡象，可是紗藍，他過世幾個禮拜後有些人來拜訪我們，聲稱是我們父親的朋友。他們跟我私下會面時，暗示他們知道父親擁有法器的事，而且強烈建議我把法器還給他們。

紗藍皺眉。她把她父親的魂師隨身攜帶，放在內手袖子裡的密袋中。怎麼還？

南·巴拉特寫道：我們一直沒發現父親是從哪裡得到法器的，但是我知道他參與了某件事。那些地圖、還有魯艾熙說的話，現在又出了這些事。我們繼續假裝還活著的父親，偶爾會收到別的淺眸人寄來的信，上面隱約提到什麼「計畫」。我想他應該是想爭取藩王之位，而且已獲得一些很強大的盟友支持。

紗藍，來的那些人很危險，是那種不能惹的人，而且想要把他們的魂師拿回去。不論他們是誰，我猜他們把魂師交給父親的原因是希望讓他變得更富有，同時能夠爭取藩王繼承權。他們知道他死了。

我相信，如果我們不能還他們一個正常的魂師，我們都會陷入極大的危險。妳需要把加絲娜的法器帶回來給我們。我們會盡快利用它製造出高價的礦藏，然後把法器交給那些人。紗藍，妳一定要成功。當初妳提議時我還有點遲疑，但我們開始別無選擇了。

紗藍全身如墜冰窖。她將哥哥的這段話反覆讀了數遍，提筆寫下：如果魯艾熙死了，那我們也不知道該怎麼用法器了。這會是個問題。

我明白。南‧巴拉特回答：妳得想辦法弄懂。紗藍，我知道這很危險。對不起。

她深吸一口氣，寫下：這是我該做的事。

南‧巴拉特回答：我要給妳看個東西。妳看過這個圖樣嗎？接下來出現的素描很粗糙，愛莉塔不是個傑出的藝術家，幸好這張圖樣很簡單——三個菱形，排成一個奇怪的圖案。

紗藍回答：我從來沒看過。為什麼提起這張圖？

我們在魯艾熙身上找到了一個有這個圖形的墜子，而其中一個來找魂師的人，拇指下方也有刺這個圖樣，南‧巴拉特回答。

紗藍回答：真奇特。所以魯艾熙……

沒錯。南‧巴拉特回答：不論他怎麼說，我仍然覺得把魂師帶給父親的一定是他，他參與了這件事，甚至可能是父親跟那些人的聯絡管道。我試著提議要他們支持我，但他們只是大笑。他們沒待很久，也沒有明確要求我們什麼時候要把魂師歸還他們。

紗藍抿起嘴唇。巴拉特，你有沒有想過，我們可能會挑起戰爭？如果別人發現我們偷了雅烈席人的魂師……南‧巴拉特回答：不會有戰爭的。哈納凡那王會直接把我們交給雅烈席人，然後他們會把我們處決。

巴拉特，你真是會安慰人。太感謝你了。她回答。

不客氣。我們只能希望加絲娜不會發現魂師是妳偷的，而是只覺得爲什麼壞了。

紗藍嘆口氣，寫下：希望如此。

南．巴拉特回答：妳保重。

你也是。

對話結束。她將信蘆放在一旁，重新讀一遍整個對話，記仕，然後將紙張握成一團，走回加絲娜的客廳。她人不在。加絲娜鮮少停下手邊的研究工作，所以紗藍直接將對話紀錄扔進壁爐燒掉。

她就這樣看著爐火站了很久。心裡一陣擔心。南．巴拉特的能力不錯，但是他們成長的過程，都在身上留下了不可磨滅的傷痕。愛莉塔是他們唯一能信任的書記，而她……唉！人極好，卻不聰明。

紗藍嘆口氣，離開房間繼續進行她的研究，一來不讓自己繼續擔心，二來是因爲如果她在外面逗留太久，加絲娜會不高興。

❖

五個小時之後，紗藍不由得心想自己是有什麼問題，居然對學習這件事情覺得迫不及待。她的確喜歡研究的機會，最近加絲娜開始讓她研究雅烈席卡的王室結構。這並不是什麼太有趣的主題，加上她被迫讀一堆讓她覺得論點很可笑的書籍，所以感覺更加煩躁。

她坐在爲加絲娜預留的紗室閱讀室包廂內。巨大的光牆、包廂和神祕的研究人員已不再讓她感到敬畏。這地方對她而言已經變得熟悉親切。如今，包廂裡只有她一個人。

紗藍以外手揉揉眼睛，闔上書籍，低聲嘟囔一句：「我眞的開始討厭雅烈席卡王族了。」

「是這樣嗎？」一個冷靜的聲音在她身後響起。加絲娜穿著一件合身的紫色服飾走過，身後是抱著一疊書的帕胥人。「我會盡量不將它視爲人身攻擊。」

紗藍瑟縮了一下，滿臉通紅地說。「我不是指個人，加絲娜光主。我只是指這一個主題。」

加絲娜優雅地在包廂中坐下，朝紗藍一挑眉毛，同時示意帕胥人將書放下。

紗藍仍然覺得加絲娜是個謎樣的人物。她有時候像是對於紗藍的打擾顯得很不耐煩的嚴肅學者，有時候卻又在嚴肅的外表下透露出一絲幽默感。無論如何，紗藍開始發現，她在加絲娜身邊覺得很自在。加絲娜鼓勵她有話直說，這是紗藍極爲樂意遵從的指導。

「我猜妳忍不住發作，是因爲這個主題開始讓妳覺得煩了。」加絲娜說道，開始整理她的書籍。帕胥人靜靜退下。「妳說妳想要成爲學者。那妳必須了解，這就是做學問。」

「一遍又一遍地讀著一堆拒絕考慮其他觀點的論述？」

「他們很有自信。」

紗藍舉起一本書，批評地瞪了它一眼。「光主，我對於自信是什麼這件事並不能說是專家，但是我覺得自己還有分辨什麼是自信的能力。我不認爲自信這個詞，能用在形容像麥德芮雅寫的書上。我覺得那是自傲，而不是自信。」她嘆口氣，把書放在一旁。「說實在，『自傲』這個詞我覺得不夠精準。」

「那妳覺得是什麼呢？」

「我不知道。可能是『誤傲』吧。」

加絲娜疑問地挑起眉毛。

「意思是這個人比其他人更加倍的自傲，卻只知道十分之一的事實。」紗藍說道。

加絲娜忍不住露出一絲微笑。「妳會有這樣的論點是因爲他們是自負運動的作者，紗藍。這個『誤傲』是他們的寫作手法。這些學者是刻意誇大強化自己的論點。」

「自負運動？好吧，我想我可以爲他們背書。」紗藍舉起其中一本書說道。

「哦？」

「這樣才方便從後面捅他們一刀。」

這句話只讓加絲娜挑挑眉毛，因此紗藍換了比較嚴肅的語氣繼續說道：「光主，我想我可以了解他們的寫作手法。但是妳給我這些討論加維拉王之死的書，我越讀越覺得他們已經失去理性，剛開始只是傲慢的學術觀點，到後來變成了口舌之爭和互相謾罵。」

「他們是想引起討論。妳難道覺得學者就應該跟其他人一樣躲藏在無知之後嗎？妳寧願其他人選擇繼續無知下去？」

「在閱讀這些書籍的時候，對我而言，學術研究跟無知論點感覺很像。躲避知識的人可能陷於無知，但是學術研究有時就像是躲在知識後的無知。」紗藍說道。

「這麼一來，什麼樣的知識不包括無知呢？尋求眞理，又不考慮犯錯的可能性？」

「光主，這是神話中的寶藏，就像晨碎跟榮刃。它們絕對值得追尋，但需要極爲謹愼。」

「謹愼？」加絲娜皺著眉頭問。

「追尋的過程能使人成名，但如果眞的找到傳說中的寶藏，反而會摧毀所有人。所以，如果能證明一個人既能擁有智慧，又能接受反對自己的人也同樣具有智慧，那我想整個學術界會因此翻天覆地。」

加絲娜輕蔑地一哼。「孩子，妳說話太不知輕重了。如果妳把說笑的精力拿出一半投入研究，我敢說妳一定可以成爲當代的偉大學者之一。」

「對不起，光主。我……唉！我很困惑。考慮到我的教育缺陷，所以我以爲妳會要我學習更古遠，而非幾年前的課題。」

加絲娜攤開其中一本書。「我覺得妳這樣的年輕人不是眞的懂得欣賞遙遠過去的智慧，因此我選了一個既近代又聳動的議題，讓妳開始接觸眞正的學術研究。妳眞的對一名國王被暗殺這件事毫無興趣？」

「是的，光主。我們小朋友最喜歡亮晶晶、聲音響亮的東西。」紗藍說道。

「妳有時候眞的很愛耍嘴皮子。」

「有時候？妳是說有時候沒有嗎？那我得……」紗藍講到一半，咬住嘴唇，意會到自己太過分了。

「對不起。」

「紗藍，不要因爲妳顯露出的聰明而抱歉，這會創下不好的先例，但是機巧聰明應該用在對的時機。妳似乎經常第一時間就表現出伶牙俐齒的反應。」

「我知道。這是我長久以來的缺陷，光主。我的嬤嬤跟教師們一直努力地想改掉我這個習慣。」

「像是透過嚴格的懲罰。」

「是的。她們喜歡叫我坐在角落，端著書舉在頭頂上。」

「這只會讓妳學會更快地回嘴，因爲妳知道妳得趕快說出口，以免想一想之後，自己又把這些回應給吞了回去。」

紗藍歪著頭思索。

「她們的懲罰毫無用處，用在妳這樣的人身上其實反而變相成爲鼓勵，變成一種遊戲。妳得說多少話才會換得懲罰？妳的雙關含義能否高深到教師們甚至不知道自己被奚落了？坐在角落裡，只是給妳更多的時間思索該如何回嘴。」

「可是年輕女子經常像我這樣說話是很不合宜的。」

「唯一『不合宜』的事情，是妳沒有把聰明用在正途上。妳要好好想想，妳讓自己練就的本領極像那些妳不喜歡的學者：巧口簧舌，背後卻沒有深意——可以說是雖有聰明才智，卻不經仔細思考。」加絲娜翻動書頁。「妳不覺得這正是誤傲嗎？」

紗藍聞言滿臉通紅。

「我喜歡聰明的學生。」加絲娜繼續說道：「這樣一來，我可以訓練他們做更多事情。我會帶妳跟我一起進出宮廷。我想，至少智臣會覺得妳很有趣，就算只是因爲妳的外表看起來天生怯懦，但是說話卻極伶牙俐齒這件事，他就會被這樣的組合勾起興趣。」

「是的，光主。」

「請妳一定要記得，女人最寶貴的武器就是她的頭腦，務必在最適當的時機用得恰如其分。就像妳先前提到可以從後面捅人一刀，最高明的調侃往往是攻其不備的成果。」

「對不起，光主。」

「這不是在訓誡妳。」加絲娜說道，又翻了一頁。「這只是我的心得。我常常這麼做：這些書有霉味。今天天空是藍的。我的學徒是個無可救藥的快嘴。」

紗藍微笑。

「現在告訴我，妳發現了什麼。」

紗藍苦著臉回答：「不太多，光主。或者我該說太多了呢？對於帕山迪人爲何要殺您的父親這件事，每個作者都有自己的看法，有人認爲他那天一定在宴會中侮辱了他們。其他人說整份和約都是騙局，目的是爲了讓帕山迪人能接近他，但不合理，因爲他們之前有更好的動手機會。」

「白衣殺手呢？」加絲娜問道。

「他是最令人匪夷所思的一點。」紗藍說道。「所有的評論其實都是在繞著他打轉。帕山迪人爲何要從別的地方僱用殺手？他們擔心自己出手不會成功嗎？或者他們並沒有僱用他，而是被陷害了。許多人認爲不可能，因爲帕山迪人承認這是他們的計畫。」

「妳覺得呢？」

「我覺得我目前沒有資格提出結論，光主。」

「研究的目的如果不是爲了提出結論，那是什麼？」

「我的教師們告訴我，只有極有經驗的人，才有資格提出推論。」紗藍解釋。

加絲娜輕哼。「妳的教師們是白癡。年輕人的不成熟，是宇宙中造成改變的最大觸媒之一，紗藍。妳知道創日者一開始征戰時只有十七歲嗎？加瓦菈提出三界理論時她還不滿二十泣年。」

「可是每出現一個創日者或加瓦菈的同時，不就也會有上百個葛雷果？」這男人是一名年輕的國王，最惡名昭彰的一點就是自繼位開始，就與他父親先前的盟友們展開莫名其妙的戰爭。

加絲娜皺了皺眉頭。「幸好只有一個葛雷果。妳說得有道理，所以才需要教育。年輕代表著行動，做爲一名學者的眞諦就是知而後動。」

「或是坐在包廂裡，讀著關於六年前的一場謀殺的文獻。」

「如果沒有意義的話，我就不會要妳進行這個研究了。」加絲娜說道，又攤開一本自己挑選的書。「太多學者認爲研究只是動腦而已，但是如果不拿學到的知識來實際應用，那我們就是浪費了研究的心力。書籍比人腦更適合儲藏知識，但是書做不到，而我們可以的，是解讀。所以如果只研究，卻不打算提出結論，不如就把一切留在書本裡就算了。」

紗藍深思地往椅背一靠。她這麼一說反而讓紗藍想要繼續埋頭苦讀。加絲娜之前提過，希望她如何處理這些資訊？她再次感到一陣罪惡感。加絲娜是眞的很花心力在指導她該如何做學問，但她的回報就是要偷走那女子最寶貴的東西，留下壞掉的替代品。這讓紗藍唾棄自己。

她以爲跟著加絲娜做研究就只是些無意義的背誦跟抄寫，同時經常被責怪不夠聰明。她的教師們都是這樣教導她的。加絲娜不一樣。她給紗藍一個主題後，就放任紗藍自行研讀。她會提供鼓勵跟討論，但她們幾乎所有的對話，都會偏向探討學問的本質、研究的目的、知識之美以及該如何應用知識。

加絲娜．科林是眞心熱愛研究工作，而她希望其他人也跟她一樣。在那嚴肅的注視，專注的眼神，還有難得微笑的嘴唇之後，加絲娜．科林是眞心相信她的研究有很深的意義，無論那意義是什麼。

紗藍拿起自己的其中一本書，但偷偷瞄著加絲娜最新一疊書的書名。都是在講神將時代的歷史、神話、評論，還有一些以天馬行空異想著名的學者論述。加絲娜目前在讀的一本書叫作《追憶影蹤》。紗藍將書名記下，打算自己也要找一本來讀過一遍。

加絲娜在研究什麼？她想從這些多半已有數百歲而且是抄本的書中挖掘出什麼？雖然紗藍已經發現一些關於魂師的祕密，但是對於加絲娜的任務以及她前來卡布嵐司的目的，仍然一無所知。這令她氣急敗壞，也引得她心癢難耐。加絲娜喜歡談及過去的著名女子——她們不只記錄歷史，更創造歷史。所以無論她在研究什麼，她是否覺得她的課題就是如此重要，足以改變世界。

妳不能被吸引。妳的目標不是要改變世界。妳的目標是要保護妳的哥哥跟妳的家族。紗藍告誡自己，繼續開始讀書做筆記。

可是，她必須至少扮演好學徒的角色，因此她有充分的理由，在接下來的兩個小時中埋首於書堆裡，直到被走廊外的腳步聲打斷爲止。應該是僕人端來了午餐，加絲娜跟紗藍經常坐在包廂中吃飯。

紗藍聞到食物，肚子發出一陣抱怨，於是她高高興興地把書本放在一旁。她通常會利用午餐的時間素描，加絲娜雖然不喜歡視覺創作，卻鼓勵她的練習。她說出身尊貴的男子，經常認爲素描與繪畫是女子身上「誘人」的特質，因此紗藍應該繼續保持她的畫技，即使只是爲了吸引追求者。

紗藍不知道是否該把加絲娜的看法視爲是種侮辱。加絲娜從未花時間在更女性化的技藝，比如音樂或繪畫上頭。她對婚姻的打算又是什麼？

「陛下。」加絲娜說道，優雅地起身。

紗藍一驚，連忙轉過頭。年邁的卡布嵐司王正站在門口，身上穿著華麗的橘色與白色外袍，有繁複的刺繡。紗藍急急忙忙站起。

「加絲娜光主，我是否打擾了？」國王問道。

「陛下，您的造訪從來都不會是打擾。我們原本也準備要用午膳。」加絲娜一定跟紗藍一樣訝異，但她沒有顯露出半分不安或焦急。

「我知道，光主。希望您不介意我加入兩位。」塔拉凡吉安說道。一群僕人開始搬入食物跟桌子。

「當然不會。」加絲娜說道。

僕人快速地擺設起一切，在圓桌上鋪好兩張不同的桌巾，好讓用餐時男女有別。國王是紅色，女方則用藍色，中間以紙鎮壓住。接下來是一盤盤蓋起的食物：女子的食物是以甜蔬菜燉煮的清澈冷濃湯，國王的則是聞起來辛辣的清湯。卡布嵐司人午餐喜歡喝湯。

紗藍訝異地發現他們爲她設了座位。她的父親從不與孩子同桌吃飯，即使她是他最寵愛的孩子，也得坐在自己的桌上吃飯。加絲娜一坐下，紗藍也跟著入座。她的肚子再度開始吵鬧。國王揮手請兩位開動，相較於加絲娜的優雅，他的動作顯得笨拙。

紗藍很快便開始滿足地用餐，全然是符合女子的優雅儀態，內手放在腿上，用外手中的鐵籤叉起蔬菜或水果。國王喝湯時發出了聲音，卻不如大多數的男子那般響亮。他爲何紆尊降貴地前來造訪？正式邀請她們參與晚宴不是更合宜嗎？當然，她知道塔拉凡吉安是出名的不遵禮節。他是個受歡迎的國王，深眸人因爲他興建了許多醫院而敬愛他，但是淺眸人卻認爲他不夠聰明。

他不是笨蛋，可惜的是在淺眸人的政治中，如果水準只是「普通」是不夠的。他們用餐的過程中，漫長的沉默開始令人感到尷尬。有幾次國王似乎想要說些什麼，但每次都打消主意，繼續喝湯。他似乎有點畏懼加絲娜。

終於，加絲娜開口問道：「陛下，您的孫女如何了？她恢復得好嗎？」

塔拉凡吉安似乎對終於可以開始談話鬆了一口氣，立刻回答：「恢復得很好，謝謝，不過她現在開始會避開集會所中比較狹窄的走廊了。我要感謝您的即時援手。」

「能夠救人一命，令我感到欣慰，陛下。」

塔拉凡吉安開口：「請恕我冒犯，但是執徒們對於您的服務並不贊同。我明白這可能是個敏感話題，也許不應該提，但是……」

「沒有問題。」加絲娜回答，一面吃著鐵籤上的小綠蘿蔔。「我不以我的選擇爲恥。」

「那您會原諒我這個老人忍不住的好奇疑問嗎？」

「我向來會原諒好奇心，陛下。我認爲這是最眞實的情緒之一。」加絲娜回答。

「所以您在哪裡找到它的？而且怎麼會沒被那些信壇沒收？」塔拉凡吉安問道，朝加絲娜藏在黑色手套下的魂師點點頭。

「這些問題是有危險的，陛下。」

「我歡迎您到來的那一刻，就已經招來一些新敵人了。」

「您可以選個會原諒您的信壇。」加絲娜說道。

「原諒？我？」老人似乎覺得這句話很有趣，而一瞬間紗藍覺得她在他的表情中看到了深深的後悔。「不太可能，但與這件事無關。麻煩您。我仍然想知道。」

「而我也必須避而不答，陛下。對不起。我原諒您的好奇心，但我無法獎勵它。這些祕密是我的。」

「當然，當然。」國王往後一靠，滿臉尷尬的神情。「您大概認爲我帶這頓飯來就是爲了冒昧地問您法器的事。」

「所以您別有目的？」

「嗯，是這樣的。我聽到很多人大力稱讚您這位學徒的繪畫技巧，我想也許……」他朝紗藍微笑。

「當然，陛下。我樂於爲您繪製肖像。」紗藍說道。

他滿臉笑容地看著她站起身，沒吃完的餐點已經被她忘記。她立刻開始收拾東西，但瞥了加絲娜一眼，對方的神情高深莫測。

「您想要白色背景的肖像？還是想要有背景的全圖？」紗藍問道。

「紗藍，妳該等到用餐結束後再問？」加絲娜刻意問道。

紗藍臉一紅，覺得自己興奮得像個傻瓜。「當然。」

「沒關係，沒關係。我已經吃完了。全圖很好，孩子，妳要我怎麼坐？」他把椅子往後一推，擺好姿勢，露出祖父般的親切笑容。

她眨眨眼，將景象記在腦海。「剛才那樣很好，陛下，您可以繼續用餐了。」

「妳不需要我坐著不動嗎？我之前請人幫我畫過像。」

「這樣就可以。」紗藍向他保證，重新就座。

「很好。」他說道，重新靠向桌子。「我很抱歉讓妳把我當成作畫的對象。我相信我這張臉不是很有特色的素材。」

「胡說。您的臉正是藝術家需要的。」紗藍說道。

「眞的嗎?」

「是的,您那……」她打斷自己的話。原本她想要開玩笑說,是的,您那蠟紙一樣的皮膚,正適合作畫。「……那英挺的鼻子,還有臉上睿智的紋路,以炭筆作畫會特別突出。」

「噢,這樣啊,那就請妳動手吧,不過我還是不知道沒有我在前面擺姿勢,妳要如何作畫。」

「紗藍光主有些獨特的能力。」加絲娜說道。紗藍開始打草稿。

「我相信!我看過她畫瓦拉偲。」國王說道。

「瓦拉偲?」加絲娜問道。

「帕拉尼奧的副市長。他是我的遠親,他說工作人員們頗喜愛您的年輕學徒。您是怎麼找到她的?」

「完全是個意外,而且她還急需接受更多的教育。」加絲娜說道。

國王歪著頭。

「她的繪畫能力不是我教的,那是她先前就有的技藝。」加絲娜說道。

「啊,全能之主的祝福。」

「從你的角度來說,是的。」

「可是您不這麼覺得嗎?」塔拉凡吉安尷尬地笑了。

紗藍快速地作畫,把他的頭形勾勒出個輪廓。他侷促地挪動身子。「加絲娜光主,您覺得辛苦嗎?我是說,會痛苦嗎?」

「無神論不是病,陛下。我又不是得了腳氣病。」加絲娜帶著挖苦的語氣說道。

「當然不是，當然不是。可是……呃，沒有可以相信的事情，不會覺得很難以接受嗎？」

紗藍向前傾身，手下依舊不停，同時也專心地在聽他們的對話。紗藍以為接受異教徒的訓練會是比較刺激的事。她跟那名她抵達卡布嵐司第一天就碰見的聰明執徒卡伯薩，討論過加絲娜的信仰問題數次。但是加絲娜本人幾乎沒有跟她談過這件事，就算偶爾談到，也是立刻轉移話題。

可是今天她沒有這麼做，也許是因為感覺到國王眞心想要了解。「陛下，我不會覺得我沒有可以相信的事情，其實我相信的事情很多，包括我的弟弟、我的叔叔，我自己的能力和我父母教導我的事情。」

「可是關於對錯的區別，您……可以說是捨棄它了。」

「我不接受信壇的教條，不代表我捨棄了對於對錯的信念。」

「可是全能之主決定什麼是對的！」

「難道需要別的存在，某個看不見的東西宣告這是對的，它才會是對的嗎？我相信自己依從眞心的道德標準，遠比那些不敢行差踏錯，只因畏懼報應的人所信奉的道德標準，要更為明確眞實。」

「但那就是法則的精髓。如果沒有懲罰，只會有混亂。」國王的語氣充滿茫然。

「如果沒有法則，的確有些人會為所欲為。但是您沒發現，令人讚嘆的是，即使是在有機會去傷害別人以保全自己利益時，仍有許多人選擇去做對的事情嗎？」

「因為他們畏懼全能之主。」

「不。我認為我們打從內心與生俱來相信，尋求整體社會的進步對個人而言是最好的選擇。當我們給人類一個機會時，就會發現人性是高貴的，而這份高貴不需要任何神的旨意，原原本本就存在。」

「我實在不了解，怎麼會有東西能存在於神的旨意之外。」國王不解地搖搖頭。「加絲娜光主，我無意與您爭辯，但是全能之主的定義，不就是一切都是因為祂而存在嗎？」

「一加一等於二，對不對？」

「嗯，對。」

「這件事不是因爲神的旨意如此，所以是對的。那麼我們是否能說數學就已跳脫於全能之主之外，獨立存在？」

「也許吧。」

「好吧，那我只是說，道德跟人的意志也是獨立存在的。」

「可是您這麼說，不就是否定所有全能之主存在的目的了！」國王笑了。

「正是如此。」

陽台陷入沉默。加絲娜的錢球燈在眾人身上投射出沁涼均勻的光。眞是極爲尷尬的一瞬間。唯一的聲響，是紗藍的炭筆在她的紙張上作畫的聲音。她快速以摩擦的方式畫出線條，內心因加絲娜的話深受震撼。她的話讓她覺得內心一陣空虛，一部分原因也是因爲國王雖然人很好，卻不擅長辯論。他是個好人，卻不是個能與加絲娜匹敵的交談對手。

「好吧，我必須說您的論點很有條理，可是我不接受。」塔拉凡吉安說道。

「我的目的不是要說服您，陛下，我很樂於保留自己的信仰，但是我在信壇中的大多數同僚都難以辦到這點。紗藍，妳畫好了嗎？」

「快好了，光主。」

「可是才過了幾分鐘而已！」國王說道。

「她的才華出眾，陛下，如我先前所說。」加絲娜說道。

紗藍往後一靠，檢視自己的作品。她方才專注於對話，因此放任自己的雙手繪畫，相信她的直覺。她的素描畫出了坐在椅子上的國王，臉上是睿智的表情，如碉堡般的露台圍欄在他身後，通往陽台的門口在他的右邊。沒錯，這是幅好肖像，不是她最優秀的作品，但是……

紗藍一僵，突然無法呼吸，心臟猛跳。她畫了別的東西，站在國王身後的門口，兩個高眺細瘦的身影。它們穿著披風，前襟打開，兩側垂下，卻又太過挺直，像是玻璃裁出的披風，而在高挺僵硬的領口邊，原本該是頭顱的部分，卻飄浮著極大的一團符號，滿是怪異的角度與繁複的幾何圖形交錯。

紗藍不可置信地坐在那裡。她爲什麼會畫那些東西？她怎麼會看到……

她猛然抬起頭。走廊是空的。那兩個東西不是她取得的記憶，而是她的手自行畫出的東西。

「紗藍？」加絲娜說道。

紗藍反射性地抛下炭筆，以外手握著紙張捏皺。「對不起，光主，我太注意你們的對話，線條太散亂了。」

「那我們至少可以看看吧，孩子。」國王站起身說道。

紗藍握緊了拳頭。「請您不要！」

「陛下，她有時候就有藝術家的脾氣。」加絲娜嘆口氣說道。「她不會讓你看的。」

「我再幫您畫一張，陛下。非常抱歉。」紗藍說道。

他順順稀疏的鬍子。「嗯，這原本是要給我孫女的禮物……」

「今天結束前一定畫好。」紗藍承諾。

「那就太好了。妳確定不需要我擺姿勢？」

「不用的，陛下。」紗藍說道。她的心跳仍然快速，腦海中不斷出現那兩個扭曲的身影，揮之不去，因此她重新取了國王的記憶，用它再畫出一張比較合適的圖。

「好吧。那我該走了。我想去拜訪一間醫院跟病人。妳可以把畫送到我的房間去，但慢慢來。真的，沒關係。」國王說道。

紗藍行禮，皺起的紙張仍然握在她的胸口。國王領著他的侍從離開，帕胥人將桌子撤下。

「我從來沒見過妳在繪圖時出錯，至少沒有錯到要毀掉整張紙。」加絲娜說道，重新在桌邊坐下。

紗藍臉紅。

「我想就算是大師也有犯錯的時候吧。妳就把接下來的一個小時，用在幫國王好好畫張肖像上。」

紗藍低頭看著她毀掉的素描。那些東西只是她幻想的產物，信手塗鴉而出的圖形罷了，只是想像。也許她潛意識中有些需要表達的東西。如果是這樣，那些東西又意謂著什麼呢？

「我注意到妳在跟國王說話時，有一瞬間遲疑了。妳有什麼沒說出口的？」加絲娜說道。

「不合宜的話。」

「卻是很機敏的回答？」

「過了那瞬間，再機敏的回答聽起來也沒什麼了不起，光主。只是我一瞬間的怪念頭而已。」

「而妳用空洞的讚美去填補。我想妳誤解我方才的意思了，孩子，我不是要妳不說話。機敏是好事。」

「可是如果我說了，只是會侮辱國王，可能也讓他聽得一頭霧水，因此讓他尷尬。我相信他知道別人對他反應不夠快的評價。」

加絲娜輕哼。「蠢人間的閒話。但也許不說出口是對的。不過要記得，*妥善運用能力跟壓制能力*是兩件事。我寧願妳想出既機敏又合宜的回答。」

「是的，光主。」

「我想妳讓塔拉凡吉安笑了。他最近似乎心事重重。」加絲娜說道。

紗藍好奇地問：「您不覺得他很無趣？」她自己不覺得國王無趣，也不覺得他不聰明，但她以爲像加絲娜如此聰明、學富五車的人不會有耐心與他這樣的人對話。

「塔拉凡吉安是個極好的人，抵得上上百個自稱是宮廷禮儀的專家。他讓我想起我的叔叔達利納。誠懇、眞誠而且關懷。」加絲娜回答。

「淺眸人說他很軟弱，因爲他跟這麼多其他的國王交好，因爲他畏懼戰爭，也因爲他沒有碎刃。」紗藍說道。

加絲娜沒有回答，臉上都是憂慮之色。

「光主？」紗藍追問，走回自己的位子，擺好炭筆。

「在古代，能爲國家帶來和平的人，被認爲是極有價値的人；而現在，同樣的人卻被稱爲儒夫。」加絲娜搖搖頭。「這個是幾世紀以來造成的改變，我們應該對此極爲驚恐。我們需要更多塔拉凡吉安這樣的人。我要求妳不可稱之爲遲鈍，就算是隨口說說都不行。」

「是的，光主。」紗藍說道，順從地低頭。「您……眞的相信您所說的，關於全能之主的一切？」

加絲娜沉默片刻。「是的，但也許我過度表達了我的信念。」

「辯證理論的自負運動？」

「我想是的。我今天讀書時，得注意不能背向妳。」

紗藍微笑。

「眞正的學者不可對任何一項議題做出絕對的定論，無論她有多篤定。就算我至今尙未找到加入任何一個信壇的理由，也不代表我永遠不會，只是每次我進行了今天這樣的討論，我的信念就越堅定。」加絲娜說道。

紗藍咬著下唇。加絲娜注意到她的表情。「紗藍，妳得學會控制這點——讓妳的情緒很明顯地外露。」

「是的，光主。」

「說吧。」

「我只是想說，您跟國王的對談並不公平。」

「哦？」

「因爲，嗯，您知道的，他的能力有限。他表現得很好，但是沒有提出其他對於弗林教教義更熟悉的人會提出的論點。」

「那會是什麼樣的論點？」

「嗯，我自己在這方面也不是很有研究，但是我想您忽略了，至少是盡量沒有觸及整個對話中的關鍵點。」

「那是什麼？」

紗藍拍拍胸口。「我們的心，光主。我相信，是因爲我有所感覺，我能感覺到對全能之主的親近，當我活在我的信仰中時，我能感覺到的平靜。」

「人的腦子，能夠按照自我的預期投射出情感反應。」

「可是您的論點基礎不就是來自我們的行爲，我們對於對錯的判斷，那些定義之所以爲人的特質？您用了每個人與生俱來的道德觀來證明您的論點，所以您如何能忽略我的情緒？」

「忽略？不會。抱持存疑態度？有可能。紗藍，妳的感覺，無論多麼美妙，都是妳自己的，不是我的。而我覺得要花一輩子來試圖讓一個從天上觀察我，但是我見不到、摸不著，也無法知曉的存在對我產生眷顧之情，是完全無意義的舉措。」然後，她拿筆指著紗藍。「可是妳的辯證方式有進步了。我有一天一定能讓妳成爲學者。」

紗藍微笑，感覺到一陣欣喜。加絲娜的稱讚比祖母綠布姆更珍貴。

可是……可是我無法成爲學者。我在偷走魂師之後會離開。

她不喜歡想這件事。這是一件她需要克服的事。她不喜歡多想那些令她不安的任何事情。

「快點把國王的畫完成吧，之後妳還有很多正事要做。」加絲娜說道，重新拿起書。

「是的，光主。」紗藍說道。

可是，如今她難得地覺得作畫對她很困難。她的思緒過爲紛亂，無法專注。

30

看不見的黑暗

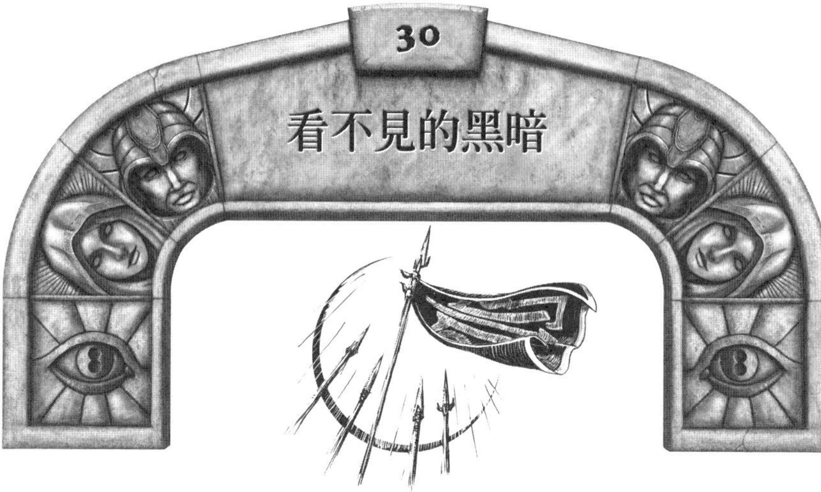

「他們突然變得很危險，像是寧靜的一日突然化身為狂風驟雨。」

——此句原文為賽勒那諺語，最後被改寫成比較常見的版本。我相信這句話指涉引虛者。見《伊瑟西斯之皇帝》，第四章。

卡拉丁從陰暗的營房走入純淨的曙光。地面上的石英因為光線而閃爍，彷彿岩石正發光燃燒，準備爆發。

他身後跟著二十九人。奴隸、盜賊、逃兵、外國人，甚至還有幾個唯一的過錯只是貧窮的人，這些人因為無路可走才加入橋兵隊。相較於一無所有，橋兵隊的薪水還是不錯的，而且他們得到承諾，如果能活過一百次出勤，他們將可晉升，轉分派到檢查哨，這對窮人而言，簡直是奢華至極的人生。他們光是站在那裡看東西就可以拿錢？瘋子才會付這種錢吧？就像發財一樣。

他們不了解沒有人能活過一百次出勤。卡拉丁出勤過二十四次，他已經是現存橋兵中最有資歷的人之一。

橋四隊的人跟在他身後。最後一個不合作的人是個叫比西格的瘦子，昨天也屈服了。卡拉丁想要相信是因為笑聲、食物，還有重新找回的人性生活終於打動了他，但眞正的原因，恐怕是大石跟泰大的輪流威脅與瞪視。

卡拉丁裝作沒看見。有一天他會需要他們的忠誠，但就現在而言，他只需要他們服從。

他帶領著所有人進行他第一天入伍時就學到的晨操。先是伸展，接下來是上下跳。穿著褐色工作服跟土黃或綠色帽子的木匠從他們身邊經過，走向木材場，一面好笑地搖頭。住在山坡上，營區眞正起點的士兵們往下看著他們大笑。加茲站在附近的營房邊看著他們，雙手抱胸，獨眼透露出不滿。

卡拉丁擦擦額頭。他與加茲四目對望許久，然後轉回自己的人身上。他們還有時間，可以練習扛橋後再吃早餐。

❖

加茲從不習慣自己只剩下一隻眼睛。有人能習慣這種事嗎？他寧願少掉一隻手或一隻腿，也不要少眼睛。他總是覺得暗處裡躲著其他人都看得見，只有他看不見的東西。那裡躲著什麼？會把他靈魂吸走的精靈嗎？方法就像是老鼠咬破酒囊一樣，只要扯破一角就能讓整只酒囊空掉？

他的同伴們說他運氣很好。「那一下原本可能會要了你的命。」如果他眞的丟了性命，至少不用與黑暗共存。他的一隻眼睛總是閉起。所以，當他閉起另一隻眼時，黑暗便吞沒了他。

加茲瞥向左邊，黑暗溜走。拉瑪瑞站在一旁靠著柱子，身材高眺修長。他不壯，卻也不弱，全身都是線條，長方形的鬍子，長方形的身體。俐落。像把刀。

拉瑪瑞揮手讓加茲過去，所以加茲不情願地走上前，然後他從袋子裡拿出一枚錢球，遞了過去。一枚黃寶石馬克。他很不高興失去它。他向來不喜歡輸錢。

「你欠我的錢是這個的兩倍。」拉瑪瑞說道，舉高錢球端詳，錢球在陽光下閃閃發光。

「你現在只能拿到這麼多，有拿到就該高興了。」

「我沒多嘴你就該高興了。」拉瑪瑞懶洋洋地說道，靠著他的柱子，那根柱子標示了木材場的邊緣。

加茲一咬牙。他痛恨付錢，但他能怎麼辦呢？去他颶風的。去他大颶風的！

「看來你似乎有問題了。」拉瑪瑞說道。

加茲一開始以爲對方是在說他只還了一半債的事，然後淺眸人朝橋四隊的營房抬了抬下巴。

加茲不安地看著那群橋兵。年輕的橋隊長發出命令，橋兵們紛紛跑過木材場。他已經讓他們學會如何整齊地跑步。這個改變含有極大的意義，除了增加他們的速度，同時幫助他們把自己視爲同一個團隊的人。

這小子難道眞的像他所說的，曾經受過軍事訓練？他爲什麼會被浪費在當個橋兵上？當然，他額頭上是有個沙須烙印……

「我不覺得有問題。他們很快。這是好事。」加茲悶哼一聲。

「他們不服管束。」

「他們服從命令。」

「他們也許會聽他的命令。」拉瑪瑞搖搖頭。「橋兵的存在只有一個目的，加茲。他們是爲了保護更寶貴的性命。」

「眞的嗎？我以爲他們是爲了扛橋而存在。」

拉瑪瑞瞪了他一眼，靠近他。「不要挑釁我，加茲，不要忘記自己是什麼身分。你想加入他們嗎？」

加茲感覺到一陣恐懼。拉瑪瑞是非常低階的淺眸人，因爲他沒有自己的土地，但他是加茲的直屬上司，是橋兵隊與負責管理木材場的高階淺眸人之間的聯繫。

加茲看著地面。「對不起，光明爵士。」

拉瑪瑞靠回他的柱子。「薩迪雅司光明爵士比其他藩王們都更領先一步，他維持速度的方法就是把我們每個人都逼到極限。所有人都該盡自己的本分。」他朝橋四隊的人點點頭。「速度不是壞事。主動不是壞事，可是像那個男孩一樣會主動想事情的人通常不安守本分。橋兵隊按照現況就好，不需要有任何修正。改變會造成動盪。」

加茲懷疑有哪個橋兵明白，他們在薩迪雅司的計畫中占了什麼位置。如果他們知道，他們爲什麼被如此無情地驅使，還有爲何被拒絕使用盔甲，大概會直接跳谷自殺。誘餌。他們是誘餌。吸引帕山迪人的注意力，讓野蠻人以爲他們每次攻擊時殺死幾座橋的橋兵就已經是大有成就。只要死的是無關緊要的人就好。可是對那些死去的人而言卻非如此。

颶父的，我眞恨我自己爲什麼是這種事的一部分，加茲心想。可是他恨自己已經很久了。這對他來說並不新鮮。「我會想辦法。晚上動刀，食物裡下毒也可以。」他向拉瑪瑞承諾，胃部一陣絞痛。那男孩的賄賂不多，但是得靠這筆小錢才能讓他每次都順利還錢給拉瑪瑞。

「不行！」拉瑪瑞斷聲說道。「你希望別人發現他眞的是個威脅嗎？眞正的士兵們都已經在談論他的事了。」拉瑪瑞皺眉。「我們最不需要的就是個殉難者，挑起橋兵的反抗。我不要有任何的痕跡，絕不能讓我們藩王的敵人找到任何可供利用的蛛絲馬跡。」拉瑪瑞瞥向帶著手下們小跑步路過的卡拉丁。「那個人得死在戰場上，對他來說也是適得其所。去處理一下這件事，然後把剩下的錢還我，否則你早晚也得去扛橋。」

他轉身離開，森林綠的披風在他背後飄蕩。加茲當了這麼久士兵，學到的一課就是——最値得懼怕的人，是低階淺眸軍官。他們對於自己在位階上靠近深眸人心有不滿，但是他們唯一能指使的就是深眸人，因此他們很危險。跟拉瑪瑞這樣的人打交道，就像是空手抓熾熱的煤炭，燙傷無可避免，唯一的希望是動作最好盡量快，讓傷害降到最低。

橋四隊跑步經過他面前。一個月以前，加茲不會相信這件事是可能的。一群橋兵在練習？可是卡拉丁似乎只是拿一點食物賄賂他們幾次，還有給予會保護他們的空洞承諾就達成了。

光這樣應該不夠。橋兵的生活是絕望的。加茲不能成爲他們的一員。絕對不能。卡拉丁小公子一定得死。可是如果沒了卡拉丁的錢球，加茲同樣會因爲沒錢付給拉瑪瑞而變成橋兵。*他沉淪地獄的颶風，他心想。*這簡直就像在選擇該讓哪隻裂谷魔把自己壓死似的。

加茲繼續看著卡拉丁的橋兵隊。那黑暗*仍然*等著他。就像無法被搔到的癢。就像無法沉默的尖叫。就像他永遠甩不掉的刺痛麻痺。

黑暗大概會跟著他，直到死後仍然陰魂不散。

❖

「抬！」卡拉丁大吼，跑在橋四隊身邊。他們邊跑邊抬高橋。這樣舉著橋，比將橋扛在肩膀上跑來得困難許多，他的手臂，感覺到了木橋極大的重量。

「放！」他命令。

在前面的人放開橋，跑到一旁。其他人快速地把橋放下。橋歪斜地撞到地面，摩擦著石頭。所有人站好位置，假裝把橋推過裂谷。卡拉丁在一旁幫忙。

*我們需要在眞正的裂谷上練習。不知道要用什麼東西賄賂加茲才可能辦到，*卡拉丁看著完成練習的眾人心想。

橋兵們紛紛望向卡拉丁，疲累卻興奮。他朝他們微笑。在阿瑪朗軍隊中擔任小隊長的幾個月內，他學到讚美必須發自內心，但絕對不可吝嗇。

「我們需要多練習放下的動作，可是整體來說，我相當滿意。才兩個禮拜的時間，你們已經跟我之前訓練幾個月的隊伍一樣整齊，我很高興，而且很以你們爲榮。去喝點水，休息一下，我們工作前再跑個一兩趟。」

這次的工作又是採集石頭，但這不值得抱怨。他說服其他人抬石頭會讓他們的體力增強，又招募了幾個他最信任的人幫忙採團草，意思是他能勉強繼續讓所有人都獲得額外的食物，同時增加他的醫療用品存貨。

兩個禮拜。以橋兵的生活來說，這是很輕鬆的兩個禮拜。他們只出勤了兩次，其中一次還到得太慢。帕山迪人在他們抵達前就已經帶著寶心跑了。這對橋兵而言是好事。

另外一次攻擊以橋兵的標準而言也不太差。死了兩人：阿馬克跟庫夫。還有兩人受傷：那姆跟皮特。雖然跟其他橋兵隊比起來，他們的損傷已經是微乎其微，可是還是太多了。卡拉丁試圖擺出樂觀的表情，走向水桶喝了一瓢。

橋四隊會被自己的傷兵壓垮。他們有三十個人，總共有五名沒有薪水的傷患，得靠賣團草乳的錢來餵飽。如果包括那些死者，他們在他開始保護他們的幾個禮拜中，有了將近百分之三十的傷亡。在阿瑪朗的軍隊裡，這樣的傷亡率將帶來毀滅性的後果。

那時候卡拉丁的人生就是練習跟行軍，中間夾雜著幾場狂亂的戰鬥。但是在這裡，戰鬥是無止歇的。每幾天就發生一次。這種事情可能，或者該說絕對會，讓軍隊逐漸磨損。

一定有更好的方法，卡拉丁心想，以溫水漱口，然後在頭頂再澆了一瓢水。他不能每個禮拜因爲死亡

或受傷而損失兩人。可是當他們的長官不在意手下的死活時，他們要怎麼活下去？

他煩躁得幾乎要將水瓢用力甩回水桶，但他將水瓢遞回給斯卡，給他一個鼓勵的微笑。這是個謊言，但是個重要的謊言。

加茲站在另一間營房的陰影下看著他們。西兒透明的身影，變成了團草絨架般的形狀飄在橋隊長身邊。終於，她來到卡拉丁身旁，落在他的肩膀上，變回女孩的樣貌。

「他有陰謀。」她說道。

「他沒有介入。他甚至沒阻止我們每天晚上喝濃湯。」卡拉丁說道。

「他剛剛才跟那個淺眸人說話。」

「拉瑪瑞？」

她點點頭。

「拉瑪瑞是他的頂頭上司。」卡拉丁邊說著，邊走入橋四隊營房投射出的陰影下，靠在牆邊，看著在水桶旁的人。他們現在會互相交談、打趣、大笑，晚上還會一起出去喝酒。颶父的，他從來沒想過自己手下的人去喝酒，他會這麼高興。

「我不喜歡他們的表情。很陰沉。像是暴雨前的烏雲。我沒聽到他們在說什麼。我太晚注意到他們了，但是我不喜歡，尤其那個拉瑪瑞。」西兒說道，在卡拉丁的肩膀上坐下。

卡拉丁緩緩點頭。

「你也不相信他們？」西兒問道。

「他是淺眸人。」光是這一點就夠了。

「所以我們……」

「所以我們什麼都不做。除非他們動手，否則我也無可回應。如果我整天擔心他們可能要做什麼，我就沒有精力去解決我們現在面對的問題。」卡拉丁說道。

他沒有說出內心眞正的憂慮。如果拉瑪瑞或加茲眞的下定決心要害死他，他是無計可施的。當然，橋兵除非是因爲拒絕出勤，否則極少被處決。但是就算在阿瑪朗那樣號稱「正直」的軍隊中，也有傳言哪些罪名是子虛烏有，哪些證據是捏造的。在薩迪雅司毫無紀律、幾乎是毫無章法的軍營中，如果卡拉丁這個有沙須烙印的奴隸因爲某些荒誕的罪名而被吊死，其他人連眼睛都不會眨一下。他們可以把他丟在外面讓颶風處理他，雙手一攤，說他的命運已交給颶父去做決定。

卡拉丁直起身子，走到木材場的木匠區。工人跟學徒們正忙著切割木塊，準備做成矛柄、橋、柱子或家具。

木匠們朝經過的卡拉丁點點頭。他們現在已經跟他混熟，也習慣了他的奇怪要求，像是要幾塊長到足夠讓四個人一起扛著跑的木頭，習慣跟彼此配合速度。他找到一座尚未完成的橋，它的前身正是卡拉丁用的那塊木板。

卡拉丁蹲下檢視木頭。他的右邊，一群人正拿著鋸子從木材上切下圓片，這些應該會被做成家具。他以手指摸過光滑的木材。所有的行動橋都是以一種叫作馬卡的木材製成，有著深咖啡色，幾乎看不見紋理，又輕又牢固。木匠們將木頭打磨光滑，聞起來像是木削與樹脂的氣味。

「卡拉丁？你看起來很心不在焉。」西兒問道。她先是走在空中，然後落在木材上。

「他們把橋做得這麼好。眞諷刺，這支軍隊的木匠遠比士兵要專業得多。」他說道。

「這很合理。木匠希望橋很耐用。我聽到了士兵的對話，他們只想要到台地上拿了寶心就跑。對他們來說簡直就像在玩遊戲。」她說道。

「妳很敏銳。妳越來越擅長觀察我們了。」

她苦了臉。「我感覺像是記起來以前忘記的事情。」

「妳要不了多久就不是精靈，而是一個小號的透明哲學家了，得把妳送去修道院，讓妳終日沉浸於深奧、重要的哲學思考裡。」

「對啊，像是怎麼樣讓那裡所有的執徒們，意外地喝下會讓每個人嘴巴都變成藍色的飲料。」她淘氣地微笑。

卡拉丁報以微笑，手仍然繼續摸著木頭。他仍然不了解為什麼他們不肯讓橋兵拿盾牌。沒有人願意就這個問題給他正面的答案。「他們使用馬卡木是因為它夠耐用，可以撐住整個騎兵隊。我們應該可以利用它。他們不讓我們拿盾牌，但我們肩膀上已經扛著盾牌。」

「但是如果你這麼做，他們會做何反應？」

卡拉丁站起身。「我不知道，但我別無選擇。」

這個嘗試有風險。極大的風險。可是他好幾天前，已經想盡了所有沒有風險的主意了。

❖

「我們可以握住這裡。」卡拉丁指著一點給大石、泰夫、斯卡，還有摩亞許看。他們正站在一座肚子朝上的橋邊。橋的底部結構十分複雜，總共有八排，一排可站三個人，總共能容納二十四人。兩旁各有八個，總共十六個握把。如果全員到齊，應該是四十人肩並肩地奔跑。

橋下面的每個位置上都有一個凹槽，可容納橋兵的頭，兩塊彎拱的木塊，讓橋安放在他的肩膀上，旁邊還有兩個握桿。橋兵有墊肩，比較矮的會多用幾個墊肩來彌補。加茲通常會按照身高分配新橋兵。

這自然不適用於橋四隊。橋四隊的人都是剩下來的。

卡拉丁指著幾根桿子與支柱。「我們直接握這裡，直直往前跑，把橋以朝右方歪斜的角度扛著，高的人站外面，矮的人站裡面。」

「這有什麼用？」大石皺眉問道。

卡拉丁瞥向站在一旁看著的加茲。他的距離近得讓卡拉丁很不安，覺得最好不要提爲什麼他打算把橋躺著扛，而且也不知道實驗是否會成功，還是先別讓大家懷抱太大的希望。

「我只是想要實驗看看。如果我們可以隔一陣子就換個姿勢，說不定會輕鬆些，也能鍛鍊不同的肌肉。」西兒站在橋上，皺著眉頭。每次卡拉丁掩蓋事實時，她都會皺眉。

「把大家召集起來。」卡拉丁說道，朝大石、泰夫、斯卡和摩亞許揮揮手。他任命這四個人爲小組長，這是一般橋兵隊沒有的，但是組織士兵最好的方式，就是六到八個人的小組。

*士兵。我是把他們當士兵看待嗎？*卡拉丁心想。

他們沒有上陣殺敵，但是他們的確是士兵。把那些人視爲「只是」橋兵太低估他們了。身無寸甲地衝向敵人是需要勇氣的，即使是迫不得已也一樣。

他瞥向一旁，發現摩亞許沒有跟其他三個人一起離開。他有著瘦臉，深綠色的眼睛，還有褐色的頭髮，上面摻雜了一點一點的黑色。

「士兵，你有問題嗎？」卡拉丁問道。

摩亞許聽到自己被如此稱呼，吃驚地眨眨眼，但是他跟其他人已經習慣卡拉丁不按牌理出牌的行事風。

「你爲什麼任命我爲小組長？」

「因爲你一路抗拒我的命令幾乎到最後，你的反對聲音比其他人都大了許多。」

「你讓我當小組長是因爲我拒絕服從你？」

「我讓你當小組長是因爲我覺得你有能力而且有腦袋，除此之外，你不容易動搖。你的意志很堅定。這是我可以借重的。」

摩亞許抓抓長著短鬍鬚的下巴。「好吧，但我跟泰夫，還有那個食角人不一樣，我可不覺得你是全能之主送給我們的大禮。我不信任你。」

「那爲什麼要服從我？」

摩亞許與他四目對望，然後聳聳肩。「大概因爲我好奇。」說完便離開，去召集他的小組。

❖

颶他大風的……他們怎麼會把橋躺著扛？加茲瞠目結舌地看著衝過他身邊的橋四隊。

爲了這樣扛橋，他們以奇怪的隊形擠在一起，變成三排而非五排，彆扭地抓著橋的下方，拿在右側。這是他看過最奇怪的景象，這種隊形幾乎擠不進所有的人，而且手把的設計也不利於他們這樣握。

加茲搔搔頭，看著他們衝過去，然後伸出手，擋下跑過身邊的卡拉丁。小公子放開橋，快步跑向加茲，一面擦著額頭的汗，其他人則繼續跑。「什麼事？」

「那是什麼？」加茲指著他們。

「橋兵隊。扛著我覺得是……對，是一道橋。」

「我沒在跟你開玩笑。我要你給我個解釋。」加茲咆哮。

「把橋扛在頭頂會累。」卡拉丁說道。他長得很高，遠比加茲高過一個頭以上。他颶風的，我才不會被他嚇倒！「這是運用不同肌肉的方式，就像背肩包時左右換邊一樣。」

加茲瞥向一邊。黑暗中有東西動了嗎？

「加茲？」卡拉丁問道。

「小公子，扛在頭上可能會累，但那樣扛簡直愚蠢至極，你們看起來像是要撞在一起，木橋簡直沒有讓你們握的地方，而且幾乎擠不進所有的人。」加茲轉頭看著他說道。

「是的。但大多數情況下，一個橋兵隊只有半數能存活。如果我們的人少，這個方式還是可以把橋扛回去。至少能讓我們換個位置。」卡拉丁放低了聲音回答。

加茲想了想。只有半數的橋兵……

如果他們在進行實戰時這樣扛橋，那麼前進的速度會放慢，將自己暴露在敵人的攻擊之下。這對於橋四隊而言會是場災難。

加茲微笑。「我喜歡。」

卡拉丁一臉震驚。「什麼？」

「主動。創意。繼續練習吧。我很想看看你們用這種姿勢扛橋去台地。」

卡拉丁瞇起眼睛。「是這樣的嗎？」

「是的。」加茲說道。

「好吧。那也許我們就這麼做。」

加茲微笑，看著卡拉丁離去的背影。他正需要一場災難。現在只需要找到其他方法償還拉瑪瑞的勒索就行了。

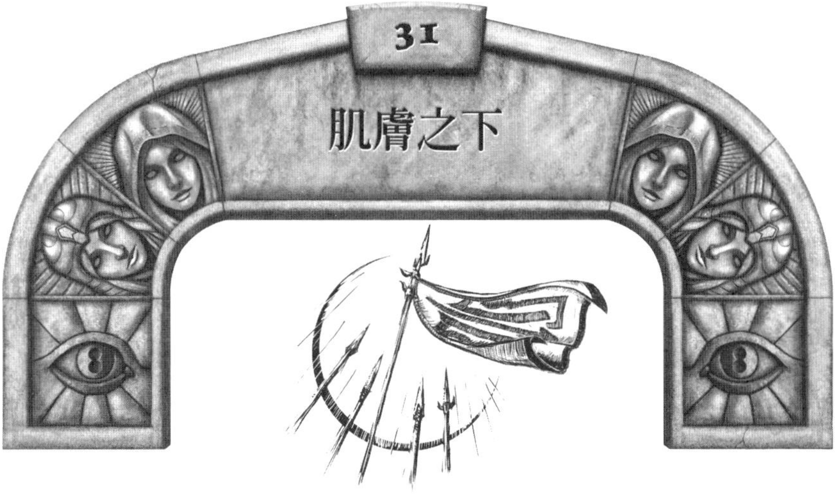

六年前

「兒子，不要犯下跟我一樣的錯誤。」

阿卡把頭從書頁前抬起。他的父親坐在手術間的另一邊，一手撐著頭，一手握著半空的酒杯。紫酒，最烈的酒之一。

李臨放下杯子，有如克姆林蟲血色般深紫色的液體，因爲這個動作而顫動發抖，反射出放在櫃台上兩枚錢球的光芒。

「父親？」

「你到卡布嵐司之後，就留在那裡，不要回來這個落後愚蠢的小鎮。不要強迫你美麗的妻子拋棄她所熟識的每個人跟你一起來到這裡。」他口齒不清地說道。

阿卡的父親鮮少喝醉，這是他難得自我放縱的一晚，可能是因爲母親今天在工作過度疲累的情況下提早上床。

「你一直說我該回來的。」阿卡輕聲說道。

「我是個笨蛋。他們不希望我在這裡。他們從來都不希望我在這裡。」他背向阿卡，看著錢球投射出的白光。

阿卡低頭看著他的筆記本，上頭是身體的解剖圖，不同的肌肉一條條清晰分明，極爲精緻的繪圖，旁邊還有對符標明每個部位的名稱，他全部都背了下來，如今，他正在研讀如何解剖死去之人的過程。

拉柔曾經跟他說過一次，人不應該去看肌膚之下的東西。這些筆記跟圖片，就是讓所有人如此不信任李臨的原因之一。看皮膚以下的東西，就像看別人衣服以下的身體一樣，只是更嚴重。

李臨倒出更多酒。短短的時間中，世界變了太多。阿卡拉緊外套，抵禦寒氣。冬季到來，但是他們沒錢買炭來燒，病人停止樂捐了，只因爲羅賞的一句話。

「他應該不能這麼做。」阿卡低聲說道。

「但是他可以。」李臨回答。他穿著一件白襯衫，黑背心，下面是褐色長褲，背心釦子解開，前襟垂在身體兩側，像是阿卡畫冊中的胸膛解剖圖。

「我們可以把錢球花了。」阿卡遲疑地說道。

「那是給你念書用的。如果我現在能送你去，我一定會這麼做。」李臨沒好氣地回答。阿卡的父母寄了信給卡布嵐司的外科醫生們，請他們允許阿卡提早考試，但是他們拒絕了。

「他要我們把錢球花掉，所以他才那麼說。他的目的，就是要把我們逼到得靠那些錢球過活的地步。」李臨口齒不清地說道。

羅賞對鎮民的話並不是命令，只是暗示，如果阿卡的父親傻到不收費，那就不該付錢給他。第二天起，鎮民就停止樂捐。

鎮民對於羅賞的態度混合了崇拜與恐懼，令人不解。阿卡覺得他兩者都不配。很顯然這個人是因爲缺點過多，怨念過大，才被貶到爐石鎮。他不配跟那些在破碎平原上爲復仇而戰的眞正淺眸人們在一起並肩作戰。

「他們爲什麼這麼努力要討好他？他們從來沒這麼對待維司提歐光明爵士。」阿卡對著他父親的背影問道。

「因爲羅賞無法被討好。」

阿卡聽不懂。他父親在說醉話嗎？

阿卡的父親轉身，雙眼反射著純然的颶光，阿卡看到那雙眼睛是清明的，他並沒有喝得那麼醉。「維司提歐光明爵士放任他們，所以他們對他不予理會。羅賞讓他們知道他很鄙夷他們，所以他們忙不迭地要討好他。」

「這不合理啊。」阿卡說道。

李臨滾著桌上的一枚錢球。「世道就是如此。阿卡，你必須學到這點。當人們覺得世界一切無恙時，我們會感到滿足。可是如果看到一個洞，我們便會急急忙忙要去塡補它。」

「你這麼說好像他們的行爲是很高貴的情操一樣。」

李臨嘆口氣。「某種程度而言，是的。我不應該對我們的鄰居這樣嚴苛。他們的確很小心眼，但是那都是無知人的小心眼。我不會瞧不起他們。我瞧不起的是操縱他們的人。羅賞那樣的人，能把正直眞實的人扭曲成地上的一灘稀泥。」他喝盡杯中的酒。

「我們可以把錢球花掉，或是給錢莊放貸一類的。如果錢球沒了，他就不會再這樣對付我們。」

李臨柔聲開口：「不。羅賞不是會對手下敗將仁慈的人。他是那種會落井下石的人。我不知道他犯了什麼樣的政治錯誤才被趕到這裡，但他顯然無法報復敵人，他能對付的，只有我們。」李臨想了想之後開口：「可憐的傻人。」

可憐的傻人？他想要毀掉我們的生活，父親卻只是這麼說？阿卡心想。

那些大家在爐火邊唱的故事呢？聰明的牧羊人以機智打敗愚蠢的淺眸人，推翻他。同樣的故事有幾十個版本，阿卡通通都聽過。李臨難道不該反抗，而不是這樣坐以待斃嗎？

可是他什麼都沒說。他已經知道李臨會說什麼：讓我來煩心，你繼續念書。

阿卡嘆口氣，坐回位子，再次打開畫冊。手術間很陰暗，唯一的照明來自於桌上的四枚錢球與阿卡用來讀書的一枚錢球。李臨把大部分的錢球鎖在櫃子中，不讓人看見。阿卡舉高自己的錢球，點亮書頁。書頁後面有更多的文字，解釋手術的過程，晚點會請他母親唸給他聽。她是鎮上唯一識字的女子，但是李臨說，在城裡出身良好的深眸女子多半都識字。

他一面念書，一面從口袋裡掏出了樣東西。他進屋子裡讀書時，椅子上有東西，他認出那是提恩最近一直帶在身邊的石頭，應該是提恩最喜歡的一塊，如今卻把石頭送給卡拉丁。

提恩經常這麼做，希望他的哥哥也能跟他一樣看到這塊外表平凡無奇的石頭之美。阿卡得問問提恩這一塊的特別之處在哪裡。其實每一塊都有獨特的地方。

提恩目前在跟鎮上一名叫作阿勞的木匠學手藝。李臨是心不甘情不願地送他過去，因爲他原本希望能再有一個外科助手，但是提恩無法見血，他每次看到鮮血就會動彈不得，這麼久以來還是沒辦法習慣。讓人擔心。阿卡原本希望他離開之後，提恩能成爲父親的助手。阿卡絕對會離開。他還沒決定要去軍隊或是卡布嵐司，但是最近幾個月以來，他開始傾向當矛兵。

如果他走上這條路，就必須偷偷做，得要等到年紀大到可以讓徵兵的人接受他，無論父母是否反對。十五歲應該就足夠了。再五個月。現在，他知道明白身體的肌肉跟主要器官位置，對外科醫生或士兵都一樣有用。

門上傳來撞擊聲。阿卡一驚。那不是敲門，而是撞門的聲音。撞門聲又響起，像是有人拿很重的東西在撞木門。

「他颶風的是怎麼一回事？」李臨從椅子上站起，沒幾步就橫越了小小的房間，大開的背心摩擦著手術台，響起釦子刮過木頭的聲音。

又撞了一聲。阿卡急急忙忙站起，闔上筆記本。他今年十四歲半，幾乎跟他父親一樣高。門口傳來的刮擦聲像來自指甲或是爪子。阿卡一手伸向他父親，突然覺得極爲恐懼。現在已經是深夜，房間一片漆黑，鎮上安靜無聲。

外面有東西。聽起來像是野獸。不像人。據說附近有一巢白脊最近在騷擾路上的旅人，阿卡可以想像得出那些跟馬一樣大，但是背上長著甲殼像是爬蟲類的動物，牠們在門口聞來聞去嗎？擦著門，想要闖進來嗎？

「父親！」阿卡驚喊。

李臨把門一拉開，錢球黯淡的光線立刻照耀在來者身上，不是怪物，而是一名穿著黑衣的男子。他手中握著長鐵桿，戴著黑色毛線面具，眼睛挖出兩個洞口。他往後一跳，阿卡覺得自己的心跳也慌亂地猛跳。

阿卡的父親開口。「沒想到裡面有人吧？鎮上已經很多年沒有人行竊了。我眞是以你們爲恥。」阿卡的父親說道。

一個聲音從夜中響起：「把錢球給我們！」一個又一個身形在影子間出現。

颶父啊！阿卡顫抖的手握緊了書頁。到底有多少人？來搶劫城鎮的土匪嗎？這種事情不是沒發生過，而且照阿卡父親的說法，是越來越常見了。

李臨怎麼會這麼冷靜？

「那些錢球不是你的。」另一個聲音說道。

「是這樣嗎？那錢球就是你們的嗎？你認爲他會讓你們留著錢球嗎？」阿卡父親說話的樣子彷彿他們不是鎭外來的土匪。阿卡小心翼翼地走到他父親身後，雖然害怕，卻也對自己的恐懼感到羞愧。黑暗中的人恍若幻影，是鬼魅般的存在，黑色的臉來回移動。

「我們會把錢球交給他。」一個聲音說道。

「李臨，沒必要把事情弄得這麼暴力。反正你也不會用。」另一個聲音說道。

阿卡的父親鄙夷地哼了一聲。他彎身鑽進房間。李臨把收納錢球的櫃子用力一拉，阿卡驚呼，向後退了一步。他抓起放置錢球的大玻璃杯，上面還蓋著黑布。

「你們要這個？」李臨喊著，走向門口，經過阿卡。

「父親？」阿卡開始驚慌失措。

「你們要把光留著自己用？拿去啊！」李臨的聲音越發響亮。

他扯開布。杯子的光芒猛然爆發，燦爛得令人幾乎睜不開眼。阿卡舉起手臂。他父親的身形如同影子，手中像是握著太陽。

大玻璃杯散發著平靜，幾乎是冰冷的光芒。阿卡眨眨眼睛，眼中都是淚水，視覺開始恢復過來。他終於可以看清楚外面的那些人。原本看起來像是危險的影子，如今則是膽怯、舉著雙手的男子。他們看起來並不駭人，臉上的黑布反而讓他們顯得可笑。

阿卡原本很害怕，如今卻感覺出奇的自信。在那一瞬間，他父親手中握著的不是光，而是了解。阿卡注意到其中一個人跛著腳。他是路頓，阿卡心想。他們雖然戴著面具，但他仍然可以看出來他們是誰。阿卡的父親爲那條腿動了手術，因此路頓如今才能行走。他也認出了其他人。寬肩膀的傢伙是霍耳，穿著漂亮新外套的人是巴撒斯。

李臨起初沒對他們說半句話。他站在原處，握著刺目的光，點亮外面整個石頭廣場。那些人似乎縮成一團，彷彿知道他們被認出來了。

「怎麼樣？你們威脅我，說要對我動手。來啊！揍我啊！搶我啊！在這同時，不要忘了，我幾乎跟你們一起長大，一輩子都住在一起。不要忘了，我治好了你們的孩子。進來啊，把一個自己人打得頭破血流啊！」

眾人不發一語，消失在黑夜中。

32 側行

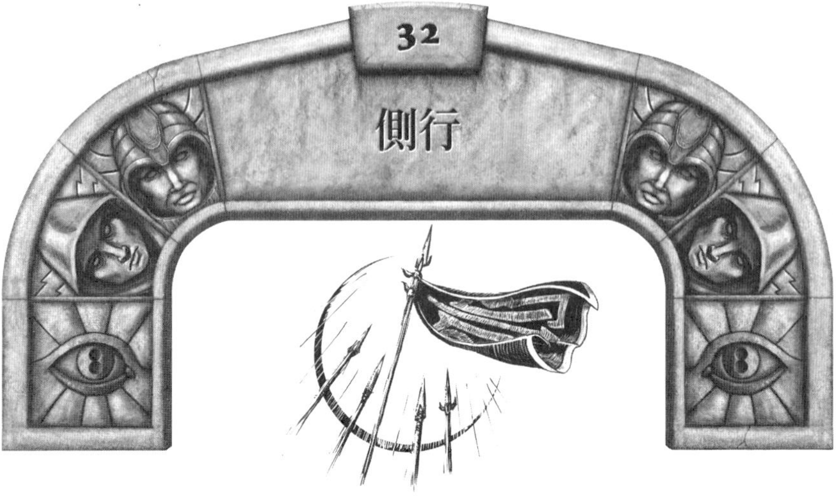

「他們住在至高之地，無人可爬上，但眾人皆可造訪。塔城啊，非凡人所建。」

——雖然《往夏之歌》是重創期後第三世紀的浪漫風故事，純為杜撰，但是在此案例上應為可靠之引述。見法勞菈的翻譯，第二十七頁，注意下面的注釋。

他們變得更擅長把橋橫扛，但是沒什麼進步。

卡拉丁看著橋四隊跑過，動作笨拙，用側邊提著橋。還好橋的下方有許多手把，他們也找出了握的方法，只不過他們扛橋的角度沒有如他理想中那麼歪斜，這樣一來就會露出大家的雙腿。也許經過一輪飛箭後，他能訓練他們調整。

於是，他們扛橋的速度變慢，橋兵們擠成一團，只要被帕山迪人射殺一人，其他人都會被他絆倒，平衡也會被打破，橋掉下來是注定的事。

這得小心處理，卡拉丁心想。

西兒化成一團半透明的樹葉，跟在橋兵隊後飛舞。卡拉丁注意到她身後的身影：一名穿著制服的士兵，領著一群衣著襤褸的人走上前來，可憐兮兮地擠成一團。終於來了，卡拉丁心想。他就是在等新來的人。他朝大石猛力揮手。食角人點點頭，由他接手訓練。反正也快到休息時間。

卡拉丁跑著小步上了木材場邊緣的山坡，正好看到加茲攔下新到的一群人。

加茲開口：「眞是沒用的一群。我以爲上一批已經是廢物了，但是這一群……」

拉瑪瑞聳聳肩。「他們現在是你的人了，加茲。隨你怎麼分配。」他跟士兵離開，留下不幸的新人。有些穿著還可以的衣服，他們是剛被抓的罪犯，其他人的額頭上則有奴隸的烙印。看著他們，卡拉丁心中湧起一陣他得很努力才能壓下的感覺。他仍然站在陡坡的最上端。只要一不小心踏錯一步，就是落入絕望，萬劫不復。

「你們這些克姆林蟲，給我站成一排。」加茲對新兵喝斥，抽出他的鍾頭，揮舞一陣。他瞥了卡拉丁一眼，卻什麼都沒說。

那群人連忙站成一排。

加茲數了數，挑出最高的幾個。「你們五個，去橋六隊。記住這件事。要是你們忘了，我絕對會讓你們抽一頓鞭子。」他繼續挑。「你們六個，去橋十四隊。你們後面四個，去橋三隊。你、你還有你，橋一隊。橋二隊不需要……你們四個，橋七隊。」

全部的人都分配完了。

「加茲。」卡拉丁雙手抱胸。西兒落在他的肩膀上，小小的樹葉旋風變成女子身形。

加茲轉身。

「橋四隊只剩下三十個人。」

「橋六跟橋十四隊的人數更少。」

「他們各有二十九人，你剛剛又給了他們一群新人。橋一隊是三十七人，你又給他們加了三個。」

「你們上一次出勤幾乎沒有少人，而且……」

卡拉丁抓住想要離開的加茲，加茲一驚，舉高錘頭。

試試看啊！卡拉丁心想，與加茲四目對望。他幾乎希望橋兵士官長眞會動手。

加茲一咬牙。「好。一個人。」

「我挑。」卡拉丁說。

「隨便你。反正都是廢物。」

卡拉丁轉身看著一群新橋兵，他們按加茲分配的橋兵隊伍各自聚成一團。卡拉丁立刻看向那幾個高個子的人。以奴隸的標準看來，他們似乎營養不錯。其中兩個人看起來像是他們可以……

「嘿，大佬！嘿！我認爲你該挑我。」一個聲音從附近的小隊響起。

卡拉丁轉身。一名矮瘦的男子正朝他揮手。他只有一隻手臂。誰派他來當橋兵的？

他可以擋箭，卡拉丁心想。在上級的眼中，橋兵的目的只有這個。

那人有褐色的頭髮，深古銅色的皮膚，看起來比雅烈席人的皮膚要黑些。他的深灰色指甲像是水晶一樣，所以他是賀達熙人。大多數新來的人都是死氣沉沉的，但是這個人正在微笑，儘管他額頭上也有個奴隸的烙印。

那烙印已經很久了，卡拉丁心想。他之前如果不是碰到了有善心的主人，就是他自己還沒有被打敗。

這個人顯然不了解橋兵的命運。如果了解，任誰都笑不出來。

「你用得著我。我們賀達熙人是最優秀的戰士，公。」他最後一個字發得帶點「光」音，似乎是對卡拉丁的稱呼。「有一次啊，我跟，嗯，三個人在一起，他們喝醉了什麼的，但是我還是打敗他們了。」他說話速度很快，濃重的口音讓每個字都混在一起。

他絕對不會是好橋兵。也許可以扛著橋跑，但是沒辦法挪橋，腰部甚至看起來有點肥胖。哪個橋兵隊得到他，都會把他放在最前面，趕快讓飛箭了結他。

一個來自他過去的聲音似乎在他耳邊低語。爲了活命，你得想盡辦法。把缺點變成優點……提恩。

「好。我就要後面那個賀達熙人。」卡拉丁指著那人說道。

「什麼？」加茲問。

矮子大搖大擺地走向卡拉丁。「謝啦，大佬！你會慶幸你選了我。」

卡拉丁轉身，經過加茲身邊準備回去。上官長抓抓頭。「你逼我就是爲了挑那個殘廢的傢伙？」

卡拉丁繼續走，沒有回答加茲，反而轉向獨臂的賀達熙人。「你爲什麼要跟我來？你對於橋兵隊間的不同一無所知。」

「你只能挑一個人。意思是那個人是特別的，別人都不是，而且我的直覺說你是個好的。你的眼神不同，大佬。」男子頓了頓。「橋兵隊是什麼？」

卡拉丁發現自己被那個人輕鬆的態度勾起了微笑。「你等一下就會明白。你叫什麼名字？」

「洛奔。我有些表兄弟叫我獨一無二的洛奔，因爲他們沒有聽過別人叫這個名字。我到處問了，至少問了一百，甚至兩百人……絕對問了很多人，也沒有人聽過那個名字。」

卡拉丁被這連珠炮一般的話驚得只能眨眼。這個人不必停下來換氣嗎？

橋四隊正在休息，巨大的橋倒在一邊，提供了些許陰涼。五名受傷的人都加入他們一起聊天，就連雷頓都能起身了，顯然情況很好。他的腳被壓碎之後連走路都有困難。卡拉丁已經盡力而爲，但他永遠都會是一跛一跛的。

唯一沒有跟別人說話的是被戰爭驚嚇到極點的達畢。他跟在其他人身後，卻不說話。卡拉丁開始擔心他可能永遠無法從精神耗弱的狀態恢復。

被箭射中腿的圓臉歪牙男子叫霍伯，如今已經不再需要枴杖，他要不了多久就能出勤了，這是好事。橋四隊需要每個人。

「去營房。最後面有棉被、涼鞋和背心。」卡拉丁對洛奔說道。

「沒問題。」洛奔說，大搖大擺地離開，朝經過的幾個人揮揮手。

大石走到卡拉丁身邊，雙手抱胸。「新人？」

「對。」卡拉丁回答。

「加茲只會給我們這種人。早該想到，這種事。他從現在起，只會給我們最沒有用的橋兵。」大石嘆氣。

卡拉丁想要同意，但是遲疑了。西兒可能會發覺他在說謊，她會不高興。

「這個扛橋的新方法，不是很有用。我覺得……」

大石的話被響徹戰營的號角聲打斷，像是遠處的巨殼獸發出的嘯鳴，在石頭建築物間迴蕩。卡拉丁全身緊繃。他的人正在值勤。他緊張地等待，直到第三組號角響起。

「排隊！出發！」卡拉丁大喊。

卡拉丁的人不像另外正在值勤的十九小隊那樣茫然地亂走，而是很整齊地集結成隊伍。洛奔穿著背心衝出來，遲疑了，看著面前的四個小組，不知道該去哪裡。如果卡拉丁把他安排在前面，他會立刻被碎屍萬段，但讓他跑任何地方都會減緩他們的速度。

「洛奔！」卡拉丁大喊。

獨臂人敬禮。他眞以爲他在軍隊？

「你看到那個水桶沒有？去跟木匠的助手要水囊。他們說我們能借用。盡量裝滿水，然後到下面跟我們會合。」

「是的，大佬。」洛奔說道。

卡拉丁站到最前面大喊：「抬！扛！」

橋四隊開始行動。其他橋兵隊還在營房邊擠成一團，卡拉丁的隊伍已經衝到木材場邊。他們是最先奔下斜坡的小隊，甚至在軍隊還沒集結完成之前，就已經到了第一座常駐橋。卡拉丁命令他們把橋放下等著。

要不了多久，洛奔從山坡跑下，令人意外的是達畢跟霍伯也跟他在一起。霍伯跛腳，所以跑得不快，但是他們用帆布跟兩根木頭弄了個擔架出來，中間堆放著二十個水囊，一行人小跑步到橋兵隊邊。

「這是什麼？」卡拉丁說道。

「你說要我盡量扛啊，公。」洛奔說：「所以我們從木匠那裡弄了這個，他們拿這個來搬木塊，現在用不到，所以我們拿來裝水，現在我們人也來了。對不對，默默？」最後一句話是朝達畢說的，後者點點頭。

「默默？」卡拉丁問。

「意思是啞巴。因爲他不太說話啊。」洛奔聳聳肩回答。

「原來如此。做得好。橋四隊，整隊。軍隊來了。」

接下來的數小時跟一般的出勤沒太大不同。艱困的環境，扛著沉重的橋跨越台地。水很有幫助。軍隊偶爾在出勤時會爲橋兵提供水，但是根本不夠。能夠在跨越每塊台地之後喝口水，那簡直就像加了六個人一樣。

可是眞正的差別來自於練習。橋四隊的人再也不會每次放下橋之後，就精疲力竭地倒下，工作仍然辛苦，但身體已經有所準備。卡拉丁注意到其他橋兵隊的人不斷對橋四隊的人投以羨慕或驚訝的眼神，因爲他們還能說笑，而非倒地不起。像其他人那樣，一個禮拜頂多扛橋出勤一次是遠遠不夠的。每天多吃一餐加上額外訓練鍛鍊了他們的體魄，讓他們更擅長於工作。

這次的行軍很久，可以說是卡拉丁出勤以來最久的一次。他們往東前進了好幾個小時。這是個不好的跡象。當目標是比較近的平原時，他們經常都能比帕山迪人先到，可是這麼遠的時候，他們只是不想讓帕山迪人帶著寶心逃走，他們不可能比敵人先到。

這表示這次的進軍會相當困難。卡拉丁緊張地心想，我們還沒準備好要實地演練側抬。一行人終於來到一個巨大的平原，形狀怪異，他聽說過這裡，他們稱之爲「高塔」，雅烈席卡軍隊從來沒有在這裡贏過寶心。

他們在最後一個裂谷前把橋放下，站好位置，卡拉丁看著斥候躍過裂谷，心中一陣不祥。高塔的形狀前尖後圓，外觀不平整，東南角朝天空高高翹起，形成陡峭的山坡。薩迪雅司帶來了很多的軍力。這個平原極大，允許使用更多兵力。卡拉丁焦急地等著。也許他們運氣好，帕山迪人已經帶著寶心走了。這裡這麼遠，並非沒有可能。

斥候衝了回來。「敵軍在對岸！他們還沒打開蛹！」

卡拉丁輕聲呻吟。軍隊開始走過他的橋，橋四隊的眾人皆看著他，表情嚴肅。他們知道接下來會發生什麼事。有些人，也許很多人，都無法存活。

這次會很糟糕。之前他們還有多餘的人，當少了四五個人時，他們還是能繼續前進，但是這次他們只有三十個人。每少一人，他們的速度就會大幅度減慢，只要少四五個人，就會讓他們歪倒，甚至翻覆。只要這件事一發生，帕山迪人就會集中火力對付每個人。他以前看過這種事。當一隊橋兵開始歪倒，帕山迪人便會猛攻。

況且，每次只要有一隊橋兵的人數明顯較少，他們就會是帕山迪人攻擊的目標。這次出勤他們很容易就會死上十五二十個人。一定得想辦法。

只好上了。

「大家集合。」卡拉丁說道。

眾人皺著眉頭上前。

「我們要把橋橫扛。我站第一個，我來負責指揮方向，跟著我的方向跑。」卡拉丁輕聲說道。

泰夫開口：「卡拉丁，側扛很慢，這個想法是有趣，但是……」

卡拉丁問：「你信任我嗎，泰夫？」

「嗯，是吧。」他瞥向其他人。卡拉丁可以看得出來，許多人並不信任他，至少不完全信任他。

卡拉丁專注地說道：「這會成功的。我們要把橋當成盾牌來擋箭。我們得比其他橋兵隊跑得更快。側扛要跑過他們並不容易，但是我只能想到這個方法。如果不成功，我跑最前面，第一個倒下的會是我。如果我死了，立刻換成肩扛。我們都練習過這個動作。這麼一來，你們也就可以甩掉我了。」

橋兵陷入沉默。

「如果我們不想甩掉你呢？」長臉的那坦問道。

卡拉丁微笑。「那得跑快點，跟隨我的指揮。我在跑的時候會意外轉彎，所以你們要隨時準備改變方向。」

他回到橋邊。普通的士兵都已經過了，淺眸人，包括穿著繁複碎甲的薩迪雅司正騎馬過橋。卡拉丁和橋四隊跟在後面，然後把橋拖過裂谷。他們肩扛著橋來到軍隊前方，把橋放下，等待其他橋兵隊抵達。洛奔跟另外兩名扛水的人與加茲在一起。他們似乎不會因爲沒有出勤而惹上麻煩，也是件好事。

卡拉丁感覺到額頭上冒出汗珠，他勉強看得到站在裂谷另一邊的帕山迪軍隊，全身黑紅相間，握著短弓，箭瞄準自己這方。巨大的高塔斜坡在他們後面。

卡拉丁的心跳加速，期待靈在軍隊諸人的身邊冒出，但沒有出現在他的小隊身邊。不過值得讚許的是，他們也沒有懼靈。不是說他們不害怕，而是他們沒有別的橋兵隊那麼驚慌，所以懼靈都去了別人那邊。

托克思的聲音從過去傳來，你要在乎，戰鬥的關鍵不是缺乏感情，而是經過控制的感情。你要想贏，要在乎你守護的人。你必須有所在乎。

我在乎。他颶風的，也許我是笨蛋，但是我在乎，卡拉丁心裡想著。

「抬！」加茲的聲音響徹隊伍，重複拉瑪瑞的命令。

橋四隊動作很快地把橋以側躺的姿勢扛起。較矮的人排成一列，把橋舉在右邊，較高的則站在後面，從人的縫隙間撐著橋，或者幫忙穩住橋。拉瑪瑞瞪了他們一眼，卡拉丁頓時屏住呼吸。

加茲上前一步，朝拉瑪瑞說了幾句。淺眸人緩緩點頭，沒有說話。攻擊的號角聲響起。

橋四隊往前衝。

從他們身後，飛箭一波波地射向帕山迪人。卡拉丁咬緊牙關往前跑。他自己都得很費力才能不被石苞還有板岩芝絆倒。幸好，雖然他的小隊速度比平常慢，但他們的訓練跟耐力仍然讓他們比其他橋兵隊快。

卡拉丁在前方猛衝，橋四隊超前了其他橋隊。

這很重要，卡拉丁帶著他的小隊略略往右邊偏，彷彿他的小隊因爲把橋舉在右邊所以微微跑歪。帕山迪人跪下，開始齊聲唸誦。雅烈席卡的箭矢落在他們之間，讓有些人分神，但大多數人都舉起了弓。

準備……卡拉丁心想。他逼迫自己，突然感覺到一陣力量。他的腿不痠了，呼吸也不喘了。也許是因爲對戰爭的焦慮，也許是因爲痲木，但是意外湧上的精力讓他產生些微興奮感，彷彿有什麼在他體內騷動，跟血液融合在一起。

在那瞬間，他感覺整座橋都靠他一個人在拉著，像是帆拖著船。他往右轉，角度更斜，把整個小隊暴露在帕山迪人面前。

帕山迪人們繼續唸誦，不需要命令卻都知道什麼時候該引弓。他們把弓拉到顏色交雜的臉頰邊，瞄準了橋兵，一如他所預料，許多箭矢的目標，都是他的人。

快到了！

再幾下心跳……

現在！

帕山迪人放箭的瞬間，卡拉丁猛然往左偏，整座橋跟著他　起移動，如今是用以橋面衝向弓箭手的方式在奔跑。箭矢飛竄，擊上木頭，嵌入，有些箭射中他們腳下的地面，木橋迴蕩著撞擊聲。

卡拉丁聽到其他橋兵的絕望痛楚尖叫，有人倒下，有些人也許是第一次出勤。橋四隊中，沒有人驚喊，沒有人倒下。

卡拉丁再次轉向，領著橋朝另外一個方向跑去，橋兵們再次暴露在外，驚訝的帕山迪人引弓拉弦。他們向來是一波然後再一波地攻擊，這讓卡拉丁有了機會，因爲帕山迪人一放箭，他便轉身，讓巨大的橋變成盾牌。

箭矢又一次刺入木頭，其他的橋兵再次尖叫，卡拉丁之字形的前進方式再次保護了他的人。

再一次，卡拉丁心想。這次不容易。帕山迪人知道了他的舉措，他們會等著他轉回來再射。

他轉身。

沒人攻擊。

他很訝異地發現，帕山迪弓箭手已經把所有注意力都轉向其他橋兵隊，尋找更輕鬆的目標。

裂谷近了，雖然他是斜著前進，但卡拉丁仍然帶領著小隊來到安排好的位置。每道橋都必須緊密地排在一起，騎兵隊的衝鋒才會奏效。卡拉丁立刻下令放橋。有些帕山迪弓箭手將注意力轉向他們，但大多數都忙著攻擊其他橋兵隊。

後方的撞擊聲宣告一道橋倒地。卡拉丁跟他的手下用力一推，身後的雅烈席卡士兵對帕山迪人展開攻擊，不讓對方有空把橋推回來。卡拉丁一邊推著橋，一邊向後瞥了一眼。

下一道橋很近，是橋七隊，但是箭矢一陣又一陣地射向他們，人一排排地倒地。橋七隊在他的注視下歪倒，橋落在石頭上。橋二十七隊現在也開始歪斜了，另外兩道橋已經垮下。橋六隊勉強抵達裂谷，但是已經少了半數成員。其他的橋隊在哪裡？他沒空多看，連忙繼續推。

卡拉丁的人把橋咚的一聲推到底，卡拉丁下令撤退，衝到一旁等著騎兵衝鋒，但是沒有騎兵出現。卡拉丁滿頭大汗，轉過身去看。

又有五支橋兵隊把橋架了起來，但其他人仍然尚未抵達裂谷。他們也想把橋用平躺的方式來扛，好抵擋箭雨，模仿卡拉丁這一隊的行爲，但是許多人都跑得跌跌撞撞，有些人想用橋遮住身體，有些則是急著往前跑。

一片混亂。這些人根本沒有練習過側扛的方式。一個小隊正掙扎著想用新的方式扛橋，卻把橋弄掉了。另外兩支橋兵隊被繼續攻擊的帕山迪人殲滅。

重裝騎兵衝鋒，跨越架好的六道橋。平常每道橋上都可以同時容納兩名騎士並肩前進，每道橋可負載一百名騎士，因此總共有三排，每排有三十到四十人。但這得在所有的橋都排成一列時，才能有效地衝撞數百名帕山迪弓箭手。可是現下橋放置的位置太混亂。有些騎兵過了橋，卻被分散，因此無法突擊帕山迪人的陣線，免得被包圍。

步兵開始幫忙把六號橋推好。卡拉丁這才想到，我們應該去幫忙，幫助他們把其他的橋推過去。可是來不及了。雖然卡拉丁站在戰場附近，但他的人已按照演練，全數退到最近的岩石堆後躲避攻擊。他們選的岩石堆近到可以觀戰，卻不受飛箭攻擊。帕山迪人在第一波攻擊之後，向來都不會去理會橋兵，不過雅烈席卡軍隊都會多留下一些後衛，以免撤退路徑被帕山迪人截斷。

士兵們終於把六號橋推定位，另外兩個橋兵隊也抵達裂谷邊，但半數的橋都在半路倒地。軍隊得臨時重整，衝上前去支援騎兵，分成數路從搭好的橋上進攻。

泰夫從岩石堆後跑出來，抓住卡拉丁的手臂，把他拉到比較安全的位置。卡拉丁任由自己被拖走，但他依然看著戰場，逐漸明白一件可怕且嚴重的事情。

大石來到卡拉丁身邊，拍拍他肩膀。壯碩的食角人滿頭濕髮黏著頭皮，但他滿臉笑容。「是奇蹟！沒有半個人受傷！」

摩亞許來到他們身邊。「颶父的！我眞不敢相信！卡拉丁，你永遠改變橋兵的人生了！」

「不。我完全破壞了我們的攻擊。」卡拉丁輕聲說道。

「我……什麼？」

颶父的！卡拉丁心想。重裝騎兵的陣線被截斷，因爲他們需要排成一列，同時進攻。騎兵的攻擊力，一半來自於威嚇的效果。

可是如今帕山迪人可以閃避，因此換成從側邊攻擊騎兵，而步兵們也沒及時趕上協助。幾群騎兵完全被包圍了，士兵則圍繞在被架起的橋旁想要過橋，但是帕山迪人已經占領了橋的另外一端，正在逼退他們。橋上的矛兵不斷落入谷中，帕山迪人甚至推倒了一道橋，讓整個橋上的人都落入裂谷。雅烈席卡軍隊很快便決定採取守勢，專注於守住橋頭，協助騎兵撤軍。

卡拉丁看著他們，認眞地看著他們。他從未研究過進行這些攻擊時，整個軍隊採取的戰術跟需求。他只想到他自己小隊的需求。這是個愚蠢的錯誤，他不應該犯的錯誤。如果他仍然把自己當成士兵，他也不會犯這個錯誤。他恨薩迪雅司，他恨他們利用橋兵的方式，但他不應該忽略，不去考慮整個戰略的布局，便任意改變橋四隊的基本戰術。

*我讓弓箭手的注意力專注於其他橋兵的結果，就是讓我們太快抵達裂谷，而讓其他橋兵隊速度變慢，*卡拉丁心想。

而且因爲他們跑在前面，所以許多其他橋兵都看到他如何用橋當盾牌，這讓他們開始模仿橋四隊，因此每個橋兵隊開始以不同的速度前進，而雅烈席卡的弓兵便不知道該瞄準哪裡，好削弱帕山迪人的軍力以準備架橋。

颶父的！我剛剛讓薩迪雅司輸了這場戰役！

這件事絕對無法善終。將軍跟軍官們正忙著重新調整戰略，暫時忘記橋兵，但一旦整件事結束，他們便會來對付他。

說不定等不到戰爭結束。加茲跟拉瑪瑞，帶著一群後備矛兵正朝橋四隊走來。大石站到卡拉丁身邊，另一邊是緊張的泰夫，手中握著石頭。卡拉丁身後的橋兵開始交頭接耳。

「退下。」卡拉丁輕聲對大石跟泰夫說。

泰夫開口：「可是，卡拉丁，他們……」

「退下。召集橋兵。盡量讓他們安全地回到木材場。」不知道我們是否有人能逃脫這場災難。

大石跟泰夫沒有退開，因此卡拉丁往前踏了一步。戰爭仍然在高塔台地上持續不休。薩迪雅司一群人，以碎刃師爲首——他自己——領頭占了一小塊區域，毫不放棄地守著，兩邊的屍體堆積如山，可是光是這樣還不夠。

大石跟泰夫再次站到卡拉丁身邊，但他瞪著他們，強迫他們退後，然後他轉向加茲跟拉瑪瑞。他心想，我可以說加茲叫我這麼做，他建議我在攻擊時用側扛。

不行。沒有證人。這會變成他跟加茲兩人的對質，不會成功的，而且這意謂著加茲跟拉瑪瑞有了當場弄死卡拉丁的理由，不讓他有機會被上級問話。

卡拉丁得另想辦法。

「你知道你做了什麼嗎？」加茲走近，氣急敗壞地怒吼。

「我破壞了軍隊的戰略，讓整個攻擊陷入混亂，你是來懲罰我的，所以當上級來對你們咆哮時，你至少可以讓他們看到，你們已經快速地處理了有罪責的人。」卡拉丁回答。

加茲停下腳步，拉瑪瑞跟矛兵們跟他一起停下。橋兵長一臉訝異。

「我知道講這個沒什麼意義，但是我真的不知道會發生這種事。我只是想活下去。」卡拉丁嚴肅地回答。

「橋兵不應該活著。」拉瑪瑞簡扼地說道，朝兩名士兵揮揮手，指著卡拉丁。

「如果你們讓我活著，我答應我會告訴你們的長官這一切與你們無關。你們殺了我的話，反而看起來像是你們藏了祕密。」卡拉丁說道。

「藏了祕密？我們有什麼祕密？」加茲說著，望向高塔台地上的戰鬥。一枝亂箭射上不遠處的石頭，箭柄折斷。

「不一定。這看起來，很有可能一開始就是你們的主意。拉瑪瑞光明爵士，你們沒有阻止我。你們可以，但沒有這麼做，而且當你發現我在做什麼的時候，加茲跟你正在談話，所有士兵都看見了。如果我不能向問話的人保證你們對於今天發生的事情一無所知，你們的狀況看起來會非常、非常糟糕。」

拉瑪瑞的士兵望向長官。淺眸人狠狠地皺眉。「打他一頓，但別殺了他。」他轉身踏著大步回到雅烈席卡後備軍的戰線。

壯碩的矛兵來到卡拉丁身邊。他們是深眸人，但是對待他不會比帕山迪人更仁慈。卡拉丁閉上眼睛，做好心理準備。他不可能把他們打退，更不可能妄想這麼做了之後還能繼續留在橋四隊。

一根矛柄戳上他的肚子，讓他喘著大氣倒地。士兵們開始踢他。一隻穿著靴子的腳踢破了他的腰囊。他的錢球因爲太貴重，不能留在營房裡，因此被他隨身帶著，如今它們在岩石地面上四處滾落，不知爲何失去了颶光，毫無光彩，一片黯淡。

士兵們踢個不停。

世上四大城市與其結構分析，出自卡布嵐司皇家圖書館館藏之城市圖。

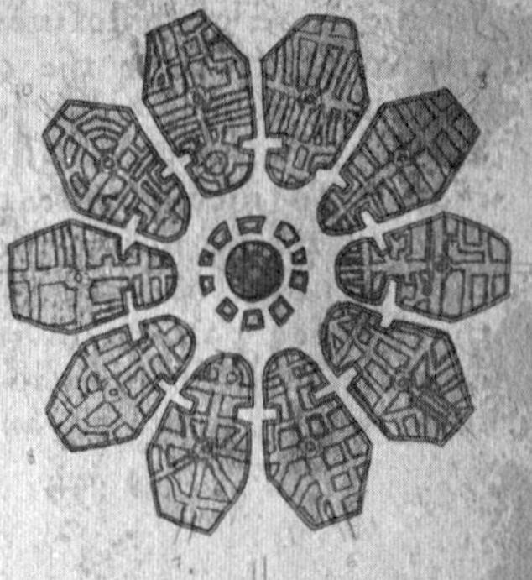

阿奇那 Akinah

需先移除阿奇那、賽勒那城、費德納以及科林納的現代街道和主要大道，之後將城區組合成大型圖樣，同時留下城市下方及周圍的天然岩石結構，即可看出下方的石地圖樣。

賽勒那城 Thaylen City

阿奇那的神聖十區分部在鳥瞰圖中更為明顯。賽勒那城市的線條則形成星形。維登的蜿蜒街道則成為箭頭與圓圈的組合。

費德納 Vedenar

以科林納而言，就連城牆都是依著俗稱風刃的岩石結構而建。城牆將岩石結構包裹在內，增加城市的防衛力。

科林納 Kholinar

因此我不得不想，這是否為奇特的巧合，但如果不是，那又有何含義？

——學者，卡伯薩

33 音流

「就在與我們打鬥的同時，牠們的身形仍然不停變換，有如影子，有如舞動的火焰，從無固定的形狀。永遠不要因爲初見的模樣而低估牠們。」

——此段文字抄錄自《第七晨之詩》遺本，寫於廢紙上，原爲石衛之燦軍塔拉汀所有，收錄者爲谷洛再世，此人被視爲可靠之消息來源。

有時候當紗藍走在帕拉尼奧裡面，看著紗室讀書區後包羅萬象的收藏，包括書本、文集、卷軸等等，她會被其美麗與宏偉吸引到忘記一切。

帕拉尼奧的形狀像是一座倒過來的金字塔，全部從岩石雕鑿而出，寬廣的走道沿著房間邊緣懸吊，以螺旋狀盤旋於四面牆上，微微下斜，像是一道直指羅沙中心的大樓梯。上下移動的木台則提供了更快速的下樓方式。

紗藍站在最上層的欄杆邊往下俯瞰，只能看到一半深的地方，再往下均不可見。這個地方似乎太大，太壯觀，不可能是人類所建。每一層平台怎麼能排列得如此完美？這些房間是用魂師創造的嗎？那要用掉多少寶石？

光線很黯淡，沒有普及每個角落的照明設備，只有小小的祖母綠燈，用來點亮走廊的位置。洞悉信壇的執徒們，每隔一段時間就會把每層樓的錢球換過一遍。這裡一定用上了數萬顆綠寶石，據說全數屬於卡布嵐司皇庫。帕拉尼奧的防守如此嚴密，把它們用在這裡最恰當不過，既被保護，又能點亮巨大的圖書館。

紗藍繼續前進。她的帕胥僕人提著裝了三顆藍寶石馬克的錢球燈籠，柔和的藍光照在走廊牆壁上，有些區塊被魂術變成水晶當成裝飾。欄杆是先由木頭雕刻而成，然後再變為大理石材質，她摸著欄杆時還可以摸得出原本的木頭紋路，但又有石頭冰冷光滑的手感，這個設計似乎是刻意要讓人的感官混淆。

她的帕胥僕人手中提著一小籃書，裡面全是著名自然學家的畫作。加絲娜開始允許紗藍從她的讀書時間中挪出一小部分，按照自己的喜好挑選一些研究主題，但每天只有一小時。她很訝異地發現，這個小時變得如此珍貴。最近她正埋首於麥雅茉的《西路旅程》。

世界眞是神奇。她渴望能學會更多事物，想要觀察世界上所有生物，在她的畫冊中記錄下一切的形貌，捕捉羅沙的種種樣貌來重新理解它。她讀過的書雖然精采，卻似乎都少了些什麼。每個作者要不是擅長文字，再不然就是擅長繪畫，鮮少兩者兼備。如果一名作者兩者都擅長，那她對科學的理解必有缺憾。

她們的理解中充滿漏洞。紗藍可以補上這些漏洞。

不行。我來這裡不是爲了這個目的，她邊走邊堅定地告訴自己。

她越來越難把注意力放在竊盜這件事上，但是加絲娜如紗藍所盼望的，開始讓紗藍當她的洗浴侍女。可能不久後她就會得到她需要的機會，但是她讀的書越多，越是渴望知識。

她帶著帕胥人來到其中一座平台，另外兩名帕胥人開始帶著她下降。紗藍看了看她那籃書。她可以趁著在平台上的時間讀讀書，也許把《西路旅程》中的那個段落讀完……

她轉頭不看籃子。專心點。在底下第五層，她走入連接移動平台與傾斜台階的小走道，走到盡頭後右轉，又繼續走了一段路。牆上有好多扇門。她找到目標，進入一間有許多高大書架的石頭屋子。「在這裡等著。」她對她的帕胥僕人說道，然後從籃子裡抽出她的畫冊，夾在腋下，拿過燈籠，急忙走入一堆一堆的書中。

一個人可以在帕拉尼奧消失好幾個小時，然後半個人影都不見。紗藍在爲加絲娜尋找罕見書籍時，鮮少碰到別人。雖然有執徒們跟僕人可以幫忙拿書，但加絲娜認爲訓練紗藍自己這麼做是重要的。顯然卡布嵐司的書籍整理系統，已經成爲羅沙上許多圖書館與館藏的標準。

在房間的最後面，她找到一張棍木製的小書桌。她將燈籠放到一邊，然後坐在椅子上，拿出她的畫冊。房間沉默、黑暗，燈籠的光芒照著右方的書架盡頭，還有左方的平滑牆壁。房間聞起來是古舊紙張與灰塵的味道，卻沒有濕氣。帕拉尼奧裡從來都不潮溼。也許乾燥的原因是來自每個房間盡頭都有的一桶桶白粉末。

她解開畫冊的皮革繫帶。最上面的頁面是空白的，接下來是她爲帕拉尼奧的人們畫的肖像。更多張臉充實了她的收藏。藏在中間的，是一系列更重要的畫作：加絲娜在進行魂術的繪畫。

公主鮮少用她的魂師，也許是因爲紗藍在的時候她不願意使用。但是紗藍注意到幾次，多半是加絲娜當時正想著其他事情，忘記房間中不只有她一個人的時候。

紗藍舉起一張圖。加絲娜坐在閱讀室，一手摸著一張皺成一團的紙張，手上魂師中的一顆寶石正發著光。紗藍舉起另一張圖，上面畫著幾秒鐘之後的事情。那張紙變成了一團火。不是燃燒，而是變成火焰，火舌吞吐，空氣中飄著一絲熱氣。上面寫了什麼，讓加絲娜這麼想要藏起？

另一張圖是加絲娜將她杯中的酒以魂術變成一塊水晶做爲紙鎮，杯子則壓著另外一疊紙。那次她們難得在集會所外面的陽台上用餐跟讀書。還有一張是有一次加絲娜寫作時墨水用完了，她便用燒烙的方式寫字。當紗藍看到她這麼做時，極爲訝異地發現，原來魂術可以用得這麼精細。

這具魂師似乎可以處理三個元素：霧、火星和露光霞。可是它應該可以創造出十種元素的任何一種，從微風到碎石。紗藍覺得最後一樣碎石最重要，因爲它包括了石頭與大地。她可以創造新的礦藏讓她的家族挖掘。這會成功的。魂師在賈・克維德中很罕見，而她家族的大理石、玉和蛋白石向來都能賣出極高的價錢。雖然魂師無法創造寶石——據說這是不可能的——但是可以創造出將近同等價值的礦藏。

一旦新的礦藏用盡，他們得開始做起別門生意，不過沒關係，那時候他們已經還完債務，也彌補了那些被違約的人。達伐家族將重新變得沒沒無名，但至少不會傾覆。

紗藍再次研究圖畫。雅烈席卡公主對於魂術的使用似乎很隨意，她擁有整個羅沙最重要的法器之一，她卻拿來變紙鎮？紗藍沒看到時，她還會拿魂師做什麼？加絲娜似乎越發少在她面前使用了。

紗藍摸了摸她袖子裡的密囊，拿出父親壞掉的魂師。它被切斷了兩處，一處是鏈子，一處是抓住一顆寶石的鑲台。她不止一次在燈光下檢視損傷的痕跡。鏈子中斷掉的金屬圈如今已經有了完美的替代品，座台也極爲仔細地重塑過。就算知道裂痕在哪裡，她也找不出任何缺陷，可惜的是，修補外在的破損並沒有讓它的功能恢復。

她掂了掂手中沉重的金屬鐵鍊飾品，然後戴在手上，鏈子繞過拇指、小指、中指。法器現在沒有任何寶石，她將破損的魂師跟圖畫中的魂師比了比。沒錯，長得一模一樣，原本她還爲此大感擔憂。

紗藍看著壞掉的魂師，感覺心跳加速。當加絲娜公主只是個遙遠陌生的名字時，偷她的東西似乎並無不妥，畢竟她是個異教徒，據說脾氣又很差，咄咄逼人，可是眞正的加絲娜呢？她是細心的學者，嚴肅卻公平，出乎意料地睿智且敏銳。沙藍眞的要偷取加絲娜的東西嗎？

她試圖讓心跳慢下來。她從小就是這樣，還記得小時候父母爭吵時她會哭得淚流滿面。她向來不擅長處理衝突。

可是她會這麼做。爲了南．巴拉特、太特．維勤、艾沙．傑舒。她的哥哥們都要靠她。她雙手按著大腿，不讓手發抖，努力平穩地吐納呼吸。幾分鐘後，她控制住緊張的情緒，把損壞的魂師取下，收回密囊，同時把紙張整理成一疊。這些圖畫對於發現該如何使用魂師可能大有幫助。這件事她該怎麼辦？她有辦法去問加絲娜該怎麼使用魂師卻不引起對方戒心嗎？

不遠處的書架後，光線閃動，讓她吃了一驚，連忙把筆記簿收起。原來只是一名年老的女性執徒。她身上穿著袍子，手中提著燈籠，腳步蹣跚地走著，身後是一名帕胥僕人。她沒有看紗藍，逕自轉向兩排書架之間，燈籠散發的光線從書本間的縫隙透出。她整個人隱藏在影子裡，只有從書本間的光線點亮她的身影，讓她看起來像是神將走在書堆中。

紗藍的心臟再次快速跳動，她將內手按在胸口。*我真是個糟糕透頂的小偷，*她心想，克制皺眉的衝動，把東西全部收起，身前舉著燈籠走在書堆間。每排書架的前面都雕刻著符號，代表書籍收入帕拉尼奧的日期，這是書籍整理的方式，最上一層則是巨大的書櫃，裡面都是目錄。

加絲娜要紗藍去取著名的政治理論經典《談話集》抄本，並且徹底讀過一遍。但是這個房間裡同時也收藏著《追憶影蹤》，也就是國王造訪時加絲娜正在讀的書。當天稍晚，紗藍曾經從目錄本中找過這本書的位置，現在應該已經放回去了。

紗藍好奇心突起，開始算起現在自己在書架的第幾排，找到之後往內走開始數書櫃的編號。在靠近中央下方的櫃子上，她找到一本薄薄的書，以紅色豬皮爲書皮。《追憶影蹤》。紗藍將燈籠放在地上，抽出書本，開始翻過書頁，覺得自己相當做賊心虛。

她一時間被書本的內容弄得莫名其妙。她沒想到這是本兒童故事書，裡面並沒有注釋，只有許多的故事。紗藍坐在地上，從第一個故事開始讀起。這個故事在說一個小孩晚上從家裡跑出來，結果被引虛者追，直到他躲在一座湖旁邊的山洞裡才暫時躲過一劫；然後他將木頭削成人形，放在水上漂浮，騙得怪物轉而攻擊，而且吃掉木人。

紗藍的時間不多。如果她在這裡待太久，加絲娜會起疑，但紗藍仍然快速地把整本書讀完。每個故事都差不多，全都是關於鬼魅或引虛者的鬼故事，唯一的注釋是在最後一頁，解釋作者是基於對深眸人民俗故事的好奇，之後花了幾年蒐集並記錄下來這本書。

《追憶影蹤》，紗藍心想。還是忘記比較好。

加絲娜就是在讀這本書？她以為《追憶影蹤》是某本深奧的哲學著作，探討一樁史上不為人知的謀殺。加絲娜是記實學家。她的工作是還原過去的眞相。從這些講來要嚇不聽話深眸小孩的故事，能找到什麼眞相？

紗藍把書本放回原處，快速離開。

❖

不久後，紗藍回到包廂，發現她根本無須如此匆忙。加絲娜已經離開了。可是卡伯薩卻在那裡。年輕的執徒坐在長桌邊，翻動紗藍的藝術書。紗藍在他發現她之前，便已看到他人在那裡，雖然心中充滿煩惱，卻仍然忍不住微笑。她雙手抱胸，臉上擺出懷疑的表情。「又來了？」她問道。

卡伯薩跳起身，猛然把書闔起。「紗藍。」他開口，光頭反射出帕胥人燈籠的藍光。「我是來找……」

「找加絲娜。每次都是一樣的話。可惜她的人從來不在。」

「不幸的意外啊。我眞不會挑時機，對不對？」他說道，一手按著額頭。

「在你腳邊的是一籃麵包？」

「是洞悉信壇送加絲娜光主的禮物。」

「我懷疑一籃麵包就能說服她放棄她的異端信念。不過如果有果醬的話，說不定還有可能。」紗藍說道。

執徒微笑，提起籃子，拿出一小瓶紅色辛莓果醬。

「當然，我跟你說過加絲娜不喜歡果醬，但你還是拿來了，因爲你知道果醬是我最喜歡的食物之一。然後過去這幾個月中，你這麼做了有……十幾次吧？」

「我的手法有點太顯而易見了，是吧？」

「有一點噢。」她微笑。「這跟我的靈魂有關吧？你是在爲我成了異教徒的學徒而擔心。」

「呃……對，恐怕是的。」

「我原本會覺得大受侮辱，但是你的確帶了果醬。」紗藍微笑，揮手讓帕胥人把書放下，去門口等著。破碎平原上眞的有在戰鬥的帕胥人嗎？實在很難相信。她甚至沒看過帕胥人大聲說話。他們似乎沒有聰明到能夠反抗。

當然，她讀過的報告，包括加絲娜要她研究加維拉王謀殺事件時讀的那些，全都表示帕山迪人跟帕胥人不同。他們比較壯，有從皮膚長出來的奇怪甲冑，而且經常說話。也許他們根本不是帕胥人，只是某個遠親，可以說是完全不同的種族。

她在桌前坐下，卡伯薩則拿出麵包，帕胥人等在門口。即使帕胥人不是能保護她名聲不至於受損的嬤嬤，但聊勝於無，況且卡伯薩是執徒，技術上來說，她根本不需要有他人在場。

那些麵包來自於賽勒那麵包店，它們的顏色爲咖啡色又蓬鬆柔軟。而且因爲他是執徒，所以無所謂果醬是女性食物的限制，他們可以一起共享。她看著他切麵包的動作。她父親僱用的執徒都是些上了年紀的男女，態度直接，眼神凌厲，對小孩沒有什麼耐性。她從來沒想到信壇會吸引卡伯薩這樣的年輕人。

過去幾週以來，她發現自己對他起了不該有的念頭。

「妳有沒有想過，妳號稱自己喜歡辛莓果醬，這意謂著妳是什麼樣的人？」他說道。

「我沒想到我對果醬的喜好有這麼大的關係。」

卡伯薩在麵包上抹了厚厚一層果醬，遞給她。「有人研究過。妳在帕拉尼奧中工作，一定看過一些很奇怪的書，所以對這件事妳應該也不意外——任何事情都曾經有人研究。」

「嗯……那辛莓果醬是？」

「根據《口味人格》，妳先別急著抗議，是眞的有這麼一本書，這就是書名。那本書說，喜歡辛莓的人行事憑直覺，衝動，同時喜歡……」一團紙敲上他的額頭，讓他說不下去。他眨了眨眼。

「抱歉，我一不小心就動手了。一定是因爲我憑直覺跟衝動行事。」紗藍說道。

他微笑。「妳不贊成這本書的結論？」

她聳聳肩。「我不知道。以前就有人說過，他們能根據我出生的那天、我第七個生日時塔恩之疤的位置，或是第十符文排列的數字結構來判定我的人格，但我覺得人沒有這麼單純。」

「人比第十符文的數字結構要複雜嗎？難怪女人這麼難懂。」卡伯薩說道，爲自己的麵包塗上一層果醬。

「很好笑。我的意思是，我們不僅僅是人格特徵的構成。我行事憑直覺嗎？有時候是。你可以說我追著加絲娜要當她的學徒就是如此。但在那之前的十七年，我做事完全不是憑著直覺。在許多情況下，如果受人鼓勵，我說話的方式是很直覺，但我的行爲鮮少如此。我們每個人有時候都會憑直覺做事，每個人也都有謹慎的時候。」

「所以妳的意思是，那本書是對的。它說妳憑直覺行事，然後妳確實偶爾會憑直覺行事，因此，書是對的。」

「按照你的論點，那本書說的都是對的。」

「百分之百正確！」

「好吧，也許不是百分之百。」紗藍說道，吞下另一口香甜鬆軟的麵包。「你應該也注意到了，加絲娜痛恨各式各樣的果醬。」

「啊，對。原來她還是果醬的異教徒。她的靈魂遠比我想像的更要危險。」卡伯薩咧嘴而笑，咬了一口麵包。

「確實如此。所以你那本書對於我，還有世界上一半喜歡太多糖分食物的人，做何評價呢？」

「恩，喜愛辛莓據說也表示喜愛戶外。」

「啊，戶外。我曾經去過那個傳說中的地方，好久以前了。我幾乎都要忘記了。告訴我，太陽還照耀在天空中嗎？還是那只是我夢中的記憶而已？」紗藍說道。

「妳不可能眞的這麼辛苦吧。」

「加絲娜極爲喜歡灰塵。我相信灰塵可以成爲她的食糧，像是芻螺啃石苞一樣。」紗藍說道。

「那妳呢，紗藍？妳的食糧是什麼？」

「炭。」

他一開始滿臉不解之色，直到瞥見她的筆記本。「啊，沒錯。我很訝異於妳的名聲跟畫作這麼快便傳遍了集會所。」

紗藍吃下最後一口麵包，在卡伯薩帶來的濕布上擦擦手。「被你這麼一說，我覺得自己好像是什麼病症一樣。不過我的顏色的確像疹子，是吧？」她一手梳理過頭髮，一面說道。

「胡說八道。光主，妳不應該這樣說。這太不尊重了。」他嚴肅地回答。

「不尊重自己？」

「不是。不尊重創造妳的全能之主。」

「祂也創造了克姆林蟲、疹子與疾病，所以被拿來跟疹子相互比較其實是種榮譽。」

「我不懂妳的邏輯，光主。因為一切都是祂創造的，所以比較並無意義。」

「就像你那本口味書的論點，是嗎？」

「有道理。」

「當個疾病其實也沒那麼壞。」她沉思地說道。「生病時反而會想起自己是活著，讓人為了自己所擁有的一切而奮鬥。當疾病結束後，平凡的健康生活會顯得美妙無比。」

「難道妳不想成為快樂的泉源？讓所有被妳感染的人都感到愉快與喜悅？」

「快樂會過去的，而且通常很短暫，所以我們花在享受的時間遠短於渴望它的時間。」她嘆口氣。

「你看看，現在的我覺得很沮喪，所以相較之下，繼續讀書對我而言會顯得很刺激。」

他朝書本皺眉。「我以為妳喜歡讀書。」

「我也以為是這樣。然後加絲娜・科林闖入我的生命，讓我明白就算是愉快的事情也會變得無趣。」

「原來如此。所以她是個很嚴酷的師傅嗎？」

「一點都不是。我只是喜歡誇飾而已。」紗藍說道。

「我不喜歡。這兩個字眞他混帳的難寫。」

「卡伯薩！」

「抱歉。」他說道，然後抬起頭。「抱歉。」

「我相信天花板一定會原諒你的，但如果你是想要得到全能之主的注意力，恐怕得燒個祈禱文才會有用。」

「反正我欠祂也不是一天兩天的事情了。妳剛剛說什麼？」卡伯薩問。

「加絲娜光主不是個嚴酷的師傅。她其實眞是名副其實的絕頂聰明，美麗又神祕。我能成爲她的學徒，眞的很幸運。」

卡伯薩點點頭。「大家都說她是最爲優秀的女子，只除了一件事。」

「你是說她是異教徒？」

他點點頭。

「其實這件事對我來說沒你想的那麼嚴重。除非有人刺激她，否則她鮮少提出她的信念。」她說道。

「所以她以此爲恥。」

「我認爲不是。她只是有同理心。」

他端詳著她的表情。

「你不用擔心我。加絲娜不會說服我放棄信壇。」紗藍說道。

卡伯薩向前傾身，表情越發凝重。他的年紀比她大，二十多歲，自信、沉穩而且認眞，幾乎可以算是她唯一不是在她父親的嚴格看管下，與之交談的同輩男子。

可是他也是執徒，所以當然，他們是不可能的。對吧？

卡伯薩溫柔地開口。「紗藍，妳難道不明白我們——我，為什麼會擔心嗎？加絲娜光主是一位強大且令人著迷的女子。我們認爲她的想法是很具有感染力的。」

「感染力？我以爲你說我才是『傳染病』。」

「我才沒有這樣說！」

「對，但是我假裝你說了，所以對我來說，是同一件事情。」

他皺眉。「紗藍光主，執徒們擔心妳。全能之主的孩子的靈魂是我們的責任。加絲娜過去曾引導那些她接觸的人走入歧途。」

「眞的嗎？別的學徒嗎？」紗藍問道，眞心感覺到好奇。

「我的立場不允許我談這件事。」

「那我們換去『廣場』。」

「光主，我是認眞的。我不會談這件事。」

「那你用『寫』的好了。」

「光主……」他說道，語調中帶著無奈。

「好好好。」她嘆口氣。「我可以向你保證，我的靈魂很好，完全不受感染。」

他往椅子靠去，再切了一塊麵包。她發現自己又在觀察他，卻對自己的愚蠢少女心情感覺生氣。她很快便要回到自己的家人身邊，他也只是因爲天職的關係所以來造訪她，但她眞的喜歡跟他相處。他是她在卡布嵐司唯一覺得可以交談的對象，而且他很英俊，簡單的衣服跟光頭只是強調了立體的五官。他跟許多年輕的執徒一樣，蓄著短鬚，剪得整整齊齊。他的聲音極有教養，而且飽讀詩書。

「好吧，如果妳對妳的靈魂這麼確定，那也許我能向妳推薦我們的信壇。」他轉向她說道。

「我已經有信壇了。純淨信壇。」

「可是純淨信壇不適合學者。它強調的光榮跟妳的研究或藝術毫無關係。」

「一個人不一定要屬於跟天職直接有關的信壇。」

「可是兩者相符時也很不錯。」

紗藍壓下無奈的皺眉。純淨信壇一如其名，專注於教導信徒如何模仿全能之主的誠實與光明。那個信壇的執徒不知道該怎麼處理她對藝術的深刻興趣。他們一直希望她能進行「純淨」的素描，例如神將的雕像和雙瞳眼的描繪等。

這個信壇當然是她父親為她挑的。

「我只是不知道妳的決定是否是基於充足的資訊，畢竟轉換信壇是被允許的。」卡伯薩說道。

「但是招募人不是不太合宜的行為嗎？執徒們不是不該為信徒人數而爭？」

「的確不太合宜。太令人鄙夷的習慣。」

「但你偶爾會這麼做？」

「我偶爾也會罵髒話。」

「我沒注意到。你是個很奇怪的執徒，卡伯薩。」

「其實我們沒有妳想的那麼悶。嗯，哈布桑弟兄可能不算。他大部分時間都在瞪著我們其他人。」他想了想。「我越想越覺得，說不定他真的是填充人。我不覺得我有看過他動……」

「我們離題了。你不是想說服我加入你的信壇？」

「沒錯。而且這件事沒妳想的那麼罕見。所有的信壇都會這麼做。我們大家缺乏道德的程度簡直是令彼此髮指。」他向前傾身，變得比較嚴肅。「我的信壇成員比較少，也不像別的信壇那麼有名，所以只要有渴求知識的人來到帕拉尼奧，我們都會自動自發地告知他們。」

「招募他們。」

「讓他們明白他們錯過了什麼。」他咬了一口麵包與果醬。「在純淨信壇，他們會教導妳全能之主的本質嗎？神聖晶體，十個切面代表著神將？」

「他們曾經提到。大多數時候，我們都在討論如何達成我的目標……變得純淨。我承認是挺無聊的，因爲我的藝術本身就沒什麼不純淨的機會。」

卡伯薩搖搖頭。「全能之主賜給每個人才能，而當我們挑選最適切的天職時，我們就是以最根本的方式在崇拜祂。信壇跟主持它的執徒們應該幫助成員去培養它，鼓勵妳設定與達成最優秀的目標。」他朝桌上的一疊書揮揮手。「妳的信壇應該幫助妳了解這些，紗藍。歷史、邏輯、科學和藝術。做個誠實的好人很重要，但我們應該努力培養每個人的天賦，而不是強迫他們適應我們覺得最適合的光榮跟天職。」

「你的論點挺有道理的。」

卡伯薩點點頭，一臉沉思。「所以加絲娜．科林這樣的女子會背棄這一切，妳覺得意外嗎？許多信壇鼓勵女子把困難的神學留給執徒們研習就好。如果加絲娜能明白我們信條的眞和美，那就好了。我原本是眞的希望能夠讓她明白我的意思。」他微笑，從麵包籃裡拿出一本厚書。

「我懷疑她會給你正面的回應。」

「也許吧。但如果能成爲最後說服她的人，那會是多偉大的事情啊！」他掂掂手中的書。

「卡伯薩弟兄，你這話聽起來幾乎像是你其實在追求名聲噢。」

他滿臉通紅，她這才發現剛才的話眞的讓他尷尬了。她瑟縮一下，一面咒罵自己的口無遮攔。

「是的，我這樣是在追求名聲。我不應該這麼渴望成爲能令她重回信仰懷抱的人。可是我眞的希望我能成功。如果她願意聽聽我的論證就好了。」

「論證？」

「我有證據能顯示全能之主的存在。」

「我想看。」她舉起手指，打斷他。「不是因爲我懷疑祂的存在，我只是好奇。」

他微笑。「我很樂於解釋，可是首先，妳要不要再來一片麵包？」

「我應該說不要，避免貪食，我的教師們都這麼教導我，但是我想說好。」

「因爲果醬？」

「當然。你那本果醬學的書是怎麼形容我來著？行事憑直覺衝動？我可以的。尤其，如果這麼做可以有果醬吃。」她接過麵包。

他爲她準備好，然後在布上擦擦手，打開書，翻著書頁，直到攤開一張圖。紗藍靠近他身邊好看得更清楚。那不是人，而是某種圖形。一個三角形，外圍有三翼，中間則高起。

「妳認得嗎？」卡伯薩問道。

看起來很眼熟。

「我覺得我應該認得。」

「這是科林納。雅烈席卡首都的俯瞰圖。妳看到這邊的山峰，還有這邊的山脈沒有？都是按照原有的岩石結構建成的。」他翻動書頁。「這是賈·克維德的首都費徳納。」這張圖是五角形。「阿奇那。」圓形。「賽勒那城。」四角星形。

「你想表達什麼？」

「這意謂著全能之主無所不在。妳可以從這些城市中看到祂的存在。妳看出來這些城市是多麼有規則嗎？」

「這些城市是人所建造的，卡伯薩。他們建造時特別講究對稱，因爲對稱是神聖的。」

「對，但是這幾個城市都是圍繞著已經存在的岩石結構而建。」

「這不代表什麼。雖然我眞的相信，但我不確定這就是證據。風跟水可以創造對稱，大自然中經常有這樣的例子。那些人挑選了差不多對稱的地方，然後設計城市來彌補任何其他的缺陷。」

他再次往他的籃子裡翻找一陣，最後居然拿出一個鐵盤來。她開口想要詢問，但他卻抬起手指，將盤子放在一個幾吋高的小木架上。

卡伯薩在金屬盤上撒了一層白沙直到完全覆蓋，然後拿出一根樂器的弓弦。

「你爲了要示範還眞是準備周全啊。你眞的想要說服加絲娜。」紗藍邊看邊說。

他微笑，然後將弓弦拉過金屬盤的邊緣，讓盤子顫動。沙粒上下跳躍，像是落在熱盤上的昆蟲。

「他們將這個稱之爲音流學。研究聲音與物體互動時形成的圖樣。」

他再次拉弓，盤子發出幾乎是音符的聲響，純淨到引來了一隻樂靈，在他頭上盤旋一陣後消失。卡伯薩停下動作，一翻手腕，展示他的傑作。

「這是……？」紗藍問道。

「科林納。」他舉起書來比對給她看。

紗藍偏過頭研究。沙子中的圖樣的確跟科林納一模一樣。

他在盤子上拋下更多沙粒，在另外一個位置拉弓，沙粒再次變換形狀。

「費德納。」他說道。

她再次比對，分毫不差。

「賽勒那城。」他在另外一個位置重複同樣的過程，接著小心翼翼地在盤子邊緣挑了另外一點，最後一次拉弦。「阿奇那。紗藍，全能之主存在的證據就在我們住的城市裡。妳看看這完美的對稱結構！」

她必須承認這些圖形的確很吸引人。「這可能是錯置的關係，兩者都是同一件事造成的。」

「是的，就是全能之主。」他重新坐下。「我們的語言都是對稱的，妳看看符文，每個符文都能被完美地折成對半，字母也是。任何文字按照線條摺疊，必定是對稱的。妳一定聽說過符文跟字母是出自於晨歌者的故事吧。」

「有。」

「就連我們的名字都是這樣。妳的名字幾乎是完美的，只差一個字母（注），是淺眸女子的理想名字。不會太神聖，恰到好處地貼近。十個銀色帝國的普通名字，如雅烈席拉（Alethela）、法哈佛（Valhav）和辛・卡・尼西（Shin Kak Nish）等。完美。對稱。」

他伸出手，握住她的手。「證據到處都是，就在妳我身邊。不要忘記了，紗藍，無論她說什麼。」

「我不會。」她回答，意識到他引導了整個對話的方向。他說他相信她，但仍然演示了種種證據，既令人感動又令人惱怒。她不喜歡自己說的話被人打折扣。可是執徒傳道天經地義，誰又能怪他？

卡伯薩突然抬起頭，放開她的手。「我聽到腳步聲。」他站起身，紗藍轉身，看到加絲娜走入包廂，身後跟著抱著一籃書的帕胥人。加絲娜看到執徒時，臉上毫無詫異的神色。

紗藍邊站起邊說道：「抱歉，加絲娜光主，他……」

注：Shallan總共是七個英文字母。

加絲娜打斷她的辯解。「孩子，妳不是囚犯。妳可以有訪客，只是要小心檢查，看看身上是不是多了齒痕。這種人有拖著獵物入海的習慣。」

卡伯薩臉色一紅，開始收拾東西。

加絲娜揮手要帕胥人把她的書放在桌上。「祭司，那個盤子能做出跟兀瑞席魯相同的音流圖嗎？還是你只能有標準四城的圖？」

卡伯薩看著她，顯然很驚訝她明確知道那個盤子是做什麼用的。他拾起書。「兀瑞席魯只是傳說。」

「那可奇怪了，我以爲你們這種人很習慣相信傳說的。」

他的臉變得更紅。把所有東西收拾好後，他短暫地朝紗藍點點頭，快速離開房間。

「光主，請恕我直言，您方才那樣眞是極爲無禮。」紗藍說道。

「我的無禮之症有時就會發作。我相信他聽說過我是什麼樣的人。我只是想保證他百聞不如一見。」加絲娜說道。

「您對帕拉尼奧中的其他執徒們不是這樣。」

「帕拉尼奧中的其他執徒們沒有打算挑撥離間我和我的學徒。」

「他沒有……」紗藍開口想解釋。「他只是擔心我的靈魂。」

「他要妳幫忙偷我的魂師了沒？」

紗藍感覺一陣驚慌，手直接摸上腰間的密囊。加絲娜知道嗎？不對，仔細聽清楚她的問題。「沒有。」

加絲娜攤開書本。「妳等著瞧好了，他早晚會開口的。我碰過他這種人。」

她看著紗藍，臉色變得柔和。

「他對妳沒有興趣，至少不是妳想的那樣，尤其跟妳的靈魂無關。這跟我有關。」

「您不覺得這樣說有點太自負嗎？」紗藍問。

加絲娜重新埋首於書籍。「孩子，如果我說錯了那才是自負。但我鮮少失誤。」

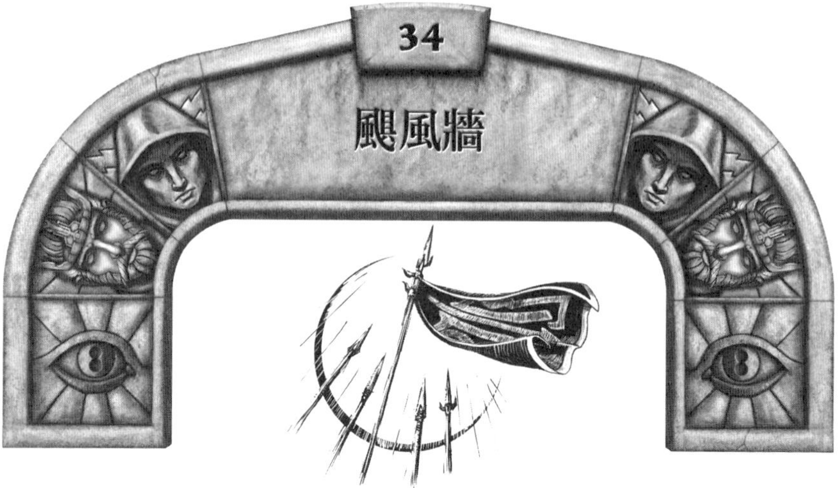

「我從阿邦馬巴走到兀瑞席魯。」

——這句話引述自《王道》第八寓言。似乎與法勞菈跟欣比安的意見相左，後兩者均聲稱該城無法步行抵達。也許另有道路，抑或許諾哈頓只是種隱喻而已。

橋兵不應該活著……

卡拉丁的神智一片模糊。他知道他全身都在痛，但除此之外，他還飄浮著，彷彿他的頭跟身體已經分了家，正在牆壁跟天花板間來回彈跳。

「卡拉丁！卡拉丁，拜託你，不要再受傷了。」一個擔心的聲音低聲說道。

橋兵不應該活著。這句話爲什麼讓他這麼在意？他記得發生的事情，利用橋當盾牌，打亂軍隊的布局，讓攻擊失敗。颶父啊，我眞是白癡！他心想。

「卡拉丁？」

是西兒的聲音。他冒險睜開眼睛，看見上下顚倒的世界，天空在他下方，熟悉的木材場在他頭上。

不對，是他自己顚倒，頭下腳上地吊在橋四隊營房邊。魂術搭建出的營房，最高處足足有十五呎高，屋頂稍稍歪斜。卡拉丁的腳踝被繩子捆住，而繩子則綁在斜屋頂上的鐵圈。他見過這件事發生在別的橋兵身上。有個人是在軍營中殺了人，另一個則是第五次被抓到竊盜。

他背靠著牆，面向東方，雙手在他身側自由下垂，幾乎可以碰到地面。他再次呻吟，全身都在痛。

他依照父親的訓練開始摸著身側，檢查是否有斷裂的肋骨。他摸到幾處較痛的地方，皺了皺眉頭，應該是裂了，說不定斷了。他再摸摸肩膀，恐怕鎖骨也斷了。一隻眼睛是腫的，至於他是否有遭受嚴重的內傷，則要靠時間來證明。

他揉揉臉，乾涸的血塊碎屑剝落，飄到地面。他額頭上有傷口，鼻子流血，嘴唇破裂。西兒落在他的胸口，雙腳站在他的腹部，雙手交握在身前。「卡拉丁？」

「我還活著。發生什麼事了？」他模糊不清地說道，腫脹的嘴唇讓發音模糊。

「你被那些士兵打了一頓。我幫你出了氣。他們其中一個人今天被我絆倒三次。」一臉憂心的她說道。她的身形似乎縮小了。

他發覺自己在微笑。一個人能這樣頭下腳上地吊多久？

西兒低聲開口：「有很多人在大喊。我想有幾個人被降級。那個士兵，拉瑪瑞，他……」

「怎麼了？」

「他被處決了。」西兒的聲音變得更低。「軍隊一回到戰營，薩迪雅司藩王便親自動手。他說什麼最終的責任必須落在淺眸人身上。拉瑪瑞一直鬼叫，說你答應要爲他開脫，而且應該要被懲罰的是加茲。」

卡拉丁懊惱地笑了。「他不應該把我打昏的。加茲呢？」

「他們沒動他。我不知道爲什麼。」

「責任與權利。這種慘事發生時，他們認爲淺眸人應該要負擔大部分的過失。如果對他們有利，他們喜歡展示自己會服從傳統的訓誡。我爲什麼還活著？」

「好像是要拿你示眾。」西兒說道，透明的雙手環抱自己。「卡拉丁，我覺得冷。」

「妳能感覺到溫度？」卡拉丁邊咳邊問。

「通常不行。可是現在可以。我不了解。我……我不喜歡。」

「不會有事的。」

「你不應該說謊。」

「西兒，有些時候是可以說謊的。」

「現在就是嗎？」

他眨眨眼，想要忽視自己的傷和頭顱內的壓力，想要讓神智恢復清明。全部失敗。「對。」他悄聲說道。

「我想我懂了。」

卡拉丁把頭往後一倒，靠著牆。「所以，他們要讓颶風來審判我。他們打算讓颶風殺了我。」

卡拉丁被吊在那裡，意謂著將會完全暴露於颶風，還有一切被風颳來的東西之中。如果夠小心，有充足的準備，的確有可能在戶外時仍能從颶風中存活，雖然過程很辛苦。卡拉丁有幾次就是這樣，躲在岩石間的縫隙裡縮成一團。可是吊在直接面對颶風面的牆邊？他會被切成碎片，被石頭擊碎。

「我一下就回來。」西兒說道，從胸口跳下，變成一塊石子，然後靠近地面時變成被風颳起的葉子，朝右邊飄走。木材場空無一人。卡拉丁可以聞到沁涼的空氣，大地準備迎接颶風。人們稱此刻爲「暫靜」，在颶風颳起前，風不再吹動，空氣冰寒，氣壓降低，濕氣攀升。

幾秒鐘後，大石的頭從牆後探出來，西兒在他的肩膀上。他小心翼翼地潛到卡拉丁身邊，泰夫緊張地跟在後面，最後一人是摩亞許。雖然他聲稱自己不信任卡拉丁，但臉上的關切之色幾乎跟另外兩人一樣深。

「小公子？你醒了？」摩亞許說道。

卡拉丁聲音沙啞地開口：「我是清醒的。大家都從戰場回來了？」

泰夫抓抓鬍子。「我們的人都好好的，但是這一仗我們輸了，簡直慘不忍睹，死了兩百多名橋兵，活下來的只夠扛十一道橋。」

兩百人。都是我的錯。我為了保護自己的人犧牲其他人。我太衝動了，卡拉丁心想。

橋兵不應該活著。這句話頗有深意，但是他沒機會去問拉瑪瑞了。可是那個人死有餘辜。如果卡拉丁可以選擇，所有淺眸人，包括國王在內，都該如此收場。

大石開口：「我們想要跟你說件事。所有人都想說。但是大多數人不肯出來。颶風要來了，而且……」

「沒關係。」卡拉丁低聲回答。

泰夫推推大石，要他接著說。

「是這樣。我們會記得你。橋四隊，我們不會回到以前那樣。也許我們都會死，但是我們會告訴新人。晚上有火堆、笑聲，還有活著。我們會讓這件事變成傳統。為了你。」大石跟泰夫知道團草的事。他們可以繼續賺錢來購買額外的東西。

「你是為了我們才這麼做。我們原本會死在戰場上。也許跟其他橋兵隊死的人一樣多。但現在，這麼一來，我們只失去了一個人。」摩亞許補上一句。

泰夫皺著眉頭：「我說他們做的事，根本是不對的。我們有說要把你放下來……」

「不行。你們只會得到同樣的懲罰而已。」卡拉丁說道。

另外三人交換眼神。他們顯然也是得到同樣的結論。

「關於我，薩迪雅司說了什麼？」卡拉丁問。

「他說他了解橋兵會想要拯救自己的性命，即使犧牲別人在所不惜。他說你是自私的懦夫，卻擺出一副這是意料中事的樣子。」泰夫回答。

「他說他讓颶父審判你。傑瑟瑞瑟，王之神將自有定論。他說如果你有資格活著，你自然會活下來……」他沒有說完。他跟其他人一樣，都知道人不可能在這樣的情況下活過颶風。

「我要你們三個幫我一個忙。」卡拉丁說道，閉上眼睛，不讓他因為說話而從嘴唇流下的鮮血沿著臉龐滴入眼睛。

「我們一定辦到，卡拉丁。」大石說道。

「我要你們回到營房，告訴那些人，颶風過去後，要他們出來。要他們看看被綁在這裡的我。告訴他們，我會睜開眼睛看他們，而他們會知道我活下來了。」

三名橋兵陷入沉默。

「當然好，卡拉丁。我們會這麼做。」泰夫說道。

「告訴他們，一切不會在這裡結束。告訴他們我選擇不自殺，所以我即使下沉淪地獄也不可能把性命送給薩迪雅司。」卡拉丁繼續說道，語氣更為堅定。

大石露出他的招牌燦爛笑容。「兀理特卡那奇啊，卡拉丁，我幾乎相信你會辦得到。」

「拿去，祝你好運。」泰夫遞給他一樣東西。

卡拉丁以虛弱、滿是鮮血的手接過。那是一枚錢球，整整一天馬克，黯淡無光，颶光完全耗盡。自古相傳，帶著錢球進入颶風，至少可以擁有照明的光。

「你的那袋錢球我們只拿得回這一點。其他被加茲跟拉瑪瑞拿走了。我們提出抗議，但又有什麼用？」泰夫說。

「謝謝你。」卡拉丁說道。

摩亞許跟大石回到安全的營房裡，西兒離開大石的肩膀，留在卡拉丁身邊。泰夫也逗留了一陣，似乎想要跟卡拉丁一起度過風暴，但最後仍然搖搖頭，喃喃自語地回去找其他人。卡拉丁似乎聽到他在罵自己是懦夫。

營房的門關起。卡拉丁摸著光滑的玻璃錢球。天色開始變黑，不僅僅是因爲太陽即將落下。黑雲逼近。颶風來了。

西兒走上牆壁，坐下，看著他，小臉嚴肅。「你告訴他們你會活下來。如果你沒活下來呢？」

卡拉丁的頭隨著每次心跳都在陣痛。「如果被我母親發現，其他士兵居然一下子就教會我賭博，她會心痛的。我才進阿瑪朗的軍隊一晚，他們就叫我賭錢球。」

「卡拉丁？」西兒說道。

「抱歉。妳剛剛說的話讓我想到那一晚。賭博時有一個名詞，叫作『全下』，意思是把所有錢都壓在一注上。」卡拉丁搖頭晃腦地說道。

「我不懂。」

「我全下在一個機率很小的贏面上。如果我死了，那他們出來會搖搖頭，告訴自己他們早知道會發生這件事。可是如果我活了，他們會記得這件事，而這會讓他們產生希望，甚至覺得是奇蹟。」卡拉丁低聲說道。

西兒沉默片刻。「你想成爲奇蹟嗎？」

「不。可是爲了他們，我會成爲奇蹟。」卡拉丁低聲說道。

這是個絕望、愚蠢的希望。東方的天空倒掛在他的視線裡，颶風就像是巨大的怪物投射下的陰影，一步一步緩緩地走上前來。他感覺到頭遭受過大撞擊時的極端暈眩。腦震盪。對，這叫腦震盪。他開始無法思考，但也不想昏厥。雖然他害怕得不得了，但他想要直視著颶風。此時就像他當初看著黑暗的裂谷時，同樣的驚懼。當時他差點自殺了。他害怕的是他不可見、不可知的事物。

颶風牆逼近，雨與風的簾幕是颶風的先驅。巨大的一波水、土和岩石，凝聚了數百呎高，成千上萬的風靈在它之前穿梭。

在戰場上，他能靠著矛爭取到安全之地。當他踏上裂谷的邊緣時，他還有撤退的機會。這次，什麼都沒有。他無法抗拒，也無法躲避這黑色的怪物，影子橫越整個天際，讓世界提早陷入黑夜。戰營所處盆地的東面邊緣已經被風蝕殆盡，橋四隊的營房是第一間。

他跟平原之間，什麼都沒有。他跟颶風間，什麼都沒有。

他望著那一面被風推動、沸騰、咆哮、翻滾的水與碎土，感覺好像看著世界末日降臨到他身上。

他深吸一口氣，忘卻肋骨間的疼痛，看著颶風瞬間跨越木材場，猛然衝撞上他。

35

某些人的可見之光

「雖然很多人希望兀瑞席魯被建於雅烈席拉，但顯然是不可能的，因此我們要求兀瑞席魯被安置於西方，最靠近榮譽的位置。」

——此文也許爲現存最古老、直接提及兀瑞席魯的文本，同時被《法維布拉》引述，見第一千八百零四行。我願意付出一切來知曉該如何翻譯晨頌。

颶風牆的衝撞幾乎讓他暈厥過去，但是突來的徹骨冰寒讓他猛然清醒。

有一瞬間，卡拉丁除了冰冷之外，什麼都感覺不到。他被持續不斷的雨水逼打、貼上牆壁。岩石跟樹枝撞擊在身邊的岩石上，他已經麻痺到分不出來有多少根樹枝劃過他的皮膚，多少塊岩石打上他的身體。

他半失神地忍耐著，眼睛緊閉，屏住呼吸，然後颶風牆過了，繼續往前進。接下來的一陣風來自於側邊，如今空氣從四面八方湧入，盤旋。風把他吹到側邊，背部摩擦著岩石，然後吹上空中。此時風向趨於穩定，再次朝東方吹。卡拉丁懸掛在黑暗中，腿被繩子扯著。他驚慌地發現，如今他像只風箏一樣飛舞在空中，唯一的綁縛就是營房屋頂上的鐵環。

如今只有繩子能讓他不被吹走，不會跟其他垃圾一起在颶風中翻飛滾動，直到橫越整個羅沙。在那幾下心跳的時間中，他無法思考，只能感覺到驚慌跟冰涼，前者要從他的胸口湧出，後者試圖將他從皮膚開始往內凍僵。他尖叫，緊握著唯一的錢球，彷彿那是他的命符。他不該尖叫，因爲冷氣隨著大張的嘴巴侵入了身體，像是有鬼魅把手臂伸入他的喉嚨。

風像是漩渦，混亂地朝不同的方向捲動。被風拉扯一陣後，他重重落在屋頂上，但可怕的風幾乎又立刻將他抬起，以一波又一波冰冷的雨水擊打著他的皮膚。雷聲咆哮，是吞沒他的怪物心跳。閃電像夜晚的白牙一般劃過黑夜。風聲嚎叫呻吟，幾乎要淹沒雷聲。

「抓住屋頂，卡拉丁！」

西兒的聲音。好輕，好小。他怎麼聽得到？

他茫然地發現自己面朝下地趴在斜屋頂上，不過沒有陡峭到讓他立刻滑下去，尤其一般來說風都是把他往後吹。他照西兒的吩咐，冰冷濕滑的手指握住屋簷，然後盡量趴下，臉埋在手臂間，掌心仍牢牢握著錢球，緊貼著石頭屋頂。他的手開始滑開了。風吹得很強勁，試圖把他推向西方。如果他放手，他又會飄蕩在空中。他的繩子沒有長到足夠讓他躲到淺斜屋頂的另一方，那裡才有遮蔽。

一塊巨石落在他身旁。在颶風的黑暗中，他聽不到聲響，也看不到，但是他可以感覺整棟建築物都在顫抖。巨石向前一滾，落到地上。颶風本身沒有這麼大的力量，但偶爾颳過的一陣風，確實可以抓起並投擲重物，把它拋到數百呎外的地方。

他的手指漸漸鬆弛。

「鐵環。」西兒低語。

鐵環。綁著他雙腿的繩子，另一端綁在他身後屋頂右側的鐵環上。卡拉丁放手，趁著被風往後吹的同時抓住鐵環，緊緊拉著。繩子仍然綁在他的腳踝上。他曾經考慮是否要解開繩子，但是他同時不敢放開鐵環，只能吊在那裡，像是旗幟似的在風中飛舞。他雙手抓住鐵環，掌心間捧著錢球，緊貼在金屬邊。

每一刻都是掙扎。風把他扯向左邊，然後把他拋往右邊。不知道持續了多久，在這混亂的憤怒中，時間沒有意義。他麻木呆滯的腦子開始覺得這是場噩夢。一個他腦中的可怕夢境，充滿黑暗和活生生的風。空氣中滿是尖嘯，明亮雪白，閃電劃過，揭露一個可怕、扭曲的世界，一片混亂可怖，就連建築物似乎都被吹歪，世界也在歪斜，被颶風的可怕力量扭曲。

偶爾碰上明亮的雷電劃破天際，他又膽敢抬頭的時刻，他覺得看到西兒站在他面前，臉朝著風，小小的手往前伸，彷彿她試圖要阻擋颶風，像是石頭切割激流一般把颶風分成幾路。

冰冷的雨水讓擦傷跟瘀傷麻痺，卻也讓他的手指麻木。他感覺不到自己開始滑動的手指。下一瞬間，他又飛在空中，被拋向一旁，重重地撞上營房屋頂。

他撞得很重，視線中滿是閃亮的光點，結合爲一後，化爲黑暗。

不是喪失意識。是黑暗。

卡拉丁眨眨眼。一片寂靜。颶風安靜下來，所有的一切是純然的黑。他立刻想到的是*我死了*，但他怎麼會感覺到身體下的濕冷石頭屋頂？他甩甩頭，雨水沿著臉龐滴下。沒有閃電，沒有風，沒有雨。安靜得不自然。

他跌跌撞撞地在微斜的屋頂上站起，腳趾下的石頭濕滑。他感覺不到自己身上的傷，痛楚就像消失了一般。

他開口想朝黑暗呼喊，卻遲疑了。這個沉默不可以被打破。空氣似乎都變得更輕，他也一樣，覺得就像能飄走一般。

在黑暗中，巨大的臉出現在他面前。一張黑暗的臉，在黑暗中卻又帶著些微的輪廓，整張臉很寬，一個巨大的黑雲大小，往左右兩邊延伸，卡拉丁卻仍能看見全貌。不是人的臉。正在微笑。

卡拉丁感到一陣徹骨的寒意，冰塊般的刺痛沿著背脊竄下，蔓延過全身。他手中的錢球突然綻放出光芒，散發出寶石的藍光，照亮了他腳下的石頭屋頂，讓他的拳頭籠罩於藍色火焰之中。他的襯衫已經破爛不堪，皮膚上都是傷口，他震驚地低頭看看自己，然後抬頭看那張臉。

不見了。只剩黑暗。

閃電一閃，卡拉丁的疼痛重新出現，他驚喘一聲，在雨水跟強風前跪倒，進而下滑，臉撞上屋頂。

剛剛那是什麼？幻覺？妄想？他的體力逐漸消失，意識再次開始模糊。風已經沒有那麼強，但雨水仍然如此冰冷。他全身無力、神智不清，痛得幾乎要無法思考。舉起手，他看著錢球，正在發光，上面沾滿了他的血，正在發光。

他好痛，力氣即將消失。他閉上眼睛，感覺自己被第二波黑暗包圍。失去意識的黑暗。

❖

颶風停息時，第一個衝到門口的是大石。泰夫緩緩地跟在他身後，呻吟。他的膝蓋發疼。颶風來臨時他的膝蓋都會痛，他的爺爺年老時經常抱怨這件事，泰夫總說爺爺腦子昏了，現在卻輪到他。

死颶風的，他心想，疲累地來到門外。當然，雨仍然下著，這是在颶風過後的細雨。幾隻雨靈坐在水窪中，像是藍色的蠟燭，幾隻風靈在颶風過後的風中飛舞。雨水冰冷，他踏過浸濕涼鞋的水窪，皮膚肌肉都冷得透徹。他最討厭淋濕，不過他討厭的事情也不少。

有那麼一段時間，人生似乎變得更好。但現在卻又沒了。

*怎麼會這麼快一切就垮了？*他心想，抱著自己，看著自己的腳，緩緩地走著。有些士兵離開了軍營，站在附近，穿著雨衣看著他們。也許是要確保沒有人提早把卡拉丁放了，但是他們沒有阻止大石。

颶風過了。

大石跑著繞到建築物的另一邊。其他橋兵跟在泰夫身後，跟著大石。該死的食角人，就像個笨重的芻螺一樣。他居然眞的相信了。他以爲那個愚蠢的年輕橋隊長還有可能活著。也許他想他們會發現他正在喝杯茶，跟颶父一起在樹蔭下休息。

*你不信嗎？*泰夫問著自己，仍然低著頭。*你不信的話，爲什麼還跟來？但是如果你相信，你就會抬頭看。你不會盯著自己的腳。你會抬頭。*

一個人能同時信又不信嗎？泰夫停在大石身邊，做好心理準備，抬頭看著營房的牆邊。

他眼前的景象一如他的預期，也是他的擔憂。卡拉丁的屍體看起來像是一塊被切割的肉，扒了皮而且放了血。那還是人嗎？卡拉丁的皮膚有數百處的割傷，血水混著雨水沿著建築物邊流下，身體依然以腳踝吊掛著。他的襯衫被扯掉，橋兵長褲破爛。諷刺的是，他的臉在被雨水沖刷後，反而比先前還乾淨。

泰夫在戰場上看過夠多的死人，知道眼前的景象意謂著什麼。可憐的小子，他心想，搖著頭，看著橋兵隊其餘的人都聚集在他跟大石身邊，安靜、震驚。*你幾乎讓我要信你了。*

卡拉丁的眼睛猛然睜開。

聚集的橋兵驚呼出聲，有些人甚至咒罵兩句後跌倒在地，在雨水中掙扎著起不了身。卡拉丁費力地吸口氣，聲音嘶啞，眼睛直視前方，目光極爲凌厲，卻又似乎盲不見物。他吐出一口氣，染著鮮血的唾沫流下嘴唇，垂掛在身體下的手掌張開。

有東西落在石頭上。泰夫給他的錢球滾到水窪中停下，黯淡無光，沒有半點颶光。

以克雷克之名啊！泰夫心想，跪在地上。只要把錢球放在颶風中它就會汲取颶光，所以被握在卡拉丁掌心的這枚，應該已經完全吸飽了颶光。但怎麼會是這樣？

「屋瑪拉凱奇！卡馬默活瑞，那瑪佛……」大石指著卡拉丁吼叫，然後停下，發現自己說錯語言。「誰快幫我把他放下！還活著！我們需要梯子跟刀子！快！」

橋兵們四散去找這些東西，士兵們上前來交頭接耳，卻沒有阻止橋兵。薩迪雅司親口宣告，讓颶父來選擇卡拉丁的命運。每個人都知道那必死無疑。

只是……泰夫站起身，握著黯淡的錢球。在颶風過後空的錢球。應該死去卻還活著的人。兩個不可能的事情，他心想。

兩者加在一起，意謂著的應該是更不可能的事情。

「梯子在哪裡！你們這些死傢伙，快點！快點！我們得包紮他！誰去拿他每次都用在傷口上的軟膏來！」泰夫發現自己大吼著。

他瞥向卡拉丁，低聲說道：「小子，你最好給我活著，因爲我要聽你的答案。」

（王者之路．下冊待續）

❖颶光祕典（ARS ARCANUM）

十大元素與其歷史淵源

順序	寶石	元素	對應身體表現	魂術特性	主／從神聖能力
① 傑思（Jes）	藍寶石	微風	吸氣	半透明氣體或空氣	保護／統領
② 南（Nan）	煙石	煙霧	吐氣	不透明氣體，煙、霧	正直／自信
③ 查克（Chach）	紅寶石	火花	靈魂	火	勇敢／服從
④ 維夫（Vev）	鑽石	光	眼睛	石英，玻璃，水晶	慈愛／治療
⑤ 帕拉（Palah）	祖母綠	纖維	毛髮	木材，植物，苔蘚	學識淵博／慷慨
⑥ 沙須（Shash）	石榴石	血	血	血及所有非油類液體	富有創造力／誠實
⑦ 貝塔（Betab）	錇石	脂（動物）	油脂	各種油類	睿智／謹慎
⑧ 卡克（Kak）	紫水晶	箔	指甲	金屬	堅定／實踐能力
⑨ 塔那（Tanat）	黃寶石	踝骨	骨頭	大小石塊	可靠／靈活
⑩ 艾兮（Ishi）	金綠柱石	筋肉	皮肉	各類皮肉	虔誠／指引

以上列表僅列出與十元素相對應的傳統弗林教符號。全部加總在一起時則形成全能之主的雙瞳眼，兩只瞳孔的眼睛代表創造出的植物與動物，這同時也是經常與燦軍畫上等號的沙漏符號之由來。

古代學者同時會將燦軍的十團同時列在這張表上，旁邊附注神將身分，每名神將傳統上均與特定數字及元素有關。

我不確定束虛術的十階與其近親上古魔法要如何被囊括入這張表的範圍，也許這是不可能的。我的研究顯示，除了束虛術外，應該還有更神祕的力量。也許上古魔法可以因此被囊括於該系統中，但我開始懷疑上古魔法另成一格。

論法器製造

目前已知有五大類型的法器。法器製作的方式是法器製作組織的不傳之祕，但目前看起來似乎都是來自於科學家的努力研究成果，而非過去燦軍使用的神奇封波術。

改變型法器（ALTERING FABRIALS）

增幅（Augmenters）：這些法器的用途爲增強，可以用來引發熱、痛楚，甚至是一陣徐風，如同所有法器，力量來源均爲颶光。最適合的對象似乎是力量、情緒、感官。

來自賈・克維德，俗稱的半碎具便是以這類法器綁在金屬片上，以增強其硬度。我看過這類法器搭配許多種不同的寶石，因此我推斷十種極石中的任何一種都適合。

減幅（Diminishers）：這些法器的作用正好與增幅法器相反，通常受到的限制也很類似。爲我揭祕的法器師們相信，以現今的能力，足以製造超過世上法器成品的新法器，尤其在增幅或減幅方面的效果均會更大。

配對型法器（PAIRING FABRIALS）

結合（Conjoiners）：透過在紅寶石中灌注颶光，使用無人願意告訴我的方法（雖然我有自己的猜測），可以創造出配成一對的寶石。這個過程需要將原本的寶石一分爲二。兩半寶石則能隔著一段距離，仍然感受到原本另一半的引力。在製造法器的過程中，似乎使用某種方法，可影響兩半寶石之間能隔多遠的距離，仍然維持配對的功效。

力量的儲存是固定的。舉例而言，若有一邊綁在一塊很重的石頭上，那麼要舉起同對中另一個法器，就需要用到足以舉起石頭的力氣。在創造法器的過程中，似乎有某種程序會影響這對法器的有效距離範圍。

倒轉（Reversers）：使用紫水晶而非紅寶石也能創造出兩半相連的寶石，但是這種法器的功能是創造相斥的力量，舉例而言，舉高一半，另外一半便要承受壓力往下陷。

這種法器剛剛才被發現，已經有很多實際應用的可能性。這類法器似乎有些出人意料的限制，但是我無法得知是何種限制。

示警型法器（WARNING FABRIALS）

這一組法器中只有一種，俗名稱爲示警器（Alerter）。一台示警器只能警示附近的單一物件、情緒、感官，或是現象。這些法器利用金綠柱石爲力量來源。我不知道這是唯一有效的寶石類型還是另有他因。

在此類法器中，灌注的颶光量與示警範疇有關，因此使用的寶石大小非常重要。

逐風術與捆縛術（WINDRUNNING AND LASHINGS）

關於白衣殺手之奇特能力的報告，讓我找到一些大多數人無從得知的資料。逐風師是燦軍的一團，他們主要使用捆縛術中的主要兩種。這種封波術的效果在該燦軍軍團內被稱爲「三重捆術」（Three Lashing）。

◆基本捆術（Basic Lashing）：改變引力方向

此類捆縛術應該是所有類型中最常使用，卻並非最容易使用的能力（最容易使用的捆縛術爲接下來將討論的全面捆術）。基本捆術是逆轉生命體或物體與星球的靈魂引力方向，暫時將該生命體或物體與不同的物件或方向連結。

這種改變造成引力的改變，因此會造成星球能量的變化。基本捆術可讓逐風師在牆壁上奔跑，讓物件或人飛入空中等類似效果。進階使用則能讓逐風師靠著將部分體積往上方捆縛，以減輕自己的體重（數學算式爲將四分之一體積往上捆縛，可減輕一半體重，將一半體積往上捆縛可達成無重狀態）。

多重基本捆術可將物體或人體以雙倍、三倍或其他倍數之體重往下拉。

◆全面捆術（Full Lashing）：將物體捆在一起

全面捆術看起來跟基本捆術很相似，但是運作原理完全不同。前者與引力有關，後者則以黏性力道（燦軍稱之爲『封波術』）有關，能將兩件物體捆成一件。我相信封波與大氣壓力有關。

要使用全面捆術，首先逐風師須對物體灌注颶光，然後將另一件物體貼上，兩件物體將以極大的連結捆綁在一起，幾乎不可能斬斷。大多數材質會在連結被破壞之前，自身已經崩壞。

◆反向捆術（Reverse Lashing）：讓物體增加引力

我相信這屬於基本捆術的特殊變異。此類捆縛術在三者中需要的颶光量最少。逐風師只要在物體內灌注颶風，以意識施予指令，即能在該物體中創造出可吸引其他物件的引力。

此捆縛術的關鍵是在物體周圍創造出一個圈圈，模仿與地面的靈魂連結，因此這項捆縛術很難影響碰觸到地面的物體，此時物體與星球的連結爲最強。墜落或飛翔中的物體最容易受到影響。其他物件也可以被操控，但是需要的颶光跟技巧則要高上許多。

中英名詞對照表

A

Abamabar 阿邦馬巴
Abri 阿布里
Abry 奧布雷
Acis 艾其思
Adis 亞地司
Adolin 雅多林
Adonalsium 雅多納西
Agil 阿吉
Aharietiam 阿哈利艾提安
Aimia 艾米亞王國
Aimian 艾米亞人
Airsick 空氣病
Akak 阿卡克
Akak Reshi 阿卡克·雷熙
Akinah 阿奇那
Aladar 艾拉達
alaii'iku 阿賴依庫
Alakavish 阿拉卡維希
Alami 雅拉米
Alaxia 亞拉席雅
Alazansi 亞萊詹
Alds 愛德
Alerter 示警器
Alespren 酒靈
Alethela 雅烈席拉王國
Alethi 雅烈席人
Alethkar 雅烈席卡王國
Alezary 亞列薩里
alil'tiki'i 阿利提其艾
Alim 阿林
Allahn 亞藍
Almighty 全能之主
Altering Fabrials 改變型法器
Amaram 阿瑪朗
Amark 阿馬克
Ambrian 亞布麗安
Anticipationspren 期待靈
Aona 艾歐娜
Arafik 阿拉非克
Arak 阿拉克
Ardents 執徒
Arik 阿瑞
Artifabrian 法器師
Artmym 阿特邁
Asha Jushu 艾沙·傑舒
Ashelem 艾什藍
Ashir 亞希爾
Ashlv 艾徐蘿
Ashno of Sages 智者亞須諾
Askarki 阿司卡企人
Assuredness Movement 自負運動
Ati 雅提
Au-nak 奧拿克
Augmenters 增幅
Av 艾夫

Avado 阿法多
Avarak Matal 阿拉法克·馬塔
Avaran 亞法倫
Avramelon 阿法拉瓜
Axehound 野斧犬
Axies 克西司
Azimir 亞西米爾
Azir 亞西爾王國
Azish 亞西須人

B

Babatharnam 巴巴薩南王國
Babsk 巴伯思
Backbreaker Powder 折背粉
Bajerden 巴赫登
Balsas 巴撒斯
Barlesha Lhan 巴爾勒沙·嵐
Barm 巴姆
Barmest 巴邁司特
Bashin 巴辛
Basic Lashing 基本捆術
Battalionlord 營爵
Battar 巴達
Bav 巴夫
Bavadin 巴伐丁
Bavland 巴伏
Baxil 巴西爾
Bay of Elibath 愛里貝斯灣
Baylander 灣地人
Beggars' Feast 乞丐宴
Betab 貝塔
Betabanan 貝塔般南日
Betabanes 貝塔伯奈日
Bethab 貝沙伯
Bickweight 磚重
Bindspren 縛靈
Bisig 比西格
Black Fisher 黑漁夫
Blackbane 黑毒葉
Blackthron 黑刺
Blade 劍（指榮刃）
Bloodivy 血春藤
Bluebar 藍棒
Blunt 阿直
Bluth 布魯斯
Book of Endless Pages《無盡之書》
Bornwater 誕水
Branzah 枝紮
Breachtree 折樹
Breakneck 斷頸遊戲
Bridgelord 橋隊長
Brightlord 光明爵士（光爵）
Brightness 光主
Broam 布姆
Brother Kabsal 卡伯薩弟兄
Bussik 布希克

C

Cabine 卡賓
Cadilar 卡迪拉
Calinam 卡琳娜
Calling 天職
Callins 卡林司
Captivityspren 囚靈

Caull 阿考
Cenn 瑟恩
Chach 查克週
Chachanan 查卡南
Chachel 查徹日
Chasmfiend 裂谷
Chip 夾幣
Chouta 芻塔
Chull 芻螺
City of Bells 鈴城
City of Lightning 電之城
City of Shadows 影之城
Citylord 城主
Clearchip 透幣
Cobalt Guard 碧衛
Cobwood 團木
Cognitive Realm 意識界
Coldwin 科德溫
Companylord 連爵
Conclave 集會所
Conicshell Mucus 尖殼漿
Conjoiners 結合
Coreb 克雷伯
Corl 克羅
Cormshen 《克姆珊》
Corvana's Analectics 《柯法娜語錄》
Cosmere 寰宇
Creationspren 創造靈
Crem 克姆泥
Cremlings 克姆林蟲
Crushkiller 惡碎怪
Crystal 水晶
Cultivation 培養
Curnip 捲蔔
Curse of Kind 族詛
Cusicesh 庫希賽須
Cussweed Root 啐草根
Cymatics 音流
Cyn 肯

D

Dabbid 達畢
Dahn 達恩
Dai-gonarthis 戴艮納西斯
Dalar 答拉
Dalilak 答里
Dalinar Kholin 達利納．科林
Dallet 達雷
Damnation 沉淪地獄
Dandos the Oilsworn 必繪者丹奪司
Danidan 丹尼丹
Danlan Morakotha 丹蘭．摩拉克沙
Dara 達拉山
Darkhill 黑丘
Davinar 達維納
Dawnchant 晨頌
Dawnchat 晨言
Dawncity 曦城
Dawn's Shadow 晨影
Dawnshards 晨碎
Dawnsinger 晨歌者

Dazewater　昏水
Deathbend River　死彎河
Deathspren　死靈
Decayspren　朽靈
Deeli　笛麗
Delp　得普
Denocax　德諾卡軟膏
Derethil and Wandersail　「迪雷希與流浪帆」
Desh　德西
Desolation　寂滅
Devotary　信壇
Devotary of Insight　洞悉信壇
Diglogues　《談話集》
Diamond　鑽石
Diggerworms　挖蟲病
Diminishers　減幅
Double Eye　雙瞳眼
Drehy　德雷
Drying Sea　死海
Dumadari　度馬達利
Dunny　度尼
Durk　杜克
Dustbringer　招塵師
Dysian Aimian　代西・艾米亞人

E

Earless Jaks　無耳傑克斯
Eastern Crownlands　東皇地
Eighth Epoch　第八時代
Eila　艾拉
Eiliz　艾利茲
Elanar　艾拉那
Elevate　晉級
Elhokar Kholin　艾洛卡・科林
Elithanathile　依利賽納西爾
Elthal　艾索
Elthebar　艾特巴
Emerald　綠寶石（祖母綠）
Emul　艾姆歐
Emuli　艾姆利人
Endless Ocean　無盡海洋
Enthir　恩錫爾琴
Envisager　預見者
Epan　愛潘
Epoch Kindoms　時代帝國
Era of Solitude　孤獨時期
Eshava　愛莎瓦
Eshonai　伊尚尼
Eternathis　《永恆記》
Everstorm　永颶
Evod Markmaker　名師艾佛德
Exhaustionspren　疲憊靈
Extex　艾克特思
Eylita　愛莉塔

F

Fabrial　法器
Fabrisan　法布利森
Falksi　珐科曦
Farcoast　遠岸
Fathom　噚樹
Fearspren　懼靈
Feverstone Keep　燒石堡

Fiddlepox　笛痘
Fin　斐
Fingermoss　手指苔
Firemark　火馬克（紅寶馬克）
Firemoss　火苔
Firestorm　狂火
First Moon　初月
Flamespren　火靈
Focal Stone　聚力石
Forst Lands　凍土之地
Fourleaf Sap　四葉汁
Frillbloom　皺花
Fu Abra　福・阿布拉村
Fu Albas　福・阿巴司特村
Fu Moorin　福・姆林村
Fu Namir　福・那米爾村
Fu Ralis　福・拉力司村
Full Lashing　全面捆術

G

Gabrathin　加布拉辛
Gadol　加多
Galan　加藍
Gallant　英勇
Garam　加拉
Gare　加耳
Gashash-son-Navammis
那法米絲之子加沙須
Gavarah　加瓦菈
Gavashaw　加瓦霄
Gavilar Kholin　加維拉・科林
Gaz　加茲
Gemheart　寶心
Geranid　葛蘭妮
Gerontarch　哲龍王
Glory　光榮
Gloryspren　勝靈
Gom　哥姆
Gon　公
Goshel　哥舍
Grandbow　巨弓
Granite　花崗岩
Grasper　抓蟲
Great Concourse　大學院
Greatshell　巨殼獸
Gregorh　葛雷果
Grump　阿壞
Gulket　古克
Gulket Leaves　古克葉
Guvlow's Incarnate　谷洛再世

H

Hab　哈伯
Habatab　哈拔塔
Habrin　哈柏林
Habsant　哈布桑
Hallaw　哈洛
Hamel　哈末
Hammie　哈米
Hapron Street　哈普隆街
Harkaylain　哈凱連
Harl　哈勞
Hasavah　哈薩瓦
Hashal　哈莎

Haspers　哈斯波螺
Hateful Hour　恨時
Hatham　哈山
Hav　哈福
Havah　哈法
Havar　哈伐
Havarah　哈瓦拉
Havrom　哈弗隆
He who adds　增添之人
Hearthstone　爐石鎮
Heb　希伯
Heliodor　金綠柱石
Herald　神將
Herald of Luck　好運神將
Herdaz　賀達熙王國
Herdazian　賀達熙人
Hesina　賀希娜
Hierocracy　神權聖教（時代）
Highloard　上主
Highmarshal　上帥
Highprince　藩王
Highprince of Information
情報藩王
Highprince of War　戰事藩王
Highstorm　颶風
Hobber　霍伯
Hoel Bay　霍耳灣
Hoid　霍德
holetental　或雷坦塔
Holy Enclave　聖庫
Honor chasm　榮譽溝
Honorblades　榮刃
Honorspren　榮耀靈
Horl　霍耳
Horneater　食角人
Horneater Peaks　食角人山峰
Houselord　族主
humaka'aban　胡瑪卡阿班
Hungerspren　餓靈

I

Ialai　雅萊
Idolir　艾多里耳
Ilamar　艾勒馬
Immortal Words　永生之言
Impossible Falls　不可能瀑布
Infantrylord　步兵長
Inkima　茵琪瑪
Innia　音妮亞
Intoxicationspren　醺靈
Iri　依瑞王國
Iriali　依瑞雅利人
Ironsway　鐵道鎮
Isasik Shulin　愛莎西克・書林
Ishar　艾沙
Ishashan　艾沙珊
Ishi　艾兮
Ishikk　依席克
Istow　依絲托
Iviad　艾維雅德
Ixil　依西爾
Ixsix's Emperor
《伊瑟西斯之皇帝》

J

Jacks　傑克斯
Jah Keved　賈．克維德王國
Jakamav　加卡邁
Jam　阿詹
Janala　珍娜菈
Jarel　加瑞
Jasnah Kholin　加絲娜．科林
Jesachev　傑沙克夫
Jesnan　傑思南
Jezerezeh　傑瑟瑞瑟
Jezerezeh'Elin　傑瑟瑞瑟．艾林
Jezrien　加斯倫
Jorna　約那
Joshor　約朔
Jost　約司特

K

Kaber　卡貝遊戲
Kadash　卡達西
Kadrix　卡德立克司
Kakakes　卡卡克日
Kakanev　卡卡耐夫日
Kakash　卡卡許週
Kakashah　卡卡沙日
Kakevah　卡維卡日
Kaktach　卡塔克日
Kaladin (Kal)　卡拉丁（阿卡）
Kalak　卡拉克
Kalami　卡菈美
Kalana　卡拉娜
kaluk'i'iki　卡路克艾依其
Kammar　卡瑪
Karanak　卡拉納克
Karm　卡姆
Kasitor　卡西朵
Katarotam　卡塔樓譚
Kelathar　凱拉薩
Kelek　克雷克
Ketek　凱特科
Khakh　卡克
Kharbranth　卡布嵐司王國
Khav　卡夫
khokh　闊克
Kholinar　科林納城
King Hanavanar　哈納凡納王
Klade　克雷德
Kneespike　膝刺
Knights Radiant　燦軍騎士
Knobweed Sap　團草乳
Kolgril　可吉魚
Koolf　庫夫
Koorm　庫姆
Korabet　可拉貝特
Korater　克拉特
Kukori　庫可里
Kurp　克普
Kurth　庫司（雷之城）
Kusiri　庫希麗
Kylrm　凱洛

L

Ladent 拉頓
Lait 壘
Lalai 菈萊
Lamaril 拉瑪瑞
Lanacin the Surefooted 穩足拉納辛
Lanceryn 連佘里
Landlord 地主
Laral 拉柔
Laresh 拉瑞史
Larmic 拉米螺
Larn 拉恩
Lashing 捆縛術
Last Desolation 最後寂滅
Laughterspren 笑靈
Lavis 拉維穀
Lead Huntmaster 獵長
Leef 李夫
Leeward 背風向
Leggers 多足
Leyten 雷頓
Lhanin 拉尼因
Liafor 利亞佛
Lifebrother 命兄
Lifespren 生靈
Lightday 光日
Lilting Adrene 〈輕快的阿德萊納〉
Linil 歷尼
Lirin 李臨
Lister Oil 李斯特消毒油
Litima 麗提瑪
Loats 洛亞
Logicmaster 邏輯師
Logicspren 邏輯靈
Lomard 洛馬
Longbrow's Straits 長眉海峽
Longroot 長根
Longshandow 長影
Lopen 洛奔
Lost Radiants 失落燦軍
Lucentia 露光霞
Luckspren 運氣靈
Luesh 魯艾熙
Lull 暫靜
Lurg 羅螺
Lustow 路司托
Luten 路頓
Lyndel 林德

M

Maakaian 瑪奇安教徒
Mabrow 麥伯
Maderia 麥德芮雅
mafah'liki 瑪法利奇
Maib 梅布
Makabakam 馬卡巴坎王國
Makabaki 馬卡巴奇人
Makal 瑪卡
Makam 馬卡木
Makkek 馬凱克
Malan 馬藍

Malasha 瑪拉紗
Malise Gevelmar 瑪麗絲．蓋佛瑪
Malop 馬洛普
Manaline 馬那萊
Maps 地圖
Marabethia 瑪拉貝息安
Marakal 麥拉卡
Marat 瑪拉特
Marf 馬福
Mark 馬克
Markel Tree 馬可樹
Marks 馬克斯
Marnah 馬爾納
Mashala 瑪莎拉
Masly 《馬思禮》
Master-servant 上僕
Matain 瑪坦音
Mathana 瑪賽娜
Meirav 梅菈芙
Merim 枚覽
Mesh 梅希
Methi Fruit 梅西果
Mevan Bay 梅凡灣
Miasal 米雅撒
Middlefest 中年節
Midnight Essence 子夜精
Miliv 密理夫
Milp 米普
Midnight Mother 子夜之母
Mishim 迷辛（第三月亮）
Misted Mountains 迷霧山脈
mkai bade fortenthis 姆凱貝得富頓希司
Moash 摩亞許
Monavakah 莫那伐卡
Morakotha 摩拉克沙
Moratel 莫拉特
Mord 摩德
Most Ancient 至長者
Mourn's Vault 穆恩密庫
Mudbeer 泥啤酒
Multiple Basic Lashing 多重基本捆術
Mungam 蒙佳
Murk 莫克
Musicspren 樂靈
Myalmr 麥雅茉

N

Nacomb Gaval 維可．加法
Nadris 納德利斯
Nafti 娜芙蒂
Naget 納傑
Nahel Bond 納海聯繫
Nahn 那恩
Nak-ali 納克阿里
Nalan'Elin 納拉艾林
Nalem 那倫
Nalma 納馬
Nan Balat 南．巴拉特
Nan Helaran 南．赫拉倫
Nanes 那諾
Nanha Relina 蕾林娜．南哈

Nanha Terith　特麗絲・南哈
Narbin　那賓布
Narm　那姆
Nasha　那山
Natam　那坦
Natan　拉坦
Natanatan　那塔那坦王國
Natir　那提爾
Navani　娜凡妮
Navar　那伐
Nearer the Flame《近火》
Nelda　奈達
Neshua Kadal　內書亞・卡達
Neteb　耐特伯
Neturo　奈圖羅
New Natanan　新那坦南
Niali　倪亞歷
Nightspren　夜靈
Nightstream Sea　夜流海
Nightwatcher　守夜者
Niter　奈特
Nohadon　諾哈頓
Nomon　諾蒙（第二月亮）
Norby　諾比
Northgrip　北握
Nu Ralik　努・拉力克
nuatoma　弩阿托瑪
numuhukumakiaki'aialunamor
　弩母呼苦馬奇亞奇艾亞路納摩

O

o mas vara　兀洛馬法拉
Oathbringer　引誓
Oathgate　誓門
Oathpact　誓盟
Oathstone　誓石
Ocean of Origins　始源之海
Odium　憎惡
Old Magic　上古魔法
Oldblood　老族
Order of the Stonewards
　石守騎士團
Order of the Stonenews
　石筋騎士團
Order of The Windrunner
　逐風騎士團
Origin　起源處

P

Painspren　痛靈
Pairing Fabrials　配對型法器
Palafruit　帕拉果
Palah　帕拉
Palahakev　帕拉哈克夫日
Palaheses　帕拉賀西思日
Palahevan　帕拉和凡日
Palahishev　帕拉希薩夫
Palanaeum　帕拉尼奧
Palaneum　帕拉尼恩
Panatham　帕那坦
Parasaphi　帕菈莎菲
Parshendi　帕山迪人
Parshmen　帕胥人
Passionspren　激情靈

Peet　皮特
People of the Great Abyss　大深淵一族
Perethom　裴瑞松
Philosophy of Aspiration　期望哲學
Philosophy of Ideals　理念哲學
Philosophy of Purpose　目的哲學
Philosophy of Starkness　極簡哲學
Physical Realm　實體界
Pilevine Fruit　堆藤果
Placini　普拉西尼
Plated Stone　石盤
Plytree　線樹
Poem of Ista　〈艾司塔之詩〉
Polestone　極石
Prickletac　荊灌
Prime Kadasix　卡達西思主神
Prime Map　主地圖
Protector　保護者
Proving Day　證實之日
Purelake　純湖
Purelaker　純湖人

Q

Quili　奇利

R

Radiant　燦軍
Rainspren　雨靈
Raksha　拉克沙
Ral　阿勞
Ralinsa　拉林薩街
Rall Elorim　勞・艾洛里
Rashir　拉席爾
Rasping　嘶怪
Rathalas　拉薩拉思
Rayse　雷司
Recreance　重創期
Reesh　利西
Relanas　雷拉納斯
Renarin　雷納林
Rencalt　仁卡
Reral Makoram　雷拉・馬可朗
Re-Shephir　瑞佘斐爾
Reshi　雷熙人
Resi　雷希
Restares　雷斯塔瑞
Reversers　倒轉
Reverse Lashing　反向捆術
Rianal　瑞亞納
Riddens　瀝流
Rilla　芮菈
Rillier　瑞利爾
Rira　里拉
Rishir　芮希爾王國
Riverspren　河靈
Rock　大石
Rockbud　石苞
Roion　洛依恩
Roshar　羅沙
Roshone　羅賞
Rotspren　腐靈

Royal Defender　王家護衛
Ru Parat　魯帕拉特
Ruby　紅寶石
Ruby Mark（Firemark）
紅寶馬克（火馬克）
Ruthar　盧沙
Ryshadium　瑞沙迪馬
Rysn　芮心

S

Safehand　內手
Safepouch　密囊
Salas　薩拉思（第一月亮）
Sani　薩妮
Sapphire　藍寶石
Sas Morom　撒司・墨隆
Sas Nahn　煞・那恩
Savalashi　薩法拉席
Scarfever　疤熱
Scragglebark　粗皮苔
Scrak　思夸可
Sea of Spears　矛海
Sebarial　瑟巴瑞爾
Seedstone　種石
Seeli　西莉
Sel　賽耳
Sela Tales　瑟拉・泰爾王國
Selay　色雷人
Seld　《賽德》
Sesemalex Dar　瑟瑟瑪雷達城
Seveks　瑟維克思
Shadesmar　幽界
Shadowdays　影時代
Shadows Remembered
《追憶影蹤》
Shalash　紗拉希
Shalebark　板岩芝
Shallan Davar　紗藍・達伐
Shallowcrab　鬥淺蟹
Shamel　沙眉
Shardbearer　碎刃師
Shardblade　碎刃
Shash　沙須
Shash　沙詩月
Shashabev　沙沙貝夫日
Shashanan　沙山南日
Shattered Plains　破碎平原
Shauka-daughter-Hasweth
哈思維司之女韶卡
shaylor mkabat nour
賽拉姆卡巴特奴爾
Sheler　辭勒
Shen　沈
Shesh Lerel　薛須・雷樂
Shin　雪諾瓦人
Shin Kak Nish　辛・卡・尼西王國
Shinovar　雪諾瓦
Shorsebroon　修司布隆城
Shulin　書林
Siah Aimians　西亞・艾米亞人
Sigzil　席格吉
Silent Gatherers　沉默蒐集者
Silent Mount　無言峰
Silnasen　席爾那森

Silver Kingdom　銀色帝國
Simberry　辛莓
Sinbian　欣比安
Skai　史凱
Skar　斯卡
Skychips　天幣
Skyeel　天鰻
Skymark　天馬克（藍寶馬克）
Smokestance　煙式
Smokestone　煙石
Snarlbrush　纏灌
Songlings　歌螺
Soulcaster　魂師
Soul's March　靈魂長征
Souther Depth　南方深淵
Spanreed　信蘆
Spark-flickr　火劍
Sphere　錢球（球幣）
Spikemane　刺芒
Spiritual Realm　靈魂界
Splintered　拆裂
Spren　精靈
Stagm　思塔根
Staplind　史塔布林德
Starspren　星靈
Steamwater Ocean　蒸騰海洋
Steen　使丁
Stone Shaman　石巫
Stone Shamanism　拜石教
Stoneinew　石筋
Stonestance　石式
Stonewalker　踩石人
Stonewards　石衛
Stoneweight　石重
Stormfather　颶父
Stormlight Archive　颶光典籍
Stormwall　颶風牆
Stormwarden　防颶員
Stormwhisper　念颶怪
Stormward　颶風向
Stumpweight Sap　矮重樹漿
Stumpweight tree　矮重樹
Stumpy Cort　短科特魚
Subart　次藝
Subspren　昏靈
Sumi　索米
Sunmaker　創日者
Sunmaker Mountains　造日山脈
Sunraiser　舉日
Sur　蘇耳
Sur Kamar　蘇爾・卡滿
Sureblood　定血
Surgebinder　封波師
Surgebinding　封波術
Syasikk　賽西克
Sylphrena (Syl)
西芙蕾娜（西兒）
Szeth　賽司

T

Tadet　塔得特
Taffa　塔凡
Tag　泰格
Takama　塔卡瑪

Takers　拿翹組
Talata　塔拉塔
Talatin　塔拉汀
Taleb　塔雷伯
Taln　塔恩
Talenel　塔勒奈
Talenelat　塔勒奈拉
Talenelat'Elin　塔勒奈拉・艾林
Tallew　塔露穀
Taln　泰倫
Taln's Scar　塔恩之疤
tan balo ken tala　坦包羅坎塔拉
Tanatanes　塔那塔那日
Tanatanev　塔那塔耐夫日
Tanates　塔納特司
Tanatesach　塔納特薩奇
Tanavast　坦那伐思特
Tarah　塔菈
Taran　塔南
Tarat Sea　塔拉海
Taravangian　塔拉凡吉安
Tarilar　塔瑞拉
Tarma　塔瑪
Tarn　塔恩
Taselin　塔瑟里
Tashikk　塔西克
Tashlin　塔須林
Teft　泰夫
Teleb　特雷博
Temoo　特目
Ten　坦
Ten Deaths　十死神
Ten Divine Attributes　神之十相
Ten Essences　十元素
Ten Fools　十傻人
Ten Human Failings　人之十敗
Tenem　特南
Terxim　特西姆
Teshav　泰紗芙
Tet Wikim　太特・維勤
Tezim　特席姆
Thaidakar　賽達卡
Thalath　瑟拉席
Thanadal　薩拿達
Thaspic　塞斯皮克
Thath　薩斯
Thaylen　賽勒那人
Thaylenah　賽勒那王國
The Arguments　《證經》
The Day of Recreance　再創之日
The Night of Sorrows　哀傷之夜
The Poem of the Seventh Morning　〈第七晨之詩〉
The Shallow Crypts　淺窖
The Song of the Last Summer　〈往夏之歌〉
The True Desolation　真正荒寂
The Wind's Pleasure　隨風號
Thinker　阿想
Three Gods　三神
Three Lashing　三重捆術
Thresh-son-Esan　艾森之子瑟雷敘
Thunderclast　雷爪

Tibon 提邦
Tien 提恩
Tif 提夫
Tifandor 提凡朵
Times and Passage 《歷史與進程》
Tivbet 提福貝
Tomat 托馬
Ton 阿同
Took 托克
Toorim 圖林
Topaz 黃寶
Topics 《主題史》
Torfin 托分
Tormas 托瑪斯
Torol Sadeas 托羅・薩迪雅司
Town Hall 市鎮廳
Tozbek 托茲貝克
Trailman 徑人
Tranquiline Halls 寧靜宮
Traxil 特拉席爾
Treff 特雷夫
Triax 特里亞斯
Troal 托勞
Truthberry 實話果
Truthless 無實之人
Tu Bayla 圖・貝拉
Tu Fallia 圖・法利亞
Tukar 圖卡
Tukari 圖卡里人
Tukks 托克思
Tumul 圖木
Tvlakv 弗拉克夫

U

uli'tekanaki 兀理特卡那奇
Ulo mas vara 兀洛馬法拉
umarti'a 兀瑪提阿
Unclaimed Hills 無主丘陵
Unkalaki 昂卡拉其
Unmade 魄散
Urithiru 兀瑞席魯
Uvara 兀法拉人

V

Valam 法蘭
Valama 法拉馬
Valath 法拉斯
Valhav 法哈佛王國
Vallano 法拉諾
Valley of Truth 眞實山谷
Vamah 法瑪
Vanrial 凡瑞爾
Vanrial Hypothesis 凡瑞爾推論
Vao 伐歐
Varala 法勞菈
Varas 瓦拉偲
Varikev 法瑞克夫
Varth 伐史
Vartian 凡紳
Vathe 法西
Vavibrar 《法維布拉》
Veden 費德人
Vedeledev 弗德勒弗

Vedenar　費德納
Veil　紗室
Ven　凡
Vengeance　復仇
Vengeance Pact　復仇同盟
Veristitalian　記實學家
Vevahach　維瓦哈克日
Vevanev　維法奈日
Vevishes　維微西日
Vinebud　藤苞
Voidbinding　束虛術
Voidbringer　引虛者
Vorin　弗林
Vorin Kingdom　弗林國度
Vstim　弗廷
Vun Makak　馮・馬卡克

W

Waber　華伯
War Codes　戰地守則
War of Loss　失落之戰
War of Reckoning　清算之戰
Warliday　瓦力日
Warlord　戰主
Warning Fabrials　示警型法器
Wastescum　廢墟區
Wasting Sickness　消渴症
Weeping　泣季
Weepings Old　泣年
Whitespine　白脊
Windblade　風刃
Windrunner　逐風師
Windrunning　逐風術
Windrunner R.　逐風河
Winds of Fortune　幸運之風
Windspren　風靈
Windstance　風式
Winterwort　冬結根
Wistiow　維司提歐
Wit　智臣
Wordsman　書人
Worldsinger　歌世者

Y

Yake　亞克
Yalb　亞耶伯
Yamma　亞嗎葉
Yelig-nar　夜林拿
Yezier　葉席爾
Yis　依史
Yonatan　永納坦
Ysperist　伊斯派瑞教徒
Yulay　育雷
Yustara　余斯塔拉

Z

Zircon　鋯石
Zither　齊特琴

BEST 嚴選 034

颶光典籍首部曲：王者之路・上冊

原著書名／The Stormlight Archive: The Way of Kings
作　　者／布蘭登・山德森（Brandon Sanderson）
譯　　者／段宗忱
企劃選書人／楊秀真
責任編輯／王雪莉
文字校對／郭凡媞
行銷企劃／周丹蘋
業務企劃／虞子嫺
行銷業務主任／李振東
總　編　輯／楊秀真
發　行　人／何飛鵬
法律顧問／台英國際商務法律事務所　羅明通律師
出版／奇幻基地出版
城邦文化事業股份有限公司
台北市 104 民生東路二段 141 號 8 樓
電話：(02)25007008　傳真：(02)25027676
網址：www.ffoundation.com.tw
e-mail：ffoundation@cite.com.tw
發行／英屬蓋曼群島商家庭傳媒股份有限公司城邦分公司
台北市 104 民生東路二段 141 號 11 樓
書虫客服服務專線：(02)25007718・(02)25007719
24 小時傳真服務：(02)25170999・(02)25001991
服務時間：週一至週五09:30-12:00・13:30-17:00
郵撥帳號：19863813　戶名：書虫股份有限公司
讀者服務信箱 E-mail：service@readingclub.com.tw
歡迎光臨城邦讀書花園　網址：www.cite.com.tw
香港發行所／城邦（香港）出版集團有限公司
香港灣仔駱克道 193 號東超商業中心 1 樓
電話／(852) 2508-6231　傳真／(852) 2578-9337
E-mail／hkcite@biznetvigator.com
馬新發行所／城邦（馬新）出版集團
【Cite(M)Sdn. Bhd.(458372U)】
11, Jalan 30D/146, Desa Tasik, Sungai Besi, 57000 Kuala Lumpur, Malaysia.
電話：603-9056 3833　傳真：603-9056 2833

封面設計／顏伯駿
排　　版／浩瀚電腦排版股份有限公司
印　　刷／高典印刷有限公司
■2012 年（民 101）1 月 31 日初版
■2024 年（民 113）3 月 7 日初版25刷

售價／499元

國家圖書館出版品預行編目資料

颶光典籍首部曲：王者之路（上冊）／布蘭登・山德森（Brandon Sandersen）作; 段宗忱譯 - 初版 - 臺北市：奇幻基地, 城邦文化出版：家庭傳媒城邦分公司發行；民101. 01
面：公分. -（BEST嚴選：034）
譯自：The Stormlight Archive: The Way of Kings
ISBN 978-986-6275-66-1（平裝）

874.57　　100026013

ISBN　978-986-6275-66-1

Printed in Taiwan.

廣　告　回　函
北區郵政管理登記證
台北廣字第000791號
郵資已付，免貼郵票

104台北市民生東路二段141號11樓

英屬蓋曼群島商家庭傳媒股份有限公司城邦分公司 收

請沿虛線對摺，謝謝

奇幻基地

每個人都有一本奇幻文學的啟蒙書

網　　　站：http://www.ffoundation.com.tw
奇幻基地部落格：http://ffoundation.pixnet.net/blog
奇幻基地臉書團：http://www.facebook.com/ffoundation/

書號：1HB034　　　書名：颶光典籍首部曲：王者之路・上冊

請於此處用膠水黏貼

奇幻基地

讀者回函卡

謝謝您購買我們出版的書籍！請費心填寫此回函卡，我們將不定期寄上城邦集團最新的出版訊息。

姓名： 性別：□女 □男 E-mail：

生日：西元 年 月 日

收件地址：

聯絡電話： 手機號碼： 傳真號碼：

學歷：□1.小學 □2.國中 □3.高中 □4.大專 □5.研究所以上

職業：□1.學生 □2.軍公教□3.服務業□4.大傳業 □5.製造業 □6.金融業 □7.自由業 □8.農漁牧□9.資訊業□10.家管 □11.退休 □12.其他

您從何種方式得知本書消息？

□1.書店 □2.網路 □3.報紙 □4.雜誌 □5.親友推薦 □6.其他

您通常以何種方式購書？

□1.書店 □2.網路 □3.傳真訂購 □4.郵局劃撥 □5.超商 □6.其他

您購買本書的原因是？（單選）

□1.封面吸引人 □2.內容好看 □3.價格合理 □4.抽獎活動 □5.其他

對我們的建議：

請於此處用膠水黏貼

Brandon Sanderson

布蘭登・山德森

幽界
Shadesmar
Expanse of the Densities
密度域
Nexus of Truth
真實核心
Nexus of Transition
轉化核心
Expanse of the Broken Sky
碎空域
Sea of Regret
遺憾海
Sea of Souls
靈魂海
Sea of Lost Lights
迷光海
想像核心
Nexus of Imagination
水霧域
Expanse of the Vapors

Brandon Sanderson

布蘭登・山德森